Das Geheimnis des Hieronymus Bosch

Peter Dempf

Das Geheimnis des Hieronymus Bosch

Eichborn.

Die Deutsche Bibliothek – CIP-Einheitsaufnahme

Dempf, Peter :
Das Geheimnis des Hieronymus Bosch : Roman / Peter Dempf. –
Frankfurt am Main : Eichborn, 1999
ISBN 3-8218-0389-4

Umschlaggestaltung: Christina Hucke
Umschlagbild: Hieronymus Bosch »Der Garten der Lüste«,
Ausschnitt aus dem rechten Flügel des Triptychons »Die Hölle«
© Archiv für Kunst und Geschichte, Berlin
Abbildung auf Vor- und Nachsatz: Hieronymus Bosch: Studienblatt zur
»Versuchung des hl. Antonius«; Sammlung der Zeichnungen, Louvre, Paris.
© für die Abbildungen auf der Klappkarte:
Seitentafeln: © Archiv für Kunst und Geschichte, Berlin
Mittelteil: © Museo del Prado, Madrid. Alle Rechte vorbehalten.
Reproduktion ganz oder teilweise verboten.
Lektorat: Matthias Bischoff
Satz: Fuldaer Verlagsanstalt GmbH, Fulda
Druck und Bindung: Wiener Verlag, Himberg
ISBN 3-8218-0389-4

Verlagsverzeichnis schickt gern:
Eichborn Verlag, Kaiserstraße 66, D-60329 Frankfurt am Main
http://www.eichborn.de

Erstes Buch

Im Anfang war das Wort …

I

Nervös trommelte Michael Keie mit den Fingern auf das Fensterbrett. Er wartete jetzt schon eine halbe Stunde auf seinen Mitarbeiter Antonio de Nebrija, der ihm eine sensationelle Entdeckung angekündigt hatte. Daß in Madrid die Uhren anders liefen, hatte Keie in den vergangenen zwei Wochen mehrfach erfahren müssen. Zwar genoß er es, zu den wenigen Spezialisten zu gehören, die für behutsame Bildrestaurierungen eingesetzt wurden, aber an diesem Nachmittag war er höchst unzufrieden und kam mit seiner Arbeit kaum voran.

Keie streckte sich und blickte durch das Fenster hinaus auf den Retiro. Ihn erstaunte das matte Grün des Parks noch immer, das von der Sonne ausgelaugt wurde. Süden!

Nach dem Telephonanruf in Berlin hatte er sich sofort ins Flugzeug gesetzt und war hierhergeflogen. Schließlich wurde man nicht alle Tage zu einem der geheimnisvollsten und bedeutendsten Gemälde der Welt gerufen, zu Hieronymus Boschs »Garten der Lüste«. Ein offenbar verrückter Geistlicher, so viel wußte Keie, hatte sich dem Triptychon bis auf wenige Schritte genähert, und ehe das Wachpersonal im Prado eingreifen konnte, war es ihm gelungen, aus einem kleinen Fläschchen einige Tropfen einer ätzenden Flüssigkeit auf das Bild zu spritzen. Glücklicherweise war der Schaden verhältnismäßig gering, und er war zuversichtlich, die Restaurierung in wenigen Wochen bewältigen zu können.

Vom Paseo del Prado wehte das Brausen des Feierabendverkehrs herüber, doch der laue Wind, der durch das geöffnete Fenster hereinstrich, verschaffte ihm in der stickigen Luft des Büros über den Werkstätten des Prados wenigstens etwas Erleichterung.

Endlich pochte es gegen die Tür. Bevor Keie reagieren konnte, wurde sie aufgerissen, und ein untersetzter Mann, blaß unter seinem weißen Haarschopf, mit roten Flecken am Hals, hinkte rasch auf Keies Schreibtisch zu. Ein wenig atemlos verkündete er:

»Michael, kommen Sie. Ihre Bilder haben wirklich Unglaubliches offengelegt! Sehen Sie sich das einmal genau an!«

Er warf ihm zwei Abzüge auf den Schreibtisch. Die erste Aufnahme zeigte einen schwimmenden Schnabelfisch, so groß wie ein Hamster, der ein Buch in der Hand hielt und aufmerksam darin las. Keie beugte sich über das Foto. Unregelmäßige helle Flecken waren darauf verteilt, Beschädigungen, verursacht durch die Säurespritzer. Über das Buch des Schnabelfisches war eine breite Bahn der ätzenden Chemikalie gelaufen.

»Und? Sehen Sie's?«

Keie atmete tief ein.

»Nein, Antonio, ich fürchte, ich sehe nichts. No, lo siento. Nichts!«

Die eine Hand Antonio de Nebrijas begann im Haar zu wühlen, die andere fuhr über das Gesicht, ein ums andre Mal.

»Daß Sie nichts erkennen, Michael. Sie sind blind. Sie wollen nichts sehen. Aber dort ist etwas. Es sieht aus ... sieht aus wie eine ... eine Schrift. No comprendes? Dort hat jemand etwas geschrieben. Warum sonst ein Buch? Verstehen Sie?«

Keie unterdrückte seine Verärgerung. Schließlich war Antonio de Nebrija ein Glücksfall für ihn gewesen. Obwohl er längst die Pensionsgrenze erreicht hatte, arbeitete er unermüdlich weiter und gehörte beinahe schon zum Inventar des Prado. Keiner kannte sich in den Werkstätten besser aus als der alte Kunsthistoriker, niemand wußte besser Bescheid über Farbtechniken, Malgründe und Firnisherstellung des 16. Jahrhunderts. Er war eine Fundgrube, dieser weißhaarige Kauz, mit einer untrüglichen Spürnase, wenn es um die Aufdeckung kniffliger Probleme und Hinweise für Bilderzuordnungen ging. Zwischen ihnen war schnell eine kollegiale Freundschaft entstanden und sie redeten sich, wie hier in Spanien üblich, mit Vornamen an.

»Moment, Antonio, ich werde mir das genauer ansehen.«

Keie zog eine Schreibtischschublade auf und holte sich eine Lupe heraus, die er über die Aufnahme legte. Tatsächlich konnte er auf den verwaschenen Konturen des Buches ein merkwürdiges Sammelsurium an Strichen erkennen, das aussah wie eine Schrift, das aber ebensogut aus haarfeinen Rissen des Holzuntergrunds bestehen konnte. Schließlich war Boschs Triptychon beinahe fünfhundert Jahre alt.

»Und? Wird es deutlicher?«

Keie schüttelte den Kopf. Dann nahm er sich die zweite Aufnahme vor. Der halbe Kopf eines Eichelhähers, eine Distel mit blauem Blütenbusch und die Reste eines Schmetterlings waren darauf zu sehen. Auch auf diesem Ausschnitt verschwammen die Konturen wegen blasiger Aufwürfe und blinder Stellen. Die Säure hatte den Bildteil stärker beschädigt, aber auch hier nur die Firnisoberfläche angegriffen. Mit viel Phantasie konnte er Augen erkennen, auch eine Nase. Man mußte sich die verwaschenen Formen vielleicht in Ruhe betrachten, mit Hilfe der Lupe Konturen nachzeichnen, Linien ergänzen.

»Jetzt sagen Sie doch endlich etwas, Michael. Sie können doch nicht so blind sein.«

»Hören Sie, lieber Antonio, das einzige, was ich Ihnen anbieten kann, ist, daß ich Vergrößerungen davon anfertige. Und dann können wir gemeinsam nachprüfen, ob Ihre oder meine Augen sich getäuscht haben.«

»Ich täusche mich nicht, Michael.«

Antonio de Nebrija beugte sich über den Schreibtisch und fuhr mit dem Finger die angeblichen Konturen nach.

»Das hier sind Buchstaben. Und auf dem anderen Bild erkennt man ein Tier. Vielleicht einen Kauz, eine Eule oder etwas Ähnliches. Aber machen Sie die Vergrößerungen.«

Jetzt, wo er darauf gestoßen wurde, begann er tatsächlich Formen in den Bildern zu erkennen. Keie fuhr ein leichter Schauer über den Rücken. Vielleicht hatte der alte Fuchs doch den richtigen Riecher. Sollte er sich nicht irren, dann war das hier eine wissenschaftliche Sensation: Verborgene Zeichen auf einem der bedeutendsten Gemälde der Kunstgeschichte – und er war an ihrer Entdeckung beteiligt.

»Sie haben mich überzeugt, Antonio. Morgen werde …«

»Morgen, mañana, mañana. Nein. Heute noch, Señor Keie. Solche Dinge dürfen nicht aufgeschoben werden.«

Er hätte sich nie darauf einlassen sollen! De Nebrija zählte zu jenen Menschen, die solange keine Ruhe gaben, bis ein Problem gelöst war, während er selbst lieber nichts übers Knie brach. Mit einem Seufzer der Ergebenheit wuchtete er sich aus dem Sessel.

»Die Negative liegen ...«

» ... im Tresor. Solange die Untersuchungen nicht abgeschlossen sind, wollte die Polizei ...«

»Antonio! Ich bitte Sie, unterbrechen Sie mich nicht und lassen Sie mich meine Arbeit tun. Sie wissen, daß ich Sie schätze. Sie wissen aber auch, daß ich Sie ...«

» ... für eine Nervensäge halte!« Nebrija fuhr sich mit der Hand übers Gesicht und grinste.

»Lachen Sie mich nicht aus. Ich mache die Vergrößerungen ja. Jetzt sofort. Weil ich weiß, daß Sie eine heilige Scheu vor aller Elektronik haben und nie einen Printer bedienen würden. Aber lassen Sie mich um Himmels willen allein. Ich bringe Ihnen die Vergrößerungen.«

Antonio de Nebrija setzte eine beleidigte Miene auf, wühlte mit einer Hand in seinem schlohweißen Haar und hinkte zur Tür. Mit einem schelmischen Blick auf Keie zurück tönte er noch: »Ich werde mich an eure deutsche Gemütlichkeit nie gewöhnen.«

Antonio de Nebrija sprach das Wort Gemütlichkeit ohne Umlaut aus und Keie konnte einen ironischen Ton heraushören. Der Alte hatte erreicht, was er wollte. Keie verließ hinter de Nebrija sein Büro und löschte das Licht.

Als Keie aus dem Printerraum zurückkam, ging sein Atem schneller. Hastig durcheilte er die Gänge des Werkstattgebäudes. Es war ein kleines Labyrinth, in dem er sich bei seiner Ankunft mehrmals verlaufen hatte. Er hielt zwei Vergrößerungen in den Hand. Die Negative steckten in seiner Hemdtasche. Antonio de Nebrija würde einen Luftsprung machen, wenn er ihm die Aufnahmen zeigte. Er hatte recht behalten. Als Keie den Gang erreichte, der zu Nebrijas Büro führte, blieb er wie angewurzelt stehen.

Aus seinem Büro, schräg gegenüber dem de Nebrijas, fiel ein schmaler Lichtstreifen auf den Gang. Sofort schrillten die Alarmglocken in seinem Kopf. Wer hatte sein Büro betreten? Was suchte er dort? In den letzten Wochen verschwanden Laptops und Drucker von den Schreibtischen. Er mahnte sich zur Vorsicht. Angestrengt überlegte er, was zu tun sei.

Er mußte versuchen, den Kerl zu stellen, der womöglich sein Zimmer durchwühlte. Zuerst wollte er aber die Bilder loswerden und nachsehen, ob de Nebrija noch da war. Vorsichtig schlich er sich bis zu dessen Zimmer und schlüpfte geräuschlos hinein. Das Büro war leer, und Keie legte die Abzüge gut sichtbar auf den Schreibtisch. Dann trat er wieder auf den Gang und näherte sich der Tür zu seinem Büro. Durch den Spalt spähte er ins Innere, konnte aber niemanden entdecken. Unwillkürlich griff er nach dem Schweizermesser in seiner Hose, dann drückte er gegen die Tür, die sich geräuschlos öffnete.

Am Bücherregal seitlich zum Eingang stand eine Frau. Schulterlange braune Haare, ein erdfarbenes Kleid, halbhohe Schuhe. Nur der grüne Gürtel stach farblich hervor. Sie blätterte in einem Folianten.

»Qué desea? Kann ich Ihnen helfen?« sagte Keie scharf.

Die Frau klappte das Buch zu und fuhr herum.

»Haben Sie mich erschreckt!«

Ihre Stimme klang vorwurfsvoll. Sie sprach ihn im ersten Augenblick der Überraschung deutsch an, mit einem holländischen Akzent.

»Wühlen Sie immer in fremden Zimmern herum? Wer hat Sie hereingelassen?« fragte er auf deutsch.

Mit einem offenen Lächeln ging die Frau auf Keie zu und streckte ihm die Hand entgegen.

»Grit Vanderwerf! Psychologin und Psychotherapeutin. Ich wollte zu Herrn Dr. Michael Keie.«

Keie zögerte. Er mochte es nicht, wenn man seine Fragen ignorierte.

»Und was wollen Sie von Dr. Keie?«

»Ich behandle den Attentäter.«

Keie sah sich verstohlen um, während er den Raum betrat.

»Welchen Attentäter?«

»Der den ›Garten der Lüste‹ zerstören wollte.«

Keie setzte sich auf seinen Stuhl und lehnte sich zurück.

»Ich bin Dr. Keie.«

Obwohl es sich bei seinem Gegenüber um eine attraktive Frau handelte, hielt ihn das kühle Grau ihrer Augen auf Distanz. Er konnte sich nur schwer überwinden, ein Gespräch zu beginnen.

»Darf ich mich setzen?« fragte Grit Vanderwerf nach einer Weile des Schweigens und deutete auf den zweiten Stuhl vor dem Schreibtisch.

»Bitte! Was führt Sie hierher?«

»Ich behandle wie schon gesagt den Attentäter. Psychologisch.«

»Eine Niederländerin in Madrid?«

»Meine Mutter ist Spanierin, ich bin zum Studium hierhergekommen, und irgendwann habe ich bemerkt, daß mich eigentlich nichts mehr in den Norden zurückzieht. Nun arbeite ich seit einigen Jahren an einem Großprojekt verschiedener europäischer Museen über Kunstattentäter. Und für die spanischen Behörden kümmere ich mich um die psychologische Betreuung von Bilderschändern, fertige Gutachten an, entscheide über ihre Unterbringung und beurteile die Heilungschancen.«

Keie räusperte sich. Es war ihm plötzlich unangenehm, daß er Grit Vanderwerf so forsch angesprochen hatte.

»Aber wie kommen Sie in mein Büro?«

»Ein älterer Herr hat mir gezeigt ...«

In diesem Augenblick stürmte Antonio de Nebrija ins Zimmer.

»Phantastisch, mein Freund. Sehen Sie, ich hatte recht! Die Vergrößerungen sind hervorragend und lassen sich lesen wie die beste mittelalterliche Handschrift. Aber wollen Sie mich nicht vorstellen?«

Keie verzog säuerlich den Mund.

»Grit Vanderwerf, Psychologin. Sie betreut den Kerl, der den ›Garten der Lüste‹ beschädigt hat.«

»Buenas tardes, Señora. Antonio de Nebrija.«

»Er ist das Faktotum in der Restauration«, nahm Keie das Gespräch wieder auf, froh darüber, einen Anfang gefunden zu haben. »Älter beinahe als das Gebäude hier – und ein unermüdlicher Tüftler. Erst heute hat er an Bildern, die wir von den Beschädigungen am ›Garten der Lüste‹ gemacht haben ...«

Antonio de Nebrija fuhr herum und zwang Keie mit einem mürrischen Blick zum Schweigen. Erst jetzt erkannte Keie, daß Grit Vanderwerf aufmerksam lauschte. Als Keie sich unterbrach, nahm sie den Faden sofort auf.

»Für meine Arbeit wäre es wichtig, etwas über den Zustand des Bildes zu erfahren. Die Art der Beschädigungen läßt häufig Rückschlüsse auf die Art der Krankheit und die Motive des Täters zu.«

»Vielleicht sollten wir die Angelegenheit bei einer Tasse Kaffee bereden, Frau Vanderwerf«, schlug Keie vor. »Was halten Sie davon? Ich kann Ihnen dann etwas über meine Arbeit erzählen und Sie mir über die Ihre. In der Nähe ist ein nettes Café, das ich gern besuche. Es wäre mir ein besonderes Vergnügen.«

»Und ich werde mich verabschieden«, sagte Antonio de Nebrija. »Die Arbeit ruft!«

Als er sich zu Keie umdrehte, hob er die Augenbrauen und schüttelte unmerklich den Kopf. Keie verstand nicht ganz, was er damit erreichen wollte, aber er beschloß, mit seinen Hinweisen auf das Bild vorsichtig zu sein.

II

Die Hitze vor dem Gebäude war unerträglich. Der dunkle Asphalt glühte förmlich, und nicht einmal der Schatten der Platanen konnte Linderung verschaffen. Keie schlenderte mit Grit Vanderwerf den Paseo de Recoletos bis zur Plaza de Colón hinauf. Auf den Bänken der Parkanlage zwischen den Fahrspuren saßen die Menschen erschöpft im Schatten, selbst die Luft um den grünen Pavillon des Café del Espejo mit seinen grünweißen Kachelrauten sirrte.

»In den Pavillon oder auf die Terrasse?«

Bis auf den Bürgersteig hinaus fluteten die Tische und Stühle des Cafés. Als ein Pärchen von einem Zweiertisch aufstand, steuerte Keie darauf zu und besetzte den Tisch unter dem grünweißen Sonnenschirm. Sie nahmen Platz und während der Ober am Nachbartisch abrechnete, nahm er gleichzeitig ihre Bestellung auf.

»Zwei Kaffee con leche! Und ein paar Tapas.«

Sie saßen nebeneinander und blickten zur Plaza de Colón, die vom Kolumbusstandbild auf der Säule überragt wurde.

»Sie wollten mir über Ihre Arbeit berichten«, nahm Keie das Gespräch wieder auf.

Das Hupen und Anfahren auf der Hauptstraße und das Stimmengewirr der Leute um sie herum nötigte Grit Vanderwerf, sich zu Keie hinüberzubeugen. Sie sah ihn an. Ohne jedes Zögern meinte sie:

»Eine meiner Aufgaben ist es herauszufinden, welche Motive der Attentäter hatte und ob es Hintermänner gibt. Wir, das heißt mein Institut und die Polizei, glauben zwar, daß er ein Einzeltäter ist, brauchen aber Beweise.«

Keie machte es sich auf seinem Metallstuhl bequem, dessen Lehne in den Rücken drückte. Der Ober brachte die beiden Milchkaffees und stellte einen Teller mit Tapas auf den Tisch.

»Und Sie, Dr. Keie? Ich habe wahre Wunderdinge von Ihrer Methode, Bilder zu analysieren, gelesen. Man hat Sie als Zauberer in Sachen Kunst engagiert?«

»Die Infrarotreflektographie ist keine Zauberei«, meinte Keie belustigt. »Aber in ganz Europa beherrschen nur wenige diese Technik, und noch weniger können die Bilder auswerten. Und da ich auch Restaurator bin, wurde ich wohl hierher gerufen. Schließlich ist der ›Garten der Lüste‹ nicht irgendein Bild. Und dann bin ich ungebunden. Familiär, meine ich. Da ist es leichter für einige Monate nach Madrid zu gehen.«

Grit rückte noch etwas näher. Der Lärm um sie herum schien zu verschwinden.

»Keine Frau? Keine Kinder?«

»Nein.«

Grit Vanderwerfs Blick schweifte hinüber zur Plaza de Colón. Für einen Moment war es Keie, als blicke sie in sich hinein. Aber gleich darauf hatte sie sich wieder in der Gewalt, richtete ihre Augen auf ihn und fragte unvermittelt:

»Haben Sie sich nicht schon gefragt, Dr. Keie, warum Menschen Bilder zerstören? Was sie dazu treibt, eine Säureflasche, ein Messer, Glasscherben oder andere Dinge in ein Museum zu schleppen und damit auf Gemälde loszugehen?«

»Ich kann es nur vermuten.« Er nahm einen Schluck Kaffee. »Weil sie sich vom Bild bedroht fühlen, weil sie den Liebhabern solcher Gemälde Schmerz zufügen wollen, Rachegedanken haben, warum auch immer. Weil sie Aufmerksamkeit für sich beanspruchen, etwas von der Aufmerksamkeit, die üblicherweise für das Bild, nicht aber für sie aufgewendet wird. Weil sie eine psychotische Störung haben und Bilder als lebendige Wesen betrachten. Habe ich etwas vergessen?«

Während seiner Ausführungen, die etwas im Lärm der Straße untergingen, hatte auch Grit Vanderwerf an ihrer Kaffeetasse genippt.

»Sie haben recht, Dr. Keie!«

»Das freut mich. Meine laienhaften Kenntnisse der psychologischen Grundlagen von Gemäldeattentätern ...«

»Wissen Sie, beinahe alle Attentäter handeln im Auftrag. Einmal im Auftrag einer höheren Moral. Sie zerstören Anstößiges, Pornographisches. Oder aber im Auftrag irgendeiner inneren Stimme, die ihnen befiehlt, ein Gemälde zu vernichten, oft genug grundlos, oder aber im Auftrag einer tatsächlichen oder eingebildeten Organisation, die ganz bestimmte Ziele damit verfolgt: Wertsteigerung anderer Gemälde, Vernichtung unliebsamer Fälschungen oder Informationen über den Maler, über Modelle oder anderweitige biographische Hinweise. Wir hatten sogar einmal einen Museumsdirektor als Auftraggeber, der damit den Ankauf eines wertlosen Duplikats vertuschen und die Versicherungssumme dafür abkassieren wollte. Nur ein kleiner Prozentsatz der Täter ist wirklich geistig gestört.«

Grit Vanderwerf hatte ihre Stimme soweit gesenkt, daß sie eben noch das Rauschen der Straße übertönte. Sie unterbrach kurz, da sich hinter ihr eine Gruppe von Madrilenen lautstark vorüberschob, um einen Platz in der Mitte zu erobern.

»Die meisten Täter besitzen also tatsächlich Hintermänner. Und Ziel meiner Arbeit ist es, die geistig verwirrten Einzeltäter, von denen, die einen Auftraggeber haben, zu trennen.«

Die Lehne drückte Keie in die Nieren. Unruhig rutschte er auf seinem Stuhl hin und her.

»Eine letzte Möglichkeit ist, daß die Auftraggeber das Bild deshalb beseitigen wollen, weil sie damit eine Information vernichten können. Eine wichtige Information.«

Sie sprach ohne jede Anteilnahme. Keie hatte das Gefühl, daß sie mit ihren Gedanken nicht ganz bei der Sache war.

»Die Vernichtung einer Information? Was verstehen Sie unter Information?« Keie dachte sofort an die Entdeckung de Nebrijas, an die Zeichen, die er gelesen, an die Figur, deren Augen er selbst erkannt hatte.

»Botschaften«, ergänzte Grit Vanderwerf, »Ein Bild selbst kann solche Botschaften bildnerisch darstellen, Liebeshändel zum Beispiel, oder aber man versteckt Hinweise in der Malerei selbst oder bringt sie auf dem Rahmen oder in der Grundierung unter. Der Phantasie sind hier keinerlei Grenzen gesetzt.«

»Das ist doch absurd.«

Keie beugte sich nach vorn, sein Rücken schmerzte. Grit Vanderwerf nahm einen Schluck Milchkaffee. Sie hielt Untertasse und Tasse noch in der Hand, als sie antwortete.

»Das ist häufiger, als Sie annehmen.«

»Sie glauben also, daß das Attentat auf den ›Garten der Lüste‹ eine geplante, zielgerichtete Tat gewesen ist?«

»Ich behaupte nichts!«

»Dann wäre der Anschlag nicht derart dilettantisch ausgeführt worden. Ich bitte Sie!« Keie hatte Feuer gefangen. Während er darüber nachdachte, mußte er den Kopf schütteln.

»Inwiefern?«

Keie begann nun doch über seine Arbeit zu erzählen. Er berichtete davon, daß die Flüssigkeit das Bild nur an wenigen Stellen getroffen hatte.

»Hätte der Kerl es geschafft, die Säure weiter nach oben zu spritzen, wäre die Flüssigkeit das gesamte Bild hinuntergelaufen und hätte erheblich mehr zerstört. So wurde nur der Teich und eine lesende Figur darin beschädigt. Die Säure war zudem sehr verdünnt. Sie hat sich nicht einmal durch den Firnis gefressen, sondern nur an drei Stellen auf dem Bild mattere Stellen hinterlassen. An denen sind allerdings Veränderungen ...«

In Grit Vanderwerfs Augen las Keie, daß er zu weit gegangen war.

»Dann haben Sie auf dem Bild also tatsächlich etwas gefunden! Sie deuteten in Ihrem Büro bereits so etwas an. Haben Sie sich schon einmal überlegt, daß diese Flüssigkeit nicht dazu da war, das Bild zu zerstören, sondern eine Information sichtbar zu machen?«

Keie hob die Augenbrauen.

»Ich verrate Ihnen noch etwas. Wußten Sie, daß der Attentäter ein Priester war? Mitglied der Kongregation der Dominikaner in Salamanca. Und dort Bibliothekar.«

Keie verschluckte sich am letzten Rest aus seiner Tasse und hustete.

»War es ihm zu unmoralisch? Zuviel nackte Haut? Zuviel Sex und Pornographie?«

»Das hoffte ich, von Ihnen zu erfahren. Aber einen Teil der Antwort haben Sie mir bereits gegeben.«

Keie fühlte, daß sie zögerte, daß sie auf eine für sie wichtige Frage zusteuerte.

»Kann man die Beschädigungen sehen? Haben Sie womöglich Bilder davon gemacht?«

Keie fühlte sich in die Ecke gedrängt. Er wollte nicht lügen, wollte ihr aber auch nicht die ganze Wahrheit sagen. Antonio de Nebrijas Warnung stand ihm deutlich vor Augen.

»Wir können uns das Bild ansehen. Selbstverständlich.«

Grit Vanderwerf lächelte entspannt und trank einen kleinen Schluck ihres Milchkaffees. Keie bemerkte, wie zierlich ihre Hände auf der großen Porzellantasse wirkten. Während sie ihn über die Tasse hinweg anblickte, bekamen ihre Augen einen sanften Glanz.

»Ich brauche Ihre Hilfe, Dr. Keie!« sagte sie leise und sah ihn dabei bittend an. »Dieser Pater, er nennt sich Pater Baerle, ist bekannt. Ein Serientäter. Der ›Garten der Lüste‹ ist sein viertes Bild in den letzten fünf Jahren. Aus der Kongregation wurde er ausgeschlossen, weil er Werke der Klosterbibliothek vernichtete, die Hinweise auf Frauen im Mittelalter und in der Frühen Neuzeit enthielten: Inquisitionsberichte, Dokumente, Briefe und vieles mehr.«

Keie hatte Grit Vanderwerf nicht unterbrochen. Ihr Gesicht bekam während der Aufzählung einen hellen Glanz. Er lauschte ihrer Stimme, deren lockendem Tonfall er sich kaum entziehen konnte.

»Ich habe nur ein Problem. Pater Baerle spricht nicht mit Frauen.«

Keie lächelte Grit Vanderwerf ungläubig an.

»Und was kann ich dabei für Sie tun? Es gibt doch bei der Polizei oder in Ihrem Institut sicher genügend Männer, die diesen Pater verhören können?«

»Sicher. Doch es ist noch keinem gelungen, etwas aus ihm herauszubekommen. Genau deshalb hat sich die Polizei auch an uns gewandt. Immer wieder hat der verrückte alte Kerl gefordert, mit einem Kenner des Bildes sprechen zu dürfen.«

Sie beugte sich vor, spielte mit der Kaffeetasse vor sich auf dem Tisch, drehte sie, als müsse sie ihren Gedanken erst die richtige Wendung geben. Ihr Gesicht näherte sich dabei dem Keies.

»Fachleute gibt es hier in Madrid zwar zuhauf, und ich hatte erst gar nicht an Sie gedacht, doch jetzt weiß ich: Sie sind genau der Richtige. Sie machen als Restaurator seine Tat ungeschehen. Das muß ihn provozieren. Sie haben auf dem Bild möglicherweise etwas entdeckt, das wird ihn neugierig machen, und Sie sind ein Mann. Mit Ihnen wird er reden. Dabei ist es egal, ob er Sie beschimpft oder seine Tat sachlich reflektiert. Ich glaube, es ist für uns alle schon deshalb von großem Interesse, weil er bereits angedeutet hat, er sei während seiner Zeit als Bibliothekar in der Klosterbibliothek von Salamanca auf ein Manuskript gestoßen, das in Zusammenhang mit dem ›Garten der Lüste‹ steht!«

Keie fühlte nur allzu deutlich, daß diese letzte Bemerkung der Köder gewesen war, ihn an die Angel zu nehmen. Und er glaubte mit dem letzten der Tapas auch den Haken zu fühlen, den er geschluckt hatte.

»Gut«, hörte er sich sagen. »Ich werde Ihnen helfen. Wann kann ich mit diesem Pater sprechen?«

»Wenn Sie wollen, sofort. Mit dem Taxi brauchen wir eine halbe Stunde, mit der Metro geht´s schneller.«

Statt einer Antwort winkte Keie den Ober herbei und zahlte.

»Ach ja, eine Winzigkeit noch, die ich Ihnen nicht verschweigen sollte. Pater Baerle behauptet, ich hätte ihn zu diesem Attentat angestiftet. Absurd. Die Projektion eines Verwirrten auf seinen Therapeuten. Aber ein weiterer Grund, jegliches Gespräch mit mir abzulehnen.«

Keie blinzelte in die Sonne.

»Absurd!« wiederholte er.

Grit Vanderwerf hakte sich bei ihm unter, als sie sich in Richtung Plaza de la Cibeles bewegten. Keie ließ es geschehen. Sie schlenderten über die breite Fußgängerzone des Parks, blieben am Wasserspiel vor dem Platz stehen, bewunderten das Rieseln der breiten Wasserfläche über das sorgfältig gelegte Steinbett und betraten die Metrostation Retiro.

III

Grit Vanderwerf führte ihn zu einem alten Kloster in einem der Außenbezirke. Die mächtigen Mauern wirkten, als sei das Gebäude ungenutzt. Der Putz bröckelte überall, und Farbe blätterte in aufgerissenen Blasen von den Wänden. Die vergitterten Fenster standen schwarz von der Tünche ab. Dahinter blinkten im Sonnenlicht alte, noch unregelmäßig geglättete Scheiben.

»Sie arbeiten in einem Kloster?«

»Nein, das nicht«, antwortete Grit Vanderwerf. »Ich habe hier in dieser Station des Dritten Ordens einige Behandlungsräume und Belegzimmer für minderschwere Fälle. Die Polizei hat den Pater in unsere Obhut gegeben, da er unter Aufsicht keine Gefahr für die Öffentlichkeit ist. Pater Baerle ist hier sehr familiär untergebracht und wird versorgt.«

Sie traten durch ein überdimensionales Portal ein. Grit Vanderwerf zeigte der Schwester an der Pforte ein offiziell aussehendes Papier, füllte ein Formular aus, ließ Keie unterschreiben und leitete ihn durch schier endlose Treppenhäuser und Gänge immer tiefer in das Klostergebäude hinein. Pflegerinnen in weißgrauer Ordenstracht begegneten ihnen in den Gängen, grüßten und huschten mit Essenswagen oder Arzneimittelverteilern an ihnen vorüber, bis Grit Vanderwerf und Keie das Ziel ihrer Wanderung erreicht hatten.

Eine Pflegerin im Habit des Dritten Ordens schloß ihnen auf. Keie sah eine schmächtige Gestalt, die sich, vom abendlichen Besuch offenbar überrascht, von einer Liege erhob. Ganz in Schwarz gekleidet, stach der Pater vom Weiß des Raums ab. Nur Gesicht und Hände schimmerten in der kalkigen Helle der Wände. Selbst das Haar glänzte in einem gelblichen Grau, als wäre es poliert.

»Pater Johannes Baerle«, stellte Grit Vanderwerf ihm die Person vor, »Dr. Michael Keie, Restaurator und Doktor der Kunstgeschichte, Spezialgebiet niederländische Malerei.«

Pater Baerle nickte und gab Keie die Hand. Sie fühlte sich kalt und trocken an.

»Endlich ein Mann!«

Keie lächelte mit geschlossenen Lippen.

»Setzen wir uns doch!« forderte Grit Vanderwerf auf, und nahm sich einen Stuhl, der zusammengeklappt an der Wand lehnte.

Der Raum war spartanisch eingerichtet. Neben der Liege stand ein kleiner Schreibtisch, auf dem Papier und einige kurze Bleistiftstummel lagen. Davor befand sich ein Hocker, weiß wie alles in dem Raum, der an eine Zelle erinnerte. Keie zog ihn heran und setzte sich. An der Wand rechts vom Fenster hing ein Regal, das außer einer Bibel nichts enthielt. Ein Spind neben der Tür war geöffnet aber leer. Über allem, in gut drei Metern Höhe, brannte eine matte Leuchtstoffröhre ohne Glasabdeckung. Es war stickig in dem Raum, und es roch auffällig nach Desinfektionsmitteln. Pater Baerle setzte sich auf die Kante seiner Liege, zog die Beine an den Körper und wartete darauf, angesprochen zu werden. Seine rotgeäderten Augen flatterten unruhig.

»Wie geht es Ihnen heute?« brach Grit Vanderwerf das Schweigen.

»Gut, nachdem ich in diesem Gebäude endlich einen Mann sehe. Entschieden zu viele Röcke. Entschieden zu viele!«

»Werden Sie schlecht behandelt, Pater Baerle?«

»Wie man's nimmt. Selbst mein Arzt ist eine Ärztin! Lassen Sie sich gerne von einer Männerhand betatschen, Señora Vanderwerf? Sehen Sie! Es ist gegen meine Würde. Mein Antrag auf ärztliche Behandlung durch einen Mann wurde abgelehnt!«

Pater Baerle zischelte bei jedem Wort, als stieße seine Zunge ständig zwischen die Zähne. Keie spürte, wie ihm eine Gänsehaut den Rücken hinaufkroch. Er schüttelte sich.

»Was macht er hier?« übernahm der Pater jetzt das Gespräch und deutete mit einer Kopfbewegung auf Keie. »Soll er mich aushorchen?«

Grit Vanderwerf schüttelte den Kopf. Sie beugte sich zu Baerle hinüber, versuchte mit ihrer Hand die seine zu greifen. Doch der Pater war schneller und zog seine Hand zurück.

»Er restauriert das von Ihnen beschädigte Bild! Außerdem wollten Sie doch einen männlichen Gesprächspartner!«

Mit einem Satz sprang Pater Baerle auf.

»Von mir beschädigt, von mir beschädigt. Sie haben ja keine Ahnung. Aber das habe ich bereits hundertmal gesagt.«

Er ließ den Kopf sinken und setzte sich wieder. Dann sah er Keie an.

»Hat es gewirkt? Sagen Sie mir, hat die Flüssigkeit gewirkt?«

Keie erschrak. Baerles Augen bekamen einen feuchten Glanz. So wurden in alten Filmen fanatische Wissenschaftler dargestellt, die die Grenze zum Wahnsinn überschritten hatten.

»Das Bild ist weitgehend unbeschädigt, wenn Sie das meinen, Pater. Nur die Firnisoberfläche wurde angeätzt, mehr nicht. Allerdings löste das Mittel auf der darunter liegenden Farbfläche eine Reaktion aus, die uns noch nicht erklärlich ist. Es wird einige Zeit dauern, bis wir sie verstanden haben. Der Firnis mußte abgetragen und ersetzt werden, aber das Gemälde mußte ohnehin restauriert werden. Ansonsten ist es unbeschädigt. Ich habe es mit meiner neuen Methode untersucht, die Ihnen sicher nichts sagen wird.«

Mit geneigtem Kopf hörte der Pater die Erklärung Keies und schmunzelte. Dann, mit einem Augenaufschlag, fixierte er ihn und fragte mit einem spöttischen Unterton:

»Glauben Sie, ich weiß nicht, wie man ein Bild nachhaltig zerstört? Sind Sie wirklich so blöde, oder halten Sie mich dafür?«

Keie ging auf die Bemerkung nicht ein. Aber bevor er eine eigene Frage stellen konnte, hakte Baerle nach.

»Wo arbeiten Sie, Dr. Keie? In den alten Werkstätten hinter dem Museum Richtung Retiro? Dieses graurote Gebäude?«

Etwas verwundert nickte Keie. Warum wollte er das wissen?

»Ist das jetzt wichtig?« warf Grit Vanderwerf ein.

Keie konzentrierte sich auf seine Frage.

»Mich interessiert vielmehr, warum Sie es überhaupt getan haben.«

»Pater Baerle, vielleicht erzählen Sie Herrn Doktor Keie, was Sie mir nicht erzählen wollten.« Baerle stand wieder auf und näherte sich Keie. Er brachte sein Gesicht so nahe an das Keies und hauchte ihn an, bis Keie den Kopf zur Seite drehte. Plötzlich spürte er den heißen Atem an seinem Ohr.

»Helfen Sie mir. Bitte. Die bringen mich hier sonst um!«

Unvermittelt setzte sich Baerle wieder, fixierte Keie, bis er plötzlich die Augen niederschlug und fragte: »Warum sollte ich ihm etwas erzählen?«

Baerle streckte sich und lachte über seinen Einfall. »Nichts soll er wissen.«

»Offenbar haben Ihre Zerstörungen etwas freigesetzt. Etwas Verborgenes ans Tageslicht geholt, Pater Baerle«, griff Grit Vanderwerf in das zähe Gespräch ein.

Der Pater fuhr herum, sein Gesichtsausdruck verzerrte sich.

»Was haben Sie gefunden? Erzählen Sie schon«, fuhr er Keie an.

Keie schwindelte es in der kahlen Helligkeit des Zimmers. Die roten Augen des Paters bedrohten ihn wieder, schienen ihn zu umklammern. Nichts würde er verraten, nichts, weder dieser Frau noch dem verrückten Pater. Nein, er würde schweigen, nichts von dem preisgeben, was Antonio de Nebrija möglicherweise entdeckt hatte. Zu plötzlich interessierten sich zu viele für das Bild und seine Geheimnisse. Unruhig spielte er mit dem Messer in seiner Hosentasche, bis er bemerkte, daß Pater Baerle ihn gespannt beobachtete.

Eine Stille breitete sich aus, in der nur das Atmen der drei Menschen zu hören war. Durch das vergitterte Fenster drang schwach Sonne in den Raum.

»Na gut, behalten Sie Ihr Geheimnis für sich, Señor Keie! Vielleicht sollte ich tatsächlich mit meiner Geschichte beginnen. Vertrauen gegen Vertrauen. Obwohl ich nicht weiß, ob ich hier in diesen Mauern ..., aber lassen wir das.«

Baerle sah zu Grit Vanderwerf hinüber, die sich aber nicht rührte. Er sprach jetzt langsam, mit einem harten Akzent, und Keie hatte Mühe, ihn zu verstehen. Er runzelte die Stirn, dachte einen Moment darüber nach, was der Geistliche gemeint haben könnte. Fühlte er sich bedroht? Wurde er beobachtet? Keie kannte sich zuwenig aus in den Gepflogenheiten spanischer Psychiatrien oder Ordenskrankenhäuser. Doch die eindringliche Stimme des Paters verhinderte, daß er sich weiter damit beschäftigte.

» ... zuständig für die Handschriftenabteilung in der Bibliothek von Salamanca, und dort interessierte ich mich vor allem für inquisitorische Vorgänge der Vergangenheit. Meine Aufgabe war es sozusagen, die Rechtmäßigkeit bestimmter Urteile vom Standpunkt der Theologie aus zu überprüfen. Während der Recherchen bin ich auf eine Protokollnotiz gestoßen. Äußerst aufschlußreich. Allerdings etwas kurz. Es war darin die Rede von einem Manuskript. Ich habe jahrelang danach gesucht und bin schließlich fündig geworden, in Unterlagen aus Köln. Alles noch ungeordnet, wahrlich ein babylonisches Durcheinander in verstaubten Kisten und Kästen. Und leider unvollständig. Geschrieben wurden die Seiten um 1511 in den Verliesen der Heiligen Inquisition zu 's-Hertogenbosch, Brabant. Der Autor war ein Mann namens Petronius Oris, ein Künstlername, wie in dieser Zeit üblich. Seine wahre Identität blieb im dunkeln. Er hatte den Auftrag, seine Geschichte für die Heilige Inquisition niederzulegen. Ich habe sie gelesen ...«

IV

Die Gegend vor 's-Hertogenbosch wimmelte von Strauchdieben, Halsabschneidern, und Wegelagerern, die ehrbaren Männern in den Stunden zwischen ausklingendem Tag und anbrechender Nacht auflauerten. Als Petronius Oris das Fuhrwerk auf sich zukommen sah, trat er aus dem niedrigem Jungholz hervor, um dem Fuhrknecht zu zeigen, daß er keine bösen Absichten hegte. Die Sonne war eben untergegangen, und in der Dämmerung konnte Petronius erkennen, daß der Fuhrknecht die Zügel fester faßte.

»So ist's recht! Heraus und gezeigt, wenn Ihr es ehrlich meint und nicht niedergewalzt werden wollt!« hörte er den Fuhrmann rufen. »Und wenn kein Übel hinter Eurem Versteckspiel lauert, könnt Ihr mit auf den Wagen.«

Dabei ließ er die Peitsche knallen, daß die Ochsen den Kopf hoben und sich stärker gegen das Joch lehnten. Verstohlen beobachtete er die umliegende Gegend, ob nicht noch mehr Gesindel hinter Buschwerk und Bäumen lauerte. Der Fuhrwerker kratzte sich mit den Fingernägeln das schorfige Kinn unter den Bartstoppeln, doch außer Petronius, dessen Kittel zwar durch den Staub der Straße verdreckt, aber nicht abgerissen war, war weit und breit kein Mensch in Sicht. Ein kräftiger Zug an den Riemen der Ochsen ließ die Tiere hart am Junggehölz vorüberstreifen.

»Seid Ihr unterwegs nach Den Bosch? Wenn Ihr vor Toresschluß in die Stadt wollt, müßt Ihr Euch sputen. Springt auf, wenn Ihr wollt!«

Lachend nahm Petronius seinen Sack vom Boden und warf ihn hinten auf den Wagen. Dann erklomm er den Sitz neben dem Fuhrmann. Er wußte, daß der Kutscher ihn von oben bis unten musterte und daß er mit seinem verfilzten schwarzen Bart nicht eben vertrauenerweckend aussah. Der Blick des Fuhrmanns blieb an Petronius Schuhen haften, halbhohe Stiefel aus feinem Kalbsleder, die ihm zeigen mußten, daß sein Fahrgast nicht unvermögend war.

»Ich will hoffen, daß die nicht vor ein paar Stunden noch an andern Füßen steckten«, sagte er und spuckte kräftig aus. »Doch Ihr habt einen offenen Blick, ich will Euch trauen. Nun schnell noch den Namen. Ehrliche Christenmenschen kennen einander.«

»Petronius Oris. Maler aus Augsburg. Ebenfalls unterwegs nach Den Bosch. Ich suche Arbeit in der Werkstatt des Meisters Hieronymus. Kennt Ihr ihn?«

»Ah, ein Pinselschwinger. Ich war schon immer neugierig darauf, wie diese Geschöpfe aussehen mögen!«

Dabei musterte der Fuhrmann Petronius Oris unverhohlen von der Seite, ließ die Peitsche über die Hörner der Ochsen wegfahren und schnalzte mit der Zunge.

»Ich kann kaum einen Unterschied zu anderen menschlichen Wesen ausmachen, Meister Oris. Nase, Mund und Ohren tragt Ihr offenbar an denselben Stellen wie sonst jeder ehrliche Christ. Und dann wird es mit dem Rest ebenfalls stimmen.«

Lauthals lachte der Fuhrwerker in den scheidenden Tag hinein, zog die Nase auf und spuckte geräuschvoll ins Buschwerk. Dabei reichte er dem Maler seine Hand hinüber. Petronius schlug ein. Das pfiffige Gesicht mit den schelmischen Augen flößte Vertrauen ein.

»Seid mir und meinen Ochsen willkommen. Meinhard aus Aachen, kein lateinisches Geschnörkel dabei, kein Drumherum. Schlagt ein. Bis Den Bosch könnt Ihr mir Gesellschaft leisten. Und Euren Meister Hieronymus – nun, warum sollte ich ihn nicht kennen, wenn doch die halbe Welt von ihm spricht?«

»Ja? So könntet Ihr mich zu ihm bringen?«

»Wenn Ihr das wirklich wollt!«

»Ihr seid vorsichtig. Stimmt mit ihm etwas nicht?«

Wieder knallte der Fiesel über die Hörner der Ochsen weg, die sich ins Zeug legen mußten, da der Weg leicht anstieg und nach einer Seite hin abschüssig wurde. Petronius' Blick schweifte über die Ebene vor ihnen, die nur mit einzelnen Baumgruppen, Gestrüpp und Unterholz bestanden war.

»Der Kathedralenbau Den Boschs müßte bald über den Hügel hin sichtbar werden, Fremder. Hoh! Ihr faulen Viecher! Zieht, ihr lahmen Freßsäcke, damit euer Futter verdient ist. Hoh! Und was den Maler betrifft. Die andere Hälfte der Welt wünscht ihn zum Teufel.«

Mit beiden Händen hielt sich Petronius am Kutschbock fest, damit er bei der holprigen Fahrt nicht auf den Wegrain hinausgeschleudert wurde. Zwischen zwei Schlaglöchern tauchte die Kirche Sint Jan gegen den Horizont auf. Sie wirkte wie ein hohler Zahn, von Gerüsten eingeschlossen. Man war eben dabei, den Turm aufzuführen und, soviel zu sehen war, die Säulen des Mittelschiffs auf Gewölbehöhe zu treiben. Gleichzeitig mit diesem eigenartigen Anblick des halbfertigen Gotteshauses entdeckte Petronius drei Rauchsäulen, die sich neben dem Turmgerippe in den Himmel schoben.

»Und warum gerade in die Hölle! Malt er zu schlecht?«

»Nein«, brummte Meinhard. »Das glaube ich nicht, wenn ich auch noch keines seiner Bilder richtig gesehen habe. Was er malt, stört die Menschen. Bestimmte Menschen. Seht, vor Euch. Die Hunde haben wieder gerissen.«

Mit ausgestreckter Hand deutete er auf die Rauchsäulen, die sich weiter oben weißlich auskräuselten und dann im dämmrigen Blau des Himmels verschwanden.

»Was ist das? Und was meint Ihr mit den Hunden, die gerissen hätten?«

»Wartet's ab, Maler. Ihr werdet die neue Gastfreundlichkeit Den Boschs noch früh genug kennenlernen. Und seid dankbar, wenn Ihr sie nicht zu fühlen bekommt.«

V

Das Quietschen der sich öffnenden Tür unterbrach die Erzählung des Paters. Plötzlich war alles wieder weiß, die Wände, die Möbel, das Gesicht Pater Baerles, der ihn anzugrinsen schien und dennoch keine Miene verzog. Die Tür schlug zu.

Die Schwester, die sie hineingeleitet hatte, brachte auf einem weißen Emailletablett, dessen abgeschlagene Kanten das schwarze Metall darunter zeigten, drei Tassen Kaffee, der nach Keies Meinung ebenso nach Desinfektionsmittel roch wie das Zimmer. Nur langsam faßte sich Keie wieder, und er bemerkte, daß er sich von der Erzählung des Paters hatte fortreißen lassen.

»Was ist das für eine Geschichte? Oder binden Sie uns einen Bären auf, um uns zu unterhalten?«

Pater Baerle bellte ihn regelrecht an und wurde noch eine Spur grauer.

»Glauben Sie doch, was Sie wollen.«

»Ich möchte Ihre Reputation nicht in Frage stellen, Pater Baerle, aber was genau wollen Sie uns erzählen? Was hat das alles mit dem Bild zu tun?«

Jetzt schloß Pater Baerle die Augen, lehnte sich langsam zurück, bis seine papierene Gesichtshaut beinahe mit der Wand zu verschmelzen schien. Die Schwester hatte das Tablett und die Papptassen auf den schmalen Tisch am Kopfende des Raums gestellt und drängte sich jetzt wieder an Keie vorbei, dem ihre übertriebene Sauberkeit in der Nase kitzelte. Er mußte zweimal heftig niesen.

»Es ist das Unglück dieser Zeit, daß die Menschen darin die Geduld verloren haben«, sagte Baerle.

Er stieß diesen Satz auf eine Weise hervor, daß selbst die Wärterin vergaß, Gesundheit zu rufen, und stumm um Auslaß klopfte und die Tür hinter sich zuzog, als geöffnet wurde.

»Interessiert es Sie nicht, warum ich versucht habe, das Bild zu zerstören, Señor Keie! Aber ich darf Ihnen etwas verraten, etwas, das mit meiner Geschichte, die ich Ihnen erzähle, eng verflochten ist. So eng, daß Sie sich darin verfangen könnten, mein lieber Wissenschaftler, wenn Sie nicht vorsichtig sind!«

Pater Baerle richtete sich auf, beugte sich vor und grinste Keie frech ins Gesicht.

»Und wenn Sie wissen wollen, warum, wenn Sie es wirklich wissen wollen …«, die letzten Worte schrie er in den Zellenraum hinein, daß es dröhnte, » … dann halten Sie Ihren Mund und hören Sie zu!«

Keie zog die Augenbrauen hoch. Drohte ihm der Pater? Wollte er ihn erschrecken? Besänftigt, als wäre der Gefühlsausbruch nicht geschehen, flüsterte Baerle:

»Wie bei einem Uhrwerk die Zahnräder ineinandergreifen, paßt auch hier alles zusammen. Geduld.«

Er machte eine Pause und fixierte Keie mit einem wäßriggrauen Blick. Grit Vanderwerf, die sich bislang still verhalten hatte, schob beschwichtigend ihre Hand auf Keies Knie.

»Erzählen Sie doch weiter, Pater, bitte«, schmeichelte sie Baerle, dessen stumpfes Starren sofort einem angeregten Blick wich.

»Ihretwegen, Madame«, grinste er und wedelte übertrieben höflich mit dem Arm, »Ihretwegen würde nicht ein Wort über meine Lippen kommen.«

An Keie gewandt meinte er: »Sie schulden mir etwas, Señor Keie, wenn ich mit der Geschichte zu Ende bin. Wenn ich nicht gehorche, habe ich es zu büßen. Sie entziehen mir das Essen, lassen mich nicht schlafen. Dort oben, die Leuchtstoffröhre, nur sechzig Watt, aber sie brennt Tag und …«

»Pater!« unterbrach Grit Vanderwerf seine Anschuldigungen.

» … außerdem ist sie schuld daran, daß ich die Säure auf das Bild geschüttet habe. Sie wollte es! Sie! Sie! Sie!«

Die letzten Worte schrie Baerle erneut, bis er erschöpft in seiner Ecke zusammensackte. Keie sah Grit Vanderwerf an. Die zuckte mit den Achseln und nickte kurz.

»Ich gebe Ihnen mein Wort, daß Sie von mir erfahren werden, was wir gefunden haben, Pater Baerle«, murmelte er nur.

Wieder ging seine Hand zum Taschenmesser, als würde es ihm Sicherheit gewähren. Sofort belebte sich der Pater.

»Sie versprechen es mir?«

Keie nickte und reichte ihm die Hand hin, die Pater Baerle aber zu übersehen schien. Er sammelte sich, beobachtete Keie, er blickte in sich hinein und begann plötzlich mit tonloser Stimme zu sprechen:

»Ich habe darum gebeten, meine Geschichte vor einem männlichen Zuhörer zu erzählen, einem Fachmann, der weiß, wovon ich rede.«

Dann verstummte er kurz, bevor er in einen eigenartigen Singsang verfiel, mit dem er die letzte Erzählung ebenfalls eingeleitet hatte. Und wieder klang er wie ein Geschichtenerzähler.

»Was wißt Ihr über Bosch, Hieronymus Bosch, der eigentlich van Aken hieß, da die Familie aus Aachen stammte und sich nach seinem Wohnort Bosch nannte? Was? Nichts! Oder so gut wie nichts. Ein wohlanständiger Bürger in 's-Hertogenbosch, geachtetes Mitglied der Liebfrauenbruderschaft der Sint Jans Kerk, wie Dutzende, Hunderte anderer auch in dieser Zeit. Viel mehr wissen wir nicht. Einige Details aus seinem Wirtschaftsleben, Heirat, Grundstückskäufe, Festessen, Zeitpunkt des Todes. Eine geheimnisvolle Persönlichkeit, der es gelungen ist, trotz ihres Bekanntheitsgrades im Dunkeln der Geschichte zu bleiben. Ein weniges davon konnte ich erhellen. Bosch war nämlich ein begehrter Lehrherr, zu dem aus aller Herrgotts Länder die Begabten pilgerten, um in seiner Malschule ausgebildet zu werden. Bis von Augsburg kamen sie oder von Venedig, von Breslau und Nürnberg, Paris und Madrid. Ein Sammelsurium von Künstlern. Die besten Gesellen aus ganz Europa …«

VI

Das Fuhrwerk holperte auf die Stadt zu, deren dunkle Mauern mit jeder Umdrehung der Scheibenräder höher zum Horizont aufrückten.

Nach den Sätzen des Fuhrmanns hielt Petronius Augen und Ohren auf, um keinen noch so kleinen Hinweis zu übersehen, der ihm die Antwort auf seine Frage bot.

Ihm fielen die abgeholzten und sauber ausgeklaubten Dickichte auf: keine Äste, keine herabgefallenen Zweige, keine Zapfen oder Eicheln oder stacheligen Reste von Bucheckern. Richtigen Wald hatte er schon seit der Eifel nicht mehr gesehen, allenfalls am Rhein entlang noch, aber seit er von Nijmegen aus abseits der Flüsse zu Fuß unterwegs war, standen nur noch kleine Baumgruppen beisammen. Die Holzräder klopften den Körper langsam weich. Aber es war besser, die wenigen Meilen zu fahren, als jetzt bei Dämmerung zu Fuß zu gehen. Sie kamen den Rauchsäulen langsam näher, bis Petronius der Gestank verbrannten Fleischs in die Nase stieg.

»Scheiterhaufen!« entfuhr es ihm.

»Ihr habt richtig gerochen. Die Hunde des Herrn mögen am liebsten Gebratenes!«

Der Fuhrmann beugte sich zu Petronius hinüber und flüsterte ihm ins Ohr. Dabei hielt er sich die Hand vor den Mund.

»Am besten Ihr haltet mit Eurer Meinung zum Treiben der Dominikaner hinter dem Berg. Wer vorlaut ist, lebt nicht lange in dieser Stadt, die Luft ist arg rauchig geworden in letzter Zeit. Stadtregiment und Inquisition liegen sich in den Haaren. Die domini canes wollen den Herren von der Stadtverwaltung an die Gurgel.«

Als das Fuhrwerk mit den Ochsen an den drei Scheiterhaufen vorüberzog, fiel gerade eine der langen Stangen in sich zusammen, an denen die Delinquenten aufgehängt worden waren, damit der Rauch sie nicht gleich ersticke, sondern etwas vom Feuerhauch der Hölle fühlbar werde. Der Körper brach herab und schlug in den Haufen aus Stroh und Holz, so daß er aufloderte, als wolle das Feuer der Seele mit in den Himmel folgen.

»Noch einige Zeit und wir passieren das Stadttor. Kurz zum Geschäftlichen. Ich bringe Euch in die Stadt. Ihr seid mein Fuhrknecht, Fremder. Keine Widerrede, sonst übernachtet Ihr draußen oder verschwindet sofort in den Kerkerzellen der Dominikaner. Kein Wort. Tut, was ich Euch sage.«

Petronius nickte. Für sich beschloß er, solange nichts zu sagen, bis er hinter die Mauern gelangt war. Er kannte die Sorgen der Städte nur zu gut, die befürchteten, jeder Fremde schleppte Seuchen ein oder käme als Bettler. Gegen das Tor zu wurde der Verkehr stärker. Aus zwei anderen Richtungen erreichten ebenfalls Fuhrwerke mit finster blickenden Kutschern unter langen, grauen Regenplanen die Zugbrücke.

»Alles arme Schlucker«, deutete der Fuhrmann zu den Gespannen hinüber. »Seit die Dominikaner versuchen, in der Stadt Fuß zu fassen, nimmt der Handel ab. Warenballen aus Eindhoven, Köln, Utrecht. Manche kommen aus England oder wurden in Riga geschnürt, andere enthalten Glas aus Venedig, feinste Muranoqualität. Das meiste aber ist für die Durchreise bestimmt, wird hier nicht einmal vom Wagen genommen. Den Fuhrleuten sitzt die Angst im Nacken, für die Dominikaner könnte das eine oder andere Teufelswerk sein, so daß sie es beschlagnahmen.«

Als sie sich dem Stadttor näherten, erschrak Petronius, denn vor dem Tor waren, auf lange Stangen gespießt, mehrere Köpfe zu sehen, deren Knochen bereits sichtbar waren.

»Eine grauenvolle Angewohnheit, die man den Pfaffen nicht austreiben kann. Sie halten es für eine lehrreiche Lektion. – So, da wären wir.«

Der Karren rumpelte mit den Ochsen auf die Holzbohlen der Brücke, die einen schmalen Kanal überquerte. Ein Soldat der Torwache löste sich aus der schattigen Unterfahrt, trat auf sie zu und begrüßte sie mit einem schiefen Grinsen.

»Na, Meinhard, schon wieder zurück? Schwere Fracht gehabt?«

Kräftig klopfte die Wache den Ochsen auf die Schenkel und schielte zum Fuhrmann hinauf.

»Seit wann nimmst du Gäste mit?«

»Kein Gast«, knurrte Meinhard, »mein Fuhrknecht. Man wird gebrechlicher auf seine alten Tage. Da tut es gut, wenn zwei Hände mehr mit zupacken.«

»Gut, kannst passieren. Aber nächstens kommst du früher. Die Tore wären längst geschlossen, hätte ich dich nicht herzuckeln sehen.«

Meinhard trieb die Ochsen an, die auf dem glatten Holz kaum Halt fanden. Die Stichelei ließ er unbeantwortet, schließlich begehrten hinter ihm weitere vier Wagen letzten Einlaß. Sie durchfuhren das Tor und tauchten ein in die winkeligen Straßen dahinter.

Von gierigen Blicken wurden sie verfolgt, überall lungerten Bettler, die längs der Tore ihr Glück suchten und ihnen die Fäuste hinterherschüttelten, nachdem der Fuhrmann keine Münzen für sie übrig hatte. Aber auch die Händler der Buden beäugten die hereinrumpelnden Ochsenkarren argwöhnisch. Meinhard schien sich nicht um die gehässigen Blicke und geballten Fäuste zu kümmern.

»Ein freundliches Völkchen. Bei jeder ankommenden Fuhre haben sie Angst, daß man ihnen die Preise verdirbt. Ich werde in der Nähe des Marktes meinen Wagen abladen und die Ochsen im Süden unterstellen. Du kannst gehen, Fremder, wohin du willst, aber mach mir keinen Ärger. Der Lumpensack am Tor ist scheinheilig. Er weiß genau, wen ich in die Stadt mit hineinnehme und wen wieder mit heraus. Und wenn du im Kerker landest, warum auch immer, sitze ich kurze Zeit danach neben dir. Und das möchte ich nicht. Verstanden? So – und jetzt hau ab. Die Werkstatt deines Malers liegt am Markt, auf der Seite der Kathedrale. Es ist nicht zu verfehlen. Ich muß mich um die Ochsen kümmern.«

Petronius hatte kaum zugehört, sondern aus den Augenwinkeln heraus einen Bettler beobachtet, der den Karren unablässig anstarrte und dabei Grimassen zog. In der Hand hielt er einen Stock mit einem aus einer Verwurzelung gebildeten auffälligen Knauf. Als der Bettler sich beobachtet fühlte, hob er gegen den Ochsenkarren die Faust und verschwand in einem Nebengäßchen.

Dafür trat ein magerer Mönch neben den Wagen, gekleidet in das Schwarzweiß der Dominikaner, streckte die Hand zum Kutschbock hinauf und rief:

»Dem Herrgott zur Ehre und den Bedürftigen zum Lohn eine Spende.«

Meinhard knurrte Unverständliches, zog dann mit der Nase geräuschvoll auf und spuckte dem Mönch einen Mundvoll Speichel in die Hand.

»Mit einem schönen Gruß an den Prior. Er hat die Teppiche der letzten Ladung noch nicht bezahlt. Wenn Geld fließt, reden wir weiter. Ansonsten entschuldigt, daß Ihr gerade Eure Hand in den Strahl meiner Spucke gehalten habt. Ich komme beichten. Morgen schon. Vergebt mir Pater.«

Petronius mußte grinsen.

»Ihr habt das Herz auf dem rechten Fleck, Meinhard.«

»Denkt das nicht. Aber das scheinheilige Pfaffenvolk macht mich wütend. Wäre es so, wie Ihr sagt, hätte ich das eben gelassen. Ich würde eher sagen, ich bin lebensmüde.«

»Des Mönchs wegen?«

»Nein«, flüsterte Meinhard eigenartig rauh und deutete mit dem Kopf ans Ende der Gasse. »Seinetwegen. Er ist hier der Blutteufel. Der Mordbrenner. Vor dem nehmt Euch in acht.«

Petronius sah in die von Meinhard angedeutete Richtung. Ein schmaler, eher unscheinbarer Mann querte die Straße und blickte, bevor er die Hauptstraße verließ, kurz in ihre Richtung. Dann zuckte er mit den Schultern und tauchte in das Gewirr des Marktplatzes ein.

Petronius fragte sich, ob er die Szene wohl beobachtet hatte.

»Pater Johannes von Baerle, der Inquisitor. Er ist der leibhaftige Tod!«

VII

»Was wollt Ihr hier, Fremder?«

Dicht hinter seinem Rücken schnarrte eine Stimme. Petronius fuhr herum. Vor ihm stand wieder der Bettler, der noch kurze Zeit zuvor die Faust gegen sie geschüttelt hatte. Er lauerte geduckt auf eine Bewegung, seinen Stab mit dem eigenartig gewundenen Knauf so in der Hand, daß er damit zustoßen konnte. Unter einer Lederkappe lag ein eigenartig geschrumpfter, schmaler Kopf, bedeckt von grauem Schorf, der wie feiner Schnee abschuppte. Ein sackartiger Kittel war um einen dürren und leicht nach vorne fallenden Körper gewunden, während die Beine in lumpigen Fetzen steckten, die geschwollene rot und blau angelaufene Haut sehen ließen. Aus tief hinter den Brauen liegenden Augen stierte er ihn an.

»Wir lieben es nicht, wenn hergelaufenes Pack sein Glück in unserer Stadt versucht! Ihr seid nicht willkommen! Habt Ihr verstanden?«

Dabei trat der Mann so nahe an ihn heran, daß Petronius der faulige Geruch seiner schlechten Zähne in die Nase stieg.

»Es gibt genug Arme in der Stadt, die das wenige zum Sterben nicht zusammenbetteln können. Damit wir uns verstehen, gebettelt wird nicht, auch wenn dich der Meinhard aus Aachen hinter die Stadtmauern gebracht hat. Hier reicht es nicht einmal für uns, und geteilt wird nicht!«

Petronius hatte den Fuhrmann erst kurz zuvor verlassen, hatte sein Bündel gepackt und war einfach nach einem Händedruck vom Bock gesprungen. Trotz der späten Stunde pulste das Leben in den Gassen zwischen den Häusern: Kaufleute, Händler, Bettler, Fuhrwerker, Damen der besseren Gesellschaft und Huren, Mädchen, die ihre Kleider drehten, Windbeutel, die ihnen nachgafften. Petronius hatte sich sofort wohlgefühlt in dieser lichten

Atmosphäre voller Pracht und Reichtum, voller friedfertiger Heiterkeit. Überall verspürte er die Offenheit des brabantischen Wesens, das ein fortdauerndes Lächeln auf die Lippen der Frauen schickte und den Männern einen geraden Blick bescherte. Mehrmals hatte er tief durchgeatmet auf den Marktplätzen der Stadt. Selbst die Luft trug den Geruch einer paradiesischen Freiheit.

Bis zur Kathedrale hatte er sich vorgearbeitet. Mächtig und schwer saß sie inmitten der Stadt. Dabei fehlten das Mittelschiff und die Bedachung. Unvollendet ragten die Säulen wie ein lückenhaftes Gebiß in den Himmel. Niemand hatte ihm bis dahin die Auskünfte verweigert, bis er hinter sich diese knarrende Stimme vernommen hatte.

»Aber ...«, wollte er sich verteidigen, wurde jedoch rüde unterbrochen.

Aus den Augenwinkeln konnte er sechs oder sieben weitere Gesellen beobachten, alle in Lumpen wie der Kerl vor ihm, die rings einen Kreis um ihn schlossen.

»Verschwinde, Landfahrer«, zischte ihn die Lumpengestalt an, »bevor ich dir zeigen muß, wie wir Stadtrecht schützen.«

In diesem Augenblick schlug ihm der Duft von Weihrauch entgegen. Eine Prozession von Dominikanern bog am Kopf der Gasse ein und bahnte sich mit Handglocken und Gesang einen Weg durch die Menge; hinter ihnen drein holperte ein Wagen den unbefestigten Weg entlang.

Überall spürte er plötzlich eine zurückhaltende, bedrückende Atmosphäre sich ausbreiten. Das Lächeln der Bürger verschwand von den Lippen. Die Menschen wandten sich ab, wechselten die Straßenseite, schlugen die Augen nieder.

In zwei Teile wurde der Kreis um den Maler geteilt. Bis ganz an die Hausmauer mußten sie zurückweichen. Der Kerl in Lumpen wurde eng an Petronius gedrängt. Stille breitete sich aus, bis nur noch die Räder im schlammigen Kies der Straße mahlten und die Ketten an den Weihrauchfässern rhythmisch klingelten.

»Verzeiht, aber ich glaube, Ihr täuscht Euch in mir. Ich bin nicht ...«, flüsterte Petronius, doch beim Anblick des Wagens hielt er inne. Oben auf den Brettern stand, an den Handgelenken festgebunden, eine junge Frau. Ihr Haar baumelte in strähnigen Zöpfen vom Kopf, sie trug nur ein Untergewand, einen Fetzen, der nichts mehr verbarg. Überall sah man zerrissene Haut, offene Wunden, Verbrennungen, die eiterten oder schwarz verkrustet waren. Ihre blutunterlaufenen Augen, die grünlich und blau schimmernden Blutergüsse an Armen und Beinen, die unnatürlich abstehenden Finger verrieten die Leiden der Folter. Ihr Gesicht schien nicht entstellt worden zu sein. Es strahlte eine beängstigende Ruhe und Zuversicht aus.

»Die Nummer vier heute. Sie sind unersättlich. Die Tochter des hiesigen Baders. Sie soll der Bruderschaft angehören, den Adamiten, und teuflische Unzucht mit ihnen getrieben haben. Aber das sind Gerüchte.«

Auf seinen Bettelstab gelehnt, kommentierte der Kerl den makabren Zug. Die Gesichter der Mönche blickten leer.

»Wer sind die Adamiten?« murmelte Petronius, ohne die Frau aus den Augen zu lassen.

Der Bettler lachte unhörbar auf.

»Spinner im Namen des Herrn Jesu, sag ich dir. Oder Heilige. Oder Ketzer. Wer weiß das schon so genau? Jedenfalls fürchten die Päpstlichen sie wie die Pest, schlimmer vielleicht. Und rotten sie deshalb aus. Es ist außerdem einfach zu sagen, du bist Adamit, deshalb gehörst du auf den Scheiterhaufen. Wer kann schon das Gegenteil beweisen?«

Schwer zog der Bettler die Nase hoch und spuckte einem der Mönche, die vorübergingen, vor die Füße.

»Sie sollen Orgien feiern und dabei die Messe lesen. Ketzerisch, nicht. Aber leider hat mich noch nie jemand dazu eingeladen.«

Petronius riß sich los von diesem Anblick und faßte den Bettler vor sich ins Auge. Zum Geruch von Weihrauch und verbranntem Fleisch gesellte sich der ranzige Gestank von Körperfett und Stallübernachtungen.

»Hört mir zu. Ich bin nicht in die Stadt gekommen, um zu betteln. Ich suche das Zunfthaus der Maler und das Wohnhaus des Meisters Hieronymus.«

»Wie könnt Ihr in Anbetracht dieses Gesichts an Eure Haut denken, die es zu retten gilt?«

»Mit der Haut der Jungfrau dort auf dem Karren ist mir jedenfalls nicht mehr gedient. Ich benötige meine eigene. Sie paßt mir besser!«

Die gesamte Straße starrte hinter dem Karren und den Weihrauch schwingenden Mönchen her, die in Richtung Stadttor verschwanden. Gesang und Rumpeln wurden schwächer.

»Noch einmal«, betonte der Maler und hielt jetzt den Bettler am Arm fest. »Ein ehrbarer Maler bin ich, auf der Suche nach einer Beschäftigung, und werde Euch nicht ins Handwerk pfuschen. Wenn Ihr mir ein Zimmer für diese Nacht zeigen könntet, wäre ich Euch dankbar!«

Ein Wink mit dem Finger und die Gesichter der Umstehenden und auch das des Mannes vor ihm entspannten sich sichtlich.

»Das ändert die Lage. Verzeiht meine Aufdringlichkeit.«

»Nun«, gab Petronius zurück, »Ihr habt Euch Eurer Aufgabe entledigt. Eine Warnung an jeden Fremden, der die Stadt betritt, kann ich Euch nicht verdenken.«

»Ihr habt etwas gut, Fremder. Wenn Ihr die Straße hinaufgeht, zurück zum Stadttor, auf der rechten Seite. Das Gasthaus »Zum Adler« steht Euch offen. Sagt, Ihr kämt vom Langen Zuider. Gehabt Euch!«

Als würde ihn der Boden verschlucken, tauchte der Bettler in der Menge unter. Petronius blieb allein. Als er hochsah, glaubte er noch am Ende der Gasse die Kutte eines Dominikaners in die Lücke zwischen zwei Häuser fliehen zu sehen.

VIII

Die ersten Laternen wurden angezündet. Petronius schlenderte zum Marktplatz, der dreieckig inmitten der Stadt lag. Neugierig umrundete er den Platz, der sich langsam leerte, besah sich das Stadthuis, das von Macht und bestehendem Reichtum zeugte, schlenderte an den Buden der Kaufleute vorüber, von denen manche noch ihre Waren feilboten. Es roch nach Fisch und Brot, Gemüse, Käse und frischem Obst. Er tauchte ein in diese Welt der Wohlgerüche und der Betriebsamkeit und schlenderte dann wieder die Gasse hoch, um die Spelunke zu finden, die ihm der Bettler angewiesen hatte. Er folgte dem Klang der Musik. Harfenklänge wehten durch die Gasse und vermischten sich mit dem schmatzenden Wühlen der Stiefel im Morast. Dann stand der Maler vor einem Fachwerkbau mit schwarzen Balken und schwarzer Tür. Die Fenster wurden durch Läden verriegelt. Als er die Tür öffnete, trat ihm ein Hüne entgegen, der sich im niedrigen Durchgang zum Schankraum bücken mußte.

»Wir haben geschlossen!«

Petronius hob erstaunt die Augenbrauen.

»Und die Musik hinter der Tür ist das Geflüster von Geistern.«

Die Miene des Riesen verfinsterte sich.

»Ich höre keine Musik.«

»Dann müssen meine Ohren klingen«, lachte Petronius etwas beklommen. Auf einen solch rüden Empfang war er nicht vorbereitet. Hatte der Bettler nicht gesagt, das Gasthaus stünde ihm offen? Hatte er ihn an der Nase herumführen wollen?

»Man sagte mir, ich fände hier eine Unterkunft für die Nacht?«

»Wer dieses Haus verläßt, ist entweder betrunken oder tot!«

Petronius wollte sich bereits umdrehen und wieder auf die Gasse hinaus, als ihn eine Pranke zurückhielt, die sich in seine Schulter grub.

»Sagte ich nicht tot oder betrunken?«

Mit einem Ruck drehte ihn der lange Kerl zu sich um. Petronius holte Luft.

»Ich hatte es nicht mit meiner Person in Verbindung gebracht. Außerdem schickt mich der Lange Zuider!«

Das Gesicht des langen Kerls hellte sich auf.

»Das ist etwas anderes. Freunde sind willkommen!« brummelte er schwerfällig und ließ ihn durch.

Freudig überrascht trat Petronius ein. Bierdunst stieg ihm in die Nase, ranziges Fett und beißender Männerschweiß. An schweren Holzbänken um speckige Tische herum saßen ein paar Dutzend Männer und einige wenige Frauen. Manche spielten Kanöffel, andere würfelten lautstark um die Wette. Krüge standen in hellen Lachen, Brot lag in Körben daneben. Inmitten des Raums hatte ein Harfner Platz genommen, an dessen Lippen die Menge hing. Seine schmalen Finger glitten spielerisch über die Saiten, schienen sie kaum zu berühren, und doch zupfte er mit jeder Bewegung einen Ton aus dem Instrument. Mit einer rauchigen Stimme verkündete er Verse, zu denen er klangvolle Akkorde suchte. Und jede Zeile, die der Sänger vortrug, wurde mit lautem Jubel begrüßt:

» ... Ein schädlich Ding ist um den Wein
bei dem kann niemand weise sein,
wer Freud und Lust darin sich sucht.
Ein trunkner Mensch gar niemals ruht
und weiß kein Maß noch Unterscheid
Unkeuschheit kommt aus Trunkenheit!«

Petronius mußte lächeln, die Stimmung in der Gaststube steckte an. Hier war man ausgelassen, freute sich an Gesang und Witz und trank dazu. Er suchte nach einem freien Platz und wurde bald an einen Tisch gewunken, an dem bereits der Bettler und zwei seiner Kumpane saßen und ausgelassen die Strophen beklatschten. Petronius setzte sich dazu, betrachtete den Sänger, der mit gerötetem Gesicht von der Narretei der Sorgen sang:

» ... Zu viele Sorgen stehen nicht dafür,
sie machen manchen bleich und dürr:
der ist eyn Narr, der sorgt alltag,
was er doch nicht verändern mag.«

Das Johlen und Kreischen und Humpenschlagen wollten nicht mehr enden, so daß Petronius fürchtete, die eigentlichen Anspielungen nicht verstanden zu haben.

Ein Zwerg stand auf, gehüllt in einen Kaftan, der ihm weit über die Beine hinabhing. Sein Nachbar faßte den Kleinen und hob ihn auf den Tisch. Mit einer Stimme, die klang, als würde er in ein hohles Faß sprechen, grölte er:

»Kümmern wir uns um die wichtigen Dinge des Lebens und lassen die Arbeit denen, die glauben, nicht ohne sie auskommen zu können!«

Der Raum tobte. Im Rhythmus von Harfenklängen schlugen die Bierhumpen auf die Tische.

»Es freut mich, daß Ihr hergefunden habt. Ihr befindet Euch hier«, und der Bettler deutete in die Runde, »in bester Gesellschaft. Wir nennen es unser Paradies. Lauter Wunder unter den Augen des Herrn: sehende Blinde, humpelnde Lahme, beinlose Zweibeinige, Armlose mit zwei Daumen, mit einem Wort ein Sammelsurium an Heiligen und Seligen, daß die Kirche Jahrhunderte damit zu tun hätte, alle ihre Geschichten aufzunotieren und Kirchenfenster daraus zu schmelzen.«

Mit einer Geste, die weit ausholte und den Raum mit einschloß, winkte der Bettler einer der Schankmägde, die sich mit einem gefüllten Humpen näherte und ihn vor Petronius niedersetzte.

»Zum Wohlsein!« begrüßte sie den Neuankömmling und hielt die Hand auf. »Bezahlt wird gleich, das ist hier so üblich!«

Petronius kramte aus seinem Gürtel einige Münzen, die er auf den Tisch legte. Mit Interesse betrachtete er die Hand des Mädchens, ließ den Blick armaufwärts bis zu ihren eng geschnürten Brüsten gleiten und musterte schließlich das Gesicht. Beinahe schwarzes Haar rahmte ein welsches, dunkles Antlitz ein. Nur die Augen leuchteten ganz im Gegensatz dazu in einem Wasserblau. Sein untrüglicher Geruchssinn sagte ihm, daß die Frau vor ihm sich vor allzu heftiger Neugier schützen wollte, und zwar mit einem Duftwasser, das leicht abstoßend wirkte, ohne zu beleidigen.

Gelassen ließ die Frau die Musterung über sich ergehen.

»Verschau dich nicht!« unterbrach sie seine Neugier und stemmte kokett eine Hand in die Hüfte.

Petronius grinste, sog die Luft tief ein, als wittere er in ihre Richtung. Dann setzte er hinzu:

»Lavendel! Der Duft stünde dir gut, wenn nicht ...«

Jetzt hob sie die Braue und sah Petronius unverhohlen neugierig an.

»... wenn was nicht?«

»... wenn nicht der Allermannsharnisch daruntergemischt wäre. Ein Rühr-mich-nicht-an-Geruch. Ein Panzer gegen Männerblicke und schwielige Hände! Zwieblig bitter.«

»Was du nicht weißt!« verabschiedete sie sich spöttisch, aber Petronius bemerkte wie ihre Stimme ein wenig zitterte. Sein Tischnachbar beugte sich zu ihm herüber.

»Bei Zita kann niemand landen, Fremder. Sie ist päpstlicher als der Papst und hier in diesem Sündenpfuhl noch so rein wie die Jungfrau Maria, bevor sie ihren Joseph kennengelernt hat.«

Der Witz wurde am Tisch mit johlendem Gelächter aufgenommen. Alle hoben ihre Humpen, prosteten dem Neuen zu und tranken mit großen, gierigen Schlucken.

Mehrfach hatte Petronius ein heftiges Klopfen vernommen, ihm aber weiter keine Bedeutung beigemessen. Als es plötzlich still wurde, drehte er sich zur Eingangstür um und erschrak. Unter dem Türsturz stand Pater Baerle, gekleidet in das einfache Habit der Dominikaner. Nichts deutete darauf hin, daß der mächtigste Geistliche der Stadt vor einem stand.

»Ein starkes Stück!« flüsterte der Bettler. »Das hat noch keiner von denen gewagt!«

Langsam zwängte sich der Dominikaner durch die Menge, sah jedem ins Gesicht, als suche er jemanden und blieb schließlich vor dem Tisch stehen, an dem Petronius saß.

»Habt Ihr, werte Herrn, noch Platz an Eurer Tafel?« erkundigte er sich übertrieben höflich.

Der Bettler und Petronius rückten zusammen.

»Einen Krug Wasser!« rief der Pater in die Stille hinein der Schankmagd zu, die aber schnippisch antwortete, daß hier kein Wasser ausgeschenkt werde.

»Auch gut, dann Wein!«

»Vom Roten oder vom Weißen?«

»Vom Roten, mein Kind, aber nur einen halben Krug. Sonst verwirrt er die Sinne.«

Er griff unter seine Kutte, zauberte eine Münze hervor und legte sie auf den Tisch. Dann wandte er sich an die Umsitzenden.

»Was seid Ihr wie erstarrt? Ich schätze echte Fröhlichkeit. Eine gesunde Gabe unseres Herrgotts.«

Wie auf Befehl setzten die Stimmen wieder ein, diesmal aber gedämpft und flüsternd. Der Pater wandte sich an Petronius:

»Seid Ihr nicht auch meiner Meinung? Ein guter Witz verstößt nicht gegen die Prinzipien des rechten Glaubens. Im Gegenteil, das Lachen befreit die Sinne, treibt dunkle Gedanken aus den Stirnhöhlen und gibt einen Vorgeschmack auf die Fröhlichkeit des Paradieses. Und nebenbei muntert es auch die schwächeren Geister auf. Ihr habt ja Erfahrung darin, Fremder.«

Petronius wurde heiß. Also doch. Der Pater hatte das Spucken des Kutschers bemerkt. Er schluckte, fand aber zu keiner Antwort.

»Ihr müßt nichts dazu sagen. Ich kann Euch nur empfehlen, die öffentlichen Reinigungen der Seelen an jedem Wochenende zu verfolgen. Sie läutern und geben das rechte Verständnis dafür, was sich gegenüber Vertretern der Kirche geziemt und was nicht. Es sind heilsame Schauspiele, die den Glauben vertiefen und ein Bild von der Hölle zeichnen, das man so schnell nicht vergißt. Nun? Ihr sagt wieder nichts? Auch gut. Dann trinkt wenigstens auf mein Wohl, Fremder.«

Damit schob er Petronius seinen Krug hin und stand auf. Auf dem Weg zum Ausgang hielt er noch einmal inne, drehte sich zu den Anwesenden um und segnete sie.

»In nomine patri et filii et spiritus sanctus. Vergeßt das Amen nicht. Und denkt darüber nach, was ich gesagt habe. Reue zur rechten Zeit verkürzt das Purgatorium im diesseitigen und im jenseitigen Leben.«

Damit verschwand er aus der Stube. Bevor jedoch die Türe zufiel, und der Lärm im Schankraum einsetzte, hallte eine Warnung durch den Raum, klar und deutlich:

»Bleibt von Meister Hieronymus fern!«

IX

Sonne, Gerüche von Lavendel, kochendem Hirsebrei und ausgeleerten Nachtgeschirren, das regelmäßige Schlagen der Steinmetzen aus der Bauhütte Sint Jans, das Klappen der hochgeworfenen Planen auf dem Markt, das Quietschen der Karrenräder: 's-Hertogenbosch erwachte. Hähne krähten heiser, Hunde bellten, Lehrjungen erlebten ihr erstes morgendliches Donnerwetter, bevor sie zum Brotzeitholen geschickt wurden.

Petronius stand vor dem Haus des Pictors, des großen Hieronymus Bosch, und zögerte. Dann gab er sich einen Ruck, stieg zwei Stufen empor und klopfte gegen das dunkle Eichenholz der Tür. Mit gesenktem Kopf lauschte er auf Geräusche im Gang dahinter, aber nichts rührte sich. Er sprang zurück auf die Marktstraße, wartete wieder eine Weile und beobachtete das Treiben auf dem Markt. Fuhrwerke rasselten bereits den Weg vom Tor herab, in einer Schmiede blies der Balg, und Kohlengeruch füllte den Platz. Erste Rufe, die Waren anpriesen, wurden laut. Vom Hafen her wehte der Geruch von Fisch und brackigem Wasser durch die Gassen. Männer mit Körben hasteten vorüber.

Nach einer kurzen und unruhigen Nacht im zugigen Dachgeschoß der Schenke, hatte der Lange Zuider Petronius im Morgengrauen vor das Atelier des Meisters gebracht. Dort war er einige Zeit auf und ab gegangen, war einigen Nachttopfschüttungen aus den oberen Stockwerken aus dem Weg gesprungen, hatte sich eine endlos lange Zeit an den Mauern herumgedrückt, die Zeltwände der Marktbuden angestarrt und sich die Beine in den Bauch gestanden, bis er sicher sein konnte, daß die Bewohner des Hauses munter geworden waren.

Das Erdgeschoß lag zwei Stufen hoch über dem Straßenniveau. Noch einmal stieg er die beiden Treppenstufen hinauf und klopfte energisch gegen die Tür. Jetzt erst erwachte dahinter Leben.

Gedämpfte Schritte, ein Rascheln, Flüstern, dann wurde ein Riegel beiseite geschoben. Beinahe hätte Petronius laut aufgeschrien. Durch den Türspalt zwängte sich ein unförmiger Kopf, mehr Fratze als Gesicht, mit grünlichen Haaren und stechend roten Augen. In einer schrillen Tonlage fragte er: »Fremder, was wollt Ihr?«

Petronius benötigte einige Augenblicke, um das Spiel zu durchschauen, dann fragte er höflich:

»Darf man erfahren, wer sich hinter dieser furchterregenden Maske verbirgt, oder heißt es zuviel an Geheimnis entdecken? Ich, meine Fürchterlichkeit, meine Schreckenszenz, will, bevor das allgemeine Verschlingen, Würgen und Schlucken einsetzt, zu niemand geringerem als zum größten und gelehrtesten lebenden Maler Brabants, dem insignis pictor doctus, Hieronymus, Antonis Sohn van Aken, genannt Bosch.«

Dabei verbeugte sich Petronius so tief und mit einer derart ausladenden Geste, daß er mit dem Kopf beinahe die oberste Stufe berührte.

»Nun, so wollen wir hiermit unser Geheimnis lüften.«

Die Gestalt nahm die Larve ab und darunter kam ein stark geröteter Kopf zum Vorschein, der mit unzähligen Falten über das ganze Gesicht zu lachen schien.

»Willkommen zuerst. Wir bereiten das Mysterienspiel für die Liebfrauenbruderschaft vor. Ich trage eine der Masken. Herrlich, nicht? Man nennt mich Pieter. Geselle und ebenfalls Pictor in der Schule des Hieronymus van Aken. Seid gegrüßt und versichert, daß Euer stürmischer Wunsch nach Einlaß zur allerunchristlichsten Zeit den großen Herrn maßlos verstimmt hat. Aber tretet unbesorgt ein. Er hat heute schon einen Lehrling gefrühstückt – sein Hunger nach Menschenfleisch ist daher mäßig.«

Petronius betrat das schmale Haus, das tiefer war, als es von außen den Anschein hatte. Rechts lief der Flur zu einer Werkstatt hinter, aus der das Scherzen von zumindest drei weiteren Männern zu hören war. Petronius vermutete, daß sich dort ebenfalls Gesellen aufhielten. Zu seiner Linken führte eine steile Treppe hinauf ins nächste Geschoß – und von dort herab tönte eine durchdringende Stimme: »Herauf mit ihm! Er steht seit Stunden vor der Tür!«

Pieter deutete mit dem Finger die Treppe hinauf.

»Beruhigt Euch, Bruder, jeder von uns hat so begonnen – die Muße des Meisters zu stören, ihm auf die Nerven zu fallen, um dann doch genommen zu werden.«

Petronius nickte und kletterte auf Händen und Füßen die schmale Treppe empor. Von oben herab drang ein Geruch von Leinöl, Alkohol und Wachs, vermischt mit Spuren verschiedener Metalle, Steinstaub und Kreide. Erst auf halber Höhe erkannte er, weshalb die Treppe so steil war: sie führte durch das Erdgeschoß und den ersten Stock des Gebäudes direkt hinauf unters Dach. Je höher Petronius kam, desto lichter wurde es. Das Dach bestand aus offenen Flächen, die jetzt, im Sommer, herausgenommen waren und der Sonne ungehindert Zutritt verschafften. Petronius blinzelte im grellen Licht.

»Kurz und knapp. Ich nehme derzeit keine neuen Gesellen auf.«

Petronius fuhr herum. Hinter ihm stand ein Mann, dessen hagerer Kopf mit der fliehenden Stirn und dem schmalen Mund ihm zuerst auffiel. Seine Augen besaßen ein sanftes Leuchten, die spärlichen Haare waren bereits grau durchsetzt. Ein Stoppelbart stand ihm um den Mund, als hätte er eine Woche lang keinen Barbier aufgesucht. Die ganze Gestalt wirkte zart und feingliedrig, insbesondere die Hände mit ihren überlangen Fingern. Nachlässig in ein graues, grobes Leinenhemd und eine ebensolche Hose gekleidet, stand Hieronymus Bosch, es konnte kein anderer sein, vor einer der offenen Dachluken unter freiem Himmel. In der linken Hand hielt er eine Palette und einen Malstock, in der rechten führte er einen Pinsel. Das Werk, das er gerade bearbeitete, hatte er allerdings sorgfältig mit einem Tuch verhängt.

»Verköstigung und Zehrgeld könnt Ihr bekommen, wie es die Zunftregeln vorschreiben. Arbeit habe ich keine. Aus den Mitteln der Gilde kann ich Euch drei Tage hier beherbergen, die Bruderschaft legt üblicherweise noch drei Tage drauf. In einer Woche verlaßt Ihr die Stadt. Gehabt Euch also wohl und stört mich nicht weiter bei meiner Arbeit. Pieter führt Euch in die Küche.«

»Ich habe Empfehlungen«, antwortete Petronius rasch und griff unter seine Joppe, wo in der Innentasche zwei Briefe steckten.

»Laßt sie stecken! Ich sagte doch, Aufträge und Arbeit sind knapp geworden in letzter Zeit.«

Petronius senkte niedergeschlagen den Kopf. So hatte er sich das nicht vorgestellt. Das war eine Abfuhr bester Sorte. Hinter ihm erklomm jetzt Pieter den Boden und dahinter ein weiterer Maler, der sich ihm noch nicht vorgestellt hatte.

»Zwei Briefe. Einen von Dürer aus Nürnberg!«

»Laßt. Ich sagte es bereits.«

»Den anderen von Jörg Breu. Er ...«

Bosch stutzte, jedenfalls wandte er sich plötzlich wieder dem Maler zu.

»Von Breu, sagt Ihr? Jörg Breu? Gebt schon her!«

Ungeduldig winkte Bosch, und Petronius beeilte sich, den entsprechenden Brief aus der Innentasche herauszufischen. Mit einer angedeuteten Verbeugung überreichte er ihn dem Meister. Der erbrach den Brief und begann murmelnd zu lesen. Zwischendurch nickte er, sah zu Petronius herüber, ließ dann wieder den Blick über die Schrift wandern.

»Er empfiehlt Euch als Porträtisten. Interessant. In Eurem Alter. Kühn, aber Jörg besitzt ein sicheres Auge.«

Bosch fuhr sich mit der Zunge ein ums andere Mal über die Lippen, las, musterte den Neuankömmling, kehrte zum Brief zurück.

»Jörg und ich verstehen uns gut. Nun. Ich werde ihm den Gefallen tun. Für ein halbes Jahr. Aber nur deshalb, weil Jörg Breu meine Gesellen ebenfalls aufnimmt – auch in ungünstiger Zeit.«

Bosch reichte ihm den erbrochenen Brief zurück, dann kehrte er ihm den Rücken und mischte auf seiner Palette Farbtöne an. Ohne sich weiter um ihn zu kümmern, murmelte er in seiner sonoren, alles durchdringenden Stimme die Bedingungen.

»Zeig ihm die vordere Kammer, Pieter. Das muß ihm vorerst

genügen. Ein und einen halben Gulden im Monat, freies Essen und Unterkunft, dafür Hintergrundmalerei oder einen Auftrag. Der aber wird zusätzlich bezahlt. Sonntags frei. Monatlich gehört Euch ein blauer Montag, aber nicht mehr. In der Werkstatt seid Ihr ab Sonnenaufgang. Über Mittag und in der Dämmerung werden Pigmente gemörsert und Farben gemischt. Und keine Streitereien mit den anderen Gesellen der Werkstatt. Das war's vorerst.«

Petronius nickte und folgte dem Gesellen die steile Treppe hinab. Jetzt erst sah er die Luken auf Fußbodenhöhe, von wo aus man sicherlich auf die Straße sehen konnte. Der insignis pictor schien ein mißtrauischer Mensch zu sein. Bevor Petronius' Kopf unter der Schwelle verschwand, wandte sich der Meister zu ihm um. Aus seinem Gesicht war das Ruhige, Überlegene des Gesprächs gewichen und hatte einer Fratze Platz gemacht, wie sie ihn unten vor dem Haus empfangen hatte:

»Und keine Verbindungen zu den Dominikanern! Wer mit ihnen mehr als ein notwendiges Wort wechselt, kann sich sein Brot bei der Kirche verdienen. Das ist Gesetz!«

X

Jemand kam die Treppe herab, leise, als wollte er verbergen, daß er oben im Atelier gewesen war. Die Schritte klangen seltsam, als würde er hinken oder immer mit demselben Fuß vortreten. Petronius lauschte dem Takt, bis er verstummte. Etwas huschte an seinem Zimmer vorüber, und im Hinterhaus wurde kurze Zeit danach eine Tür mit einem Knacken ins Schloß gezogen, das er beinahe überhört hätte. Petronius lächelte. Wenn ihn nicht alle Sinne trogen, dann waren das die Schritte einer Frau gewesen.

Sein Zimmer hatte sich als Verschlag direkt unter der Treppe erwiesen, gerade so groß, daß er seine Staffelei darin verstauen konnte. An der Treppenverschalung fand er Haken für Kleidung, Malutensilien, Nahrungsmittel und etwa auf Kniehöhe ein tiefes

Bord für Papier. Ein kleines Fenster über dem Bett lugte hinaus auf die Feuerlücke zwischen dem Haus Boschs und dem Gebäude nebenan. Es war so schmal, daß Petronius ausprobierte, sich hindurchzuzwängen. Man wußte ja nie. Mit einiger Mühe gelang es ihm. Sorgfältig durchsuchte er den Verschlag, einen Kerzenstummel dafür hatte er auf dem Fensterbrett gefunden. Die Warnung Meister Boschs hatte ihn nachdenklich gemacht, und Pieter hatte beim Herabsteigen auf die Frage, ob die letzte Bemerkung wirklich ernst gemeint gewesen sei, betont:

»Hör zu, Neuer. Wenn von diesem Gespräch eben irgend etwas ernst gemeint war, dann dieser letzte Satz! Unser Herr mag die Dominikaner nicht – und sie ihn ebensowenig. Meister Bosch sitzt im Rat, und der Rat wehrt sich gegen die Anmaßungen der Pfaffen. Du solltest dich also entscheiden, und das bald.«

Daraufhin hatte er ihn zu seinem Zimmer gebracht. Mit einer ausladenden Geste hatte er ihm den Verschlag geöffnet und ihm einen »gud Dag« gewünscht. Beim Verabschieden hatte er noch hinzugefügt:

»Der letzte, der hier logierte, ist Hals über Kopf weg! Weiß der Teufel, warum? Jedenfalls hing der Jan mit dem Hundsgesindel herum, den domini canes. Nicht einmal einen Eintrag in sein Gesellenbuch hat de Groot sich abgeholt. Wir sind nicht aus ihm schlau geworden. Jedenfalls ist er jetzt fort – und du wirst die Lücke sicher trefflich ausfüllen. Empfehlungen von Dürer und Breu. Alle Achtung!«

Nun saß Petronius auf dem Bett und betrachtete seine Kammer. Außer einem Bett und einem Bord, auf dem er Skizzen und Stifte ablegen konnte, enthielt der Raum nichts. Kein Wunder, daß der letzte Geselle Hals über Kopf daraus geflohen war. Aber ohne Hinweis auf seinen Verbleib? Aus Furcht? Vielleicht hatte er ja etwas verbrochen? Schlägereien, Duelle oder kleine Diebstähle gab es allenthalben. Und wer nicht in die örtlichen Verliese und Schuldtürme wandern wollte, um Ratten zu zählen, mußte Fersengeld geben. Petronius sah sich genau um. Eine unbestimmte Kraft trieb ihn, das Gemach mit den Augen abzusuchen, bis er an der Füllung der Tür hängenblieb. Am unteren Ende des obersten

Faches war die Farbe ein wenig abgeplatzt, gerade so, als wäre jemand mit einem scharfen Gegenstand unter die Füllung gefahren und hätte sie abgehoben. Petronius zog sein Messer, fuhr ebenfalls darunter. Ein Zettel fiel aus dem Rahmen, so groß wie seine Handfläche. Vorsichtig ließ er die Holzplatte wieder zurückschnellen. Dann nahm er das Papier auf und betrachtete es. Der Zettel war von einem größeren Stück abgerissen, dreieckig, aber weder vorne noch hinten beschrieben. Warum verbarg jemand einen leeren Zettel? Hatte Jan de Groot ihn hinterlassen? War es ein Hinweis, eine Botschaft?

Petronius zuckte zusammen, als es klopfte. Rasch verbarg er das Papier unter seinen Sachen, die noch übers Bett verstreut lagen, als die Tür geöffnet wurde und Bosch unter dem Sturz erschien.

»Habt Ihr Euch eingerichtet? Nicht groß, aber zum Schlafen reicht's. Damenbesuche verboten!«

Dabei lächelte der Meister, als wisse er, daß diese Forderung nur der Form halber ausgesprochen wurde, und betrachtete das offene Fenster.

»Papier, Farben und Kohlen müßt Ihr Euch nicht kaufen, sie werden Euch von mir gestellt. In ausreichender Menge. Fordert sie. Und jetzt hört zu: Skizziert mir eine Paradiesszene. Adam, Eva, der Herrgott. Setzt sie zueinander, aber gebt Euch Mühe. Nichts Gewöhnliches, nichts Alltägliches. Unter meinem Dach wird gedacht, bevor man die Kohle aufs Papier setzt oder den Pinsel führt. Malt mir etwas Nicht-Geheures, etwas, das Eurem Schädel entspringt, wenn Ihr an das Paradies zurückdenkt, das wir alle verloren haben, etwas, das Phantasie getrunken hat. Drei Tage! Ihr dürft im hinteren Atelier bei den Gesellen arbeiten. Aufs Dach kommt mir niemand. Pieter wird Euch einführen. Und jetzt kommt zum Frühstück. Sicher habt Ihr Hunger!«

Petronius hatte den Gesichtsausdruck des Meisters nicht richtig erkennen können, denn er stand so im Zwielicht, daß die Helligkeit hinter ihm die Züge verschattete. Er glaubte jedoch, in seinen Augen ein eigenartiges Glimmen entdeckt zu haben, wie bei Katzen, wenn sie ins Licht einer Kerze traten. Als ob Bosch nachtsichtig wäre.

Er stand auf, folgte dem Meister zum Essen. Zuvor steckte er noch den leeren Zettel zu sich und wunderte sich, daß er Bosch nicht hatte kommen hören. Schließlich hätten ihm Schritte auf der Treppe auffallen müssen. Der Meister mußte einen anderen Abgang benutzt haben. Und während er ihm nach hinten ins Haus hinein folgte, schwor er sich, die Augen offenzuhalten und die verborgene Treppe zu finden.

XI

»Das wird ihm nicht gefallen. Und was dem Meister nicht gefällt, macht ihn zornig!«

Pieter sah Petronius über die Schulter und begutachtete die Paradiesszene, die dieser gerade in Kohle ausführte. Sie standen beide im hinteren Atelier, das zu einem kleinen Garten mit Apfelbäumen hinaussah. Im Raum nebenan arbeiteten die Gesellen Enrik, Jakob und Gerd an Auftragswerken. Ihr Murmeln drang in den Raum.

»Aber es ist doch alles da, was eine Paradiesszene gefällig macht«, murrte Petronius.

Pieter zog die Augenbrauen in die Höhe, nahm sich von der Anrichte, dem einzigen Möbelstück des Ateliers, die Staffeleien und Malhocker ausgenommen, einen Mörser und zerbröselte darin ein gelbliches Pigment. Nebenan begann Enrik zu singen.

»Er hat ganz andere Vorstellungen von Gefälligkeit. Nicht das, was man überall in den Kirchen herumhängen sieht. Unfertig, nennt er es. Nicht durchdacht genug. Stümperei. Oberflächlich! Eine Glaubenslüge, weil zu schönfärberisch.«

Petronius stöhnte und betrachtete schief sein eigenes Werk. Ihm gefiel die Gott-Vater-Figur, die sich zu Adam herabbeugte und eine Rippe aus seiner Brust entnahm, die sich bereits unaufdringlich in Eva verwandelt hatte.

»Was will er dann?«

Pieter blätterte in einem Folioband mit Goldschnitt und murmelte die Angaben für das Mischungsverhältnis, das er dort fand, leise vor sich hin. Dann schüttete er reichlich pulvriges Pigment auf einen Reibestein, zählte einige Leinöltropfen hinzu, ließ abgewogenes Eiweiß darauftropfen und begann die Masse mit einem Hornspatel zu vermischen. Er vertiefte sich ganz in seine Arbeit, schien Petronius' Bemerkung vergessen zu haben. Mit Ausdauer und durch zusätzliche Tropfen des Leinöls entstand blaßgelbe Ölfarbe. Immer wieder überprüfte er, ob sie fest und glatt war.

»Kurz genug!« verkündete er stolz den Erfolg, ein gelungenes Gelb hergestellt zu haben. »Letztens ist es leicht gelaufen. Der Meister hat mich angeschrien, daß mir beinahe die Ohren abgefallen wären. Jetzt ist sie kurz genug. Sie läuft nicht, läßt sich aber gut streichen.«

Mit dem Spatel hob er die Farbe ab und gab sie in ein irdenes Töpfchen, das er sorgfältig mit einem Korken verschloß.

»So. Jetzt zu uns. Du willst wissen, was es mit der Phantasie auf sich hat, die der Meister von dir fordert? Komm mit. Ich zeig's dir.«

Pieter berührte Petronius leicht am Arm und deutete, ihm zu folgen.

»Warum erklärt mir Bosch nicht selbst, was er von mir will?«

»Du bist vielleicht neugierig. Sei froh, daß er dich genommen hat, dann schwing deinen Pinsel und zuletzt stell Fragen. Du bist noch nicht einmal mit dem ersten fertig, da willst du schon das letzte! Nimm den Kienspan mit!«

Wie zwei Verschwörer schlichen sie auf den Gang hinaus und auf eine Tür zu, die Petronius auf dem Weg zur großen Küche bereits bemerkt hatte. Pieter legte den Finger an den Mund, drückte mit äußerster Vorsicht die Klinke – und riß die Tür plötzlich mit einem Getöse auf, daß Petronius vor Schreck zusammenzuckte, den Kienspan fallen ließ und sein Herz in die Hose rutschte. Pieter lehnte am Türrahmen und krümmte sich vor Lachen.

»Es ist unglaublich. Warum schleichst du hinter mir her wie ein Verbecher? Wir tun nichts Ungesetzliches – und wenn, niemand wäre im Hause, es uns zu verbieten. Die drei nebenan halten zu uns, dafür lege ich die Hand ins Feuer. Der Meister arbeitet außerhalb für die Bruderschaft, die Hausherrin weilt auf dem Landsitz der Boschs in Oirschot, die Modelle kommen heute erst gegen abend. Und der Raum ist uns zudem nicht verboten. Also was soll's?«

Petronius fühlte sich ertappt. Etwas in diesem Haus ließ ihn vorsichtig sein. »Was wolltest du mir zeigen?« versuchte er abzulenken und hob den Kienspan auf, der zu verlöschen drohte. Pieter nahm eine Kerze von einem Bord, das neben der Tür hing, forderte den Kienspan, zündete die Kerze an und ging auf ein verhängtes Bild zu, das im Raum auf einer Staffelei stand.

»Nimm!« forderte er Petronius auf und drückte ihm das Licht in die Hand. Dann schlug er das Leintuch vom linken Bildrand zurück und befahl Petronius, dorthin zu leuchten. Was er sah, verschlug ihm fast den Atem. Vor seinen Augen öffnete sich eine Landschaft mit hohem, weit nach oben gezogenem Horizont, das in vier Bildflächen aufgeteilt war. Oben, im Himmelsbereich thronte Jesus »Pankrator« mit dem Weltapfel in der linken Hand. Aus diesem Himmel stürzten Engel auf die Erde, bläuliche, satanische Gestalten. Das Bildfeld darunter dominierte nicht die Erschaffung Evas, die wie selbständig aus Adam herauswuchs, sondern ein Quellfelsen aus dem blassen Gelb, das Pieter soeben noch angerührt hatte. Es kontrastierte stark mit dem Rot, in dem das Gewand Gottvaters gehalten war. Die nächste Szene, zu der die Aufteilung von Wald und Wiese den Betrachter geradezu hinlenkte, war der Sündenfall. Aber die Schlange hatte nichts Schreckliches an sich, nichts Verführerisches, und Adam und Eva schienen sich eher über den Geschmack des Obstes zu unterhalten als im Bewußtsein zu stehen, eben etwas Verbotenes zu tun. Das gesamte untere Bildfeld füllte die Vertreibung aus: Der Erzengel Michael warf mit seinem Schwert die beiden Sünder aus dem Paradies. Aber die beiden schienen nicht bedrückt zu sein, das Leben in der himmlischen Sphäre verlassen zu müssen. Adam schien dem Erzengel entgegenzuhalten, er solle sich nicht so haben, was sei schon dabei, vom Baum der Erkenntnis zu essen. Und Eva hatte sich bereits ganz abgewandt und ignorierte den Engel völlig. Das alles war ungeheuerlich in seiner Komposition.

»Verstehst du, was ich meine?« flüsterte Pieter. »Selbst der Gegensatz Himmelssturz der fallenden Engel und Vertreibung aus dem Paradies ist einzigartig gestaltet. Niemand hat das vor ihm so gedacht.«

Petronius starrte weiter auf die Tafel. Im flackernden Licht der Kerze schienen die Wesen lebendig zu werden. Der Himmel spuckte Höllenwesen auf das Paradies und streute so Verderben über die friedliche Landschaft. Petronius schauderte. Hier war nicht der Sündenfall das auslösende Moment, soviel begriff er. Hier beherrschte das Böse ...

»Na. Begriffen? Das meint der Meister mit phantasiegetränkt!«

»Ich glaube schon, daß ich es verstanden habe. Das Böse hat die Welt bereits im Griff, bevor Adam und Eva vom Apfel kosten. Deshalb hat diese Schlange nichts Teuflisches mehr an sich. Deshalb fürchten sie sich nicht vor der Entlassung in die Außenwelt. Sie ist ihnen bereits bekannt!«

Pieter schlug das Tuch wieder über das Werk und bedeutete, daß sie sich nach draußen begeben sollten. Kurz vor der Tür nahm er Petronius die Kerze ab und blies sie aus.

»Eine außerordentliche Idee! Vermutlich hat er das Bild deshalb noch nicht verkauft. Manchmal malt er solche ... solche ungewöhnlichen Dinge ... zur Übung. Selbst die Bruderschaft mag solche Bilder nicht.«

Petronius nickte. Langsam begann er zu ahnen, weshalb der Meister verboten hatte, mit den Dominikanern zu verkehren. Ein tieferer Sinn lag dahinter als bloß die Auseinandersetzung des Rats mit den Mönchen der Inquisition.

»Darf ich trotzdem noch etwas fragen, Pieter?«

Der Geselle schloß die Tür und lehnte sich gegen das Fachwerk der Gangwand.

»Natürlich. Dazu bin ich hier. Deine Fragen zu beantworten.«

»Du hast eben von einer Bruderschaft gesprochen. Was ist das für eine Bruderschaft?«

Pieter räusperte sich. Er drückte sich von der Wand ab, und

ging vor Petronius her ins Atelier zurück. Petronius schien es, als hätte er eine Linie überschritten, die er nicht hätte überschreiten sollen. Trotzdem hakte er nach:

»Die Bruderschaft. Du hast sie zweimal erwähnt. Was …?«

»Nicht jetzt!« unterbrach ihn Pieter scharf. »Wenn es Zeit dafür ist, werde ich dir davon erzählen. Geh an die Arbeit. Du hast ausreichend Anregung erhalten! Morgen abend wird der Meister das Werk sehen wollen – und wenn es ihm gefällt, bleibst du. Anderenfalls sehen wir uns morgen zum Mittagessen das letzte Mal. Ich muß Farben mischen!«

Brüsk wandte er sich ab.

Petronius stellte sich an die Staffelei, noch ganz betäubt vom Eindruck des Bildes und der Ablehnung, die er eben erfahren hatte. Das kam nicht von ungefähr. Er fühlte es beinahe körperlich: Etwas in diesen Ateliers mied das Licht der Öffentlichkeit.

XII

»Was habt Ihr Euch dabei gedacht?«

Petronius konnte sich nicht auf die Frage Hieronymus Boschs konzentrieren. Wie gebannt starrte er auf ein zweiflügeliges Bild, das der Meister eben vorsichtig mit einem Firnis einließ. Eine Grisaille-Malerei, grau in grau in grau. Der Raum roch nach Mastix und Alkohol.

»Was habt Ihr gefragt, Meister?«

Bosch drehte sich nach Petronius um und musterte ihn von oben bis unten.

»Was ist? Habt Ihr noch nie ein Bild gesehen, das gefirnißt wird?«

»Doch«, stammelte der Augsburger. »Aber noch nie ein derartiges.«

Bosch schmunzelte, nahm eine Schale und tupfte ein Tuch in die Flüssigkeit. Dann rieb er mit leichten, kreisenden Bewegungen über die beiden Bildteile, bis die gesamte Oberfläche befeuchtet war und glänzte.

»Ich fragte Euch, was Ihr Euch bei Eurer Ausfertigung gedacht habt. Das Paradiesbild!«

Petronius riß sich vom Gemälde des Meisters los. Sein eigenes Werk hing mit Reißnägeln angeheftet an einem der Sparren des Dachbodens.

»Gefällt es Euch nicht?«

Bosch wurde ungeduldig.

»Beantwortet meine Frage!«

Petronius räusperte sich. Der Alkoholdunst trocknete seine Kehle aus.

»Wie Ihr wünschtet, habe ich ein Bild angefertigt, das anderen Kriterien genügt als der üblichen Sprache. Jesus hat hier Eva erschaffen, aber Adam wendet sich ab von Gott, weil er keine Frau benötigt. Der Herr hat sie ihm aufgedrängt und anfänglich weiß er nicht, was er mit dem Wesen beginnen soll. Eva selbst entspringt daher nicht, wie in der Bibel vorgesehen, aus der Rippe Adams. Sie entsteigt dem Kopf des Herrn. Ich knüpfe hier an die griechische Mythologie an …«

» … und bringt Euch damit auf den Scheiterhaufen! Ihr seid ein Narr, Petronius Oris. Wäre ich nicht Bosch, ließe ich Euch mitsamt Euren ketzerischen Gedanken verbrennen. Eva aus dem Kopf des Herrn entsteigen zu lassen wie die Göttin Athena aus dem Kopf des Zeus, die einzige Göttin der Griechen, die etwas gegolten hat, deren Wort gehört wurde in der Männerrunde der Olympier. Narr! Als wenn Mann und Frau dieselben Rechte besäßen. Das wäre frevelhaft. Ich wiederhole es noch einmal. Nehmt das Bild, zerreißt es in kleine Fetzen und verbrennt es hier in dieser Schale!«

Bosch deutete mit einer unmißverständlichen Handbewegung auf ein Kohlenbecken aus Eisen, das in einer Ecke stand, dem Treppenabgang gegenüber. Sicher wurde es nächtens zum Heizen der kühleren Abende oder zur Herstellung von Schwarz und Malkohlen verwendet. Petronius riß sein Blatt vom Balken und begann, langsam Streifen abzutrennen, die er ins Becken warf.

Bosch goß ein wenig Alkohol darüber und zündete es mit einem Kienspan an. Rasch züngelten bläuliche Flammen übers Papier. Die Ränder schmorten braun und schwarz ein, dann blähte sich das Papier in der Hitze und bröselte schwarz aus. Nichts blieb vom Paradies. Mit dem letzten Streifen getraute sich Petronius zu fragen.

»Habe ich nicht bestanden?«

»Ich werde mir noch durchlesen, was Dürer über Euch geschrieben hat. Eines steht jedenfalls fest, Ihr habt einen ungewöhnlichen Kopf, Petronius Oris. Das gefällt mir. Niemand in dieser Stadt hätte es gewagt, mir eine solche Zeichnung vorzulegen. Was sag ich denn, niemand in Brabant und weit über Brabant hinaus. Die einen, weil sie es nicht können, die anderen, weil sie Angst vor der Inquisition haben und ihre Bilder schon mit den Exkrementen bemalen, die ihnen aus dem Körper laufen, wenn sie nur daran denken.«

Er umrundete dabei den Gesellen mit gemessenen Schritten, den Blick auf den Boden geheftet.

»Ich werde Euch behalten. Gegen die Dominikaner helfen nur Menschen ohne Furcht. Wo habt Ihr gelernt, so zu denken?«

Petronius schluckte. Er wollte Bosch nicht beschwindeln, fürchtete sich aber davor, seinen Ausflug mit Pieter zu gestehen. Trotzdem entschied er sich für die Wahrheit.

»Bei Euch, Meister Bosch. Pieter hat mir den Paradiesflügel eines Eurer Gemälde gezeigt. Vorgestern. Es steht unten, in der dunklen Kammer.«

Petronius spürte, daß Bosch hinter ihm stehenblieb, wagte aber nicht, sich umzudrehen. Wieder hielt er den Blick auf das Bild vor ihm gerichtet. Zwei große Flügel waren es, die Außenseiten eines Triptychons. Eine Weltkugel füllte das Bild, eine überdimensionale Seifenblase, ein Kugelkristall. Darin eingeschlossen und geborgen, umgurtet vom Meer, eine wüste Weltscheibe, die auf der Halbkugel der Unterwelt schwebt. Der dritte Schöpfungstag. Land schied sich eben von Wasser, Pflanzen wucherten. Aus einem wolkenschweren Himmel fielen schwache Strahlen auf das neu entstandene Festland. Das Wort schuf Formen und Farben, aber Petronius ließ das Gefühl nicht los, die Schöpfung habe das Wort falsch verstanden. Die Gewächse gerieten sonderbar, die Berge ungewöhnlich, Gestalten und Formen muteten ihn an wie aus einem alchemistischen Labor entnommen: Phiolen, Teile eines Alambic, Röhren, Destillatoren.

Bosch schien seine Gedanken zu erraten, denn plötzlich vernahm er die Stimme des Meisters nahe seinem Ohr, flüsternd, leise:

»Und über allem thront der Herrgott. Er hat die Welt geschaffen in einer chymischen Retorte. Rotornar al segno, zurück zum Urzeichen: Aber ein Nebel ging auf von der Erde und feuchtete alles Land, heißt es bei Moses. Es ist eine schöpferische Feuchtigkeit, die hier das Leben gebiert. Allein deshalb muß die Welt grau sein. – Ich weiß, was Pieter Euch gezeigt hat. Er hat es auf meinen Wunsch hin getan. Gut für Euch, ehrlich gewesen zu sein. Weder Breu noch Dürer hätten Euch so etwas beibringen können. Das Bild in der Kammer ist eine Kopie meines Heuwagen-Triptychons. Eine Kopie. Das Original ist verkauft.«

Bosch lachte. Jetzt erst wagte es Petronius, sich ihm zuzuwenden.

»Was hättet Ihr getan, wenn ich mein Erlebnis mit Pieter für mich behalten hätte?«

Der Meister ging auf seine Welttafel zu, nahm die Firnisschale und den Lappen und betupfte das Erdei erneut, bis es glänzte.

»Ihr hättet Euch für eine neue Unterkunft umtun müssen! Ipse dixit et facta sunt. Ipse mandavit et creata sunt.«

Soviel Latein und Bibel waren Petronius geläufig, daß er sich der Stellen erinnerte und mit den Schriftzeichen in Verbindung brachte, die am oberen Rand der Tafel standen:

»Psalmen: Denn so er spricht, so steht's da; denn so er gebot, wurden sie geschaffen! Lobet ihn, ihr Himmel allenthalben, und die Wasser, die oben am Himmel sind! Die sollen loben den Namen des Herrn … so heißt es in einem der letzten Psalmen, aus dem Ihr den Satzteil entnommen habt.«

Langsam drehte sich Bosch zu Petronius um. Seine Augen waren weit offen wie die einer Eule und zeigten den eigenartigen Glanz und das Fluoreszieren, das Petronius bereits aufgefallen war. Der Meister schien durch ihn hindurchzusehen. Beinahe ohne die Lippen zu bewegen, meinte er:

»Ich habe einen Auftrag für Euch, Petronius Oris aus Augsburg!«

XIII

»Er hat die beiden Flügel nach Oirschot gebracht, auf seinen Landsitz. Seine Herrin lebt dort. Ich glaube, daß ihm der Boden hier in Den Bosch für solche Bilder zu heiß geworden ist.«

»Es hätte dich sicher interessiert!« betonte Pieter. »Ich glaube, es waren die Außenflügel eines Triptychons.«

Petronius zuckte mit den Schultern. Pieter und er waren mit einer frischen Holztafel die steile Treppe ins Atelier hochgestiegen. Die geteerten Dachteile waren jetzt eingesetzt worden. Die ganze Nacht hindurch hatte es Hunde und Katzen geregnet.

»Und wenn du nur geträumt hast?«

»Hör zu, Pieter, du magst der älteste Geselle hier sein, und ich nehm's dir nicht krumm, daß du mir nicht glaubst. Aber ich habe die Holzflügel gesehen. Und zwar nicht nur mit meinen Hühneraugen, sondern ebenso deutlich wie du jetzt vor mir stehst.«

»Wie ich vermutet habe, Petronius. Er arbeitet an etwas, was er uns nicht zeigt. Daß du die Flügel sehen durftest …«

Die beiden waren außer Atem und quälten sich mit der schweren Tafel.

»Warum er dich hier oben malen läßt? Seit drei Jahren sitze ich in diesem Loch am Markt und nie hat er mir auch nur angeboten, hier oben zu malen. Habe ich vielleicht die Krätze?«

Petronius musterte Pieter demonstrativ von Kopf bis Fuß und meinte dann:

»Rasieren könnte dir nicht schaden. Das macht dich einem Menschen ähnlicher. Mag sein, daß es daran liegt!«

Pieter verdrehte die Augen gen Himmel.

»Und ich dachte immer, Schwaben seien maulfaul und träge. Aber dein Mundwerk schnattert bissig und ohne Unterlaß.«

Sie hatten die Platte auf eine Staffelei gehievt und begutachteten ihr Werk. Petronius verschraubte die Bildfläche mit der Staffelei. Aus einem Beutel packte Pieter Pinsel und Farbdöschen aus, schob sich auf dem Tisch in der Mitte des Raumes einen Platz frei und stellte sie sorgfältig nach Farben geordnet auf. Dann trat er zur Staffelei und musterte das Holz.

»Beste Arbeit!« murmelte Pieter. »Glattgehobelte Lindenholzplatte. In Keilform, zur Stammitte hin geschlagen. Das ist teuer. Soll wohl ein besonderes Bild werden?«

Petronius zuckte wieder mit den Schultern. Was sollte er antworten, er wußte es selbst nicht.

»Keine Ahnung. Er hat mir nur gesagt, daß ihm die Person am Herzen liegt. Und daß sie gut zahlt. Sehr gut sogar.«

Pieter fuhr mit der Handfläche über das Holz. Er umrundete die Platte, begutachtete die Rückseite, auf der er eine dunkle gespreizte Hand entdeckte.

»Sieh her. Die Antwerpener Hand. Das Gildezeichen der Antwerpener Malergilde. Wie er dazu kommt? Allein das verteuert die Tafel enorm. Soviel kostet sonst ein ganzes Bild. Die wird sich nicht verziehen, in hundert Jahren nicht. Das muß eine bedeutende Persönlichkeit sein.«

Er pfiff durch die Zähne. Auch Petronius trat jetzt hinter die Tafel und fuhr mit der Hand über das Holz.

»Sie ist sogar gehobelt und bereits mit einer ersten Schicht Leinölfirnis eingelassen. Damit die Grundierung der Vorderseite das Holz nicht verzieht. Und trotz ihrer Größe war die Tafel eigentlich leicht!«

»Was man leicht nennt. Mir jedenfalls hat es gereicht. Zwei Stockwerke hoch über die Treppe. Jeden Tag will ich das auch nicht unternehmen. Das zerreißt einem die Finger. Bei Regen kann man sie leider nicht mit Flaschenzug und Lastgalgen hochholen. Sie wird sonst naß.«

Plötzlich hob Petronius die Hand und beide verstummten. Auf der Treppe waren unregelmäßige Schritte zu hören. Jemand stieg in den Dachboden hinauf. Petronius und Pieter sahen sich an. Dann nickte Pieter und schlich sich hinter die Aufstiegstreppe, dorthin, wo die Stricke und Laken lagerten, mit denen rohe Tafeln oder fertige Bilder eingeschlagen wurden. Er nahm einen Malerstock und wartete auf den Neuankömmling. Petronius selbst blieb so stehen, daß die Person ihn zuerst erblicken mußte.

»Salve!« grüßte Petronius.

Die Person erklomm die letzten Stufen zum Atelier und grüßte mit einer hohen, melodischen Stimme:»Salvete!«

»Was verschafft uns die Ehre? Und wer hat Euch eingelassen?«

Über das Gesicht des Mannes huschte ein Lächeln, das spöttisch aber auch mitleidig gedeutet werden konnte.

»Der Meister selbst! Jeden Augenblick wird er kommen. Wir trafen uns vor dem Haus!«

Petronius nickte. Pieter ließ im Rücken des Neuankömmlings den Malerstock sinken.

»Euer Freund kann ruhig hervortreten«, sprach der Fremde weiter. »Ich fühle ihn hinter meinem Rücken.«

Er hob abwehrend die Hand, als Petronius etwas antworten wollte.

»In dieser Zeit der Bedrückung ist es zu verstehen, wenn man vorsichtig bleibt. Lieber einmal zuviel als einmal zuwenig Mißtrauen. Ich darf annehmen, daß Ihr es seid, der mich porträtieren soll? Nun denn, frisch ans Werk.«

Der Neuankömmling schritt auf den Tisch in der Mitte des Raums zu, nahm sich einen der Stühle, dessen Rückenlehne mit einer Vorrichtung versehen war, Kopf und Schultern zu fixieren, und dessen Armlehnen verstellt werden konnten. Er setzte sich und sah Petronius erwartungsvoll an.

Der Fremde war in einen Mantel aus festem Barchent gehüllt, unter dem die Arme verschwanden. Seine kurzen Haare lagen glatt am ovalen Kopf an. Feingliedrige Finger zeigten sich, als er sich setzte und den Mantel öffnete, unter dem ein dunkles Unterkleid mit Hose, Penisbeutel, und halblanger Jacke hervorsahen. Alles an ihm war schmal und zartgliedrig, nur etwas in seinem Gesicht störte. Es schien zu abgerundet, zu kantenlos, zu formlos gegenüber dem schmalen Körper, der im Mantel steckte. Auch der Geruch dieses Mannes verwirrte Petronius. Seine empfindliche Nase sagte ihm, daß mit dem Duft etwas nicht stimmte. Es war ihm, als wollte ihn die Nase warnen, den Augen nicht zu trauen. Aber er kam nicht dahinter, was an dieser Gestalt unstimmig war.

»Darf man fragen, mit wem ich es zu tun habe? Mein Name ist Petronius Oris aus Augsburg. Pictor und Geselle, Schüler Dürers und Jörg Breus. Und Meister Bosch vertraut darauf, daß ich Euch malen kann.«

»Jacob van Almaengien!«

»Jacob van Almaengien – und weiter? Darf man nach Beruf und Herkunft fragen?«

Der Fremde musterte Petronius mit einem Blick aus seinen dunklen Augen, der ihm ein eigenartiges Unbehagen einflößte. Jacob van Almaengien schien sich über die Augen in sein Innerstes vortasten zu wollen, schien ihn auszuleuchten, und während Petronius sonst Fremden gegenüber verschlossen war, besaß dieser Mann offenbar einen unwiderstehlichen Schlüssel.

Mit Gewalt riß sich Petronius von diesen Augen los und kehrte ihnen den Rücken.

»Gebt Euch so, wie Ihr glaubt, gemalt werden zu wollen!« sagte er und mußte sich räuspern.

Umständlich baute er einen Holzrahmen auf, dessen Innenfläche mit einem Netz aus Fäden durchzogen war. Er positionierte es so, daß er durch das Netz hindurch einen Blick auf die Person vor ihm hatte.

»Habt Ihr Euch schon überlegt, welchen Hintergrund das Bild erhalten soll? Wollt Ihr einen Innenraum oder den typisch nach oben gezogenen Horizont meines Meisters? Wollt Ihr eine italienische Landschaft oder eine eher flache Gegend wie hier Brabant?«

Mit einigen schnellen Kohlestrichen fertigte Petronius eine grobe Skizze. Er übertrug die Teile innerhalb der Gitternetze so, wie er sie sah, auf das Brett. Auf dem hatten die anderen Gesellen ebenfalls ein kaum sichtbares Gitternetz aufgezeichnet, weiß auf weiß, der Grundierung entsprechend.

»Malt mir ein Paradies, Petronius Oris. Den Garten Eden vor dem Sündenfall.«

Der Fremde hatte es leise gesprochen, beinahe tonlos, aber mit einer eindringlichen Stimme, die keine Widerrede duldete. Pieter, der bis jetzt im Raum gestanden hatte und die Prozedur des Einrichtens und Vorzeichnens stumm mitverfolgt hatte, nahm eine der Teertafeln aus dem Dach. Es hatte aufgehört zu regnen, die Sonne kam hinter den Wolken hervor. Im Sonnenlicht bekamen Haut und Haar des Fremden etwas Unwirkliches, Durchscheinendes, als hätte sich ein Engel auf dem Stuhl niedergelassen.

XIV

Der Lärm war ohrenbetäubend. Grölender Gesang aus dreißig Kehlen begleitete den Harfenisten, während Humpen und Gläser auf dem Tisch den Takt mitschlugen. Wer nichts zu trinken vor sich auf dem Tisch hatte, schlug mit der flachen Hand auf die Eichenbohlen ein, daß es nur so dröhnte. Überall standen die wildesten Gesellen herum oder knieten zum Würfelspiel auf dem Boden. Neben dem Abtritt fiel Petronius eine Gestalt auf, die offenbar zu ihm herübersah, deren Gesicht aber von einer Kapuze verdeckt wurde.

Petronius beugte sich in einer Gesangspause zum Langen Zuider hinüber.

»Ich brauche deine Hilfe!«

Die Miene des Bettlers verfinsterte sich sofort.

»Hast du Probleme mit der Inquisition? Deine erste Begegnung mit dem hiesigen Inquisitor war nicht eben erfreulich!«

»Nein. Etwas anderes. Ich male gerade an einem Bild und komme nicht recht vorwärts.«

»Soll ich dir etwa den Pinsel führen?« grinste der Lange Zuider übers ganze Gesicht, »oder brauchst du anderweitig Hilfe?«

Mit dem Kinn deutete er hinüber zu Zita, die sich mit Krügen in der Hand durch die Reihen der Bänke schlängelte und gleichzeitig grob zudringliche Hände abwehrte. Petronius brauchte eine Zeit, bis er den Doppelsinn hinter der Frage verstand.

»Nein! Ernsthaft.«

Der Harfner beendete seine Vorstellung, setzte sich an einen der Tische, ließ sich einen Teller Hirse und Bier kommen und begann zu essen. Die Stimmung im Ausschank beruhigte sich.

»Ich male eben an einem Bild und komme nicht weiter. Mit dem Mann stimmt etwas nicht, sage ich dir. Ich habe schon einige Menschen porträtiert. Aber bei keinem ist mir der Pinsel so aus der Linie gefahren wie bei diesem. Irgend etwas paßt nicht. Vielleicht kannst du in Erfahrung bringen, was das für eine Person ist. Er selbst hielt es nicht für nötig, sich mir mitzuteilen.«

Der Lange Zuider nahm einen kräftigen Schluck aus seinem Humpen, wischte sich mit dem Ärmel seiner Joppe den Mund ab und rief nach Zita. Petronius, drehte sich um und sah, daß sich die schwarze Kapuze im selben Moment wegdrehte.

»Mag sein. Was weißt du über ihn?« fragte der Lange Zuider.

»Nur den Namen. Jacob van Almaengien. Mehr nicht!«

Zita trat an den Tisch und lächelte die beiden Männer an. Zwischen ihr und Petronius hatte sich ein seltsames Einverständnis herausgebildet, seit er regelmäßig in die Schenke kam, um ein Bier zu trinken. Sie lächelte ihn an, während er ihr mit kleinen Geschenken den Hof machte.

»Zwei Humpen?«

Der Lange Zuider nickte.

»Und Brot!« setzte Petronius hinzu.

Zita lächelte ihn an, beugte sich zu ihnen herunter, nahm die leeren Krüge und schlängelte sich zum Tresen. Der Bettler schüttelte den Kopf.

»Das gesamte Haus voller Männer – und in dich muß sie sich verschauen. Kaum zu glauben.«

Verlegen sah Petronius auf die Bierpfützen, die sich vor ihm auf dem Tisch gebildet hatten.

»Meinst du wirklich, daß sie …?«

»Natürlich. Wie sie dich behandelt. Du bist eben etwas Besonderes. Aber zurück zu deinem Kunden. Ich werde mich schlau machen, kann aber nichts versprechen.«

Petronius nickte und lehnte sich zurück, weil Zita mit dem Bier kam. Sie stellte den Humpen vor dem Bettler auf den Tisch und reichte dem Maler ebenfalls den Krug. Für einen Augenblick berührten sich ihre Finger. Sie drehte sich forsch um. Petronius blickte ihr nach.

»Noch ein Problem, Zuider! Was ist das?«

Petronius zog aus seiner Jacke den abgerissenen Zettel heraus und legte ihn vorsichtig vor dem Bettler auf den Tisch. Der nahm das Papier, drehte und wendete es und gab es ihm wieder zurück.

»Ein Fetzen Papier, was sonst?«

»Würdest du ein solches Papier verstecken?«

Der Lange Zuider schüttelte den Kopf.

»Was soll die Frage? Natürlich nur wenn es eine besondere Bedeutung hätte. Hat es die?«

»Es hat unter der Füllung meiner Tür gesteckt. Ich habe schon alles versucht: es naß gemacht, es erhitzt, es mit Graphitstaub beschüttet. Nichts. Dabei bin ich mir sicher, daß es eine Botschaft enthält. In Geheimschrift, verstehst du?«

»Dann wird sie auf dem fehlenden Teil des Blatts stehen. Oder mit einem Mittel auf diesem Fetzen angebracht sein, das wir nicht kennen. Oder aber – es handelt sich buchstäblich um nichts.«

Petronius kaute auf seiner Unterlippe herum.

»Kennst du einen Alchimisten in der Stadt, der mir weiterhelfen könnte?«

»Nein. Wo denkst du hin? Die sind alle vor unserer allerchristlichsten Inquisition geflohen. Wer etwas weiß, weiß schon zuviel, mein Freund. Nur die Dummheit ist sündenfrei genug, um unter den Dominikanern zu überleben. Und auch das nicht immer.«

Der Lange Zuider dachte nach. Dabei nahm er einen kräftigen Schluck aus dem Humpen, so daß ihm die Augen zu glänzen begannen.

»In Oirschot vielleicht, in der alten Mühle. Bis dorthin reicht der Arm Pater Johannes' noch nicht. In der alten Mühle hatte sich ein wunderlicher Kauz eingenistet, dem man nachsagte, Magie zu treiben. Ich könnte mich erkundigen.«

Petronius nickte zustimmend und wollte den Fetzen wieder einstecken. In diesem Moment griff eine Hand zu, riß das Papier an sich und war mit wenigen Sätzen an der Tür und draußen. Petronius sprang auf und verschüttete dabei sein Bier. Er nahm noch eine schwarze Kapuze wahr, die dem Flüchtenden vom Kopf gerissen wurde.

»Was war das, verdammt?« schrie der Lange Zuider und machte ebenfalls einen Satz in Richtung Tür.

Aber die Umsitzenden hatten von dem Vorfall nichts wahrgenommen und sahen Bettler und Maler überrascht an. Petronius starrte auf die Hand, die eben noch das Papier gehalten hatte. Auf dem Tisch breitete sich langsam eine gelbliche Lache Bier aus, die durch eine der Ritzen auf den Boden tropfte.

XV

»Du bist einfach ein Glückspilz, Petronius! Eingeladen nach Oirschot!«

»Das ist dir nicht passiert, seit du hier bist! Hab ich recht?«

Petronius lachte, und Pieter grinste ebenfalls breit. Der Geselle steckte ihm noch einen Beutel mit Marschverpflegung zu und drückte ihn ein letztesmal an sich.

»Mach's gut, Petronius. Hier, einen Schluck auf die Heilige Gertrud. Daß sie dich vor Unbilden auf der Reise schützt.«

Petronius nahm das angebotene Glas Roten und trank es auf einen Zug aus. Auf einmal bekam der graue und kalte Morgen einen wärmenden Ton.

»Und hier, ein Christophorus-Medaillon. Es soll dir zusätzliche Sicherheit auf deinem Weg gewähren.«

»Du tust gerade so, als stünde ich vor einer Wallfahrt nach Jerusalem. In drei Tagen bin ich wieder zurück, Pieter. Spätestens.«

»Es ist langweilig ohne dich.«

Petronius wußte, daß Pieter ganz froh war, nicht nach Oirschot gehen zu müssen. Der Weg war kein Zuckerschlecken, und die letzten Vorbereitungen für das Mysterienspiel in Sint Jan nahmen ihn in Anspruch. Es sollte eine außergewöhnliche Aufführung werden, das jedenfalls hatte ihm Pieter im Vertrauen gesagt, ein Spektakel in der Kirche, bei dem Spiel, Gesang und Tanz im Mittelpunkt stehen sollten. Alles zu Ehren Gottes und um Geld für den Weiterbau der Kathedrale zu sammeln.

Petronius trat auf den leergefegten Marktplatz hinaus. Die Marktbuden hatte man abgebaut. Nebel zog vom Fluß herüber und trieb in Schwaden zwischen den Häusern hindurch. Hier und da huschten Ratten über die Gasse. Die ersten Fuhrmänner erschienen an der südlichen Zufahrt des Markts und ließen ihre Karren in Richtung Nordtor über das Pflaster rasseln. Zielstrebig folgte Petronius dem Hoge Steenweg hinauf und die Visstraat hinunter, um über die Brücke hinweg die Landstraße zu gewinnen. Vor dem Tor, das auf die Dommel hinausführte, stauten sich bereits die Fuhrwerke und warteten auf das Herablassen der Zugbrücke. Schreie gellten über die Köpfe der in der Reihe ausharrenden Ochsen. Nur ein gelegentliches Zittern ihrer Schultern und Rücken zeigte, daß sie lebten. Petronius schritt die Fuhrwerke entlang, wollte um Mitfahrt bitten, als er auf dem vordersten Kutschbock die gedrungene Gestalt Meinhards aus Aachen entdeckte. Zusammengekauert saß er da, die Zügel in der rechten Faust, wie schlafend. Voller Freude über das Wiedersehen, zog sich Petronius den Bock hinauf.

»Das ist aber ein Zufall, Meinhard. Du verläßt die Stadt? Geht's Richtung Süden oder nach Westen?«

Der Kutscher zeigte keine Reaktion, blieb sitzen, rückte nicht einmal beiseite als Petronius sich neben ihm niederließ. Mit düsterem Gesicht wandte er sich an den Maler.

»Hab' ich Euch eingeladen?«

Petronius zuckte zusammen.

»Was ist Euch über die Leber gelaufen?«

Meinhard brummte etwas, doch sein Murren wurde vom Rasseln der Ketten übertönt. Langsam senkte sich die Holzbrücke herab. Noch hatten die Bohlen das gegenüberliegende Ufer nicht erreicht, da ließ Meinhard seinen Fiesel knallen, und die Ochsen ruckten an. Der Fuhrmann wartete nicht ab, bis der Soldat, den sie beide weidlich kannten, den Befehl zum Ausrücken gab. Meinhard trieb seine Ochsen so zur Eile an, daß die Stadtwache beiseite treten mußte und darüber die Fäuste schüttelte: »Laß dich hier nicht wieder blicken, du Hund!«

Meinhard spuckte aus und warf einen verächtlichen Blick auf Den Bosch zurück. Immer wieder pfiff der Fiesel über die Schädel der Ochsen. Das Gespann war nicht mehr aufzuhalten. Die Ochsen zogen ihre Last donnernd über die Brücke. Kaum hatten sie das gegenüberliegende Ufer erreicht, als der Fuhrmann wie umgewandelt wirkte und zu sprechen begann.

»Den Hals aus der Schlinge gezogen!«

Meinhard stieß hörbar Luft aus, schneuzte in die Hand und wischte sie am Kutschbock ab.

»Hört zu, Maler. Bis Oirschot, da wollt Ihr doch hin – und keine Meile weiter. Ihr zieht das Unglück an wie das Licht die Motten!«

»Aber, was habe ich ...«

»Alles! Seit ich Euch in die Stadt hineingeführt habe, drehen sich die Dinge. Drei Wochen lag ich Euretwegen im Turm.«

Er schlug gegen seinen Bauch, der merklich zurückgegangen war. Auch das Gesicht wirkte grau und eingefallen.

»Meinetwegen? Das kann doch nicht sein.«

»Was kann nicht sein? Hab ich Euch nicht gesagt, daß der Maler Bosch mit Vorsicht zu genießen ist? Was habt Ihr denn die Wochen über gemacht? Geschlafen? Wißt Ihr denn nicht, was in dieser Stadt los ist? Wißt Ihr denn nicht, daß hier zwei Mächtige miteinander ringen – und das bis auf den Tod? Der Rat und die Hunde des Herrn. Und Euer Meister mittendrin. Sie haben mich zu Euch befragt. Seht her!«

Meinhard zeigte ihm die linke Hand, während die rechte weiter das Joch lenkte. Alle fünf Fingernägel waren tiefblau unterlaufen, manche gebrochen, als hätte ein schwerer Schlag sie gespalten.

Die Finger selbst wirkten verdreht. Es mußte höllisch schmerzen, aber der Fuhrwerker verzog keine Miene.

»Ich werde sie mir in Eindhoven oder Venlo ziehen lassen, sonst entzünden sich die Nagelbetten. Und die Finger müssen geschient werden.«

»Ihr seid peinlich befragt worden?«

Petronius war verstört. Was erzählte ihm der Fuhrwerker da? Es war doch unmöglich, daß er der Auslöser für diese Grausamkeiten gewesen war, hatte er doch weder mit den Dominikanern noch mit anderen Gruppen der Stadt Probleme. In den drei Wochen hatte er nur gemalt, Farben angerührt und gemischt und sich an einer Paradiesszene und einem Porträt versucht. Meinhard unterbrach seine Gedankengänge.

»Alles wollten sie wissen, alles. Herkunft. Alter. Was Ihr hier tut, warum Ihr gerade zu Bosch wollt, welche Bewandtnis es mit unserem Kennenlernen hatte!«

Petronius war sprachlos.

»Aber, davon wußte ich nichts. Wer sind ›sie‹?«

»Die Hunde des Herrn. Der Inquisitor, Pater Johannes. Natürlich nicht sie selbst, nicht er selbst. Die Pfaffen rühren kein Eisen an. Aber die Stadtschergen drehen einem um so lieber die Gliedmaßen auf den Rücken, wenn sie dafür von ihren Sünden losgesprochen werden.«

Vor ihnen breitete sich eine weite Landschaft aus, die im Süden zu Moor und Marsch versumpfte, aber ausreichend Inseln übrigließ, um dort Dörfer zu tragen. Grün, Braun und Gelb bestimmten das Bild. Dazwischengestreut lagen graue, von Wind und Sonne gedörrte Schober. Petronius ließ den Blick hinaufgleiten zum Horizont. Irgendwo dahinter mußte in einer oder zwei Stunden Oirschot mit dem Hof des insignis pictor emporwachsen.

»Und warum das alles? Warum Ihr?«

»Das hatte ich mich in der ersten Woche auch gefragt. In der zweiten wußte ich nicht einmal mehr, daß ich Euch in die Stadt gebracht hatte, in der dritten hatte ich alles vergessen, und in der vierten hätte ich ihnen meine Großmutter verkauft. Aber bevor das geschah, haben sie mich rausgelassen. Und seither war alles nur Flucht.«

Meinhards Stimme wirkte ton- und kraftlos.

»Woher wißt Ihr eigentlich, wohin ich will?«

Meinhard lachte rauh.

»Wir haben beide denselben Auftraggeber. Meister Hieronymus meinte, ich würde Euch am Stadttor begegnen. Er war der einzige, der mir einen Auftrag verschaffte. Niemand sonst wollte mir Ware anvertrauen, jemandem, der im Turm gesessen hatte und auf den die Dominikaner spekulierten. Euer Meister ist ein weitsichtiger und äußerst mutiger Mensch.«

Meinhard drosch auf die Ochsen ein, die sich davon wenig beeindruckt zeigten. Petronius starrte vor sich hin. Wenn Meinhard aus Aachen peinlich befragt worden war, warum dann nicht über sein Verhalten gegenüber dem Mönch, dem er in die Hand gespuckt hatte? Warum fragten die Dominikaner nach ihm, nach Petronius? Aus welchen Gründen war er bekannt geworden, wodurch war er aufgefallen? Gab es möglicherweise bei den Gesellen seines Meisters einen Spitzel, der ihn und seine neugierigen Fragen verraten hatte?

Die Morgensonne schob sich ganz über den Horizont und blendete sie auf ihrem Weg nach Süden. Über dem Land lag eine schwere Wärme, die einem das Atmen erschwerte, feucht und satt. Der Horizont löste sich in ein unbestimmtes Blau auf und verlor sich in der Tiefe. Die brackigen Tümpel lagen dunkel wie Eulenaugen in der Landschaft und die hochgeschossenen Blütenstände der Gräser schienen vor Erregung zu zittern, als erlausche die Landschaft die Geräusche der Menschen.

»Ihr könnt Euch hinten auf den Wagen legen!« brummte Meinhard, als er bemerkte, daß Petronius die Augen zufielen.

Petronius kletterte über die Warenballen bis zu einer Kuhle, in die er sich verkroch. Bevor ihm die Augen endgültig zufielen, überlegte er noch, was der Fuhrmann geladen haben könnte.

XVI

»Kreuzteufelsakermentspitztausend! Verfluchte Saubande! Haberreiter, aufhuckische Banner, verdammt noch eins!«

Petronius fuhr hoch. Geschrei. Ein Splittern. Das Klirren von Waffen. Meinhard fluchte. Seine Geißel schnalzte einen rasenden Rhythmus. Ochsengebrüll. Links, rechts Buschwerk, halbwüchsige Bäume, mannshoch. Ein Hohlweg.

Mit einem Satz sprang Petronius vom Wagen, hechtete im Schutz des Karrens den Hang hinauf, ließ sich dahinter ins Unterholz fallen, schloß die Augen. Ein Überfall! Das war ein Überfall!

Hatte er Glück gehabt, oder war er gesehen worden? Petronius lag still, lauschte, ob sich jemand seinem Versteck näherte, hörte Schreie, Flüche, Verwünschungen. Das Knallen des Fiesels verstummte. Gurgeln. Würgen. Splittern. Dann breitete sich Stille aus wie eine Drohung.

Petronius lag auf dem Rücken. Er atmete flach, wagte keine Bewegung. Gespenstisch wirkte diese plötzliche Ruhe, die nicht einmal mehr durch das Zirpen von Heuschrecken unterbrochen wurde. Petronius horchte, um festzustellen, ob noch jemand in der Nähe des Wagens war. Plötzlich hob sich keine sechs Fuß vor ihm ein Kopf in den Himmel. Beinahe hätte er einen lauten Schrei ausgestoßen. Petronius drehte sich langsam um und begann auf dem Bauch ein Stück tiefer ins Gebüsch zu rutschen. Die Gestalt, die ihm den Rücken zukehrte, stand auf Meinhards Wagen.

»Hast du den zweiten irgendwo entdeckt? Jaan hat gesagt, es wären zwei auf dem Kutschbock gesessen.«

»Wahrscheinlich war er wieder betrunken. Da sieht man gerne doppelt. Und wenn, dann ist er vorher abgestiegen.«

Petronius duckte sich tief auf den Boden. Zwar konnte ihn der Mann auf dem Karren so sicher nicht mehr sehen, aber der Zufall wußte es oft besser. Plötzlich bellte jemand in einem Tonfall, daß es Petronius kalt den Rücken hinunter lief.

»Verschwätzt mir den Tag nicht. Sucht das Bild!«

Diese Stimme kannte er. Vorsichtig schob sich Petronius nach vorne, er mußte den Mann sehen. Außerdem wollte er erfahren, was mit Meinhard geschehen war. Hatte man ihn getötet? Ganz entfernt glaubte er ein Stöhnen wahrzunehmen, aber das konnten auch die Ochsen sein.

»Nichts als Kleider und Masken, Herr! Pappnasen, Fischkostüme, Fratzen, Flügel. Ein Sammelsurium an Kuriositäten, aber kein Bild.«

Sprach so ein gemeiner Straßenräuber? Kuriositäten! Sammelsurium! Der Mann besaß Bildung, soviel stand fest. Aber dann mußte er sich nicht als Wegelagerer verdingen. Mit diesem Wissen konnte man Anstellungen finden, deren Einkünfte mit weniger Risiko verbunden waren.

»Es muß hier sein. Ich weiß es. Er hat es mir gesagt!«

»Nichts! Buchstäblich nichts. Nur diese albernen Verkleidungen und einige Bücher.«

»Wir verschwinden wieder. Jemand hat uns belogen.«

»Aber«, warf der auf dem Wagen ein.

»Kein Aber. Anzünden. Es dürfen keine Spuren bleiben!«

Petronius blieb keine Zeit mehr. Er mußte das Gesicht des Mannes sehen. Mit größter Vorsicht schob er sich an die Kuppe des Hangs heran und spähte über den Rand. Direkt vor ihm schlug ein Mann Funken aus einer Stahlklinge und ließ diese in ein Strohbüschel fallen. Am Eingang des Wegs entdeckte Petronius eine weitere Gruppe Männer, die in sicherer Entfernung darauf warteten, daß Flammen am Wagen emporzüngelten. Unter ihnen erkannte Petronius eine hagere Gestalt, die über die anderen hinausragte: Pater Johannes von Baerle, der Inquisitor.

Feuer prasselte plötzlich im Stroh. Gierig fraßen sich Flammen in die durcheinandergeworfenen Kleider und Pappmaché-Masken. Rasch entfernte sich der Pater und schloß sich der Gruppe an, die den Hohlweg in Richtung Den Bosch verließ.

Petronius ließ einige Zeit verstreichen, bis er sich ganz aus dem

Unterholz hervorzwängte. Rasch umrundete er das Gefährt, an dem bereits heiße Flammenzungen leckten, und suchte Meinhard. Die Ochsen, die noch immer im Joch standen, begannen das Feuer zu fühlen und brüllten mit nach hinten verdrehten Augen. Aber die Ochsen waren vorerst egal. Er mußte den Fuhrmann finden.

Er wollte sich schon an die Inspektion der Umgebung machen, als er unter einem schwelenden Haufen Kostüme die Beine des Kutschers hervorragen sah. Kurz entschlossen bückte er sich, faßte beide Beine und zog aus Leibeskräften. Dabei fiel ihm die Brotzeittasche, die er die ganze Zeit über umhängen hatte, nach vorne. Petronius wollte sie bereits abnehmen und in die Büsche werfen, aber dann besann er sich. Er schleppte Meinhard vom Brandherd weg. Erst als er außer Gefahr war, untersuchte er den leblosen Körper. Aber nichts rührte sich. Meinhard aus Aachen war offenbar tot. Petronius fuhr sich mit dem Hemdsärmel über die Augen. Dann deckte er den Körper mit einem der Mummenschanzkleider ab. Als er sich bückte, fiel ihm wieder die Tasche vor seinen Bauch. Petronius nahm den Beutel ab und stockte im selben Augenblick. Hatten die Räuber nicht nach einem Bild gesucht? Vielleicht hatte er es ja bei sich. In die Tasche hatte er nicht gesehen, seit sie aus Den Bosch weggefahren waren. Vorsichtig schlug er die Klappe zurück und zog den Sack auf. Neben Brot, Käse und einem Fellschlauch mit Wein steckte zuunterst eine Rolle aus festem Papier. War es das, wonach die Wegelagerer ihrer allerchristlichsten Inquisition gesucht hatten? Petronius entnahm der Tasche das Papier, entrollte es und betrachtete es lange. Jetzt wußte er, wonach Baerle gesucht hatte – und er wußte, warum.

XVII

Petronius betrachtete die Ummauerung der Stadt vom Richtplatz aus. Es war eine Trutzburg, dieses ’s-Hertogenbosch. Mächtig und uneinnehmbar kündete es vom Stolz und vom

Reichtum der Bürger Brabants. Seine Reise nach Oirschot hatte Petronius abgebrochen. Meister Hieronymus würde ihn zwar vermissen, aber die Gefahr war zu groß, dem Inquisitor auf dem Weg dorthin doch noch in die Hände zu fallen. Jetzt mußte er nur eine Möglichkeit finden, in die Stadt hineinzugelangen. Durch das Südtor erschien es ihm kaum möglich, da dort die Stadtwache stand, die bereits Meinhard von Aachen schief angesehen hatte. Außerdem verdächtigte er den Wächter, mit Pater Johannes zusammenzuarbeiten. So blieb Petronius nichts weiter übrig, als um die Stadt herumzulaufen und sie von Norden her zu betreten. Vor Einbruch der Dämmerung stand er völlig erschöpft auf den Bohlen der Zugbrücke des Nordtors. Die Wachen musterten ihn zwar mißtrauisch, nachdem er aber den Arbeitsnachweis der Malerzunft vorgezeigt hatte, ließen sie ihn ungehindert passieren.

Mit einer gewissen Vorsicht näherte er sich dem Haus am Markt, aber in der üblichen Geschäftigkeit fiel ihm nichts Bedrohliches auf. Die Menschen kauften ein, schleppten Hirsesäcke und Milch nach Hause, schoben ihre Karren oder waren unterwegs zur Kirche. Nicht einem Dominikaner begegnete er auf seinem Weg zum Markt. Rasch schlich er sich die Häuserfront entlang zum Haus des Hieronymus Bosch und klopfte energisch gegen die Tür, aber nichts rührte sich. Die Werkstatt schien wie ausgestorben.

Verstohlen sah sich Petronius um, ob ihn jemand beobachtete. Aber die Menschen interessierten sich nicht für den abgerissenen Kerl. Nur wenige Augenblicke später stieß er die Pforte zur Brandlücke zwischen den Gebäuden auf, trat ein, verschloß das Türchen hinter sich und drückte behutsam sein Fenster nach innen. Aus irgendeiner Laune heraus hatte er es nur in den Rahmen geklemmt, aber nicht verschlossen. Er warf seinen Beutel durch die Öffnung und zwängte sich selbst ebenfalls hindurch.

Er streckte sich auf dem Bett aus und schloß die Augen.

Ein Geräusch forderte plötzlich alle seine Aufmerksamkeit. Er war aus einem kurzen Traum mit merkwürdigen Ungeheuern zwischen Instrumenten und Tierschädeln aufgeschreckt und schweißgebadet. Im Zimmer war es bereits so finster, daß man die Hand vor Augen nicht mehr sehen konnte. Jemand schlich die Brandlücke entlang. Petronius wußte, daß er vergessen hatte, das Fenster zu schließen. Die Öffnung bildete einen grauen Fleck im Anthrazit der Finsternis. Die Schritte liefen unter seinem Fenster weg nach hinten. Dort knarrte eine Türangel, dann konnte Petronius keinen Ton mehr ausmachen.

Mit aufgerissenen Augen starrte er in die Finsternis. Wo war die Person hingegangen? Der Geruch, der von draußen plötzlich durch die Öffnung hereinwehte, kam ihm eigenartig bekannt vor. Seine Sinne waren gespannt wie ein straff gezogenes Seil. Und tatsächlich fühlte er, wie das Fachwerk des Hauses feinste Erschütterungen weitergab, die der Endringling beim Ersteigen einer Treppe oder Leiter verursachte. Und dann wußte er, wohin der nächtliche Besucher unterwegs war: ins Atelier des Meisters. Der Unbekannte mußte den geheimen Gang kennen.

Nachdem sich weiter nichts rührte, erhob sich Petronius, drückte leise seinen Fensterflügel mit der Pergamentscheibe wieder in den Holzrahmen und suchte nach dem Zunderschwamm in seinem Beutel. Mit viel Lungenarbeit und Geduld gelang es ihm, eine Kerze zu entzünden.

Sollte er vor dem Haus nach dem Gang suchen oder einfach die Treppe nehmen? Petronius entschied sich für letzteres. Schließlich rechnete niemand damit, daß jemand im Haus war. Er zog seine Stiefel aus und stellte sie unters Bett. Dann erhob er sich. Als er die Tür seiner Kammer öffnen wollte, sah er am Rahmen einen Zettel hängen. Rasch nahm er ihn ab und betrachtete das Papier. Auf der Rückseite stand in der klaren Handschrift Pieters:

»Wirtshaus zum Adler!«

Petronius schüttelte den Kopf. Galt die Botschaft ihm? Pieter erwartete ihn erst in drei Tagen zurück. War es so, konnte sie nur für diesen Tag gedacht sein. Er würde ihn also Sonnabend in der Schankwirtschaft treffen. Er hielt das Papier in die Flamme der Kerze. Kurz loderte es auf und fiel dann in sich zusammen. Die schwarzen Rußflocken zertrat er auf dem Fußboden, wobei er sorgfältig darauf achtete, daß keine glühenden Fetzen übrigblieben.

Geräuschlos öffnete er die Tür und schlich zur Treppe. Von oben drang ein leichter Lichtschein den Treppenschacht herab. Vorsichtig stieg er aufwärts.

»Ihr begeht ein Sakrileg! Aber wenn Ihr schon da seid, dann steigt wenigstens die Treppe ganz herauf und laßt Euch sehen!«

Petronius erschrak. Offenbar machte das Betreten der Treppe Lärm genug, ein scharfes Ohr zu warnen. Witternd schlich er die letzten Stufen herauf. Neben ihm lagen Stricke und Laken, um frische Holztafeln einzuwickeln, die über Galgenbaum und Flaschenzug ins Atelier hochgezogen wurden. Dann drehte er sich mit dem Rücken zur Wand und musterte den Raum. Auf einer der Staffeleien fand er das Porträt, das er begonnen hatte. Daneben war eine zweite Platte auf eine größere Staffelei montiert worden. Sie wurde durch flackerndes Kerzenlicht erleuchtet, aber Petronius konnte auf die Entfernung hin nichts erkennen. Rechts von ihm, hinter dem Aufgang zum Boden stand Jacob van Almaengien.

»Ihr? Was tut Ihr hier?«

»Dieselbe Frage könnte ich Euch stellen. Wenn mich nicht alles täuscht, seid Ihr eigentlich auf dem Weg nach Oirschot, zum Schloß Eures Meisters.«

Petronius bestätigte die Feststellung. Dann bemerkte er in einem der hinteren Winkel des Ateliers eine Bewegung und vernahm ein leises Stöhnen. Eine dritte Person befand sich auf dem Atelierboden.

»Was tut Ihr hier, frage ich nochmals? Ich wohne im Haus – und selbst wenn ich zurückgekehrt bin, habe ich ein Recht auf diese Behausung. Ihr aber ...«

» ... seid unbefugt hier eingedrungen. Das wolltet Ihr doch sagen, Petronius Oris? Aber er braucht Hilfe. Und nur ich kann ihm diese Hilfe geben.«

Mit dem Kinn deutete er zu der Gestalt hinüber, die auf einem Brett kauerte und sich unruhig hin und her warf.

»Wer ist das?« fragte Petronius. Doch bereits während er die Frage formulierte, fühlte er, daß er wußte, wer dort lag.

Jacob van Almaengien winkte ihn heran. Auf einem niederen Holztisch lag halbnackt sein Meister, Hieronymus Bosch. Mit starken Lederriemen waren Arme und Beine an den Tisch gefesselt. Sein Körper glänzte, als wäre er mit Öl eingerieben worden. Um den Kopf, der heftig hin und her schlug, war ein Tuch gewunden, damit er sich nicht verletzte. Schaum trat aus seinem Mund. Sein Körper bäumte sich unter Krämpfen.

»Was hat er?« In Petronius stieg langsam Entsetzen auf. »Ist er krank?«

Jacob van Almaengien schüttelte den Kopf.

»Nein. Völlig gesund. Er ist im Moment nur nicht hier auf dieser Welt. Er weilt irgendwo zwischen Himmel und Hölle. Gib Gott, daß er das Paradies findet.«

Petronius fuhr herum und sah ihm in die Augen. Obwohl er nicht verstand, was hier vor sich ging, wurde er durch den Blick van Almaengiens sofort verunsichert. Ein merkwürdiges Rieseln durchfuhr ihn.

»Wird er sterben?«

Ein schmales Lächeln huschte über die Lippen des Fremden. Langsam schüttelte er den Kopf.

»Solange ich bei ihm bin, nicht.«

Jetzt erst fiel Petronius auf, daß die Hände Jacob van Almaengiens ebenso fettig waren wie der Körper Meister Boschs.

»Was habt Ihr mit ihm gemacht?«

»Nichts, was er mir nicht selbst befohlen hätte!«

XVIII

Petronius lag auf seiner Pritsche, die Arme unter dem Kopf verschränkt, und dachte nach. Das Bild wollte ihm nicht aus dem Kopf, das Bild, das direkt neben dem Holztisch gestanden hatte. Er hatte sofort gesehen, daß es sich um die erste Innentafel des Triptychons handelte, von dem er die Außenflügel bereits gesehen hatte. Nicht mehr die Weltretorte, das Ei, aus der das Paradies am sechsten Schöpfungstage schlüpfen würde, sondern das Paradies selbst. Aber was war das für ein Paradies, das sein Meister hier dem Betrachter vorgesetzt hatte?

Er wußte nicht mehr, was ihm mehr Angst eingejagt hatte, der Zustand seines Meisters oder die Art, wie dieses Bild angelegt worden war.

Jacob van Almaengien hatte ihn in ein Gespräch über das Gemälde verwickelt, und Petronius hatte nicht entscheiden können, ob er ihn damit vom Zustand seines Meisters hatte ablenken oder ihm das Geheimnis des Bildes hatte offenbaren wollen.

»Was seht Ihr, Petronius Oris?«

»Meister Bosch, der sich in Krämpfen windet, Herr!«

Almaengien deutete auf das Paradiesbild.

»Seht auf das Bild und vergeßt den Maler. Ihm wird nichts geschehen. Er sucht sich eben einen Weg durch das Labyrinth der Bedeutungen. Den Paradiesgarten sollt Ihr Euch betrachten. Nun?«

Petronius trat einen Schritt näher an die Tafel heran. Hieronymus Bosch stöhnte auf und warf sich auf dem niederen Tisch hin und her. Das gurgelnde Atmen des Meisters verfolgte ihn beim Betrachten des Bildes – und plötzlich wußte er, was ihn an dieser Darstellung erschreckte. Das Gemälde war in drei farblich voneinander unterschiedene Felder aufgeteilt, die jeweils eine eigene Bedeutung trugen: unten, in zart grünlicher Farbe, führte Jesus Adam Eva zu. Im mittleren, grünlich gelben Teil, dominierte ein brunnenähnliches Gebilde, das dieselbe rötliche Farbgebung erhalten hatte wie das Gewand des Erlösers, und im himmelblauen Hintergrund wurde die Retortenwelt des Schöpfungsgemäldes auch farblich wieder aufgenommen. Und doch täuschte die Szenerie.

»Ist das wirklich ein Paradies?« fragte Petronius nach und bemerkte, wie Jacob van Almaengien von hinten an ihn herantrat. Wieder stieg dieser Geruch auf, der kaum wahrnehmbar und doch so verwirrend war. Auch die Stimme von Almaengien veränderte sich und bekam einen sanften, beinahe singenden Unterton.

»Es ist ein Paradies der besonderen Art! Ein Irrweg der Sinne, wenn Ihr versteht. Ihr müßt ihn durchwandern, wenn er zu Euch sprechen soll.«

Es war Petronius, als würde er sich erst jetzt, nachdem er sich auf seinem Bett zur Ruhe begeben hatte und der Morgen sich langsam durch das Fenster seiner Kammer ankündigte, auf den Weg in das Bild hinein machen. Alles stand wieder vor ihm: das Stöhnen und Zerren seines Meisters, die Stimme Jacob van Almaengiens und das Paradiesgemälde.

In diesem Paradies hatte der Tod Einzug gehalten! Während Adam seine Eva betrachtete, fing eine Katze ihre Mäuse, fraß ein Vogel den Frosch, den er sich aus einem Teich im rechten unteren Bildrand gespießt hatte. Und der Tümpel gebar Wesen einer anderen Welt: dreiköpfige Vögel, lesende Schnabeltiere, Einhornpferdchen, fliegende Fische. Niemand hatte ähnliches je gesehen, niemand es je gehört. Er wußte, daß die rote Tunika, die Jesus trug, Liebe bedeutete. Er ahnte, daß diese Liebe sich auf die Menschen erstreckte, nicht aber auf die Tierwelt. Er wunderte sich nur, daß Liebe und Tod sich im Paradies vertrugen. Und doch paßte die Stimmung nicht. Adam und Eva betrachteten sich nicht mit Unschuld. Adam sah erstaunt hoch, während Eva bereits zu Boden blickte, als würde Scham sie dazu nötigen.

»Es ist nicht die Scham, die sie zu Boden blicken läßt!«

Jacob van Almaengien hatte das ausgesprochen, als läse er seine Gedanken.

»Wenn nicht das, was dann?«

Petronius wußte wohl, daß die ersten Stunden der beiden Paradiesbewohner voller Unschuld, voller Innigkeit gewesen sein mußten. Keiner von beiden hatte noch vom Baum der Erkenntnis gekostet.

Petronius sah ihr ins Gesicht, holte sich die Eva näher heran in Gedanken, überlebensgroß. Und jetzt wußte er, daß sie gedrängt werden mußte. Sie wollte sich nicht zu Adam herabbeugen, mußte vom Herrn erst dazu gezwungen werden. Sie widerstand erst und beugte sich schließlich der Gewalt des Herrn, der Gewalt Jesu, des Vertreters des Neuen Testamentes. Sie war also nicht freiwillig die Frau des ersten Paradiesbewohners geworden. Hatte diese Störung der Idylle Meister Bosch dazu veranlaßt, Gewalt ins paradiesische Spiel der Tiere zu streuen?

Petronius hatte auf den Brunnen in der Mitte gedeutet und gefragt:

»Ist das der Brunnen des Lebenswassers, Herr?«

Zuerst hatte sich Almaengien um Hieronymus Bosch gekümmert, der sich aufbäumte und stoßweise zu atmen begann. Er trat an den Meister heran, streichelte ihn von der Stirn herab bis hinunter zu den Zehen. Langsam entspannte sich der Körper Boschs und ein zufriedenes Lächeln zog über sein Gesicht.

»Er ist angekommen. Er sieht jetzt das Paradies!« hatte Jacob van Almaengien geflüstert und sich wachend neben Bosch niedergelassen.

Petronius war die Art zu sitzen aufgefallen, die Weise, wie Almaengien sich über seinen Meister beugte und dabei die Beine übereinander schlug. Aber in dieser Nacht brachte er einiges nicht zusammen und so widmete er sich wieder dem Gemälde.

Der Brunnen erhob sich über einer blaugrauen Insel, die aus Steinen und Phiolen bestand.

»Es ist eine zwiespältige Welt, Herr«, begann Petronius ein Selbstgespräch. »Einerseits leben die Tiere hier friedlich nebeneinander, andererseits entsteigen dem See, der vom Wasser des Lebens gespeist wird, Höllenfiguren, wie der dreiköpfige Lurch dort.«

Er deutete auf das Tier, das am rechten Seeufer das Wasser verließ und mit seinen drei an schmalen Hälsen sitzenden Köpfen die Umgebung musterte.

Und dann fiel es ihm wie Schuppen von den Augen. Petronius richtete sich in seinem Bett auf. Die Szenerie belebte sich vor seinem Auge, als wäre sie auf die Schräge gegenüber seiner Schlafstatt gemalt.

In einer Öffnung des Lebenswasserbrunnens saß eine Eule und spähte nach draußen. Der Vogel der Weisheit einerseits, andererseits aber auch der Falschheit, das Attribut des Satans, ein Symbol der Ketzerei! Auge, sei wachsam, hieß es hier. Laß dich nicht täuschen. Das Blau der Insel warnte davor: Blau als die Farbe des Betrugs. Hier waren die Steine der Weisen versammelt, die Phiolen, mit denen die Gelehrten dem Elixier, der quinta essentia, nachspürten, es aber nie finden würden. Verblendet waren sie alle, diese Sucher und Tüftler.

»Das Böse ist schon immer in dieser Welt gewesen!« meinte Petronius lapidar.

»Das Böse und die Täuschung. Nur wer hinsieht, wird diese Botschaft bemerken, die Euer Meister hier hineingewoben hat.«

Jacob van Almaengien wusch seine Hände in einem Wasserbecken, das Petronius bislang nicht bemerkt hatte. Er verwendete dazu eine Substanz, die das Wasser weiß aufschäumen ließ. Er deutete mit dem Kinn zu Hieronymus Bosch hinüber.

»Wir müssen ihn zudecken. In einer Stunde wird er wieder erwachen. Und dann kann ich Euch nur empfehlen, nicht mehr hier zu sein. Noch nie hat ihn jemand in diesem Zustand gesehen. Und er wünscht sicher nicht, daß es jemand erfährt.«

Petronius studierte verstohlen die schäumende Substanz. Sie entfernte den Fettfilm von Almaengiens Händen.

»Eines noch, Herr«, warf Petronius ein. »Die Vögel im Hintergrund. Sie werden geboren, durchfliegen die Welt und kehren allesamt zu ihrem Ausgangspunkt zurück. Nur dort werden sie getrennt, in die dunklen, die eingehen in das Ei, und in die hellen, die in diesem Paradies einhergehen und sich vergnügen dürfen. Ich verstehe es soweit, daß der allmächtige Kreislauf der Natur von Leben und Tod beschrieben wird. Aber warum werden die Vögel getrennt?«

Jacob van Almaengien breitete eine Decke über den zitternden Körper Meister Hieronymus' aus. Mit den Händen fuhr er über das Gesicht des Träumenden, auf dem wieder dieses eigenartige Lächeln erschien. Dann erst antwortete er:

»Die Antwort erwächst aus dem Verstehen, Petronius Oris. Denkt nach, aber verlaßt uns jetzt. Ich werde bei ihm sitzen und warten, bis er wieder erwacht. Schlaft jetzt.«

Er war die Treppe hinabgestiegen und hatte sich auf seine Pritsche gelegt, um zu schlafen. Aber der Schlaf kam nicht, die Erinnerung hielt ihn wach, das Erlebte rumorte in seinem Inneren wie schlecht verdautes Essen. Irgend etwas auf diesem Bild mußte er übersehen haben. Wenn Hieronymus Bosch ihm vorwarf, eine Paradiesszene, die Eva aus dem Kopf des Herrn gebar, bringe ihn auf den Scheiterhaufen, dann war sein Meister ein mindestens ebenso sicherer Kandidat für die Hunde des Herrn!

Und in diesem Moment fiel ihm ein, daß er die Zeichnung noch besaß, die Skizze, um derentwillen Meinhard hatte sterben müssen. In seinem Kopf verwirrte sich alles. Pieter mußte er aufsuchen, den Langen Zuider, den Entwurf verbergen und …

Entschlossen schwang er sich von seinem Lager und schlüpfte in seine Schuhe. Es würde ein arbeitsreicher Tag werden und er wollte ihn zeitig beginnen.

XIX

Wie eine samtene Decke legten sich einige Tage später Sonne und Wärme über den Marktplatz. In den Gesichtern der Stadtbürger spiegelten sich die Sommertage. In luftigen, an den Ärmeln aufgeschnittenen Kleidern ließen sich die Frauen bewundern, und die Herren standen in Seide und duftigem, mit Kaninchenhaar weich gewirkten Barchent in Gruppen zusammen und beratschlagten die aktuellen Kurse von Brügge und Antwerpen, lachten über die Kapriolen der Reichspolitik Kaiser Maximilians und bestaunten den Baufortschritt der Kathedrale Sint Jans.

Der Tag mit seinen angenehmen Windstößen trug Petronius mit einer seit langem nicht mehr gekannten Leichtigkeit durch die Menschenansammlungen bis vor die Kathedrale.

Den Langen Zuider fand er vor dem Portal. Mit untergeschlagenem Bein hockte er an einer der Eingangssäulen zum Kirchenschiff, den Kopf unter der Kapuze verborgen, die knochige Hand gegen die Kirchgänger hin ausgestreckt. In einem fort murmelte er seinen Satz:

»Eine Kleinigkeit, bitte eine Kleinigkeit. Eine Kleinigkeit, bitte eine Kleinigkeit.«

Petronius erkannte ihn am Stock, dessen Knauf diese charakteristische Verwurzelung bildete. Er drückte dem Bettler eine Kupfermünze in die Hand und flüsterte ihm zu, er solle ihm hinter die Kirche folgen. Der Lange Zuider nickte, während Petronius die eichene Tür aufstemmte und das Innere der Kathedrale betrat. Er durchschritt den unfertigen Raum, in dem das helle Picken der Steinmetze hallte und das zum Himmel offene Gewölbe vom Summen unzähliger Stimmen ausgefüllt wurde. An der nördlichen Seitenpforte betrat er wieder die Straße. Der mächtige Körper der Kirche warf seinen kühlen Schatten über die Gasse, so daß es Petronius im ersten Moment fröstelte. Zu seinem Erstaunen erwartete ihn der Bettler bereits.

»Die Maler in dieser Stadt werden immer großzügiger«, begrüßte er ihn säuerlich und winkte mit der Kupfermünze. »Soll ich mir dafür auch was fürs Alter zurücklegen? Nun werd' nicht verlegen, Petronius. Was willst du?«

Petronius erzählte ihm vom Überfall auf den Fuhrmann und von den Räubern.

»Ich bin mir sicher, daß sie alle Dominikaner waren. Mönche als Räuber!«

Der Lange Zuider nickte.

»Ich habe davon erfahren. Bosch war Euch von Oirschot aus entgegengekommen. Er entdeckte das verbrannte Fuhrwerk und die Kostüme, ritt sofort nach Den Bosch und zeigte den Vorfall im Rathaus an. Ich glaube aber nicht, daß er etwas damit erreicht, selbst wenn man Pater Johannes auf frischer Tat ertappt hätte.«

Petronius zog seine Jacke enger um sich. Die Kühle der Kathedrale wehte kräftig in den Sommertag hinein. Er wollte eben zu seiner eigentlichen Frage ansetzen, als eine Prozession auf die Hinthamerstraat einbog.

»Geißler!« flüsterte der Bettler und zog Petronius weiter in den Schatten der Kathedrale. Die Männer zogen zum Marktplatz hinunter. Das Klingen der Weihrauchfaßketten und ein monotoner Gesang im Rhythmus der Schritte und Peitschenschläge begleitete sie. Ihre Köpfe lagen unter dunklen Tuchmützen verborgen, die Oberkörper waren nackt. Sie steckten in schwarzen Beinkleidern. Mit Siebenschwänzigen, deren Riemen von Schweiß und geronnenem Blut dunkel gefärbt waren, schlugen sie sich regelmäßig auf den Rücken, bis dort die Haut platzte und ihnen das Blut herablief.

Während die Gruppe auf sie zuzog, knurrte der Bettler: »Seit das Pfaffenvolk Suppe und Kupfermünzen für die Geißler bereithält, haben sie Zulauf. Beinahe jede Woche einmal wandert so eine Gruppe durch die Stadt. Um ausbezahlt zu werden, dürfen keine blutigen Striemen der letzten Geißelung mehr zu sehen sein. Die Spezialisten ersetzen deshalb die Metallknötchen am Ende der Peitschen durch harmlose Stoffbällchen. So bleibt die Haut heil, und der Geißler kann sich in der nächsten Woche wieder einer neuen Gruppe anschließen und kassieren. Dafür steigt der Bedarf an Ochsenblut stark an.«

Begleitet wurden die Männer in ihren schwarzen Kapuzen von einigen Dominikanern, die Weihrauchfässer schwangen und Kerzen in den Händen hielten.

»Wenn du ihnen in den Weg trittst, wirst du gezwungen, die Geißel zu nehmen. Sie wollen damit dich und die Welt läutern. Hoffnungsvolle Toren!« setzte er noch hinzu. »Aber das war doch sicher nicht alles, was du von mir wissen wolltest?«

Petronius riß sich von dem Schauspiel los.

»Nein. Was erzählt man sich über Jacob van Almaengien? Hast du etwas erfahren?«

Der Bettler schmunzelte, wartete aber ab, bis die Geißler an ihnen vorübergezogen waren und zum Kirchplatz einbogen.

»Ich erfahre alles, mein Freund! Jacob van Almaengien ist Jude gewesen. Vor gut vierzehn Jahren – das war noch vor meiner Zeit hier in Den Bosch – ließ er sich taufen. Aber nicht irgendwie und wie jeder andere! Der hatte Einfluß. Wenn du mir seinen richtigen Namen genannt hättest, unter dem er hier in Den Bosch lebt, hätte ich sofort gewußt, wen du meinst. Er heißt Meester Philipp van

Sint Jan. Ein großer Gelehrter von untadeligem Ruf und hoher Stellung. Die ganze Welt pilgert zu ihm, wenn es um Dinge des Geistes oder der Wissenschaft geht. Ein Akademiker ist er, ein Mann der Universität.«

Petronius pfiff durch die Zähne. Das hatte er nicht erwartet.

»Warte nur, Freund. Das Beste kommt noch. Stell dir vor, zur Taufe waren Philipp der Schöne und sein gesamtes Gefolge anwesend. Niemand geringerer also als der Landesherr von Brabant. Und was der Gipfel ist, er wurde wenig später in die Liebfrauenbruderschaft aufgenommen. Von dort kennen sich Bosch und er. Das war's vorerst, Freund Petronius. Ich hoffe, es hat dir die Sprache verschlagen. Du porträtierst einen der wenigen Menschen aus 's-Hertogenbosch, den die gesamte übrige Welt auch kennt. Nicht mehr und nicht weniger. Er korrespondiert mit allen großen Geistern der Zeit!«

Der Lange Zuider trat noch etwas näher. Vom Kirchplatz her kam eine weitere Gruppe Dominikaner auf sie zu:

»Es kommt noch besser. Man sagt ihm nach, heimlich alchimistische Experimente zu betreiben. Aber niemand konnte ihm bislang etwas nachweisen. Philipp der Schöne hatte seine Hand darauf, aber der ist ja vor vier Jahren gestorben. Gott hab ihn selig. Seither ist es still geworden um die alchimistischen Experimente des Gelehrten. Soweit ich vernommen habe, reiste er eine Zeitlang durch Europa. Seit gut eineinhalb Jahren ist er allerdings wieder in der Stadt.«

Er verstummte, da die Mönche auf Hörweite herangekommen waren. Der Bettler zog Petronius zu einem der Seiteneingänge der Kathedrale.

»Verschwinden wir hier. Es riecht brenzlig!« maulte er, als das Tor hinter ihnen zuschlug.

Kurz darauf quietschte das Tor wieder in den Angeln, doch keiner der beiden achtete darauf.

XX

Petronius roch die Mönche, bevor er sie sehen konnte. Als er die Schankstube betrat, stieg ihm neben dem Bierdunst und dem scharfen Geruch des Weins auch das süßliche Aroma des Weihrauchs in die Nase. Tatsächlich entdeckte er sie in einem der hintersten Winkel, nahe dem Ausschank, beinahe direkt neben dem Abtritt zum Hof. Einer der Daubenschläger, die nahe der Tür an einem alten Faß lehnten, zog geräuschvoll die Nase auf und spuckte auf den Boden, als er den Blick des Malers bemerkte.

»Gesindel!« bellte er.

Petronius nickte. Wenn die Hunde des Herrn im Raum saßen, bedeutete es, daß sie sich zu einer Predigt vor Ort bereit hielten. Er hatte davon schon gehört. In ihrem missionarischen Eifer gingen sie zu den Menschen, die nicht zu ihnen kamen. In alle Wirtschaften der Stadt schlichen sie sich ein und predigten dort, lasen Messen, zelebrierten das Abendmahl und verkündeten, daß der Herr mitten unter ihnen sei. Zum Schluß ging der Klingelbeutel herum.

Seit dem Überfall hatte Petronius Pieter im Haus des Meisters nicht mehr angetroffen. Petronius hatte den Kollegen im Verdacht, ihn ans Messer geliefert zu haben, aber klären konnte das nur ein Gespräch. Zudem wunderte ihn die merkwürdige Einladung zu diesem Treffen. Das hätte er ihm auch persönlich mitteilen können.

Die gedämpfte Unterhaltung wirkte ungewohnt für die Gaststube. Die Mönche störten. Sie verhinderten, daß sich Ausgelassenheit und Fröhlichkeit einstellten.

Petronius schob sich durch die Menge, drückte Rücken beiseite, stieß verschwitzte Lederwämser von sich, ruderte sich die Lücken entlang in den Raum hinein. Ein Pfiff ließ ihn aufhorchen. Tatsächlich entdeckte er ganz hinten, vom Eingang aus nicht zu sehen, den bereits schütteren Kopfschmuck auf Pieters Schädel. Seine Hand fuhr nach oben, winkte. Petronius zwängte sich durch die Leiber, mußte Stöße und Beschimpfungen der Kutscher und Tagelöhner hinnehmen, gelangte aber schließlich unbeschadet zu seinem Kollegen.

»Wo warst du denn?« begrüßte Pieter ihn und duckte sich wieder unter die Köpfe der anderen. Niemand konnte ihn so sehen, der nicht wußte, daß er dort saß.

»Verhindert. Aber was soll das? Warum versteckst du dich hier?«

Pieter sah ihn an, und Petronius fand in Pieters Augen ein unruhiges Flackern.

»Hast du Schwierigkeiten? Brauchst du Geld? Kann ich dir sonst helfen?«

Pieter streckte die Arme von sich. Nichts von alledem, behauptete er. Er müsse nur mit ihm reden.

In diesem Augenblick stellte Zita Petronius ein Bier auf den Tisch. Dann drückte sie sich mit einer koketten Bewegung kurz an Petronius, gab ihm eine scherzhafte Kopfnuß und verschwand in dem Meer aus Menschenleibern.

»Was willst du mit mir bereden?« begann Petronius wieder, ungeduldig diesmal.

Der Anblick Zitas hatte ihm ins Bewußtsein gerufen, daß er die letzte Reise beinahe nicht überlebt hätte.

Pieter sah sich verstohlen um. Die Männer um sie her saßen vor ihrem Bier, unterhielten sich mit ihren Nachbarn oder stierten mit wäßrigen Augen in die Krüge. Pieter senkte die Stimme, so daß sich Petronius vorbeugen mußte, um noch etwas zu verstehen.

»Du wolltest doch etwas über die Bruderschaft wissen!«

Petronius nickte und war plötzlich ganz Ohr.

»Die Schwanenbruderschaft oder die Bruderschaft unserer Lieben Frauen, wie sie auch heißt, der Meister Bosch angehört, erfüllt wichtige Aufgaben in der Stadt. Ihr gehören bedeutende Männer an. Sie versammelt die Mitglieder zum Gebet, geleitet verstorbene Bürger zu Grabe, verteilt Brot an die Armen und stellt hier in Den Bosch auch Musiker für die Kathedrale. Außerdem liefert sie der Kathedrale den Schmuck für Altäre und Bilder. Den einen oder anderen Auftrag hat unser Meister auch schon von der Bruderschaft bekommen.«

»Hör zu, Pieter. Damit erzählst du niemandem ein Geheimnis. Soviel habe ich selbst schon erfahren. Deswegen brauchst du dich nicht zu verstecken. Solche Aufgaben übernehmen in anderen Städten ähnliche Bruderschaften«, unterbrach ihn Petronius. Er war etwas verärgert, doch Pieters aufgequollene Augen besänftigten ihn. »Wo hast du die letzten Nächte verbracht?«

Pieter brachte nur ein unbestimmtes Lächeln auf die Lippen. Sein Blick flackerte.

»Überall. Aber nie lange am selben Ort.«

Als Petronius endlich zum ersten Mal von seinem Bier trinken wollte, bemerkte er Pieters gierigen Blick.

»Trink erst einmal, bis dein Krug kommt«, bot er ihm an.

Dankbar nahm Pieter einen kräftigen Schluck aus Petronius' Humpen, dann fuhr er fort:

»Das ist noch nicht alles. Jedes Jahr gibt die Bruderschaft Geld für Mysterienspiele, höllische Tänze, Possen und sonstige schauspielerische Abwechslungen aus. Dafür werden teure Stoffe für Kostüme gekauft.«

Wieder unterbrach ihn Petronius:

»Warum erzählst du mir das alles? Komm zum Kern!«

Bevor Pieter antworten konnte, hallte die Stimme eines der Mönche durch den Saal.

»Gelobt sei Jesus Christus!« und zögerlich antwortete die unfreiwillig anwesende Gemeinde: »In Ewigkeit Amen!«

»Mitbrüder und Mitschwestern!«

Verärgert über die Störung drehte sich Petronius um. Aufmerksam beobachtete er das Schauspiel, das sich ihm bot. Der in schwarzweißes Leinen gekleidete Mönch blähte sich unter seiner Verantwortung. Petronius musterte die Gesichter der Umstehenden und verglich sie mit dem des Mönchs: desinteressiert und abweisend die einen, fanatisch das andere.

Aber der Prediger war erfahren. Er drängte sich rasch in die Mitte des Raumes, spreizte Arme und Beine, um Platz zu schaffen, einen der Arme mit offener Handfläche gegen den Himmel gestreckt, und begann. Asketisch schmal, mit eingefallenen Wangen und fehlenden Zähnen stand er da und brüllte mit donnernder Stimme solange gegen den Lärm an, bis dieser endgültig verstummte. Der Dominikaner schien die Stille zu genießen, während der sich alle Blicke auf ihn richteten.

Pieter zog Petronius am Ärmel, wisperte:

»Willst du es nun hören?«

Petronius nickte und drehte sich wieder seinem Kollegen zu.

»Das ist frech! Ich dachte, die Dominikaner dürfen nicht predigen!«

Pieter verdrehte die Augen und hielt Petronius mit der Hand am Ärmel fest.

»Hör mir zu, bitte! Die Schwanenbruderschaft ist eine ehrenwerte und illustre Gesellschaft!«

Mitten hinein in ihr Gespräch brach erneut die Höllenstimme des Dominikaners. Sein röhrendes Organ verkündete eine eigenwillige Botschaft des Herrn. Der Mönch lispelte. Begleitet von einem Zischeln, das klang, als machte sich eine Schlange an die Umstehenden heran, wetterte er gegen Völlerei, Unzucht und Widerreden. Die Umstehenden mußten ein Kichern unterdrücken oder verbargen ihr Lachen hinter vorgehaltener Hand.

» ... und die Satten, die alles haben und das Wohlleben genießen, sollen die Höllenfeuer fürchten, da sie alles für sich behalten wollen. Auf sie wartet das ewige Feuer, das den Menschen nicht nur äußerlich verbrennt, denn deshalb ist der Teufel schwarz und alle seine Seelen und die Seelen derer, die er ins Höllenfeuer zerrt mit seinen Klauen, nein, dieses Feuer, das sich hineinfrißt in den Menschen, glüht ihn zudem aus bis ins innerste Mark, bis hinein in die unsterbliche Seele, die schmort und kocht und sich endlich auflösen wird in Rauch, wie die Butter in der Pfanne ...«

Wieder zerrte Pieter Petronius am Ärmel.

»Jetzt hör mir doch endlich zu! Die Bruderschaft ist nur die Oberfläche, die Politur, die schöne Fassade. Dahinter steht etwas anderes ...«

Petronius vergaß den Mönch.

»Was ist mit der Bruderschaft?«

Pieter faßte seine Hand, drückte sie und legte den Finger auf den Mund. Petronius hatte in seiner Überraschung seine Frage beinahe gebrüllt.

Unbeirrt fuhr der Mönch fort zu zischeln:

»... wenn er widerredet und die ehernen Gesetze der Menschenliebe und der Gottesliebe mit Füßen tritt, wenn er glaubt, wider die Barmherzigkeit der Kirche zu wettern und sich dagegen zu vergehen, so sie uns in ihren mütterlichen Schoß aufnimmt, wird er vom Bann des Zorns Gottes getroffen und gerichtet werden ...«

Pieter legte sich über den Tisch, um direkt in Petronius' Ohr zu flüstern. In diesem Augenblick trat Zita an den Tisch der beiden Maler. Sie hatte Pieters Bier dabei und stellte den Humpen vor ihm auf den Tisch. Man sah ihr die Verärgerung über die Predigt des Dominikaners an. Die Bestellungen gingen zurück, manche Gäste verließen bereits die Schankstube. Petronius hob seinen Humpen und forderte Pieter auf, ihm Bescheid zu tun. Beide tranken einen großen Schluck, setzten ab und Petronius beugte sich vor, um das zu hören, was Pieter ihm über die Bruderschaft zu sagen hatte.

»Sie ist nur eine ... eine Oberfläche ... dahinter ... etwas anderes ... etwas ...«

Petronius wunderte sich über die angebrochenen Sätze.

Pieter riß die Augen weit auf, starrte ihn entsetzt an. Soviel Angst schwamm in diesen Augen, daß Petronius nicht anders konnte, als zu schreien.

» ... wie vom Blitz getroffen wird der niedersinken, der glaubt, sich vom Antlitz der Kirche abwenden zu können und ihr nicht das geben zu müssen, was der Kirche ist ...«, schrie der Mönch.

In diesem Moment rutschte Pieter vom Sitz, schlug mit dem Kinn hart auf der Tischbohle auf und fiel mit brechenden Augen unter die Bank. Die Umsitzenden wandten sich den beiden neugierig zu. Selbst der Mönch verstummte. Petronius vernahm das

Röcheln des Freundes, dessen Beine unter dem Tisch hervorzuckten. Ein Seufzer wehte durch den jetzt totenstillen Raum. Petronius saß wie versteinert und starrte nach unten.

»Der Teufel wird Ernte halten unter den Abtrünnigen und sie mit dem Gift der Hoffart und der Ausschweifung zu sich rufen zu jeder Stunde des Tages!« schrie der Mönch, Speichelschaum vor dem Mund, und zeigte mit seiner schmalen Fingerkralle auf Petronius und den Toten unter der Bank.

XXI

»Mörder!«

Plötzlich stand dieses Wort im Raum, von einer der hinteren Bänke gerufen. Die Fuhrknechte, Schäffler, Hucker, Gerber, Daubenschläger, Kürschner, Schmiedegesellen und Schuster wichen vor Petronius zurück.

Petronius beugte sich zu Pieter hinab. Wie betäubt griff er nach dessen Hand, zog ihn unter dem Tisch hervor. Pieters Zunge klemmte zwischen den Zähnen, blau angelaufen. Die Augen traten ihm aus den Höhlen. Er war tot.

Gift, durchfuhr es Petronius, das Bier.

»Mörder!« schrie es wieder, und noch einmal: »Mörder!«

Jemand riß ihn an der Schulter und zerrte ihn von Pieter weg. Petronius erkannte den Mönch, der lispelnd die Anschuldigung wiederholte: »Mörder!«

Langsam schlossen die Gäste einen Kreis um ihn. Petronius sah ihnen in die Augen, noch betäubt von dem, was vorgefallen war. Ihre Gesichtszüge verzerrten sich. In ihnen lagen Haß und Mord. Nur die Tatsache, daß der Dominikaner ihn an der Schulter festhielt, hinderte sie daran, sich auf ihn zu stürzen.

Pieter hatte ihm etwas sagen wollen, und er hatte ihm nicht zugehört. Dabei war die Angst des Freundes augenfällig gewesen. Und jetzt wußte er, wovor Pieter Angst gehabt hatte.

»Ich habe es nicht getan!« verteidigte sich Petronius, aber seine Stimme klang dünn und hilflos.

Der Mönch ließ endlich los und donnerte ihn an:

»Die Geächteten bleiben geächtet, die Gerichteten bleiben gerichtet, und die Verdammten bleiben verdammt!«

Als wäre es das Zeichen gewesen, fielen die vordersten der Gäste mit dem Schrei: »Hängt den Mörder!« über Petronius her. Er schlug die Hände über das Gesicht. Fußtritte und Fäuste hämmerten auf ihn ein.

Plötzlich dröhnte ein Schrei durch die Menge. Seine Peiniger erstarrten und ließen von Petronius ab.

»Warum vergeht Ihr Euch an Unschuldigen. Lauft lieber, die Schuldigen der gerechten Strafe zuzuführen. Ich habe gesehen, daß der Maler unschuldig ist! Die wahren Giftmörder sind hinten hinaus, über den Abtritt.«

Auf der Türschwelle zur Gaststube stand Pater Johannes von Baerle. Die Arme gereckt, deutete er auf den rückwärtigen Ausgang.

»Dort hinaus! Ein Rothaariger mit Bart und sein Komplize, ein Dünner mit schwarzem Wams.«

Bereitwillig stürzte eine Reihe von Männern den Flüchtigen hinterher. Pater Johannes trat auf Petronius zu, beugte sich hinab und berührte ihn am Arm.

»Steht auf, mein Sohn. Es soll Euch in dieser Stadt kein Leid geschehen.«

Petronius erhob sich schwerfällig. Sein Rücken schmerzte, und auf den Lippen schmeckte er Blut. Der Inquisitor legte ihm die Hand auf die Schulter. Leise flüsterte er ihm zu:

»Kommt mit hinaus, ich weiß nicht, wie lange ich die Menge davon abhalten kann, Euch zu hängen!«

Laut sagte er zu den aufgebrachten Schankgästen:

»Der hier ist unschuldig. Schafft den armen Kerl dort zur Friedhofskapelle und bahrt ihn auf. Wir werden ihm alle in drei Tagen die letzte Ehre erweisen. Ihn aber laßt in Ruhe.«

Pater Johannes faßte Petronius unter den Arm und führte ihn zur Tür. Dort wurden sie von Zita aufgehalten, die ihnen die offene Hand entgegenstreckte.

»Und wer bezahlt für die Zeche des Toten, und vor allem des Lebenden hier?«

Petronius zog an seinem Gürtel, holte seinen Beutel heraus, kramte darin und entnahm ihm zwei Geldstücke, die den eigentlichen Preis weit überstiegen. Dann schob ihn der Pater mit energischen Stößen vor sich her auf die Gasse hinaus. Als sie auf den Weg traten, huschte eine Gestalt an ihnen vorüber, stolperte und verlor dabei ihren Stock, der mit einem hellen Klappern auf das Pflaster fiel. Petronius erkannte den Wurzelknauf des Bettlers.

Die kühle Abendluft tat Petronius gut. Langsam kam er wieder zu sich. Mitten auf der Gasse blieb Pater Johannes stehen und hielt auch Petronius am Arm zurück.

»Ich glaube, ich habe etwas gut bei Euch. Ohne mein energisches Auftreten würdet ihr jetzt an diesem Haken hängen!«

Dabei deutete der Inquisitor auf einen Haken direkt unter dem Wirtshausschild, an dem in friedlichen Zeiten Fahnen oder Wappentücher hingen und die Fassade schmückten.

Petronius wußte nicht, ob er dankbar oder niedergeschlagen sein sollte.

»Ihr wißt, daß Ihr unschuldig seid. Ich weiß es. Aber die Menge glaubt, Ihr habt ihn vergiftet. Sie wird es morgen ebenso glauben wie übermorgen oder in einer Woche. Seht Euch vor, Petronius Oris. Ein Wort aus meinem Munde, und der Haken dort ist für Euch in die Wand getrieben worden.«

Petronius ahnte, worauf Pater Johannes hinaus wollte. Jetzt hatte er ihn in der Hand.

»Wenigstens hänge ich dann weitab von den Weihrauchschwaden Eurer sogenannten Büßer und höher, als der Ruf der Seelenverkäufer mit ihren Ablässen hinaufreicht.«

Pater Johannes lachte verhalten.

»Nun, wenigstens ist Euch der Humor nicht abhanden gekommen. Vergeßt mich nicht.«

Damit ließ er den Maler auf der Straße stehen und verschwand. Die Schöße der Soutane segelten die Gasse hinab. Petronius sah ihm nach. Plötzlich vernahm er im Rücken das Geräusch von

Holz, das über Stein schleift. Der Lange Zuider hob eben seinen Stock auf.

»Jetzt hat er dich, Petronius!« kommentierte der Bettler das, was er gehört hatte. »Glaub mir, du wirst ihm den Ring an seiner Hand küssen und seine Füße waschen, und nicht nur das!«

XXII

Petronius stand vor dem Haus seines Meisters und starrte auf die beiden Treppenstufen, die zur Haustür hinaufführten. Sie schienen ihm nach dem Erlebnis in der Schankstube unüberwindlich zu sein. Dabei schob ihn ein leichter, sommerlich warmer Wind sanft an. Er hätte ihm nur zu folgen brauchen.

Zog er wirklich Schwierigkeiten an wie das Feuer die Motte, wie es ihm Meinhard bereits bescheinigt hatte? Meinhard tot. Pieter tot. Nur in seiner Anwesenheit geschahen diese Unglücke. Wer Meinhard auf dem Gewissen hatte, wußte er. Aber Pieter? Wer hatte ein Interesse daran gehabt, den Malergesellen umzubringen? War es verboten, über die Bruderschaft zu reden? War Bosch darin verwickelt? Was sollte er von seinem Meister halten? Konnte er mit den übrigen Gesellen darüber sprechen, oder war unter ihnen ein Verräter, der Gehörtes an – an wer weiß wen weitertrug? In seinem Kopf drehte sich alles.

Schlafen, einfach die Augen schließen und an nichts denken, morgen wollte er weitersehen. Zwei Schritte und er stand vor der Tür und drückte die Klinke. Der Eingang war unverschlossen, was Petronius überraschte. Die Gesellen waren sicher schon zu Bett gegangen. Sie schliefen üblicherweise im ersten Stock in kleinen Kammern. Ein Luxus, den Meister Bosch ihnen allen gewährte.

Sofort waren Müdigkeit, Schmerz und Niedergeschlagenheit vergessen und Petronius' Sinne hellwach. War ein Dieb ins Haus eingedrungen oder hatte man vergessen abzuschließen? Mit allergrößter Vorsicht schob er die Tür auf und schlüpfte hindurch. Danach blieb er stehen und lauschte. Tiefste Schwärze und vollkommene Ruhe gähnten ihm entgegen. Petronius wollte schon aufatmen, als ihn schwache Geräusche zusammenzucken ließen. Vom hinteren Atelier drangen Stimmen bis zu ihm, gedämpft, unklar zwar, aber eindeutig Stimmen. Zumindest zwei konnte Petronius unterscheiden. Und wenn er sich nicht täuschte, klang das wie das Zwitschern zweier Liebender. Hatte einer der Gesellen der Boschschen Werkstatt sein Modell für die Nacht dabehalten? Er schlich vorwärts. Beinahe eine Ewigkeit verging, bis er das Atelier erreicht hatte. Aber dort war niemand, obwohl die Stimmen jetzt näher klangen als zuvor. Nur schwaches Mondlicht aus dem Garten fiel ins Haus.

Petronius war ratlos. Die beiden Sprecher unterhielten sich sorglos, nicht wie Diebsgesindel, das jeden Moment damit rechnen mußte, entdeckt zu werden. Entweder waren sich die Einbrecher so sicher, oder … Petronius trat an die Wand heran. Die Stimmen kamen aus der Wand, die das Atelier zur Außenmauer hin abschloß. Vorsichtig legte er sein Ohr gegen die Holzvertäfelung. Tatsächlich konnte er die Stimmen jetzt deutlich vernehmen:

» … kann Euch nur das Alphabet liefern, die Buchstaben; ich vermag sie Euch herzubuchstabieren, ich bin Euer Stammler, Meister Bosch. Schreiben müßt Ihr sie. Ihr seid der insignis pictor. Ihr besitzt die rechte Begabung, nicht ich.«

»Dafür wäre ein Wesen nötig, wie ich keines bin. Ein Monstrum, ein Engel, ein Gott meinetwegen. Ich bin nur ein Mensch!«

»Stellt Euer Licht nicht zu sehr unter den Scheffel! Ihr seid feinfühlig und ideenreich. Der Gedanke, eine Luftperspektive in Euer Bild einzuführen war genial. Noch nie hat jemand so gemalt! Nur so steht der Betrachter draußen. Nur so sieht er die Welt, als hätte er ein Buch vor sich, in das er hineinblickt. Er muß die Haltung eines Lesers einnehmen, wird zum Lesen gezwungen. Die Idee entstammt Eurem Pinsel, Meister Bosch.«

»So erlebe ich die Flüge, Meester Philipp. Als würde ich über die Welt hinweggleiten. Und doch zehren die Nächte an mir. Seht mich an. Ich bin ein Gerippe. Und weiß ich vor der Reise, ob ich wirklich aus diesen Welten zurückkehre?«

Petronius wagte nicht zu atmen. Noch verstand er nicht, warum sich hinter der Mauer, hinter der nichts hätte sein dürfen als die Brandschutzlücke zum nächsten Gebäude, zwei Personen unterhalten konnten. Obwohl ihn die Stimmlagen verwirrten, hatte er sie doch erkannt: Meister Hieronymus Bosch und sein Porträtgast Jacob van Almaengien, den Bosch bei seinem Taufnamen nannte. Und doch hätte er schwören können, daß sich hier Mann und Frau besprachen. Aber er konnte nur ahnen, worüber sie sich unterhielten. Von welchen Flügen sprach sein Meister? Was hielt er nicht aus? Hatte sein Erlebnis von letzter Nacht etwas mit dem Gespräch zu tun? Petronius drückte sein Ohr gegen die Wand. Hinter ihr raschelte es, Holz knarrte, ein Schleifen. Etwas wurde aufgenommen und wieder abgestellt.

»Ihr zeichnet mir Eure Visionen und Gesichte auf, skizziert die Figuren und Szenen, denen Ihr begegnet, und ich stelle sie Euch zu einem Ganzen zusammen. Nur so gelingt dieses Werk. Und Ihr wißt, wir müssen uns beeilen. Der Dominikaner zieht seine Netze immer enger. Und Verräter gibt es auch in unseren Reihen. Die Gemeinschaft der wahren Gläubigen lichtet sich.«

Petronius erstarrte beim Wort Verräter. War Pieter einer gewesen? Hatte man ihn deshalb getötet?

»Aber wenn ich selbst nicht mehr verstehe, was ich male, läuft das Bild dann nicht Gefahr, unbedeutend zu werden?«

»Kein Buch, das mit klassischen Ideen gefüllt ist, wird unbedeutend. Und nichts anderes wird es, dieses Triptychon: ein Buch, ein Nachschlagewerk! Nehmt den Brunnen des Lebens. Sieht nicht jedes Kind, daß er das eigentliche Zentrum dieses Bildes ist? Sieht nicht der Betrachter, daß die Höhlung in der Basiskugel des Brunnens wiederum das Zentrum des Paradieses bildet? Erkennt man darin nicht ein Auge mit einer Pupille, in der ein Vogel sitzt, der Weisheit und Verstand symbolisiert, die Eule? Heißt es nicht, daß die Seele des Menschen sich in seinem Auge offenbart? Heißt es nicht, wenn die Seele sich selbst erkennen will, muß sie in die Seele blicken – und wohin sollte sie blicken, wenn nicht in ihr eigenes Auge? Einfache Botschaften mit einfachen Bildern.«

»Aber die Eule ist doppeldeutig!« widersprach Bosch.

Petronius schluckte. Das Atmen mit offenem Mund trocknete seine Kehle aus. Sein Rachen wurde rauh und der Gaumen klebte. Er hörte Jacob van Almaengien leise lachen.

»Genügt es nicht, daß ich die tiefere Bedeutung erkenne?«

»Wenn es eine Botschaft an die Bruderschaft sein soll, müssen die Brüder und Schwestern lesen können, was geschrieben steht!«

»Sie werden es verstehen. Das Thema der Liebe unter den Menschen ist leicht zu begreifen. Der Mittelteil wird ihnen noch ausreichend Beispiele dafür bieten. Die engelgleiche Liebe, die seraphische Liebe ohne körperliche Vereinigung, außer mit Gott, muß vorgelebt werden. Ihr bildet sie ab. Wir zeigen sie ihnen. Der Ursprung der Welt liegt hier verborgen. Und ich sage, es gibt nur einen Ursprung der Welt! Das Bild kann nur den Meditationspunkt bieten. Hier genügt, daß die Mitte selbst thematisiert wurde.«

Petronius quälte ein Hustenreiz. Er mußte etwas trinken oder sich zumindest räuspern. Er wollte aber nichts verpassen. Mit Mühe sammelte er Speichel in seinem ausgedörrten Mund.

»Heißt es nicht bei Jan van Ruysbroeck: ›Der Sinne Untergang ist der Wahrheit Aufgang‹? So muß man diese erste Tafel betrachten, Meister Bosch. ›Vermag der Mensch die Sache nicht zu begreifen, verhalte er sich vollkommen still, so begreift ihn die Sache.‹ Wenn ich diese Sätze erläutern darf, bedeuten sie nichts weiter, als daß ich beim Meditieren meinen Geist entleere. Wenn ich mich dann dem Lebensbrunnen überlasse, ihn betrachte, erwächst aus dem erschauten Leitbild wie von selbst ein traumhafter Reichtum. Man begreift nicht im herkömmlichen Sinne, man wird dieser Dinge inne. Es ist ein Schauen eigener Art, Meister Bosch.«

Die letzten Sätze hatte der Gelehrte so leise gesprochen, daß Petronius sie kaum mehr verstand. In seiner Erinnerung verglich er die Erklärung mit seiner eigenen Erfahrung. Ihm war der Brunnen des Lebens erschienen wie ein Sakramentshaus, dem die vier Paradiesströme entsprangen. Jetzt erkannte er, daß das Auge, von dem der Gelehrte sprach, eine Art Tabernakel war, der das Geheimnis des Gemäldes enthielt. Petronius fühlte, daß Jacob van Almaengien diesen Tabernakel geöffnet, seinen Inhalt aber nur unvollständig vorgezeigt hatte. Die Eule symbolisierte das Wissen um Verborgenes, den Einblick ins Unsichtbare. Und von diesem Unsichtbaren hatte er zwar gesprochen, es aber vor seinem geistigen Auge weiterhin verschleiert gehalten.

»An die Arbeit, Meester Philipp. Wir müssen die morgige Andacht vorbereiten. Nach Sonnenuntergang in der Kathedrale. Ein Bruder aus Brüssel möchte zu uns sprechen. Und wir sollten das Paradies als Meditation darbieten. Das ist doch sicher ganz in Eurem Sinne.«

Der Gelehrte lachte. Petronius schien es, als würden die beiden Männer eine Treppe hinaufsteigen. Jedenfalls antwortete sein Meister etwas, was Petronius nicht mehr verstand, weil die Stimmen nach oben verschwanden.

Verhalten räusperte er sich und lehnte sich gegen die Holzwand. Sein Verstand war von einer klaren Verwirrtheit, zugleich offen und betäubt, so daß er nicht mehr wußte, was er denken, fühlen, sehen sollte. Jetzt mußte er schlafen. Und morgen würde er sie erwarten, in der Kathedrale, nach Sonnenuntergang. Petronius schlich sich in seine Kammer, verriegelte die Tür und legte sich auf das Bett. Das Fenster über ihm öffnete er einen Spalt weit. Sein Bewußtsein erlosch langsam. Nur ein Gedanke hielt sich krampfhaft: Wer immer mit dem Tod Pieters zu tun hatte – und wenn es Bosch selbst war –, er würde ihn dem Scheiterhaufen überantworten, das schwor er sich.

XXIII

Gegenüber der sommerlichen Hitze des Tages ließ das Kircheninnere Petronius frösteln. Unter den Säulen, die noch nicht durch ein vollständiges Dach überwölbt waren, standen

Fischhändler, die ihren Fang anpriesen, und auch ein Metzger von außerhalb der Stadt hatte sich in die kühlen Schlagschatten des Kathedralengerippes geflüchtet. Geldwechsler standen neben Tuchhändlern, Bettler warteten im Zwielicht der Mauern und Säulenstümpfe neben Patriziern auf den Abend. Da sich in den späten Nachmittagsstunden mehr Menschen im aufgebrochenen Kirchenschiff aufhielten als draußen in den stickigen Gassen, gingen auch die Huren der Stadt hier auf Männerfang, und ihre Waibel warteten hinter den Säulen darauf, daß sie das Geld ablieferten. In der Ecke nahm ein Geistlicher einem der Bittgänger die Beichte ab, und nur wenige Schritte davon entfernt zahlte ein Freier seine Groschen für ein schnelles Glück zwischen den Staubvorhängen der Steinmetze. In der Marienkapelle, die bereits überwölbt war, hielt ein Mönch seine Andacht. Einige wenige Frauen folgten der Messe und knieten eben auf dem kalten Steinboden nieder, um den Leib Christi zu empfangen. Petronius hatte einen Langfinger entdeckt, der wie nebenbei an einer der Säulen lehnte und die Damen und Herren des Patriziats taxierte, die Arm in Arm vorüberschritten. Ein kurzes Anrempeln, ein schneller Griff nach dem Busen der Frau, ein nicht immer erschrecktes Kreischen, ein Schnitt. Der Beutel ihres Begleiters wurde flugs einem Kumpan übergeben, eine Entschuldigung murmelnd war der Kerl wieder hinter einer Säule verschwunden, die sich in den weißen Himmel erhob und in einem Kapitell endete, ohne tatsächlich einen steinernen Himmel zu tragen. Der Spitzbube verstand seine Arbeit, und Petronius hielt seinen eigenen Beutel fester.

Petronius betrat den bereits überdachten Chor mit seinen Kapellen durch die kleine Pforte in der Bretterverschalung, die ihn noch vom Hauptschiff trennte, wartete und verbrachte seine Zeit damit, eine Bildfolge zu betrachten, die Meister Bosch dafür gemalt hatte. Es entstammte einem Bibelzyklus von mehreren Bildern, soweit er das bei einem Blick in weitere Kapellen hatte überprüfen können: Die Geschichte Abigails, die vor David kniete.

Der linke Flügel zeigte die Boten Davids. Sie überbrachten Nabal, Abigails Ehemann, den Friedensgruß Davids und wurden von diesem der Türschwelle verwiesen. Im Mittelbild erzählte

Bosch den Kniefall der schönen Abigail vor David. Um sie herum lagen Geschenke an ihn, zweihundert Brote, Weinschläuche, schlachtfertig hergerichtete Schafe ohne Makel, geröstetes Korn, Kuchen, getrocknete Trauben und die Esel, die all diese Schätze geduldig zu David getragen hatten. Die dritte Tafel aber zeigte wie Gott der Herr Nabal mit Krankheit schlug und ihn tötete, während Abigail von David heimgeführt wurde.

Nabals Fratzenhaftigkeit, sein torenhaft verzerrtes Gesicht voll bösartiger Einfalt erschreckten Petronius. Er hatte den Entwurf dazu schon einmal gesehen – auf der Papierrolle, die er nach Oirschot hatte bringen sollen. Die Ähnlichkeit mit Pater Johannes ließ ihn schaudern.

Abigail warf sich nackt vor David nieder. Sie bot sich selbst als Wiedergutmachung an. Auf diese Art interpretiert, kannte Petronius die Geschichte nicht. Aber sie erschien ihm zwingend und natürlich.

Und dann die Geschöpfe, die auf der letzten Tafel des Triptychons aus den Himmeln herangeeilt und aus der Erde hervorgekrochen kamen, um Nabal einen tödlichen Schrecken zu versetzen. Noch nie hatte er derartige Monster gesehen, noch nie solch ein Sammelsurium von Schreckgestalten aus den wildesten Alpträumen.

»Was muß in einem Kopf vorgehen, mein Sohn, daß in ihm solche Schrecken wachsen. Ist er vom Teufel besessen, daß er sie zeichnen kann, oder reicht seine Phantasie nur weiter als die unsere?«

Petronius erschrak, faßte sich aber rasch.

»Es ist eine seltene Gabe, die Schrecken der Menschen, die doch namenlos sind, in Formen zu fassen. Sie erwecken beim Betrachter eben das Grauen, das von unbestimmten Traumgebilden ausgeht.«

Der Pater ging um ihn herum, das Kinn in die Hand gestützt, als müsse er nachdenken. Der Hall seiner Schritte in der Kapelle mischte sich mit dem Lärm der Handeltreibenden unter den Säulen. Petronius sah hinüber zum Chor. Eine Gruppe versammelte sich mit Blick auf den Altar. Es schien, als würde im Hochchor ein

Gottesdienst abgehalten. Manche hatten sich klappbare Stühle mitgenommen, andere knieten auf den Steinfliesen, wieder andere hockten sich direkt auf den Boden oder blieben einfach stehen. Aus der Gruppe heraus winkte eine reich gekleidete Dame einem Herrn, der wohl eben durch den Seiteneingang des neu errichteten Marienportals hereingeschlüpft war, lief auf ihn zu und küßte ihn überschwenglich, bevor sich beide Arm in Arm der Messe zuwandten.

»Heißt es nicht: Mein Haus soll ein Bethaus sein für alle Völker? Ihr aber habt es zu einer Räuberhöhle gemacht. Sprach nicht Jesus so, als er nach Jerusalem kam, und warf die Verkäufer und Käufer aus dem Tempel des Herrn? Hat nicht die Gegenwart aus dem Haus Gottes wieder eine Räuberhöhle gemacht? Zeigen nicht Bilder und Menschen dieselben Auswüchse der Sünde? Und ist nicht die Sünde, wenn sie erkannt ist, des Teufels?«

Mit einer abschätzigen Geste deutete Pater Johannes dorthin, wo sich Geschäft und Glauben vermischten. Ein Buchführer ging durch die Menge der Betenden und pries lautstark seine Flugschrift über ein »erschröckliches wundertätiges Luftzeichen« an.

Petronius wandte sich direkt an Pater Johannes. Jetzt konnte er sich um Kopf und Kragen reden, das wußte er. Aber war es möglich, auf diese Sätze zu schweigen? Er konnte einfach die einzigartige Kunst, die Meister Bosch in diese Welt streute, nicht mit dem Unrat der Geldwechsler und Taubenverkäufer vergleichen lassen.

»Ihr vergeßt, daß die Welt innerhalb dieser Kirche ein Spiegel ist. So wie draußen sieht es drinnen aus! Ihr habt es doch in der Hand, die Händler hinauszuwerfen, wie einst Jesus. Warum tut Ihr es nicht? Doch auch deshalb, weil Ihr daran verdient, weil Ihr so besseren Zugang zu Euren Schäfchen findet. Oder sollte ich Schafe sagen? Denn Schafe sind es doch, die geschoren werden müssen.«

Petronius hatte sich stärker in Rage geredet, als er vorgehabt hatte. Pater Johannes betrachtete abwechselnd das Bild und den Gesellen.

»So rechtfertigt Ihr die Malweise dieser Bilder? Seht sie Euch einmal genau an. Abigail vor David. Muß die Frau nackt sein?

Muß sie in einer Weise buhlerisch knien, daß die Phantasie sich ihren Teil denken kann? Wo bleiben Glauben und Meditation? Ist dies nicht vielmehr eine Darstellung für das lüsterne Auge wie das alles hier?«

Mit einer ausladenden Geste wies Pater Johannes über das Kircheninnere. Petronius verstand diesen Kniefall auf dem Gemälde auch nicht recht. Ganz offenbar war dem Maler die Nacktheit, der Gedanke daran, daß sich Abigail für David öffnete, nicht vorherrschend ausschlaggebend für die Darstellung.

»Vielleicht ist es eben das, Pater Johannes. Wer sich diese Dinge denkt, von denen Ihr eben gesprochen habt, dessen Andacht ist oberflächlich, dessen Glauben ist dünn und dessen Besinnung auf die letzten Dinge bleibt noch in dieser Welt verhaftet.«

Petronius wußte, daß er damit der Botschaft des Bildes nahe kam, sicher näher als Pater Johannes mit seiner Kritik. Der Inquisitor lief rot an. Mit Unschuldsmiene und sanfter Stimme setzte er hinzu:

»Sagte nicht Jesus, daß alles, was von außen in den Menschen hineingeht, ihn nicht verunreinigen kann, sondern was vom Menschen herauskommt verunreinigt den Menschen? Muß sich die sündige Phantasie beim Betrachten Abigails nicht bereits in mir gebildet haben, weil ich ein sündiger Mensch bin?«

Mit raschen Schritten lief der Pater vor dem Gemälde auf und ab, rieb sich das Kinn und versuchte, sich zu beherrschen.

»Und wenn es die Botschaft einer Gruppe von Ketzern ist, die hier ihren Niederschlag findet? Nacktheit als falsch verstandenes Relikt des Paradieses. Was, wenn manche glaubten, wir lebten noch im Paradies, weil Gott der Herr das Böse und das Gute gleichzeitig und gleichberechtigt erschaffen hätte? Kein Baum des Lebens im Zentrum des Elysiums, keine Vertreibung aus dem Paradies, keine Cherubim mit flammenden Schwertklingen, die den Weg zum Baum des Lebens bewachen, damit der Mensch ihn nicht beschreite, und keine Sünde in dieser Welt!«

Wie ein Blitz traf Petronius diese Suada des Priesters. Natürlich, das war es. So beschrieb die erste Tafel des Boschschen Triptychons das Paradies. Der Baum des Lebens war aus dem Mittelpunkt gerückt, das Gute gleich dem Bösen im Paradiesgarten vorhanden.

»Wer hat nun recht? Ketzermund oder das Wort unseres Herrn, das über die Bibel auf uns gekommen ist?«

Petronius ahnte, daß ihm der Pater eine Falle stellte, eine Falle, die ihm das Leben kosten konnte.

»Das Wort Gottes geht vor dem Wort des Menschen. Aber wo das Wort unseres Herrn mehrdeutig ist, darf der Mensch dort nicht Verstand und Phantasie benutzen?«

»Ha. Verstand und Phantasie. Die einzige Phantasie, die der gläubige Christ benötigt, ist die Vorstellung von den Herrlichkeiten des Jenseits, damit er diese Jammerwelt der Prüfungen ertragen kann.«

Aus der Stimme des Paters sprach Haß, abgrundtiefer Haß.

»Und wer sich dieser Erkenntnis in den Weg stellt, ist vom Bösen durchdrungen und muß geläutert werden. Veritas extinguit, die Wahrheit tötet. Wir übergeben ihn den reinigenden Flammen, damit aus seinem Gewissen das Schlechte ausgebrannt werde und nur noch Reinheit und Glut des Glauben übrigbleiben.«

Petronius ahnte, daß er jetzt kein Wort mehr sagen durfte. Jede Bemerkung konnte ihm der Inquisitor ins Gegenteil verkehren, war ein Holzscheit mehr auf dem Scheiterhaufen, der ihn verzehren würde.

»Sie gehören alle zu diesen Ketzern: Bosch, Almaengien, auch Pieter. Ich sah seine Angst in den Augen. Ich sah sein Gewissen, das schwarz war von den Flecken der Sünde und des Ketzertums. Er zitterte wie ein Hase angesichts des Todes. Und sein abartiger Glaube half ihm nichts!«

Pater Johannes Baerle rückte so nahe an Petronius heran, daß diesem der Lavendelgeruch seiner Kleidung in die Nase stieg und er niesen mußte. Die Augen des Inquisitors glühten, während es dem Maler eiskalt den Rücken hinunterlief.

»Ihr verteidigt Euren Meister, während ich sage, er ist schon allein seiner Bilder wegen reif für den Scheiterhaufen. Ich werde ihn erlegen wie einen Hirsch: mit Hatz und List, und ihm den Todesstoß beim Blick ins Weiß seiner Augen versetzen ...«

Leiser, so daß Petronius ihn kaum verstand, bereits mit abgewandtem Gesicht, setzte er noch hinzu: » … und das mit der notwendigen Lust am Quälen!«

Mit langen, nachhallenden Schritten querte der Pater das Kirchenschiff, mitten durch die betende Menge hindurch, die ihm bereitwillig Platz machte. Dem Buchführer, der ihm in den Weg trat und sein Flugblatt entgegenhielt, schlug er die Schrift aus der Hand.

XXIV

Eine Hand legte sich auf Petronius' Schulter. Erschrocken fuhr er herum.

»Was machst du hier?«

Hinter ihm stand Zita.

»Auf wen wartest du?« flüsterte sie und schloß ihm mit der Hand vorsichtig den Mund, als er lautstark von seiner Absicht erzählen wollte.

»Die Säulen haben Ohren und die Fenster Augen, und selbst der Himmel sieht zu!« lächelte Zita. »Und sich bei Dämmerung in der Kathedrale aufzuhalten, ist nur etwas für alte Frauen.«

Das Leben hatte sich längst wieder nach außerhalb des Kirchenraums verlagert. Verstummt war das helle Klicken der Steinmetzhämmer. Händler und Dirnen bevölkerten die Straßen vor der Kathedrale. Nur wenige Gläubige durchschritten noch den Raum, hinterließen hallende Klangspuren im offenen Kirchenschiff oder verharrten vor einem der Altäre, um zu beten.

»Mein Meister muß bald vorbeikommen. Ich muß ihn warnen.«

Zita zog die Augenbrauen in die Höhe.

»Vor wem?«

Zuerst zögerte Petronius, dann entschied er sich dafür, zumindest die halbe Wahrheit zu sagen:

»Vor dem Inquisitor. Er jagt ihn.«

Zita lachte amüsiert.

»Das tun viele!« flüsterte sie. »Aber er hat einflußreiche Freunde, einflußreichere als der Dominikaner. Deshalb wird der Pater seine Finger von ihm lassen. Du kannst also getrost nach Hause gehen. Leg dich ins Bett, Petronius. Die Ringe unter deinen Augen kleiden dich nicht allzusehr.«

Vorsichtig sog er ihren Duft ein.

»Es fehlt der Allermannsharnisch! Richtig? Bist du auf Freiersfüßen? Gibst du mir deshalb Ratschläge, wann ich ins Bett muß?«

In Zitas Augen leuchtete kurz ein begehrlicher Schimmer auf, den sie sofort wieder hinter ihren Wimpern verbarg. Sie trat so nahe an Petronius heran, daß er ihren Atem spürte und die Berührung ihres Kleides. Dann strich sie ihm mit dem Handrücken übers Gesicht. Von einem Augenblick auf den anderen, huschte ein spöttischer Zug über ihre Wangen.

»Nicht jede Frau, die keinen Mann hat, ist auf Freiersfüßen, Petronius. Und jetzt geh nach Hause. Morgen werde ich mehr Zeit für dich haben – und sie mir nehmen.«

Sie drückte ihn mit der Hand von sich weg. Etwas stimmte nicht, das fühlte er. Warum wollte Zita ihn loswerden?

»Triffst du hier jemanden? Einen Ma ...«

Noch bevor er den Satz beendete, traf ihn eine Ohrfeige.

»Das darfst du nicht einmal denken, hörst du? Ich gehöre niemandem. Dir nicht und keinem sonst. Und wenn ich mit einem Mann spreche, dann deshalb, weil ich es so will. Verschwinde!«

Den letzten Satz hatte Zita mit einem Ernst und einem Nachdruck gesprochen, daß Petronius ihrem Willen entsprechen mußte. Er lief einige Schritte in Richtung Ausgang, dann blieb er hinter einer der mächtigen Säulen stehen. Er durfte sich ja nicht entfernen, um Bosch und Jacob van Almaengien nicht zu verpassen. Er wartete. Er hörte, daß Zita sich leise entfernte. Plötzlich drang vom anderen Ende der Kirche das Schlagen des Portals durch die Dunkelheit. Petronius horchte auf. Kein Schritt, kein Atmen. Jemand schien die Kirche verlassen zu haben. Als er wieder hinter der Säule hervortrat, um Zita zu suchen, war sie verschwunden. Leise rief er in die Kathedrale hinein:

»Zita! Zita! Zeig dich!«

Nichts rührte sich. Er wollte schon aufgeben, als er ein schnelles Trippeln vernahm. Jemand sprang im Laufschritt über den Steinboden. Aber das Geräusch wurde von den Säulen des Kircheninneren zurückgeworfen und schien von überall herzukommen. Im Licht des halben Mondes, der über die Gerüste und durch die Staubvorhänge schien, sah er am nördlichen Chor einen Haarschopf im Schatten der Säulen verschwinden. Dort begann der Kapellenkranz. Eine Bretterwand schloß das vollendete Kreuzrippengewölbe von der übrigen Kirche ab. Petronius beschloß nachzusehen.

Behutsam schlich er an den Umgang heran. Die Holzpforte schlug eben zu. Petronius öffnete die schwere Tür vorsichtig und vernahm tatsächlich aus einer der hinteren Kapellen ein Pochen, das Quietschen von Türangeln und fernes Flüstern. Rasch glitt er in den Umgang hinein. Die Nischen zwischen den Säulen benutzte er als Deckung. In einer der Kapellen brannte ein Ewiges Licht, das in einem Kettenlüster von der Decke hing. Es schwankte, als wäre es durch einen Luftzug bewegt worden. Behutsam schlich Petronius näher. Der offene Raum lag im matten Schein des roten Lichts. Von seinem Standort aus konnte er die Kapelle gut überblicken und erkennen, daß sich niemand im Raum befand. Wenn Zita hiergewesen war, wo war sie geblieben? Gab es noch eine Tür, einen verborgenen Raum dahinter?

Tatsächlich sah er nur wenige Fuß von der Säule entfernt eine Kassettentür mit weißen und grünen Feldern, die in der Mitte ein rotes Viereck schmückte. Petronius trat näher und untersuchte die enggefügten Bohlen, konnte aber keinen Mechanismus entdecken, der den Zugang geöffnet hätte. Er preßte sein Ohr gegen die Tür, aber nichts rührte sich dahinter. Plötzlich erschien auf Kniehöhe zwischen den Holzbohlen ein schwacher Lichtfinger. Ein Spalt. Petronius bückte sich und blickte hindurch. Was er sah, nahm ihm beinahe den Atem. Inmitten einer kleinen Vorkammer stand Zita. Der Raum wurde nur durch den Kerzenhalter erleuchtet, den die junge Frau in der Hand hielt. Was Petronius allerdings den Mund aufsperren ließ, war die Tatsache, daß Zita nackt vor ihm stand, eine Eva, wie sie kein Paradies hätte scheuen müssen. Ihre Brüste wölbten sich in einem straffen Bogen spitz nach vorn und endeten in kleinen, dunklen Brustwarzen. Ihren Schoß deckte nur ein feiner Streifen schwärzlicher Haare. Schwer fiel ihr das jetzt offene Haar über die Schultern. Was tat Zita hier? Und was bedeutete ihre Nacktheit? Petronius wollte eben gegen die Tür klopfen und nach Zita rufen, als er die Eingangstür zum Kapellenkranz schlagen hörte und Schritte vernahm. Rasch suchte er nach einem Versteck, entdeckte aber nur den schmalen Spalt hinter dem Altar der Kapelle. Dort konnte man sich notdürftig verbergen. Er riß sich von Zitas Anblick los und schlüpfte, keine Sekunde zu früh, in das Versteck. Schritte und flüsternde Stimmen näherten sich, bis Petronius seinen Meister und neben ihm Jacob van Almaengien erkannte.

»Das Bild steht bereits in der Bruderschaftskapelle, Hieronymus. Auch der Prediger wartet, allerdings sitzt der noch beim Essen. Er wird der letzte sein, der zu uns stößt. Wir jedenfalls sind fertig, und Ihr solltet mit der Heiligen Messe beginnen.«

Die beiden liefen auf das Kassettenportal zu und klopften. Sofort wurde die Tür geöffnet, und Meister Bosch schlüpfte hindurch. Danach schloß es sich wieder. Jacob van Almaengien wartete noch einen Augenblick, dann eilte er in Richtung des Langhauses davon. Petronius wartete, bis die Türen zuschlugen, versicherte sich, daß niemand in seiner Nähe war, und spähte durch den einen Türspalt ins Innere. Hieronymus Bosch legte eben die Kleider ab und hängte sie Zita über den Arm. Zita verschwand für einen Augenblick aus seinem Blickfeld, kehrte jedoch rasch zurück. Darauf nahm er sie an der Hand und führte sie einige Treppen tiefer in den Kapellenanbau. Der Raum hinter der Bohlentür wurde dunkel. Petronius lehnte sich mit dem Rücken gegen den Durchgang und starrte in das rötliche Feuer des Ewigen Lichts.

Was ging hier vor?

XXV

»Nicht bewegen, Herr!«

Petronius hielt einen Pinsel quer im Mund, zwei weitere in der linken Hand, zusammen mit der Palette, und mit dem vierten versuchte er eben die Kinnpartie seines Almaengien-Porträts zu korrigieren. Er kochte innerlich. Dieses merkwürdige Gelehrtengesicht trieb ihn noch zur Raserei.

»Herr, eine Frage. Glaubt ihr, daß Gelehrsamkeit den Körper aufschwemmt? Wie bei einer Krankheit, meine ich. So daß die Züge entgleiten.«

Wieder bewegte sich sein Modell und Petronius hatte zu tun, Jacob van Almaengien wieder so auszurichten, daß der Blick durch das Sichtgitter mit seiner Vorzeichnung übereinstimmte.

»Nur noch kurze Zeit, Herr. Dann seid Ihr wieder für einen Tag erlöst.«

»Warum fragt Ihr, Petronius?«

»Weil es leichter ist, einen Bauern vom Feld zu malen als Euch. Ihr habt ein gefälliges Gesicht, Herr, aber es gerät mir nicht. Wißt Ihr«, dozierte Petronius fort, ohne auf Antwort zu warten, während er Farbe auf der Palette mischte und dann mit langsamen Bewegungen auftrug, »ein Bauer hat Ecken und Kanten im Gesicht, klare Schatten und eindeutige Flächen. Das fehlt mir bei Euch.«

Ihr seid so teigig, eher weiblich als männlich, dachte er sich. Die Sätze laut auszusprechen getraute er sich nicht.

»Ich kann Euch dahingehend beruhigen, daß Gelehrsamkeit nichts am Menschen verändert, außer vielleicht sein Inneres. Wer die Geheimnisse dieser Welt kennt, mein lieber Petronius, bewegt sich leichter in ihr. Von einer Veränderung des Körpers weiß ich nichts, und schon gar nicht, daß sie bei mir stattgefunden hätte.«

Jacob van Almaengien lachte lauthals und in einer schrillen Tonlage.

»Genug für heute, Petronius. Ich höre Meister Bosch die Treppen heraufkommen. Wir setzen unser Treffen morgen fort.«

»Wir kommen zu langsam vorwärts, Herr, wenn Ihr immer so rasch unterbrecht. Ihr zahlt gut, aber ich möchte den Preis des Bildes nicht ins Unermeßliche steigern.«

Jacob van Almaengien nickte, bedeutete ihm aber mit einer Handbewegung, sich zu entfernen.

Petronius gehorchte. Er packte Palette, Farbtöpfchen, Pinsel und Öl zusammen und wartete an der Treppe, bis sich Hieronymus Bosch ins Atelier hochgeschleppt hatte.

»Jacob«, eröffnete dieser das Gespräch, als er des Gelehrten ansichtig wurde, »ich werde mein Atelier nächstens in den Keller verlegen. Soviel Lunge habe ich nicht mehr.«

Almaengien stand von seinem Sessel auf und schritt mit ausgebreiteten Armen auf Hieronymus Bosch zu. Sie umarmten sich am Treppenabgang.

»Was Ihr an Lungen zuwenig habt, habt Ihr an Hilfen ausreichend, Meister Bosch. Euer Geselle arbeitet vorzüglich, wenn er auch kritisiert, daß wir zu langsam sind.«

»Womit er vermutlich recht hat!« lachte der Meister und setzte sich schwer atmend in den Sessel, den Almaengien soeben geräumt hatte.

»Ich darf mich verabschieden«, warf Petronius ein und stieg langsam die Treppe hinab.

Hinter ihm blieb es ruhig. Die beiden Männer warteten, bis er unten angekommen war. Erst als Petronius das untere Atelier betrat, in dem Enrik an einer Landschaft arbeitete, vernahm er oben gedämpft den Beginn eines Gesprächs.

Länger schon hegte er den Verdacht, daß das Porträt für den Gelehrten und seinen Meister nur ein Vorwand war, um ungestört miteinander reden zu können. Hatte der große Maler Angst, mit einem konvertierten Juden gesehen zu werden? Jacob van Almaengien kam meist vor der Zeit, besprach sich mit Hieronymus Bosch, saß eine Sanduhr lang Modell und verließ erst spät wieder das Haus. Insgesamt verweilte er erheblich länger bei Gesprächen mit seinem Meister als bei den Porträtsitzungen.

»So grüblerisch?« mischte sich jetzt Enrik ein und deutete auf sein Bild. »Wirf einen Blick darauf, und das Leben kehrt zurück. Schließlich arbeitest du mit dem bedeutendsten Schüler eines bedeutenden Mannes zusammen!«

Petronius ließ sich von der Fröhlichkeit des Gesellen anstecken. Nach Pieters Tod war der etwas rundliche Enrik in der Rangfolge der Gesellen aufgestiegen, was ihm auch zukam. Seine Hintergrundlandschaften galten weit und breit als die bedeutendsten Neuschöpfungen brabantischer Naturmalerei. Außerdem mochte Petronius dessen Fröhlichkeit. In seinen kleinen Augen, die beinahe unter den Augenwülsten verschwanden, blitzte der Schalk. Trotzdem wunderte sich Petronius oft, mit welcher Eleganz die dicken, kurzen Finger des Mannes feinste Strichführungen auf den Malgrund zauberten. Nur auf dem Kopf hatte ihn die Natur stiefmütterlich behandelt: Seine Haare standen in alle Richtungen ab und waren durch nichts zu bändigen, wenn man davon absah, daß die wenigen Haarinseln, die ihm noch geblieben waren, überhaupt gezwungen werden mußten.

»Dann ist dein bedeutender Mentor und Gönner Strumpfwirker, denn deine Strümpfe sind in einem besseren Zustand als deine Bilder. Oder nennst du das Gekleckse hier Kunst?« ging Petronius mit spielerischem Ernst auf Enriks Übertreibung ein.

»Du verkennst die Gunst des Augenblicks, werter Petronius. Eben hast du mit einem der Maler gebrochen, der Handwerk und Kunst ins nächste Jahrhundert hineintragen wird. Und während deine Werke an den feuchten Wänden ungebildeter Handwerker und Kaufleute verschimmeln, werden meine Gemälde die Zeiten überdauern und in den Palästen der Zukunft ausgestellt werden.«

»Vor den Fenstern, als Schutz vor einfliegenden Tauben«, grinste Petronius.

»Bah!« machte der Geselle und warf seine Haartracht nach hinten. »Ich werde verkannt. Aber das ist das Schicksal wahrer Genies. Sie sterben so arm wie sie geboren wurden.«

»Dann laß uns Brot und Öl essen, Enrik, bevor du verarmst, denn ich habe mir sagen lassen, daß es sich mit vollem Magen leichter Hungers stirbt.«

»Du hast recht. Lassen wir die schnöde Kunst und widmen wir uns den Tätigkeiten, die wir wirklich meisterhaft beherrschen.«

Sie lachten beide, gingen zur Küche und schnitten jeder ein Stück Brot vom Laib und schütteten Olivenöl auf einen Teller zum Auftunken. Petronius stellte noch zwei Krüge auf den Tisch, dazu mit Wasser stark verdünnten Wein und in Senf eingelegte Gurken, auf die er ein wenig getrocknetes Basilikum und etwas Salz streute.

»Ein wahrhaft genialisches Mahl. Wir können es uns schmecken lassen!« und leiser setzte Enrik hinzu. »Meister Bosch ist beschäftigt.«

Petronius lächelte. Meister Bosch sah es ungern, wenn seine Maler sich die Zeit beim Mittagsmahl allzu lang werden ließen.

»Wer hat Pieter vergiftet?« warf Petronius unerwartet ein. Sofort verstummte sein Gegenüber und sah ihn an. Der Übermut wich aus dessen Gesicht.

»Wenn ich ihn erwische, drehe ich ihm mit den beiden Händen den Hals um«, ereiferte sich Enrik und streckte ihm seine schwieligen, farbverschmierten Hände entgegen.

»War Pieter Mitglied einer Bruderschaft?« fragte Petronius nach.

Enrik sah ihn forschend an.

»Es läßt dir keine Ruhe, nicht? Du denkst immerzu daran, Petronius. Vor allem dann, wenn du irgendwo stehst und in die Luft oder auf den Boden stierst. Vielleicht gehörte er einer Bruderschaft an. Aber ...«

Petronius faßte Enrik am Arm und fauchte plötzlich.

»Was ›aber‹?«

»Und wenn er sie verlassen wollte? Der Inquisition wegen, verstehst du? Es wäre ja möglich.«

Enrik flüsterte jetzt und blickte verstohlen um sich.

»Ich glaube kaum, daß du irgendeine Ahnung davon hast, was die Inquisition mir dir anstellen kann«, spottete Enrik und tunkte ein Brotstück in das kräutergesättigte Öl.

»Warum hat man ihn vor meinen Augen vergiftet?«

Petronius beobachtete Enriks Reaktion. Langsam schenkte dieser sich einen Krug voll, setzte ihn an den Mund und trank in gemächlichen Schlucken. Dabei sah er Petronius in die Augen. Der kaute und schluckte schwer an seinem Brot.

»Wer das Geheimnis verrät muß sterben. Zuviel steht auf dem Spiel. Das Leben des einen gegen das Leben vieler. Nur die Dominikaner in der Stadt bestimmen die Spielregeln. Seit sie hier sind, ist der Tod allgegenwärtig.«

Enrik beugte sich vor. In seinem Oberlippenbart hatten sich ölig-grünliche Brotkrümel verfangen.

»Hast du sie gesehen, wenn sie auf den Richtplatz vor die Stadt gefahren werden? Weißt du, was es heißt, für eine Überzeugung sterben zu müssen, die niemandem Leid zufügt? Nein, das weißt du nicht. Nichts weißt du!«

Die letzten Worte schrie der Geselle förmlich.

»Und wenn ich es wissen möchte, Enrik? Wenn ich selbst Mitglied werden will? Wie stelle ich das an?«

Jetzt wurde es schwierig. Enrik schob sein Brot lange im Mund hin und her, bevor er schluckte, so als müßte er sich die nächsten Äußerungen reiflich überlegen.

»Ganz einfach. Du gehst zum Schwanenbruderhaus und meldest dich an.«

Auf dem Teller glänzte ein gelber Rand. In der Mitte schwamm noch etwas Öl, mit dem sich die letzten Brotkrumen vollsogen. Beide sahen verlegen auf die fettigen Brosamen. Petronius überlegte, wieviel seines Wissens er preisgeben durfte. Trotz der Gefahr, daß Enrik auf Seiten des Inquisitors stand, erwiderte er:

»Du weißt genau, was ich meine. Die Bruderschaft, die sich in Sint Jan trifft, in einer der Kapellen. Wie werde ich Mitglied?«

Erschrocken sah der Geselle hoch und forschte Petronius' Mimik aus. Petronius wußte jetzt, daß er es getroffen hatte.

»Hör zu, Petronius. Niemand wird dir berichten, daß es diese Bruderschaft gibt oder je gegeben hat. Und Treffen in der Kathedrale existieren nicht. Davon träumst du nur! Aber ich könnte dich vielleicht mit Männern und Frauen zusammenbringen, die mehr wissen als ich. Außerdem brauchst du zwei Bürgen, sichere, weil es nicht ...«

»Was? Nun rede.«

Enrik erhob sich. In sein Gesicht kehrte der Schalk zurück, die dunklen Gedanken schüttelte er einfach ab.

»Weil es nicht einfach ist, sich dem Mysterium zu nähern. Vor allem nicht in der Form, die die Bruderschaft zelebriert. Mehr kann ich nicht sagen. Wirklich nicht. Es braucht Persönlichkeiten. Gefestigt. Mutig. Keusch in Gedanken und Taten. Herrgott, ich rede zuviel. Vielleicht, hörst du, vielleicht!«

Petronius war verärgert über das Schwanken des Gesellen. »Was soll ich damit anfangen, Enrik? Ist es nun möglich beizutreten oder nicht? Entscheide dich bald.«

Als sich Petronius umdrehte, um den Teller ins steinerne Spülbecken zu stellen, stand Jacob van Almaengien unter dem Türsturz und sah ihn mit einem merkwürdig zögernden Blick an.

XXVI

Petronius bog in die Oude Hulst ein und wollte hinaus auf die Bastion. Man roch bereits das brackige Wasser der Singelgracht und hörte die Rufe der Schiffer, die tagsüber ihre Waren über die Oude Dieze und unter der Stadtmauer hindurch in die Stadt brachten. Er blieb an der Einmündung zur Sint Joris Straat stehen. Die Gasse schien ihm wie ausgestorben. Zita wohne hier irgendwo, hatte ihm der Lange Zuider versichert, in einem Haus für alleinstehende Frauen. Mit sicherem Schritt ging er auf den Eingang des neu erbauten Refugiehuis der Löwener Abtei St. Geertrui zu, um zu klopfen, als am Ende der Sint Joris Straat eine Gestalt aus einem der Gebäude trat, die zum Dominikanerinnenkloster gehörten. Unwillkürlich blieb Petronius im Schatten des Refugiehuis stehen. Die Person wartete kurz unter dem Türsturz, sah sich nach links und rechts um, als wolle sie nicht gesehen werden, und huschte dann die Gasse herauf auf ihn zu. Eine Kapuze verbarg das Gesicht, den Mantel hielt sie um die Schultern geschlungen und den Blick auf den Boden gerichtet. Schon mit den ersten Schritten hatte er sie erkannt. Als sich die Schwarzgekleidete auf seiner Höhe befand, trat ihr Petronius in den Weg.

»Zita! Was machst du hier?«

Zita zuckte zusammen, als sie Petronius erkannte. Sie räusperte sich verlegen. Als sie antwortete, klang ihre Stimme belegt und zitterte.

»Petronius, du?«

»Was machst du im Kloster der Dominikanerinnen, Mädchen? Dort haust der Inquisitor!«

»Dahinter«, entgegnete Zita schwach, »er wohnt im Palais dahinter!«

Petronius ignorierte ihren Einwand. Ihn trieb ein Verdacht.

»Wollte der Dominikaner etwas von dir?«

Als würden ihr die Beine versagen, sank sie gegen ihn. Petronius hatte Mühe, Zita aufzufangen, ohne selbst zu stolpern. Die Reaktion verblüffte ihn, schließlich zeigte Zita sonst keinerlei Schwächen.

»Red schon, Zita. Was wollte der Pfaffe?«

»Er hat mich gefragt, nach dir und dem Langen Zuider.«

Petronius runzelte die Stirn. Schon wieder galt das Interesse des Inquisitors ihm – und er wußte nicht, warum. Ahnte der Dominikaner, daß er die Zeichnung Boschs besaß? Aber woher sollte er davon wissen?

»Hat er gesagt, was er von mir will?«

Zita schüttelte den Kopf. Plötzlich schwammen ihre Augen in Tränen.

»Was ist?« fragte er und zog Zita an sich. Einige Zeit verharrten sie so. Er genoß Zitas Nähe, genoß ihren Duft, hielt sie an sich gedrückt und sah über ihr Haar hinweg, die Straße hinauf zum Kloster.

»Du mußt aus der Stadt verschwinden, Petronius. Pater Johannes will dich. Er kann dich nicht einschätzen. Also muß er dich entweder zur Mitarbeit überreden oder dich vernichten. Entzieh dich. Bitte!«

Langsam drückte sie ihn von sich weg. Petronius ließ es geschehen. Eine Gruppe Wachsoldaten kam die Straße herauf, um sich ans untere Tor zu begeben. Er wollte Zita nicht bloßstellen. Plötzlich kam ihm ein merkwürdiger Gedanke.

»Kanntest du Jan de Groot? Er war Geselle bei meinem Meister, bevor ich kam.«

Als wären Furcht und Schrecken wie weggewischt, fuhr Zita auf.

»Woher kennst du den Namen?«

Petronius sah ihr in die Augen. Etwas stimmte hier nicht. Ihr Stimmungswechsel, das Umsinken, die augenwäßrige Duselei und die scharfe Frage gleich hinterher paßten nicht zusammen. All das ließ ihn vorsichtig werden.

»Ich bewohne seine Kammer. Pieter – Gott hab ihn selig – erzählte mir, daß er verschwunden sei. Von einem Tag auf den anderen. Einfach so. Nichts habe er abgeholt, kein Gesellenbuch, keinen Lohn, keine Habseligkeiten. Sie vermuteten, er sei geflohen, vor der Inquisition geflohen!«

Zita schüttelte zu energisch den Kopf.

»Nein. Jan de Groot? Im Adler ist er nicht aufgetaucht.«

Petronius spürte, daß Zita log. Aber warum? Hing Jan de Groots Verschwinden mit dem Tod Pieters zusammen? War Jan de Groot vielleicht ebenfalls tot? Welche Bedeutung hatte der Fetzen Papier? Petronius zwang sich zu einem Lächeln, nahm die Frau kurz in den Arm und geleitete sie ein Stück die Straße hinauf. Dabei fiel ihm auf, daß sie die Richtung gewechselt hatte. Eben erst war sie ihm in die Arme gelaufen und zur Oude Dieze unterwegs gewesen, jetzt gingen sie zur Sint Joris Straat zurück.

»Es trifft sich gut, dich hier zu sehen. Der Lange Zuider hat mir den Hinweis gegeben, daß ich dich hier finden kann. Du wohnst nur drei Häuser weiter?«

Zita nickte stumm.

»Im Heim alleinstehender Frauen.«

Unsicher sah sie umher. Dem Maler entging ihre Unruhe nicht.

Worauf wartete sie? Verbarg sie etwas? Vor einem der geduckten Häuschen blieb sie stehen und deutete in den oberen Stock.

»Hier wohne ich. Aber ... ich kann dich nicht mitnehmen, Petronius. Hier leben nur Frauen. Unverheiratete und Witwen ...«

Petronius nickte, obwohl er kein Anzeichen erkennen konnte, daß das Haus noch von jemand anderem bewohnt war.

»Ich gehe in den Adler! Wir können uns dort treffen.«

Zita lächelte ihn an, klopfte an der Tür und trat ein, als ihr von einer Nonne geöffnet wurde. Petronius stieg ein merkwürdiger Geruch nach Weihrauch und Hostienbrot in die Nase, der nicht so recht in ein Heim für alleinstehende Frauen passen wollte. Obwohl die Tür kaum einen Spalt breit geöffnet wurde, erkannte er die Ordenstracht der Dominikanerinnen. Die Pfortenschwester hatte eine starke Narbe auf der Wange, die sie zu einem ständigen Lächeln zwang. Petronius und die Nonne musterten sich kurz, dann wurde die Tür sanft ins Schloß gedrückt.

Er wollte eben noch ganz in Gedanken zum Adler weitergehen, als sich von hinten eine Hand schwer auf seine Schulter legte.

XXVII

»Ich habe Euch beobachtet, Petronius Oris. Ihr schwänzelt um Zita herum, als wärt Ihr auf Freiersfüßen! Die Wollust, mein Freund, ist des Teufels. Und dann gar, wenn Ihr an verbotenen Früchten nascht.«

Petronius drehte sich langsam um. Vor ihm stand der Inquisitor so im Licht der untergehenden Sonne, die durch die Kruisbroederstraat schien, daß er schwarz wirkte. Sein Gesicht war verschattet.

»Was wollt Ihr von mir? Hab ich Euch erlaubt, mich zu berühren? Oder gehört es jetzt zu Euren Aufgaben als Seelsorger, die Menschen zu erschrecken?«

Pater Johannes lachte verhalten. Unschlüssig stand er einige

Momente, als wolle er abwägen, diese Frage ernst zu nehmen oder sie zu ignorieren. Mit einer Armbewegung forderte er Petronius auf, mit ihm zu gehen.

»Wer in Angst lebt, wer den Schrecken kennt, nimmt gerne Trost und Gnade an. Unsere Religion lebt davon, daß die Menschen ihr Dasein damit verbringen, sich den letzten und größten Schrecken auszumalen, den Tod, und wir ihnen die Gedanken daran angenehm gestalten.«

»Und dabei die Welt so belassen wie sie ist.«

»Warum sollten wir sie ändern?«

Über die Vughterstraat, auf der er mit dem Fuhrmann in die Stadt gekommen war, näherten sie sich dem Markt. Überall streckten Geschäfte ihre Holzläden in die Straße hinein. Darunter boten Bäcker und Schuster ihre Waren feil. Stangen hielten die schweren Läden hoch, und bei den Schustern baumelten daran Lederriemen, Schnürsenkel und Bänder. Als sie den Marktplatz bereits einsehen konnten, versperrte ihnen eine Ansammlung von Menschen den Weg. Sie standen im Halbkreis um einen zerlumpten Mönch, der aus Leibeskräften auf die Städter einschrie. Er stand auf einer eisenbeschlagenen Kiste, die mit Rädern versehen war und gezogen werden konnte.

» ... und ich sage Euch, die da Irrlehren verbreiten, schmähen, was sie nicht kennen; an dem aber, was sie naturhaft, gleich den vernunftlosen Tieren verstehen, gehen sie zugrunde. Ihrer wartet ein Ende mit Schrecken. Denn, so steht es geschrieben, daß der Herr am Ende der Tage, jene, die zu Staub zerfallen sind, auferstehen läßt und richten wird über sie. Wehe denen, die da den Weg des Kain gegangen und verfallen sind dem Irrwahn des lohnsüchtigen Bileam und ins Verderben gestürzt wie Korach in seiner Widersetzlichkeit!«

Der Mönch riß seine Arme in die Höhe, als wolle er das bevorstehende Unglück vom Himmel herab auf die Köpfe der Leute beschwören. Einige bekreuzigten sich, gingen in die Knie und begannen zu schluchzen, andere senkten nur die Köpfe. Der Pater und Petronius blieben stehen. Verächtlich warf Pater Johannes ein:

»Uns verbietet das Stadtregiment das Predigen innerhalb der Stadtmauern, und dieses Gesindel, dessen bauernfängerisches Netz aus mißverstandenen Bibelstellen und blenderischen Worten die Menschen einwickelt, lassen sie ungehindert reden.«

Der Ablaßprediger hob plötzlich mit einer glockenreinen Stimme an, daß viele erstaunt aufsahen. Vorbei waren die Tiraden über Verdammung und Leid an der Welt. Jetzt galt es, Kauflustige zu finden.

»Ihm aber, der Macht hat, euch ohne Fall zu bewahren und euch makellos hintreten läßt vor seine Herrlichkeit bei der Ankunft unseres Herrn Jesus Christus, ihm, dem einen Gott, unserem Erretter, ward es gegeben, die Sünden von dieser Welt zu nehmen. Jede Gabe, die mit dem Herzen für unsere katholische Mutter Kirche gestiftet wird, zählt hundertfach im Jenseits. Beauftragt von der allerchristlichsten Majestät und dem Vertreter des Herrn auf dieser Erde, unserem Heiligen Vater, bin ich gehalten Euch Ablaß zu gewähren. Je nach Tiefe Eurer Schuld und Eures Geldbeutels sei die Sünde von Euch genommen.«

Mit Schwung stieg er von seinem Podest und bot Ablaßbriefe jeder Größe und Ausstattung feil. Das Geld dafür verschwand in einem Schlitz der Kiste, auf der er gestanden hatte.

»Seht sie Euch an, die Kreaturen. Wie kaufwütig sie sind, um ihr letztes Quentchen Seelenheil hinüberzutragen in den neuen Tag. Der Ablaßprediger tut ihnen einen Gefallen, wenn er ihnen ihre Sünden für ein gutes Gewissen abkauft.«

Petronius beobachtete den Mönch, der mit seinen feurigen und betonten Gesten Furcht in die Herzen der Zuhörer gesenkt hatte. Sein spitzes Kinn stach mit jedem Ablaßbrief, den er verteilte, in Richtung der Menge, die sich um die Fetzen Papier drängte.

»Kommt weiter, Petronius Oris. Ich habe mit Euch zu reden.«

»Was wollt Ihr von mir?«

Pater Johannes legte ihm einen Arm um die Schultern und betrat mit ihm den Marktplatz, der von Buden und Menschen wimmelte. Die Marktglocke schlug eben das Ende des Markttages und die letzten Geschäfte wurden abgewickelt. Brot ging günstiger über den Ladentisch, schnell wurde billiger Fisch gekauft und hinter dem Rücken der Marktaufsicht noch ein Hähnchen über den Tisch gereicht, aber langsam schlossen sich die Buden.

»Ihr tut so geheimnisvoll, Pater Johannes. Sprecht oder laßt mich meiner Wege gehen.«

Pater Johannes nickte bedächtig und lenkte den Schritt gegen die Marktmitte, bevor er langsam, als müsse er sich die Worte erst zusammensuchen, begann: »Der Prediger eben sprach die Wahrheit, auch wenn sie sehr blumig ausgeschmückt wurde. Seht Euch um. Leben wir nicht in einem Paradies? Ausreichend zu essen, ausreichend Genuß und Vergnügen. Selbst für das Wohl der Seele wird gesorgt. Baut die Stadt nicht ein Gotteshaus, dessen Turm sich erhebt wie der Turm zu Babel? Ihr habt Arbeit, das Land ist reich, die Menschen sind zufrieden.«

Petronius versuchte, sich aus dem Klammergriff des Paters zu lösen. Der aber hielt ihn unerbittlich fest. Mit einer eindringlichen, predigerhaften Stimme verkündete er seine Weisheiten, bis Petronius ihn unterbrach.

»Kommt zu Sache, Pater Johannes, oder wollt Ihr mir mit Euren Paradiesvisionen den Mund auf das Jenseits wäßrig machen. Ich habe trotzdem vor, noch einige Jahre hier auf dieser Welt zu wandeln!«

Die Marktbesucher, die den Platz verließen, hielten ihnen eine Gasse frei. Petronius wußte noch immer nicht, worauf der Pater hinaus wollte. Das Verhalten der Städter, ihre Blicke, die er im Rücken fühlte, verunsicherten ihn.

»Es ist ein schillerndes Paradies, in das die Sünde Einzug gehalten hat, Petronius. Hört zu, das Böse ist in dieser Welt, und das Böse tritt an uns heran und frißt sich in unsere Seelen. Seht Ihr das Haus, vor dem wir stehen? Es gehört einem Menschen, von dem jeder Gläubige dieser Stadt weiß, daß er mit dem Teufel im Bunde steht. Er tut Böses, er ist böse. Und für diesen Menschen arbeitet Ihr, Petronius.«

Jetzt versuchte Petronius, sich gewaltsam aus der Umarmung zu befreien, aber Pater Johannes hielt ihn fest, drückte ihn an sich mit einer Kraft, die Petronius ihm nicht zugetraut hätte.

»Laßt mich los, Pater Johannes!«

»Gleich, Petronius Oris. Ich weiß, daß Euer Meister an einem Bild malt, das alles Höllische dieser Welt vereint. Ich weiß, daß er dafür jeden mundtot machen muß, der wider ihn zeugen will. Erinnert Euch an Pieter. Warum, glaubt Ihr, mußte er sterben? Natürlich deshalb, weil er mir verraten hatte, daß dieses Bild existiert, daß daran gemalt wird. Die Bruderschaft hat ihn gerichtet.«

Langsam begann sich um Petronius alles zu drehen. Die Umklammerung des Paters, der größer und kräftiger war als er, nahm ihm den Atem. Die Enthüllung erschreckte ihn, und doch paßte sie in das Bild, das er sich insgeheim von Pieters Tod gemacht hatte.

»Ich will Euch davor bewahren, Petronius. Tretet auf unsere Seite. Helft mir und meinen Brüdern, die Stadt von diesem Aussatz zu säubern. Ihr braucht mir nur ...«

Hier unterbrach der Pater. Petronius konnte nicht gleich sehen, warum.

»Gebt den Mann frei, Inquisitor!«

Die Stimme donnerte vom Haus des Hieronymus Bosch über den Vorplatz weg. Die Menschen blieben stehen, soviel konnte der Geselle durch den Schleier seines Blickes erkennen. Und plötzlich wurde Petronius klar, was diese Umklammerung bedeutete. Pater Johannes hatte ihn nicht warnen oder ihm etwas mitteilen wollen, er wollte sich nur vor aller Welt mit ihm zeigen.

XXVIII

Petronius rannte. Jetzt mußte er Zita sehen, mußte ihr erzählen, was geschehen war.

An seiner Niederlage dem Pater gegenüber schluckte er noch. Als er zu sich gekommen war, mitten auf dem Vorplatz vor Hieronymus Boschs Haus, waren sein Meister und der Pater verschwunden gewesen. Nur die Marktbesucher, die seine Begegnung mit dem Inquisitor mitverfolgt hatten, waren noch im Kreis um ihn herumgestanden und hatten ihn angegafft. Als er benommen zum Eingang des Malerhauses gestolpert war, hatte ihm ein beleibter Herr mit Pelzkragen ins Gesicht gespuckt und sich abgewandt. Petronius war ins Gebäude geflüchtet, hatte sich gewaschen, auf sein Bett gelegt, war eingeschlafen und hatte geträumt. Seinen Meister hatte er nicht mehr gesehen.

Obwohl die Eile unanständig schien, obwohl die Passanten, die jetzt noch unterwegs waren, ihm mit unverhohlener Abscheu hinterhersahen, mußte er Zita treffen. Der Traum hatte ihm eine neue Frage ins Bewußtsein gespült. Eine Bemerkung des Inquisitors hatte sich ihm eingebrannt, die er schnellstens geklärt haben mußte. Hatte Pater Johannes nicht bei ihrer Begegnung gesagt, daß er von verbotenen Früchten naschte? Hatte er damit Zita gemeint?

Petronius atmete schwer, als er aus der Kerkstraat in die Korte Putstraat einbog, und blieb abrupt stehen. Keine zehn Schritte vor ihm blockierten drei Gestalten die Gasse. Ihre Gesichter wurden von schwarzen Masken, die Körper von langen dunklen Kutten verdeckt, in den Händen hielten sie Stangen. Als sie Petronius gewahr wurden, bildeten sie einen Halbkreis. Geld besaß er kaum, er hatte sich nur Münzen für zwei Krüge Bier mitgenommen, Wertgegenstände trug er nicht bei sich. Sollte es sich um einen Raubüberfall handeln, würden ihn die Männer vermutlich totschlagen, aus Wut über die magere Beute. Mit einem Ruck drehte er sich um und lief los.

Der erste Schlag traf ihn direkt an der Schläfe und riß ihn zu Boden. Petronius erkannte noch, daß er in eine wohlvorbereitete Falle gelaufen war. Die Männer vor ihm hatten ihn nur aufhalten sollen. Die schmutzige Arbeit hatte ein anderer in seinem Rücken gemacht. Dann sackte er in ein Loch, das ihn mit einer Schwärze umgab, die so grenzenlos war, daß er im Augenblick des Eintauchens glaubte, er würde für ewig davon verschluckt.

»Was wißt Ihr über die Bruderschaft?«

»Wer hat Euch zu Meister Bosch geführt?«

»Habt Ihr Pieter getötet?«

»Warum mußte er sterben?«
»Wo ist das fehlende Bild?«
»Habt Ihr das Triptychon gesehen?
»Wem dient Ihr wirklich?«

Die Fragen prasselten auf Petronius' aufdämmerndes Bewußtsein nieder. Er roch Weihrauch und Kerzenwachs, Männerschweiß und den Gestank billigen Leinens, Moder, Rost und Fäulnis. In seinen Ohren summte es, und er konnte nicht unterscheiden, ob es von den beständig auf ihn einstürmenden Fragen herrührte oder ob es der Schlag war, der ihn betäubt hatte. Er versuchte, sich zu bewegen, fand sich aber mit ausgestreckten Gliedmaßen an Händen und Füßen gefesselt. Unwillkürlich zerrte er an den Lederriemen, die er um seine Gelenke fühlte.

»Zu spät, Maler!« brummte eine Stimme, die sich von den Stimmen der Fragenden unterschied und ihn erstmals direkt ansprach.

Petronius öffnete seine Augen und sah über sich ein Kellergewölbe, aus dem weiß der Salpeter ausblühte. Kerzenlicht erhellte den Raum. Er erkannte die schwarzen Kuttenträger von eben wieder.

»Was wollt Ihr von mir? Geld hab ich nicht!« stöhnte Petronius.

»Was schert uns Euer Geld, Fremder. Beantwortet unsere Fragen.«

Petronius war ehrlich verblüfft. Die schwarzen Kapuzen ließen nur wenig Platz, um hindurchzusehen. Mundöffnungen gab es keine. Petronius versuchte, den Kopf zu drehen, die Gestalten zu zählen und vielleicht einzuschätzen. Hinter ihm stand eine Maske, die im Kanon der Stimmen, die wieder eingesetzt hatten, merkwürdig stumm blieb.

»Kennt Ihr die Versammlungsorte der Bruderschaft?«
»Seid Ihr Mitglied?«
»Warum verachtet Ihr die Dominikaner?«
»Kanntet Ihr Meinhard aus Aachen?«
»Habt Ihr ihn getötet?«

In Petronius stieg eine Furcht auf, die er kaum bezwingen

konnte. Wo war er? Wer waren diese Gestalten unter den Kapuzen? Was wollten sie von ihm? Waren es Dominikaner? Die Fragen schienen ihm danach ausgesucht zu sein. Aber er würde nichts über die Bruderschaft verraten. Dabei wußte er tatsächlich nur wenig.

Plötzlich schlug eine Peitsche über seinen Bauch, daß er sich aufbäumte. Die nassen Lederriemen durchfurchten seine Haut. Er wollte sich zur Seite krümmen, aber die Fesselung hinderte ihn daran.

»Sprecht, Petronius Oris. Wir warten. Seht auf die Wand zwischen Euren Beinen. Dort hängen die Mittel, die wir Wahrheitsfinder nennen. Jeder gesteht, wenn er mit ihnen Bekanntschaft macht. Um ehrlich zu sein, verehrter Maler, die meisten gestehen bereits beim Anblick dieser Handwerkszeuge des Herrn!«

Zwei Kuttenträger traten einen Schritt beiseite, so daß Petronius die an der Wand aufgereihten Folterwerkzeuge ins Auge fielen.

Eine eiserne Maske mit Nägeln auf der Innenseite hing dort, ebenso zwei spanische Schuhe aus Metall, die zugedreht und in einem Kohlenbecken erhitzt werden konnten. Daneben sah Petronius ein ganzes Sammelsurium an Daumenschrauben, Fingerbrechern und Handzerquetschern in einem Ledernetz, das von der Decke baumelte. Zangen zum Zwicken mit breiten oder spitzen Schnäbeln, Amputiermesser, Schädelschrauben, Ohrzwingen, Nasenlochvergrößerer, Mundbirnen, Zungenschneider. Petronius schloß die Augen, der Anblick war grauenhaft.

»Ich weiß nichts! Glaubt mir doch. Ich weiß nicht, was Ihr von mir wollt.«

Wieder begannen die Fragen. Die Männer schlossen den Kreis und leierten in der Gruppe mit:

»Wie zelebrieren die Adamiten ihre Messe?«

»Wart Ihr anwesend bei einer dieser Handlungen?«

»Wer gehört dazu?«

»Kennt Ihr Jacob van Almaengien?«

»Wollt Ihr der Sekte beitreten?«

»Hört auf!« schrie Petronius in den Kellerraum hinein, der die

Stimme schluckte und kraftlos machte. »Nichts von alledem kann ich beantworten! Nichts. Ich bin Maler bei Meister Bosch. Weiter weiß ich nichts!«

Mit einem Schlag verstummten die Männer. Wieder senkte sich eine der Kapuzen auf sein Ohr herab:

»Ihr liegt auf einer Streckbank, Petronius. Wir werden Euch jetzt vergrößern. Es wird etwas schmerzen, aber dann wirken die Zangen besser, mit denen wir Euch zwicken werden! Schreit ruhig, werter Maler, hier kann Euch niemand hören! Vielleicht werdet Ihr dadurch etwas gesprächiger.«

Petronius zerrte an seinen Riemen, schlug mit dem Kopf hin und her und konnte nicht verhindern, daß er auf das metallische Knacken des Stellrades lauschte, das die Walze der Streckbank in der jeweiligen Umdrehung arretierte. Langsam zog es ihm die Arme nach oben. Die Muskeln wurden überdehnt, schmerzten. Dann begannen die Gelenke zu knacken, die Sehnen spannten sich und das Atmen fiel ihm schwer, weil sich der Brustkorb nicht mehr dehnen ließ.

»Verratet, was Ihr wißt, und wir lösen die Arretierung!«

Petronius schrie vor Schmerzen auf.

»Ich weiß nichts!« keuchte er. »Nichts, nichts, nichts!«

»Überlegt es Euch. Wir werden uns zurückziehen. Die Zeit macht Euch sicherlich gefügig. Es dauert eine Weile, bis die Eisen heiß sind!«

Petronius biß die Zähne zusammen, aber das Gefühl, auseinandergerissen zu werden, ließ nicht nach. Er kämpfte um Luft und dachte mit Grauen an die Zangen, die über seinem Kopf in einem Kohlenbecken, dessen Hitze er fühlen konnte, zum Glühen gebracht wurden.

XXIX

»Petronius? Petronius?
Wo bist du?«

Petronius wußte nicht genau, ob er bereits unter Wahnvorstellungen litt, weil er zuwenig Luft bekam, oder ob die Stimme wirklich seinen Namen rief. Tatsächlich wagte er nicht zu antworten, da er fürchtete, an dieser Vergeudung seiner Atemluft zu ersticken.

»Mein Gott, Petronius. Wer hat das getan? Wie kann ich dir helfen?«

»Die Arretierung!« flüsterte er schwach und bereute die beiden Wörter sofort. Vor seinen Augen schwammen bereits dunkle Schatten, er würgte nach Luft. Ein peitschender Schlag, rasselnde Ketten und mit einemmal ließ der Zug auf seine Arme nach. Mit einem tiefen Atemzug holte sich der Körper sein Recht, die Lungen blähten sich.

»Zita«, stöhnte Petronius, nachdem er sich leicht erholt hatte. »Du mußt weg. Flieh, bevor sie wieder hier sind. Raus hier. Ich komme schon allein zurecht.«

Petronius richtete sich mühsam auf und streifte die Fesseln ab. Arme und Beine fühlten sich an, als besäßen sie Überlänge. Dann versuchte er sich neben die Streckbank zu stellen, mußte sich aber festhalten.

»Keinen Augenblick länger hätte ich es mehr ausgehalten, ohne jämmerlich zu ersticken. Aber mach fort jetzt, bevor sie kommen.«

»Wer sind sie?« fragte Zita nach, aber Petronius winkte ab.

»Nicht jetzt. Wir müssen schleunigst fort.«

Zita betrachtete Petronius. Seine Arme hingen an ihm herab, als gehörten sie ihm nicht. Die Beine gaben unter der Last des Körpers nach.

»Kaum auf den Beinen kann er sich halten, das Hemd wird er

sich nicht anziehen können, aber alles will er allein machen. Typisch Mannsbild. Na, wenigstens hast du den Mund aufgebracht und Danke gesagt.«

Petronius fühlte sich ertappt und hustete ihr sein Danke mehr hinterher als er sprach. Rasch griff sich Zita seine Kleidung, streifte ihm das Hemd über, steckte seine Arme ins Wams, schnürte den Hosengürtel.

»Die Holzpantinen, wenn wir draußen sind. Das macht sonst zuviel Lärm!«

Sie klemmte ihm die Schuhe links und rechts unter die Achseln. Petronius nickte und ließ sich führen.

»So hab' ich mir ein kleines Kind immer vorgestellt«, spottete Zita, während Petronius vor Anstrengung das Wasser den Rücken hinablief. Er ging wie auf rohen Eiern. Seine Muskeln schienen unter der Streckbank zu lang geraten zu sein für die kurzen Beine.

»Jetzt komm, Petronius!« befahl Zita, denn schon waren aus einem der oberen Stockwerke Stimmen zu hören. »Wir müssen aus dem Haus sein, bevor sie bemerken, daß du fehlst.«

Zita schien sich auszukennen. Statt die Leiter emporzusteigen, die in das Verlies hinunter führte, griff sie sich einen flackernden Kienspan, und lief tiefer in den Keller hinein, bog um zwei Ecken und stand vor einer Tür. Sie ließ sich ohne Schwierigkeiten öffnen. Sie wechselten in einen weiteren Keller hinüber. Petronius roch es. Der Gestank nach Schimmel und heißem Öl wechselte jetzt plötzlich in den der Säuernis von Wein und Kraut. Sie bogen um Krautfässer, Seilrollen, Dauben, Weinfässer und eilten auf eine Treppe zu, die nach oben führte.

»Wohin bringst du mich?«

»Stell keine Fragen, vertrau mir.«

Eine Leiter führte nach oben, die Petronius die allergrößte Mühe abverlangte. Die Kniegelenke knackten und jeder Schritt quälte ihn schmerzhaft. In einem Innenhof betraten sie wieder ebene Erde.

Sie lehnte Petronius gegen die Wand, öffnete das Tor der Handwerksmeisterei und spähte nach draußen. Eine Weile stand sie wie erstarrt, dann holte sie Petronius und führte ihn hinaus auf die Gasse. Zwischen den Häusern lag noch undurchdringliche Dunkelheit, aber über den Dächern erschien der Mond.

»Wohin gehen wir, Zita?«

»Stelle keine Fragen. Du hast später noch genügend Zeit zu reden.«

Sie folgten dem schmalen Band des Mondlichts, das sich auf der Gasse bildete und schlichen in Richtung Sint Jan. Langsam gewann er die Kontrolle über seine Gliedmaßen zurück. Die Knie sprangen nicht mehr in alle Richtungen davon, die Fersen schienen sich wieder waagerecht zu stellen und auch die Arme bewegten sich annähernd nach seinen Wünschen.

»Was soll ich in Sint Jan? Ich dachte, du bringst mich zu dir.«

»Still!« zischte Zita ihn an und zog ihn unter einen Türsturz.

Zwei Stadtwachen näherten sich mit geschulterten Spießen. An den Schäften der Waffen hingen Laternen, die nur notdürftig die Umgebung beleuchteten und eher mehr an Sicht nahmen als gaben.

»Es kam von hier, ich könnte es schwören!«

Einer der Männer blieb stehen und leuchtete mit seiner Laterne die Traufen der Häuser hinauf.

»Die Nacht ist voller Geräusche! Es werden Ratten gewesen sein oder Katzen. Komm, die Wachstube wartet. Sie haben einen Krug vom Adler mitgebracht, den sollten wir uns nicht entgehen lassen.«

»Mmhm«, brummte die erste Wache, die noch immer ihr Licht schwenkte und die Hauseingänge beleuchtete. »Es wird wohl tatsächlich nichts gewesen sein.«

Damit bogen die beiden gemächlich in eine der folgenden Gassen ein.

»Siehst du. Wenn sie nur eine Spießlänge früher gehalten hätten, wären wir verloren gewesen. Jetzt komm.«

»Aber ich hätte dich nicht nahe bei mir gespürt. Mir war zudem, als hättest du dich enger an mich gedrückt, als notwendig gewesen wäre. Alles hat zwei Seiten, Zita!«

»Bild dir nur nichts ein!« fauchte Zita, dann verfiel sie in ein bittendes Gurren. »Petronius, ich muß dir die Augen verbinden.

Du darfst nicht erfahren, wohin ich dich bringe. Vertrau mir, bitte.«

»Was soll das, Zita?«

Zita löste vom Gürtel, der ihr Kleid hielt, ein schwarzes Tuch und schlang es ihm um den Kopf. Dabei berührte sie mit ihren Lippen leicht die seinen.

»Du wirst es nicht bereuen, Petronius!« flüsterte sie und nahm ihn bei der Hand.

Eng an die Mauern der Fachwerkgebäude geduckt schlichen die beiden zur Kathedrale Sint Jan, die ihren mächtigen, noch unvollendeten Körper schwarz in den jetzt blauen Nachthimmel schob. Petronius fühlte die Kirche, die Nähe des mächtigen, nur halb überdachten Hauptschiffs, vernahm das Hallen der Schritte auf dem Vorplatz. Die hölzernen Tore ächzten schwer, als Zita sie aufdrückte und Petronius hinter ihr das Kirchenschiff betrat. Durch das offene Dach würden jetzt die Sterne blinken, und unter der offenen Vierung würde ein Kreuz aus Mondlicht den Boden decken, wußte er. Als die Tür hinter ihnen zuschlug, griff Petronius nach Zitas Handgelenk.

»Wohin? Jetzt ist der rechte Augenblick da!«

Petronius zog sie mit einem Ruck zu sich her. Er fühlte ihren Atem im Gesicht, ohne daß er sie sehen konnte. Er fühlte nur ihre Schenkel, den Bauch, ihre Brüste, die sich an ihn drückten, ihr Zittern, das begehrlich wirkte, ihn lockte. Aber sie verweigerte ihm einen Kuß. Ihr Kopf beugte sich nach hinten, wollte nicht nachgeben. Spott in der Stimme, wies sie ihn ab.

»Wohin? Wolltest du nicht Mitglied der Bruderschaft werden? Ich bringe dich zu den Obersten der Brüder und Schwestern. Also laß ab!«

Petronius war verblüfft und gab das Handgelenk frei. Er fühlte, wie die Kühle der Kathedrale sein heißes Gesicht umwehte. Die Bruderschaft!

XXX

»Was soll das, Zita?« preßte Petronius hervor.

Selbst unter seiner Binde fühlte er, daß sie ihn in einen geschlossenen Raum führte. Statt einer Antwort Zitas erscholl nach dem Fallen der Binde eine durchdringende, jeder Menschenmenge gewachsene Stimme, die Petronius sofort als die Hieronymus Boschs erkannte.

»Gib ihr keine Schuld. Sie tat es auf Geheiß, wie wir es aus bestem Wissen und Gewissen taten, aus dem Gefühl der Verantwortung, aus der Sorge um unsere Brüder und Schwestern heraus, die der allerchristlichste Teufel und Antichrist auf den Scheiterhaufen führt. Petronius Oris, du hast gegenüber anderen den Wunsch geäußert, der Bruderschaft beizutreten, die sich insgeheim Homines Intelligentiae oder aber Brüder und Schwestern des Freien Geistes nennt, von den Unwissenden und Sündern aber Gemeinschaft der Adamiten geheißen wird?«

Petronius erstarrte. Entlang der Mauer der Seitenkapelle reihten sich dieselben Kapuzenmänner, die ihn nur kurze Zeit zuvor malträtiert hatten. Sieben, zehn, elf in schwarze Kutten gewandete Gestalten säumten die Wand der Kapelle. Die Arme vor der Brust verschränkt, die Kapuze übers Gesicht gezogen, stimmten sie das Dies irae an, daß der Raum vibrierte und die Scheiben in ihren Bleirahmen klingelten. Erst als sie geendet hatten, gelang Petronius ein Einwurf.

»Dann habt Ihr mich auf die Streckbank gelegt? Ihr habt mich gequält? Warum?«

Petronius warf die Arme in die Höhe, war im Moment fassungslos. Nach dieser Eröffnung schmerzten ihn die Gelenke an Hand und Knie um so mehr. Selbst die Brust feuerte jetzt, und er fühlte beim Stehen, daß ihn die Muskeln seines Rückens gewaltsam nach hinten zogen, so daß er eine lächerlich verdrehte Figur abgab.

»Wir beobachten Euch seit einer Weile. Ihr seid ein tüchtiger Geselle und ein Mann mit Verstand und Weitsicht. Dies allein würde nicht genügen, Euch in die Gemeinschaft aufzunehmen. Unsere Mitglieder müssen sich verpflichten, auf der Streckbank zu schweigen. Der Tod auf dem Scheiterhaufen ist unser Los in dieser Welt, Petronius Oris. Nur wem unter der Folter die Nerven nicht versagen, nur wer die Schmerzen der Peinigung erträgt, kann sich in die Gemeinschaft fügen. Ihr würdet sonst zu viele verraten. Wir prüfen nicht gern auf diese schreckliche Weise, Petronius Oris, aber wir fühlen uns allen verpflichtet, die unseres Glaubens sind. Zudem müssen sich zwei Bürger der Stadt für Eure Lauterkeit verbürgen. Ich frage daher die im Saale Anwesenden, ob sich Brüder und Schwestern bereit finden, für Petronius Oris, Pictor zu Augsburg, und derzeit Geselle im Haus des allerwertesten Hieronymus Bosch, Meister allhier, zu bürgen?«

Direkt vor Petronius ging langsam eine Hand in die Höhe. Die übrigen Schwarzgekleideten blieben unbeteiligt. Petronius versuchte in den Gesichtern zu forschen, aber diese bildeten unter den Kapuzen schwarze Löcher der Unkenntlichkeit. Dann entdeckte der Maler schräg hinter sich noch eine Kutte, die eben sicher nicht dort gestanden hatte. Auch sie hob langsam eine schmale Hand.

»Ich stelle fest, daß die erforderliche Stimmenzahl erreicht ist. Petronius Oris, ich darf Euch daher auffordern, die Eidesformel zu sprechen, mit der Ihr in den ersten Grad aufgenommen werdet. Für immer und ewig. Denkt daran, die einzige Möglichkeit, diese Bruderschaft zu verlassen, ist der gnadenvolle Tod. Noch könnt Ihr wählen.«

Petronius fühlte, wie sein Körper sich unter den Folgen der Dehnungen wand, wie er über eine Schulter hin weggebogen wurde, so daß er ständig mit dem Gefühl kämpfte, hintenüber zu fallen. Wo hatte er die Drehung schon einmal gesehen, in die ihn sein Körper zwang? Es gelang ihm nicht auf Anhieb, sich auf die Szene selbst zu konzentrieren. Immer spukte diese Drehung in seinem Gehirn herum. Und dann wußte er es. Der Tabernakelhut der Kirche wies dieselbe Drehung auf, als kippte er. Schief und verquer stand er über dem Allerheiligsten, und doch thronte seine Spitze ohne die geringste Abweichung mittig über dem Tabernakel, so sicher und zuverlässig wie nur irgend etwas in dieser Kathedrale.

»Ich höre?«

»Ja, ich bin mir dessen bewußt!« hörte Petronius sich reden.

Ihn kitzelte das Ketzertum, ihn befeuerte in diesem Moment die Begierde nach Zita, die er bereits entblößt gesehen hatte. Der Gedanke an ihren Körper verflog mit den Worten, die ihm der Wortführer der Bruderschaft vorsprach:

»Sprich mir nach, Malergeselle: Ich, Petronius Oris, beschwöre, beeide und bezeuge, daß ich mit diesem Tag die Ziele der Brüder und Schwestern des ...«

Petronius hob die rechte Hand und sprach die Eidesformel nach, die in seinen Ohren hohl und nichtssagend klang.

Plötzlich fiel sein Blick auf die ihm gegenüberliegende Seite der Kapelle. Dort hing an der Wand der fertige Paradiesflügel seines Meisters, Jesus führte Adam Eva zu oder umgekehrt, Eva war bereit, Adams Hand zu nehmen, und Gottes Sohn sprach für sie die Eidesformel ...

» ... Schaden abwenden und Wohlstand mehren. Die Mitglieder enthalten sich während der Gottesdienste und sonst jeglicher fleischlicher Lust gegenüber Mitgliedern der Gemeinschaft. Damit verkünden wir das Paradies auf Erden und lehnen ab die Verführung durch das Böse und die Erbsünde ...«

Daneben aber hing ein weiteres Gemälde, breiter, beinahe viermal so breit, das er noch nicht gesehen hatte. Es schien unfertig zu sein, wies weiße oder mit schwacher Farbe grundierte Flächen auf, war an anderen Stellen nur anskizziert. Der Mittelteil, fuhr es Petronius durch den Kopf. Bosch hatte bereits mit dem zweiten Bild des Triptychons begonnen!

»Hört Petronius, auch wenn Ihr nicht bei der Sache seid. Ich will Euch reinen Wein einschenken. Wäre es nach mir gegangen, wärt Ihr nie zu unserer Bruderschaft gestoßen. Nur einflußreichen Befürwortern habt Ihr es zu verdanken – und dem Umstand, daß Pater Johannes meinte, einen von uns provozieren zu müssen. Ihr erhaltet also eine besondere Aufgabe, für die Ihr Euch in unseren Augen eignet. Euer Auftrag lautet«, und jetzt bekam die Stimme einen drohenden Unterton, der seine Aufmerksamkeit von den Bildern weg und auf den Inhalt der Rede lenkte:

»Ihr haltet Kontakt zu Pater Johannes, horcht ihn aus und meldet uns seine Winkelzüge, ohne dabei etwas über die Bruderschaft zu verraten. Ich verpflichte Euch Kraft meines Amtes als Hoher Bruder zum Stillschweigen. Im Falle einer Übertretung bei Eurer Aufgabe sind wir im Interesse der gesamten Bruderschaft nicht zimperlich. Ihr erhaltet dann die Möglichkeit, unseren Glauben nachzuprüfen. Und das gelingt nicht in dieser Welt! Habt Ihr verstanden? Ihr seid ein Werkzeug, nicht mehr!«

Petronius nickte und wartete darauf, daß etwas geschah. Alle blieben stehen, wo sie waren, stumm und regungslos, als gehörten sie zum Figurenschmuck der Kathedrale. Petronius war verwirrt. Was sollte er jetzt tun? Plötzlich zupfte ihn eine Hand am Rock, Zita.

»Komm«, lächelte sie ihn an, »gehen wir.«

»Ja«, meinte Petronius, noch ganz gedankenverloren. »Hinaus zum katholischen Jäger!«

XXXI

Petronius schloß die Boschsche Werkstatt auf und trat ein. Mit einem Seufzer lehnte er sich gegen die Tür, die schwer ins Schloß fiel. Jetzt war er ebenfalls Ketzer, ohne daß sich für ihn die Welt andersherum zu drehen begann. Zita hatte er noch in die Schankstube begleitet, sich selbst aber häusliche Ruhe verordnet. Müdigkeit lastete auf seinen Lidern. Petronius nestelte an seinem Bund, um den Schlüssel zu seiner Kammer zu suchen, als sein Blick auf die Diele vor seiner Tür fiel. Unter dem Bodenschlitz hindurch stahl sich ein feiner, flackernder Lichtstrahl. Sofort lief ihm eine Gänsehaut über den Rücken. Was hatte das zu bedeuten? Hinter der Türe brannte offenbar eine Kerze. Petronius konnte sich aber daran erinnern, das letzte Talglicht ausgeblasen zu haben. Dann fiel ihm das offene Fenster ein, durch das er selbst schon eingestiegen war. Hatte er es wieder verschlossen?

Er umfaßte den schweren Eisenschlüssel, um damit zuschlagen zu können. Mit zwei Schritten stand er vor seiner Kammer, riß die Tür auf und trat ein. Beinahe wäre ihm ein Schrei entfahren. Verwirrt starrte er auf das Gebilde, das dort auf seinem Bett lag: ein Kreuz, auf dessen vier Enden je eine Kerze aufgeschmolzen war und noch brannte. Die hölzerne Christusfigur schien durchgebrochen zu sein, und Kopf und Beine hatte man zueinander gedreht. Was sollte das? Was wollte man ihm mitteilen? Wem war es gelungen, in seine Kammer einzudringen?

»Ich denke, das ist eine Warnung!« flüsterte hinter Petronius plötzlich eine Stimme.

Entsetzen im Gesicht, fuhr er herum und holte unwillkürlich mit der Rechten aus. Eine Hand ergriff sein Gelenk, der Schlüssel polterte zu Boden. Petronius blickte in das magere Grinsen des Inquisitors.

»Überrascht?«

»Was tut Ihr hier?« stammelte Petronius. »Habt Ihr mir dieses Kreuz aufs Bett gelegt?«

Pater Johannes sah über Petronius' Schulter und zog die Augenbrauen hoch.

»Das ist nicht unsere Art. Kindereien! Sie verunsichern nur den, der unsicher im Glauben ist. Vielleicht seit Ihr das ja, Petronius? Vielleicht habt Ihr den Weg der Tugend und der Erlösung verlassen? Wer weiß. Blast die Kerzen aus, bevor das ganze Haus abbrennt.«

Nur langsam fand Petronius seine Fassung wieder. In seinem Kopf rasten die Gedanken. Kalter Schweiß trat ihm auf die Stirn.

»Was ist das? Wer macht so etwas?« stammelte er noch, während Pater Johannes jetzt energisch an ihm vorbei die Kammer betrat, drei der vier Kerzenstummel ausblies, sie mit einem kleinen Messer, das er im Ärmelausschnitt verborgen gehalten hatte, vom Kreuz schnitt und auf das Fensterbrett legte. Die vierte Kerze drückte er in den leeren Halter am Kopfende des Bettes. Dann nahm er das Kreuz von der Lagerstatt, stellte es gegen die Wand und setzte sich, als wäre er eingeladen worden zu bleiben.

Petronius folgte dem allem mit Staunen und innerem Widerwillen.

»Hab ich Euch gebeten?« murmelte er.

»Nicht direkt, wenn ich es mir recht überlege. Aber Ihr wolltet eine Antwort. Und Antworten gibt man am besten ab, während man sitzt. Stehen ermüdet. Ihr habt doch nichts dagegen?«

Petronius biß sich auf die Lippe und preßte dann, nachdem er Pater Johannes einige Augenblicke auf eine Antwort hatte warten lassen, zwischen den Zähnen hervor.

»Verschwindet aus meiner Kammer, oder Ihr seid reif für den Abdecker!«

»Wißt Ihr«, Pater Johannes lehnte sich genüßlich zurück, »ich würde es ja zu gerne tun. Wenn ich aber unverrichteter Dinge diesen Raum verlasse, brennt für Euch bereits diese Nacht der Scheiterhaufen. Das Urteil ist schon gefällt!«

Petronius blieb über soviel Frechheit der Mund offenstehen.

»Ihr habt doch nicht die geringsten Mittel in dieser Stadt. Glaubt Ihr, einen Gesellen des Hieronymus Bosch verfügt man so einfach auf den Scheiterhaufen?«

Heiseres Lachen schüttelte Petronius, doch er fühlte, wie ihm das Zimmer, die Anwesenheit Pater Johannes' und das Kreuz an der Wand die Kehle weiter und weiter zuschnürten.

»Bevor Ihr Euch an mir vergreifen könnt, seid Ihr aus dieser Stadt verwiesen worden. Mein Herr ist mächtig.«

»Und doch nicht mächtig genug gegen Aberglauben und Häresie. Die Menschen in Den Bosch sind uns dankbar, daß wir das Übel der Adamiten ausrotten. Die Juden geben uns das Geld und die Kaufleute ihr Wissen. Warum fragt Ihr? Die einen sind froh, daß nicht sie den Sündenbock spielen müssen und verfolgt werden, die anderen erhoffen sich reibungslose Geschäfte und die Ausschaltung ihrer Konkurrenz. Wir bieten ihnen beides. Ach ja. Hier ist das Schreiben, das Euch dem Feuer überantwortet.«

Aus dem weiten Inneren der Ärmel seiner Kutte zog Pater Johannes ein Papier und entfaltete es. Es war ein mit dem Zeichen der Heiligen Inquisition gesiegeltes Dokument. Baerle hielt es ihm hin, doch Petronius konnte nur seinen Namen auf dem Dokument lesen, nicht aber die eng beschriebenen Zeilen im umständlichen Latein der Kirche.

»Hört, Petronius. Es gibt nur eine Rettung. Arbeitet mit mir zusammen, dann bleibt Ihr ein freier Mann und könnt Den Bosch nach getaner Arbeit verlassen, wann Ihr wollt.«

Petronius schluckte. Die zehrende Kälte, die durch das offene Fenster einfiel, ließ ihn zittern. Er fühlte, wie seine Knie weich wurden. Mit einer letzten Anstrengung sammelte er Kräfte, versuchte, sich gegen den Sog der Angst zu stemmen, die ihn mitreißen wollte.

»Was wäre zu tun?« stammelte er.

»Ihr habt Kontakt zu den Adamiten. Ihr arbeitet vermutlich im Haus eines ihrer Großmeister. Versucht, bei ihnen Aufnahme zu finden. Nützt dies alles, um mir diese Häretiker an die Hand zu liefern. Mehr benötige ich nicht. Seid Ihr einverstanden?«

Petronius' Blick fiel auf das Kreuz mit der durchgebrochenen Christusfigur.

»Ihr habt damit nichts zu tun?«

»Ich sagte Euch schon, das ist nicht unser Stil!« fauchte der Pater ärgerlich. »Überlegt nicht zu lange. Mein Angebot könnte nichtig sein, bevor Ihr die Umstände abgewogen habt.«

Petronius nickte.

»Freiheit für Verrat? Meine Rückkehr nach Augsburg für den Kopf der Adamiten?«

Pater Johannes Baerle lächelte, dann nickte er. Petronius las in der starren Kälte seiner Augen den Tod für sich.

Langsam fand er seine Fassung wieder. Er atmete ruhig und gleichmäßig, in die Hand strömten wieder Blut und Wärme, der Schweiß trocknete ab, nur das Eisen des Schlüssels hatte sich noch nicht erwärmt. Wer immer ihm dieses Kreuz ins Zimmer gelegt hatte, verfolgte damit eine Absicht, die er nicht durchschaute. Was bedeutete die durchgebrochene Christusfigur? Oder wollte man ihn vor einem Pakt mit dem Inquisitor warnen?

»Dann schlage ich einen Handel vor. Ich versorge Euch mit allem Wissenswerten über die Adamiten, und Ihr sagt mir, was es mit diesem gespenstischen Kreuzesaberglauben auf sich hat. Einverstanden?«

Pater Johannes fuhr auf, das Gesicht wutverzerrt.

»Ihr habt keine Bedingungen zu stellen, Petronius Oris! Ihr brennt bereits lichterloh!«

Sorglos zuckte Petronius mit den Schultern. War es nicht egal, wem er zum Opfer fiel, wenn sie schon hinter ihm her waren? Laut sagte er:

»Eine Hand wäscht die andere. Und meine ist weit weniger schmutzig. Also. Gilt's? Die Hand drauf! Auch wenn ich Geistlichen zutiefst mißtraue!«

Pater Johannes zögerte. Während seine Finger Petronius' Hand nur leicht berührten, vernahm Petronius vom Fenster her ein Geräusch. Bevor er an das Fenster treten konnte, schlug die Pforte, die die Brandlücke zwischen den Häusern verschloß. Sie waren belauscht worden.

XXXII

Als wäre plötzlich das Licht eingeschaltet worden, befand sich Michael Keie wieder im Hier und Heute. Grit Vanderwerf saß neben ihm. Ganz in eine Ecke gedrückt, die Hände auf der Pritsche aufgestützt, kauerte Pater Baerle, noch kalkiger als zuvor, die Augen geschlossen.

»Sie sind ein begnadeter Erzähler, Pater!« murmelte Keie, der Mühe hatte, in die Gegenwart zurückzufinden.

Um den Mund des Paters spielte ein Lächeln.

»Aber ein miserabler Bilderschänder. Das glauben Sie doch.«

Pater Baerle war vor Erschöpfung ganz in sich zusammengesunken.

»Nein. Aber ich bin enttäuscht, daß Sie abgebrochen haben. Die Geschichte ist sicher noch nicht zu Ende!«

Plötzlich öffnete der Pater die Augen, und zwischen Keie und ihm entstand ein Sog, dem Keie nichts entgegensetzen konnte. Die rotgeränderten Lider griffen wie Hände zu ihm herüber und holten ihn förmlich zu sich. Keie versuchte, dem Blick auszuweichen. Nur mit Mühe gelang es ihm. Sofort ließ der Griff nach. Keie fühlte sich freier. Wie von selbst suchte seine Hand nach dem Messer in seiner Tasche, als müsse er sich daran festhalten.

»Nein, Señor Keie. Natürlich geht die Geschichte weiter. Aber die Besuchszeit! Es gibt hier strenge Regeln. Selbst für Psychiater!«

Eine Schwester öffnete die Tür, ein Tablett in der Hand.

»Abendessen!«

»Abendessen«, äffte Pater Baerle sie nach und wandte sich an seine beiden Gäste. »Die Anstaltsleitung will, daß wir diese wichtigste Mahlzeit des Tages alleine zu uns nehmen. Ich darf Sie also bitten.«

Mit einem Lachen erhob sich der Pater und schritt zwischen den beiden hindurch zur Tür, um das Tablett entgegenzunehmen. Dabei trat er auf Keie zu und umarmte ihn. »Vielen Dank, Señor Keie, daß Sie sich Zeit genommen haben. Es ist ein Vergnügen, mit einem Mann zu sprechen!« Er schielte zu Grit Vanderwerf hinüber. »Wir sehen uns sicherlich wieder. Ich muß Ihnen schließlich weitererzählen.«

Plötzlich fühlte Keie, wie Baerle geschickt nach dem Taschenmesser in seiner Hosentasche griff und es herauszog. Er wußte nicht recht, ob er sich dagegen sträuben oder etwas sagen sollte.

Als Keie sich von Baerle löste, hielt dieser das Messer in der Hand verborgen. Für einen Moment glaubte Keie so etwas wie Dankbarkeit in den Augen des Paters zu erkennen. Dann nahm Baerle das Tablett und klemmte dabei das Taschenmesser unter dessen Rand.

»Kommen Sie«, bat Grit Vanderwerf. Sie nickte der Schwester zu, die sich nach dem Getränkewunsch Baerles erkundigte.

»Fragen Sie doch nicht immer wieder, als wüßten Sie's nicht! Jeden Abend trinke ich Rotwein, Sie wissen das doch, ausschließlich Rotwein am Abend ...«

Das Keifen des Paters verfolgte sie noch auf dem Gang. Keie

ging hinter Grit Vanderwerf, während die Schwester sämtliche Türen hinter ihnen abschloß und sie nach draußen brachte.

»Finden Sie es nicht merkwürdig, daß sein Name derselbe ist wie der des Inquisitors?« fragte Keie, als sie die Treppe hinuntergingen.

»Ich habe den Namen überprüfen lassen. Unser Pater Johannes von Baerle hat diesen Namen erst angenommen. Während seiner Zeit im Dominikanerkonvent wurde er Pater Eustachius genannt, nach dem Namenspatron am Tag seiner Priesterweihe. In der Eintrittsliste aller Konventualen Salamancas steht er als Lorenzo Vázquez verzeichnet. Auch das habe ich nachgeprüft. Lorenzo Vázquez war Architekt im 15. Jahrhundert. Ich kenne also seinen richtigen Namen nicht. Noch nicht. Er verwendet den Namen Pater Baerle seit er in Salamanca begonnen hat, Frauenschriften zu zerstören.«

Keie stutzte.

»Warum Pseudonyme?«

Grit Vanderwerf zuckte mit den Schultern.

»Ich wäre einen Schritt weiter, wenn ich darauf eine Antwort hätte.«

Die Hitze stürmte auf sie ein, als sie aus dem Portal traten. Keie blinzelte in die Helligkeit. Die Straße war wie leergefegt in diesem Viertel. Keine Autos, keine Menschen.

»Sie haben bemerkt, daß er über eine außergewöhnliche Fähigkeit verfügt?«

Keie nickte, noch jetzt lief ihm bei dem Gedanken eine Gänsehaut über den Rücken.

»Er erzählt unglaublich.«

Grit Vanderwerf lief rasch in Richtung der Metro-Station.

»Das ist doch nicht Ihr Ernst? Es kann Ihnen doch unmöglich entgangen sein …«

» … daß er versucht hat, mich zu hypnotisieren? Natürlich nicht. Seine Augen sind ungewöhnlich.«

»Versucht hat? Sie sind vielleicht ein Scherzbold, Dr. Keie. Er hat es nicht bloß versucht. Seine suggestive Kraft ist außergewöhnlich. Oder waren Sie vielleicht nicht gänzlich in diese Geschichte aus dem Jahr 1510 verstrickt. In welche Figur hat er Sie gesteckt? In die des Malers Bosch? In die des Gehilfen Petronius Oris? In eine Randfigur? Er hatte Sie, Dr. Keie, mit Haut und Haaren.«

Michael Keie schluckte. Jetzt, da ihn Grit Vanderwerf darauf aufmerksam gemacht hatte, fühlte er in sich wieder den führenden, fordernden Blick Baerles, oder wie immer der Mensch auch hieß.

»Eine Art Magier!«

»Oh, mehr als das. Ich würde sagen ein Künstler seines Faches. Er ist begabt. Er besitzt eine unglaubliche Fähigkeit in dieser Richtung!«

Die beiden verschwanden im Abgang zur Metro. Keie dachte nach. Ihm war nicht wohl in der Haut, weil er Pater Baerle sein Taschenmesser überlassen hatte. Und jetzt, da Grit Vanderwerf ihn auf dessen Fähigkeiten aufmerksam gemacht hatte, war er sich nicht mehr so sicher, ob es sein eigener Wille gewesen war. Keie sah auf, nahm plötzlich Grit Vanderwerf wahr und stutzte.

»Und Sie? Hat er Sie nicht gefesselt, unser Pater?«

»Ebenso wie Sie!« gestand Grit Vanderwerf.

»Wollen Sie damit sagen ...«

Grit Vanderwerf unterbrach Keie.

» ... daß ich ebenso in eine der Rollen schlüpfen mußte.«

Sie standen vor dem Fahrkartenautomaten. Keie warf Münzen für zwei Tickets ein und überlegte sich, welche Rolle Pater Baerle Grit Vanderwerf zugedacht hatte. Spielte sie Zita? Er reichte ihr den Fahrschein, und sie durchquerten die Sperre. Aufmerksam verfolgte Keie Grit Vanderwerfs Gang. Zum ersten Mal entdeckte er ihre weiblichen Linien und fühlte eine leichte Erregung.

»Ich würde zu gerne erfahren, Dr. Keie, ob das, was er erzählt hat, den Tatsachen entspricht.«

Keie wurde für einen Moment nachdenklich. Die Rolltreppe führte sie zum Bahnsteig. Sollte er ihr gegenüber offen sein? Trotz Antonio de Nebrijas Warnung fand er keine Argumente, die es ihm verboten hätten, ehrlich zu Grit Vanderwerf zu sein. Sie hatte ihn zu Pater Baerle geführt, sie hatte ihm die Möglichkeit gegeben, anhand von dessen Erzählung mehr über das Bild zu erfahren.

Eine stickige Luft empfing sie auf dem Bahnsteig. Keie mußte sich kurz orientieren. Winddruck aus den Röhren kündigte einen Zug an. Die Passanten drängten sich bereits am Bahnsteig. Keie mußte sich anstrengen, seine Begleiterin im entstehenden Gedränge nicht zu verlieren.

»Sie haben ihm etwas verschwiegen. Und wie ich den Pater einschätze, will er es wissen.«

Keie horchte auf.

»Was habe ich verschwiegen?«

In diesem Augenblick fuhr ein Zug ein und verschluckte Grit Vanderwerfs Worte. Sie wurde nach vorne gedrückt, drehte sich aber nach ihm um, und er las ihr die Antwort von den Lippen:

»Ihre Entdeckungen!«

Wirklich verstanden hatte er sie nicht. Aber Keies Neugier war geweckt. Während er sich mit dem Strom der Fahrgäste in den Wagen drängen ließ, dachte er nach. Warum interessierte sich Grit Vanderwerf so stark für die Bildzeichen? Es ließ ihm keine Ruhe, jetzt mußte er es herausfinden. Und dafür gab es nur einen Weg.

»Fahren wir in die Restaurationswerkstatt zu Nebrija. Ich möchte Ihnen etwas zeigen. Es paßt zu Baerles Erzählung. Mehr noch. Es könnte sie bestätigen.«

XXXIII

Antonio de Nebrija saß an seinem Schreibtisch über einem Papier, als sie das Büro betraten. Im Raum roch es nach Büchern und verbrauchter Luft.

»Michael, maravilloso! Fabelhaft, daß Sie vorbeisehen. Sternstunden der Bosch-Forschung. Tag der Enthüllungen ...!«

Er verstummte, als Grit Vanderwerf hinter Keie das Zimmer betrat, und seine Miene verfinsterte sich. Mit ausgebreiteten Armen versuchte Keie den Kollegen zu beschwichtigen, bevor der lospolterte.

»Wenn uns einer sagen kann, ob die Geschichte, die uns Pater Baerle über Hieronymus Bosch aufgetischt hat, der Wahrheit entspricht, dann Antonio de Nebrija.«

Während Keie zu Grit Vanderwerf sprach, beobachtete er de Nebrija, ob dieser auf den versteckten Hinweis reagierte. Und Keies Rechnung ging auf. Antonio de Nebrija hob die rechte Augenbraue. Er hatte verstanden.

»Welche Geschichte?«

In kurzen Worten erzählte Keie vom Besuch im Haus des Dritten Ordens, erwähnte das Manuskript, faßte die wichtigsten Ereignisse der Erzählung zusammen und schloß mit den Zweifeln, die ihn bei der ganzen Sache beschlichen.

Antonio de Nebrija hielt es nicht auf seinem Schreibtischstuhl. Er quälte sich durch einen Wust an Papieren, Büchern und Zeitschriften zur einzigen Wand seines Büros vor, die frei von Büchern war. Die Fläche wurde von einem Poster eingenommen, das den ›Garten der Lüste‹ in Originalgröße zeigte. Dem Poster angeklebt war ein Papierrand, auf dem in kleiner Schrift Notizen standen, von denen aus farbige Garnfäden zu Einzelfiguren, Landschaftsformationen, Pflanzen oder Farbflächen gezogen und mit Heftnadeln befestigt waren.

»Ich beschäftige mich seit beinahe vierzig Jahren mit dem Bild. Wissen Sie, es ist wie eine Botschaft, wie eine Schrift in einer uns noch unbekannten Sprache. Das können Sie glauben oder nicht. Aber es ist für mich faszinierend zu sehen, wie Steinchen um Steinchen eines Mosaiks zusammengetragen werden, um daraus ein stimmiges Puzzle zu gewinnen. Und jetzt kommt ein Verrückter und verübt ein Attentat auf das Bild – und plötzlich kann die Forschung zu diesem Werk einen Sprung machen, der sensationell ist, weil der Attentäter Hinweise auf die Entstehungsgeschichte des ›Gartens der Lüste‹ gefunden hat. Vielleicht wird der Text endlich lesbar. Ich erwarte nicht viel, Michael, nur den Stein von Rosette als Schlüssel zu Hieronymus Bosch.«

Die letzten Sätze sprach de Nebrija leise, beinahe nur für sich.

Keie und Grit Vanderwerf standen noch immer an der Tür. Abrupt wandte sich de Nebrija um.

»Por favor. Bleiben Sie nicht stehen, sondern kommen Sie herein in meine Wissensgrube. Und erschrecken Sie mir nicht zu sehr. Möbel im herkömmlichen Sinne besitze ich schon lange nicht mehr!«

»Ich hole schnell von meinem Büro Stühle herüber«, erbot sich Keie.

Als er seine beiden Drehstühle heranrollte, hörte er Antonio de Nebrija bereits dozieren:

» ... natürlich lebten die Personen. Johannes von Baerle starb 1515. Ein Chronist der Predigtherren, der Dominikaner, berichtet darüber. Er war gefürchtet als Inquisitor und galt als besonders blutrünstig. Jacob van Almaengien, der zum katholischen Glauben konvertierte Jude, auch er lebte in dieser Zeit und nannte sich Magister Philipp van Sint Jan. Sogar die Auseinandersetzung zwischen der Bruderschaft Unserer Lieben Frauen und den Dominikanern ist verbürgt.«

Keie bot Grit Vanderwerf einen Stuhl an und setzte sich.

»Sie wollen damit sagen ...«

» ... daß ihr Patient, Señora Vanderwerf, gut Bescheid weiß, sehr gut sogar. Es spricht nichts dagegen, daß die Aufzeichnungen von Petronius Oris echt sind.«

Keie pfiff durch die Zähne. Baerles Geschichte war also vielleicht mehr als die Erfindung eines Geisteskranken.

»Und die Adamiten? Was wissen wir über diese Sekte?«

Grit Vanderwerf drehte sich zu Keie um und sah ihn an. Er wußte nicht, ob es Neugier oder Spott war, was er in ihren Augen las. Bevor Antonio de Nebrija antworten konnte, warf sie dazwischen:

»Natürlich hat es die Adamiten gegeben. Daran kann es keinen Zweifel geben, schließlich ...«

Aber de Nebrija, dem es offenbar gegen den Strich ging, daß jemand anderer in sein Wissensgebiet einbrach, fuhr ungerührt fort:

» ... war das 16. Jahrhundert eine Zeit der Neuorientierung in Glaubensdingen. Luther sprach nur mit der lautesten Stimme, aber der Ruf nach Veränderung, nach Erneuerung der Kirche hallte vielstimmig über die Weltkugel. Zum Teil predigten die Rufer in der Wüste seit Jahrhunderten. Joachim von Fiore zum Beispiel. Seine Ideen waren nicht eigentlich antikatholisch, sie gingen über das enge Welt- und Religionsverständnis Roms hinaus. Die drei joachimitischen Prinzipien bestimmten denn auch die Gedankenwelt einiger Sekten, die sich aus dem Sumpf antikirchlicher Bestrebungen erhoben. Perfectio, contemplatio, libertas hießen diese Prinzipien. Aus der perfectio schlossen die Brüder des Freien Geistes auf die Unversündbarkeit des geistvollen Menschen, aus der contemplatio auf die Gottgleichheit und die libertas schlug in eine freie Liebe um, als es darum ging, das Paradies auf dieser Erde kraft der Engelliebe zu vermehren. Das klang nicht nur revolutionär, sondern war für die Kirchenfürsten der Zeit eine Ungeheuerlichkeit.

Soweit kurz eine kleine Einführung. Aber die Adamiten, zu denen Bosch gehörte …«

Jetzt unterbrach Keie, dem die Ausführungen zu sehr in Theorie abzuschweifen drohten.

»Entschuldigen Sie. Wer sind die Brüder und Schwestern des Freien Geistes? Ich habe noch nie etwas von ihnen gehört. Außerdem glaube ich, daß die Zugehörigkeit Hieronymus Boschs zur Sekte der Adamiten zumindest umstritten ist.«

Antonio de Nebrija nickte.

»Sie haben recht. Nicht leugnen kann man aber, daß die Brüder und Schwester des Freien Geistes besonders am Niederrhein stark verbreitet waren. Eine häretische Bewegung mit viel Einfluß. In kleinen Gruppen organisiert, tarnten sie sich nach außen hin als devote Christen und huldigten heimlich einer Paradiesvorstellung, die ausschloß, daß der Mensch zu sündigen vermochte. Sie hielten sich für die Verkörperung des Heiligen Geistes. Weder Geburt noch Stand, weder Geschlecht noch Vermögen galt ihnen etwas. Deshalb trat die Frau als ebenbürtige Partnerin in den Kreis der Brüder ein.«

»Sie war damit der Entmündigung enthoben, zu der sie die katholische Kirche verurteilt hatte!«

»Sí, Señora Vanderwerf. Heute würde man es praktizierte Gleichberechtigung nennen.«

Antonio de Nebrija stand auf und öffnete das Fenster zum Lichtschacht, um etwas Luft in den Raum zu lassen.

»Für Ihren Pater wäre das zumindest ein Grund gewesen, sich mit dem Bild zu beschäftigen. Wenn das Manuskript einen Hinweis auf die Zugehörigkeit Boschs zu den Adamiten enthält, dann könnte die Darstellung der Gleichheit von Mann und Frau aus dem Bild herausgelesen werden. Und dann wäre es für ihren Frauenhasser ein gefundenes Objekt.«

Keie wurde das Gefühl nicht los, als hätte Grit Vanderwerf auf diesen Moment gewartet, um endlich die entscheidende Frage zu stellen.

»Haben Sie bei den Untersuchung der Schäden tatsächlich etwas zutage gefördert, was bislang verborgen war? Sie erwähnten heute etwas ...«

Antonio die Nebrija lachte verhalten.

»Señora, das ganze Bild ist ein einziges Rätsel – und wir entdecken jeden Tag etwas Neues darüber. Sehen Sie sich hier auf dem Poster die Stecknadeln und Garnverbindungen an, die ich angelegt habe. Hier oben auf der Leiste über der Paradiestafel stehen Begriffe wie »Unendlichkeitstopos« und »Kreislaufgedanke«. Von diesen habe ich einen roten Faden zu dem felsenartigen Gebilde im linken Bildrand gespannt. Niemand weiß, was es letztlich bedeutet, aber aus dessen Höhle ergießt sich ein Schwarm Vögel. Er fliegt in Windungen durch runde Öffnungen des Berges, scheint sich im Unendlichen zu verlieren, kehrt aber zurück, und teilt sich in helle und dunkle Tiere, während er sich niederläßt. Während die hellen sich im Paradiesgarten tummeln, marschieren die dunklen Vögel auf ein geborstenes Ei zu und verschwinden dort wieder. Von diesem Ei, sehen Sie, haben ich einen grünen Faden an den Rand gespannt, an dessen Ende hier weitere Begriffe stehen: »Weltei«, »Ursprung«, »chymische Retorte«. Alles Versuche, etwas Licht in dieses Dunkel zu bringen. Jeden Tag entdeckt man etwas anderes.«

Keie war der Erklärung Antonio de Nebrijas gefolgt, hatte aber schnell begriffen, daß er ablenken wollte.

Unter dem Bild stand in großen Lettern: »Darstellung der scientes bonum et malum!«

Und plötzlich ging Keie ein Licht auf. Er wußte, was Petronius Oris in der Erzählung Pater Baerles an diesem Paradies so verstört hatte. Die Paradiesszene zeigte einmal die Weisheit Gottes in der Schöpfung, das summum bonum, aber sie leugnete nicht, daß gleichzeitig mit dem Leben auch der Tod geboren worden war, das summum malum. Nicht das Paradies der Bibel, das den Tod erst durch den Apfel vom Baum der Erkenntnis brechen läßt, sondern ein Paradies, das von Beginn an vom Wissen über die Zusammenhänge von Leben und Tod durchtränkt ist, war dargestellt. Deshalb konnte sich Eva hier so spöttisch und frei an die Seite des Herrn stellen, sich Adam eher entziehen als sich ihm ausliefern. Diese Interpretation befreite sie von der Erbsünde, von aller Schuld und Strafe!

»Und sonst nichts?« Eine scharfe Erwiderung Grit Vanderwerfs riß ihn aus seinen Überlegungen. »Ich habe den Eindruck, heute mittag haben Sie über andere Dinge gesprochen. Es hat für mich ganz den Anschein, als wollten Sie mir bei meiner Arbeit nicht helfen. Dabei habe ich meine Karten offengelegt, Señor Nebrija.«

Keie fand sie ganz sympathisch mit dem vor Ärger geröteten Gesicht, in ihrer verhaltenen Wut. Das gab ihr etwas Lebendiges, etwas Unberechenbares, das ihn anzog.

»Ich habe einen Vorschlag zur Güte«, warf er dazwischen und erntete trotzdem einen strafenden Blick von Grit Vanderwerf. Er sah auf seine Armbanduhr. »Treffen wir uns morgen vor dem Eingang zur Werkstatt und sehen uns das Bild im Original an. Heute ist niemand mehr unten. Dann können wir immer noch über Verborgenes im ›Garten der Lüste‹ reden!«

Antonio de Nebrija reagierte mürrisch auf den Vorschlag. Keie ahnte, daß de Nebrija Grit Vanderwerf am liebsten nie wiedersehen wollte. Aber er dachte auch an sich. Ihm ging es ganz anders.

»Einverstanden?«

Grit Vanderwerf schien wie ausgewechselt. Sie lächelte Keie an, und er entdeckte in ihren Augen einen Glanz, der in ihm einen angenehmen Schauer auslöste. Er sah Antonio de Nebrija an.

»Ja, in Ordnung. Nein, es macht nichts«, entschuldigte sich der hörbar ungehalten und hob beschwichtigend die Arme.

Plötzlich entstand eine Stille, die offenbar niemand durchbrechen wollte, bis Grit Vanderwerf aufstand und Keie die Hand reichte.

»Es ist jetzt wohl besser, wenn ich gehe! Es ist schon spät. Wann wollen wir uns morgen treffen? Zehn Uhr?«

Nebrija brummte etwas Unverständliches.

»Zehn Uhr. Ich hole Sie unten ab«, bestätigte Keie ihr Treffen.

»Vielen Dank, Señor Nebrija, für die ausführliche Darstellung«, wandte Grit Vanderwerf sich an de Nebrija, dann öffnete sie die Tür. Auf der Schwelle drehte sie sich noch einmal um und fixierte ihn.

»Wissen Sie eigentlich, warum Hieronymus Bosch sich den Namen Bosch zugelegt hat, während sich seine Familie noch van Aken nannte, nach ihrem Herkunftsort?«

Dann schlug die Tür hinter ihr zu. Antonio de Nebrija starrte ihr nach.

»Verdammt, woher weiß sie das?« murmelte er.

XXXIV

»Sind Sie wahnsinnig, Michael«, fauchte ihn Antonio de Nebrija an, nachdem sich die Bürotür geschlossen hatte. »Sie können doch niemand Fremden hierher mitnehmen, während wir einer Sensation auf der Spur sind.«

Antonio ging lautlos zur Tür und riß sie mit einem Ruck auf. Aber draußen stand niemand. Grit Vanderwerfs Schritte verhallten bereits im Gang.

»Was haben Sie gegen die Frau? Schließlich verdanken wir es ihr, daß wir zumindest eine vage Bestätigung Ihrer Hypothesen besitzen. Außerdem dürfte für Sie die Aussage Pater Baerles nicht ohne Bedeutung sein!«

Antonio de Nebrija schloß die Tür und lehnte sich dagegen.

»Ich mag sie nicht. Etwas an ihr läßt mich vorsichtig werden. Ich weiß noch nicht was. Vielleicht ihre Augen. Sie sind wie Eis. Aber Sie können versichert sein, Michael, daß es nicht Eifersucht ist, weil sie ein Auge auf Sie geworfen hat.«

Keie fühlte, wie er rot wurde.

»Jetzt übertreiben Sie aber, Antonio. Das hätte ich fühlen müssen. Außerdem …«

» … haben Sie ein Auge auf Señora Vanderwerf geworfen!« De Nebrija lachte und löste sich von der Tür. »Vielleicht haben Sie recht. Ich sollte nicht überall Gespenster sehen. Und dieser Pater Baerle scheint eine Goldgrube für uns zu sein.«

»Sie hatten etwas für mich?« bohrte jetzt Keie.

»Etwas? Eine ganze Menge, Michael. Sehen Sie her.«

Er führte Keie zu seinem Schreibtisch. Unter einem Aktenordner zog er einen kleinen Fetzen Papier hervor und wedelte mit ihm vor Keies Nase herum. Er war von einem größeren Stück abgerissen, dreieckig, aber nicht beschrieben.

»Wissen Sie, Michael, manchmal bringen einen die simpelsten Ereignisse auf die richtige Spur. Halten Sie das Papierstück gegen das Licht. Hier. Was sehen Sie?«

»Nichts. Doch. Ein Wasserzeichen! HBP, etwas ungelenkt, als wären die Buchstaben für das Zeichen mit der Hand geflochten worden.«

»Eben das hat mich stutzig gemacht, als ich das Papier vor Jahren entdeckte. Ich habe den Fetzen behalten.«

Keie interessierte sich nicht für die unzähligen Sondergebiete Antonio de Nebrijas. Der sammelte alles, und alles war für ihn von besonderer Bedeutung. Keies Augen suchten die Vergrößerungen auf de Nebrijas Schreibtisch. Nur um ihn nicht zu verärgern, fragte er nach:

»Woher haben Sie den Papierfetzen?«

»In einem niederländischen Antiquariat habe ich einmal ein Buch erstanden, das sich mit Farbmischungen, vor allem mit der Herstellung gelblicher Farben aus Pigmenten beschäftigte. Ledereinband mit Goldschnitt. Ein nicht ganz billiges, aber ansprechendes Werk, allerdings ohne Seltenheitswert und schon etwas zerschlissen. Dort fiel er mir entgegen. Ich hielt das Papier für einen harmlosen Einmerker, bis ich das Wasserzeichen entdeckte, das bei Nässe erst richtig sichtbar wird.«

Antonio de Nebrija trat hinter seinen Schreibtisch und holte aus einem der Schubfächer eine Schale. Vorsichtig benetzte er das Papier. Dunkel tauchten die Buchstaben HBP auf.

»Das könnte ein Hinweis sein. Hieronymus Bosch Pictor. Der Fetzen könnte aus dessen Werkstatt stammen.«

Keie war sofort interessiert. Er betrachtete das Papier, und es war ihm, als hätte er dieses Stück Papier und seine Form schon einmal gesehen.

»Sind Sie sich sicher, Antonio?«

»Ziemlich sicher!«

»Daß der Maler sein eigenes Papier besaß?«

»Nicht unüblich, Michael«, erläuterte er. »Skizzenpapier schöpften die Gesellen meist selbst. Ungewöhnlich ist nur, daß gerade dieser Teil mit dem Wasserzeichen auf uns gekommen ist. Es macht sicher nur 5 Prozent des Bogens aus.«

»Sie haben es doch sicher nicht nur wegen des Wasserzeichens behalten.«

»Eigentlich schon. Was habe ich das Papier traktiert, weil ich glaubte, es enthielte vielleicht eine Geheimschrift. Ich habe es erwärmt, in Wasser gelegt, gebügelt. Aber das Papier blieb Papier. Bis heute, Michael, bis ich unsere Bilder angesehen habe. Und da ist mir etwas Merkwürdiges aufgefallen.«

Keie war jetzt ganz Ohr. Antonio de Nebrija besaß die Eigenschaft, selbst die unwichtigsten Kleinigkeiten zu einem Abenteuer auszugestalten. Er zog unter seiner Schreibtischunterlage die Vergrößerungen hervor und zeigte auf die Stellen, an denen Keie ebenfalls Schriftzeichen entdeckt zu haben glaubte.

»Die Säure, die den Firnis beschädigte, hatte zweierlei Wirkung. Einmal verätzte sie die Oberfläche und zerstörte sie. Zum anderen legte sie offensichtlich etwas frei. Eine Schrift nämlich, die man noch undeutlich erkennt. Das war sicher ungewollt, aber eben dort, wo die Säure dünner zu sein scheint, hat sie diese freigesetzt, als wäre unter dem Firnis eine Geheimschrift aufgezeichnet worden. Und jetzt, Michael ... die Sensation ...«

Er stellte ein Gefäß mit einer durchsichtigen Flüssigkeit auf seinen Schreibtisch. Dann legte er den Zettel in die Schale und rührte ihn mit einem Kaffeelöffel unter. Ein leichter Essiggeruch stieg auf.

»Ein wenig Essigsäure gehört zur Mixtur. Ich fand sie in den Elementa chemicae des Leidener Chemieprofessors Johann Conrad Barchusen. Das Buch wurde um 1718 in Leiden selbst veröffentlicht, enthält aber Mixturen, deren Zusammensetzungen auf weit ältere Quellen zurückgehen. Dort wird ein Mittel beschrieben, das Unsichtbares sichtbar werden läßt. Nur der Zufall hat mich darüber stolpern lassen. Übrigens ein ausgezeichnet illustriertes Buch.«

De Nebrija zog den Löffel aus der Flüssigkeit. Das Papier schwamm an der Oberfläche. Beide Männer beugten sich über das Gefäß und starrten hinein. Plötzlich erschienen auf dem weißen Blatt dunkle Zeichen:

»Natura mutatur. Veritas extinguit«, las de Nebrija die Worte vor. »Die Natur wird verwandelt. Die Wahrheit tötet!«

Keie blieb der Atem stehen.

»Und was bedeutet es?«

»Das weiß ich auch nicht, Señor Keie. Wenn ich ehrlich bin, habe ich die gesamte alchimistische Literatur nach dieser Wortkombination durchforstet, aber nichts gefunden, was sich mit diesem Zweizeiler in Verbindung bringen läßt. Zuletzt glaubte ich, die Schriftprobe eines Lateinschülers in die Hand bekommen zu haben. Übungsformeln, Gedächtnisstütze beim Bimsen der Konjugationen.«

»Natura mutatur. Veritas extinguit«, wiederholte Keie und beugte sich wieder neugierig über die Entdeckung.

»Und das Verrückte an der Sache ist, daß die Schrift nur mit Hilfe dieser Flüssigkeit sichtbar wird. Nicht mehr und nicht weniger. Egal, was Sie versuchen: Zitrone, Hitze, Feuchtigkeit, Kohlen- oder Graphitstaub, der Fetzen reagiert nicht. Nur diese Flüssigkeit, die unter dem Namen aqua acetum, Essigwasser, bei Barchusen abgehandelt wird, macht die Schrift sichtbar. Allerdings verschwinden die Zeichen wieder, wenn das Blatt trocknet. Und sie tun es vollständig. Das ist genial.«

Keie stand auf und trat auf den Paradiesgarten zu, dessen pastellene Farbigkeit ihm vor den Augen verschwamm. Dieser Zettel hätte keinerlei Bedeutung besessen. Er wäre nicht mehr als eine nette Entdeckung gewesen. Die Wahrheit tötet, stand darauf. Seit Pater Baerles Erzählung aber reichte dieser Fetzen Papier bis an den Grund der Entstehungsgeschichte des ›Gartens der Lüste‹. Wenn Pater Baerle recht hatte, war dies die Mitteilung des Gesellen, der spurlos aus ’s-Hertogenbosch verschwunden war. Vorausgesetzt, das Papier hatte sich so lange erhalten. Beinahe vierhundert Jahre! Was aber sollte Jan de Groot eine Warnung genützt haben, die sich auf das Bild selbst bezog? Oder hatte er daran gedacht, daß eine im Bild verborgene Wahrheit tötete, sobald man sie aufdeckte? Was verbarg sich noch hinter dieser an sich schon merkwürdigen Fassade eines ungewöhnlichen Paradieses aus der Hand des Hieronymus Bosch? Jan de Groot konnte nur diesen ersten Flügel gesehen haben, nichts sonst. Der Mittelteil war nach der Erzählung Baerles erst im Entstehen, wenn der verrückte Pater und seine Quelle die Wahrheit sagte.

Antonio de Nebrija unterbrach seine Überlegungen. Beinahe unhörbar war er neben ihn getreten und legt ihm jetzt eine Hand auf die Schulter.

»Wir werden das Rätsel nicht lösen können – jetzt noch nicht, Michael. Ich habe aber noch etwas für Sie.«

Keie riß sich los vom ›Garten der Lüste‹ und sah Antonio de Nebrija fragend an.

Der nahm eine der Vergrößerungen und pinnte sie mit einer Nadel neben dem Poster an die Wand.

»Ich glaube nämlich, ich kann die Schrift lesen. Sie ist spiegelverkehrt aufgetragen worden, von rechts nach links. Ein P, zwei S, zwei N, ein M und ein R: PSSNNMR.«

De Nebrija fuhr mit einem Stift die Buchstaben nach. Von der Säure zerstörte Teile ergänzte er. Jetzt, da ihm de Nebrija die Lettern zeigte, lösten sich seine Zweifel in Nichts auf. An eine spiegelverkehrte Darstellung hatte er nicht gedacht.

»Wie sind Sie darauf gekommen?«

»Leonardo schrieb spiegelverkehrt, weil er Linkshänder war. Denen fällt unsere rechtshändige Schrift so leichter. Und aus der Maltechnik des ›Gartens der Lüste‹ kann man herauslesen, daß Hieronymus Bosch ebenfalls Linkshänder war. Da fiel die Analogie nicht schwer.«

Für Keie war das ein kleines Wunder. Spezialisten wie Antonio de Nebrija, die mit Feingefühl und einem lexikalischen Wissen an Probleme herangingen, flößten ihm Bewunderung ein. In seinem Beruf wurden sie immer seltener, weil sich die Beherrschung von Restaurationstechniken mit dem Vergnügen an Kunst und Geschichte paaren mußte. Zu viele seiner Kollegen schlugen sich auf die Seite des Machbaren, der Technik. Er selbst nahm sich dabei nicht aus.

»Und was bedeutet die Kombination der Buchstaben, Antonio?«

Der zuckte mit den Achseln und setzte sich hinter seinen Schreibtisch.

»Bin ich ein Hellseher? Das braucht Zeit, das braucht eine ganze Bibliothek an Verzeichnissen lateinischer Abkürzungen, und es braucht das notwendige Quentchen Glück.«

Keie ließ sich auf seinen eigenen Stuhl nieder.

»Auf dem zweiten Abzug habe ich eine Eule ausgemacht, Antonio. Ist das richtig?«

»Mir ging es ebenso. Hier, Michael«, er reichte ihm das zweite Bild hinüber. Mit einem farbigen Transparentstift, waren die Umrisse nachgezeichnet worden. Ohne Zweifel sah ihm ein Eulengesicht entgegen.

»Und das?«

»Ebenso geheimnisvoll wie die Lettern.«

»Und wie stellen Sie sich unser nächstes Vorgehen vor?«

De Nebrija beugte sich auf seinem Schreibtisch vor, stützte sich mit den Handflächen auf und faßte Keie scharf ins Auge.

»Pater Baerle! Er muß uns mehr verraten. Nur seine Geschichte kann uns den Schlüssel für diese Zeichen in die Hand geben. Wir sollten morgen zu ihm. Er soll weitererzählen.«

Keie nickte zögerlich.

»Wenn wir ihn dann noch sprechen können!«

Antonio de Nebrija stutzte.

»Warum? Glauben Sie, er ...«

»Ich muß Ihnen etwas beichten, Antonio, bevor ich nach Hause gehe. Als wir in seinem Zimmer waren, Grit Vanderwerf und ich, hat er mir mein Taschenmesser entwendet. Ich habe es bemerkt, konnte mich aber nicht wehren. Er bat mich, ihm zu helfen.«

Mit einem Ruck fuhr Antonio de Nebrija auf. Sein Stuhl krachte an die Bücherwand hinter dem Schreitisch.

»Michael, Sie sind ein Hornochse! Verzeihen Sie!«

Zweites Buch

Im Garten der Lüste …

I

Antonio de Nebrija schlief über den Schreibtisch gebeugt, als Keie das Büro betrat. Es roch nach kaltem Kaffee und verbrauchter Luft. Er stieg über Bücher und Manuskripte zum Fenster und öffnete es. Nebrija schreckte hoch.

»Quién es ...? Wer ...? Ach Sie sind's, Michael!«

»Es scheint, daß Sie den Weg ins Bett nicht gefunden haben!«

Nebrija streckte sich ausgiebig hinter seinem Schreibtisch, stand auf und begrüßte Keie mit Handschlag.

»Ich warte schon sehnsüchtig auf Sie. Stellen Sie sich vor, ich hab's.«

»Was?«

»Die Lösung!« flüsterte er und deutete an die Wand gegenüber seinem Schreibtisch. Dort hingen sieben Bögen Schreibmaschinenpapier mit je einem Buchstaben darauf: PSSNNMR.

»Sie meinen, Sie wissen, was es heißt?«

Nebrija nickte.

»Ich glaube es zumindest. Ich habe die ganze Nacht über dem Problem gesessen. Erst in den Morgenstunden kam mir schlagartig die Lösung. PSSNNMR. Das ist keine Geheimschrift wie ich zuerst vermutet hatte. Es ist eine simple Abkürzung. Nur die Konsonanten wurden geschrieben. Ein für das Lateinische übliches Verfahren. Der fehlende Vokal muß einfach hinzugedacht werden und dann entsteht ein Satz: ›Posse non mori‹.«

Keie betrachtete die Buchstabenkombination, trat einen Schritt näher, und sah sich dann das Poster an, das daneben hing. Der Schnabelfisch las in seinem Buch diese Lettern.

»Posse non mori, das heißt doch, man kann nicht sterben.«

»So ähnlich. Sie müssen sich in die Gedankenwelt der Zeit versetzen. Ende 15., beginnendes 16. Jahrhundert. Gemeint ist die ›Fähigkeit des Nichtsterbens‹ oder ...«

» … die Unsterblichkeit! Teufel auch. Glauben Sie wirklich, daß das Gemälde die Unsterblichkeit zum Thema hat, daß irgendwo ein Hinweis darauf verborgen ist, wie man sie erlangt?«

»Spekulation. Es kann alles mögliche bedeuten. Nur eines kann ich jetzt schon sagen. In der Bibel heißt es in den Büchern der Weisheit: Deus mortem non fecit, Gott hat den Tod nicht gemacht. Das ließe sich als Anspielung auf die Paradiessituation beziehen, Michael.«

»Erst mit der Vertreibung aus dem Paradies tritt der Tod ins Leben der Menschen ein. Sie hatten ihre Chance durch den Genuß des Apfels vom Baum der Erkenntnis verspielt. So jedenfalls die Bibelweisheit«, spann Keie die Idee Nebrijas weiter.

»Ja, Augustinus behauptet, der Mensch habe im Paradies die Unsterblichkeit besessen, was allerdings den Tod durch Unfall oder als Opfer eines Tiers nicht ausschloß. Der Tod war also aus dem Paradies nicht verbannt, was unser Bild ja zeigt. Dort verschlingt schließlich eine Art Raubkatze eine Maus und ein Löwe hat ein Reh geschlagen. Gott wollte den Menschen prüfen. Nun, Adam und Eva haben versagt, weil sie in den Stand der Sünde getreten sind. Ihre Neugier ließ sie stolpern, die Erkenntnis ihrer selbst legte sich wie ein Fluch über sie. Dieser Sündenfall warf sie auf die Sterblichkeit zurück, und damit gilt der Tod als letzte Handlung des Menschen.«

Keie hatte sich während der Ausführungen Nebrijas einen Stuhl freigeräumt.

»Muy bien, Antonio. Sehr gut. Sie sind ein Genie der Interpretation.«

Nebrija grinste.

»Und doch ist es nicht mehr als ein erster Schritt! Wir wissen nichts darüber, was es für das Bild bedeutet oder wozu es verwendet wurde, Michael.«

»Wir wüßten nicht einmal das. Ihr Wissen und Ihre Tüfteleien …«

»Dafür glänzen Sie auf anderen Gebieten. Ohne Ihre Bilder hätte ich nichts in der Hand. Aber lassen wir das. Wir brauchen uns nicht gegenseitig zu loben. Ich habe gestern nicht einmal zu Abend gegessen. Wissen Sie was? Ich könnte jetzt ein Frühstück gebrauchen, Tortillas und eine ordentliche Tasse Kaffee.«

» Ich lade Sie ein, Antonio.«

Keie erhob sich, während Nebrija sich seine Jacke vom Haken nahm. Als sie das Büro verließen, schloß Nebrija ab.

»Solche Nächte kann ich mir in meinem Alter nicht mehr oft leisten!«

Er fuhr sich mit den Fingern durch die Haare, um seine Frisur in Ordnung zu bringen. Es mißlang. Wortlos liefen sie nebeneinander her durch die dunklen Gänge. Erst als sie die Straße betraten, konnte sich Keie nicht mehr zurückhalten.

»Antonio. Zwischendurch eine Frage.«

»Ich hoffe, Sie verderben mir nicht den Appetit damit. Mir knurrt der Magen.«

Keie zögerte, hoffte aber auf die Neugier de Nebrijas, der seiner Erfahrung nach jeden Köder schluckte.

»Ich habe die ganze Nacht darüber nachgegrübelt, warum Ihnen Señora Vanderwerf diesen letzten Satz zugeworfen hat. Wissen Sie, was er bedeuten sollte?«

Unauffällig streckte sich Antonio de Nebrija, bevor sie die Straße überquerten und auf das kleine Restaurant zusteuerten. Der Ober stellte eben Tische und Stühle vor die Tür. Als er die beiden Männer kommen sah, grüßte er herüber. Keie und Nebrija entschieden sich für den Platz neben der Tür.

»Ich kann Ihnen nur empfehlen, vorsichtig zu sein«, warnte Nebrija, während sie sich setzten. »Die Frau weiß mehr über Bosch und das Bild, als uns gut tut. Warum es so ist, weiß ich nicht. Aber die Bemerkung über Boschs Namen zeigt es.«

Antonio de Nebrija bestellte ein Bocadillo mit Tortilla und Milchkaffee. Keie schloß sich ihm an. Der Ober nickte, wischte noch einmal über die Marmorplatte und verschwand im Inneren des Restaurants. Keie beugte sich zu Nebrija hinüber.

»Wissen Sie, warum sich Hieronymus Bosch »Bosch« nannte?«

Antonio de Nebrija zögerte.

»Natürlich habe ich darüber nachgedacht. Aber man weiß wenig über diese Zeit. Vieles ist bloße Vermutung. Außerdem muß ich ein wenig mit Zahlen spielen.«

Nebrija nahm eine der weißen Papierservietten aus dem roten Spender und begann mit seinem Kugelschreiber die Zahlen von 1 bis 9 sowie darunter das Alphabet zu notieren. Keie schüttelte angesichts dieser verwirrenden Zahlenspielereien den Kopf.

»Was soll das?«

»Kabbalistische Numerologie. Zahlenmystik, Ziffernmagie. Wir lächeln heute darüber, aber zu Zeiten Boschs lebten die Wissenden in dieser Symbolwelt. Sie glaubten, daß die Zahlen das Wesen der Dinge, die in der Welt irgendwie angeordnet sind, beeinflussen. Und manches ist heute noch verblüffend. Wissen Sie eigentlich, daß damals gerade Zahlen wie 2, 4, 6 weibliche Eigenschaften zugesprochen bekamen, während ungerade wie 1, 3, 5 als männlich angesehen wurden.«

Antonio de Nebrija schob die Serviette beiseite, als der Ober den Kaffee brachte.

»Heute wissen wir übrigens, daß Frauen ein X-Chromosomen-Paar tragen, also durch eine gerade Zahl festgelegt werden, während wir Männer aus einem Paar einzelner Chromosomen, nämlich X und Y, einer ungeraden Zahl, zusammengesetzt sind. Das kann Zufall sein. Aber solche Zufälle gibt es häufiger. Hinter der Zahlenmystik steckt ein Jahrtausende altes Wissen. Die Pyramiden enthüllen uns noch heute ihre Zahlenspiele, die Antike benutzte den Goldenen Schnitt, Judentum, Christentum und Islam bauten ganze Religionen auf zahlenmystischen Zusammenhängen auf: Dreieinigkeit, vier Evangelisten, zwölf Apostel, eigentlich ja dreizehn, denn Judas Ischariot müßte ergänzt werden, vierundzwanzig biblische Könige und so weiter.«

Keie löffelte Zucker in den Kaffee und reichte ihn an de Nebrija weiter, während er skeptisch den Ausführungen folgte.

»Humbug. Kommen Sie mir doch nicht mit solchen Taschenspielertricks, Antonio. Lassen Sie uns vernünftig sein.«

Antonio de Nebrija lächelte ihn an, während er genußvoll den ersten Schluck nahm und dabei die Augen schloß.

»Für Sie braucht das alles nichts zu bedeuten. Aber Bosch lebte in einer Welt, in der das Zusammenspiel der Zahlen Erklärungen schuf. Die Kathedralen seiner Zeit formte man nach solchen Spielereien, verewigte in ihnen die Symbolik christlicher Zahlencodes. Zwölf Säulen für die zwölf Apostel, drei Türme als Symbol für die Dreifaltigkeit; sieben Kapellen im Kapellenkranz, die für die Sakramente stehen. Wir begreifen das erst langsam.«

Der Ober brachte Teller mit den Bocadillos und der lauwarmen Tortilla, so daß Keie, der selbst erst wenig gefrühstückt hatte, das Wasser im Mund zusammenlief.

Zahlen sollten die Welt bestimmen? Ein verrückterer Gedanke war ihm schon lange nicht mehr untergekommen. Keie beobachtete die kleine Straße, die vom Retiro zum Prado führte. Die ersten Kollegen kamen zur Arbeit. Vereinzelt hasteten Jogger vorbei. In der Schattennische zwischen zwei Häusern stand ein Mann, ganz in Schwarz gekleidet, und schien auf etwas zu warten. Rollos einzelner Geschäfte waren bereits aufgezogen. Matt und staubig empfing die Metropole den Morgen. Keie schien es, als würde Madrid kurz Atem holen, bevor das allmorgendliche Leben über die stillen Stunden hereinbrach und die Adern der Stadt verstopfte.

»Unbewußt leben wir immer noch in dieser Zahlenwelt und benutzen sie häufig, ohne uns ihrer bewußt zu sein«, unterbach Nebrija Keies Nachsinnen. »Warum machen wir nur einen Knoten ins Taschentuch, nicht zwei? Warum sagen Sie dreimal »toi, toi, toi« und nicht zweimal oder viermal?«

Antonio de Nebrija kaute genußvoll. »Ich hatte mich häufig darüber gewundert, daß dieser Sohn Antons van Aken den Namen Bosch angenommen hat. Sein Bruder behielt nämlich seinen Namen, jedenfalls ist in den Akten der Stadt ’s-Hertogenbosch ein Maler van Aken verzeichnet. Natürlich gibt es diese einfachen Erklärungsmuster. Als Mitglied des Rates der Stadt mußte er sich mit ihr identifizieren. Ich bin aber der Überzeugung, daß es einen, tieferen Grund gibt: Der Name Bosch besitzt Magie. Er signierte seine Bilder nicht mit ’s-Hertogenbosch oder Bois-le-Duc oder van Bosch, was ebenso naheliegend gewesen wäre, auch nicht mit dem umgangssprachlichen Den Bosch, was am einleuchtendsten schiene. Er signierte einfach nur mit Bosch! Verstehen Sie? »Bosch« hat fünf Buchstaben. Wissen Sie, daß die Zahl Fünf in Kristallen als Ordnungszahl nicht vorkommt, aber die häufigste Anzahl bei Blütenblättern ist? Die Zahl Fünf ist die Zahl des Lebendigen. Der Mensch wird über die Fünf definiert: Zwei Arme, zwei Beine, der Rumpf, gibt fünf Körperteile. An jeder Hand wachsen uns fünf Finger, an jedem Fuß fünf Zehen. Ich möchte Sie nicht langweilen, aber ein letzter Hinweis sollte Ihre Zweifel vollends beseitigen. Die Zahl fünf ist die des Pentagramms. Schon Paracelsus schrieb, daß dem Pentagramm im Judentum eine große Macht zukomme, und das Wissen darum verborgen gehalten werden müsse. Und suchten die Alchemisten nicht zu den vier Elementen die quinta essentia, das fünfte Element, das ihnen ermöglichen sollte, aus Blei Gold herzustellen?«

Keie, der den Ausführungen jetzt interessierter folgte, nahm einen Schluck des heissen Gebräus. Sein Blick fiel an Nebrija vorbei zur Hausnische schräg über der Straße, in der sich der Schwarzbekleidete eben eine Zigarette anzündete, während er Tabakkrümel auf die Straße hinausspuckte. Sein Gesicht war nicht zu erkennen, aber die Hände leuchteten beinahe weiß. Noch mit vollem Mund fragte Keie nach:

»Und was hat das alles mit dem Namen »Bosch« zu tun, außer, daß es sich um ein Wort mit fünf Buchstaben handelt? Kommen Sie zur Sache, Antonio. Ihre Ideen sind mindestens ebenso phantastisch wie die Bilder des Meisters.«

Antonio de Nebrija schien die Spitze geflissentlich zu überhören. Er zeigte auf die Serviette mit den Zahlen und Buchstabenkolonnen, die er so zu Keie hindrehte, daß dieser mitlesen konnte.

»Den ersten neun Buchstaben des hebräischen Alphabets wurden jeweils Zahlen zugeteilt. Aleph erhielt die Nummer eins, Beth die Nummer zwei und so fort bis neun. Dann begann man wieder von vorne zu zählen. Zu Boschs Zeiten wurde aber das lateinische Alphabet verwendet. Leider gab es nicht für alle Buchstaben des lateinischen Alphabets hebräische Entsprechungen. Man fand deshalb für die im Lateinischen enthaltenen Buchstaben neue Zahlenwerte.

Daraus ergibt sich folgender Schlüssel: B ist gleich zwei, O ist sieben, S drei, C ebenfalls drei und H fünf. Addiert man die Zahlen, kommt man auf zwanzig als Summe. Allen Summenzahlen wurden Bedeutungen zugesprochen. So korrespondierte die Zahl zwanzig mit dem Begriff Leben. Für die Zahlenmagie gilt, daß die Quersumme jeder Zahl von derselben abgezogen und durch neun geteilt werden soll. Sie fragen sicher, warum durch die Neun. Nun, sie ist in der Kabbala die Zahl des unaussprechlichen Namen Gottes.«

Keie schrieb mit und begann zu rechnen, während Nebrija einen Schluck Kaffee schlürfte.

»Wenn ich richtig rechne, Antonio, bedeutet das also zwanzig minus zwei ergibt achtzehn. Achtzehn dividiert durch neun sind zwei.

»Ja. Und die Zwei aber bedeutet Trennendes und Verbindendes, Zweispaltung, Ich und Du, Mann und Frau. Sie ist die Zahl des Widerspruchs, des Nicht-Göttlichen, des Gegeneinanderseins und Zusammenwirkens, Yin und Yang. Die Kabbala kennt den *hieros gamos*, die heilige Verbindung der männlichen und weiblichen Gewalten, in den Paaren zeugender und empfangender Potenzen in Gott. Sie sehen, alles ist in diesem Namen »Bosch« vertreten. Alles! Kompliziert? Sowohl die Fünf, als auch die Zwanzig und die aus der Zahlenrechnung sich ergebende Zwei sind von hohem Symbolwert, den der Name van Aken nie hatte.«

Keie neigte den Kopf und pfiff anerkennend durch die Zähne. Sein Blick schweifte über die Straße und wurde angezogen von der Person, die dort stand und jetzt kurz zu ihnen herübersah. Plötzlich löste sie sich aus dem Schatten und lief die Straße hinunter.

»Ich hätte nie gedacht, daß selbst Namen solchem Zauber unterliegen können, Antonio. Aber man lernt nie aus, obwohl es einem sehr weit hergeholt erscheint.«

»Nein, Michael. Das ist es nur für uns. Vor fünfhundert Jahren war diese Art des Jonglierens mit Zahlen jedem Gebildeten geläufig. Und noch ein kleiner Hinweis: Bosch unterzeichnete Jheronimus Bosch. Das ergibt 59, zählt man alle Zahlenwerte zusammen.

Nimmt man daraus die Quersumme, erhält man vierzehn, zieht man diese von 59 ab und teilt durch neun, bleibt als Ergebnis fünf. Erstaunlich, nicht? Noch interessanter wird es, wenn ich von der Quersumme vierzehn die Zahl der Buchstaben des Namens Bosch, nämlich fünf, abziehe. Dann steht dort die Neun. Diese Zahl symbolisiert wieder den aus neun Buchstaben bestehenden, unaussprechlichen Namen Gottes.«

Keie schnippte mit dem Finger der rechten Hand.

»Die Bezeichnung ›Bosch‹ enthält also eine Schöpfersymbolik. Und wer, wenn nicht dieser Künstler, ist selbst Schöpfer einer eigenen Gedankenwelt? Habe ich recht?«

Keies Kaffee war in der Zwischenzeit kalt, so daß er bitter schmeckte. Die Begeisterung Antonio de Nebrijas hatte ihn mitgerissen. Jacob van Almaengien konnte dem Maler durchaus kabbalistisches Gedankengut weitergegeben haben. Schließlich hockten die beiden, wenn man Pater Baerle Glauben schenken wollte, ständig zusammen. In Keies Kopf wirbelte diese Zahl Fünf: Chanel No. 5, fünf Sinne, fünf kluge und törichte Jungfrauen, fünf Bücher Mose, fünf Erzengel. Und trotzdem blieben Zweifel.

»Aber Hand aufs Herz, lieber Antonio, das ist doch alles fauler Zauber. Und selbst wenn es so wäre, wie Sie sagen, was soll es bedeuten? Was hatte Bosch davon, sich einen derartig ausrechenbaren Namen zu geben? Außer für einige Eingeweihte kann das doch für niemanden von Bedeutung gewesen sein.«

»Michael, ich glaube, daß dieser Name, daß die Bedeutung dieses Namens etwas mit unserem Bild zu tun hat, mit dem Garten der Lüste. Daß diese Zahlen mit Beobachtungen auf dem Bild zusammenhängen! Und schon deshalb verfolge ich diesen Weg weiter. Was wir dringend benötigen, sind mehr Informationen zum Bild, zu den Umständen seiner Entstehung. Vielleicht auch das dritte Bild. Haben Sie nicht gesagt, daß Sie auch vom Höllenflügel eine Aufnahme gemacht haben. Sie müssen sie unbedingt vergrößern, Michael.«

Keie nickte abwesend, hielt noch immer seine Tasse gegen die Lippen, ohne zu trinken und starrte gedankenverloren auf die

Straße und auf den Mann, der jetzt auf das Gebäude zulief, in dem die Werkstätten untergebracht waren. Alles an dem Mann schien zu groß zu sein. Hose und Jacke schlackerten um den mageren Körper. Er schnippte die Kippe seiner Zigarette auf die Fahrbahn. Etwas beunruhigte Keie beim Anblick des Mannes, er konnte aber nicht bestimmen, was es war. Kurz bevor der Mann seinem Blick entschwand, verschluckte sich Keie beinahe an seinem Kaffee. Er hatte ihn erkannt.

»Verdammt, Antonio. Ich glaube, ich habe eben Pater Baerle gesehen. Aber das kann nicht sein. Er ist doch ...«

Antonio de Nebrija schreckte hoch und schlug sich mit der flachen Hand gegen die Stirn.

»Por favor. Ich wußte doch, daß ich etwas vergessen hatte. Vor lauter Bilder- und Buchstabenrätseln. Grit Vanderwerf hat mich angerufen. Gestern noch, zu nachtschlafender Zeit im Büro. Sie warnte mich vor dem Pater. Er ist wohl aus dem Kloster geflohen ...«

Keie ließ de Nebrija nicht ausreden. Er zog seinen Geldbeutel, warf ihn auf den Tisch.

»Zahlen Sie. Ich muß in mein Büro. Wenn das der Pater gewesen ist ...«

Mit einem Satz sprang er auf und eilte über die Straße hinter der Gestalt in Schwarz her.

II

Mit einem Blick sah Keie, daß die Tür zu Antonio de Nebrijas Büro aufgebrochen war. Als er in den Türrahmen trat, stand Pater Baerle mitten im Raum und betrachtete die Buchstabenblätter. Er hielt das Taschenmesser in der Hand.

»Buenos días. Entschuldigen Sie, kann ich Ihnen helfen?«

Pater Baerle drehte sich nach Keie um und grinste ihn an.

»Naturalmente, Señor Keie. Diese Buchstaben hier. Die haben

sicher etwas zu bedeuten! Aber kommen Sie erst einmal zu Atem.«

Mit der Hand, in der das Messer lag, deutete er auf die sieben Blätter, die an die Regalwand geheftet waren. Unwillkürlich trat Keie einen Schritt zurück auf den Gang hinaus.

»Oh, entschuldigen Sie. Nicht, was Sie denken. Ich wollte Ihnen das Messer nur zurückgeben. Es gehört Ihnen. Deshalb bin ich hier.«

Er klappte die Klinge zurück und reichte Keie das Schweizermesser. Zögernd trat Keie näher und nahm es entgegen.

»Was tun Sie hier, Pater Baerle? Vor allem, wie können Sie sich unterstehen hier einzubrechen?«

Pater Baerle sah sich nach einer Sitzgelegenheit um und ließ sich schließlich auf dem Stuhl mitten im Raum nieder, auf dem Keie zuvor schon gesessen hatte.

»Langsam, eine Frage nach der anderen, Dr. Keie. Zuerst muß ich mich bei Ihnen bedanken. Ohne Sie und Ihr Messer ...«

»Lassen Sie mich aus dem Spiel, Pater Baerle. Ich bin mir nicht sicher, ob ich aus eigenem Entschluß gehandelt habe. Schließlich sind Sie ganz offensichtlich in der Lage, Menschen Ihren Willen aufzuzwingen.«

Pater Baerle lachte tonlos.

»Hat Ihnen das Señora Vanderwerf eingeredet? Sie überschätzen diese Fähigkeit. Sie tun nichts, ohne es zu wollen. Aber zurück zu Ihren Fragen. Der Pförtner unten hat mir gesagt, wo ich Sie finde und hinzugesetzt, ich solle im Büro gegenüber klopfen, wenn ich Sie nicht anträfe. Sie säßen häufig bei Señor ... Señor ...«

»De Nebrija!« half Keie, während er den Pater beobachtete. Dieser schien die Selbstsicherheit in Person zu sein. Trotzdem war es Keie, als wanderten seine Blicke immer wieder zu den Buchstabenblättern hinüber, als würde er davon magisch angezogen.

»Sí, Señor Nebrija. Ich habe mir gedacht, ich kann schlecht auf dem Gang herumlungern. Da habe ich es einfach versucht. Die Schlösser sind alles alte Modelle. Vielleicht bekommen Sie ein neues dafür.«

Keie war sich unschlüssig, ob er sich ebenfalls setzen oder besser sofort die Polizei benachrichtigen sollte.

»Sie sind ausgebrochen!«

»Wo denken Sie hin!« beschwichtigte Pater Baerle. »Sie vergessen, daß ich nicht in einer geschlossenen Anstalt untergebracht bin. Ich habe nur nicht bekanntgegeben, wohin ich spaziere!«

»Und dazu haben Sie mein Messer verwendet.«

»Als Schlüssel gewissermaßen. Weil man mir nicht vertraut hat.«

Keie lachte unsicher. »Sie haben schließlich beinahe ein bedeutendes Bild vernichtet! Und das nicht zum ersten Mal. Wer sollte Ihnen vertrauen?«

Pater Baerle wandte sich den Buchstaben zu. »Wie ich sehe, habe ich mich nicht getäuscht. Auf dem Garten der Lüste gab es tatsächlich etwas zu entdecken. Ich wagte es kaum zu hoffen.«

Keie griff nach dem zweiten Drehstuhl und ließ sich nieder. »Und deshalb wollten Sie das Bild zerstören? Was wissen Sie? Was haben Sie uns noch nicht verraten?«

Pater Baerle sah ihn regungslos an. Dann ging die starre Haltung in ein leichtes Kopfschütteln über und schließlich lachte er lauthals los. »Sie haben eine nette Art, Señor Keie. Sie gehen direkt auf Ihr Ziel los, nicht?«

Er beugte sich in seinem Stuhl nach vorn und ließ Keie nicht mehr aus den Augen.

»Daß das Bild eine Darstellung geheimer Lehren ist, vermuteten bereits die ersten Interpreten, vielleicht sogar der erste Sammler des Werks, Philipp der Zweite von Spanien. Schließlich ließ er den Bosch in den Escorial bringen. Dort blieb er die nächsten Jahrhunderte. Versteckt, sozusagen. Das Bild verstummte, weil niemand mehr die Bildzeichen zu deuten wußte.«

Keie sah Baerle an, daß er mit sich kämpfte, ob er etwas von seinem Wissen preisgeben sollte. Sein Vortrag klang zögerlich, er stockte kurz. Dann entschied er sich offenbar.

»Ich glaube, ich muß etwas ausholen. Bereits zu Lebzeiten Boschs versuchten die unterschiedlichsten Gruppen des Gemäldes habhaft zu werden: die Kirche, Einzelpersonen und natürlich die Auftraggeber, die Adamiten. Fernando Alvarez de Toledo, Herzog von Alba, ließ es vermutlich beschlagnahmen. Als Statthalter der spanischen Niederlande besaß er das Recht dazu. Damals hing es bereits nicht mehr in Sint Jan, sondern war in den Privatbesitz Wilhelm des Schweigers von Nassau übergegangen. Wilhelm führte nicht nur die niederländische Freiheitsbewegung an, sondern zählte zu den Mitgliedern der Bruderschaft Unserer Lieben Frau, der auch Bosch angehörte. Einer seiner Vorfahren, Heinrich der Dritte, könnte es für die Kapelle der Bruderschaft bestellt haben. In der ersten Zeit der Reformation, als es gefährlich wurde für solche Bildwerke, wanderte es zur Familie Nassau nach Brüssel. ›Eine Malerei von der Vielfältigkeit der Welt‹ nannte man es, um es den Bilderstürmern zu entziehen, die die Kirchen leerfegten und so manches Gemälde Hieronymus Boschs vernichteten. Nicht aber den ›Garten der Lüste‹. Mit derselben Bezeichnung tauchte es dann im Inventarverzeichnis des Escorials auf, als es der spanische König schließlich vom Sohn des Herzogs kaufte. Mit Philipp besaß zwar der allerchristlichste Herrscher der Zeit das Triptychon, aber genaugenommen hatte die Kirche gesiegt, schließlich pflegte der spanische König eine bigotte Gläubigkeit.«

Keie konnte nur staunen. Solch profunde Kenntnisse hatte er nicht erwartet. Plötzlich ertönte vom Gang her ein verhaltenes Klatschen. Keie fuhr herum und Pater Baerle sprang auf.

»Tut mir leid, Sie gestört zu haben. Aber Sie kennen sich aus. Ich bin Antonio de Nebrija. Darf ich mich zu Ihnen setzen? Sie sind also jener berüchtigte Pater und Attentäter!«

Keie bemerkte, daß der Pater die Situation nicht recht einzuschätzen vermochte. Jedenfalls spann de Nebrija Baerles Gedanken weiter:

»Ob der König das Bild, dessen erotischen Wert niemand abstreiten wird, als Onaniervorlage benutzt hat, sei dahingestellt. Jetzt schauen Sie nicht so betreten. Selbst Könige schwitzen es nicht aus! Und katholische noch weniger. Jedenfalls hatte die Kirche ihre Finger drauf. Bereits 1599 versuchte der Hieronymitenpater José de Sigüenza eine Ehrenrettung. Er verteidigte Boschs Bild gegen den Vorwurf der Ketzerei. Damit führte er die gesamte Wissenschaft auf den Holzweg. Man kann nicht von der Frömmigkeit des Staatsmannes und Sammlers Philipp auf die Rechtgläubigkeit des Malers Bosch schließen. Wie dem auch sei. Damit war es gezeichnet, stigmatisiert und für eine unvoreingenommene Betrachtung unzugänglich geworden. Ganze Generationen von Wissenschaftlern versuchten sich an der Deutung des Gemäldes als Darstellung mit katholisch-orthodoxem Inhalt, aber alle scheiterten.«

Pater Baerle strich sich mit den Fingern über die Mundwinkel.

»Sagte nicht Novalis, die Unverständlichkeit sei eine Folge des Unverstandes, und dieser suche, was er habe und könne also niemals weiteres finden, Señor Nebrija?«

»Meinen Respekt, Pater. Novalis wäre mir dazu nicht eingefallen. Ich glaube aber, Sie haben den Nagel auf den Kopf getroffen.«

Ein unbehagliches Gefühl beschlich Keie. Wollten die beiden Männer einen Wettstreit austragen, wer mehr über das Bild wußte?

»Sind Sie hier, um uns mit Ihrem Wissen über den Garten der Lüste zu beeindrucken, Pater? Oder wollten Sie wirklich nur das Taschenmesser zurückgeben? Sie müssen doch damit rechnen, daß wir die Polizei verständigen! Vor allem nach Ihrem Auftritt.«

Keie sah zur Tür. Pater Baerle stand auf und stellte sich vor das Poster des Bildes.

»Ich weiß nicht, was Ihnen Señora Vanderwerf über mich erzählt hat, Señor Keie, aber ich bin eines nicht, nämlich verrückt. Vielleicht habe ich mir ein ungewöhnliches Lebensziel gesetzt. Ich gehöre zu einem Predigerorden, der bedeutungslos geworden ist. Erst seit der Vatikan begonnen hat, die Archive der Inquisition zu öffnen, und ich die alten Schriften gelesen habe, wurde mir klar, daß ich dazu ausersehen bin, gegen den Dämon unserer Zeit anzukämpfen: die Frau.«

Abrupt wandte er sich an Keie, der seinen Ausführungen verständnislos lauschte.

»Und jetzt hören Sie mir genau zu, Señor Keie, Señor Nebrija! Dieses Bild ist eine Botschaft der besonderen Art. Es gibt eine ganze Reihe von Menschen, die nur allzugerne wüßten, was

Bosch mit diesem Bild sagen wollte – und …«, an dieser Stelle senkte Baerle seine Stimme und trat näher an Keie und de Nebrija heran, » … ob darin Botschaften versteckt sind. Wenig ist über den Maler bekannt, eigentlich nichts – und das Wenige verschwand in den Archiven der Inquisition. Ich wollte diese Botschaft zerstören, das ist richtig. Aber nur, um zu verhindern, daß sie in die falschen Hände kommt. Und jetzt sind sie hinter mir her.«

Antonio de Nebrija hatte sich in der Zwischenzeit an seinen Schreibtisch gesetzt. Vor sich auf dem Pult lagen die Vergrößerungen.

»Wer ist hinter Ihnen her, Pater Baerle?«

»Ja, verstehen Sie denn noch immer nicht? Grit Vanderwerf. Sie ist nicht nur Psychologin, sondern sucht für eine Gruppe, die ich selbst nicht kenne, nach der Botschaft in diesem Bild. Ich kann Sie nur warnen.«

Keie entspannte sich. Baerle war ein offenkundig verworrener Geist, der sich in eine Wahnidee hineingesteigert hatte.

»Sie meinen doch nicht ernsthaft, daß wir Ihnen glauben, Pater? Ihre Geschichte ist zu absurd!«

Er streckte sich auf seinem Stuhl. Alles weitere wäre nun wieder eine Angelegenheit der spanischen Behörden. Baerle, oder wie immer der Wirrkopf hieß, gehörte in Gewahrsam, und ein zweites Mal würde Keie den merkwürdigen Geisteskräften des Verrückten nicht erliegen. Eben wollte er zum Telefon greifen, um die Polizei zu verständigen, als sich überraschend Antonio de Nebrija noch einmal an den Pater wandte.

»Warum glauben Sie, daß Grit Vanderwerf an einer Botschaft auf diesem Bild interessiert ist?«

Nebrija wirkte angespannt. Er streckte sich der Antwort des Paters über den Schreibtisch hin regelrecht entgegen.

»Nachdem man mich festgenommen und in das Haus des Dritten Ordens eingeliefert hatte, kam sie zu mir, angeblich im Auftrag der Behörden. Sie fragte mich über das Manuskript des Petronius Oris aus, obwohl ich meines Wissens niemandem davon erzählt habe. Also wußte sie, daß es existierte. Woher bloß? Sie kam jeden Tag und verhörte mich regelrecht. Warum? Ich habe Anträge gestellt, daß man mich andernorts unterbringt. Nach den ersten Anschlägen war ich nämlich in staatlichen Einrichtungen untergebracht. Aber es nützte nichts, ich weiß nicht mal, ob die Anträge weitergeleitet worden sind. Wahrscheinlich stecken die Schwestern mit der Vanderwerf unter einer Decke. Glauben Sie mir, ich kenne Psychologen und weiß, wie sie vorgehen. Die Vanderwerf jedenfalls ist ausschließlich an diesem Bild und nicht an mir interessiert!«

De Nebrija atmete tief durch. »Pater, vielleicht können wir ein Abkommen schließen. Sie sehen, daß es wirklich eine Botschaft in diesem Bild gibt.«

Er deutete zu den Buchstabenblättern hinüber.

»Gestern erst haben wir einen Teil davon entdeckt und entschlüsselt. Wir informieren Sie über unsere Entdeckungen – und Sie sagen uns, was Sie über das Bild und seine Geschichte wissen. Dafür lassen wir die Polizei aus dem Spiel.«

Baerle grinste und nickte.

III

»Daß ich an den Inhalten Ihrer Photos sehr interessiert bin, muß ich allerdings zugeben.«

Erregt schritt Baerle in Keies Büro auf und ab, während Keie selbst an einer der Bücherwände lehnte. Er konzentrierte sich auf den Pater, der ganz anders als bei ihrer ersten Begegnung auf ihn wirkte. Jetzt, in diesem Raum voller Bücher, verlor er das Dämonische, obwohl er vor den bunten Umschlagfarben in den Bücherregalen noch immer wie eine Schwarzweiß-Photographie erschien. Hier wirkte er entspannt, war nicht mehr das müde Nervenbündel, das sich vor seinem Besuch in eine Zimmerecke verkroch.

»Ich hatte in diversen Schriften Hinweise entdeckt, daß Zeichen auf dem Bild verborgen sein mußten. Meine Eingabe an die

Verwaltung des Prado vor zwei Jahren, das Bild untersuchen zu lassen, hatte nichts bewirkt – oder wahrscheinlich doch, nämlich die zusätzliche Sicherung des Gemäldes. Man hielt mich für einen Spinner.«

Baerle ereiferte sich, und Keie überkam erneut das Gefühl, als wolle er ihn mit der Kraft seines Blickes fangen. In den Augen des Paters glomm eine Flamme auf, als hätte man Gas entzündet und würde die Zufuhr langsam weiter aufdrehen. Aber Keie wußte, daß ihn der suggestive Blick des Geistlichen gefährdete, und mied jeden Augenkontakt.

Antonio de Nebrija saß auf seinem Schreibtisch, ganz dem Pater zugewandt, dessen langsame Art ihn offenbar nervös machte. Jedenfalls deutete Keie das Kneten seiner Finger so.

»Und dann half Ihnen eines Tages der Zufall!« versuchte de Nebrija die Erzählung zu beschleunigen.

Pater Baerle zögerte einen Augenblick. »Ja, so könnte man es nennen. Ich wurde noch als Bibliothekar von einem Mitarbeiter der Kongregation für die Glaubenslehre besucht und beauftragt, Unterlagen der Heiligen Inquisition des 16. bis 19. Jahrhunderts auf ihre Veröffentlichbarkeit durchzusehen. Während meiner Nachforschungen stieß ich auf ein außergewöhnliches Manuskript: die Aufzeichnungen eines Malergesellen, der Anfang des 16. Jahrhunderts für Bosch arbeitete. Und ich begann mich für die Lebensläufe der Menschen, die darin erwähnt wurden, zu interessieren: Petronius Oris, Zita van Kleve, Jacob van Almaengien. Ich versuchte herauszufinden, was aus ihnen wurde. Nur bei letzterem wurde ich tatsächlich fündig. Er wurde 1534 in Köln als Ketzer verbrannt. Nun, das ist weiter nichts Besonderes. In den Protokollen gibt es aber einen merkwürdigen Hinweis, der mich stutzig gemacht hat. Dort heißt es in der Abrechnung für den Henker der Stadt: ›*Magister Jacob van Almaengien zu brennen drei Kreutzer. Prannt mitsament aller Habseligkeit, item Kleidung und Mutzen.*‹ Verstehen Sie?«

»Nein. Bin ich ein Historiker? Ich verstehe mich darauf, von einem Bild Staub und Firnis abzuheben, porösen Stellen eine Festigkeit zu geben, fehlende Pigmentaufträge nachzuarbeiten, aber ich habe keine Ahnung von frühneuzeitlichen Henkersgepflogenheiten. Das müssen Sie mir erklären, Pater.«

Antonio de Nebrija konnte sich nicht mehr zurückhalten. Mit einer großen Geste griff er in die Erzählung ein.

»Es gehörte keineswegs zu den Gepflogenheiten der Zeit, auf Kleidung hinzuweisen. Schließlich gestand die Kirche reuigen Sündern ein Bußkleid zu. Selbst Verstockte, die nicht in den Schoß der Kirche zurückkehren wollten, wurden nicht nackt, sondern in ihrer eigenen Kleidung auf den Holzstoß geführt.«

Barle trat vor den Farbdruck und genoß sichtlich die Aufmerksamkeit der beiden Männer.

»Ich schloß daraus, ...«

» ... daß Jacob van Almaengien etwas zu verbergen hatte – und die Inquisition wollte, daß es verborgen blieb.«

Nebrija war jetzt Feuer und Flamme. »Es gilt also nur noch herauszufinden, was dieser Gelehrte unter seiner Kleidung mit in den Tod genommen hat, Pater Baerle.«

»Sí, Señor Nebrija. Ich bin zu dem Schluß gekommen, daß es ein Zeichen, eine Karte, eine Tätowierung oder ähnliches gewesen sein muß, das den Schlüssel bot zur Interpretation des ›Gartens der Lüste‹. Schließlich konnte ich ja die Verbindung dazu über das Manuskript herstellen. Aber Almaengien ist tot. Ihn kann man nicht mehr fragen. Folglich beschäftigte ich mich mit dem Bild, weil es vermutlich Aufschluß darüber geben würde, was hier verborgen werden sollte.«

Baerle verstummte.

»Warum glauben Sie, daß Jacob van Almaegien seinen Körper als Träger einer Information verwendet hat?«

Keie stellte diese Frage in den Raum, und es schien ihm, als schmerzten den Geistlichen die Zweifel, die dahinter standen.

»Wüßte ich darauf die Antwort, könnte ich das Bild lesen, Señor Keie!« stieß er hervor. »So aber muß ich sagen: ich vermute es einfach, denn es steht so ungewöhnlich, so exponiert in den Protokollen, daß es kein Zufall sein kann. Am selben Tag wurden weitere vier Personen verbrannt, ohne daß auch nur darauf hingewiesen wurde, ob sie bekleidet waren oder nackt vorgeführt wurden. Es muß etwas bedeutet haben. Verstehen Sie. Ich hoffte, Sie könnten mir heute etwas darüber erzählen.«

Jetzt stand Keie ebenfalls auf und durchschritt das Büro. Eine innere Unruhe hielt ihn nicht auf dem Stuhl. Er zupfte Hose und Hemd zurecht. Aber bevor er sich eine Frage zurechtlegen konnte, hatte Antonio de Nebrija bereits eingegriffen.

»Ich verstehe nicht, warum Sie das Bild zerstören wollten. Wenn es so war, dann nur, weil Sie etwas herausgefunden hatten, nicht?«

Baerle schwieg. Er sah de Nebrija an, als erwarte er von ihm Hilfe.

»PSSNNMR, Pater Baerle. Wie würden Sie diesen Schriftzug lesen, wenn es eine lateinische Inschriftenabkürzung wäre?« warf dieser jetzt ein.

»Wollen Sie mich auf die Probe stellen? Posse non mori. Ich würde es posse non mori lesen.«

Antonio de Nebrija nickte. »Sie scheinen besser in Übung zu sein als ich. Dafür habe ich eine ganze Nacht gebraucht. Es ist ein Schriftzug, der auf dem ersten Flügel des Triptychons steht.«

Baerle zuckte mit den Schultern, trat näher an das Poster heran und begann Unverständliches zu murmeln. Er sah Keie von der Seite an, und der bemerkte in seinem Blick dieses unstete Flackern, das ihm bereits im Kloster aufgefallen war. Mit einer Hand beschrieb er einen großen Kreis.

»Der Kreis ist ohne Anfang, ohne Ende, ein Symbol für die Unsterblichkeit. Vielleicht sollten Sie Ihr Augenmerk auf diese Formation lenken!«

Er schien in sich hineinzulächeln und wie ein Kurzsichtiger die Bildteile genau zu betrachten.

»Haben Sie übrigens schon bemerkt, daß alle Figuren, die in diesem Mittelkreis reiten, Männer sind. Keine einzige Frau darunter. Nur Männer umkreisen den Teich, während die Frauen im Mittelteich baden. Verblüffend, nicht?«

Baerle trat noch einen Schritt näher und beugte sich über das Bild. Mit den Augen tastete er die drei Teile des Triptychons ab.

»Ich kenne es beinahe auswendig. Wenn ich malen könnte,

wäre ich in der Lage, dieses Werk aus dem Gedächtnis wiederzugeben. Wußten Sie, daß die Anstalt, in der ich einsaß, nur von Frauen betrieben wird? Von der Direktorin bis zur Putzfrau, alles Frauen. Nicht einen Mann konnte ich entdecken. Verblüffend nicht? Sie waren der einzige Mann, den ich während meiner Zeit dort gesehen habe.«

Keie hob den Kopf und sah Baerle an. Diese Mitteilung verblüffte ihn tatsächlich, obwohl er sich daran erinnerte, daß der Pater bereits davon gesprochen hatte. Damals hatte er aber nichts darauf gegeben.

»Was hat das mit dem Bild zu tun?« hakte Nebrija ein.

»Alles«, verkündete Pater Baerle, der sich jetzt aufrichtete und straffte. »Sie dürfen diese Entdeckung nicht bekanntmachen, Señor Nebrija. Sie könnte in die falschen Hände geraten. Weibliche Hände. Ich will Ihnen erzählen, warum. Hören Sie zu! Sicher sind Sie interessiert, was aus Jacob van Almaengien wurde, und aus Petronius Oris und Hieronymus Bosch. Señor Keie, Señor Nebrija, Sie beide haben etwas entdeckt, was nicht mitgeteilt werden darf!«

Baerles Stimme wurde rauh. Keie konnte nicht anders, als diese fiebrigen Augen zu betrachten, mit denen der Pater sie bat: »Versprechen Sie mir, daß Sie das Wissen, das ich Ihnen gebe, nicht anderweitig verwenden? Einverstanden ...?«

IV

»... Natürlich bin ich einverstanden«, flüsterte Petronius und hielt den Atem an.

Zita löste ihren Gürtel, hakte das metallene Kettchen auf, das ihren dreieckigen Brustlatz faltete, und zog sich ihr Kleid über den Kopf.

»Dann halt das!« kommandierte sie sanft, während sie sich niederbeugte, um zuerst die eine Sandale, dann die andere aufzubinden und herauszuschlüpfen.

»Du brauchst nicht dazustehen wie ein Ölgötze«, lächelte Zita ihn an. Sie deutete auf einen leeren Kleiderständer. »Häng sie dort hin.«

Petronius nickte, konnte aber keinen Blick von Zita nehmen. Unter dem erdbraunen Überkleid trug sie weißes Linnen von feinerer Webart, das ihrem Körper anlag. Zita stand auf, raffte das Unterkleid und zog es sich über den Kopf. Dann stand sie nackt vor Petronius. Er nahm das Kleidungsstück entgegen, das einen derart starken weiblichen Geruch verströmte, daß er es am liebsten ans Gesicht gedrückt hätte. So betrachtete er Zita mit unverhohlener Neugier.

»Jetzt du. Und häng die Kleider bitte dorthin.«

Wieder deutete sie auf den Kleiderständer, dann hob sie ihre Sandalen auf und reichte sie ihm. Beinahe ohne jeden eigenen Willen hängte Petronius Kleid, Unterrock und Schuhe auf den Ständer. Als er zurückkehrte, etwas verlegen, weil er nicht wußte, was er mit seinen Händen anstellen sollte, drängte Zita wieder.

»Zieh dich aus! Ich werde deine Kleidung aufhängen.«

Noch ganz benommen begann Petronius mit der Entkleidung.

»Zita, ich ...«, begann er zu stottern, während er seinen Gürtel löste und die Schuhe aufband. Seine Hose fiel zu Boden, er trat aus den Beinen heraus. Zita hob sie auf und hängte sie sich über den Arm.

»Du bist schön!« murmelte Petronius.

»Mach schon. Sie warten drinnen«, drängte sie ihn jetzt mit Blick auf den Durchgang, in dem eben der Kopf eines der Mitglieder der Bruderschaft auftauchte. Sein Kompliment überhörte sie.

Hastig zog sich Petronius sein Hemd über den Kopf und reichte es Zita hinüber. Er konnte nicht mehr verbergen, daß ihn Zitas Schönheit beeindruckte. Zita lächelte.

»Das kommt vor! Es gibt sich nach den ersten Malen.«

Sie sah Petronius in die Augen. Plötzlich griff er nach ihrem Arm und zog Zita zu sich. Sie ließ es geschehen. Er fühlte ihr weiches Haar, das glatt zwischen ihren Beinen lag und sich jetzt an seinen Schenkel drückte. Sie warf den Kopf zurück. Die Haare fielen ihr über den Rücken. So konnte Zita ihm ins Gesicht sehen, den Körper wie eine sanft geschwungene Sichel nach hinten gebogen.

»Laß mich bitte los, Petronius. Wir verstehen, daß Enthaltsamkeit nichts ist, was sofort und umstandslos gelebt werden kann. Aber die seraphische Liebe, die Liebe der Engel im Zustand des Paradieses, ist rein. Wir sind Kinder des ersten Gartens, Söhne und Töchter des Herrn wie Adam und Eva es waren. Alle Regungen des menschlichen Körpers sind uns heilig, auch die der körperlichen Vereinigung. Der Herr hätte Mann und Frau nicht unterschiedlich erschaffen, wenn er sie mit ihrem Drang zueinander verdammte. Aber wir enthalten uns während der Liturgie. Verstehst du? Also faß dich!«

Zita drückte sich von ihm ab, nahm Petronius an der Hand und führte ihn die drei Treppen des Durchgangs hinab und durch die Tür in die eigentliche Kapelle. Sie lag nicht mehr kahl und schmucklos da, wie kürzlich, als er in den Kreis der Adamiten aufgenommen worden war und hier sein Examen vor den Brüdern und Schwestern zu bestehen gehabt hatte. Jetzt deckten grünwollene Teppiche den Boden, und die Wände bekleideten blaue Vorhangstoffe. Kerzen auf hölzernen Ständern erleuchteten den Raum, da auch die Fenster abgehängt waren, um keinerlei Licht hindurchzulassen. Vor ihnen auf dem Boden lagerten bereits Männer und Frauen, alle unbekleidet wie die ersten Menschen des Paradieses. Petronius fiel auf, daß immer Pärchen nebeneinander saßen, zwei und zwei.

»Auch Adam führte seine Eva an der Hand und hieß sie neben sich setzen, mit ihm zu essen und das Lager mit ihm zu teilen«, flüsterte Zita eine Erklärung, da sie sah, mit welch gespannter Aufmerksamkeit Petronius die Anwesenden betrachtete. Auch Zita zog Petronius an ihrer Seite auf den Boden. Ein Meßdiener reichte ihnen Seidenkissen. Petronius bemerkte, daß die Blicke unbefangen über die Körper wegglitten und sich mit den Menschen befaßten, nicht mit ihrer Nacktheit, aber auch nicht mit Standeskleidung, Ketten, Ringen, Diademen, nicht mit Rang und Stellung, nicht mit Gelehrtsamkeit oder Dummheit, Reichtum oder Armut. »Wer diesen Raum betritt«, flüsterte Zita, während sie sich niederknieten, und dieses Gefühl drängte sich Petronius sofort auf, »ist Gleicher unter Gleichen, gehört denselben Kindern des Paradieses an. Mann und Frau unterscheiden sich in nichts als ihrem Körper.«

Am Kopfende der Kapelle, wo sich sonst der Altar befand, stand nun das Bild. Es war ihm bereits beim Eintreten aufgefallen. Hatte er während seiner ersten Begegnung mit den Adamiten noch ein unfertiges, halb unbearbeitetes Werk vor sich gehabt, war die Gesamtausführung jetzt klar umrissen. Grundiert und vorskizziert füllten die Szenen die gesamte Tafel aus. Nur an wenigen Stellen fehlte eine letzte Übermalung, ein letzter Pinselstrich, so daß einige Personen und Szenen nebelhaft wirkten, ohne Gesicht und Körper, nur Kontur und Umriß.

»Unser Glaubensbekenntnis, Petronius«, kommentierte Zita und deutete auf das Bild. »Wir blicken aus unserer Welt auf das Paradies. Ein unschuldiges Treiben, ein fröhlicher Umgang miteinander, befreit von allen niederen Gelüsten, findest du nicht. Und Mann und Frau sind mit denselben Rechten und Pflichten dargestellt. Es ist das wahre Paradies!«

Petronius nickte, obwohl er mit der leichtfertigen Deutung des Bildes nicht einverstanden war. Die Perspektive des ersten Triptychonflügels setzte sich im zweiten fort. Der Betrachter blickte von oben auf diese Welt, als schwebe er über den Dingen, ein Geist, ein Engel, der sich erst langsam einfinden wollte in dieser Landschaft. Doch hatte sich einiges verändert, war undeutlicher geworden. Kein reines Paradies trat hier dem Menschen mehr entgegen, sondern – er konnte sich diese Spannung nicht recht erklären, mußte erst darüber nachdenken – ein verändertes Himmelreich, ein allzu weltliches Reich der Lust und Begierde, dem, wie Zita richtig angemerkt hatte, das Schuldbekenntnis fehlte.

In diesem Augenblick betrat der Prediger den Raum, ein großgewachsener, breitschultriger Mann mit einem kahlen Schädel. Petronius hätte ihn eher für einen Schmied gehalten, nicht für einen Geistlichen. Seine Augen glitten über die Gemeinde. Sein einziges Kleidungsstück bildete eine aus hartem Gras geflochtene

Stola, die er sich zum Zeichen seines Priesteramtes umgelegt hatte. Er stellte sich vor die Gläubigen und begann eine Messe zu zelebrieren. Für den Moment zog er Petronius' Aufmerksamkeit vom Gemälde seines Meisters ab.

Nach der Begrüßung der Gemeinde und dem Einleitungsgebet stimmte der Priester das Kyrie an. Das bedeutete, soweit der Augsburger das christliche Zeremoniell kannte, einen Bruch mit der Tradition der Meßfeier, da hier das Schuldbekenntnis zu stehen hatte: Ich bekenne Gott, dem Allmächtigen ..., daß ich Gutes unterlassen und Böses getan habe – ich habe gesündigt in Gedanken, Worten und Werken ... Kein Wort davon drang dem Prediger über die Lippen. Dem Kyrie folgte das Gloria, das die wenigen Gläubigen mit Inbrunst rezitierten.

Petronius fühlte, daß sich Zita durch eine unmerkliche Bewegung näher an ihn heranschob. Ihre Oberschenkel berührten sich leicht. Das Gefühl, Zitas Körper, wenn auch nur zart zu fühlen, ließ bei Petronius eine Gänsehaut über die Unterarme und den Rücken laufen. Sein Geruchssinn vervielfältigte sich und er spürte ihrer Körperausdünstung nach.

Dann, beinahe übergangslos, folgte die Lesung:

»Darauf wurde Jesus vom Geist in die Wüste hinaufgeführt, um versucht zu werden vom Teufel. Nachdem er vierzig Tage und vierzig Nächte gefastet hatte, hungerte ihn zuletzt. Da trat der Versucher hinzu und sagte zu ihm: »Bist du Gottes Sohn, so sag, daß diese Steine Brot werden.« Er aber antwortete: »Es steht geschrieben: ›Nicht nur von Brot lebt der Mensch, sondern von jedem Wort, das hervorgeht aus dem Mund Gottes‹.« Evangelium nach Matthäus!«

Der Prediger hatte diese Stelle auswendig zitiert. Eine kurze Stille trat ein, in der Petronius das erregte Zittern der Härchen zwischen ihm und Zita wie ein Beben der Erde fühlte. Aber Zita würdigte ihn keines Blickes. Gebannt harrte sie der Ausführungen des Predigers, während er sich nicht entscheiden konnte, was ihn mehr faszinierte, das Gemälde oder die Frau neben ihm.

»Wenn wir vom Wort leben, wie müssen die Worte beschaffen

sein?« leitete der Geistliche die Predigt ein. »Wie die Sterne. Die Sterne nämlich sind völlig klar und völlig genau. Also gehen wir auf die Suche nach diesen Sternenwörtern in unserer Welt, die uns den Weg erleuchten bei Finsternis und am Tage heller strahlen als die Sonne, um uns den rechten Weg zu weisen. Der Bauer findet in den Sternen Fingerzeige für seine Arbeit, der Seemann für die Schiffahrt und der Mathematiker für seine Beobachtungen und Gestirnberechnungen. So klar sind diese Fingerzeige des Herrn, daß selbst Bauer und Seemann, die nicht lesen können, die Sterne verstehen ...«

Petronius' Gedanken schweiften ab zum Bild. Natürlich, der Prediger sprach über dieses Bild und die Genauigkeit mit der seine Botschaft gearbeitet war. Petronius fühlte, wie trotz der kühlen Luft in der Kapelle die Feuchtigkeit durch die Ausdünstungen der Körper zunahm, wie sie sich an den Sandsteinwänden niederschlug, auf seinem Rücken zu Tropfen gerann, ablief und in Teppiche und Stoffe sickerte. Er vernahm das Tropfen der Weltflüssigkeit, fühlte wie das Bassin des Paradiesteiches sich füllte und vernahm ein Glucksen und Gluckern der Ströme, die sich im Liebesgarten sammelten und ihre Flüssigkeiten dort in einem See zusammenlaufen ließen. War das Bild nicht gespickt mit Wassersymbolen? Muschel, Fisch, Krebs, bedeuteten sie nicht eben das: die Flüssigkeiten zusammenzugeben, männliche und weibliche, die Einswerdung in einem Fleisch? Die Muschel galt als Symbol der Liebe, wegen ihrer Ähnlichkeit mit der weiblichen Scham. Mußte der Künstler eine weibliche Figur bekleiden, hatte Petronius in seinen Lehrjahren gelernt, legte man ihr eine Muschel als Darstellung der Vulva in den Schoß. Und doch hatte Gott die Auster und der Teufel die Miesmuschel geschaffen. Trug nicht in der linken unteren Hälfte des Gemäldes ein Mann sein teuflisches Leid als Miesmuschel auf dem Rücken, während in ihr ein Beischlaf ausgeübt wurde und sich der schöpferische Samen in drei Perlen kristallisierte?

»Wir Laien sollten uns im Lesen der richtigen Sternzeichen unseres Glaubens üben. Aus diesem Grund ließ die Bruderschaft ein Gemälde anfertigen, das unsere Worte, glasklar und rein, in Zeichen überträgt, in denen wir uns zurechtfinden werden. Habe ich nicht von der Versuchung geredet? Hier trägt sie der Mensch auf dem Rücken.«

Der Prediger zeigte auf eben die Figur, die Petronius für sich gedeutet hatte.

»Die Last teuflischer Lust drückt den Menschen nieder und schränkt seine Fähigkeit zur Liebe ein, muß jedoch ertragen werden. Aber nicht die Sünde will uns dieses Gemälde vor Augen halten, sondern die Schönheit einer Gemeinschaft der Brüder und Schwestern des Freien Geistes. Die Liebe ist es, die diesem Bild als Sprache innewohnt, die allumfassende, durch nichts eingeschränkte Liebe, die Gott dem Menschen im Paradies entgegenbrachte.«

»Was hat die Gruppe von sechs Menschen im unteren linken Bildrand zu bedeuten?«

Petronius staunte. Fragen stellen im Gottesdienst, undenkbar. Er drehte sich zu der Fragestellerin um, eine üppige, ihrer wulstigen Körperfülle nach zu schließen gut genährte, reiche Person, die ihre Hände im Schoß gefaltet hielt und im Gesicht rot angelaufen war.

»Unser Glaube trennt nicht in den Menschen, der glaubt, der Erlösung harrt und in den der zeugt und daher der Verdammnis anheimfällt. Zeugungskraft und göttlicher Wille sind uns eins. Die sechs Personen bilden hier die vollkommene Welt-Zahl Sechs, das Produkt aus der ersten weiblichen und der ersten männlichen Zahl, zwei mal drei. Wurde die Welt nicht in sechs Tagen erschaffen? Ein junger Mann hält eine eiförmige Frucht in der Hand. Die dreiblättrigen Pflanzen auf der Frucht zeigen uns, daß es sich hier um ein Werk handelt, das unter dem Siegel göttlicher Dreifaltigkeit steht. Das nubische Geschöpf ist jene Braut des Hohenliedes, von der es heißt: ›Gebräunt bin ich zwar, aber doch schön ... wie die Zeltdecken von Salma ... Schaut mich nicht darum an, daß ich gebräunt bin, da mich die Sonne verbrannt hat‹. Verkörpert sie doch in ihrer Hautfarbe die jungfräuliche Erde. Sie trägt eine Johannisbeere auf dem Kopf, als Zeichen ihrer Fruchtbarkeit. Ihrem Schoß entwächst die Pflanze der Unschuld. Die Sechs haben eine

Frucht empfangen, die Frucht der Welt, die sie weiterreichen. Der Blick einer der Frauen reicht hinüber zur neu erschaffenen Erde, dem Paradies des Herrn, aus dem eine Taube herüberflattert und sich auf der ausgestreckten Hand niederläßt. Lobpreisen die sechs Menschen nicht die Schöpfungskraft Gottes? Sie nehmen Zeugungskraft und Geist entgegen, um sie an die neue Welt weiterzureichen. Kein Wort über Sünde, keines über Verdammnis, keines über Vertreibung, wie wir es gern aus dem Mund der falschen Mutter Kirche zu hören bekommen.«

Petronius staunte – und mit ihm die Männer und Frauen, die sich hier zum Gottesdienst zusammengefunden hatten. Man sah dem Priesterschmied an, daß er mit der Zeremonie fortfahren wollte.

Die ganze Zeit über hatte seine rechte Hand auf Zitas Oberschenkel gelegen. Jetzt erst, nachdem der Priester geendet hatte, fühlte er Wärme und Schweiß der fremden Haut. Erschrocken zog er seine Hand weg. Zita blickte ihn unverwandt an.

»Ich hatte nichts dagegen!« flüsterte sie ihm zu, lächelte aber etwas bissig. »Du könntest nächstens trotzdem fragen.«

»Heute haben wir uns mit der Annahme unserer Leiblichkeit beschäftigt. In der nächsten Messe werden wir das Bild weiter erläutern.«

Damit setzte der Priester seine Messe fort, schritt weiter zum Credo, bereitete die Eucharistie vor, ließ Brot und Wein bei den Brüdern und Schwestern herumgehen und verabschiedete sie schließlich mit seinem Segen.

»War es das?« flüsterte Petronius, als Zita ihn an der Hand nahm und aufstand.

»Was hattest du dir erwartet? Eine Orgie? Sollte ich auf deinen Schoß klettern und so die Messe entweihen?«

Sie trat an ihn heran, nahe genug, daß die Haare ihrer Scham auf seinem Oberschenkel kitzelten. Mit einem Ausdruck spöttischer Neugier sah sie ihm in die Augen.

»Man sagt uns viel nach, Petronius, aber diese Gerüchte entspringen den geilen Phantasien der Priester, die in ihren feuchten Zellen an nichts anderes denken können, als an die geschlechtliche

Vereinigung, die ihnen der Zölibat versagt. Sag es, wenn wir dich enttäuscht haben.«

Petronius fühlte sich ertappt.

Ein Geräusch lenkte seine Aufmerksamkeit auf ein kleines Fenster, das über einer durch Teppiche halb verborgenen Wandtür eingelassen und durch ein Gitter gesichert war. Er wurde das Gefühl nicht los, daß ihn aus der dunklen Höhle dieses Mauerdurchbruchs ein Paar Augen anstarrten und mit dem Feuer ihres Blicks beinahe versengten.

»Was ist das für ein Fenster, Zita?«

Sie drehte sich nach dem Mauerloch um.

»Der Aufgang zum Gewölbedach!«

Petronius strengte sein Gehör an und vernahm das feine Rascheln, wenn Kleidungsteile aneinander gerieben wurden. Gleichzeitig mengte sich ein Knirschen von Sandstein darunter. Ein Unbekannter stieg die Treppen hinauf. Petronius sprang auf die Tür der Wendeltreppe zu und riß daran, aber sie war verschlossen.

»Was ist?« flüsterte Zita erschrocken und folgte ihm, als er sein Ohr an das Holz der Bohlen legte.

Deutlich vernahm er hastige Schritte, die sich nach oben entfernten.

»Wir wurden beobachtet! Der Gewölbeboden ist oben offen. Über die Gerüste für das Hauptschiff kann jeder, der es weiß, in diese Wendeltreppe einsteigen!«

Bedrückt wandten sie sich dem Ausgang zu. Draußen im Vorraum halfen sich die Paare beim Ankleiden. Dann schlüpften die Mitglieder der Bruderschaft aus der Kapelle. Als Petronius und Zita die Kathedrale verließen, drehte er sich noch einmal um und versuchte im Dunkeln zwischen den Säulenschäften etwas zu erkennen, doch er sah nur die langen Schatten der steinernen Architektur.

V

Der gelösten Stimmung seines blauen Montags kamen Sonne und Hitze gerade recht. Petronius lag auf dem Zuidwall, dessen Wehrgangbedachung Schatten warf und durch dessen Schießscharten trotzdem ausreichend Kühle von der Dommel unten heraufzog. Er wollte hier oben allein sein, die wirren Ereignisse der letzten Tage ordnen und ins Leere schauen, statt immer eine Landschaft, ein Gesicht, eine Pflanze vor Augen zu haben. Und doch ging ihm hier oben über der Stadt eine Überlegung durch den Kopf, die ihm keine Ruhe mehr ließ. Statt in die Sonne zu blinzeln und durch die geschlossenen Augenlider hindurch die roten Flekken zu beobachten, setzte er sich auf und fuhr sich unschlüssig durchs Haar. Unter ihm lag die Stadt wie ausgestorben. Jeder flüchtete vor der Hitze, die Bürger verkrochen sich in ihre Häuser. Selbst auf dem kleinen Markt direkt unter dem Wehrgang regte sich nur zaghaft Leben. Die Karren mit den Waren aus Antwerpen und Gent wirkten verlassen. Es schien Petronius, als sei die Welt angehalten worden, als stünde die Zeit still, doch der Schattenbalken, der langsam seinen Oberschenkel hinaufkroch, belehrte ihn eines besseren. Nichts hatte sich verändert, nichts veränderte sich.

Und eben das machte ihm zu schaffen. In seinen Beinen juckte bereits wieder das Reisefieber des Gesellen. In Brügge und Leiden, Den Haag oder Amsterdam warteten noch Meister auf ihn, die ihm etwas beibringen konnten. Dann wollte er einen Abstecher nach Paris machen und von dort aus an den spanischen Hof, zumindest noch nach Madrid oder Cordoba oder Salamanca. Er wollte sehen lernen, begreifen, wollte ein Kundiger der Farben werden, ein Könner auf dem Gebiet des Darstellens. Und doch verschwamm ihm dieser Lebensweg, wenn er daran dachte, daß er dafür die Stadt und den einen Menschen darin verlassen mußte, an dem er hing.

Er fühlte sich bei diesen Gedanken nicht wohl, denn seit gestern nacht hielt ihn eine Person in Den Bosch fest. Ihm war nach der Messe bewußt geworden, daß er Zita mehr als nur mochte. Sie entsprach den Vorstellungen, die er sich von seiner zukünftigen Frau gemacht hatte: resolut, eigenständig, klug und zugleich ganz Frau mit ihrer Anschmiegsamkeit, ihrem zarten Wesen. Sollte er sie zurücklassen, sie verlassen, denn das würde es bedeuten, wenn er seine Wanderung fortsetzte? Mitnehmen konnte er sie nicht. Dafür reichte seine Barschaft nie und nimmer.

Eigentlich mochte er diese kleine Stadt, diesen überschaubaren Flecken, in dem jeder schnell jeden kannte – und doch ahnte er, daß er sich hier nicht mehr lange würde halten können. Sein Auftritt mit Pater Baerle hatte eine Mehrheit der Bürger gegen ihn aufgebracht. Er spürte es, wenn er Brot einkaufte oder Öl zum Anrühren der Pigmente, wenn er Pinsel holte oder Papier. Überall schlug ihm Feindseligkeit entgegen.

Petronius hätte sich gern weiter treiben lassen von seinen Vorstellungen einer glücklichen Zukunft, aber ein ungewöhnliches Flattern und fistelige hohe, beinahe unhörbare Schreie ließen ihn neugierig auffahren.

In die Karrenbuden unter ihm kam Leben. Wie aus dem Nichts tauchten die Händler auf, hoben Holzfässer auf die Ladentische, die zuvor unter den Karren versteckt gestanden hatten, boten flüsternd Säckchen und Dosen an. Ausgelöst hatte diese Geschäftigkeit offenbar eine einzige Person, die langsam die Front der Wagen abschritt.

Mit einem Ruck setzte sich Petronius auf. Er kannte den Schritt, die ruhigen, beinahe unbeholfenen Bewegungen der Hände, die Fingerglieder selbst bis hinein in die Ausbildung der Adern und Sehnenhügel auf den Handrücken. Unter ihm lief Jacob van Almaengien, den Kopf wegen der Hitze unter einer Kapuze verborgen. Unter jede Plane steckte er seine Nase, fragte, befühlte, hielt gegen das Licht und kaufte so langsam einen Beutel voll der unterschiedlichsten Dinge. Petronius erkannte Kräuter darin und Pulver, Samen und getrocknete Pilze. Unter eine der Planen schlüpfte Almaengien immer wieder, zweimal, dreimal.

Petronius trieb die Neugier. Sollte er hinuntergehen, sich dem Gelehrten zu erkennen geben? Sollte er ihn von hier oben weiter beobachten, auch auf die Gefahr hin, selbst gesehen zu werden und so Mißtrauen zu erwecken? Er entschied sich für einen Mittelweg. Im Schatten des Wehrganges schlich er entlang bis zur Treppe und verharrte dort, eng an die Mauer gepreßt. So konnte er unter die Abdeckungen der Wagen spähen. Petronius sah, daß sich Jacob van Almaengien von Pulvern unterschiedlichster Farbe geringste Mengen abwiegen ließ. Manche Beutel förderte der Verkäufer erst nach drängenden Bitten unter dem Ladentisch hervor, schüttete daraus hastig Körner oder Pulver auf eine schmale Messingwaage, die er in der Hand hielt und deren Gewicht er mit großer Fingerfertigkeit austarierte. Dann ließ er die abgewogene Menge in einem Säckchen verschwinden. Almaengien reichte Münzen über den Tisch, nahm das Säckchen entgegen und verbarg es in einem Lederbeutel.

Mit einem Ruck faßte Petronius Mut und polterte, ohne auf die Händler unter sich Rücksicht zu nehmen, laut pfeifend die Treppe hinab. Aus dem Augenwinkel heraus beobachtete er, daß Almaengien erschrocken den Kopf hob und sich die Kapuze abstreifte. Er folgte dem unbekümmerten Gesellen mit den Augen, dann schien er beruhigt. Petronius streckte und reckte sich am Fuß der Treppe und ließ seinen Blick über die Buden streifen. Gespielt überrascht trat er auf Jacob van Almaengien zu. »Herr, was tut Ihr hier?«

Jacob van Almaengien wirkte gefaßt. »Kräuter besorgen«, antwortete er mit einem fröhlichen Augenzwinkern und entfernte sich beinahe unmerklich von dem Händler mit den Pulvern. »Seltene Gewürze wie Nelken und Zimt sowie Ingredienzien für meine Tinte findet man kaum noch. Ich wollte eben zu Euch, Petronius. Das Porträt zu einem Ende bringen. Aber wie ich sehe genießt Ihr Euren Blauen Montag.«

Petronius faßte Almaengien genau ins Auge, und dem entging die scharfe Musterung nicht. Trotzdem lächelten sich die beiden Männer an.

»Ich begleite Euch. Mir wurde eben langweilig. Und wenn ich

schon eine angenehme Gesellschaft bis zum Atelier beanspruchen kann, darf ich mir das nicht entgegen lassen.«

Sie lenkten ihre Schritte dem Kanal der Oude Dieze entlang und über die Peperstraat auf die Kathedrale zu. Ohne ein Wort zu wechseln gingen sie nebeneinander her. Hinter ihnen, das konnte Petronius noch erkennen, brach der Händler, mit dem Almaengien seine Geschäfte erledigt hatte, seine Plane ab und zog den Karren in Richtung Dommel-Übergang.

»Gestattet mir eine Frage, Jacob van Almaengien!« stotterte Petronius und legte sich erst jetzt das zurecht, was er fragen wollte.

»Gern. Fragt, Petronius! Ich will antworten, wenn mein bescheidenes Wissen zureicht.«

Petronius biß sich auf die Lippen.

»Was habt Ihr eben erstanden, Magister Jacob? Gewürzkräuter, oder …?«

Jacob van Almaengien faßte Petronius mit solcher Kraft am Arm, daß dieser mit einem Ruck stehenblieb. In Almaengiens Augen glommen plötzlich Flämmchen, ohne daß sich der Gesichtsausdruck veränderte.

»Beschuldigt nie jemanden, der nichts verbrochen hat. Ich habe Kräuter gekauft, die nicht üblich auf dem Ladentisch liegen, das ist richtig. Nennt sie Gifte, wenn Ihr wollt. Aber in jedem Gift steckt auch eine heilende Substanz. Nehmt den Schierling. Einen Becher aus dem Saft der Pflanze angerührt, und man stirbt langsam, Gliedmaß für Gliedmaß, als würde man erfrieren. Rührt aber nur wenige Tropfen in einen Krug Wasser, das getrunken wird, oder bestreicht Gliedmaßen, Finger und wunde Stellen damit, die genäht oder abgetrennt werden müssen, lindert Schierling den Schmerz.«

Betroffen schwieg Petronius und sah zu Boden. Hatte er Almaengien Unrecht getan? Der zog ihn am Ärmel in Richtung Markt mit sich fort.

»Bereits die Wörter können falsch sein, mit denen wir uns unterhalten, Petronius. Ein Umstehender schnappt das unbedacht gesprochene Wort Gift auf, versteht den Zusammenhang nicht, trägt aber eben dieses Wort weiter und erzählt oder beichtet dem nächstbesten Dominikaner davon, aus Furcht, er könnte ein Opfer dieses Giftes werden. Der Geistliche aber, froh, über dieses vermeintliche Wissen und in Sorge um die Schäfchen seiner Gemeinde, reicht den Hinweis weiter an die Inquisition. Dann beginnt ein Räderwerk zu laufen, das nichts und niemand mehr aufzuhalten vermag. Ihr landet in der Folterkammer, weil Ihr angeschuldigt wurdet. Dort zwingt man Euch ein Geständnis ab. Angesichts der Folterwerkzeuge ist sich keiner seiner selbst sicher. Unter der Folter verratet Ihr mich, Euren Meister, die Gesellen, die halbe Stadt, wenn Euch nur keine Schmerzen mehr bereitet werden. Und die schönste Hexenverfolgung ist im Gange. Dutzende Unschuldiger kommen ums Leben, weil Ihr unvorsichtigerweise von Gift geredet habt.«

Im Schatten des großen Kirchenschiffs verhielt Jacob van Almaengien seine Schritte und deutete auf die Gewölbeträger und die Außenmauer, auf deren Holzgerüsten Maurer und Steinmetze turnten.

»Solche Bauten sind nur dann möglich, wenn eine straffe Ordnung besteht und Gehorsam eine Tugend bildet. Giftmischer, gleich welcher Art, sind darin unerwünscht. Sie«, und dabei deutete er auf das Bauwerk, »benützen das stärkste Gift, das in die Menschen gesenkt werden kann: die Furcht. Nur wer sich ängstigt – und sei es, das Jenseits nicht schauen zu dürfen -, wird solche Monumente erstellen zu Lob und Preis der Kirche und des allmächtigen Herrn.«

Jacob van Almaegien drehte sich Petronius ganz zu. In sein Gesicht trat ein Ernst, der ungewöhnlich war und Petronius verunsicherte. Almaengien öffnete den Mund, um fortzufahren, aber in diesem Augenblick wurde ihre Aufmerksamkeit auf ein Ereignis gerichtet, das sich lautstark und mit tumultartigem Menschenauflauf vor dem Portal der Kirche zutrug.

Nur ungenau verstand er, was Almaengien sagte. Aber Petronius glaubte sich daran zu erinnern, daß er zuletzt meinte: »Zum Töten!«

VI

»Das werdet Ihr mir büßen, Bosch!« schrie eine Stimme über den Vorplatz, die Petronius nur allzugut kannte.

Jacob van Almaengien griff sich den Malergesellen am Arm und zog ihn etwas zur Seite. Sie stiegen zwei Treppchen hinauf, die zum Eingang eines Hauses führten, und konnten von dort die Szene überschauen.

»Der Inquisitor!« murmelte Jacob van Almaengien und deutete mit dem Kinn hinüber zum Portal.

Tatsächlich erschien dort, flankiert von zwei Stadtwachen in bunten Uniformen, Johannes von Baerle. Sie hielten den Dominikaner in einem eisernen Griff fest und zerrten ihn aus der Kathedrale. Erst nachdem das Tor zugefallen war, ließen sie los. Aus dem Mund des Inquisitors floß weißer Geifer. Wild verzerrt die Gesichtzüge, suchte er Beifall bei den Umstehenden, die langsam und stumm aus dem Tor quollen um dem Schauspiel vor der Kirche weiter beizuwohnen. Mit überschnappender Stimme rang er nach Luft, breitete die Arme aus und schrie über die anschwellende Menschenmenge hinweg:

»Volk Gottes, eure Obrigkeit bringt euch um die wohlverdiente Ruhe im Jenseits. Wer das Wort unseres Herrn Jesus Christus verbietet, stößt euch ins Feuer des Purgatoriums. Dort werdet Ihr eure Sünden büßen bis in alle Ewigkeit, denn ihr versündigt euch an den Dienern unseres Herrn und der rechtmäßig eingesetzten katholischen Kirche. Ich aber sage euch, werft die Frevler aus der Stadt, laßt die Ungläubigen brennen! Wer uns Dominikanern das Wort verbietet, soll selbst für immer verstummen.«

Zustimmende Rufe hallten aus der Gruppe der Schaulustigen und manch einer reckte bereits die Faust gegen die Stadtwachen, die sich vom wortgewaltigen Pater Johannes zurückzogen. Die Menge gebärdete sich unruhig und nervös.

Jacob van Almaengien hielt Petronius noch immer am Ärmel fest. Jetzt wandte er sich ihm zu.

»Sie haben ihn aus der Kirche geworfen! Mein Gott. Der Magistrat setzt das Verbot gegen die Dominikaner durch. Die Liebfrauenbruderschaft will nicht, daß mit dieser Geißel der Kirche das falsche Wort Gottes in der Stadt verbreitet wird. Und noch verfügen sie über eine Mehrheit in der Stadt. Jetzt aber muß ein Unglück geschehen. Das können sich die Dominikaner nicht gefallen lassen.«

Über den Platz hin hallte die Stimme von Pater Johannes, der offenbar bemerkte, daß die Stimmung der Umstehenden zu seinen Gunsten umschlug.

»Woher stammen nun diese Gedanken des Widersinns und des Aufbegehrens gegen die heilige Ordnung? Ich werde es Euch sagen. Von den verderbten Bildnissen, die dieses Gotteshaus beinahe bis zum Rand füllen. Noch beschützt den Ort der heiligen Einkehr kein Dach, da machen sich bereits Dämonen und Teufel darin breit. Verruchte Bildwerke ohne Sinn und Verstand verunzieren die Altäre und verderben jeden, der sich in ihnen durch Betrachtung verliert. Verbrennt diese Teufelsmale des Gotteshauses wie Ihr das Hexenunwesen und die abgöttische Ketzerei aus dieser Stadt verbannt.«

»Er ist zu weit gegangen!«

Petronius wußte im ersten Moment nicht genau, was Jacob van Almaengien damit meinte, aber die Reaktion der Menge ließ keine Zweifel aufkommen. Wo zuvor noch Zustimmung und Eintracht gegen die Büttel des Magistrats geherrscht hatten, begannen sich jetzt die Fäuste gegen Pater Johannes zu wenden. Unbedacht hatte er einen wunden Punkt berührt: den Stolz auf das gewaltige Bauunternehmen dieser Gemeinde. Die Stadtwachen gewannen ihren Mut zurück und faßten Pater Johannes an den Oberarmen, um ihn aus dem Kreis der Kirche hinauszuschaffen. Dieser riß sich los und brüllte, daß ihm die Stimme überschlug:

»Rührt mich nicht an. Ich bin der Gesandte seiner Heiligkeit, des allmächtigen Vaters in Rom. Und wenn ihr meinen Zorn nicht fühlen wollt, legt euch nicht mit mir an. Jeden hergelaufenen Ablaßprediger laßt ihr zwischen Euren Mauern seine beutelschneiderischen Verse aufsagen. Der Wahrheit aus dem Munde der Dominikaner aber verschließt ihr euch. Erbärmliche Stadt, auf der ein Fluch liegt, der Fluch, Falschheit und Bosheit an ihrem Natternbusen nähren zu müssen, solange wir sie nicht ausbrennen.«

»Er wird volkstümlich, unser Pater Johannes«, lächelte Almaengien bitter. »Er ist ein Dämon der Rede, ein Gefallener der Gedanken. Jedes Wort gewinnt die Stoßkraft eines Dolches. Hoffentlich lassen sie ihn nicht weitermachen. Er vergiftet die Gedanken!«

Ein gewisses Maß an Bewunderung schwang in den Worten mit, soweit Petronius das beurteilen konnte. Langsam wurde es ihm zu unsicher auf den Treppenstufen. Sie beobachteten die Szene zu offensichtlich.

In diesem Augenblick beugte sich Almaengien zu einer Person herab, die trotz der Wärme mit einem Wams aus rotem Samt bekleidet war und darüber eine schwere Lederjacke mit Pelzbesatz trug.

»Was ist geschehen?«

Der Kaufmann, dessen schmales Gesicht von einer fiebrigen Röte gezeichnet war, hielt in seinem Schritt inne.

»Habt Ihr denn nichts gesehen?«

»Nein. Leider nicht. Deshalb wollten wir auch ... ganz im Vertrauen ...«

Mit einem unsicheren Blick hinüber zu Pater Johannes, der durch die Büttel an seiner Rede gehindert wurde und tobte, berichtete der Kaufmann hastig über die Vorkommnisse in der Kathedrale.

»Der Geistliche wollte eben vor die Gemeinde treten und seine Predigt beginnen. Da hat Pater Johannes die Kanzel bestiegen, ihn beiseite geschoben und begonnen über die Wahrheit im Wort Gottes zu sprechen. Noch keine drei Sätze hatte er gesagt, als Magistrat und Bürgermeister nach dem Büttel riefen. Der stand bereit, wie er jeden Tag bereit steht, seit das Redeverbot gilt. Mit Gewalt zerrten sie den Pater vom Pult weg. Wie ein Tollwütiger wetterte er, meine Herren.« Unsicher sah sich der Bürger nach der Szenerie um. »Ich muß jetzt zu meiner Familie. Entschuldigt.«

Auf die letzten Sätze hatte Jacob van Almaengien schon nicht mehr geachtet. Petronius folgte seinem Blick. Das Tor zur Kathedrale hatte sich geöffnet. Weitere Stadtbüttel bildeten ein Spalier, zwischen dem der Magistrat sichtbar wurde. Von vier Männern wurde Pater Johannes jetzt gehalten, weil er begann, Unzusammenhängendes zu kreischen. Angewidert wandten sich die Bürgermeister ab. Der Stadtkämmerer und der Kommandant der Stadtwache folgten den Stadtpflegern und straften ihn mit Nichtachtung.

»So ist es gut. Nicht auf die Provokationen eingehen, nur nicht darauf eingehen. Als wäre nie etwas geschehen«, kommentierte Almaengien die Szenerie. Er redete zu sich selbst.

Die Menge schwieg. Nur das Scharren der Schuhe, das Knirschen der Ledersohlen auf dem gesandeten Weg und das Geschrei des Dominikaners waren zu hören. Im selben Moment, als Hieronymus Bosch aus dem Portal der Kirche trat, verdunkelte eine Wolke die Sonne und ein kühler Schatten fiel über den Platz. Petronius lief eine Gänsehaut über den Rücken. Jacob van Almaengien zog seine Schultern höher. Selbst der Inquisitor schien das Zusammentreffen der Ereignisse zu erfühlen, denn auf einen Schlag verstummte er. Der Magistrat drehte sich um und wollte den Umstand des Verstummens erkunden. Hieronymus Bosch nützte das Ereignis. Statt dem Pater den Rücken zuzukehren, trat er auf ihn zu und musterte ihn lange.

Petronius fühlte körperlich die Erregung, die sich vor der Kirche aufbaute. Seine Nackenhaare sträubten sich. Die Menschen starrten auf Bosch und Pater Johannes und schienen auf etwas zu warten, auf ein Ereignis, das die Luft reinigte.

»Sei still!« flüsterte Almaengien und griff wieder nach Petronius. »Kein Wort!«

Es klang wie ein Flehen, wie ein Hilferuf. Und gerade in diesem Augenblick drang ein Satz an Petronius Ohren, gesprochen von der volltönenden Stimme Meister Boschs. Ein einziger Satz, der Pater Johannes vernichtete und, wie Petronius in eben diesem Moment ahnte, diesem keine Möglichkeit der Genugtuung mehr bot.

»Eure Rede sei: Ja, ja; nein, nein. Was darüber ist, das ist vom Übel!«

Jacob von Almaengiens Finger gruben sich in Petronius' Arm. Jetzt erst bemerkte Petronius, daß der Gelehrte lange, schmale Fingernägel hatte.

Vor der Kirche wandte sich Meister Bosch abrupt ab vom Inquisitor. In diesem Moment traf ihn ein Sonnenstrahl.

»Er hat sein eigenes Todesurteil gesprochen!« flüsterte in die Stille hinein Jacob van Almaengien und schob Petronius vor sich her die Treppe hinunter.

»Vor solchen Worten sollte man reißaus nehmen!«

Dann bog er gegen die sonstige Gewohnheit in eine engere Seitengasse ein und zog Petronius mit sich in den Schatten der Fachwerkhäuser. Hinter sich hörten sie nur noch einen langen, spitzen Schrei, der wie das Heulen eines waidwunden Wolfes klang.

VII

Von einem Augenblick auf den anderen lag Petronius wach. Ein Klopfen hatte ihn geweckt. In der Dunkelheit seines Zimmers riß er die Augen auf und lauschte in die Nacht. Wieder kämpfte er mit den Resten wirrer Traumgebilde, mit Dämonen und eigenartigen Mischwesen aus Menschenleibern und Tierköpfen. Nur mühsam gelang es ihm, Traumwelt und Wirklichkeit voneinander zu scheiden. Unruhig hatte er geträumt. Ein wahrer Alp hatte sich in seinem Kopf eingenistet und war aus dessen hinterstem Winkel in seinen Traum gekrochen. Im Mittelpunkt seiner nächtlichen Wanderschaft der Gedanken war der Inquisitor gestanden, der, zu einem überdimensionalen Drachen angewachsen, das Städtchen 's-Hertogenbosch vernichtete. Mit seinem heißen Feueratem versengte er die Fluren, die Häuser, die Menschen und vertrieb sie aus einem Garten, den Petronius als das Paradies der Adamiten erkannt hatte. Den Bosch als Garten Eden. Er mußte lächeln.

Das Klopfen wiederholte sich. Tam, tam, tam schlug etwas sacht, aber regelmäßig an die Bespannung seines Fensters. Petronius hielt den Atem an. Er fürchtete Einbrecher, Überfall, das Wirklichwerden seiner Traumwelt, Dämonen, den Teufel oder sonst etwas. Mit höchster Aufmerksamkeit horchte er auf den Zwischenraum zwischen den Gebäuden hinaus. Der dumpfe Ton wiederholte sich unerbittlich, ohne daß er seinen Urheber verriet. Tam, tam, tam schlug es dumpf gegen die Bespannung seines Fensters.

Langsam setzte sich Petronius auf, langte über sich zum Fenster hinauf und öffnete es einen Spalt.

»Wer ist da?« flüsterte er, immer auf der Hut vor irgendwelchen ungebeten hereinstürzenden Menschen oder Dingen.

»Petronius?« wisperte es draußen ebenso leise. »Bist du es? Ich muß mit dir sprechen, dringend!«

Der Lange Zuider! Jetzt riß Petronius das Fenster ganz auf und streckte eine Hand hinaus.

»Faß an. Ich zieh dich hoch!« zischte er nach draußen.

Petronius fühlte den harten Griff der Bettlerhand um sein Armgelenk, dann schwang sich die Lumpengestalt behende durchs Fenster, schneller, als er das erwartet hatte. Bevor sie sich begrüßen konnten, griff der Lange Zuider nach dem Fensterflügel, drückte ihn in die Fassung zurück und meinte:

»Kein Licht, Petronius. Es soll niemand bemerken, daß du wach bist, oder daß ich bei dir sitze. Laß uns flüstern.«

Petronius nickte, bis ihm bewußt wurde, daß sein Gegenüber ihn ja nicht sehen konnte. Also zischte er ein kurzes »Ja« hinüber.

»Was führt dich hierher, Zuider?«

Eine Stille trat zwischen sie, die Petronius zuerst beunruhigte, bis er bemerkte, daß der Bettler nur vorsichtig um sich tastete und einen Sitzplatz suchte.

»Hierher. Aufs Bett. Und jetzt erzähl.«

»Ist das der Raum, den der Geselle bewohnt hat? Jan de Groot?«

Petronius erfühlte den Unterton in der Stimme des Langen Zuider. Hier wurde nicht nur eine Frage gestellt, hier wurde gleichzeitig verglichen, wurden Schlußfolgerungen gezogen.

»Warum willst du das wissen?«

»Weil in die Außenwand Tritthaken und Halteringe eingelassen sind. So als wollte sich jemand ein mühevolles Springen oder Klettern ersparen. Wer die Griffe kennt, kann innerhalb weniger Augenblicke im Zimmer stehen oder hinauszuschlüpfen.«

Petronius stockte der Atem. Tritthaken. Deshalb hatte sich der Lange Zuider so leicht über die Fensterschwelle ziehen lassen.

»Woher kennst du sie?« stocherte Petronius nach. »Warst du schon einmal hier?«

»Als Bettler lernt man schnell. Die Halterungen sind mir beim Abtasten der Hauswand aufgefallen. Sie konnten nur diesem einen Zweck dienen. Außerdem drang noch Licht in den Zwischenraum, als ich ihn betreten habe. Geübten Augen bleiben sie nicht verborgen, wenn man einmal weiß, wo sie liegen.«

»Du meinst, daß eine Person diesen Raum schnell und ohne aufzufallen betritt oder verläßt?«

Die Stimmen fielen in die Nacht wie Tropfen. Petronius hielt es nicht mehr auf seinem Sitz. Unruhig wanderte er in dem Verschlag auf und ab.

»Du wolltest mir doch nicht davon berichten, Zuider. Es war sicherlich nicht die einzige Botschaft für mich. Sie erschreckt mich zwar, aber ich glaube, damit kann ich leben.«

»Also gut, Petronius, halt dich fest. Ich habe mich umgehorcht, über Jan de Groot. Vor dir hat er das Zimmer bewohnt.«

»Das weiß ich. Aber er ist verschwunden.«

»Richtig!« bestätigte der Lange Zuider. »Niemand hat ihn je wieder zu Gesicht bekommen. Aber das Schönste ist, daß er für Bosch einen Auftrag zu erfüllen hatte. Und jetzt rate, welchen!«

Petronius erstarrte. Es schien, als würde ihm die Vorahnung davon, was aus dem Mund des Bettlers strömen mußte, bereits die Kehle zuschnüren.

»Jan de Groot hatte ein Porträt anzufertigen!« holte ihn der

Lange Zuider aus seinen Gedanken. »Und dreimal darfst du raten, wen es darstellte!«

In die Schwärze der Zimmernacht hinein flüsterte Petronius den Namen, der in diesem Moment für ihn etwas Unheimliches, Bedrohendes annahm.

»Jacob van Almaengien!«

»Derselbe! Und noch etwas, Petronius. Das Porträt verschwand wie der Geselle, spurlos. Ich weiß nur davon, weil Jan de Groot gern am Würfeltisch gespielt und dort angegeben hat. Übrigens stand er vor denselben Schwierigkeiten, vor denen du stehst: er kam mit dem Porträt nicht recht vorwärts. Etwas hinderte ihn daran, ein malerisches Problem. Aber er sprach darüber, wenn er getrunken hatte – und zuletzt trank er viel, zuviel!«

Auf dem nackten Boden rieben die Füße des Malers leise, während er auf und ab lief.

»Wozu erzählst du mir das?« flüsterte Petronius in die Dunkelheit hinein, die dicht und undurchdringlich zwischen ihnen stand.

»Bosch hat vor der Kathedrale einen Fehler begangen! Und alle, die sich in seiner Umgebung aufhalten, sind gefährdet. Auch du, Petronius. Und der Inquisitor wird nicht den offenen Weg wählen, seinen Zwist mit Hieronymus Bosch auszutragen. Dafür steht die Stadt zu sehr hinter deinem Meister. Geh, solange du noch kannst. Das Schicksal Jan de Groots sollte dir eine Lehre sein.«

Petronius presste seine Lippen zwischen die Zähne und biß darauf, bis die Innenseite schmerzte und er den süßen Geschmack von Blut auf der Zunge schmeckte.

»Glaubst du, daß Pater Johannes Jan de Groot auf dem Gewissen hat?«

»Wer weiß. Denkbar ist es. Nicht jeder brennt, der in den Verliesen der Inquisition verschwindet. Manche werden heimlich verscharrt, ohne Segen, ohne Öffentlichkeit. Manche gehen den Weg alles Irdischen, sogar ohne eine Handbreit Erde über dem Kopf. Die Dommel ist gnädig in ihrer Trägheit. Sie schwemmt jeden ins Meer, der ihr anvertraut wird, Petronius. Sie macht dabei keinen Unterschied zwischen Christenmensch und Ketzer.«

In Petronius' Ohren begann die Nacht zu lärmen wie ein Markttag. Von überallher zischelte und surrte es, Stimmen rauschten durch das Zimmer und durcheinander, die Schwärze trommelte auf sein Gehör, so daß er sich die Hand an die Ohren presste, damit sie verstummte. Die Dunkelheit brandete an seine Ohren, seine Fäuste zerrten am Gesicht.

»Ich kann die Stadt nicht verlassen, Zuider. Ich kann nicht.«

»Warum?«

Mehr fragte der Bettler nicht. Und das eine Wort lag lange im Raum, bis Petronius bereit war, sich selbst die Wahrheit einzugestehen. Und als er sich dazu entschlossen hatte, dem einen Wort ein anderes entgegenzusetzen, verstummte die Welt um ihn her, als würde sie nur ihm und seiner Entscheidung lauschen.

»Zita!«

Petronius fühlte, daß der Lange Zuider bedächtig mit dem Kopf nickte.

»Du bist ein Narr, Petronius Oris. Zita ist seit Tagen nicht mehr in der Schänke gewesen. Warum, glaubst du, komme ich zu dir?«

Zita, blitzte es in Petronius' Hirn auf. Zita verschwunden!

»Jetzt kann ich die Stadt erst recht nicht verlassen. Wenn sie in den Händen von Pater Johannes ist, muß er mir dafür büßen!«

VIII

Enrik schlug als letzter die Tür hinter sich zu, nicht ohne Petronius ein letztes Mal zu mahnen.

»Du brauchst die Farbe nicht zu dick aufzutragen. Es genügt, wenn man Umrisse erkennen kann. Es wird nur eine der hintersten Kulissen unter dem Berg der Versuchung. Aber mach schnell. Wir brauchen sie für heute abend.«

Die Eingangstür vibrierte nach, dann wurde es still im Haus. Er blieb allein zurück.

Petronius mußte lachen. War es Enrik, dem Fuchs, doch gelungen, ihm die letzten Arbeiten aufzuhalsen, um zu den Proben zu entwischen. Sie hatten gewettet – und er hatte jetzt verloren. Eigentlich sollte er dem Gesellen nachspringen, ihn am Ausreißen in die Kathedrale hindern und wieder mit auf die Leiter zwingen. Aber er gönnte Enrik den kleinen Erfolg, was sollte er selbst auch dort draußen, seit Zita verschwunden war?

Vor Petronius lehnte ein auf grobe Leisten aufgenageltes Leinen, das zuvor mit gefärbter Kreide getränkt worden war. Mit einem riesigen Strohpinsel trug er Felsformen auf die bräunliche Fläche auf. Langsam schälte sich ein felsturmähnliches Gebilde heraus. Um den Pinsel in den Topf einzutauchen und den Fortschritt seiner Arbeit auf der riesigen Leinwand zu kontrollieren, mußte er die Leiter verlassen, sich in einiger Entfernung der Kulisse aufstellen. Mehrmals lief er hin und her, begutachtete und besserte aus. Mit dem Blick des Experten, der sich über eine dilletantische Arbeit ärgert, aber mit dem Stolz des mittelmäßigen Handwerkers, endlich mit seinem Werk fertig zu sein, legte er den Pinsel schließlich auf die Ablage seiner Staffelei, lehnte sich gegen die Wand des Ateliers und grinste die Kulisse einfach an.

Petronius wollte bereits zu einem lautstarken Selbstlob ansetzen, als er spürte wie sein Körper unter einer Bewegung zu vibrieren begann, die durch das gesamte Haus ging.

Er erstarrte. Einmal hatte er in seiner Heimatstadt Augsburg erlebt, wie ein Fachwerkhaus in sich zusammengefallen war. Und es hatte seinen Einsturz zuvor auf ähnliche Art angekündigt. Er preßte beide Hände an die Wand, um der Herkunft des Geräuschs auf die Spur zu kommen. Ein Gedanke durchzuckte ihn: Er war nicht allein im Haus. Hatte er nicht durch diese Wand hindurch schon einmal das Gespräch zweier Menschen belauscht? Dort mußte sich ein Raum befinden, eine Treppe. Konnte das Vibrieren nicht bedeuten, daß jemand diese Treppe hastig hinauf- oder hinunterlief?

Vom Atelier der Gesellen aus konnte er auf ein Gärtchen hinaussehen. Seit er bei Meister Bosch in Diensten stand, war er dort draußen nicht gewesen. Die Gesellen benutzten ihn als Kräutergarten, ansonsten machte er, soweit sich das durch die blasigen Scheiben erkennen ließ, einen verwahrlosten Eindruck. Petronius ahnte, daß der kleine Weg zwischen den Häusern hindurch auf den Garten stoßen mußte. Das Gärtchen konnte auch vom Hinterhaus, das auf die rückwärtige Straße hinaussah, benutzt werden. Ein Zugang wurde von kniehohen Gräsern überwuchert. Davor standen ein Tisch und zwei Stühle aus verwittertem Holz. Offenbar benutzen die Nachbarn das Gärtchen nicht mehr.

Vorsichtig entriegelte er eines der Fenster, prüfte die Höhe zwischen Fenster und Boden und schwang sich hinaus.

Es roch nach wildem Thymian und schärfer nach Salbei und Melisse, die von manchen Gesellen dort angebaut wurden. Tatsächlich führte die Brandlücke auf das Gärtchen hinaus. Auch hier gab es eine Pforte aus Brettern, roh gezimmert und eisgrau verblichen, die allerdings nur angelehnt war. Petronius zog sie auf und schlüpfte in die dämmerige Schlucht zwischen den Häusern. Keine zwei Schritte vom Hintereingang entfernt, entdeckte er in der Fassade des Ateliers eine Tür.

Petronius' Herz klopfte bis zum Hals, als er an der Tür zog und diese, ohne einen Laut von sich zu geben, aufschwang. Die Scharniere waren gut gefettet. Zuerst steckte Petronius nur seinen Kopf durch den Spalt. Ein Dämmerlicht, das von Kerzen gespeist wurde, fiel aus dem Dachgeschoß herab. Eine steile Treppe führte in einem spitz auf die Außenwand zulaufenden Schlauch nach oben. Er schlüpfte hinein und kletterte vorsichtig die Leiter in den ersten Stock hinauf. Er wagte kaum zu atmen. Mit weit aufgerissenen Augen versuchte er, sich an das schwache Licht zu gewöhnen. Etwa auf halber Höhe starrte ihn plötzlich ein Tier an, das sich hinter der Leiter in einer Regalnische versteckt hielt: schwarze, glühende Augen, ein hakenförmiger Schnabel und eine weiße Rossette um die Gesichtspartie, eine Eule. Sie rührte sich nicht, starrte ihn bloß an. Die Augen des Tieres zwinkerten nicht. Vorsichtig langte Petronius in das dämmerige Verlies und berührte ein staubiges Federkleid. Die ausgestopfte Eule schwankte etwas auf ihrem Sockel.

Jetzt wagte er es, sich auf der Leiter umzudrehen. Hinter ihm befanden sich ebenfalls Regale, die mit Kuriositäten gefüllt waren: Flaschen mit blauer Flüssigkeit, Steine, auf denen Tierabdrücke zu erkennen waren, getrocknete Gliedmaßen, Beine, Arme, ganze Tiermumien, harte Fischkadaver, aber auch in Flaschen gesteckte, in Alkohol eingelegte Monströsitäten. Petronius begriff langsam: Es war das Raritätenkabinett seines Meisters. Beinahe jeder bedeutende Maler legte sich solche Zimmer an. Hier fanden die Großen der darstellenden Kunst ihre Anregungen, hier studierten sie Körperbau und Farbe, Form und Aussehen der Kreaturen dieser Welt nach der Natur. Bereits bei Jörg Breu hatte er eines gesehen, auch bei Dürer, aber diesem hier haftetete etwas an, was Petronius einen Schauer über den Rücken jagte. Merkwürdigkeiten in dieser Menge hatten weder Breu noch Dürer besessen.

Links von ihm stapelten sich Bücher, Codices, handgeschriebene, handcolorierte Schriften. Petronius entnahm eine davon dem Regal, schlug sie auf und wußte sofort, was er vor sich hatte: den Malleus Maleficarum, den Hexenhammer. Ein Höllenwerk, eine Vision des Teufels, die dieser direkt über ein krankes Gehirn in die Setzkästen und auf die Druckerpressen diktiert haben mußte. Als wäre das Buch giftig, stellte er es ins Regal zurück und wischte sich seine Hände sauber.

Vorsichtig stieg er weiter. Flugblätter, die von merkwürdigen Begebenheiten berichteten, hingen an den Wandbalken. Stiche von langhalsigen Wesen mit Hörnern auf dem Kopf, grauen stämmigen Wildtieren mit einer schlauchartig verlängerten Nase daneben. Verschiedene Metallklumpen stapelten sich auf einem Brett, Blei neben Kupfer, Eisen neben stumpfem Zink. Und dann durchstieg er eine unheimliche, beinahe unwirkliche Ebene: rundum, gut drei Fuß hoch, waren Kästen in die Regale eingelassen, in denen sein Meister offenbar Käfer und sonstiges kriechendes und fliegendes Getier versammelt hatte. Es sah aus, als hätte hier ein Neuntöter seine Vorratskammer angelegt. Hunderte von Kadavern staken auf Nadeln am Boden jeden Kastens. Mit Nashörnern ausgestattete Käfer, bei denen die Flügel ausgebreitet waren, fanden sich neben langen, schlanken, mit riesigen Beinen versehenen Wesen. Libellen, deren Aussehen er kannte, hingen wie Windmühlen an der Wand. Aber ein Fisch, aus dessen Leib Flügel traten, war ihm neu.

Und plötzlich überkam es ihn wie eine Vision. Natürlich. Das hier war nicht nur eine der üblichen Raritätenkammern zum Studium nach der Natur. Hier holte sich Hieronymus Bosch seine Ideen zu den Wunderwesen, zu den phantastischen Geschöpfen, die das neue Gemälde und manche seiner bisherigen, soweit er sie gesehen hatte, bevölkerten: die Köpfe schwarzer Käfer wurden mit den Leibern von Grillen und den Beinen einer Heuschrecke vermengt und ergaben eine neue Kreatur, die zwar alle Eigenschaften dieser Welt vereinigte, aber eben so nicht existierte.

Beinahe auf Höhe des zweiten Stocks, in einem der hinteren Regale, entdeckte er Glasgefäße, in denen eine gelbliche Flüssigkeit schwamm. Interessiert betrachtete er diese Sammlung, bis er erkannte, was sie enthielt: Geschlechtsteile. Sowohl weibliche Brüste als auch männliche Glieder trieben in den Gläsern. Sie schienen nicht ganz dicht zu sein, denn auf dem Regalbrett zeichnetet sich ein dunkler Fleck ab und neben einem leichten Alkoholgeruch drängte sich auch der von Fäulnis und Verwesung in die Nase. Möglicherweise stand eines der Gefäße offen.

»Wir dachten, Ihr kämt nie auf den Gedanken, Euch das Raritärenkabinett anzusehen! Wir begannen schon, an Euch zu zweifeln.«

Petronius erschrak, als er über sich die Stimme vernahm. Für einen Augenblick hatte er sich ablenken lassen von dieser faszinierenden Welt.

Vorsichtig durchstieg er die letzten Sprossen und gelangte in einen Raum, der keilförmig auf die Außenwand zulief. So entstand ein dreieckiger, spitzwinkliger Grundriß, an dessen engster Stelle die Leiter nach oben führte. Als Petronius sich umdrehte, saß vor ihm auf einem Stuhl Jacob van Almaengien.

»Ihr?«

Almaengien hatte die Beine übereinandergeschlagen und auf dem Schoß ein Buch liegen. Sofort stieg in Petronius ein Gefühl der Unstimmigkeit auf. Haltung und Bewegungen paßten nicht zueinander, obwohl Almaengien nur die Arme bewegte.

»Habt Ihr mich nicht hier erwartet?«

Petronius stieg ganz ins Zimmer hinein und musterte dessen Ausstattung. Mit kaum merklichen Atemzügen durch die Nase prüfte er die Luft im Raum. Sie roch merkwürdig süßlich, wie nach Blut.

»Ich hätte mir denken können, daß sich irgendwo das Raritätenkabinett befinden muß. Aber dieses hier ist ungewöhnlich, um nicht zu sagen sonderbar.«

Almaengien entwich ein leises Lachen, während er das Buch auf seinem Schoß zuklappen ließ und aufstand.

»Für nüchterne Gemüter muß hier der Vorhof der Hölle sein, Petronius. Für Männer, die mit ihren Phantasien umzugehen gelernt haben, ist dies hier ein Paradies. Seht Euch um, alles dient nur dazu, die Merkwürdigkeiten der Welt umso geheimnisvoller entstehen zu lassen. Wir denken doch nur dann nach, wenn uns etwas Ungewöhnliches auffällt. Dabei muß es vertraut wirken, darf nicht abstoßen, sondern unseren Blick durch Faszination binden. Am besten gelingt dies, wenn wir Formen nehmen, die allen bekannt sind, die wir nur nie bewußt betrachten. Wir kennen sie – und doch sind sie uns fremd. Das ist die Kunst, Petronius, die wirkliche Kunst: den Schrecken der Welt aus der Welt selbst abzuleiten.«

Während Jacob van Almaengien leise, aber bestimmt gesprochen und dabei den Gesellen umrundet hatte, verlor sich Petronius im Anblick der Schätze und Besonderheiten, die diese Kammer füllten. Linsen und Wassergläser standen auf den Regalböden, alchemistische Destillierkolben und ein Alambic waren in die schmale Ecke über der Leiter geschoben. Knochenteile verschiedener Tierarten lagen säuberlich geordnet und beschriftet direkt in Augenhöhe, daneben Schädel unterschiedlichster Form und Größe. Auf einem an die Wand gerückten Stehpult lag ein offenes Herbarium mit exotischen Pflanzen, wie sie eben aus dem neu entdeckten Indien kistenweise nach Europa verschifft wurden, zum Staunen der Botaniker. Eine Sammlung Fruchtkapseln war in eine Kiste gestopft, und von der Decke hingen die getrokkneten Beine verschiedener Tierarten, von denen er Ziege, Kuh,

Schaf, Hund und Katze noch zu unterscheiden vermochte. Mitten durchs Zimmer führte auch die Leiter hinauf ins Atelier.

»Andere Maler sind stolz auf ihre Sammlung und zeigen sie jedem. Diese hier scheint mir eher verborgen zu werden. Warum?«

»Sie ist eine Einstimmung, eine Pforte.«

Almaengien deutete hinauf zum Atelier.

»Wer diese Welt durchschreitet, ist bereit, die Schrecken auf den Bildern für Wirklichkeit zu nehmen. Sie sind Teile der Welt, die uns umgibt. Wer durch die Vordertür kommt, ist mit seinen eigenen Gedanken belastet und wird nur diese bei der Beurteilung der Bilder gelten lassen.«

Jacob van Almaengien stieg voran ins Dachgeschoß. Petronius folgte. Jeder Zentimeter in diesem Raum enthielt ein anderes Wunder. Er entdeckte einen riesenhaften Skorpion, der in der Mitte durchgeschnitten war und an vier Fadenstücken hing. Wie bei einem Mobile strebte der Vorderkörper mit den Zangen vom Hinterkörper weg, drehte sich im Luftzug und vereinigte sich wieder mit dem hochgerollten, in einem gewaltigen Stachel auslaufenden Hinterteil.

Hinter Almaengien trat er aufs Dachgeschoß hinaus. Der Zugang zum Raritätenkabinett wurde von einer Bodenluke verborgen, die Almaengien jetzt behutsam schloß. Sorgfältig breitete er einen Teppich über die Bodentür.

»Auf Eure Frage noch zu antworten, Petronius. Der Mensch ist ein merkwürdiges Wesen. Gebt ihm ein Bild, das Unbekanntes, Dämonisches zeigt, dann setzt der Glaube ein, hier wären Teufel im Spiel. Dabei gewann nur die Phantasie Oberhand über den Maler. In Wirklichkeit ist nur das Leben teuflisch, die Gabe der Erfindung aber unschuldig, frei von jeglicher Sünde. Sie ist offen, während unser Denken gefangen bleibt in den Käfigen unserer Irrtümer.«

Petronius durchquerte zielstrebig den Dachraum und blieb vor einer Tafel stehen, die mit schwarzem Leinen abgedeckt war. Er wußte, welches Bild sich dahinter verbarg. In ihm arbeitete es. Wie er die Dinge sah, fand dieses Zusammentreffen nicht zufällig statt. Dahinter stand ein geplantes Vorgehen, das er nur noch nicht durchschaute. Gehörte Enriks Wette dazu? War Zitas Verschwinden ein Stück des Plans?

»Warum erzählt Ihr mir das alles, Magister Jacob? Warum habt Ihr mich erwartet, warum vermutlich meine Neugier gereizt, während niemand im Haus weilte? Es muß doch einen Grund dafür geben, Herrgott!«

Almaengien umrundete den Stuhl, auf dem er sonst während der Porträtsitzungen saß, umrundete den Tisch mit seinem Sammelsurium an Farben und Pigmenten, trat schließlich an Petronius heran und begann langsam den dunklen Stoff von der Tafel abzunehmen. Darunter kam der Mittelteil des Triptychons zum Vorschein. Hieronymus Bosch arbeitete mit einer ungeheuren Schnelligkeit. Das war das erste, was Petronius auffiel. Ein Großteil der blinden Flecken war bereits mit ersten Übermalungen bedeckt.

»Es wimmelt von Menschen, Petronius! Männer, Frauen, alle etwa im gleichen Alter, keine Kinder, keine Greise. Sie alle befinden sich in einem frühlingshaften Zustand der Unschuld. Nehmt die Zeit vor der Sündflut. In ihr war dem Menschen nicht bewußt, welchem Laster er sich hingab. Nehmt das Paradies, das heute dort gesucht wird, wo dieser Christopher Colon neues Land entdeckt hat. Es soll ein neuer Kontinent sein. Menschen sollen dort leben, wie Gott sie erschaffen hat, ohne das Bewußtsein der Sünde, ohne einen Gedanken ans Altern. Oder nehmt einfach unsere Gemeinschaft. Die Menschen auf diesem Bild feiern wie wir einen Gottesdienst. Im Zentrum steht die Liebe, die Zuneigung zueinander, das Glück der Gegenseitigkeit, der Aufmerksamkeit, nicht aber das der geschlechtlichen Vereinigung. Kein Mensch dieses Bildes vollzieht den Akt der Fortpflanzung. Es ist allein deshalb ein gefährliches Bild, Petronius. Verneint es doch einen elementaren alttestamentarischen Grundsatz: Seid fruchtbar und mehret Euch. Fielen die Menschen in diesem Gemälde übereinander her, würde die Mutter Kirche den Finger heben, den Maler schelten – und das Bild sammeln. Feiste Äbte gäbe es in ausreichender Zahl, die sich das Bild in ihre Stuben hängen würden. Dies aber fehlt dem Werk. Das macht es erst gefährlich: Die Lust allein zur Freude der Menschen. Ein undenkbarer Gedanke! Würde es dem Inquisitor in die Hände fallen, würden wir auf dem Scheiterhaufen enden: Meister Bosch, Ihr, ich und all die Gesellen, die von nichts wußten.«

Petronius ließ den Blick über das Gemälde schweifen. Im gesamten Bild wurden geschlechtliche Beziehungen zitiert. Erdbeeren wiesen auf erotische Handlungen hin, Trauben und Pflaumen ebenfalls. Eine der männlichen Figuren trug sogar einen Pflaumenkopf, als würde er im Gespräch mit dem Mädchen, neben dem er am Boden lag und plauderte, an nichts anderes denken als an ihr Geschlecht. Und dann fielen ihm die beiden Wesen auf, die in einer Art Samenkapsel eingeschlossen, einander ihre Liebe schenkten. Er legte seine Hand auf ihren Bauch, sie die ihre auf sein Knie. Sein Gesicht näherte sich dem ihren zu einem Kuß.

Jacob van Almaengien folgte dem Blick des Gesellen, der sich langsam diesem Bildteil genähert hatte.

»Ihr seid ein ausgezeichneter Beobachter, Petronius. Nur wenige besitzen Euer Gespür für Bedeutungen. Deshalb ließ ich Euch dieses Bild sehen. Seine Bedeutung ist …«

» … mannigfaltig!« unterbach ihn Petronius, dem ein Licht aufging, mit welchen Feinheiten Bosch hier arbeitete. Die Pflanzenteile bildeten Buchstaben aus, die bei näherer Betrachtung vor dem Auge erschienen.

»Das Alpha und das Omega, der Anfang und das Ende, der Mensch des Paradieses und der Mensch der Endzeit. Sie gleichen einander in der Liebe!«

Petronius wußte nicht, ob er Almaengien etwas von dem nächtlichen Gespräch mitteilen sollte, das er vom Gesellenatelier aus belauscht hatte. Aber irgendein Umstand hielt ihn davon ab, gesprächiger zu sein.

»Ihr seid begabt, Petronius. Sehr begabt. Es ist ein Hochzeitshaus, in dem das schöpferische Gebot des Herrn erneuert wird: Seid fruchtbar und mehret Euch. Aber es enthält einen anderen Sinn. Es soll nicht heißen, überschwemmt diese Welt mit Euresgleichen, sondern tragt unsere Ideen weiter.«

»Semen est verbum dei!« flüsterte Petronius. »Das Wort Gottes ist der Same, aus dem das Leben geboren wird. Die Kugel hat eine Ähnlichkeit mit dem Weltei auf der Außenseite des Triptychons.«

»Gut beobachtet, Petronius. Die neue Schöpfung aus der Unschuld der Liebenden. Ein phantastischer Gedanke. Ein Gedanke, der über alles hinausgeht, was in dieser Welt der Endzeitprediger, der Zweifeler, der Jenseitsphantasten, der Machtgierigen und Machthungrigen gedacht wird. Und doch geht diese Szene noch einen Schritt weiter. Sie porträtiert die Gegenwart. Erkennt Ihr Euch nicht wieder? Nicht irgendein Paar soll hier sitzen, sondern ein ganz bestimmtes: Petronius und Zita van Kleve. Beide in adamitischer Unschuldshaltung und beide Träger dieses Gedankens über die Zeit hinaus. Denn dargestellt ist auch die Samenkapsel des reifen Löwenzahns, der sich dem Wind hingibt und seine Samenschirmchen fruchtbar über die Welt verbreitet.«

Petronius räusperte sich. Er spürte ein unangenehmes Ziehen im Magen.

»Warum Zita, warum ich?«

Almaengien setzte sich in den Stuhl, gesäumt von Staffeleien, buntfarbigen Paletten und einer ausgestopften Eule, die Meister Bosch sich wohl als Modell aus der Raritätenkammer geholt hatte.

»Ich erwarte das Schlimmste. Meister Bosch beleidigte den Inquisitor auf eine Weise, die nicht ungesühnt bleiben kann. Johannes von Baerle bereitet einen Schlag gegen die Adamitenbruderschaft vor. Ich ahne es. Das Bild muß gerettet werden, vielleicht auch vollendet, wenn Meister Bosch nicht mehr dazu kommen sollte. Und es muß Menschen geben, die zumindest einen Schlüssel zu diesem Werk in Händen halten. Es darf nicht unverständlich bleiben. Versteht Ihr, Petronius. Was nützt ein Bild, dessen Worte nicht mehr oder falsch verstanden werden? Nichts.«

Petronius nickte – und doch hatte er das Gefühl, daß nicht der Gedanke an die Adamiten van Almaengien dazu veranlaßte darauf zu drängen, daß die Botschaft des Bildes weitergetragen wurde.

»Für Euch sollte es kein Geheimnis sein. Ihr solltet erfahren, daß die Wesen auf diesem Bild der Natur entstammen, daß die Gruppen und Personen eine Sprache sprechen, die vielfältig, aber verständlich ist.«

Petronius betrachtete noch einmal das Gewimmel der Menschen, die merkwürdigen Gebirgsformationen, die übergroßen Vögel und Früchte.

»Und welches Geheimnis birgt das Bild noch, daß Ihr die Tafel unbedingt gerettet sehen wollt?«

Mit einem Ruck sprang Jacob van Almaengien aus seinem Stuhl. Mit einer Stimme, die höher klang als sonst und die vor Erregung zitterte, keuchte er:

»Wer hat Euch gesagt, daß das Bild mehr enthält als das Credo unserer Bruderschaft?«

IX

»Versteck dich nicht, Petronius, sondern bring die Kulisse hierher!«

Enrik schrie quer durch den Säulenwald der Kathedrale. Petronius träumte, den Blick in den Himmel gerichtet. Die über den Schäften der Säulen aufragenden dunklen Wolken versprachen morgen eine verregnete Aufführung, aber jetzt, im späten Abendlicht, brachen helle Sonnenbahnen durch und verlängerten so die Säulenschäfte bis in den Himmel hinein. Über ihm wölbte sich die Welt, als wäre er ein Käfer, und noch nie hatte er das Gefühl, am göttlichen Plan teilzuhaben, so intensiv gespürt wie in diesem Moment.

»Du gehörst in eine andere Welt!« fauchte plötzlich Enriks Stimme direkt in sein Ohr.

Er war Petronius entgegengegangen und versuchte jetzt, ihm die Kulisse aus der Hand zu nehmen.

»Wenn alle so arbeiten würden, könnten wir unser Spiel erst im nächsten Jahr aufführen, Petronius.«

Der nickte betreten und riß sich von der Unendlichkeit des Himmels los.

»Wohin mit der Kulisse?«

»Als ob ich es nicht schon dreimal gesagt hätte! Dort, hinter den Berg der Versuchung, an die rechte Seite. Lehn sie gegen den Pfeiler und steig innen den Berg hoch. Der ist hohl. Oben müssen sie mit einem Strick zusammengebunden werden. Hier das Seil. Aber beeil dich bitte!«

Petronius nickte und schleppte den über drei Meter hohen mit bemaltem Leinen bespannten Rahmen zum Bergaufbau. Von vorn betrachtet sah dieser tatsächlich aus wie ein riesiger Felsen, den man in die noch unfertige Halle der Kathedrale gerollt hatte. Auf der Rückseite waren allerdings nur lose Leinenbahnen über das Grundgestell gehängt worden. Auf der Seite zur Säule hin hatte man einen Teil ausgespart. Dort hinein mußte die letzte Kulisse. Dann gewann das gesamte Gebilde einen gewissen optischen Halt. Petronius paßte seinen Rahmen in die freigelassene Lücke ein und schlüpfte dann unter die Leinenbahnen. Im Inneren bestieg er die Leiter und langte hinaus, um die Halterung der Kulisse mit einem Seil an eine der Holzarmierungen zu knoten.

Den gesamten Platz konnte er von hier aus überblicken, wenn er den Kopf durch die geschlitzte Öffnung streckte. Vor ihm dehnte sich der Säulenwald nach hinten bis zum Chor aus. Man hatte Bänke herangetragen, auf denen die Bürger und Patrizier der Stadt sitzen sollten. Für das gemeine Volk waren mit Seilen Areale zwischen den Pfeilern abgesperrt worden. Petronius knotete eben das Seil fest, als vom Kircheninneren her ein Schrei über den Bühnenplatz hallte:

»Bosch!«

Die Stimme schrillte hoch und riß nach oben hin aus. Sie brach sich an den Säulen und hallte von dort wider:

»Hieronymus Bosch!«

Aus dem Dunkel der Kathedrale tauchte die Gestalt der Inquisitors auf, der wild gestikulierte und einen Schauspieler in seiner Maske hinter sich herzerrte. Petronius hob nur leicht eine Leinwand der Bergkulisse. So konnte er besser sehen und versäumte nichts. Johannes von Baerle schäumte vor Wut. Die Gestalt hinter ihm stolperte in eine der Lichtkaskaden hinein, die durch die Wolkendecke brach und den Raum zwischen den Pfeilern erhellte, und entpuppte sich als der Teufel. Die Hörner auf dem Kopf, der bereits umgebundene Pferdefuß und ein Schwanz, der in ein spitzes, herzförmiges Blatt auslief, verrieten ihn. Gekleidet war er allerdings in die Kutte eines Dominikaners.

»Hieronymus Bosch!« schrie der Inquisitor noch einmal, und es war ein Schrei, der allen Anwesenden eine Gänsehaut über den Rücken jagte. »Kommt heraus. Zeigt Euch. Ich weiß, daß Ihr hier seid!«

Die Teufelsmaske am Kragen, drehte sich Pater Johannes in alle Richtungen, um den Maler auch rechtzeitig zu sehen. Sein kalkweißes Gesicht leuchtete im Dämmerlicht der Kathedrale, die sonst rotumränderten Augen wirkten wie schwarze Löcher. Unwillkürlich wich Petronius weiter hinter die Bespannung zurück, um nicht gesehen zu werden.

Aus einer der vorderen Kulissen trat Hieronymus Bosch in dem Moment, als Johannes von Baerle ihm den Rücken zukehrte. Auf seinem Gesicht spielte ein spöttisches Grinsen, seine Haltung spiegelte Selbstsicherheit und Würde wider. Nie würde sich dieser Mann dazu erniedrigen, Geifer zu spucken wie es der Pater tat.

»Was wünscht Ihr von mir, Pater Johannes?«

Der Inquisitor fuhr herum, starrte im ersten Moment die hochgewachsene Gestalt Boschs an, bevor es schrill aus ihm herausbrach.

»Was ich will? Was ich hier will? Das hier will ich!« schrie der Pater und zerrte die Teufelsmaske vor sich hin und schleuderte den Wehrlosen Bosch vor die Füße.

»Seid Ihr von allen guten Geistern verlassen, den Satan in eine Mönchskutte zu stecken, in den Habit der Dominikaner? Steht nicht geschrieben: Du sollst den Herrn, deinen Gott, nicht versuchen?«

Bedächtig nickte Bosch, soweit Petronius es von seinem Standort aus überblicken konnte. Er kniete sich nieder und half der

Maske auf. Verschreckt suchte sie hinter dem Rücken des Malers Schutz.

»Es steht ebenso geschrieben: Den Herrn, deinen Gott, sollst Du anbeten und ihm allein dienen! Vom Dienst an Dominikanern redet die Bibel meines Wissen nicht. Da sie sich aber immer dreister in die Glaubensdinge der Menschen hier in 's-Hertogenbosch einmischen, scheint mir der Vergleich mit dem bösen Geist der Versuchung aus dem Evangelium des Matthäus durchaus gerechtfertigt.«

Hieronymus Bosch hatte sich mit diesen Worten nicht an den Inquisitor gewandt, dieser schien ihm nicht der rechte Ansprechpartner zu sein, sondern an die Mitwirkenden und die Kulissenarbeiter. Sie sammelten sich um die beiden Streithähne, angelockt vom Geschrei des Paters. Petronius konnte sie von seiner Warte aus zwischen den Säulen stehen sehen, bleich, die Hände vor dem Schoß der eine, die Arme im Rücken verschränkt der andere. In der zweiten Reihe erkannte er auch Jacob van Almaengien, der die Hände vors Gesicht geschlagen hatte, offenbar verstimmt über das Verhalten Meister Boschs.

»Werden wir nicht tagtäglich durch den Teufel versucht? Geben wir nicht den Gelüsten der Dominikaner in der Stadt nach, weil es um soviel einfacher ist zu sagen, der da ist schuldig, dieser dort muß bestraft werden, jene haben das Leben verwirkt, als zu sagen ich bin schuldig, wir alle müssen bestraft werden, tun wir gemeinsam Buße, denn unser aller Ende ist der Tod?«

»Ihr werdet die Bibel nicht nach Euren ketzerischen Gedanken auslegen! Gehorsam gegenüber Gott fordert der Herr! Und ich werde Euch zwingen, ich werde diesen Gehorsam einfordern!«

»Seid Ihr Gott, Pater, daß Ihr solche Prophezeiungen aussprechen könnt? Dann möchte ich Euch gratulieren, gebe aber zu bedenken, daß dies eine der größten ketzerischen Verfehlungen ist, die der irrende Mensch begehen kann! Ich für meinen Teil halte mich an die Bibel!«

»Ich bin nicht Gott, wie Ihr nicht Gott seid! Aber ich verspreche Euch, wenn morgen nacht der Teufel als Dominikaner auftritt, werde ich in diese Stadt eine Brandfackel werfen, daß Ihr wünschtet, Ihr wärt längst eingegangen ins ewig dauernde Purgatorium und nicht mehr auf dieser Welt!«

Petronius sah, daß die Umstehenden sich vom Dominikaner abwandten und sich wieder an ihre Arbeit begaben. Manche murmelten Unverständliches oder besprachen mit ihrem Nachbarn den Auftritt des Inquisitors, andere blieben stumm oder nickten Meister Bosch zu.

Der Auftritt Pater Johannes' hatte offenbar seine Wirkung verfehlt. Wütend über den Fehlschlag zwängte er sich durch die Menschen, die Bosch und den Pater umstanden hatten und verschwand hinter den Säulen.

Ruhig und gelassen wartete Hieronymus Bosch den Abgang des Paters ab, dann wandte er sich an die Mitarbeitenden:

»Baut weiter auf. Befürchtet nichts. Die Stadt steht hinter uns. Und der Teufel, ich verspreche es, wird nicht als Dominikaner auftreten.«

Petronius stieg nachdenklich von seiner Leiter herab, trat vor die Kulisse und begutachtete sein Werk. Der Berg der Versuchung war bezwungen. Jetzt konnte er nur noch hoffen, daß auch seinem Meister Engel beistanden, um ihn vor dem Teufel der Inquisition zu bewahren.

Und während er ein »Weiche, Satan!« flüsterte, blitzte in seinem Innersten eine Idee auf, wo er Zita finden konnte. Hatte sie nicht engste Verbindungen zum Herrn der bösen Geister selbst, zu Beelzebub und Luzifer?

X

Petronius beeilte sich. Rasch schlüpfte er über die hintere Pforte aus der Säulenhalle hinaus, rannte am Turm der Kathedrale vorbei und die Kerkstraat entlang. Schlamm spritzte an ihm hoch, wenn er durch Unratpfützen stolperte. Moder und Kotgestank stiegen ihm in die Nase. Wenn der Inquisitor zurück in seinen Konvent ging, mußte er die Waterstraat hochkommen. Dort wollte Petronius auf ihn warten. Hinter der großen Regenwassertonne, die der Feinschmied aufgestellt hatte, um seine Eisen darin abzukühlen, konnte er sich verbergen. Erschöpft ließ er sich hinter das Faß fallen und drückte sich zwischen Dauben und Hausmauer. Keine dreißig Wimpernschläge kauerte er dort, krampfhaft bemüht, seinen Atem zu beruhigen, als er die bedächtigen Schritte des Paters vernahm. Petronius hielt die Luft an, während der Inquisitor an ihm vorüberging. Ihm wurde beinahe schwarz vor Augen, so brannte seine Lunge und forderte Luft. Schweiß brach ihm aus allen Poren und als er ausatmete, entfuhr ein Röcheln seiner Kehle. Sofort hielt Johannes von Baerle inne. Petronius bemerkte es und versuchte durch den offenen Mund zu atmen. Der Pater kehrte zurück, unschlüssig darüber, was das Geräusch verursacht hatte, spähte nach links und rechts und schritt dann wieder aus. Petronius ließ ihn beinahe außer Hörweite geraten, dann raffte er sich auf und folgte ihm. Niemand war mehr auf der Straße. Die Nacht hatte die Gassen mit Dunkelheit gefüllt wie ein Glas mit Braunbier. Der Verfolgte schien nichts von dem Schatten hinter ihm zu ahnen.

Drei Straßen weiter verstummte das Klacken der Schritte. Petronius verharrte und starrte in die Dunkelheit vor ihm. Vor einer der mondbeschienenen Hausfassaden entdeckte er die weißlichen Hände und die hellglänzende Tonsur des Paters. Er klopfte gegen die Tür des Klostergebäudes und eine Gestalt öffnete. Petronius schlich näher, eng an die Front der Fachwerkbauten gedrängt. Pater Johannes schien auf jemanden zu warten, jedenfalls schritt er unruhig auf und ab und wrang die Hände, daß die Finger knackten. Plötzlich öffnete sich die Tür wieder, geräuschlos und langsam. Eine Hand forderte ihn zum Eintreten auf und Pater Johannes schlüpfte hinein. Petronius stand davor und ärgerte sich. Wen traf der Pater in diesem Haus?

Er spähte die Lage des Gebäudes aus, suchte nach einem Baum, den er besteigen oder nach Mauervorsprüngen, an denen er sich hochziehen konnte.

Petronius erhob sich und wollte eben über die Gasse springen und nach einer Möglichkeit suchen, an der Außenwand hochzuklettern, als er strauchelte. Im selben Moment griff eine Hand nach seinem Arm. Er wurde in den Schatten der Gasse zurückgezerrt, bevor er auch nur einen Gedanken daran verschwenden konnte, sich zu wehren.

»Bist du von allen guten Geistern verlassen?«

Jetzt blieb Petronius tatsächlich die Luft weg.

»Zuider, du? Was machst du hier?«

»Das kann ich dir beantworten, wenn du dich nicht ins Unglück stürzt und dich auf der mondhellen Straße sehen läßt. Glaubst du denn, der Inquisitor hat keine Vorkehrungen getroffen, Anfängern wie dir das Handwerk zu legen? Du wärst nicht einmal bis auf die Mitte der Straße hinausgekommen – und dabei hättest du nicht einmal mitbekommen, daß du auf die nächstbeste Wolke aufgesattelt worden wärst. Dort oben, hinter dem Taubenloch, sitzt ein Armbrustschütze – und ein verdammt guter dazu.«

»Muß ich jetzt danke sagen?« atmete Petronius auf und versuchte zu erkennen, ob die Angabe des Bettlers zutraf.

»Gehört zu meinen üblichen Aufgaben, Tölpel am späten Abend zu retten. Ansonsten hat unsereiner keinerlei Lebensberechtigung vor den Augen des Herrn. Aber ernsthaft. Warum läufst du dem Pater hinterher?«

Petronius setzte sich auf. Noch immer konnte er nur schwache Umrisse des Bettlers wahrnehmen. Er bewunderte die Sicherheit, mit der der Lange Zuider ihn erkannt und aufgehalten hatte.

»Eine Ahnung, als würde ich Zita finden. Ein Gefühl. Mehr weiß ich auch nicht. Es gab heute einen Auftritt zwischen dem Pater und Meister Bosch in der Kathedrale. Ich glaube, derzeit versucht jeder jeden auf die Palme zu bringen. Ich weiß nur nicht, warum.«

Hörbar atmete der Bettler ein und blies die Luft langsam wieder aus den Lungen.

»Darüber nachzudenken haben wir keine Zeit. Ich jedenfalls habe Zita gefunden. War ein Kinderspiel. Sie wohnt genau dort, wo sie immer wohnt. Mit einer Ausnahme. Sie scheint so etwas wie eine Ausgangssperre, einen Zimmerarrest zu haben. Weiß der Teufel, warum? Jedenfalls wollte ich eben zu dir in die Kathedrale, als mir der Pater über den Weg lief – ja, und kurze Zeit später du selbst natürlich. Dich konnte ich kaum überhören. Ich glaube, es wäre unauffälliger gewesen, du wärst direkt neben Pater Johannes hergelaufen.«

Petronius sah verlegen zu Boden.

»Und was jetzt?«

»Hm«, meinte der Bettler. »Nichts einfacher als das. Wir gehen hinein, und du kannst mit Zita reden.«

Petronius war verblüfft. Vor soviel Dreistigkeit verschlug es ihm die Sprache.

»Ich dachte …«

»Hör zu, Petronius. Überlaß das Denken anderen, die sich damit auskennen – und dann komm mit. Ich werde dem Armbrustschützen dort oben keine Gelegenheit geben ein Loch in mein Fell zu schießen. Erstens bin ich mir nicht sicher, ob ich dann auslaufe, und zweitens zieht's im Winter kalt durch. Und jetzt, mir nach.«

Der Lange Zuider drückte sich die Schattenseite entlang, bis sie außer Sichtweite des Taubenfluglochs waren, dann überquerte er die Straße. Mit der Schnelligkeit eines Wiesels schlichen sie in eine Seitengasse, durchquerten sie und standen im Nu auf der Rückseite des Gebäudekomplexes. Mit einem geübten Handgriff öffnete er eine der Brandschutzlücken und schlüpfte hindurch. Petronius folgte ihm gebückt. Wenige Schritte später standen sie in einem Garten, der im Mondlicht dem seines Meisters glich, verwildert und ungepflegt, vollgestellt mit Gerümpel aus den Häusern rundum. Leicht berührte der Lange Zuider Petronius' Arm und deutete auf ein niederiges Gebäude ihnen gegenüber. Die Fenster lagen wie leere Augenhöhlen im Gemäuer und die Tür schien halb offen. Mit raschen langen Sätzen sprang der Bettler über den Garten und verschwand im Haus. Petronius folgte ihm. Innen empfing ihn der Lange Zuider mit einer Erklärung.

»Der Gebäudeteil gehörte früher zum Kloster, aber er ist längst aufgegeben worden. Dahinter aber beginnt das Dominikanerinnenkloster. Es ist mit dem Haus der Frauen verbunden, in dem auch Zita wohnt.«

»Zita wohnt bei Nonnen?« Petronius konnte es kaum fassen. »Heute ist wohl der Tag der Offenbarungen.«

»Ist es wohl«, knurrte der Lange Zuider. »Hör genau zu. Der Schuppen hier hat auf der Rückseite eine Tür. Die führt direkt in den Garten des Klosters. Durch den Garten hindurch, auf der anderen Seite findest du wieder eine Tür. Sie ist nicht verschlossen. Geh hindurch, steig die Treppe rechter Hand empor in den ersten Stock. Zitas Zimmer ist das dritte auf der linken Seite von der Treppe an gezählt. Das Komplet ist beendet. Die Nonnen sind eben alleine in ihre kalten Bettchen geschlüpft. Du hast reichlich Zeit, bis die Oberin ihren ersten Durchgang zu Laudes und Matutin, dem Lob der Morgendämmerung, macht. In das sind nämlich die Frauen des Hauses mit eingeschlossen.«

Der Lange Zuider packte Petronius und schob ihn auf die Tür zu, die er in der nächtlichen Schwärze nur erahnen konnte.

»Woher weißt du das alles?«

»Ich weiß es eben, Petronius. Schließlich benötigen auch Klosterfrauen gelegentlich eine Abwechslung. Und eine Hand, nun ja, wäscht eben die andere. Los jetzt, bevor die Oberin kommt. Mit ihr ist nicht gut Kirschen essen.«

Wieder gluckste das Lachen des Langen Zuider in der Dunkelheit. Petronius ging auf die Tür zu und drückte sie vorsichtig auf. Dahinter kam ein Kräutergarten zum Vorschein, in den Petronius hineinschritt. Rasch überquerte er die offene Fläche, eingehüllt vom Duft der Minze, der Kamille, von Salbei und Thymian. Auch die folgende Pforte ließ sich öffnen, ohne ein Geräusch zu verursachen. Petronius schlüpfte hinein. Mittlerweile schlug ihm das Herz bis zum Hals und sein Pulsschlag dröhnte ihm in den Ohren.

Die Holztür hatte sich noch nicht ganz hinter Petronius geschlossen, als er von der Treppe herab Schritte vernahm, das Klakken eines sicheren, starken Schuhs und daneben ein unregelmäßiges Klappern, als würde die Person hinken. Zwei Stimmen unterhielten sich betont leise, eine männliche, eine weibliche.

So sehr Petronius seine Ohren spitzte, konnte er nur einen einzigen Satz auffangen, der ihm allerdings die Kehle zuschnürte. In einem Tonfall, der ruhig und gelassen wirkte, versicherte sich Pater Johannes offensichtlich bei einer der Nonnen des Klosters:

» ... ich verlasse mich darauf, daß sie morgen einen Unfall – wie soll ich sagen? – erleidet ...«

XI

»Zita!«

Vorsichtig klopfte Petronius gegen die Tür und hoffte inständig, die richtige erwischt zu haben. Was er im Moment nicht gebrauchen konnte, war eine Nonne, die schläfrig vor ihm auftauchte und ihn möglicherweise für den Satan hielt, der sie ihrer Sünden wegen holen wollte.

»Zita! Bitte!«

Sein Versuch, die Frau in der Kammer hinter der Tür zu wecken, wurde eindringlicher, aber es rührte sich nichts. Die Glocke des Klosters schlug elfmal. Bis zum gemeinsamen Laudes und Matutin Stundengebet der Nonnen blieb ausreichend Zeit. Petronius lauschte in die Zelle hinein, aber nichts und niemand rührte sich dort drinnen. War Zita möglicherweise gar nicht mehr im Kloster?

»Zita! Zita!«

Einem letzten Versuch und einem eindringlichen Zischen, das den gesamten Gang hinunter hallte, folgte endlich ein Scharren und Klappern hinter der Tür. Füße patschten nackt auf dem Holzbohlen des Zimmers. Ein Riegel wurde vorsichtig zurückgeschoben, die Tür einen Spalt aufgezogen.

»Wer ist da?«

»Zita?« vergewisserte sich Petronius und drängte sich durch den Spalt.

»Was willst du hier?« flüsterte Zita, die nur zögernd die Tür weiter öffnete, um Petronius hindurchzulassen. »Wie kommst du überhaupt in den Konvent?«

Blutgeruch lag in der Luft. Geruch nach frischem und altem Blut, nach Verbandsstoff und Wasser, in dem dieser ausgewaschen wurde.

»Später, Zita. Haben sie dir etwas getan? Haben sie dich geschlagen, gefoltert? Sprich, Zita! Bitte!«

Zita huschte zurück auf ihr Bett und setzte sich an dessen Rand nieder. Der frische Heusack unter ihr raschelte weich und duftete aus. Durch ein kleines Fenster, das so hoch lag, daß man nur auf den Zehenspitzen stehend hinaussehen konnte, fiel weißes Mondlicht in die Klause. Außer der Bettpritsche füllten noch ein Betstuhl, ein Tisch und ein kleiner Hocker den Raum, dessen Wände Petronius berühren konnte, wenn er seine Arme ausstreckte. In der hintersten Ecke, direkt unter der Fensteröffnung stand eine Kiste. Auf diese setzte sich Petronius, lehnte sich mit dem Rücken gegen das gekalkte Mauerwerk und sah Zita an. Ihr Haar fiel lang und schwarz über die Schultern, der Körper steckte in einer Kutte, deren Gürtel zum Schlafen gelöst worden war, und die sich jetzt weit bauschte. Ihre Hände hielt Zita im Schoß fest.

»Was sollen die Fragen?« flüsterte sie. »Wer soll mich geschlagen haben?«

»Der Lange Zuider erzählte mir, du würdest hier gefangengehalten. Eine Art Hausarrest. Und eben habe ich gehört, daß sie dich töten wollen. Morgen nacht.«

Petronius sah, wie Zita den Kopf schüttelte. Dann beugte sie sich zu Petronius hinunter und strich ihm über den Kopf, als wäre er ein kleiner Junge mit Fieberphantasien. Petronius fühlte, daß sie mit ihrer Antwort zögerte, als müsse sie sich erst überlegen, was sie tatsächlich preisgeben durfte.

»Mir fehlt nichts, Petronius. Nichts, außer, daß ich meine Frauentage hatte und mich deshalb hierher zurückgezogen habe. Das tue ich immer. Das ist alles, glaub mir.«

Petronius wußte nicht, ob er erleichtert oder verwundert sein sollte. Sah er jetzt bereits Gespenster? Konnte er sich daran erinnern, daß Zita die letzten Monate tageweise nicht bedient hatte?

»Entschuldige. Aber ich habe das Gefühl, vor diesen Mauern passieren Dinge, die ich nicht in der Hand habe, die mich aber immer tiefer mit hineinziehen. Und ich glaubte, du wärst ein Opfer all dieser Intrigen und Auseinandersetzungen geworden. Noch dazu, weil du in einem Kloster untergeschlüpft bist und der Inquisitor enge Verbindungen mit diesem Konvent hält.«

»Meine Blutungen sind vorbei. Morgen findest du mich wieder im Adler!« flüsterte sie und ließ eine Hand auf seiner Schulter liegen.

Sie beugte sich leicht zu ihm herüber und gab ihm einen schwachen Kuß auf die Stirn.

»Schön, daß jemand an mich denkt. Es war sicher nicht einfach, mich hier zu finden.«

Petronius versuchte, das sanfte Vibrieren in Zitas Stimme zu überhören, aber der Kuß verwirrte ihn. Was hatte der Lange Zuider von den Bedürfnissen einer Nonne gesprochen. Zita war keine Nonne, sondern eine Frau ohne Gelübde. Wie von selbst legte sich seine Hand auf Zitas Nacken, die sich noch immer zu ihm herüberbeugte. Langsam zog er sie an sich. Ihre Haut am Hals roch nach Quellwasser und Schlaf, das Haar war mit einem Hauch von Lavendelöl bestrichen und duftete süßlich. Petronius brauchte Zita nicht zu sich herzuziehen, sie glitt langsam in seinen Arm, drückte ihren Körper an seinen Oberschenkel. Er fühlte ihre Brüste, fühlte ihre suchenden Lippen auf den seinen, fühlte die Hände auf der nackten Haut des Nackens, die unter dem Kuttenstoff langsam den Rücken entlangstrichen. Beinahe lautlos sanken sie von ihrem Sitz auf den Boden. Zitas Hände begannen zu suchen, griffen unter Petronius Kleidung, schoben ihm die Kleidung über den Kopf. Mit einer energischen Bewegung hob sie selbst ihre Kutte und zerrte sie sich von den Schultern. Im Mondlicht leuchtete ihr Körper gelblich, als wäre er aus Honig. Petronius fühlte, wie sich seine Männlichkeit aufrichtete und gegen Zitas Schenkel drückte. Diese gurrte leise, zog ihn an sich und setzte sich mit einer geschickten Bewegung auf seinen Schoß. Ein

Duft aus Begehrlichkeit und Leidenschaft kroch zwischen ihren Körpern hoch. Petronius begann sich im Kreisen von Zita zu verlieren. Seine Sinne verwirrten sich. Zita nahm seine Hand und führte sie zwischen ihre Beine. Petronius fühlte ihre Feuchtigkeit, die weichen Stellen ihrer Lust, an denen er reiben sollte, an denen er rieb, bis Zita sich aufbäumte, ihren Kopf an seiner Schulter barg und seufzte. Eine kleine Ewigkeit hing sie an seinem Oberkörper, bis seine Erregung zu schmerzen begann.

»Jetzt du!« flüsterte sie, griff zwischen ihren Beinen hindurch nach ihm und bedeckte seinen Mund mit Küssen.

Die Uhr des Konvents schlug.

»Du mußt gehen. Bald weckt uns die Oberin zu Laudes und Matutin.«

Petronius raffte sich auf und schlüpfte in seine Kleider, nicht ohne nochmals Zitas Körper mit Küssen zu bedecken.

»Warte einen Augenblick. Du mußt mir versprechen, dich nicht zwischen Meister Bosch und den Inquisitor zu stellen, was auch geschieht. Misch dich nicht ein. Versprich es mir, Petronius!«

Noch ganz in Zitas Geruch verfangen, fragte Petronius nach.

»Was weißt du darüber? Warum fallen sie übereinander her wie die Wölfe?«

Zita erhob sich und drängte ihren Körper an Petronius. Mit beiden Händen hielt sie sein Hemd und zog ihn an sich.

»Wenn du dich einmischst, landest du auf dem Scheiterhaufen oder in der Dommel wie viele vor dir.«

»Viele vor mir?« wiederholte Petronius. Und dann gab ihm die späte Stunde einen Gedanken ein, den er lieber für sich behalten hätte. »Wie Jan de Groot? Oder Pieter?«

Zita ließ los und drehte sich weg. Dann griff sie rasch nach ihrer Kutte und streifte sie sich über. Als Zita sich wieder zu Petronius umdrehte, schimmerten in ihren Augenwinkeln feuchte Tropfen.

»Jan de Groot hatte den Tod verdient! Und Pieter war nicht besser. Und jetzt verschwinde.«

Petronius stand wie erstarrt. Zita wußte um das Schicksal der beiden Männer!

»Was ist Jan de Groot passiert, Zita? Ich muß es wissen. Ich habe eine Nachricht von ihm entdeckt, die mir allerdings gestohlen worden ist. Im Ausschank des »Adlers«.«

Zita wich einige Schritte zurück und setzte sich dann auf die Truhe. Mit ihren Händen hielt sie sich an der Wand fest, als würde sie sonst seitlich wegkippen.

»Was hat er geschrieben?«

Petronius zuckte mit den Schultern.

»Ich weiß es nicht. Ich konnte nichts auf dem Blatt lesen, bin mir allerdings sicher, daß das Blatt mit einer geheimen Tinte beschriftet ist.«

Zita seufzte.

»Und wer hat es jetzt, das Blatt?«

Wieder zuckte er mit den Schultern und versuchte sich Zita zu nähern. Er ging vor ihr auf die Knie und langte nach ihren Händen. Als würde sie von einer Giftschlange berührt, zuckte Zita zurück.

»Ich weiß es nicht, Zita. Es wurde mir aus der Hand gerissen. Nicht einmal der Lange Zuider konnte erkennen, wer mir den Zettel gestohlen hat.«

Auf dem Gang, noch weit hinten am anderen Ende, begann sich Leben zu regen. Klopfen, Türenschlagen, verhaltenes Flüstern, das in Gebetlitaneien überging, näherte sich.

»Du mußt gehen! Sie wecken zu Laudes«, drängte Zita tonlos. »Wir sehen uns morgen. Die Mysterienspiele beginnen!«

Petronius öffnete die Tür. Am Ende des Ganges erkannte er schemenhaft eine Gestalt, die eine einzelne Kerze in der Hand hielt. Das Licht in ihrer Hand hob und senkte sich unregelmäßig. Sie hinkte. Vor jeder Zelle verhielt sie und klopfte. Kurze Zeit darauf öffnete sich die Tür und eine Nonne reihte sich ein in den Zug hinter der Oberin. Gemeinsam schritt die Prozession eine Tür weiter. Petronius wollte eben aus der Tür schlüpfen, als er Zitas Hand auf seiner Schulter fühlte, leicht wie eine Feder berührte sie ihn.

»Flieh aus der Stadt, Petronius, und kehr nicht wieder zurück, wenn dir das Leben lieb und die Kunst teuer ist. Vergiß mich. Flieh noch heute nacht!«

Petronius fand nicht die Zeit zu antworten. Als die Prozession vor einer der Türen anhielt, schlüpfte er hinaus und eilte auf die Treppe zu. Erst als er in deren Dunkelheit eintauchte, fragte er sich, was die Warnung Zitas bedeutete.

XII

»Warum habt Ihr mich in die Raritätenkammer gelockt?« Petronius versuchte, seiner Frage einen unverfänglichen Unterton zu geben.

Er kratzte mit dem Schaber bereits zum drittenmal die Partien von Gesicht und Kinn von der Tafel. Die Grundierung litt darunter, das Holz begann durchzuscheinen.

»Wißt Ihr, was Wissenschaft bedeutet, Petronius? Wenn die Neugier den Geist gepackt hält und nicht mehr losläßt, wenn man davon besessen ist, hinter die Geheimnisse der Erscheinungen dieser Welt zu sehen? Habt Ihr auch nur den Schimmer einer Ahnung, was Menschen wie diesen Christopher Colon dazu treibt, auf die Weite des Meeres hinauszufahren, ohne Gewißheit darüber, ob er jemals am anderen Ende anlangt? Euer Metier ist beschränkt auf rechteckige Tafeln. Und wenn Ihr die eine Seite Eurer Welt erreicht habt, dann genügt es zumeist, die Arme auszubreiten, um an das andere Ende zu gelangen. Das Reich des Wissens aber ist wahrhaftig grenzenlos.«

»Bewegt Euch für den Moment bitte nicht, Magister. Kinn und Wangen müssen endlich gelingen«, unterbrach Petronius die Ausführungen Jacobs van Almaengiens.

Mit ruhiger Hand ließ er den Pinsel über die graue Fläche gleiten, um die Kontur festzulegen. Dann versuchte er, von Stirn und Haaransatz aus das Gesicht zu fassen. Bereits nach den ersten Strichen wußte er, daß es mißlingen würde. Die Wangen wurden zu weich und erschienen füllig, das Kinn blieb zu rund. Statt männlich kantiger Unteraugenpartien verschwammen ihm die

Linien zwischen Nasenwurzel, Augenbrauen und Augenansätzen.

»Ich gebe es bald auf, Magister. Aber Ihr seht, daß selbst der Umgang mit Pinsel und Farbe ein Abenteuer sein kann, und ich glaube durchaus vergleichbar mit den Entdeckungen des Genuesen Colon. Im Gegensatz dazu kann allerdings unser Seefahrer nur Dinge entdecken, die bereits vorhanden sind, während der Maler auf seinen Reisen in die Farbe die Dinge erst erfinden muß, die er gerne entdeckt hätte. Ihr habt mir aber noch nicht geantwortet!«

Weil Petronius seinen Blick ständig zwischen Tafel und seinem Modell pendeln ließ, entging es ihm nicht, daß der Magister ihn scharf musterte.

»Wart Ihr nicht neugierig darauf, zu erfahren, was sich hinter der geheimnisvollen Tür verbirgt?«

Petronius nickte, trat einen Schritt vom Bild zurück, um es genauer betrachten zu können, und fluchte leise, weil er nicht verstand, was ihn daran hinderte, das Gesicht dieses Mannes zu erfassen. Wenn er den Kopf betrachtete, hätte er ihm am liebsten Frauenkleider angezogen und Brüste sowie runde Hüften verpaßt.

»Ich verstehe den Sinn trotzdem nicht, Magister Jacob. Ihr hättet mir das Kabinett auch nach einer der Sitzungen zeigen, oder Meister Bosch hätte mich darin herumführen und mir die Dinge erklären können.«

Mit einem letzten Versuch zog er mit dem Pinsel kräftigere Linien in das Antlitz vor ihm ein. Jetzt sah die Gestalt zwar aus wie ein Mann, besaß aber mit Jacob van Almaengien kaum mehr eine Ähnlichkeit.

»Es sind zweierlei Wirkungen, ob man etwas selbst entdeckt oder ob einem ein Geheimnis von Dritten eröffnet wird. Letzteres ist das Prinzip unserer Universitäten. Mit dem Ergebnis, daß sich niemand eigene Gedanken darüber macht, wie die Welt sein könnte, denn die Erklärung dafür wird den Studenten geliefert. Man braucht das Modell nur zu übernehmen und daran zu glauben. Das schlimmste aber ist, daß es den Blick verstellt für andere Lösungen. Vergleicht es mit den Farben, Petronius. Habt Ihr einmal ein Pigment selbst gemörsert und angemischt, seid Ihr mit dem Farbton vertraut, wißt, wie er zu verändern ist, wodurch er Leuchtkraft und Stabilität erhält. Kauft Ihr Euch die Farbe jedoch fertig, werdet Ihr nie alle ihre Eigenschaften kennenlernen, weil Euch der Prozeß der Entstehung fremd ist.«

Petronius gab auf und breitete ein Tuch über das Porträt.

»Für heute sind wir fertig, Magister Jacob. Eure Erklärungen leuchten mir ein – und doch, worauf wollt Ihr hinaus?«

»Auf die Wirkung!« dröhnte plötzlich eine Stimme hinter Petronius, daß dieser zusammenzuckte und die Palette fallen ließ.

Hieronymus Bosch betrat das Atelier. Petronius hatte ihn nicht kommen hören. Rasch bückte er sich und hob sein Werkzeug auf.

»Wenn ich Euch erklärte, eine Eule sei das Symbol der Weisheit, und Ihr seht auf einem Bild eine Eule, dann werdet Ihr mir erzählen, daß es sich dabei um die Verkörperung der Weisheit handelt. Wenn Ihr jedoch einmal im Wald gestanden habt und eine Schleiereule im nächtlichen Jagdflug über Euch hinweggestrichen ist und Ihr zu Tode erschrocken in der Dunkelheit zurückgeblieben seid, dann ist Euch bewußt, daß die Eule auch für Angst und Schrecken stehen kann. So einfach ist das, Petronius.«

Während Meister Bosch dozierte, trat er in den hinteren Teil des Ateliers, räumte Bilder, leere Malgründe und Staffeleien beiseite und zog schließlich die Tafel heran, die Petronius nur zu gut kannte. Mit einem Ruck entfernte er das Leinentuch. Unter der Abdeckung kam das fertige Bild zum Vorschein. Petronius wunderte sich etwas, hatte er doch seinen Meister bislang nie an diesem Werk arbeiten sehen und die Zeit, seitdem er es das letztemal betrachtet hatte, war kurz bemessen gewesen. Entweder schlief Hieronymus Bosch nicht und malte ausschließlich während der Nacht, oder ein anderer stellte das Werk für ihn fertig.

»Du siehst das Mittelbild eines Triptychons, Petronius. Wer ein Triptychon vor sich hat, denkt sofort: das ist ein Altargemälde. Also muß der Inhalt sich ausnehmen wie ein Altargemälde. Auf den Außen- und Innenseiten male ich: die Erschaffung der Welt, die der ersten Menschen, das Paradies und rechts, die Tafel, die Ihr noch nicht kennt, Petronius, …«

» … eine Hölle, vermute ich.«

Bosch lächelte zufrieden, spähte zu Jacob van Almaengien hinüber, der spöttisch lächelte und die Brauen verzog und sich dann mit der flachen Hand auf die Schenkel schlug.

»Eine Höllenszene! Richtig. Ein allerchristliches Werk also, das jedem durchschnittlichen Pfaffen zu einer vollen Kirche gereichen würde. Aber es ist nicht unsere Absicht den unzähligen Altarbildern ein weiteres hinzuzufügen. Wir wollen mit diesem Bild eine Botschaft vermitteln – und Ihr, Petronius, habt sicher bereits erkannt, welche Botschaft es sein wird, die sich dahinter versteckt.«

Petronius nickte und preßte die Lippen aufeinander, bevor er antwortete. War das hier eine Prüfung oder bot ihm Meister Bosch eben das, wovor ihn Jacob van Almaengien gewarnt hatte, eine fertige Lösung?

»Wenn ich es richtig weiß, ist die Lehre der adamitischen Bruderschaft der Männer und Frauen des Freien Geistes mit eingeflochten!« hörte er sich sagen.

»Ihr habt den Nagel auf den Kopf getroffen, Petronius. Unsere Bruderschaft sieht sich einer Anfeindung ausgesetzt, der wir kaum etwas entgegenhalten können. Die Menschen in ’s-Hertogenbosch stehen noch hinter uns, aber die Sticheleien des Inquisitors zeigen Wirkung. Es wird nicht mehr lange dauern, und wir werden verfolgt werden wie die homines intelligentiae von Einhoven, Chartres, Brüssel und Antwerpen. Wer im geheimen Gottesdienste feiert, muß mit den dunklen Mächten im Bunde stehen. Wer in Unschuld und Offenheit die Eucharistie im Angedenken der ersten Menschen des Paradieses begeht und den Weg zur Höhe ohne hinderliche Bekleidung sucht, weil nur so die Freuden des Paradieses wirken können, dem wird Ketzertum unterstellt. Magister Jacob hat uns frühzeitig gewarnt – und wir glaubten uns sicher. Jetzt wissen wir, daß die Zeit gekommen ist. Das Gewicht der Dominikaner, ihr Einfluß, wird stärker. Deshalb müssen wir die Botschaft der Adamiten in eine Form fassen, die nicht mit uns zusammen vernichtet werden kann, wenn wir auf dem Scheiterhaufen brennen.«

Petronius blickte zu Jacob van Almaengien hinüber, der starr vor sich hinsah. Glaubte er ebenfalls an die Ausrottung der Adamiten durch den Orden der Prediger? Waren die Brüder und Schwestern des Freien Geistes die Knochen für die Hunde des Herrn, die man ihnen zuwarf? War so die Warnung Zitas zu verstehen, die ahnte, was in der Stadt vorging? Und sollten die Provokationen Meister Boschs gegenüber dem Pater nur Mitleid bei der Bevölkerung erregen und die Menschen auf die Seite der Verfolgten ziehen? Alles das waren mögliche Antworten. Petronius ließ seinen Blick über das Atelier schweifen. Überall hingen jetzt Skizzen des Mysterienspiels, das heute abend im Gerippe des Kathedralenschiffs aufgeführt werden sollte. Durch die offenen Dachluken fiel ausreichend Licht, um die Szenen auf Papier zu beleuchten: die Versuchung des Herrn durch den Teufel. Und plötzlich fiel es Petronius wie Schuppen von den Augen. Natürlich, das Spiel stand in engem Zusammenhang mit der momentanen Situation der Adamiten, die sich gegen die Versuchung der Dominikaner zur Wehr setzten. Deshalb die Mönchskutte für die Figur des Satans, deshalb der Auftritt des Inquisitors. Soweit verstand Petronius das Vorhaben seines Meisters.

»Warum schreibt Ihr kein Buch? Sind Bilder nicht schwerer zu verstehen?«

Jetzt lachte selbst Jacob van Almaengien, als hätte Petronius einen guten Witz gemacht, und erhob sich. Er langte zu einem Stapel von schmalen Büchern, in denen, wie Petronius wußte, mythologische Interpretationen notiert waren, schlug es auf und hielt es dem Gesellen verkehrt herum unter die Nase. Verwirrt betrachtete der die handschriftlichen Notizen, die für ihn auf dem Kopf standen, nicht gelesen werden konnten und deshalb keinen Sinn ergaben.

»Lest vor, Petronius Oris!« befahl ihm der Gelehrte.

»Ihr müßt mir die Schrift schon richtig herum geben, dann will ich lesen.«

»Verwirrt sie Euch? Nun, dann seid Ihr zumindest soweit, daß Ihr lesen könnt. Jemand der nicht lesen könnte, dem wäre die Art des Aufschlagens egal gewesen. Kaum jemand beherrscht diese

Kunst. Sie ist nur wenig verbreitet. Und selbst die neue Kunst des Buchdrucks mit Bleilettern wird auf absehbare Zeit diese Fertigkeit nicht fördern. Bilder aber, Petronius, kann jeder lesen, der diese Welt durch mindestens ein Auge betrachtet ...«

» ... und Bücher brennen, Petronius. Brennen vorzüglich. Man wirft sie in den nächstbesten Kamin – und das Wissen, das diese Bücher enthielten, löst sich auf in schwarze Flocken.«

Meister Bosch war dem Gelehrten ins Wort gefallen.

»Altarbilder werden allerhöchstens beiseite gestellt, wenn sie geweiht sind. Sie verschwinden in Sakristeien oder bei Sammlern. Zerstört werden sie höchst selten, meist überhaupt nicht. Sie sind heiliges Gut. Das ist ein Vorteil. So kann die Botschaft Jahrzehnte oder gar Jahrhunderte überdauern. Versteht Ihr, Petronius. Ein geweihtes Altarbild ist der beste Garant für ein Weiterleben unserer Botschaft!«

Petronius begann zu begreifen, was die beiden von ihm wollten. Meister Bosch und Jacob van Almaengien fürchteten offenbar um ihr Leben. Jemand mußte aber dafür sorgen, daß das Triptychon fertiggestellt und vor allem geweiht wurde.

Jacob van Almaengien schien zu bemerken, daß Petronius wußte, wovon sie sprachen.

»Sicher versteht Ihr jetzt besser, warum ich Euch in diese Kammer gelockt habe.«

» Ich glaube es«, bestätigte Petronius. »Ich sollte erkennen, daß die unheimlichen Gestalten, die fremdartigen Wesen und Formen Teil dieser Natur sind. Daß Meister Bosch keine dämonischen Wirklichkeiten darstellt, sondern nur die Natur eingehender betrachtet als alle anderen, und dadurch andere Wahrheiten erarbeiten kann.«

Petronius versuchte, seine ganze Skepsis in diese Worte hineinzulegen. Aber Hieronymus Bosch schien nichts davon zu bemerken, denn er nickte bedächtig.

»Genau so ist es. Es ist für die Menschen ein Bild von der Vielfältigkeit der Welt. Dahinter aber liegt das Credo unseres Glaubens: denn der Tod hat ein Ende und Christi Reich, in dem die zwei Dinge eins sein werden, bricht an.«

Bosch setzte sich bei diesen Worten vor das Bild auf den Boden und vertiefte sich in dessen Betrachtung. Jacob van Almaengien schritt auf Petronius zu, hakte sich an dessen Arm unter und führte ihn beiseite.

»Stört ihn nicht weiter. Er ist dabei, die Wahrheit zu suchen. Und Wahrheit ist immer die Erfindung des besseren Lügners.«

XIII

Überall an den Säulenschäften brannten Fackeln und warfen ihr unruhiges Licht über die Szenerie. Seitlich der Bergkulissen brannten Kerzen auf mannshohen Lüstern, und auf den Kulissen selbst hatte man Öllämpchen drapiert, die ebenfalls matt die Bergwelt des vermeintlichen Jerusalem befeuerten. Über allem leuchtete das weiße Licht des Mondes, das scharfe Schatten ins Innere des Säulenwaldes warf.

Das Geflüster war erstorben, als der Teufel aufgetreten war, ganz in Rot, mit einem hölzernen Pferdefuß und zwei Kuhhörnern auf dem Kopf und den Zuschauern, die eben erst aus der heiligen Messe in die Vorhalle geströmt waren, zugerufen hatte:

»Und wenn jemand sagt: Seht, hier ist der Messias, oder: Dort; so glaubt es nicht, denn es werden falsche Messiasse aufstehen und falsche Propheten, und sie werden große Zeichen und Wunder tun, um auch die Auserwählten zu verführen.«

Dabei hatte der Schauspieler im nachtschwarzen Kostüm Satans unmißverständlich hinübergedeutet auf Pater Johannes von Baerle, der mit den Obersten seines Ordens, dem Vorsteher der Männerkongregation und der Äbtissin der Schwestern des Ordens, in der vordersten Reihe saß. Selbst von seinem Platz aus, der seitlich zum Geschehen lag, konnte Petronius erkennen, daß dem Pater die Wutröte ins Gesicht stieg. Aber bevor der Pater vor Erregung herausplatzen konnte, verschwand der Teufel und machte der Taufe Jesu Platz. Johannes stieg mit dem Messias, das Kreuz in der linken Hand, in ein angedeutetes Flußbett. Christus, verkörpert von niemand anderem als Hieronymus Bosch, kniete nieder, während um ihn her allerlei Wundergestalten sich tummelten und schrien. Zwerge mit komischen Gesichtern, Riesen auf vier Stelzen, ganz in Rot, deren Arme riesige Insektenflügel bargen, mit denen sie herumschwirrten, Kopffüßler und krauchendes Getier, das sich aus allen Spalten und Falten erhob und den Täufer daran zu hindern suchte, den Sohn Gottes zu weihen. Wieder schien der Pater verblüfft, denn Meister Bosch hatte bislang offiziell keine Rolle übernommen – und Jesus sollte zumindest von einem Geistlichen dargestellt werden. Johannes von Baerles Unterlippe zitterte. Die Szene gipfelte für die Zuschauer in einer pyrotechnischen Attraktion. Eine Rakete zischte zwischen den Säulen gen Himmel, als Johannes die Taufe vollzog, zerplatzte in einem weißen Lichtregen im Glanz des Vollmonds, und dann segelte eine Papiertaube herab auf die Zuschauer und eine Stimme dröhnte von oben: »Dieser ist mein geliebter Sohn, an dem ich Wohlgefallen habe!« Im selben Moment verschwanden alle teuflischen Wesen und alles satanische Getier in einem heiseren Aufschrei, daß es dem Gesellen kalt den Rücken hinunterlief.

Petronius begeisterte sich an den Effekten und bemerkte gleichzeitig, wie gespannt und voller Erwartung die Zuschauer dem Spektakel folgten. Selbst die Haltung des Inquisitors entspannte sich bis zu dem Punkt, an dem der Teufel zum zweitenmal erschien, wieder begleitet von einer Reihe von Höllenwesen. Sie trugen ihn auf einem Stuhl mitten auf die Bühne und umtanzten und umgarnten ihn. Einen Teerkessel auf dem Kopf und ein Leichentuch, als Brustlatz umgebunden, begann er als Ketzer gezeichnete Figuren zu verschlingen, die ihm von seinen Unterteufeln hinaufgereicht wurden. Petronus hätte beinahe geklatscht vor Vergnügen über die phantasievollen Gewänder. Ein Raunen ging durch die Menge. Bosch hatte zwar Wort gehalten und Satan nicht im Habit der Dominikaner auftreten lassen, dafür hüpften jetzt die Dämonen und Untergeister des Herrn der Hölle in den Kutten der domini canes durch die Kulissen. Jeder der Teufel hielt ein

Musikinstrument unter dem Arm oder spielte darauf eine grauenvolle Melodie. Würfel fielen, Becher schlugen aneinander, es wurde gesungen, gezecht, gelacht – und im Nu verwandelte sich das Gotteshaus in eine Schenke der Vorstadt mit Huren und Waibel, mit Falschspielern und Messerstechern.

Pater von Bearle fuhr auf, erregt von dieser Ungeheuerlichkeit, und geiferte nach der Kulisse, aber sein Geschrei ging im allgemeinen Lärm der Höllendiener unter. Keiner der Anwesenden interessierte sich ernsthaft für seine Anklage. Hinter ihm Sitzende wollten ihn an der Kutte wieder zurück auf seinen Platz zerren. Pater von Baerle sah sich um. Die Umstehenden tuschelten miteinander, zeigten auf diese oder jene Figur, lachten und freuten sich über den gelungenen Einfall. Entgeistert ließ sich der Inquisitor auf die Bank zurückfallen.

Erst als Jesus auftrat, beruhigte sich das wilde Treiben. Satan verließ seinen Stuhl und versuchte ihn zu verführen, was von Christus immer wieder zurückgewiesen wurde. Furcht und Genugtuung über die Standfestigkeit des Herrn spiegelten sich in den Gesichtern. Nur das Antlitz des Inquisitors verfinsterte sich mit jedem weiteren Auftritt.

Die letzte Szene spielte auf dem künstlichen Berg, gut zehn Fuß über der Erde, so daß die Menschen sich recken mußten. Der Teufel zeigte Jesus die Welt und ihre Herrlichkeit, verkörpert durch den Säulenwald der Kathedrale, und forderte den Messias auf:

»Dies alles will ich dir geben, wenn du niederfällst und mich anbetest.«

Aber Jesus donnerte mit der dröhnenden Stimme Hieronymus Boschs sein »Weiche, Satan!« hinunter auf die Menschen, so daß es ruhig wurde auf den Bänken vor der Kulisse und alle hinaufstarrten und auf das Ende harrten. In diesem Moment ließ der Teufel von Christus ab, schrie einen langgezogenen Schrei in die Säulenhalle hinein, daß von es dort widerhallte, und stürzte sich ins Innere des Berges, wo, wie Petronius wußte, drei Männer auf ihn warteten, um ihn aufzufangen.

Petronius fühlte, wie die Menge erlöst aufatmete, wie sie das gute Ende erwartet hatten, aber beinahe nicht mehr hatten erwarten können.

Von überallher strömten jetzt Engelwesen heran, in Weiß und Gold gekleidete Jungfrauen der Stadt. Petroius erkannte darunter die Tochter des Bürgermeisters, die eine Hand des Messias ergriff und sich ihm zu Füßen warf, wieder aufstand und zum Publikum hinunter die Wort sprach:

»Er ist mein Herr und Gott, ihm will ich folgen.«

Damit hatte das Mysterienspiel sein ergreifendes Ende gefunden. Die Besucher erhoben sich bereits, viele mit Tränen in den Augen und gerührt von der Szenerie, als ein irres Gelächter über der Kulisse schwebte. Ein heiseres, schnelles Stakkato, das sich in der Höhe verlor. Die Menschen erstarrten in ihren Bewegungen, suchten Kulisse und Säulenwald ab nach dem Ursprung der Stimme. Grauen erfüllte die Zuschauer. Alle Bewegung fror ein. Petronius sah noch, daß sich hinter dem Engel, der das Schlußwort gesprochen hatte, eine Gestalt erhob, größer als Bosch, größer als ein normaler Mensch, nackt, ein Zwittergeschlecht mit Brüsten und männlichem Glied. Es beugte sich von hinten über den Engel. Dann ging ein Stoß durch das Mädchen. Es ruderte mit den Armen, kippte vornüber, verlor das Gleichgewicht und stürzte, Kopf voran, den Berg der Versuchung hinab. Es stieß einen Schrei aus, der in nichts dem glich, was Petronius je gehört hatte. Zerschmettert blieb der Engel auf den Steinplatten der Kathedrale liegen.

Lähmung packte die Gläubigen. Petronius' Blick löste sich nur langsam von dem Bild vor ihm. Die Tochter des Bürgermeisters lag mit gebrochenem Hals am Boden. Ihr konnte niemand mehr helfen.

Mit einem Satz huschte Petronius hinter die Kulissen und versuchte, den Satan aufzuhalten. Denn sie war nicht gestolpert, sie war gestoßen worden. Und der Täter mußte sich noch hinter der Kulisse befinden.

Aber dort fand Petronius nur mehr eine Stange. Er nahm sie in die Hand, führte sie nach unten und legte sie auf den Boden. An der Spitze war ein Querholz aufgenagelt, an der eine Figur aus

Stroh und Stoff mit einem überdimensionierten Mantel hing, ähnlich dem, den der Teufel getragen hatte. Außerdem war ein gutes Stück unterhalb senkrecht zur Stange ein weiteres Holz aufgenagelt, mit dem man, kam man von hinten, einem Menschen einen Stoß versetzen konnte. Eines machte Petronius allerdings stutzig. Die weiblichen und männlichen Geschlechtsteile waren echt. Sie rochen streng nach Alkohol und Verwesung. Gesehen hatte er sie bereits einmal – im Raritätenkabinett seines Meisters.

Petronius blickte sich um. Er vernahm das Knallen des Nebenportals. Es lohnte nicht, den Fliehenden zu verfolgen. Der Mörder hatte die Kirche verlassen.

Vor der Kulisse löste sich langsam die Betäubung. Die Menschen schrien durcheinander. Petronius lauschte nur auf die Geräusche, auf das Schluchzen und Weinen, auf die ohnmächtigen Zornesrufe. Mit einemmal dröhnte eine Stimme durch die Halle, die allen das Blut in den Adern gefrieren ließ. Pater Johannes von Baerle übertönte Trauer und Schmerz:

»Wie lange noch Herr, du Heiliger, du Wahrhaftiger, richtest du nicht und rächst nicht unser Blut an den Bewohnern der Erde?«

Ein Satz aus der Apokalypse des Johannes. Pater Johannes' Stimme schlug in die Kerbe des Weltuntergangs. Eine Pause entstand, in der die Stimmen ringsum verstummten.

»Merzen wir aus, was Unglück und Furcht über die Stadt wirft. Brennen wir aus die Wunde des Unglaubens, die uns Menschen ohne Hoffung auf Gott zurück läßt und Opfer fordert wie dieses hier. Schneiden wir aus unserer Haut die Wucherungen des Zweifels und der Sündhaftigkeit, denn nur in Gott ist Wahrheit. Wir alle wissen, wem wir dieses Unglück zu verdanken haben, wer den Namen des Herrn lästert, wer im Dunkeln mit geheimem Ritus Unglück über unser aller Haupt heraufbeschwört. Reißen wir aus, den Arm, der uns schmerzt, reißen wir aus, das Auge, das begehrliche Blicke wirft.«

Petronius hörte förmlich, wie sich die Hand des Inquisitors hob und hinaufwies zur Gestalt Hieronymus Boschs, der im Gewand des Messias die Hauptrolle des Spiels verkörpert hatte und noch immer auf der Kulisse stand und erschüttert auf die Tote zu seinen Füßen starrte. Und vor seinem inneren Auge sah Petronius das Glimmen in Pater Johannes' Augen und das spöttische Grinsen des Todes in seinem Gesicht.

XIV

»Haus der Schwanenbruderschaft«, hatte auf dem Fetzen Stoff gestanden, der an den Rahmen seines Fensters geheftet gewesen war und darunter als eine Art Unterschrift ein »Z«.

Zweimal schon hatte die Turmglocke die Stunde geschlagen, zweimal nach dem Abendbrot. Petronius war verunsichert, ob er die Botschaft richtig verstanden hatte. Immer wieder buchstabierte er die Wörter vorwärts und rückwärts, sie ergaben keinen anderen Sinn.

Die gewölbten, blasigen Scheiben des Fachwerkbaus spiegelten die Passanten und verzerrten sie bis zur Unkenntlichkeit, als wollten sie ihm sagen, daß alles trügerisch, alles nur Schein und Blendung sei, daß hinter aller Erkenntnis immer eine zweite Wirklichkeit lag. Das Alter der Buzenscheiben verhöhnte die Jugend, indem sie nur Häßlichkeit und Verstümmelung zurückwarf. Nur dem geduldigen Betrachter offenbarte sich die Wahrheit hinter dem bloßen Schein. Die Zeit lehrte geduldiges Warten. Die dunkle Toröffnung gähnte, und ein flackerndes Kerzenlicht in einem der Fenster schien ihm zuzublinzeln. Alle amüsierten sich über seine Unruhe.

»Wen suchst du?« flüsterte es vor ihm.

Petronius erschrak und fuhr auf. Vor ihm stand, keine zwei Schritte entfernt, Zita. Um ihren Mund spielte ein spöttischer Zug, den er ihr aber gerne vergab, denn ihr Geruch zog ihn sofort in Bann.

»Wenn die Nachricht von dir ist, Zita, dann dich.«

Sie nickte, glitt an ihm vorbei, wobei sie mit ihrer Hand leicht die seine berührte und ihn so mitzog, ohne ihn tatsächlich festzuhalten. Sie wandte sich spielerisch nach ihm um und preßte ihre Unter- an die Oberlippe. Es sah aus, als schmolle sie für einen Moment, weil er ihr nicht folgte. Petronius machte zwei, drei schnelle Schritte und stand neben ihr.

»Warum hast du mich herbestellt?«

»Ich wußte nicht, wie ich dich erreichen sollte, ohne daß es allzusehr auffällt. Wir dürfen nicht zu oft miteinander gesehen werden.«

Zita verfiel in einen ernsten Ton.

»Warum so geheimnisvoll?«

Zita seufzte, dann ging sie rasch zur Kathedrale hinüber, so daß Petronius Mühe hatte, ihr zu folgen.

»Warte. Ich möchte doch nur wissen ...«

»Wissen, wissen!« spöttelte Zita und lachte. »Warum wollt ihr Männer immer alles wissen?«

Sie waren an der Kathedrale angekommen und Zita steuerte zu Petronius' Überraschung auf das Nebenportal zu.

»Durch diesen Ausgang ist der Mörder entwischt!« sagte Petronius, als sie hindurchschlüpften.

Hinter der eichenen Tür hielt sie plötzlich inne. Die Steinmetzen hatten eine Bahn Sackleinen herabgelassen, um das Holz zu schützen. Das Portal fiel zu. Zita drückte sich an Petronius, rieb ihren Körper an seinem. Petronius spürte durch den dünnen Stoff ihres Kleides hindurch ihre weiche und doch straffe Weiblichkeit. Als er sie näher an sich ziehen wollte, zog sie die Augenbrauen in die Höhe und sagte:

»Ihr Männer solltet die Welt erfühlen, nicht nur erkennen.«

So schnell wie sie sich an ihn gedrängt hatte, war Zita unter der Leinenbahn durchgeschlüpft und ins Innere der Kathedrale vorausgeeilt.

»Zita, jetzt warte doch!« rief Petronius ihr halblaut hinterher, aber sie war bereits zwischen den Säulen verschwunden.

»Petronius. Ist nicht die Liebe staunenswert? Wie Musik ist sie in mir und macht mich tönen.«

Wundervoll klang die Stimme im Hall des Säulenwaldes, wie

das sanfte Wogen einer Harfe in den tiefen Tönen. Im Hintergrund standen noch die Kulissen des Mysterienspiels, schwarz und mächtig.

»Ihre Liebe soll unbefleckt und keine Sünde sein, gehüllt in das Gewand der Engel, heißt es in einer unserer Prophezeiungen!«

Petronius schloß die Augen und öffnete nur sein Gehör für die Melodie der Stimme und nahm den Inhalt der Sätze kaum wahr. Zita lief offenbar von Säule zu Säule, umrundete ihn dabei, so daß ihre Stimme von überallher zu ihm drang.

»Und die Dreieinigkeit beugte sich hinab in den Grund, dorthin wo sie alle wurzeln, die Dinge, und mühte sich in tiefer Liebe, und in Liebe machte sie uns einen Leib und eine Seele, lauter wie das Wasser und tönend wie der Gesang der Vögel und wohlgeformt wie das Spiegelbild der Sonne.«

Die letzten Worte flüsterte Zita nahe an seinem Ohr. Mit ihrer Spirale aus Wortklang hatte sie ihn gefangen wie mit einem Seil.

»Jede Liebe, die wir empfinden, ist eine Liebe Gottes, Petronius, und daher rein und unverbraucht und offen.«

Petronius öffnete die Augen wieder und blickte hinauf ins Unendliche des Himmels, der hier unten auf dem Grund des unfertigen Kirchenschiffs tiefer wirkte als draußen. Mit einer vorsichtigen Bewegung zog er Zita an sich und deutete hinauf ans Firmament, an dem erste Sterne sichtbar wurden.

»Dort hinauf möchte ich mit dir fliehen, Zita«, flüsterte Petronius und umschlang sie. »Und auf dem ganzen Weg dorthin will ich …«

In seinem Übermut und angeregt durch Zitas Melodien und ihre anschmiegsame Art spielte er mit ihrer Brust, begann sie sanft zu streicheln. Aber Zita fuhr zurück, als hätte er sie verletzt.

»Habe ich dir nicht versucht zu erklären, was ich meine. Du Dummkopf. Hörst du mir nicht zu? Was geschehen ist, Petronius, ist vorbei. Diesen einen Moment der Unachtsamkeit, des Gefühlsüberschwanges. Es hätte ihn nicht geben dürfen. Die Bruderschaft kennt keine körperliche Liebe, keine Vereinigung der Geschlechter vor der Verehelichung. Wir sind wie Adam und Eva. Wir kennen keine Lust, keine Gelüste vor der Ehe. Verstehst du das nicht, Petronius? Erst nach der Ehe werden wir frei und dürfen uns dem Verlangen hingeben, über das Maß hinaus, das die Kirche als Pflicht zur Zeugung vorschreibt. Der Bund der Ehe ist eine fortwährende Verlockung der Sinne. Aber nur er!«

Petronius fühlte sich, als wäre er geohrfeigt worden. Was war passiert? Wovon redete Zita?

»Ich dachte, du hegst mir gegenüber dieselben Gefühle wie ich dir gegenüber. Ich dachte, mein Besuch ...«

Zita stampfte mit dem Fuß auf.

»Das ist es ja. Dieser Besuch. Er hätte nicht geschehen dürfen, und was geschehen ist, hätte nicht sein dürfen. Wir haben von verbotenen Früchten genascht, Petronius. Verboten für die Brüder und Schwestern des Freien Geistes, für dich und mich!«

Zita wich zurück und faßte sich mit beiden Händen ans Gesicht, als müsse sie gleich in Tränen ausbrechen.

»Aber wie sollen wir lieben, wenn wir uns nicht vereinigen dürfen?«

Petronius trat auf Zita zu und nahm sie in den Arm. Sie ließ es geschehen, drückte den Kopf gegen seine Brust, atmete schwer.

»Wie Eva Adam liebte, in aller Unschuld!« drang es dumpf aus der Umarmung.

Petronius schüttelte überrascht den Kopf.

»Ich weiß nicht, ob ich stark genug dafür bin.«

Statt einer Antwort löste sich Zita von ihm, nahm seine Hand und zog ihn in Richtung der Kapelle.

»Komm mit. Die Bruderschaft wartet auf uns.«

Wieder überraschte Zita ihn. War das alles nur ein Vorspiel gewesen für einen Gottesdienst? War es eine Lektion in Verhalten gewesen, bevor er der Gemeinschaft gegenübertrat?

Rasch schlichen sie zwischen Säulen und zum Bau bereitstehender Steinquader zum Chorumgang. Am Portal zur Kapelle klopfte Zita zweimal rasch, die Tür öffnete sich, und beide schlüpften hinein. Im Vorraum entledigte sich Zita ihrer Kleider und reichte sie Petronius, der sie an den Haken hängte und ebenso mit seiner Kleidung verfuhr. Gemeinsam schritten sie die drei

Stufen hinab in die Kapelle weiter, in der ein Prediger bereits begonnen hatte, das Bild seines Meisters Bosch zu erläutern.

Zita und Petronius hockten sich nebeneinander unter das abgedunkelte Fenster und konzentrierten sich auf die Ausführungen.

»... erfolgt die Einweihung in das Geheimnis der acclivitas. Der Weg zur Höhe ist nichts, was ausposaunt, sondern von Wissenden an Unwissende weitergegeben wird. Die Braut weiht ihren Bräutigam ein, die Ehefrau den Mann, der Priester die Gemeindemitglieder in geheimen, persönlichen Gesprächen. Seht den Jüngling hier, der neben seinem Mädchen lagert, bäuchlings hingestreckt. Er trägt das Zeichen seiner Freiung auf dem Kopf, eine Pflaumenfrucht, ist eingeweiht in unsere Liebe und hält ...«

Langsam begriff Petronius diesen Teil des Bildes als Lehre der Lehre. Die Menschen teilten einander Dinge mit, die nicht immer für alle Ohren gleichermaßen bestimmt waren. In Gruppen zu zweit, dritt, fünft standen sie beisammen, lauschten einer Person, die mitzuteilen hatte, die wissend schien. Sie belehrte, wies ein, offenbarte Geheimnisse, bei denen Mann oder Frau die Augen niederschlug. Und er wußte, welches Mysterium hier enthüllt wurde, trugen doch die allermeisten Symbole mit sich, die sich eindeutig zuweisen ließen: Kirsche, Pflaume, Brombeere oder Erdbeere. Alle waren sie Zeichen, die mehr oder weniger auf die körperliche Liebe hinwiesen. So verhieß eine Kirsche zwar Fruchtbarkeit, aber nicht mehr, während die Pflaume eindeutig auf die Einweihung der Frau in ihr Begehren verwies.

»... zeigt der Wissende im Turm, durch den die begierig Lernenden, jetzt eingeweiht und im Ritus unterwiesen, ins Paradies entlassen werden, auf das Unterpfand ehelicher Fruchtbarkeit, den Karpfen, schwer vom Rogen. Wir beschweren uns mit dem Glück dieser Welt. Wir tragen in sie hinein, was an Lachen und Hoffen, an Liebe und Zärtlichkeit fehlen mag. Wir verweigern uns aber dem rohen Genuß, der tierischen Seite unseres Lebens, denn Gott, der Herr, schuf am sechsten Tage seiner Schöpfung keine Tiere, sondern ...«.

Während Petronius das Bild betrachtete, auf dem unter einer

Kalotte ein Priester Braut und Bräutigam zusammenführte und offenbar im Wissen der adamitischen Liebe unterwies, auf dem direkt darunter ein Liebespaar eng umschlungen nebeneinander lagerte, während er ihr von der Liebe erzählte und sie ihm mit großen Augen folgte, kam ihm Zita in den Sinn. Sie saß neben ihm, leicht nach vorne versetzt und nackt wie die Gestalten auf dem Bild Boschs. Ihre Brust mit den kleinen dunklen Warzen hob und senkte sich. Ihre Hände falteten sich über dem Schoß, dessen dunkellockiges Haar sich in einem feinen Streifen bis zum Nabel stahl. Die eindringlichen Worte des Priesters, die Frau neben ihm, ihr Geruch nach Haut und Haar und Lavendel ließen seine Männlichkeit aufstreben.

Petronius versuchte verlegen dieses Mißgeschick zu verdecken, aber in eben diesem Moment sah der Priester zu ihm herüber, stockte und starrte entgeistert auf seine Lenden. Petronius versuchte, sich mit den Händen zu schützen, doch der Priester lenkte die Aufmerksamkeit der Gemeinde unwillkürlich auf ihn. Er konnte nichts weiter tun, als still dazusitzen und darauf zu warten, daß seine Erregung verschwand. Zita drehte ihren Kopf und sah ihn an. Ihr Gesicht verfärbte sich dunkelrot. In seiner Not streckte Petronius seine Hand nach ihr aus und versuchte sie zu berühren. Aber Zita schrie, sprang auf und floh zum Altar hinauf.

Jetzt kam Leben in die Gemeinde. Der Priester löste sich aus seiner Erstarrung und fauchte Petronius an.

»Verschwindet, Unwürdiger. Wer nur Gefäß ist für Lust und Sünde, soll sich reinigen und das Tor zum Paradies erst wieder aufstoßen, wenn er innerlich den Geist des Satans überwunden hat.«

Petronius erhob sich, bedeckte seine Lenden mit der einen Hand und bahnte sich mit der anderen, den Blick zu Boden gerichtet, einen Weg aus der Kapelle. Rasch griff er sich im Vorraum seine Kleidung, stürzte zur Tür hinaus und floh in die Kühle des Säulenwaldes.

XV

»Ich habe den Mörder gesehen!«

Der Lange Zuider wirkte blaß. Ständig kratzte er nervös den Grind von seinem Kopf und zupfte an den vernarbten Stellen seiner Arme, bis sie erneut bluteten.

»Bettler waren beim Mysterienspiel nicht erwünscht, und da bin ich von hinten in die Kathedrale. Ein grandioses Schauspiel. Wirklich. Und für den Inquisitor ein Schlag ins Gesicht.«

Der Lange Zuider lachte kurz und hustete verhalten. Dann zog er Petronius zu sich her und deutete hinüber zur Mauer, in der die Pforte eingelassen war, durch die der Inquisitor letztens verschwunden war. Beide standen sie im Schlagschatten der gegenüberliegenden Häuser, vor ihnen wurde die Gasse durch den erst aufgehenden Mond matt beleuchtet.

»Ich schwöre dir, als das Spiel beinahe zu Ende war, verzog ich mich nach draußen. Es gibt da diese Steinmetzpforte. Ich dachte, es kommen bestimmt auf dieser Seite auch Menschen heraus, und hatte mich direkt vor den hinteren Ausgang gepflanzt.«

Je weiter der Lange Zuider in seinem Bericht kam, desto näher zog er Petronius zu sich heran. Ihm wurde der Geruch von ranzigem Körperfett, eitriger Kopfhaut und Blutkrusten beinahe zuviel.

»Plötzlich hörte ich den Aufschrei, dann war Stille. Gerade wollte ich mich auf meinem Stock aufrichten, als sich das Tor öffnete. Ich brachte kaum mein ›Eine Kleinigkeit‹ heraus, war der Kerl an mir vorbei. Was sage ich, über mich drüber. Umgerannt hat er mich, daß mein Stock bis auf die andere Gassenseite geflogen ist.«

Mit der rechten Hand fuhr sich der Lange Zuider über den Nacken, als müsse er eine lästige Mücke verscheuchen. Als die Hand jedoch unter dem Haaransatz wieder auftauchte, erkannte Petronius eine dunkle Färbung auf der Hand.

»Wenn ich nervös bin, könnte ich mir die Haut abziehen, Petronius. Vielleicht sollte ich mich einmal freiwillig bei unserem Dominikaner melden. Dann wäre ich dieses lästige Jucken los, ein für allemal.«

Wie ein kleines Kind kicherte er über seinen gelungenen Scherz, während es Petronius kalt den Rücken hinunterlief. Es kostete ihm Überwindung der langsamen Erzählweise des Langen Zuider zu folgen und ihn nicht dadurch zu verprellen, daß er kein Interesse zeigte.

»Was die Person sicher nicht ahnt ist, daß ich sie erfühlt habe.«

Der Lange Zuider ließ eine Pause folgen, damit sich Petronius weidlich über diese Neuigkeit wundern konnte.

»Und?« fragte dieser pflichtschuldigst nach.

»Und, sagt er. Nichts als: und? Verstehst du denn nicht? Als der Mörder mich umrannte, fühlte ich den Körper. Und der war mir eine Offenbarung. Verstehst du? Die Person trug nämlich Brüste mit sich herum und einen Schwanz besaß sie ganz und gar nicht. Ich habe nachgegriffen. Der Mann war eine Frau! Begriffen?«

Wenn Petronius sich hätte setzen können, hätte er das getan.

»Und du bist dir sicher, Zuider? Eine Frau?«

Diesmal berührten die Lippen des Bettlers beinahe Petronius' Ohr. Fast schien es, als wäre der Lange Zuider am liebsten mit der Hauswand verschmolzen oder in eines der Fächer des Fachwerkbaus gekrochen, um nicht gehört oder gesehen zu werden.

»Und was für eine! Ich täusche mich in manchen Dingen, Petronius. Aber eine Frau kann ich noch auf hundert Fuß von einem Mann unterscheiden, vor allem, wenn ich meine Hände dazu verwenden darf. Ein kräftiges Exemplar ihrer Art, dabei relativ klein. Jedenfalls rappelte sie sich auf und sprang in diese Richtung hier davon. Ich überlegte noch, ob ich meinen Stock suchen und mitnehmen, oder ob ich hinter ihr herlaufen sollte. Sie humpelte vor mir her, ich glaube aber nicht, daß sie mich gesehen hat. Sie verschwand hier durch diese Pforte.«

Petronius sah hinüber. Die Pforte lag ruhig im Licht des Mondes. Außer einer Katze, die eng an der Wand entlang auf Beutefang vorüberstrich, blieb alles ruhig. Als wäre die Gasse ausgestorben. Nur im Einflugloch des Taubengeschoßes rührte sich ab und zu eine Person und man sah den gespannten Bolzen einer Armbrust aus der runden Luke hervorragen.

»Die Nonne. Es war die Nonne des Dominikanerinnenklosters!« flüsterte Petronius. »Ich habe gehört, wie Pater Johannes ihr den Auftrag gab, das Mädchen zu töten.«

Petronius fuhr sich mit der Hand übers Gesicht. Er hatte den Hinweis bekommen und ihn nicht beachtet.

»Hinkt sie?« der Lange Zuider fragte nach. »Beinahe wäre mir das Herz in die Hose gerutscht, weil ich mir dachte, der leibhaftige Satan hinke vor mir her in Richtung Hölle.«

Petronius nickte.

»Und was machen wir jetzt? Wir haben keine Beweise gegen die Dominikanerin. Und ohne handfeste Beweise kommt sie nicht einmal vor das Stadtgericht.«

»Wir können nichts unternehmen«, flüsterte Petronius niedergeschlagen. »Wir müssen ...«

Die Hand des Langen Zuiders fuhr ihm über den Mund. Petronius schmeckte das Blut der Kratzwunden auf seinen Lippen.

»Still!« zischte der Bettler.

Sie horchten auf die Gasse hinaus. Hinter ihnen drangen aus der Tiefe der Gasse Schritte. Der Lange Zuider ließ Petronius' Mund wieder los. Beide Männer drückten sich an die Wand und verschmolzen beinahe mit dem Gebäude in ihrem Rücken. Zielsicher querte der Unbekannte bereits ein gutes Stück vor ihnen die Gasse und steuerte genau die Pforte in der Mauer ihnen gegenüber an.

»Wenn er ins Mondlicht tritt!« hauchte der Lange Zuider.

Petronius Neugier war ebenfalls bis zum Zerreißen gespannt. Dann trat ein Mann auf die Gasse, dessen grauen Umhang mit Kapuze Petronius sofort erkannte.

»Jacob van Almaengien!«

Petronius hatte den Namen beinahe unhörbar auf den Lippen gebildet. Aber sofort drehte sich die Gestalt um und musterte die dunkle Straßenseite scharf. Er hätte die beiden sicherlich mit der Zeit wahrgenommen, wenn nicht die Katze von eben aus dem

Dunkel ins Mondlicht getreten wäre. Jacob van Almaengien stampfte mit dem Fuß auf und scheuchte das Tier in eine der Brandlücken. Dann drehte er sich wieder um und trat auf die Pforte zu. Ein kurzes Klopfen in einem raschen Rhythmus und die Tür wurde geöffnet. Sofort schlüpfte der Gelehrte hinein und verschwand.

»Beim Heiligen Thomas!« entfuhr es dem verblüfften Zuider. »Was tut der Gelehrte im Kloster?«

»Und das nachts, wenn Bürger ohne Tadel schlafen!« setzte Petronius hinzu.

»Hast du dir schon einmal überlegt, warum ein Dominikanerinnenkloster bewacht werden muß? Wir haben das bislang für selbstverständlich genommen. Aber hier spazieren die gewichtigsten Persönlichkeiten der Stadt aus und ein, und dann rührt sich oben hinter Luke nichts. Wenn wir als Bettler uns nur auf Geruchsweite nähern, saust ein Pfeil heran und vertreibt uns.«

Petronius grinste breit, ohne daß es der Lange Zuider in der Nacht erkennen konnte.

»Ich kann es verstehen, Zuider. Eure käsigen Körper und die frischgestärkten Kutten der Damen dort drinnen passen schlecht zusammen.«

»Spotte du nur. Aber warum können Johannes von Baerle und Jacob van Almaengien dort hinein, als wären sie zu Hause?«

Tatsächlich trieb Petronius der Gedanke um. Bei Pater Johannes konnte er es noch begreifen, schließlich war es ein Kloster seiner Kongregation und unterstand als Frauenkonvent sicherlich seiner Observanz. Vielleicht mußte er Beichten abnehmen und Aufgaben verteilen. Aber was tat Almaengien in diesen Räumen? Welche Rolle spielte er im verwirrenden Kampf um die Macht in dieser Stadt?

»Wir können dieses Rätsel hier nicht lösen. Also laß uns verschwinden. Wir treffen uns morgen wieder. Im Adler. Einverstanden?«

»Macht zwei Bier!« entschied der Lange Zuider und verschwand in der Gasse, aus der Jacob van Almaengien getreten war.

Petronius wartete noch einen Augenblick, bis er vom Bettler nichts mehr hörte, dann machte er sich ebenfalls auf den Rückzug. Kaum einen Schritt von seinem Versteck entfernt trat Petronius in eine Kuhle, verlor das Gleichgewicht und stolperte. Bis er sich wieder gefangen hatte, stand er im vollen Mondlicht inmitten der Gasse.

In diesem Moment vernahm er in seinem Rücken ein Geräusch. Die Pforte war geöffnet worden und die Nonne, die sonst die Besucher empfing, stand unter der Türschwelle und sah zu ihm herüber. Petronius erkannte die Narbe auf der Wange. Mit einem Satz rettete er sich ins Dunkel der Gasse.

XVI

Kopflos stürzte Petronius durch die Gassen der Stadt. Die Wände warfen das unregelmäßige Klacken eines Schritts zurück. Jemand verfolgte ihn, seit er den Schwarzen Adler verlassen hatte. In den kurzen Gassen der nördlichen Stadt hatte er gehofft, seinen Verfolger abzuschütteln, aber es war, als wisse der bereits vor ihm, wohin er sich wandte, und tauchte immer rechtzeitig entweder vor oder hinter ihm auf. Petronius schien es, als werde er in eine bestimmte Richtung getrieben. Unerbittlich tönte dieses unheimliche Klack-Klack und drängte ihn langsam über den großen Marktplatz in den Süden ’s-Hertogenboschs. Obwohl die Nacht kühl war und er nur leichte Kleidung trug, schwitzte Petronius. Die nackte Angst trieb ihn vorwärts, weil der Schatten an ihm klebte wie ein Stück Pech – und er ahnte, daß selbst sein Zimmer im Atelier seines Meisters ihn nicht vor dieser Person zu schützen vermochte.

Ihm fehlte der Lange Zuider. Mit ihm hätte er gerne im Schwarzen Adler über sein Erlebnis bei den Adamiten geprochen, aber der Bettler war unauffindbar gewesen. So hatte er sich drei Bier gegönnt und das Treiben in der Schenke verfolgt. Vermutlich würde er immer noch dort sitzen und mit dem einen oder anderen Krug Bier seine Mißgeschicke der letzten Zeit zu vergessen suchen, wenn nicht an der Hintertür der Schatten aufgetaucht wäre. Gekleidet in eine dunkle Kutte, hatte er an der lichtabgewandten Seite des Türstocks am Hinterausgang gelehnt, als gäbe es ihn eigentlich nicht, und hatte nur unter seiner Kapuze verborgen zu ihm herübergestarrt. Niemand außer Petronius hatte offenbar etwas Sonderbares an der Person bemerkt – und dann war er in Richtung Marktplatz davongeeilt. Er hatte zu Bett gehen und auf seinem Lager über die Dinge nachdenken wollen.

Kaum hatte er den ersten Schritt auf der Gasse gemacht, als er das Klack-Klack hinter sich vernommen und gesehen hatte, wie die Kutte hinter ihm hereilte.

Erschöpft lehnte sich Petronius an eine Wand und rang nach Atem. Er lauschte in die Dunkelheit der Straße hinein, konnte aber nichts vernehmen. War es ihm gelungen, den Fremden abzuschütteln? Seine Nase meldete ihm, wo in der Stadt er sich befand. Dem Geruch nach mußten Färbereien mit ihren aus Lehm gebauten Farbkuhlen in den Innenhöfen in der Nähe sein. In ihnen verrotteten Pfanzenreste und gaben so in die mit Urin und Wasser gefüllten Becken ihre Farbe ab. Es stank faulig und gluckste leise.

Petronius eilte weiter, immer auf der Hut vor dem Geräusch, das ihn verfolgte. Im Hinterkopf keimte der Gedanke, daß sein Vorgänger Jan de Grott womöglich eine ähnliche Verfolgung miterlebt hatte. Mit einem Ergebnis, über das er jetzt nicht nachdenken durfte.

Das Tuch traf ihn unerwartet. Eine ganze Bahn noch feuchten Leinstoffes klatschte schwer auf ihn nieder, riß ihn von den Beinen und hüllte ihn ein. Bevor er sich wehren konnte, umschlangen ihn kräftige Arme, schlugen die freien Enden des nassen Stoffs um seinen Körper und zerrten ihn von der Straße. Der Gestank des Tuches nahm ihm den Atem. Da ihn die Person in das Leinen eingewickelt hatte, konnte er zwar gerade noch vorwärtsstolpern, sich aber nicht mehr wehren. Nur seine Beine fühlten, daß er einen steil ansteigenden Hügel hinaufgeschoben wurde. Dann erhielt er einen Stoß und fiel. Im selben Augenblick platschte er in eine Flüssigkeit, die über ihm zusammenschlug. Panik erfüllte ihn. Die Nässe drang schnell durch das Tuch, dick und schleimig, und nahm ihm die Luft. Er strampelte mit den Beinen, warf sich hin und her, tobte, rutschte aber immer tiefer in den Bottich. Schon wehrte sich nichts mehr in ihm, wurde ihm beinahe schwarz vor Augen. Plötzlich zerrte jemand an seinen Beinen, zog ihn aus der Brühe. Wie ein Lappen wurde er zu Boden geworfen, dann rollte ihn die Person auf den Rücken. Das Tuch klebte ihm im Gesicht, die Flüssigkeit lief von den Haaren herab und bedeckte Nase und Mund wie einen Film. Er würgte, wand sich, krampfte, und plötzlich zog der Unbekannte das Tuch beiseite und ließ ihn atmen. Gierig sog Petronius die Luft in seine Lungen, verschluckte sich an der Flüssigkeit, die ihm übers Gesicht lief, würgte, spuckte und krümmte sich.

»Petronius Oris, seid Ihr von allen guten Geistern verlassen?«

Petronius versuchte erst gar nicht, die Augen zu öffnen. Mit ungelenken Bewegungen streifte er das Tuch vollends ab. Die Stimme hatte er längst erkannt.

»Ich färbe mir die Kleidung immer so, Pater Johannes!« Petronius hustete Reste von Farbflüssigkeit auf den lehmigen Boden.

»Solange Ihr Euren Humor nicht verloren habt, kann es Euch nicht schlecht gehen.«

»Es ging mir nie besser, Pater. Nur trockener.«

Petronius strampelte sich frei und schlug vorsichtig die verklebten Augen auf. Er befand sich inmitten der Beckenlandschaft einer Färberei, gut beleuchtet durch den fast noch vollen Mond am Himmel.

»Geht Ihr immer hier spazieren, Pater?« fragte Petronius spitz, während er ausspuckte, um den Uringeschmack loszuwerden.

Pater Johannes hielt sich den Zipfel seines Ärmels über die Nase.

»Ihr riecht streng.«

»Lieber streng riechen, als streng gläubig sein, Pater. Ihr habt mir immer noch nicht gesagt, warum ich Euch hier treffe.«

»Zufällig, Petronius Oris, rein zufällig«, murmelte der Pater, dessen Stimme bereits gereizt klang. »Ein Akt der Menschenliebe.

Ich hörte ein Geräusch. Dann sah ich einen Schatten durch das offene Tor der Färberei wegspringen, dachte an ein Verbrechen, sah nach, gewahrte Euer Strampeln und zog Euch an den Füßen aus dem Bottich. Rechtzeitig, wie ich vermute. Ihr wärt sonst ertrunken!«

»Ich glaube Euch kein Wort, Pater. Und Ihr könntet bei allen Heiligen und sonst noch ein paar Wundertätigen schwören. Warum wolltet Ihr mich loswerden?«

Pater Johannes wandte sich ab.

»Besser wäre es gewesen, ich hätte Euch ersaufen lassen. Ihr verursacht mir nichts als Ärger, statt mich mit dem Wissen zu versorgen, das für mich dringlich wäre.«

Johannes von Baerle winkte Petronius, er solle mit ihm den Färberhof verlassen. Im ersten Stock öffnete sich bereits ein Laden und ein beleibter Handwerker lehnte sich aus dem Fenster.

»He. Ist da wer? Macht, daß Ihr rauskommt, Ihr Lumpenpack!«

Petronius schleppte sich durch die Toröffnung. Seine Kleidung hing naß und schwer an ihm.

»Jetzt aber ernsthaft, Petronius Oris. Grund genug, Euch die Pest an den Hals zu wünschen, habe ich. Aber ich lief Euch tatsächlich hinterher, nachdem ich gesehen hatte, daß Ihr vor irgendwem davonlieft.«

Langsam kam Petronius zu sich. Die Welt glänzte unterm Mondlicht und schien ihm schöner als jemals zuvor. Die Gassen, die ihm zuvor Angst eingejagt und allesamt Zugänge zur Unterwelt dargestellt hatten, gähnten ihn nur noch müde an. An den Fachwerkhäusern wirkten die Querbalken der Geschoße wie riesige Münder, die ihn auslachten für seine Angst.

»Ich weiß nicht warum, Pater Johannes, aber Ihr lügt. Niemand außer Euch hat ein Interesse daran, mich aus dem Weg zu räumen.«

»Wollt Ihr mich nicht verstehen? Wenn ich Euch ans Kreuz hätte nageln wollen, wäre das längst geschehen. Ich muß nicht heimlich hinter Euch herschleichen und Euch in Tücher einwickeln. Ich würde Euch öffentlich verbrennen lassen, als Fanal für alle, welche glauben, die Kirche gereiche ihnen nur zum Gespött. Ein für allemal. Nicht meine Schergen waren es, die Euch einen Hinterhalt gestellt haben.«

Petronius senkte nachdenklich den Kopf, während er automatisch Pater Johannes folgte. Wenn dieser wirklich die Wahrheit sagte, dann besaß er in dieser Stadt einen Feind, der ihm nach dem Leben trachtete, ohne daß er wußte, warum und wer derjenige war. Ein Schauer lief ihm über den Rücken. Wem war er in den letzten Monaten in die Quere gekommen, wer fühlte sich durch ihn so bedroht, daß er ihn beseitigen mußte?

Petronius erwachte aus seinem Nachdenken erst, als sie vor einem Haus in der Nähe der Stadtmauer hielten. Er sah auf, als Pater Johannes in einem bestimmten Rhythmus an die Tür klopfte.

»Wo sind wir?« meinte Petronius, und musterte nachdenklich die Umgebung, aber schon öffnete sich die Tür und der Pater schob ihn etwas unsanft über die Schwelle. Hinter dem Portal erwartete sie eine Nonne, zu der sich Pater Johannes hinunterneigte und der er einige Worte zuflüsterte. Die Klosterfrau, durch die Kopfhaube in ein unbestimmbares Alter eingegossen, nickte nur und entfernte sich. Zuvor musterte sie Petronius mit einem schnellen Blick und der Maler erkannte eine Narbe, die sich vom rechten Mundwinkel die Wange hinunter zum Ohr zog, so daß ihr ein schiefes Lächeln gefror. Dann verschwand sie mit einem Naserümpfen und schwerem Schritt hinkend im Dunkel des Ganges.

Wenig später tauchte die Nonne wieder auf, Kleidung über dem Arm und einen Waschzuber in der Hand. Sie deutete auf das Wasser, den Lappen, die frische Wäsche.

»Danke, Schwester Concordia. Reinigt Euch, Petronius, bevor wir weitergehen!« befahl der Inquisitor. »Ihr riecht wie eine Rotte Wildschweine!«

Petronius nickte. Er legte die Kleider ab, wusch Haare, Gesicht, Oberkörper, Beine. Dann schlüpfte er in die ausgelegte Kleidung. Sie fiel an seinem Körper herunter, bauschte und fältelte überall, aber Petronius freute sich über den frischen Geruch und die weiche Webart des Linnens. Mit der Neueinkleidung kehrte sein Geruchssinn zurück. Seine empfindliche Nase erkannte den Ort wieder, an dem er sich jetzt befand. Neben moderndem Holz und dem Schimmel feuchter Wände hockte ein eigentümlich süßlicher Duft nach Frauen und Thymian im Gemäuer. Es war das Kloster, mit dem das Haus der Frauen verbunden war, in das Zita sich zurückzog.

»Was sollen wir hier?« fragte Petronius, während er sich drehte und den Ort musterte.

»Redet, wenn Ihr dazu aufgefordert werdet!« antwortete Pater Johannes schroff, der bislang nur stumm in einer Ecke gestanden hatte.

Petronius wollte eben etwas erwidern, als am Ende des Ganges Schwester Concordia wieder erschien und ihnen zuwinkte. Pater Johannes nickte und schob Petronius vor sich her den Gang hinunter, obwohl dieser protestierte.

Je tiefer sie in das Gebäude vordrangen, desto intensiver roch es nach Wachs und Lavendel, das wohl zum Einmotten der Kleidung verwendet wurde.

Wortlos folgten sie Schwester Concordia, die Petronius und den Pater hinkend über Wendeltreppen und durch enge Gänge tiefer ins Gebäude hineingeleitete. Petronius versuchte, sich den Weg zu merken, aber nach der fünften Biegung gab er auf. Gewölbegänge wechselten ab mit geziegelten Wänden und Mauerdurchbrüchen, die von Holzverkleidungen verdeckt wurden. Unterschiedliche Gebäudeteile fügten sich zu einem Ganzen zusammen, das ein verwirrendes Labyrinth ergab.

Endlich erreichten sie einen Raum, der von Kerzen erleuchtet wurde. Eine eichenbraune Vertäfelung drückte die Helligkeit. Der Wachsüberzug der wenigen Möbel glänzte matt. Ein tiefer Schrank, mit goldfarbenen Messingbeschlägen verkleinerte das Zimmer zusätzlich. Atemnot und Platzangst peinigten ihn bereits, als er das Zimmer betrat. In der Mitte erwartete sie eine weitere Nonne, die ihnen allerdings den Rücken zukehrte.

»Kennt Ihr Schwester Hiltrut?« forderte der Inquisitor Petronius auf, etwas zu sagen, aber der schüttelte nur den Kopf und antwortete zögernd.

»Nein, woher sollte ich eine Nonne kennen, und dann von hinten? Haltet Ihr mich für einen Hellseher?«

Doch ein unbestimmtes Gefühl, die Haltung der Frau vor ihm schon gesehen zu haben, beschlich ihn.

»Dreht Euch um, Schwester Hiltrut!« forderte der Pater die Schwester auf – und Petronius sah plötzlich in ein Gesicht, das er trotz der verschwollenen und entzündeten Augenränder sofort erkannte. Ihre Lippen preßten sie fest aufeinander.

»Zita! Was haben sie mit dir gemacht?«

Schwester Hiltrut schüttelte den Kopf. Sie sah ihn an, und in ihren Augen lag die Frage: »Warum bist du nicht weggegangen, wie ich es dir gesagt habe?« Dann blickte sie zu Boden.

»Und jetzt zu Euch, Petronius Oris. Daß Ihr Euch Feinde in der Stadt verschafft habt, interessiert mich wenig. Es sind die Euren, nicht die meinen. Mußtet Ihr aber Schwester Hiltrut mit in Eure Affären ziehen? Ich habe Euch gewarnt. Ihr solltet Eure Finger von Zita lassen. Sie ist eine Nonne – und daher vergeben. Macht Euch keine falschen Hoffnungen.«

Bis dahin hatte Petronius geschwiegen und nur Zita, die jetzt Schwester Hiltrut genannt wurde, betrachtet, ohne recht zu begreifen, was die Tracht an ihr zu bedeuten hatte. Als jedoch das Wort Nonne fiel, wich die Sorge der Verblüffung. Von einem Augenblick zum anderen hatte er das Gefühl, in einen schwarzen Schacht zu stürzen.

»Eine Nonne? Du, Zita? Aber du warst doch …«

Zita sah hoch. Petronius traf ein Blick der Verachtung für seine Frage. Er hätte schreien können, toben, das Mobiliar zerschlagen, diese widerliche Kröte von Inquisitor zerquetschen, wie sie ihm dieses Wissen zu einem Zeitpunkt offenbarte, als er sich seine Liebe zu dem Mädchen eingestanden hatte.

»Ja, eine Nonne. Und ich bin stolz darauf, dem Herrn, meinem Gott, zu dienen. Ich …«

Ein Wink des Inquisitors ließ sie verstummen. Nur widerwillig senkte sich ihr Blick zu Boden.

Petronius knurrte, als er sah, wie sie auf Geheiß des Paters reagierte, und fuhr herum. Pater Johannes hob beschwichtigend die

Augenbrauen, ohne auch nur einen Finger zu rühren. Wie eine Statue stand er und wehrte Petronius' spürbaren Zorn ab.

»Zita war für uns das Auge, um die Gesellschaft der Brüder und Schwestern des Freien Geistes zu beobachten. Sie bediente in der Schänke und war dort unser Ohr für das Grummeln des Unmuts in der Bevölkerung – und jetzt ist sie unnütz geworden. Nach Eurem viehischen Auftritt, Petronius Oris, ist sie wie Ihr selbst aus der Bruderschaft ausgeschlossen worden. Und wir sind gleichzeitig blind und taub geworden.«

Dann trat Pater Johannes einen Schritt vor, baute sich vor ihm auf und lächelte ihn an. Petronius glaubte einen Zug sadistischer Lust in seinen Augen flackern zu sehen.

»Zwei Tage gebe ich Euch Zeit, die Stadt zu verlassen. Sollte ich danach noch eine Person namens Petronius Oris innerhalb dieser Mauern antreffen, werde ich sie dem Scheiterhaufen überantworten. Und das, Maler, ist diesmal keine leere Drohung mehr.«

Nur eine kaum wahrnehmbare Bewegung des Fingers genügte, und Schwester Concordia zupfte Petronius am Ärmel und gebot ihm, ihr zu folgen. Langsam schlüpfte sie aus dem Raum, durchquerte die Gänge des Klosters und Petronius folgte ihr.

Innerlich war er tot. Sein Zorn hatte ihn ausgeglüht wie ein Stück Holz. Das sollte ihm Pater Johannes bezahlen müssen. Keine Sekunde dachte Petronius daran, diese Stadt zu verlassen. Aber er grübelte darüber nach, wie er Zita helfen konnte, sofern sich Schwester Hiltrut, oder wie sie heißen mochte, helfen ließ. Er fühlte, wie ihm die Unterlippe dabei zitterte, wie er heftiger zu atmen begann. Und er ahnte, daß diese beiden Tage Frist etwas bedeuten mußten. Er wollte aus diesem Gebäude hinaus, so schnell wie möglich. Er mußte schreien, seinem Unmut Luft machen.

In dem Augenblick erkannte er die Wendeltreppe wieder, die er zu Zita hochgestiegen war. Er verlangsamte seinen Schritt und fiel hinter der Nonne zurück. Als er an der Tür angekommen war, drückte er sie leise auf und schlüpfte hindurch. Sollte sich Schwester Concordia doch wundern, wo er geblieben war!

XVII

Vorsichtig schlich Petronius die Treppe zum Wehrgang hoch. Oben angekommen blieb er stehen und beobachtete die Straße, ob ihm auch niemand folgte. Eine ganze Zeit verharrte er so regungslos, als wäre er mit den alten Balken der Wehrverbauung verwachsen. Sein Gehör versuchte den abendlichen Gesang der Vögel zu durchdringen, und mit den Augen suchte er auf der Straße unter sich jeden Vorsprung, jeden Hauseingang ab. Er entdeckte nichts Ungewöhnliches.

Trotzdem schlug sein Herz bis zum Hals, als er sich an einer der Schießscharten hochzog und mit der einen Hand einen überkragenden Balken abtastete, während er sich mit der anderen an einem Mauervorsprung festhielt.

Die Ledertasche lag noch dort, wo er sie versteckt hatte. Vorsichtig zog er sie herab und sprang auf den Wehrgang hinunter. Wieder drückte er sich gegen die Mauer, um von unten nicht gesehen zu werden. Rasch griff er in die Tasche und entnahm ihr das Bild, das er ohne es zu wissen nach Oirschot hätte bringen sollen. Er rollte es auf und strich es glatt.

Das Tageslicht reichte noch aus, um es zu eingehender zu betrachten. Langsam begriff er, warum das Bild für Pater Johannes von Baerle so wertvoll gewesen war, daß er dafür einen Menschen tötete. Das Gesicht des Paters war so gut getroffen, daß unmöglich Zweifel darüber aufkommen konnten, wer gemeint war. Er trug seinen Ordenshabit und war mit Schwanz und Hörner eindeutig als Teufel ausgewiesen. Das allein hätte schon genügt, den Maler auf den Scheiterhaufen zu bringen. Wirklich gefährlich erschien ihm aber die eigentliche Botschaft. Das Kostüm, gegen das der Pater gewettert hatte, war ihm sofort aufgefallen. Die anderen Details auf der Kohlezeichnung hatten ihn jedoch nicht interessiert. Sie waren ihm bislang unverständlich gewesen. Jetzt, nach dem Mysterienspiel, konnte Petronius sie deuten, und sie erschienen ihm wie eine Prophezeiung. Der Teufel hing nämlich wie eine Handpuppe an einer Stange, war sichtbar mit männlichen und weiblichen Geschlechtsteilen ausgestattet und stieß eine Person von einem nur schwach angedeuteten Berg.

Auf dem Blatt war der Anschlag auf die Tochter des Bürgermeisters abgebildet worden, allerdings mit einer entscheidenden Veränderung. Opfer war dort nicht der Engel, sondern der Darsteller der Christusfigur. Sie wurde herabgestoßen.

Petronius lehnte sich gegen das kalte Mauerwerk. Er war froh, die Kohlezeichnung nicht in seinem Zimmer aufbewahrt, sondern nach seiner Rückkehr hier versteckt zu haben. Sein Gesicht glühte. Unzählige Gedanken schossen ihm durch den Kopf. Selbst die Vögel, die sich in die zunehmende Dunkelheit hinein sangen, lärmten in seinen Ohren.

Wer hatte das Bild gezeichnet? Einer der Gesellen Boschs natürlich. Pieter? Enrik? Vermutlich Pieter, denn der hatte es in seiner Tasche versteckt, ohne daß er etwas davon gewußt hatte. Aber woher hatte er von dem bevorstehenden Ereignis gewußt? Hatte er den Pater belauscht? Oder jemand anderen? Jacob van Almaengien vielleicht?

Petronius schreckte aus seinen Gedanken auf. Schritte kamen auf den Wehrgang zu. Er hielt den Atem an und wartete angespannt. Er beugte sich so weit vor, daß er die Straße unter sich im Augen hatte. Zwei Frauen tuschelten unter ihm, die sich mit Krügen noch auf den Weg zum Brunnen machten. Er lehnte sich erneut zurück, versuchte den Faden seiner Gedanken wieder aufzunehmen.

Das Bild war also eine Warnung für seinen Meister gewesen. Hatte er, Petronius, den Mord möglicherweise mitverschuldet, weil er die Zeichnung nicht herausgegeben, sondern hier verborgen gehalten hatte? Wollte Pieter ihm das mitteilen?

Plötzlich kam ihm in den Sinn, daß er Jacob van Almaengien die Pforte zum Kloster hatte betreten sehen. Stand er mit dem Anschlag in einer Verbindung. Hatte Pieter davon etwas erfahren und mußte er deshalb sterben?

In seinem Kopf verwirrten sich die Gedanken und die wüstesten Spekulationen machten sich breit.

Der erste Ruf des Nachtwächters holte ihn wieder in die Gegenwart zurück. Erst jetzt bemerkte er, daß die Nacht schnell hereingebrochen war.

Eines war sicher. Das Bild durfte nicht in 's-Hertogenbosch bleiben. Entweder schaffte er es aus der Stadt, oder er vernichtete es.

Plötzlich vernahm er ein Geräusch, das sich von den sonst an sein Ohr dringenden Lauten unterschied. Jemand stieg langsam, Schritt für Schritt die Treppe hinauf, darum bemüht, keinen Lärm zu verursachen.

Petronius konnte niemanden entdecken, dafür legte die Nacht zu rasch ihre Decke über die Stadt. Offenbar war er trotz aller Vorsicht verfolgt und beobachtet worden.

Rasch griff er nach dem Bild, hängte sich die Tasche um, stand auf und stellte sich nahe eines Tragbalkens an die Mauer. Ihm blieb nichts weiter übrig als zu warten. Es gab nur diesen einen Abgang in seiner Nähe. Seine Augen versuchten, die Dunkelheit zu durchdringen, und tatsächlich entdeckte er auf dem Wehrgang eine Gestalt, die sich schwarz gegen die Hausdächer im Hintergrund abzeichnete und beinahe lautlos näherkam.

Petronius versuchte, mit dem dunklen Balken zu verschmelzen und wartete ab, bis sich die Person auf seiner Höhe befand. Sie war in einen Mantelumhang gehüllt und hatte eine Kapuze über den Kopf gezogen, so daß er das Gesicht nicht erkennen konnte. Als sie auf seiner Höhe an ihm vorüberschritt, trat Petronius überraschend aus seinem Versteck, stieß die Gestalt mit Wucht gegen das Geländer, so daß sie taumelte, schlüpfte an ihr vorbei und polterte die Treppe hinab.

Petronius wußte nicht, ob ihm jemand folgte. Er hatte nur in dem Moment der Berührung gespürt, daß er es mit einer Frau zu tun gehabt hatte. Er hatte ihre Brüste berührt.

Für ihn galt im Augenblick nur ein einziger Gedanke: würde ihn jemand mit diesem Bild in der Hand festhalten, würde er unweigerlich auf dem Scheiterhaufen landen.

Noch im Laufen begann er das dicke Papier der Kohlezeichnung zu zerreißen. Er lenkte seinen Schritt zur Binnen Dieze, folgte dabei dem Geruch des brackigen Wassers und warf eine Handvoll Schnitzel weit in das schwarze Wasser hinaus, als er sie erreichte. Dann hastete er einige Meter weiter und schleuderte den Rest in das Gewässer. Jetzt erst lehnte er sich außer Atmen gegen eines der Fachwerkgebäude und holte Luft. Sein Herz raste, seine Lungen schmerzten, aber langsam beruhigte er sich und er fühlte, wie sein glühendes Gesicht sich abkühlte. Niemand außer ihm selbst wußte, was auf Pieters Zeichnung zu sehen gewesen war, und kein anderer würde es je erfahren.

Er wollte eben wieder seines Weges gehen, in seine Kammer zurückkehren, als ihn eine sanfte Stimme ansprach.

»Was tut Ihr um diese Zeit auf der Straße, Petronius Oris?«

Petronius, der sich mit den Armen auf den Oberschenkeln abgestützt hatte, fuhr hoch.

Vor ihm stand in ein dunkles, kuttenartiges Gewand gehüllt, Jacob van Almaengien.

»Ich sah Euch vor etwas davonlaufen. Kann ich Euch helfen?«

Mißtrauisch betrachtete Petronius den Mann. Woher kam der Magister? War er es gewesen, der ihn verfolgt hatte? Er ärgerte sich darüber, daß er sich eben nicht mehr Zeit genommen hatte, seinen Verfolger genauer zu betrachten. Er konnte nicht mit Bestimmtheit sagen, ob Jacob van Almaengien und der Unbekannte dieselbe Person waren.

»Die Straßen sind voller Gesindel!« antwortete er und hustete in seine Faust. »Da ist manchmal der beste Mut die eigene Schnelligkeit.«

Jacob van Almaengien lachte verhalten. Er deutete auf die Ledertasche.

»Wie ich sehe, kommt Ihr zurecht. Ihr solltet dennoch nächtens Taschen besser im Haus lassen. Ihr Inhalt verführt bisweilen zu unlauteren Gedanken.«

Mit diesen Worten schritt Jacob van Almaengien an ihm vorüber, ohne auf eine Antwort zu warten. Petronius sah ihm nach. Er hielt an der Stelle, an der er seine Papierfetzen ins Wasser geworfen hatte. Dort bückte er sich, hob etwas auf und beugte sich dann über das Geländer. Petronius schien es, als werfe er einen Gegenstand ins Wasser.

Er konnte sich aber auch täuschen.

XVIII

»Seid Ihr von allen guten Geistern verlassen?« Noch nie hatte Petronius seinen Meister so außer Fassung gesehen. Nervös zupfte Hieronymus Bosch an seinem Wams herum.

»Konntet Ihr nicht wenigstens zum Schein so tun, als wärt Ihr mit dem Vorschlag des Paters einverstanden? Seit dem Unfall haben die Dominikaner nichts anderes zu tun, als heimlich die Stadt gegen uns aufzuhetzen. Sie machen es systematisch, Haus für Haus, Familie für Familie. Tagsüber schwärmen die Predigerbrüder regelrecht aus, um Stimmen zu fangen oder doch Mißtrauen zu sähen. Wißt Ihr, was man mittlerweile über die Adamiten flüstert? Nein?«

Mit großen Schritten durchmaß Meister Bosch den Raum. Er wirkte leer. In den letzten Tagen mußte Bosch viele seiner Skizzen und Aufzeichnungen beiseite geschafft haben. In der Linken hielt er seinen Pinsel und fuchtelte mit ihm durch die Luft, als führe er einen Degen. Seine Palette lag auf einem der Beistelltische, auf dem Bild, an dem er die letzten Striche beendet hatte, glänzten noch die frisch bearbeiteten Stellen.

»Hätten wir nur etwas davon gewußt!«, murmelte Bosch.

Petronius sah ihn betroffen an und erinnerte sich plötzlich an die Kohlezeichnung, die er von Pieter erhalten hatte. Unsicher trat er von einem Fuß auf den anderen. Er zweifelte, weil er das Bild nicht weitergegeben hatte und im Überschwang seiner Wut den Pakt mit Pater Johannes verraten hatte.

»Ich dachte, eine Zusammenarbeit mit dem Inquisitor …«

Unwirsch unterbrach Meister Bosch seinen Gesellen.

»Laßt. All das ist nebensächlich geworden. Sie beschuldigen uns jetzt öffentlich, während unserer Messen Orgien zu feiern. Eine Vorstellung, die nur den kranken Gehirnen vertrockneter Mönche entstammen kann. Aber das wäre nicht das schlimmste Vergehen, das sie uns anlasten. Es geht das Gerücht, daß wir Menschen opfern, genauer gesagt Kinder. In den letzten Jahren verschwanden in der Gegend einige kleine Kinder von der Straße und wurden nicht wieder aufgefunden. Jetzt will man plötzlich wissen, wer sie auf dem Gewissen hat: die Brüder und Schwestern des Freien Geistes. Und Ihr gießt dem Inquisitor durch Euer unbedachtes Verhalten zusätzliches Öl in das Feuer, das er über uns entfacht.«

Stumm standen sich Meister Bosch und Petronius gegenüber. Der Maler musterte ihn.

»Ich halte Euch zugute, daß dieser Fehler weniger Eurer Verwegenheit, sondern vielmehr Eurer Unwissenheit über die Folgen in diesem Spiel um Leben und Tod zuzuschreiben ist.«

Bosch kehrte ihm den Rücken zu und trat wieder an sein Bild heran, mit den Augen dessen, der sein eigenes Werk auf Fehler und Unklarheiten hin mustert. Lange stand er davor, ohne ein Wort zu sagen. Petronius schien er vergessen zu haben, aber plötzlich drehte er sich zu ihm um und fixierte ihn.

»Ich befürchte, daß die nächsten Tage zur Hetzjagd gegen die Bruderschaft geblasen wird. Pater Johannes muß Erfolge vorweisen, und der tödliche Sturz der Bürgermeisterstochter brachte ihm endlich die langersehnte Gelegenheit. Zudem man den Teufel, der sie gestoßen hat, noch nicht ausfindig machen konnte. Vermutlich wird man es nie können.«

Meister Bosch ließ Petronius nicht aus den Augen.

»Ihr wißt ebensogut wie ich, daß dieser Unfall inszeniert wurde. Der Dominikaner selbst hat den Befehl dazu gegeben, um ihn uns anlasten zu können. Nur er wußte um den genauen Ablauf des Spiels.«

Petronius wagte es, seinen Meister zu unterbrechen.

»Viele wußten davon. Nicht nur der Dominikaner.«

Meister Bosch ließ den Einwand gelten, obwohl er, seinem Gesichtsausdruck nach zu urteilen, seinem Gesellen am liebsten das Wort abgeschnitten hätte.

»Ihr habt recht, zu viele.«

Mit einem Seufzer wandte er sich wieder seinem Bild zu. Mit einer fahrigen Bewegung mischte er einen Ton. Dann wechselte er den Pinsel, wählte einen feinen, der nur aus drei Haaren bestand, und plazierte mit ruhiger und sicherer Hand einen unscheinbaren Farbtupfer auf einer der Beeren, die eine Figur auf dem Kopf trug. Aus dem Symbol der Fruchtbarkeit wurde im Handumdrehen ein Totenschädel, aus dem Lebenszeichen ein Symbol des Todes.

»Wer gibt Euch diese Gedanken ein, Meister?« wagte Petronius eine Frage, und wunderte sich über seinen Mut. »Oder habt Ihr Euch alles selbst ausgedacht? Die Einführung in die Liebe, die Beziehungen der Figuren untereinander?«

»Niemand kann sich so etwas selbst ausdenken. Jeder Zweig, jeder Felsen auf diesem Bild wurde mit Bedeutung bedacht. Sie alle tragen geheimes Wissen. Und nur äußerlich erscheint dem Betrachter diese Welt dämonisch. Wer den Sinn erkennt, der dahinter liegt, könnte der Klarheit der Gedankenführung folgen.«

»Es ist wie eine Schrift, man müßte nur noch das Alphabet kennen!« provozierte Petronius, da er aus dem nächtlichen Gespräch eben diese Begriffe aufgeschnappt hatte.

Meister Bosch fuhr herum. Einen Augenblick lang spiegelte sich in seinem Gesicht Entsetzen. Dann wischte ein Ausdruck der Gleichgültigkeit die überraschte Miene beiseite, und zurück blieb ein matter Blick.

»Kennt ihr das Alphabet?«

»Nur, was ich in den Lektionen der Messen davon mitgeteilt bekommen habe.«

Bosch nickte nachdenklich.

»Ein Umstand, den ich nicht für gut heiße. Das Bild wird durch den fortwährenden Transport gefährdet. Es darf nicht in die Hände des Paters fallen, nicht ungeweiht. Und jetzt sind wir beim eigentlichen Punkt angelangt, Petronius Oris aus Augsburg. Wenn die Jagd beginnt, müßt Ihr mir eines versprechen: Schafft das Bild nach Oirschot. Laßt es dort weihen. Der Pfaffe weiß bereits Bescheid. Er wird ihm den Segen geben. Es darf nicht auf den Scheiternhaufen, lieber sollen Jahrhunderte vergehen, bis es wieder gelesen werden kann. Egal, was in der Zwischenzeit mit mir oder mit Euch geschieht. Versprecht mir das!«

Bei den letzten Worten trat Meister Bosch so nahe an Petronius heran, daß diesem dessen säuerlicher Körpergeruch in die Nase stieg.

»Versprecht es mir!«

Hieronymus Bosch hielt ihm die offene Hand entgegen und Petronius schlug ein, während er seinen Blick erwiderte.

»Sie soll Euch verdorren, wenn Ihr den Schwur brecht!« setzte Hieronymus Bosch hinzu, als der Handschlag ausgetauscht war. Und seine Stimme nahm dabei einen Klang an, daß es Petronius kalt den Rücken hinunterlief.

»Dafür verrate ich Euch eines der Geheimnisse dieses Bildes. Kommt her!«

Er zog Petronius zum Bild und deutete auf eine Figur, die sich in der rechten unteren Ecke in einer Art Höhle versteckt hielt, den Blick aber unverwandt auf den Betrachter des Bildes gerichtet hielt.«

»Seht Ihr diesen Mann? Fällt Euch an ihm etwas auf?«

Petronius trat näher. Die Beleuchtung des Dachateliers reichte für die Einzelheiten nicht aus. »Links von ihm steht eine Säule, auf der eine Glasschale steht. Die Schale ist mit Perlen geschmückt und ein Vogel sitzt darin.«

Bosch lächelte und beugte sich ebenfalls zum Bild hin, so als wäre ihm diese Stelle ebenso neu, wie sie es für Petronius war.

»Eine interessante Beobachtung, Petronius. Der Vogel ist eine indische Schamadrossel. Ein seltenes Tier, aber ein berühmter Sänger mit melodischem, volltönenden Lied, das weit über sein Revier hin zu hören ist. Ich kenne die Drossel nur als Balg. Er wird von einer zweiten, außerhalb der Schale gefüttert. Es sind zwei männliche Vögel, die einander Dinge zustecken. Sind nicht die Vögel das beste Beispiel dafür, daß nichts in der Welt nutzlos ist, nicht einmal der Gesang der gefiederten Brüder und Schwestern? Selbst sie erfreuen unser Ohr und zeigen uns Gottes Herrlichkeit, wenn wir nur Sinne dafür entwickeln. Aber geht es uns nicht wie diesem Vogel? Sind wir nicht eingesperrt in eine gläserne Sphäre und erkennen wir nicht, wie sie, nur das, was direkt um uns ist und was uns an Atzung hereingegeben wird von anderen, von Wissenden? Eine chymische Hochzeit wird hier gefeiert, aus den Jahrhunderten herüberschallendes, süßes Wissen weitergereicht.«

Hieronymus Bosch hielt inne, deutete dann auf eine Szene daneben.

»Aber ich meinte die Gestalt dort, die uns anblickt, fällt Euch an ihr nichts auf?«

Petronius betrachtete die Szene.

»Es ist die einzige bekleidete Figur des gesamten Bildes, wenn ich es genau betrachte«, beantwortete Petronius die Frage seines Meisters.

»Recht. Sie ist bekleidet. Ein Mann und bekleidet«, fügte er noch gedankenverloren hinzu. Und er deutet auf ...«

»... auf eine Frau, die nach meinem Dafürhalten Eva sein könnte. Denn sie hält einen Apfel in der rechten Hand. Ich finde an ihr eindeutig weibliche Kennzeichen, obwohl mir scheint, daß sie alle von den Buzenzirkeln der Kristallscheibe verdeckt werden.«

Bosch hustete lachend und deutete mit einem Pinselstiel auf die Figur der Frau.

»Fünf Siegel bedecken sie, je ein Siegel auf der Brust, der Halsschlagader, auf der Pulsader, an den Schlagadern der beiden Ellenbogen und ein Siegel, das ihren Mund verschließt. Zur Sibylle wird sie gestempelt, diese Eva des adamitischen Paradieses. Sie ist die Wissende, sie kennt das Blutgeheimnis, sie ist die Helferin ...«

Schritte wurden auf der Treppe laut. Meister Bosch unterbrach seine Ausführungen, um zu lauschen. Dann wandte er sich wieder seinem Gesellen zu. Auch Petronius hatte das Geräusch des Treppensteigens richtig gedeutet, Jacob van Almaengien stieg zu ihnen herauf. Hastig, als müßte er noch eine Botschaft loswerden, deutete er auf die Figur des Mannes. Dabei leuchteten die Augen des Malers auf, groß und eulenartig in seinem mageren Gesicht.

»Erkennt Ihr den Mann?«

Petronius beugte sich noch einmal vor und versuchte im Halbschatten des Ateliers die Gestalt zu identifizieren. Und plötzlich, als hätten ihn die Schritte auf die Idee gebracht, erkannte er Jacob van Almaengien darin.

»Jacob ...«, flüsterte er.

Weiter kam er nicht, denn in diesem Moment erschien der Kopf des Genannten über dem Geländer. Offenbar erfaßte dieser sofort die Situation. Mit einer Stimme fuhr er dazwischen, die leutselig klingen sollte, aber eine innere Schärfe enthielt, so daß selbst Bosch sich erstaunt umdrehte.

»Meister Bosch, Ihr werdet doch nicht alle Geheimnisse des Bildes ausplaudern. Sie sind sonst keine Geheimnisse mehr.«

Und während Petronius sich aufrichtete, fiel ihm eine Ähnlichkeit auf, die er bislang übersehen hatte, weil er sie nicht hatte sehen wollen. Der bekleidete Mann auf dem Bild sah der sibyllinischen Eva zum Verwechseln ähnlich.

XIX

»Petronius, schnell! Bosch ist verhaftet worden. Eine Durchsuchung des Ateliers wird sicher angeordnet werden. Die Bilder müssen verschwinden!«

Enrik stürzte atemlos und in höchster Aufregung in das Atelier der Gesellen. Petronius korrigierte eben die Landschaft, die nach Wunsch Jacob van Almaengiens im Hintergrund des Porträts gestaltet werden sollte. Eine Landschaft, die links vom Betrachter aus eine liebliche Weite zeigen sollte, in der Mensch und Natur im Einklang mit der Schöpfung stehen, während rechts davon Dunkelheit und Chaos der Hölle ihr Unwesen treiben sollten. Als Zeichen dafür, daß beides in einem und nie eines davon allein gesehen werden durfte, hatte Petronius im Hintergrund, auf einem halb kahlen, halb vollbelaubten Baum eine Eule setzen müssen, ein Zeichen, die Dinge auch als ihr Spiegelbild zu erkennen.

Petronius sprang auf, griff Enrik am Arm und zog ihn auf einen der Hocker, die im Atelier standen. Auf ihnen saßen die Maler sonst, wenn sie an einem der Werke arbeiteten. Das entlastete die Beine und ermüdete weniger.

»Was ist geschehen?«

Enrik ließ sich nieder. Er bemühte sich darum, seinen Atem zu beruhigen.

»Eine Versammlung der Liebfrauenbruderschaft ... der Inquisitor gehört ihr ja auch an ... war nicht zu verhindern ...«, stotterte er und versuchte seine Fassung wiederzuerlangen, »das Schwanenessen ... plötzlich stand der Pater auf ... beschuldigte Meister Bosch, der ihm gegenüber saß ... der Mörder wäre gefunden ... er hätte unter der Folter gestanden ... ein Wortwechsel ... Jacob van Almaengien zieh ihn der Lüge.«

Langsam beruhigte sich Enrik und sein Bericht wurde flüssiger. Mit der Hand fuhr er sich über das erhitzte Gesicht.

»Meister Bosch sagte, daß unter der Folter jedermann alles gestehen würde. Der Inquisitor würde sogar gestehen, Jesus selbst ans Kreuz genagelt zu haben. Er solle ihm, Hieronymus Bosch, nur eine ausreichende Anzahl glühender Zangen beibringen und eine halbe Stunde Zeit geben, er könne es ihm am eigenen Leib beweisen. Der Inquisitor tobte, das sei Gotteslästerung. Außerdem hätte der Delinquent gestanden, daß Meister Bosch und seine adamitischen Freunde den Anschlag auf die Tochter des Bürgermeisters angeordnet hätten.«

In Petronius' Kopf schwirrten die Gedanken. Hatte ihm sein Meister nicht vorhergesagt, was geschehen würde? Hatte er davon schon gewußt? Woher wußte Enrik, was geschehen war, und was war das Schwanenessen?

»Was ist das Schwanenessen, Enrik?«

Enrik sah Petronius erstaunt an und zog die Nase geräuschvoll hoch.

»Ein Festessen, bei dem die Liebfrauenbruderschaft einen Schwan verspeist. Alle Honoratioren der Stadt sind anwesend, das Patriziat, der Klerus, soweit er Mitglieder stellt, die Handwerker der Stadt und natürlich die Bürgermeister. Es findet als Abschluß der Mysterienspiele statt und soll die Verbundenheit der Bürger untereinander demonstrieren. Am Rande des Schwanenessens werden auch Streitigkeiten beigelegt oder Geschäfte abgeschlossen. Diesmal wurde es vom Bürgermeister ausgerichtet.«

Trotz des Unfalls mit seiner Tochter und der angeordneten Trauer sollte das Essen stattfinden? Petronius stutzte. Das deutete bereits auf eine Falle hin. Hatte Meister Bosch nicht nachgedacht?

»Wir wunderten uns schon, aber der Bürgermeister bestand darauf. Ich glaube, daß Meister Bosch ahnte, daß das Essen kein reines Festvergnügen werden sollte.«

Langsam begriff Petronius die Zusammenhänge. Trotzdem brannte ihm eine weitere Frage auf den Lippen.

»Warst du daran beteiligt? Ich meine, beim Essen?«

Enrik lachte gequält und schüttelte den Kopf. Dabei schien es Petronius, als blitzten seine Augen spöttisch. Er nahm sich vor, weniger arglos gegen Enrik zu sein.

»Als einfacher Geselle? Wo denkst du hin! Nein!«

»Und woher weißt du, was passiert ist, Enrik?«

»Zufällig bin ich vor der Kathedrale gestanden. Du weißt ja, man kann sich dort für einige Groschen …«

Petronius winkte ab. Natürlich, man konnte sich dort alle Arten der Liebe kaufen, in und außerhalb der Kirche, unter den Augen der biederen katholischen Geistlichkeit, die häufig genug selbst und weidlich vom Angebot Gebrauch machte.

»Und weiter? Sag schon!«

»Gegenüber liegt doch das Schwanenbruderhaus. Dort feiert die Bruderschaft.«

Petronius nickte. Vor dem Gebäude hatte er selbst schon gestanden und auf Zita gewartet.

»Plötzlich stürmten Stadtwachen heran, das Tor des Durchgangs wurde aufgerissen, die Schergen polterten hinauf in den ersten Stock, und kurze Zeit danach schleppten sie Meister Bosch heraus. Mit dem gebührenden Respekt natürlich, aber so, daß an seiner Verhaftung kein Zweifel blieb.«

»Teufel!« entfuhr es Petronius.

»Der Meister erkannte mich und gab mir einen Wink. Ich denke, es geht um die Bilder. Sie müssen verschwinden.«

Petronius nickte. Die Bilder mußten nach Oirschot. Aber wie sollte er das bewerkstelligen? Er konnte sich die Tafeln schließlich nicht auf den Rücken binden.

»Der Keller!« fuhr Enrik in seine Gedanken. »Dort gibt es Platz genug, die Bilder vorerst zu verbergen.«

Erstaunt erhob sich Petronius. Von einem Keller hatte er bislang nichts gehört.

»Wo gibt es hier eine Unterkellerung?«

»Komm mit. Von den Gesellen weiß keiner davon. Ich habe sie selbst nur zufällig entdeckt.«

Enrik, bereits wieder bei Atem, drängte ihn aus der Tür. Er öffnete die Kammer, in der die Kopie des Boschschen Heuwagens stand. An der Rückseite des Raums, zur Mauer hin, grub er aus der Sägemehlstreu des Bodens einen Metallring. Dann schob er eine große irdene Vase beiseite, stellte Kübel und Behälter aufeinander und legte so eine Falltür frei, die mit dem Ring aufgezogen werden konnte. Zu zweit mühten sie sich ab, die Falltür zu öffnen.

»Hier geht es hinunter. Die Tafeln lassen sich problemlos durch die Öffnung reichen. Und unten können wir sie dann in eine der Ecken stellen und Tücher darüber legen.«

Petronius spähte in den dunklen Schacht des Kellerlochs hinab.

»Sollte man nicht zuerst nachsehen, ob ausreichend Platz vorhanden ist?«

Enrik reichte ihm hilfsbereit Kienspan sowie Kerze. Voller Eifer blies Petronius die Flamme an und leuchtete den Abgang aus, entdeckte auch tatsächlich eine Leiter, die hinabführte und stieg vorsichtig hinunter, wobei er die Sprossen auf ihre Haltbarkeit hin prüfte.

Im Kellerraum roch es faulig, als würde von irgendwo beständig Wasser eindringen und hier brackig werden. Zwei Fässer lagen in der hinteren Ecke des Kellerraums. Sie schienen neu zu sein, jedenfalls besser erhalten als die hölzernen Regale, die sich an den Wänden entlang reihten und von denen zwei bereits zusammengebrochen waren. Platz fanden die Bilder hier ausreichend, auch wenn sie nicht lange an diesem feuchten Ort gelagert werden durften.

»Alles in Ordnung hier unten, Enrik!« rief Petronius nach oben.

Er hörte noch dessen Lachen, seine Antwort verstand er nicht mehr, denn im selben Moment schlug die Falltür zu und die schweren Gegenstände, die den Durchstieg verdeckt hatten, wurden wieder darübergeschoben.

»He, Enrik, was soll das?« schrie er aus Leibeskräften, aber niemand antwortete mehr.

Vergeblich versuchte er noch, die Leiter hochzusteigen und die Falltüre aufzudrücken, aber dabei brach eine der Sprossen und er wäre beinahe böse gestürzt. Petronius saß in diesem feuchten Verlies gefangen.

XX

Petronius starrte auf die Kerzenflamme, die unruhige Schattenbilder an die Wände warf. Einen Stundenschlag, vielleicht zwei brannte das Licht noch, dann würde es endgültig verlöschen und er in völliger Finsternis hocken, bis er gefunden wurde oder hier unten verfaulte. Aber wer sollte ihn finden? Außer Enrik wußte niemand etwas von seiner Gefangenschaft. Und nützte es etwas, wenn er gegen die Falltüre schlug?

Enrik! Jetzt wußte er, wie der Zuträger im Hause seines Meister hieß. Niemand hatte es diesem unscheinbaren Gesellen angesehen und hinter der Fassade von Freundlichkeit und Hilfsbereitschaft die Klauen der Inquisition vermutet. Sie waren ihm alle auf den Leim gegangen, Bosch, Almaengien, er selbst – und vermutlich Jan de Groot und Pieter. Dieser Hund sollte ihm unter die Finger kommen. Eigenhändig würde er ihm den Hals umdrehen – und das mit einem ganz unchristlichen Vergnügen.

Stickig wurde es im Raum und die säuerlich feuchte Konsistenz der Atemluft kroch ihm über die Haut. Petronius fiel das Atmen schwerer. Bis zum nächsten Glockenschlag würde ihm hier unten die Luft ausgehen. Gebannt beobachtete Petronius die Kerze, aber sie brannte mit einer steten Regelmäßigkeit.

Warum hatte Enrik ihn hier hinuntergelockt? Warum wollte er ihn beseitigen? Enrik war die Spinne, die ihr Netz um Meister Bosch zusammenzog. Was wollte er von ihm? Mit der flachen Hand schlug er sich gegen die Stirn. Natürlich. Die beiden Tage Frist waren abgelaufen. Pater Johannes hatte ihm gedroht, ihn verschwinden zu lassen, was ihm geglückt war.

Vor seinem inneren Auge tauchte Enriks Gestalt auf, die eine schwarze Kutte und eine tief in die Augen herabhängende Kapuze erhielt und im »Schwarzen Adler« seinen Zettel stahl. Er fühlte eine Mattigkeit in sich aufsteigen, wollte die Augen schließen und sich seinem Schicksal überlassen. Aber Petronius riß sich hoch. Nur wer sich selbst half, dem wurde geholfen. Solange er Licht besaß, mußte er sein Gefängnis inspizieren. Das gesamte Haus enthielt architektonische Geheimnisse. Vielleicht fand sich ein Ausweg aus diesem Kellergewölbe.

Die Kerze in der Hand schritt er die Wände ab. Sie waren aus Ziegeln aufgeführt und schienen undurchdringlich. Nur der Boden bestand aus gestampftem Lehm, der allerdings nicht mehr hart war, sondern der Feuchtigkeit wegen aufgeweicht und bei jedem Schritt patschte. Keine der Wände zeigte eine Türöffnung oder einen Durchschlupf. Selbst hinter den morschen Regalen fand sich nichts. Petronius lehnte sich, die Kerze in der Linken, an eines der Fässer.

Plötzlich flackerte das Kerzenlicht und drohte zu erlöschen. Das war unmöglich. Ein Luftzug? Hier unten? Aber die Kerze beruhigte sich wieder und brannte regelmäßig weiter. Petronius bewegte die Kerze vorsichtig hin und her. Wieder flackerte die Kerze an einer bestimmten Stelle, und die Flamme streckte sich in Richtung der Fässer. Hastig, aber ohne das Licht zu gefährden, ließ sich Petronius auf die Knie hinunter und untersuchte die Dauben. Er klopfte dagegen. Das Weinfaß war leer. Auch das zweite daneben klang hohl. Dann entdeckte er das Spundloch, das gut daumendick und rabenschwarz im Holz gähnte. Die Fässer waren abgelassen worden. Diesmal hielt er die Kerze ans Spundloch. Sofort wurde die Flamme in die dunkle Öffnung hineingezogen. Petronius atmete tief durch. Dahinter gab es offenbar eine Verbindung nach draußen. Wenn er Glück hatte, war sie groß genug, um sich hindurchzwängen zu können. Er stellte die Kerze beiseite, wuchtete die Schulter unter den Rand des Fasses und stemmte sich dagegen. Nichts rührte sich. Das leere Faß erwies sich als zu schwer für ihn. Als er es ein zweitesmal versuchen wollte, rutschte er auf dem glitschigen Lehmboden aus, stieß mit dem Fuß gegen die Kerze, die umfiel und zischend erlosch. Undurchdringliche Nacht legte sich über seine Augen. Petronius setzte sich erschöpft mit dem Rücken gegen das Faß und hätte am liebsten vor Enttäuschung geschrien. Jetzt war er endgültig verloren. Ohne Licht würde er nie herausfinden.

Mit den Fingern tastete er zum Spundloch. Ein leichter Luftzug bewegte die Härchen auf seiner Hand. Er schloß die Augen und befühlte die zwei Finger große Öffnung. Das Loch fühlte sich glatt und kalt an, als wäre es innen mit einem metallenen Ring ausgekleidet. Dann ertastete er einen Sporn, dessen abgerundete Spitze sich in seinen Zeigefinger bohrte. Er zog daran, drückte und plötzlich klickte es scharf. Im Rücken fühlte Petronius eine Bewegung. Der Faßdeckel ließ sich mit einem Finger anheben. Petronius drehte sich um, griff sich die Kerze, kroch in die Faßöffnung und folgte dem Luftzug, der jetzt stärker spürbar war, bis er an die gegenüberliegende Spundwand stieß. Vorsichtig tastete er sie ab. Ein Schieber ließ den Deckel regelrecht aufspringen. Petronius kroch heraus. Das Gefühl beschlich ihn, einen größeren Raum zu betreten. An der Wand gegenüber glomm in einem Halter ein Kienspan. Petronius richtete sich vorsichtig auf und stolperte darauf zu. Er griff danach, blies ihn zu einer Flamme hoch und entzündete seine Kerze.

Was er sah, verschlug ihm den Atem. Der Raum besaß in etwa die Größe des Kellerlochs, dem er gerade entronnen war. Allerdings füllten beinahe den gesamten Platz Tiegel, Töpfe, Bücher,

Gläser und seltsame Gegenstände aus, die sich in Regalböden an den Wänden entlang stapelten. Zur Hauswand hin, jedenfalls vermutete Petronius dies, war ein Herd in die Wand eingelassen, über dem ein eiserner Dreifuß stand. An einer Kette hing ein schwarzer, rußverbrannter Kessel, der leicht hin und her schwankte. Sicher verursachte der Kamin die Bewegung der Luft. Die Ziegelwände waren durch Rußfahnen eingedunkelt. An einer der Wände, hingen Zeichnungen. Kreise und Felder, in denen Zahlen und Buchstaben eingetragen waren. Auf einem Stehpult lag aufgeschlagen ein farbig illustriertes Buch. Petronius trat näher und las etwas von einer Salbe, konnte Ingredienzien entziffern wie Beifuß, Tollkirsche, Fingerhut und Stechapfel, Ackerwurz und Wassermerck, Fünffingerkraut sowie Eisenhut. Wie die einzelnen Kräuter und getrockneten Pflanzen mit Öl zusammengerieben wurden stand dort, in welcher Mischung wie lange gekocht und gestampft. Petronius ahnte, daß es sich hier um die Zusammensetzung des Mittels handelte, mit dem Meister Bosch seine phantastische Bilderwelt erträumte.

Er war in ein alchemistisches Labor gestolpert. Wer benutzte es? Jacob van Almaengien? Die Salbe deutete dies an. Über alchemistische Versuche des Gelehrten Jacob van Almaengien hatte der Lange Zuider nichts berichten können. Natürlich nicht, denn seit sich die Dominikaner in der Stadt aufhielten, benutzte er dieses geheime Labor. Getarnt wurden seine Versuche durch die Porträtsitzungen, zu denen er regelmäßig erschien. Niemand, der ihn das Haus betreten sah, ahnte, daß er mehr unternahm, als still dazusitzen und sich abkonterfeien zu lassen. Plötzlich kam ihm ein Gedanke. Der Zugang zu diesem Labor mußte über das Raritätenkabinett erfolgen. Jacob van Almaengien und vermutlich Meister Bosch hatten ihn das Kabinett entdecken lassen, um ihn von einer zweiten, weil geheimen Tür abzulenken, dem Zugang zu diesem Labor. Deshalb wußte Almaengien auf die Frage, weshalb man ihm das Kabinett nicht einfach so zugänglich gemacht hatte, keine Antwort. Er sollte nur das finden, was gewollt war.

Petronius fühlte sich hin- und hergerissen zwischen der Erkundung des Gemachs und der Hilfe, die er seinem Meister versprochen hatte. Wenn Enrik nicht gelogen hatte und Meister Bosch verhaftet worden war, dann mußten die Bilder verschwinden und nach Oirschot gebracht werden. Wenn das geschehen war, konnte er sich wieder diesem Verlies zuwenden und es erkunden. Petronius wußte, daß die Zeit drängte.

Ein Geräusch unterbrach seine Überlegungen. Beinahe direkt über seinem Kopf sperrte ein Schlüssel, und die Tür wurde aufgestoßen. Jemand betrat das Labor. Geistesgegenwärtig kauerte Petronius sich in den Schutz des Stehpults, sah sich um und kroch langsam zum Faß zurück, durch das er gekommen war. Von dort konnte er die schmale Leiter, die an der Wand entlang eines Regals in den Raum hinunterführte, gut einsehen. Zu seinem Erstaunen entdeckte er dort Jacob van Almaengien. Ihn hatte Petronius nicht erwartet. Als Jacob van Almaengien den Boden erreicht hatte, begann er sich rasch zu entkleiden, um das an einem Haken über dem Ofen hängende Gewand überzustreifen. Noch bevor er sich wieder angekleidet hatte, kroch Petronius aus seinem Versteck und gab sich zu erkennen.

»Magister Jacob. Erschreckt nicht. Ich bin es, Petronius.«

Mit einem hohen Schrei, als hätte ihn der Teufel angesprochen, fuhr Jacob van Almaengien herum und stand halbnackt vor Petronius – und nun wußte er, weshalb es ihm nicht gelungen war, den Gelehrten zu porträtieren. Er hatte das Geheimnis seiner Identität entdeckt.

XXI

Vor dem Zugang zum Boschschen Atelier am Marktplatz patrouillierten Stadtwachen. Petronius biß sich auf die Lippen. Er kauerte mit dem Langen Zuider an der Ecke der Tweede Koren Straat und beobachtete die Wachen, die in den Boden gerammte Spieße an ausgestreckter Hand hielten und jede Bewegung vor dem Haus aufmerksam verfolgten.

»Hoffentlich läßt sich der Inquisitor Zeit mit der Durchsuchung«, knurrte Petronius. »Wenn er das Bild in die Hände bekommt, wird er es zerstören. Es muß nach Oirschot. Ich habe es Meister Bosch in die Hand versprochen.«

Eine Pause entstand, da der Lange Zuider, der neben ihm hockte, kein Wort über die Lippen brachte.

Dort in Oirschot befanden sich bereits die beiden Außenseiten und die Paradiesszene, die sein Meister vorsorglich in den letzten Tagen in Sicherheit gebracht hatte. Nur das letzte Bild, die Höllendarstellung, hatte Petronius noch nicht gesehen. Aber Jacob van Almaengien hatte ihm eröffnet, daß sie dort in der ländlichen Abgeschiedenheit ebenfalls fertiggestellt worden war. Einzig der Mittelteil, der »Garten Eden«, lagerte noch oben im Atelier.

»Über die Seitenpforte müßten wir in den hinteren Garten gelangen.«

Der Lange Zuider schüttelte den Kopf.

»Dazu müßten wir an den Wachen vorbei. Sollen wir fliegen?«

Petronius kaute an seiner Unterlippe.

»Man kann auch durch das Hinterhaus in den Kräutergarten!«

»Und im Haus selbst sind keine Wachen postiert?«

Die Frage hatte der Lange Zuider sich selbst gestellt. Denn keiner von ihnen wußte, was sich in der Zwischenzeit genau ereignet hatte. Aber zwischen der Verhaftung Meister Boschs und ihrer Unternehmung waren nur wenige Stunden vergangen. Der Lange Zuider schabte sich den Schorf vom Kopf und wischte sich die Fingernägel an seinem Hemd sauber.

»Pater Johannes hat noch nicht den Mut gefunden, in das Haus einzudringen.«

»Dann los. Du besorgst den Karren. Möglichst unauffällig. Solange es hell ist, muß die Tafel durch die Stadtmauer. Nur dann ist sie sicher. Sie ist zu groß, um sie in der Stadt zu verbergen. Ich warte beim Hinterhaus auf dich.«

Petronius reichte dem Langen Zuider einige Münzen.

»Es müßte genügen. Für den Karren, den Boten und für dich. Geh mit Gott.«

Der Lange Zuider grinste und stahl sich davon.

»Bis gleich!«

Petronius betrachtete ein letztes Mal die Wachen, die unbeweglich standen und finster jeden musterten, der sich dem Atelier näherte. Sie waren eine Drohung und zugleich die Versicherung, daß niemand das Haus unbefugt bertrat.

Er umrundete den Platz und schwenkte in den Achter Loeffplein ein. Petronius musterte die Häuser, die dunkel und geduckt die Straße abschlossen. Welches davon reichte auf den Hinterhof des Boschschen Anwesens hinaus? Sie glichen einander mit ihren kleinen Fenstern und den farbig gekalkten Türen, so daß er zählen mußte. Endlich blieb er vor einem der Gebäude stehen und klopfte. Er mußte eine Zeitlang warten, bis eine Frau öffnete. Ihr Kopf war von einem Tuch umwunden, so daß man nur das Gesicht erkennen konnte. Ihre Augen lagen tief in den Höhlen, weiche Tränensäcke hingen bis auf die Wangen. Das gesamte Gesicht wirkte schlaff wie ein nasses Bettuch.

Petronius trat auf die Frau zu und erklärte ihr kurz, was er wünsche. Seine Bitte unterstrich er mit einigen Münzen, die er in die Hand der Frau gleiten ließ. Sie zeigte keinerlei Regung, weder Zustimmung noch Ablehnung, gab aber die Tür frei, um ihn vorbeizulassen.

Das Haus wirkte düster. Ein Geruch nach alten, schimmligen Mauern, nach unsauberer Wäsche, nicht entleertem Nachtgeschirr und gammligen Speisen schlug ihm entgegen.

»Wohnt Ihr hier allein?« erkundigte sich Petronius, als sie den Flur betraten.

»Nein. Ich pflege meinen Mann. Er liegt oben im ersten Stock mit Wasser in den Beinen und offenen Geschwüren.«

Petronius hatte sich so etwas gedacht. »Besucht Ihr keinen Arzt oder Bader?«

Die Alte sah ihn mit ausdruckslosen Augen an.

»Es kommt keiner mehr ins Haus. Die Dominikaner vertreiben jeden. Sie müssen um ihr Leben fürchten, wenn sie wirklich geschickt sind.«

Sie sprach leidenschaftslos, so als hätte sie sich in ihr Schicksal ergeben.

Während Petronius im Flur auf den Langen Zuider wartete, erfuhr er von der Alten, daß ihr Mann Freskant gewesen wäre, aber in seinem Alter keinerlei Aufträge mehr bekomme. Außerdem sei er krank. Die Beine wollten nicht mehr. Zu oft hätte er sie in kalten Kirchen erfroren, zu wenig hätte er verdient, um sich zur Arbeit im Winter ausreichend Kohlenbecken zum Wärmen beschaffen zu können. Früher hätte er noch im Gärtchen sitzen können, in dem die Gesellen von gegenüber arbeiteten und ihn manchmal um Rat fragten, aber das wäre vorbei. Sein Bett im ersten Stock hätte er seit einem Jahr nicht mehr verlassen. Jetzt warteten sie gemeinsam nur mehr auf den Tod.

Petronius hörte sich die Lebensgeschichte der beiden an. In ihm reifte ein Plan, der ihm nicht besser ins Konzept passen konnte.

»Frau, packt Eure Habseligkeiten zusammen. Nehmt Euren Mann mit, beschwört ihn aufzustehen und den Tod für kurze Zeit zu vergessen. Ich will, daß er einen Arzt sieht. Ihr könnt nach Oirschot gehen. Die Frau meines Meisters Hieronymus Bosch wird Euch wärmstens empfangen!«

Die Alte zögerte und zupfte unsicher an ihrer Kopfbinde.

»In unserem Alter soll man Bäume nicht mehr verpflanzen.«

»Wer hat etwas von verpflanzen gesagt. Ich möchte Euch das Leben schenken. Euer Mann wird von einem Arzt behandelt werden.«

Die alte Frau wollte offenbar nicht glauben, was sie hörte, aber Petronius blieb für lange Erklärungen keine Zeit, da der Lange Zuider in der Tür erschien.

»Entscheidet Euch, Frau. Ihr könnt auf dem Karren mitfahren.«

Der Lange Zuider begriff sofort, was Petronius vorhatte.

»Er wird vor dem Eingang halten, wenn wir soweit sind.«

Die Alte führte die beiden Männer zum Hinterausgang. Sie öffnete die Pforte mit den bodentiefen Läden und Petronius blickte tatsächlich auf das Kräutergärtchen hinter Boschs Haus hinaus. Er hätte es allein an seinem Geruch wiedererkannt. Der Kräuterduft füllte sofort den gesamten Raum und verdrängte die üble Luft. Er prüfte das Gärtchen, konnte aber keine Wache entdecken. Über ihnen hingen am Atelier seines Meisters der Lastarm und die Holzrolle des Flaschenzugs.

»So weit, so gut!« murmelte Petronius, als sich der Lange Zuider neben ihn stellte. »Und jetzt durch die Seitentür und das Raritätenkabinett ins Atelier hinauf.«

Petronius ging voraus, immer bemüht, keinerlei Geräusch zu machen. Leise wie Katzen schlichen sie die Stockwerke hinauf ins Atelier. Niemand schien sich im Haus zu befinden. Die Gesellen, die sonst lärmten und lachten, waren nach der Nachricht von Meister Boschs Verhaftung ausgeflogen. Sie kamen für einige Zeit in den kleinen Wohnungen ihrer Modelle unter oder suchten Unterschlupf bei Gerd, dem ältesten Gesellen, der verheiratet war und einen eigenen Hausstand besaß.

»Das Bild steht hinten, in der Nische«, kommandierte Petronius, als er die Falltür sorgsam gehoben hatte und das Atelier betrat. Nichts war verändert worden. Eine Hausdurchsuchung hatte offenbar noch nicht stattgefunden.

»Schnell. Die Bildfläche mit Tuch abdecken, ein Seil darum schlingen, aber zuvor Lederlappen auf die Scheuerkanten. Die Sachen lagern dort, hinter der Treppe. Jetzt gilt es schnell zu sein.«

Petronius und der Lange Zuider arbeiteten Hand in Hand. Das Bild war im Nu verpackt und mit vereinten Kräften zur Dachluke geschleppt.

»Hätte dein Meister nicht ein kleinformatiges Bild malen können? So richtig handlich? An dem schleppen wir uns ja zu Tode!«

Petronius antwortete nicht. Er suchte neben der Dachöffnung nach dem Seil, das dort aufgerollt gelagert wurde. Über die Luke mußten sonst die großen Bildtafeln heraufgezogen werden. Er selbst hatte noch nie mitgeholfen, wußte aber aus Erzählungen Gerds und Enriks davon, daß es eine Mordsplackerei war. Die Tafel mit der Paradiesszene war jedenfalls schwer und unhandlich und mit jedem Fuß, den sie der Öffnung näherkamen, schwand Petronius' Zuversicht, der Bitte Boschs nachkommen zu können, das Bild zu retten.

»Glaubst du, der Strick hält?«

Ungläubig betrachtete der Lange Zuider das Seil, das bereits an einigen Stellen mürbe und brüchig wirkte.

»Wir müssen es ausprobieren.«

Er fädelte den Strick in den Flaschenzug, dann schlang er das eine Ende ums Bild, verknotete es und bat den Bettler, das Seil stramm zu ziehen, während er das Bild über den Rand der Dachöffnung hinausschob.

Ein Augenblick atemloser Stille und Hoffnung ließ bei Petronius den Schweiß auf die Stirn treten. Das Gemälde schwang nach außen, ein Ruck ging durchs Seil, ein Knarren und Ziehen war zu hören, dann pendelte der Mittelteil des »Gartens der Lüste« über dem Gärtchen.

»Langsam ablassen«, kommandierte Petronius. Die Rollen quietschten erbärmlich.

»Hoffentlich hört niemand etwas. Wenn die Wachen den Inquisitor verständigen, können wir uns gleich auf das Bild binden lassen.«

Die Stimme des Langen Zuider klang gepreßt. Der Flaschenzug nahm zwar das Gewicht, trotzdem riß das Seil an den Handflächen der beiden Männer. Kurze Zeit später ließ der Zug nach.

»Das Bild ist unten. Schnell jetzt!«

Vor dem Haus waren Stimmen zu vernehmen, die laut Befehle brüllten. Petronius schloß die Dachluke und trieb den Langen Zuider an. Der stieg das Raritätenkabinett hinunter, während Petronius kurz einen Blick aus einer der offenen Sichtluken warf. Was er sah, versetzte ihm einen Stich. Vor dem Ateliergebäude warteten der Bürgermeister, der Stadtkommandant und natürlich der Inquisitor. Hinter ihnen stand Meister Bosch in Ketten, den Kopf stolz erhoben. Man beratschlagte offenbar noch, wie man in das Haus eindringen könnte, da sein Meister immer wieder den Kopf schüttelte und so den Zugang untersagte. Keine Minute zu früh hatten sie das Bild aus dem Haus gebracht. Eilig, ohne viel Lärm zu verursachen, kletterte Petronius die Treppe hinab und trat draußen neben den Langen Zuider. Der hatte inzwischen den Strick des Flaschenzug gelöst und herabgezogen.

»Los jetzt. Pater Johannes steht bereits vor der Tür!«

Hastig schleppten die beiden das Gemälde über den Garten und verschwanden damit im Nebenhaus. Im Vorderraum setzten sie ab. Vor ihnen saß auf einem niedrigen Stuhl der Freskant, neben ihm seine Frau. Petronius wandte sich an die beiden Alten. Der süßliche Geruch von Eiter und geronnenem Blut lag in der Luft.

»Wir gehen des Bildes wegen!« erklärte der Mann. »Richtig gesund werde ich nicht mehr. Der Tod steckt mir bereits in den Knochen. Aber dem Pater Johannes, diesem Teufel, ein Kunstwerk zu überlassen, bringe ich nicht übers Herz.«

Er rang sich ein gequältes Lächeln ab und Petronius ahnte, welche Schmerzen den Mann peinigen mußten.

»Eure einzige Aufgabe wird sein, dieses Bild nach Oirschot zu bringen. Es wird dort von Meister Boschs Frau entgegengenommen. Bettet Euren Mann auf das Bild und erzählt den Torwachen, er hätte eine ansteckende Krankheit. Niemand wird den Karren durchsuchen. Ich werde hinauskommen und mich nach Eurem Befinden erkundigen. Hier«, Petronius reichte der Alten ein weiteres Geldstück, »es wird für erste genügen. Gehabt Euch wohl.«

Während durch die Tür über den Garten Befehle gebrüllt wurden und das Haus auch von der Rückseite her umstellt wurde, luden Petronius und der Lange Zuider das Bild und die beiden Alten auf den Karren und sahen zu, wie er zum Hoogen Steenweg und weiter zur Ölmühle am Binnenhafen hinaufratterte.

»Wir müssen weg, bevor sie den Betrug entdecken. Außerdem habe ich noch etwas zu tun!«

XXII

»Ihr hättet nicht zurückkommen sollen! Man hat nicht zweimal dasselbe Glück«

Petronius erstarrte und blickte in das grinsende Gesicht des Inquisitors. Ihn hatte er hier nicht erwartet. Ganz am Fenster, hockte der Dominikaner breitbeinig, den Oberkörper auf seine Ellenbogen gestützt, auf einem Korbstuhl. Der halbe Mond schickte sein Licht in die Klause.

»Manche Menschen«, der Pater lächelte herablassend, »sind von einer derart bescheidenen Natur, daß man beinahe jeden ihrer Schritte vorhersehen kann. Deshalb sitze ich hier. Es schien mir nur eine Frage der Zeit zu sein, bis Ihr hier auftaucht, nachdem Ihr aus dem Kellergewölbe glücklich entfliehen konntet.«

Petronius konnte nicht umhin, dem Dominikaner Recht zu geben. Dummheit mußte bestraft werden, und wenn Liebe blind machte, mußte man Stöcke dafür ausgeben. Petronius verfluchte sich für seine Ungeschicklichkeit.

»Wo ist Zita?« zischte Petronius.

Er wäre dem Inquisitor am liebsten an die Kehle gegangen.

»Bevor Ihr Euch zu unüberlegten Handlungen hinreißen laßt, denkt daran, daß im Innenhof ein gutes Dutzend Stadtwachen nur auf Euch wartet. Und mein Leben gilt nichts. Wenn ich sterben sollte, nimmt ein anderer meinen Posten ein. Er wird die Ketzerkloaken dieser Stadt leeren.«

Wie ein Pfau spreizte sich der Inquisitor.

»Aber ich könnte Euch einige Hunderttausend Jahre im Purgatorium schenken«, entgegnete Petronius.

Jetzt lachte Pater Johannes herzlich und erhob sich.

»Petronius Oris. Ihr wißt, daß ich mich an den Märchen ergötze, die man kleinen Kindern erzählt, um sie zu erschrecken, glaube jedoch nicht an sie. Aber beantwortet mir doch eine Frage: Wo befindet sich das Altartriptychon Eures Meisters?«

Die Zelle, in der sich Zita sonst aufhielt, wirkte in ihrer Enge bedrückend. Petronius fühlte die Autorität des Dominikaners. Er versuchte ihn einzuschüchtern. Und doch ahnte er, daß Pater Johannes diesmal tatsächlich nicht wußte, was geschehen war. Schließlich hatte ihm Enrik nur mitteilen können, daß er entkommen war. Vielleicht hatte er sogar Meister Bosch wieder freigeben müssen.

»In Sicherheit. Und wenn Ihr es genau wissen wollt … Aber warum sollte ich Euch eine Frage beantworten, wenn Ihr auf meine Fragen schweigt? Wo ist Zita?«

Johannes von Baerle durchmaß zweimal den schmalen Raum, dann öffnete er die Tür und trat auf den Gang hinaus. Sofort füllte der Duft von Lavendel das Zimmer.

»Wenn Ihr die kleine Nonne meint, die in dieser Zelle ihren Exerzitien nachgekommen ist, dann muß ich Euch enttäuschen. Sie mußte verreisen. Vielleicht nach Brügge, vielleicht nach Antwerpen, vielleicht nach Rom. Erkundigt Euch bei der Mutter Oberin, nicht bei mir. Was meine Fragen anbelangt, werdet Ihr sie beantworten. Und jetzt kommt.«

Auf dem Gang drehte er sich zu Petronius um.

»Ich gratuliere Euch für Euren Auftritt. Ihr müßt mir den Weg beschreiben, durch den Ihr hierher gekommen seid. Ihr wart wirklich überraschend.«

Petronius horchte auf. War dieser Satz ernst gemeint? Das Geständnis ließ in ihm eine Hoffnung aufkeimen. Pater Johannes wußte also nichts vom Weg über den Hof. Der wurde daher auch von keinem Schergen bewacht. Im Moment blieb ihm allerdings keine andere Wahl, als dem Inquisitor zu folgen, denn neben ihm tauchte eine der Stadtwachen auf, einen Spieß in der Hand, dessen Spitze direkt auf sein Herz gerichtet war. Willig schob er sich an der Wache vorbei und trottete hinter dem Dominikaner her. Pater Johannes trug ein Licht, das ihm die Wache gereicht hatte. Die Prozession der drei Männer warf flackernde Schatten an die Tünche der Wand. Sie stolperten bei der spärlichen Beleuchtung mehr den Gang entlang als sie liefen.

Petronius überlegte angestrengt. Vor dem Rückgebäude warteten der Lange Zuider und Hannes, ein Freund Zuiders, mit neuer Kleidung für Zita und einem Karren auf ihn. Wenn es ihm gelang …

Tatsächlich bogen sie auf die Wendeltreppe ein, die hinunter führte zur Tür in den Hinterhof. Petronius hatte sie nur angelehnt, um mit Zita zusammen kein unnötiges Geräusch zu verursachen. Pater Johannes tauchte vor ihm in die nach unten führende Treppenwendel ein, hinter ihm folgte die Stadtwache. Er beobachtete, daß sie auf der schmalen Treppe ihren Spieß nur schlecht handhaben konnte. Der Soldat mußte die Spitze bis beinahe auf den Boden senken. Petronius schlug das Herz bis in den Hals. Seine Handflächen fühlten sich feucht an. Intensiv roch er die Feuchtigkeit des Steins, fühlte er die Unregelmäßigkeiten der Stufen durch die Sohle seiner Lederschuhe. Im unteren Bereich verschmälerte sich die Treppe zusehends. Das war der Moment. Er mußte handeln. Er trat dem Pater mit dem Fuß gegen die Schulter, so daß er mit dem Kopf gegen die Ummauerung stieß. Der Leuchter schepperte zu Boden. Die Kerze erlosch. Petronius drängte sich an Pater Johannes vorbei und hastete die Treppe hinab. Dann riß er die angelehnte Tür auf und schloß sie ebenso schnell wieder. Die Wache konnte ihn nicht gesehen haben. Mit aller Kraft hielt er den Griff der Tür fest und wartete. Jetzt mußte die Stadtwache aus der Treppe heraustreten und auf die Tür zustürzen. Mit aller Kraft zog Petronius am Griff und tatsächlich glaubte der Soldat, der Ausgang sei verschlossen und rannte den Gang entlang. Jetzt hatte Petronius einen Vorsprung gewonnen. Mit langen Schritten eilte er über den Hof und verschwand in dem Anbau. Schwärze empfing ihn und eine ungewöhnliche Stille, die nur erfüllt war von seinem fliegenden Atem und dem Schlag seines Pulses.

»Zuider?« flüsterte er rauh. »Zuider, Hannes, wo seid Ihr?«

Petronius starrte in die Dunkelheit des Gebäudes hinein und glaubte, am hinteren Ausgang, durch den das Mondlicht schwach blinkte, eine Bewegung wahrzunehmen. Hastig lief er darauf zu.

»Zuider, Hannes, schnell, Pater Johannes und seine Schergen sind hinter mir her!«

Zu spät nahm er den Körper vor sich auf dem Boden wahr. Er stolperte über ihn. Mit einer dumpfen Ahnung kroch er auf den Körper zu. Mit fliegenden Händen untersuchte er die Gestalt vor sich. Den grindigen Schädel des Langen Zuider konnte er nicht ertasten, also war es Hannes. Dann fand er das Messer, das in Hannes' Rücken steckte.

»Was ist los?« erkundigte er sich, jetzt bereits vorsichtig ins Dunkel hinein.

Die Antwort kam direkt. Die Tür zur Gasse wurde aufgestoßen. In der mondhellen Öffnung sah er eine Klinge aufblitzen.

Mit einem Ruck drehte er sich aus der Stoßrichtung, aber das Messer traf ihn links an der Brust, zwischen Arm und Rippen. Ein stechender Schmerz durchfuhr ihn, ein Röcheln entrang sich seinem Mund. Im weißen Licht des Nachtgestirns erkannte er eine Narbe, die sich an der Wange des Messerstechers entlangzog. Petronius fiel wie ein Stein über den Toten am Boden. Langsam rieselte das Leben aus seinem Körper. Als wäre die Welt weit weg und entfernte sich immer weiter, hörte er zwei Stimmen miteinander sprechen, beide hoch und klar.

»Ist er tot?«

Etwas fummelte an ihm herum. Er spürte die fingernden Hände an seiner Kleidung zupfen.

»Ja. Sicher. Kein Funken Leben mehr in ihm.«

Beinahe hätte Petronius gelacht und laut herausgeschrien, er sei noch munter und könne die Mörderbrut gut hören.

»Recht so«, murmelte die Person im Hintergrund, während Petronius langsam im Nichts versank. »Niemand darf mehr über mich wissen als ich selbst. Soll er zu den Würmern gehen. Warum war er auch so neugierig? Das Beispiel der anderen hätte ihn doch warnen müssen.«

Die letzten Sätze drangen noch in sein Bewußtsein, aber dann sank er in eine grundlose Schwärze und nahm das Wissen um den Mörder und seinen Auftraggeber mit sich.

XXIII

»Señor Keie, Michael! Was ist mit Ihnen?«

Keie durchzuckte ein Schmerz. Er schlug die Augen auf und sah das Gesicht Pater Baerles über sich. Sofort griff seine Hand nach dem Schweizermesser in seiner Hosentasche.

»Verdammt!« knurrte vom Schreibtisch her die Stimme Antonio de Nebrijas. »Warum müssen Sie ausgerechnet jetzt abbrechen?«

»Verflucht, Pater«, stöhnte Keie und langte sich an den Kopf, »Ihre Art Geschichten zu erzählen wird mir langsam unheimlich. Noch einige Augenblicke in dieser Zeit, und ich wäre einer Messerstecherei zum Opfer gefallen! Was davon entspricht der Wahrheit und was ist reine Spekulation?«

Baerle setzte sich wieder in seinem Schreibtischstuhl zurecht, nachdem er Keie aufgeholfen hatte. Trotzdem nahm Keie ein Zittern in der Stimme des Paters wahr.

»Beinahe alles. Ich habe nur nicht aufgepaßt, als Sie glaubten, sich in Sicherheit bringen zu müssen. Dabei sind Sie aus dem Sessel gerutscht und haben sich den Kopf angeschlagen.«

Verwundert betrachtete Keie den Pater, bei dem der Farbkontrast zwischen schwarzer Kleidung und beinahe weißer Haut künstlich wirkte.

Auch Antonio de Nebrija kehrte in die Gegenwart zurück und kam hinter seinem Schreibtisch hervor. Er versuchte einige Kniebeugen, ließ es aber sein, als die Gelenke hörbar knackten.

»Und das alles steht in Ihrem Manuskript?«

»Sie trauen mir nicht, Señores? Ich kann es Ihnen nicht verübeln.«

»Davon kann keine Rede sein«, beeilte sich Keie zu betonen. »Aber das alles klingt so phantastisch, ...«

Nebrija setzte sich Pater Baerle gegenüber in den Schreibtischstuhl, während Keie auf und ab ging, um den Blutkreislauf anzukurbeln. Er rieb seine Schläfen mit Zeige- und Mittelfingern. Er wollte die Kopfschmerzen vertreiben und befühlte seine Beule.

»Ich glaube, was wir über das Bild erfahren haben, bringt uns einen gewaltigen Schritt weiter«, behauptete Antonio de Nebrija. »Ihre Erzählung bewirkt eine Änderung der Perspektive gegenüber dem Bild. Ich kann Ihnen gar nicht sagen, was diese Geschichte in mir ausgelöst hat. Es ist, als ob plötzlich eine Ordnung hineingekommen wäre in ein über Jahrzehnte dauerndes Chaos.«

Antonio de Nebrija hob beide Hände, als wolle er zu einer Predigt ansetzen.

»Jetzt ist es an uns, Pater. Ich will versuchen auf der Basis Ihrer

Geschichte einige Dinge, die bislang in meinem Kopf einzeln nebeneinander standen, zusammenzufügen.«

Mit den Händen fuhr sich Pater Baerle übers Gesicht. Er wirkte in Keies Augen erschöpft, aber auch beunruhigt.

»Was ich Ihnen jetzt über das Bild erzähle, ist fragmentarisch.«

Pater Baerle lehnte sich zurück und schloß die Augen. Keie holte sich den Stuhl hinterm Schreibtisch hervor, so daß alle drei Stühle einen Kreis bildeten. Mit den Händen stützte er sich auf die Lehne.

»Ich stehe lieber!«

Die Luft im Raum war stickig und entschieden zu warm. Keie öffnete die beiden oberen Hemdknöpfe und fuhr sich mit der Hand über sein unrasiertes Kinn. Wie nebenbei beobachtete er den Pater, der immer deutlichere Zeichen von Verunsicherung zeigte. Nervös knetete er seine Finger, und sein Blick wanderte unstet durch den Raum. Antonio de Nebrija schien diese Veränderung nicht zu beachten, die seit seiner Ankündigung mit dem Pater vor sich ging. Dann begann de Nebrija mit dünner Stimme:

»Wir glauben in unserer Zeit, das Leben verlaufe linear. Es beginne mit der Geburt und ende mit dem Tod, wie uns der Augenschein beweist. Dazwischen zeige es wie an einer Schnur gezogen immer geradeaus in die Zukunft. Von klein auf lehrt man uns, nach vorne zu blicken, für die Zukunft zu planen. Soweit wäre alles in bester Ordnung, schließlich empfinden wir das Fortschreiten der Zeit derart.«

Nebrija stockte kurz, räusperte sich, als müsse er das, was er vorbrachte wenigstens stimmlich überzeugend vortragen. Pater Baerle sah verlegen zu Boden und spielte weiter mit den Fingern.

»Aber es ist ein zu einfaches Bild unserer Existenz – und vermutlich falsch.«

Keie wollte eben zu einer Erwiderung ansetzen, aber Nebrija schob den Einwand mit einer Handbewegung beiseite.

»Ich möchte nur einige Beispiele anfügen, die zeigen sollen, daß die Natur selbst anders verläuft, als wir es uns vorstellen. Unser Leben, Michael, ist geprägt von wiederkehrenden Zyklen, auch wenn wir es nicht wahrhaben wollen. Der Tageszyklus, der

Jahreszeitenzyklus, der Zyklus, den unsere Sonne auf ihrer Bahn um das Zentrum der Milchstraße durchläuft und sogar im kosmischen Bereich bestimmt ein gigantischer Zyklus unser Leben, wenn die Materie dieses Universums die Expansion aufhält, umkehrt und alle Milchstraßen und Sonnen und Planeten irgendwann in ferner Zukunft wieder auf einen Punkt zusammenstürzen läßt.«

»Was soll an der Idee der Linearität falsch sein?« spottete Pater Baerle. Seiner Stimme entnahm Keie ein kaum erkennbares Vibrieren, als müsse er eine Erregung unterdrücken.

Keie griff in die Diskussion ein. Ihm war plötzlich klar, worauf Nebrija hinaus wollte. Und er vermutete, daß er Pater Baerle zusätzlich anstacheln wollte. Schließlich hatte der seinen Bericht unterbrochen.

»Daß Sie mit dem Zyklusgedanken nichts anfangen können, wundert mich nicht, Pater. Die Kirche und ihre männlichen Vertreter kennen nur das Vorwärtsschreiten von der Geburt bis hin zu einem Ende im Paradies. Keine Zyklen, keine Kreise, nur endloses Fortschreiten der Zeit. Eine Vorstellung, die in der Linearität verhaftet ist.«

Antonio de Nebrija nickte. Keie griff nach dem Ventilatorschalter, als er sah, daß sich auf Pater Baerles Stirn Schweißtropfen zu bilden begannen.

»Frauen, Pater Baerle, denken anders. Sie sind der Idee der Wiederkehr näher, schon ihrer monatlichen Blutung wegen, des intensiv gefühlten Wechsels zwischen Fruchtbarkeit und Unfruchtbarkeit. Ihr Körper ist mit dem Mondzyklus eng verbunden. Vielleicht gehen deshalb die allermeisten linearen Ideen auf das Patriarchat zurück und werden von patriarchalischen Strukturen gestützt.«

Keie setzte sich. Vor seinem inneren Auge tauchten Grit Vanderwerf und Zita auf, die ihn beide auf eigenartige Weise anzogen.

Pater Baerle sah zu Boden. Die Finger seiner Hände blieben ineinander verschränkt. Mit den Schuhen bohrte er Löcher in den Teppichboden. Unbeirrt fuhr de Nebrija fort:

»Die Idee der Linearität ist westlich, modern und vor allem

nicht die einzige Idee, den Lauf der Dinge zu beschreiben. Die Menschen des Spätmittelalters beherrschte noch die Vorstellung von der zyklischen Natur der Zeit. Alles wiederholte sich in immer neuen Kreisläufen, geradeso wie die Jahreszeiten. Irgendwo dazwischen lag die Gegenwart.«

Antonio de Nebrija unterbrach sich offenbar, um seine Gedanken weiterzuentwickeln. Er verlor sich dabei, achtete weder auf Pater Baerle noch auf Keie, der sich Mühe gab, den Gedankengängen zu folgen. Pater Baerles Gesicht wurde immer fahler, während er mit der flachen Hand den Schweiß von der Stirn wischte. Keies Blick wanderte zum Replikat des »Gartens der Lüste«. Überall entdeckte er plötzlich Kreisläufe.

»Sicher haben Sie bereits entdeckt, Pater Baerle, daß in Boschs Bild viele solcher Zyklen auftauchen: der Vogelkreislauf, der Ritt um den Teich, der Beginn dieser Bilderwelt von der Erschaffung der Welt bis hin zum Höllensturz. Ich zähle sie seit Jahren. Kreisförmige Blumengebilde, Kugeln, Kreise bevölkern vor allem den Mittelteil. Und jetzt ziehen Sie mit mir einen Schluß: In vielen Kulturen, von denen auch Bosch gewußt haben muß, wird die zyklische Abfolge der Zeit durch Riten gegliedert und unterstützt. Nehmen wir nur ein Beispiel: die Antike. In der antiken Welt herrschte der Gedanke der Wiederkehr des ewig Gleichen. Vor allem die Stoiker bekannten sich dazu. Nichts existierte für sie, was nicht schon gewesen war. Deshalb gab es keinerlei Ausbruch aus dem Zyklus des Lebens. Jedes Weltzeitalter wurde bis ins kleinste Detail hinein wiederholt, so daß die Menschen ihr Leben genau in derselben Weise erneut leben mußten. Diese Zyklen waren ewig, mithin unsterblich. Es ist ein faszinierender Gedanke, wenn er auch so nicht in unserem Triptychon enthalten sein dürfte.«

Mit den Fingern streifte sich Pater Baerle immer wieder über die Nase und strich sich feine Schweißtröpfchen von der Oberlippe. Zwar begann langsam die Mittagshitze auch in den Lichtschacht einzudringen, aber der Ventilator sorgte für eine einigermaßen erträgliche Temperatur. Keie, der Pater Baerle heimlich beobachtete, vermutete, daß dessen Schweißausbruch eine andere Ursache hatte. De Nebrijas Gedankengänge quälten ihn.

Auch in Keies Kopf begannen die verschiedenen Fäden der Geschichte zu einem einzigen Strang zusammenzulaufen. Waren nicht in Jacob van Almaengiens Ausführungen zum Bild Boschs solche Gedanken enthalten gewesen? Gab nicht Bosch selbst Deutungen dieser Art?

»Und was schließen Sie daraus für das Gemälde, Antonio?« fragte Keie krächzend. Die warme Luft trocknete den Mund aus.

»Daß es eine Botschaft enthält, die mit einem Zyklus von großem Ausmaß zusammenhängt, Michael.«

»Weil die Adamiten als Verkünder einer neuen Lehre ewiger Wiederholung und Wiederkehr galten, Señor Nebrija?«

»Ja, Pater. In ihr hätte natürlich ein Gott, wie ihn die katholische Kirche propagierte, keinen Platz mehr. Und daher wäre ein solches Werk suspekt gewesen.«

Antonio de Nebrija sprang auf. Jetzt war er in seinem Element.

»Nehmen wir an, daß Boschs Ideen für dieses Bild von Jacob van Almaengien beeinflußt wurden. Er war konvertierter Jude und Gelehrter. Man kann folglich vermuten, daß es kabbalistische Ideen enthält. Einer der Grundsätze der Kabbalistik ist aber das Verschleiern der Wirklichkeit, um sie dem profanen Blick zu entziehen und nur dem Eingeweihten zugänglich zu machen. So spricht das Buch Henoch von einem kosmischen Vorhang, einem Gedächtnismantel. Er soll bildliche Darstellungen aller Dinge enthalten, die seit dem Schöpfungstag erschaffen wurden. Alle Ereignisse sind letztlich in diesen Schleier oder Mantel eingewoben. Zwei weitere Grundsätze der Kabbalistik sind, daß alles auf eine letzte Auseinandersetzung zwischen Gut und Böse hinausläuft und am Ende alles enthüllt werden wird. Aber nur die Mystiker, die einzigen Eingeweihten, wußten um den Zeitpunkt dieser Auseinandersetzung und konnten ihn dem einfachen Volk bekanntgeben.«

Mittlerweile lief de Nebrija auf und ab und umrundete Keie und Pater Baerle, als müsse er seinen Zyklusgedanken dadurch bekräftigen. Er atmete schwer und seine Beweglichkeit stand ganz im Gegensatz zu der von Keie immer explosiver eingeschätzten Ruhe Baerles.

»Damit hätten wir einen Grundaufbau des Bildes, Michael: Gut und Böse in seinen stärksten Ausprägungen im linken und im rechten Flügel, die Lehre des Kreislaufgedankens im Mittelteil. Vermutlich sind wir dort an einem der Schöpfungstage angelangt, da alle Personen etwa gleich alt sind und keinerlei Kinder oder Greise im Bild auftauchen.«

»Und die Menschen sind allesamt Lernende. Sie lernen die Liebe, Zuneigung, Zärtlichkeit, aber auch die Welt verstehen«, warf Keie ein, der sich mit dem, was de Nebrija erzählte immer stärker identifizieren konnte.

»Ein Letztes noch, Michael, Pater Baerle, bevor wir uns dem Bild zuwenden: die jüdisch-christliche Tradition enthält einen sehr intensiven Zyklusgedanken im Zusammenhang mit der Zahl sieben: sieben Tage, sieben Sakramente, sieben Lebensalter, sieben große religiöse Feste. Auch das Quadrat der Zahl sieben wurde verwendet: das hebräische Wochenfest feierte man sieben Wochen nach dem Fest der ersten Garbe, was sieben mal sieben Tagen entspricht. Ostern wird fünfzig Tage vor dem Erntefest Pentecost gefeiert, das sind sieben mal sieben Tage plus ein Tag. Der gesamte jüdische Kalender beruht auf Siebenerzyklen: sieben Tage der Woche, sieben Abschnitte mit je fünfzig Tagen. Man kennt selbst den sogenannten großen Zyklus, der sieben mal siebentausend Jahre beträgt und an dessen Jahrtausendwenden je ein Weltzeitalter enden und ein neues beginnen soll.«

Bis jetzt hatte der Pater geschwiegen. Nun brach es aus ihm heraus.

»Hören Sie auf. Hören Sie auf!« stöhnte er und hielt die Hände gegen die Ohren gepreßt. »Sie versündigen sich. Alles Ketzerei. Solche Werke dürfen das Licht der Welt nicht sehen. Man muß sie vor den Augen der Öffentlichkeit verborgen halten, damit sie nicht irre geht.«

Pater Baerle schrie mit einer hysterisch überkippenden Stimme. Mit weit aufgerissenen Augen sah Antonio de Nebrija auf den Pater, als hätte der ihn aus einem Traum geweckt.

»Verstehen Sie denn nicht, Baerle?« Er deutete auf die Blätter am Regal. »PSSNNMR. Posse non mori. Wenn die Ereignisse sich wiederholen, wenn jedes Detail oder zumindest die grobe Linie eines Geschehens wiederkehrt wie der Winter und der Sommer, dann sind wir unsterblich!«

»Wer sagt das?« hakte Pater Baerle nach, jetzt mit einer weichen, fast schmeichelnden Stimme.

»Unser Buchstabenrätsel. Die Fähigkeit des Nichtsterbens. Die Unsterblichkeit. Der ewig wiederkehrende Zyklus. Ein einfacher Gedanke.«

Antonio de Nebrija stand mit ausgebreiteten Armen vor dem »Garten der Lüste«.

»Und jetzt wird auch das zweite Symbol klarer. Die Eule. Sie sagt, betrachte das Geschehen auch von seiner anderen Seite. Kein Paradies und damit das Ende einer Entwicklung, sondern ein Zyklus und damit ein ewiger Kreislauf.«

Ein gellender Schrei hallte durch das Zimmer. Keie fuhr erschrocken auf.

»Pater Baerle, was ist mit Ihnen?«

Pater Baerle schlug sich mit den Fäusten gegen die Schläfen, als wolle er sich die Wörter aus den Ohren hämmern, mit denen de Nebrija sie gefüllt hatte. Dieser schien das wütende Stöhnen des Paters nicht wahrzunehmen. Plötzlich drehte sich de Nebrija um und starrte Keie an.

»Michael, es gibt zum dritten Flügel ebenfalls ein Negativ. Vielleicht kann man auf ihm die endgültige Lösung finden. Man sollte es vergrößern. Bislang fehlt uns der Schlüssel.«

Baerle stand wütend auf, so daß der Schreibtischstuhl nach hinten umfiel. Sein Gesicht schien wie das einer Statue, versteinert und grau. Nur in seinen Augen sah Keie ein Feuer brennen. Die Pupillen zitterten.

»Ihr werdet es nie erfahren. Nie!« schrie Baerle und stieß Keie beiseite, der ihm den Weg nach draußen versperren wollte.

An der Tür drehte er sich kurz um. In seinem Gesicht spiegelten sich Haß und Abscheu. Dann stürzte er nach draußen.

XXIV

»Ich glaubte schon, Sie hätten mich vergessen, Dr. Keie!« Grit Vanderwerf stand vor dem Portal der Restauration, vom Sonnenlicht beschienen. Keie war überwältigt von der wächsernen Schönheit ihrer Haut, die im Licht einen samtenen Schimmer erhielt. Das Rot ihres Kleides leuchtete und brachte ihre schulterlangen braunen Haare zur Geltung.

»Wir mußten Sicherheitsmaßnahmen ergreifen, Señora Vanderwerf!«

Keie begrüßte die Psychologin mit einem Kuß links und einem rechts auf die Wangen. Niemals hatte ihm diese Sitte mehr behagt als jetzt.

»Sicherheitsmaßnahmen? Warum?«

Keie bat Grit Vanderwerf zur Tür herein. Er gab dem Pförtner ein Zeichen. Der öffnete das Portal und schloß hinter ihnen wieder ab. Keie schien es, als nähme sie etwas vom Licht der Straße mit in die Dunkelheit des Ganges. Grit Vanderwerf trug ein Kleid mit weitem Ausschnitt, das sich eng um ihre Hüften legte. Ihr Schritt besaß etwas Wiegendes, und Keie fragte sich, ob sie mit voller Absicht so aufreizend vor ihm herschritt.

»Pater Baerle war hier, deshalb diese Umstände!«

Mit einem Ruck drehte sie sich zu ihm um.

»Er war hier?« Grit Vanderwerf musterte Keie genau. »Ich hatte deinen Kollegen gewarnt. Ist dem »Garten der Lüste« etwas geschehen?«

Keie war überrascht über die Anrede, verwendete aber ebenfalls das ihm noch ungewohnte Du.

»Nein, Grit. Er hat das Bild nicht angerührt. Noch nicht. Er war in Antonios Büro eingebrochen. Ich konnte ihn aber stellen. Allerdings war er aufgebracht. Er ist Hals über Kopf aus dem Gebäude gestürzt. Aber de Nebrija hat ihm zuvor einen weiteren Teil der Petronius-Geschichte entlocken können.«

Grit Vanderwerf nickte bedächtig, dann hakte sie sich bei Keie unter und sie gingen in Richtung der Werkstätten.

»Ich nehme an, Ihr habt keine Polizei gerufen? Baerle ist gefährlich! Das war unvorsichtig.«

»Er hatte Einblick in unsere Arbeit und de Nebrija wollte wissen, ob die Entdeckungen, die er am Bild gemacht hat, tatsächlich der Wahrheit entsprechen.«

»Und?«

Auf dem Weg in die Restauration berichtete Keie Grit Vanderwerf vom Besuch Baerles und von der Bedeutung des Schriftzeichens PSSNNMR, von der kabbalistischen Numerologie im Namen Bosch und vom Zyklusgedanken, den de Nebrija entwickelt hatte. Grit Vanderwerf hörte sich den Bericht an und lächelte, als sie erfuhr, daß ihr Hinweis auf den Namen Bosch diese Reaktion ausgelöst hatte. Erst als Keie den Namen Jacob van Almaengien erwähnte, wurde sie unruhig.

»Was wußte Pater Baerle über ihn?«

»Nur, daß er etwas zu verbergen hatte.«

An einem Wachposten vorbei betraten sie die Werkstätte, von deren durchgehender Fensterfront Licht den Raum überflutete. Grit Vanderwerfs Haare glänzten für einen Moment rötlich im Sonnenschein. Keie mußte kurz die Augen schließen, um sich an die Helligkeit zu gewöhnen. Im Raum standen auf Staffeleien etwa vier großformatige Bilder, davor lagen die Werkzeuge der Restaurateure. Es roch penetrant nach Lösungsmitteln. Mitten im Raum standen die Tafeln des ›Gartens der Lüste‹. Das Werk strahlte ihnen in seinen kräftigen Farben entgegen.

Grit Vanderwerf trat an das Bild heran und begutachtete die Arbeit.

»Ihr habt alle Risse und Abblätterungen ausgebessert. Vom Säureanschlag ist tatsächlich nichts mehr zu sehen.«

Keie besah sich zuerst das Bild und dann die sehr weiblichen Formen Grit Vanderwerfs. Er konnte sich nicht entscheiden, was ihn mehr anzog.

»Ich finde, daß es aussieht wie ein Suchbild, dieses Gemälde von Bosch. Das Auge wandert von Figur zu Figur, von Szene zu Szene. Ich frage mich immer, wo das Geheimnis verborgen liegt. Dabei glaube ich, daß es offen vor uns steht. Wir müssen nur die richtige Frage dazu finden.«

Keie betrachtete überrascht das Gemälde. So hatte er das Bild noch nie betrachtet. »Und welche Frage würdest du stellen?«

Grit Vanderwerf zuckte mit den Schultern und dreht sich zu Keie um. »Wenn du wüßtest, Michael, daß unserem Leben die ewige Wiederkehr beschieden ist, oder daß wir mit dem Fluch dieser endlosen Wiederkehr beladen sind – man kann ja beide Seiten der Medaille betrachten -, und du wolltest dieses Wissen an die Generationen nach dir weitergeben, wie würdest Du dieses Wissen weitervermitteln?«

Keie war überrascht, daß Grit ihm diese Frage stellte. Aber sofort konzentrierte er sich auf das Bild und dessen Geschichte.

»Es gibt zwei Möglichkeiten,«, spann Keie den Gedanken fort und dachte an die Idee de Nebrijas. »Wenn die Wiederkehr bis ins Kleinste vorherbestimmt ist, würde ich es lassen, denn dann würde jede Aufzeichnung, jedes Bild, jeder Hinweis mit der Apokalypse untergehen und nichts aus der alten Welt in die neue hinübergenommen werden, da sich dort ohnehin alles wiederholt. Wenn jedoch diese Überlegung falsch ist und die Wiederkehr auch eine Art Vorwärtsentwicklung einschließt, würde ich Bücher schreiben oder Bilder malen, die den Zeitenwechsel überdauern, weil sie von einigem Wert sind.«

»Zu demselben Schluß bin ich auch gekommen, Michael. Und jetzt hör mir zu. Du kennst die Geschichte Jacob van Almaegiens, soweit sie im Manuskript aufgezeichnet wurde. Sie enthält aber noch eine spannende Komponente, die dir Pater Baerle sicher verschwiegen hat.«

Keie stutzte. Hatte Antonio de Nebrija doch recht und Grit Vanderwerf wußte mehr, als sie ihm eröffnen wollte?

»Nehmen wir an, seit Jahrhunderten existiert eine Organisation, oder vielmehr eine lockere Gruppe von Gelehrten, die in den unterschiedlichsten Vereinigungen vertreten waren. Man entdeckte sie im Judentum oder Christentum ebenso wie bei den Templern, den Rosenkreutzlern, den Freimaurern oder anderen Vereinigungen. Es sind offenbar nie mehr als fünf oder sechs Personen, die eine Lebenszeit miteinander teilen. Rekrutiert werden sie von den Mitgliedern selbst, die jeweils geeignete Personen auswählen und sie einweisen – oder nennen wir es besser einweihen.«

»Schön. Spielen wir das einmal durch. Was haben diese Leute mit dem Bild zu tun, Grit? Und woher weißt du davon?«

»Ich habe nur Vermutungen. Wie ich darauf komme, will ich dir ein andermal in Ruhe erzählen. Jedenfalls gehörte Jacob van Almaengien wahrscheinlich einer solchen Gruppe an. Er war einer der Weisen seiner Zeit. Man muß damals irgendwann den Entschluß gefaßt haben – möglicherweise wurde er schon viel früher gefaßt, konnte aber nie befriedigend durchgeführt werden -, das Wissen um eine bevorstehende Zeitenwende zu notieren und den »Weisen« der Zukunft mitzuteilen. So sollten Informationen über die Vergangenheit in die Zukunft hineingetragen werden.«

»Damit wäre der ›Garten der Lüste‹ nichts anderes als ein Experiment, wenn ich dich richtig verstehe. Nichts als ein Versuch. Aber dafür ist das Bild zu originell, zu gekonnt und durchdacht. Einseitige Interpretationen sind die Domäne der Moderne, die mit ihrem Spezialistentum Menschen mit wenig Weitblick hervorbringt. Das Bild ist vielschichtiger.«

Beide betrachteten das Gemälde, das immer gewaltiger wurde, je länger sie davorstanden. Keie trat näher an Grit heran. Er roch jetzt ihr Haarshampoo und das Parfum.

»Nein. Kein Experiment, Michael. Almaengien war in der Lage, durch seine Mitgliedschaft bei den Adamiten sowohl deren Ideengut auszuformen und ins Bild aufzunehmen, als auch Teile des Bildinhalts entweder doppeldeutig zu gestalten oder eben nur für seine Zwecke, für eine zweite Ebene, zu reservieren. Das Gemälde wäre demnach eine Zeitmaschine, die in die Zukunft reist, um dort richtig gelesen zu werden.«

Keies Blick löste sich von Grit Vanderwerfs Haare und glitt das Bild entlang.

»Wie konnte man glauben, daß man je in der Lage sein würde, verborgene Zeichen unter der Farbschicht zu entdecken? Und: Wer sollte es jetzt lesen wollen?«

»Vielleicht ein Mensch wie Pater Baerle. Er hält mit seinem Manuskript offenbar einen Schlüssel für das Verständnis des ›Gartens der Lüste‹ in der Hand.«

»Ausgerechnet! Für ihn und seinesgleichen war die Botschaft ja mit Sicherheit nicht gedacht. Aber er glaubt an ihre Existenz und nimmt sie sehr ernst! Er wird keine Ruhe geben, bis das Bild zerstört ist.«

Keies Blick wanderte zwischen Grit Vanderwerf und dem Bild hin und her. Sie stand ihm so nahe, daß er von ihrem Geruch wie benebelt war.

»Wenn ich dich recht verstanden habe, Grit, dann glaubst du, daß es diese Weisen heute noch gibt. Aber wenn die Gruppe ihr Wissen über den Lauf der Welt, das sie ansammelt, von Generation zu Generation weitergibt, warum haben sie nicht längst das Geheimnis entschlüsselt?«

Grit Vanderwerf antwortete zögernd.

»Vielleicht weil während der Inquisitionszeit eine ganze Reihe dieser Menschen auf dem Scheiterhaufen der Inquisition starben, bevor sie ihr Wissen weitergeben konnten.«

»Das alles leuchtet ja irgendwie ein, Grit, aber woher weißt du das alles? Ich dachte bislang, daß du nur an der Person Pater Baerles interessiert bist. An seiner Krankheit. Oder hat er dir bereits mehr erzählt?«

Grit Vanderwerf drehte sich zu Keie um. Jetzt standen sie direkt voreinander.

»Oder stimmt es vielleicht doch, was Antonio de Nebrija vermutet: Du bist ein Mitglied der Adamiten, die vor vierhundert Jahren angeblich ausgerottet worden sind!«

Keie klopfte auf den Busch. Es mußte schließlich einen Grund haben, daß Grit Vanderwerf über dieses Bild Bescheid wußte. Sie ließ ihn nicht aus den Augen, schwieg aber beharrlich.

»Und wenn die Adamiten nicht ausgerottet wurden, Grit? Wenn sie sich nur zurückgezogen haben, um der Vernichtung zu entgehen? Die Brüder und Schwestern des Freien Geistes hatten sich über die gesamten Niederlande, über Frankreich und Teile Deutschlands ausgebreitet. Man verließ einen Ort, an dem man verfolgt wurde, und wurde mit Hilfe von Mitgliedern weitergereicht, bis man sich wieder gefahrlos ansiedeln konnte, weil niemand einen kannte.«

Keie sah Grit in die Augen, deren helles Grau ihn an eine Wasseroberfläche im Winter erinnerte, wenn die Sonne auf das beinahe durchsichtige Eis schien. Sein Blick fiel in diese Tiefe, ohne daß er einen Grund erreichte.

»Die Sekte verkroch sich in den Katakomben der Geschichte. Allerdings mit Reibungsverlusten. Habe ich recht, Grit? Trotzdem gab es etwas, was ihr das Überleben im Untergrund erleichterte: das Wissen um eine Geheimlehre. Aber nicht nur die Adamiten suchten nach ihr, auch die Inquisitoren im Namen der Kirche. Der Grund dafür ist so einfach wie durchsichtig. Die Sekte weiß um eine Botschaft, die die Kirche besitzen, gleichzeitig aber gänzlich verbergen möchte. Eine Botschaft der Macht, die für die Institution Kirche wesentlich ist. Sie ist im ›Garten der Lüste‹ enthalten, es fehlt nur der Hinweis darauf, um welche Botschaft es sich handelt. Da ist man natürlich vorsichtig. Solange man nichts Genaues weiß, zerstört niemand das Gemälde. Nur deshalb existiert es noch.«

»Märchenstunde, Michael!« warf Grit Vanderwerf ein, ohne auch nur einen Zentimeter zurückzuweichen. »Du solltest Schriftsteller werden. Also wirklich: Ich und eine Adamitin! In unserer Zeit hätte es keine Sekte mehr nötig, in Kellern und Dachstuben heimlich nudistische Messen zu zelebrieren. Man könnte öffentlich auftreten und hätte Zulauf. Hirngespinste, mein Lieber!«

Keie faßte Grit Vanderwerf am Arm und drehte sie dem Bild zu.

»Nicht, wenn die Sekte sich auserwählt fühlt. Auserwählt deshalb, weil sie um ein Geheimnis weiß, das ihr verlorenging und von dem sie ahnt, daß es etwas Großes, etwas Überwältigendes sein könnte.«

Keie deutete auf die Figur des schwimmenden Leserfisches.

»Posse non mori heißt es auf dem Buch hier. Die Unfähigkeit zu sterben, mithin die Unsterblichkeit. Wenn die Adamiten davon etwas geahnt haben, wäre das immerhin ein Grund, der eine Sekte über vierhundert Jahre zusammenschweißen könnte. Und als das Attentat auf ihr Bild verübt wurde, kroch sie aus ihrer Anonymität hervor und packte die Gelegenheit beim Schopf. An das Gemälde hatte man nämlich längst gedacht, aber nicht gewußt, wie es zu interpretieren war.«

»Das ist doch absurd, Michael. Du solltest dir lieber überlegen, wie du das Bild vor Pater Baerle schützt. Ich bin überzeugt, daß er versuchen wird, es zu zerstören, wenn es ein Geheimnis enthält. Egal, welches es sein mag.«

Keie glaubte in den undurchdringlich gewordenen Augen Grit Vanderwerfs die Zustimmung gefunden zu haben, die er für seine Theorie benötigte. Er mußte sie ihr nur noch entlocken – und dafür setzte er auf einen Trumpf, der ihm zu Beginn des Gesprächs ins Gedächtnis geschossen war. Er deutete zum Höllenflügel hinüber.

»Dort haben wir auch ein Zeichen gefunden, es aber noch nicht analysieren können. Eine interessante Entdeckung. Die dritte. Baerle hat davon bislang nichts erwähnt.«

Keie fühlte, wie Grit einen kleinen Schritt auf ihn zumachte. Ihr Körper berührte den seinen leicht. Ein Gefühl der Erregung durchströmte ihn, während er gleichzeitig vermied, sie anzusehen. Sie stand nun ganz dicht bei ihm. Verunsichert, versuchte er abzulenken.

»Ich sollte eine zusätzliche Sicherung in die Wege leiten. Vielleicht noch ein paar Wachposten mehr. Das läßt sich bei der Museumsleitung durchsetzen. Darf ich dich inzwischen allein lassen mit dem Bild? De Nebrija müßte jeden Moment auftauchen.«

Grit Vanderwerf lächelte Keie an und nickte. Sie trat einen Schritt zurück und ließ ihn frei. Dann drehte sie sich zum »Garten der Lüste« um, zog eine Vergrößerungsglas aus ihrer Tasche und begann den Mittelteil genau zu inspizieren, ohne Keie weiter zu beachten.

XXV

»Ich halte dieses Gefasel von sogenannten »Weisen« für Schwachsinn! Ein Ablenkungsmanöver dieser Vanderwerf.«

Antonio de Nebrija redete heftig auf Keie ein, während sie gemeinsam den Werkstätten zustrebten. Er fuchtelte mit dem linken Arm, während er in der rechten Hand einige speckige Bücher hielt.

»Gut finde ich, Michael, daß Sie Grit Vanderwerf mit dem Vorwurf, Adamitin zu sein, konfrontiert haben. Das lockt sie vielleicht aus der Reserve und gibt uns die Möglichkeit zu erfahren, was sie von diesem Bild tatsächlich will.«

Keie fächelte sich mit einem Umschlag Wind zu. In den Gängen gerann zur Mittagszeit die Luft zu einer überhitzten Masse. Nur in der großen Werkstatt brummten Kühlaggregate, die eine für die Bilder ausreichende Durchschnittstemperatur hielten. Als sie die Werkstatt betraten, war von Grit Vanderwerf nichts zu sehen.

»Ver …! Wo ist sie hin?«

Antonio de Nebrija schritt unverwandt auf die Bildtafeln zu, die so aufgestellt waren, daß sie bis zum Boden reichten und mittels einer kleinen Hebebühne hochgefahren und gekippt werden konnten. So war es möglich, die gesamte Bildfläche zu erreichen.

»Wir könnten die Gelegenheit nutzen und über Dinge reden, die sie nichts angehen. Beispielsweise über den dritten Flügel. Haben Sie die Vergrößerung gemacht?«

Keie hielt den Umschlag hoch. Er sah sich um, ob er Grit irgendwo entdecken konnte. Hatte er sie zu lange allein gelassen? Er war sicherlich eine halbe Stunde unterwegs gewesen.

»Vielleicht ist sie nur auf die Toilette …«

» … oder sie steht hinter den Tafeln, um die Schöpfungsseite zu betrachten!« ertönte es von der Rückseite der Flügel. Grit Vanderwerf trat hervor. »Welche Dinge soll ich nicht hören? Wollen Sie mir irgendwelche Geheimnisse vorenthalten?«

Antonio de Nebrija biß sich auf die Lippen. Dann verzog er etwas gequält das Gesicht.

»Nichts wollen wir Ihnen verschweigen, ich glaube jedoch, daß eine gewisse Tiefe der Interpretation nur für Kunsthistoriker interessant ist, für den Laien aber langweilig sein dürfte.«

»Oh«, gab Grit Vanderwerf zurück. »Ihr Kollege hielt mich keineswegs für einen Laien, sondern für eine Adamitin – und damit kompetent genug für die Deutung.«

Antonio de Nebrijas Körper straffte sich. Keie bemerkte, daß ihn die forsche Art Grit Vanderwerfs reizte. Sie hatte sich ein Maßband umgehängt und in der Hand hielt sie eine Lupe. Sie sah aus wie eine attraktive Ausgabe von Sherlock Holmes. Er mußte schmunzeln.

»Und mit diesem Handwerkszeug wollen Sie uns in Ihre Gedankenwelt entführen?«

Grit Vanderwerf beachtete de Nebrija nicht mehr. Sie drehte sich zum Bild um und begann:

»Fassen wir doch die augenfälligsten Merkmale zusammen: Der Mittelteil des Triptychons ist dreigeteilt: eine obere Sphäre, in der fünf bizarre Turm- und Felsgebilde sowie merkwürdige Wasserwesen dominieren. Darunter wird das Bild beherrscht durch einen riesigen Reigen, den Triumphzug um einen Teich. Optisch durch einen grünen Gürtel davon abgeteilt ist der Vordergrund des Bildes, in dem sich allerlei Gruppen aufhalten und der bevölkert ist von unzähligen Lebewesen, Vögeln zumeist und Pflanzen. In allen drei Bereichen tauchen merkwürdige Gefäße, Kugeln und Röhren auf, die eindeutig der alchemistischen Handwerkskunst zuzuordnen sind …«

Grit Vanderwerf redete in einem Tonfall, als habe sie sich das, was sie sagte, schon hunderte Male vorgekaut. Es wirkte trocken wie die Luft in der Werkstatt. Dann hob sie ihr Maßband und hielt es als Diagonale über das Bild.

»Legt man ein Diagonalenkreuz über das Mittelbild, steht eine

Figur im Mittelpunkt, die sehr auffällig ist: der Reiter auf dem Löwen, der einen Fisch im Arm hält und mit diesem in Laufrichtung des mittleren Tierreigens um den Teich deutet.«

Jetzt erst drehte sie sich wieder den beiden Männern zu. Keie fand ihr Lächeln in seiner spöttischen Art bezaubernd.

»Señor Nebrija, zumindest dafür gibt es eine einleuchtende Erklärung. Der Fisch ist ein Symbol für Christus. Der Löwe, auf dem er reitet, unterstreicht das, ein königliches Tier. Im Physiologus, einem mittelalterlichen Bestiarium, wird er mit Christus gleichgesetzt. Außerdem besteht eine weitere Verbindung zwischen Christus und diesem Reigen. Es heißt in einer alchemistischen Schrift: Das Wesen Gottes ist wie ein Rad!«

De Nebrija hatte genau zugehört. Als Grit Vanderwerf vom Löwen zu sprechen begann, schlug er eines der Bücher auf, die er bis jetzt in der Hand gehalten hatte, einen abgegriffenen, braun eingeschlagenen Band. Offenbar ein Buch über astrologische Tierdeutungen, denn auf dem Umschlag fand sich, soweit Keie es erkennen konnte, das Symbol des Tierkreiszeichens. Plötzlich deutete de Nebrija auf den Löwen und drängte sich in die Erklärung Grit Vanderwerfs.

»Wenn ich das hier richtig lese, dann leben wir im Sternzeichen der Fische, werden aber bald in das des Wassermanns eintreten.«

Keie schien es, als hätte Grit Vanderwerf gewonnen. De Nebrija hatte seine Vorbehalte gegen sie offenbar über Bord geworfen. Erregt deutete er mit dem Finger auf die entsprechende Stelle in seinem Buch. Unbeirrt fuhr er fort:

»Der Grund für die Änderung ist, daß die Erdachse taumelt wie ein Kreisel. Allerdings sehr langsam! Nur alle 25725 Jahre vollendet sie einen Umlauf. Deshalb durchläuft der sogenannte Äquinoktialzyklus etwa alle 2000 Jahre ein Tierkreiszeichen.«

Mit Wucht ließ de Nebrija das Buch auf eine Ablage fallen, damit auch die anderen darin nachlesen konnten.

»Und jetzt sehen Sie sich diesen Tierkreis an. Die Erdachse durchläuft gegen den Uhrzeigersinn diese Sternbilder: Fische, Wassermann, Steinbock, Schütze. Sie kommt aber aus den Sternbildern Widder, Stier, Zwillinge, Krebs und Löwe. Astrologisch gesehen ist Christus die vorherrschende Persönlichkeit des Tierkreiszeitalters, unter dem seine Welt begann, das der Fische. Wir werden bald, wann ist unbestimmt, ins Zeichen des Wassermanns wechseln. Das den Fischen auf dem Tierkreis entgegengesetzte Zeichen ist das der Jungfrau, das dem Wassermann entgegengesetzte ist der Löwe! Wir finden hier also genügend Hinweise auf einen solchen Wechsel.«

Nachdenklich fügte er hinzu, während er Grit Vanderwerf ins Auge faßte und dann vor den ›Garten der Lüste‹ trat. Er verlangsamte seine Erklärung merklich, als müsse er den neuen Aspekt erst seinem Gedankengebäude einfügen:

»Und schließlich schwebt über allen ein Ei, das Weltei der Alchemisten. Zeichen und Hinweis auf einen Neubeginn.«

Grit Vanderwerf hatte dem Blick de Nebrijas standgehalten.

»Hinzu kommt, Señor Nebrija, daß die Umreitenden nur Männer sind. In der Deutung des Kunsthistorikers Wilhelm Fraenger werden jedenfalls ausschließlich Männer gezählt, bis auf eine Ausnahme. Die beiden Figuren hinter dem Fischträger sollen ein Brautpaar sein.«

Keie schüttelte den Kopf und trat ebenfalls näher.

»Unsinn«, warf er ein. »Mich erinnert dieses Bild eher an die Darstellung auf dem Wappen des Templerordens: zwei Mönche, die hintereinander auf einem weißen Zelter reiten. Armut, Demut, aber auch ein Leben unter einem bestimmten Ziel soll es andeuten. Das kann hier durchaus gemeint sein. Allerdings bleibt das Ziel selbst verborgen, schließlich sehen die beiden nichts unter ihrer Blütenhaube.«

Nebrija ließ den Finger über die Gruppen schweifen, zählte lautlos.

»Einhundert männliche Figuren, die den See umreiten, dreiunddreißig weibliche, die im See baden. Das kann kein Zufall sein. Warum aber baden nur Frauen ...«

» ... und fehlen Kinder und Greise?« warf Keie seine Frage dazwischen.

Grit Vanderwerf setzte sich auf ihre Fersen. Sie hatte sich umgesehen, aber keinen Stuhl entdeckt. Sie blickte Keie an, und er suchte sofort nach Sitzgelegenheiten. Er entdeckte zwei Restauratorenhocker unter der Glasfront und schleppte sie vor das Bild. De Nebrija setzte sich. Keie bot Grit einen der Hocker an und sie lächelte dankbar. Er selbst stand. De Nebrija unterbrach das Schweigen, das sich eingestellt hatte.

»Ich glaube nicht, daß wir hier weiterkommen. Die Botschaft ist so verzwickt, daß ein Buch nicht ausreichen würde, um alle Aspekte zusammenzufassen und zu erläutern.«

Keie betrachtete das Bild und Grit Vanderwerf abwechselnd. Sie schien zufrieden mit dem Fortschritt der Erklärung.

»Was haben wir übersehen, Grit?«

Plötzlich schlug sich de Nebrija mit der Hand gegen die Stirn. Er stieg vom Stuhl, kniete über sein Lexikon der Symbole und blätterte darin.

»Störche! Dem Fischmenschen vorneweg schreiten zwei Störche, die sich auf einem Eber niedergelassen haben. Gelten die Störche nicht als Frühlingsboten, als Überbringer eines neuen Glücks, als die Träger neuen Lebens, da sie die Kinder bringen? Und schaut nicht eines der Tiere zurück auf das Fischezeitalter, während der andere voraus blickt, in die Zukunft?«

Grit Vanderwerfs Stirn runzelte sich.

»Der Eber, der dem Fischmenschen ebenfalls voranschreitet, gilt als Zeichen des Ares, des Kriegsgottes, und anderer Totengötter. Sie verwüsten die Flur, bedeuten Krieg und Verheerung. Manche Autoren der Zeit sprachen ihm sogar teuflische Eigenschaften zu«, ergänzte sie.

Jetzt wurde es Keie zuviel. Kriegsgott, Totengott, Teufel!

»Sie strapazieren meine Nerven. Wenn hier wirklich die Rede von einem neuen Zeitalter ist, dann sollten wir uns nicht auf diesen esoterischen Unfug einlassen. Diese neue Zeit«, warf er unwirsch ein, »wird mit der Neugeburt eines Wassermann-Vertreters und einem großen Krieg beginnen. Wer das glauben soll!«

Ohne sich auf die Sticheleien einzulassen, fuhr Nebrija fort.

»Glauben Sie, Michael, dieser Pater Baerle hat deshalb Angst davor, daß wir die Botschaft dieses Bildes entziffern, weil sie ein Nudelrezept enthält? Hier geht es um mehr, um viel mehr!«

Grit Vanderwerf bewegte sich ein klein wenig zur Seite und stellte sich dicht neben Keie. Er konnte ihren warmen Körper fühlen.

»Posse non mori, steht auf dem Buch des Schnabelfisches, Michael.«

Sie lockte ihn. Ihre Stimme flötete geradezu. Keie spürte, wie sein Magen kribbelte.

»Unsterblichkeit als Thema des ewigen Kreislaufs. Wer unsterblich ist, braucht keinen Gott, Michael. Er wird selbst zum Gott. Die katholische Kirche wußte immer schon davon und sorgte dafür, daß die Lehre, die sie, nicht Christus verbreitete, unsterblich wurde, die Lehre von Machterhalt, Unaufrichtigkeit und Sinnenfreude. Frömmigkeit und Demut, die Botschaften Jesu, verschwanden. Offenbar enthält dieses Bild eine Botschaft, die diesen Anspruch der Kirche verneint oder bedroht.«

»Dann wäre die Kirche Auftraggeber der Zerstörung?«

Antonio de Nebrija schüttelte den Kopf.

»Das muß nicht sein. Pater Baerle kann durchaus selbständig gehandelt haben. Schließlich werden bestimmte Haltungen und Abneigungen verinnerlicht. Man kann nicht mehr unterscheiden zwischen dem eigenen Wunsch und übergeordneten Interessen. Vielleicht hängt das alles ja zusammen mit dem Geheimnis, das Jacob van Almaengien umgibt.«

Grit Vanderwerf horchte auf. Sie schob Keie sanft beiseite, ohne seinen Arm loszulassen und blickte de Nebrija erwartungsvoll an.

»Was hat Baerle über Jacob van Almaengien gesagt?«

Dieselbe Frage hatte Grit Vanderwerf schon einmal gestellt, erinnerte sich Keie.

»Was interessiert dich daran, Grit?«

»Man wird neugierig, wenn es zum zweitenmal erwähnt wird.«

Keie glaubte ihr kein Wort. In diesem Moment betrat einer der Mitarbeiter der Museumsleitung die Werkstatt, sah sich um und eilte auf ihn zu.

»Señor Keie, bitte. Die Herren vom Wachdienst sind eben gekommen. Können Sie die Männer einweisen?«

Keie nickte und entschuldigte sich.

»Ach ja, Antonio. Ich habe noch den Abzug machen lassen. Hier.«

De Nebrija sah vom Bild auf, runzelte zuerst die Stirn, erinnerte sich aber an den Auftrag, den er selbst gegeben hatte.

»Natürlich. Ich werde ihn mir ansehen.« Mit einem Seitenblick auf Grit Vanderwerf setzte er hinzu: »Zu gegebener Zeit.«

Keie begleitete den Mitarbeiter der Museumsleitung. Bevor er ging, drückte Grit ihm heimlich die Hand. An der Tür zur Werkstatt drehte er sich noch einmal um und blickte in ihre grauen Augen. Sie verströmten ein kaltes Feuer.

XXVI

»Vier zusätzliche Wachleute? Reicht das denn, Michael?« Antonio de Nebrija hastete neben Keie her in sein Büro.

»Glauben Sie vielleicht, die schicken die Nationalgarde, nur weil wir den Verdacht haben, ein Verrückter wie Pater Baerle könnte ein Bild zerstören? Es ist ein Bild, kein Mensch. Es muß reichen, hat mir die Museumsleitung mitgeteilt!«

»Jetzt rennen Sie doch nicht so. Ich bin ein alter Mann.«

Keie hielt inne. De Nebrija war bereits einige Schritte zurückgefallen. Keie wartete, bis er aufgeholt hatte.

»Und Grit Vanderwerf ist einfach gegangen?«

De Nebrija warf die Arme in die Luft, während er nach Atem rang.

»Ich sage Ihnen, wir unterschätzen diese Frau. Sie verschweigt uns etwas. Irgend etwas! Es ist unglaublich, wie gut sie sich auskennt.«

Keie wiegte erstaunt den Kopf.

»Ich dachte es mir schon. Die Diagonale mit dem Fisch im Zentrum. Das hat Sie überrascht, wie?«

Langsam liefen sie nebeneinander her.

»Es kommt noch besser, Michael. Die Störche, meinte sie, seien Frühlingsboten, wie der Wassermann ein Frühlings-Sternzeichen ist. Das ist soweit wasserdicht. Zur Zeit Boschs lebten die Menschen mit Alchemie und Astrologie wie wir mit der Raumfahrt und dem Wissen um mögliche interplanetarische Reisemöglichkeiten. Eine magische Natur umgab sie. Feuer, Erde, Wasser und Himmel bevölkerten Wesen, von denen wir uns keinerlei Vorstellung mehr machen können. Die Welt aber blieb trotz dieser Elemente eine klare. Gelehrte konnten sie zählen, in Formeln fassen, addieren und subtrahieren. Wir sollten also auch auf die Zahlen und deren Verhältnisse zueinander achten, meinte sie. Im Wasser tummeln sich beispielsweise 33 Frauen, schwarze und weiße. Die Zahl 33 ist die der Vollendung. 33 Jahre lebte Jesus auf Erden. 33 Jahre regierte König David. Auch das ideale Alter der Seeligen im islamischen Paradies beträgt 33 wie übrigens in etwa das Durchschnittsalter unserer Frauen im Wasser. Und ich finde noch einen Zusammenhang bemerkenswert. Die Frauen stehen in drei Gruppen zusammen, es gibt drei Einzelpersonen und drei Zweiergruppen. Die Zahlen 33 und 99 hängen über die drei zusammen. Die 99 ist eine Ziffer unter der 100, der Zahl absoluter Vollendung. Wenn wir alle Menschen unseres berittenen Reigens addieren, kommen wir auf 99, wenn es darunter eine Frau gibt, und auf Hundert, wenn alle Gestalten Männer sind. Die Zahl Hundert aber ist die des vollkommen Guten der hellenistischen Welt. Im christlichen Glauben gilt sie als große Zahl. Heißt es nicht im Volksmund: »Das habe ich dir schon hundertmal gesagt«, wenn man sehr oft meint. Hundert könnte also auf das Millennium hinweisen, auf die vollkommene Zahl des christlichen Zeitalters, des neuen Zeitalters.«

Keie stutzte. Auf diese Art hatte er das Bild noch nie betrachtet – und ihm fiel keinerlei Gegenargument zu diesen Schlußfolgerungen ein. Es überzeugte ihn: der Reigen bildete ein Zahlenspiel, ein Zahlenrätsel.

»Und das stammt alles von ihr?«

De Nebrija nickte. Sie bogen in ihren Gang ein. Keie begleitete de Nebrija zu seinem Büro.

»Sie haben den Umschlag noch, Antonio? Weiß sie davon?«

»Natürlich nicht. Das habe ich bislang noch verschwiegen. Aber ich denke, sie ahnt, was im Umschlag steckt.«

Keie kratzte sich im Nacken, als wäre er verlegen. Dann trat er doch in den Raum und stellte sich vor das Replikat des »Gartens der Lüste«.

»Warum die vielen Tiere?« hörte er sich sagen.

»Das Fische-Zeitalter war eine Ära der Gegensätze, der Macht, vertreten durch die königlichen Tiere wie Greif und Panther, der Ruhe und des Friedens, vertreten durch die Pferde, der Fruchtbarkeit, wie es in der Gestalt der Ziege angedeutet wird, und des Hungers, verursacht durch dämonische Einflüsse, wie der Bär sie symbolisiert. Das Einhorn gilt als Zeichen des Glaubens und steht für Christus, der Hirsch als Gleichnis für Lebenskraft und Liebe. Ein Sammelsurium von Allegorien und Symbolwerten der mittelalterlichen Freskenmalerei, der Bosch ja durchaus verpflichtet war.«

Keie war unentschlossen. So viele unterschiedliche Informationen, so viele unterschiedliche Themen, die angesprochen wurden. Konnte das wirklich alles in einem einzigen Bild stecken?

»Wenn ich das alles richtig verstanden habe, Señor Antonio, macht uns der Reigen die Mitteilung, seht her, das Fische-Zeitalter, in dem Christus herrschte, geht zu Ende, ein neues dämmert herauf und während das alte voller Widerspruch steckte, wird das neue ruhig und sicher, wie das Bad in einem Teich, in dem die Menschen ihr Menschsein genießen können.«

Nebrija blieb stehen und sah Keie verblüfft an. Dann nickte er heftig.

»So ähnlich würde ich den Mittelteil des Bildes auch interpretieren. Ich gehe sogar noch einen Schritt weiter und behaupte, daß sich der untere Teil des Bildes mit der Glaubenslehre der Adamiten beschäftigt, während sich die Mitte mit dieser – nennen wir es ruhig Prophezeiung der Weisen – befaßt. Was allerdings der oberste Bildteil mitteilen möchte, dahinter bin ich noch nicht gekommen. Nur eines ist mir aufgefallen. Diese schwarzen Ritterlurche könnten Wassermänner sein. Schließlich weiß niemand wirklich, wie sie auszusehen haben. Was mir nur Kopfzerbrechen bereitet ist die Tatsache, daß sie derart martialisch ausgestattet sind: Krieger in Rüstungen, gepanzert und in militärischer Schlachtordnung.«

Nebrija hatte sich in Fahrt geredet, aber Keie ließ sich nicht auf diese Interpretation ein.

»Wissen Sie, Antonio, was ich nicht verstehe. Wozu der Aufwand, solche Informationen in ein Bild zu packen? Die sogenannte Ära des Wassermanns wird kommen, auch wenn Ihre Adamiten kein Bild davon malen, schließlich bleibt die Erde nicht stehen, und die des Christentums wird fortbestehen über das von Ihnen so bevorzugte Millennium hinaus.«

»Vielleicht warnen Sie uns damit! Kennen Sie die Prophezeiung, die astrologische Berechnung, nach der am 18. August 1999 die Planeten eine Position einnehmen werden, die einem Kreuz entspricht und in denen sie in den Sternzeichen Stier, Löwe, Skorpion und Wassermann stehen werden. Selbst seriöse Wissenschaftler prognostizieren für die Konstellation Unwetter, Erdbeben, möglicherweise sogar ein Trudeln der Erdachse, wenn sie sich nicht sogar gänzlich verlagert. Die vier Tiere bilden sogar auf diesem Bild ein Kreuz: der Stier oben, der Löwe im unteren Bereich des Zuges, rechts wird das Hinterteil eines Skorpions von einer Gruppe hereingetragen und links ist eine Art schwimmfähiges Schnabeltier zu erkennen, das durchaus ein Wassermannsymbol sein kann.«

»Eine apokalyptische Prophezeiung? Jetzt geht die Phantasie aber völlig mit Ihnen durch, Antonio.« Langsam wurden Keie die Spekulationen zu wild. »Auf der linken Bildseite erkenne ich beileibe keinen Wassermann. Außerdem, wenn ich recht informiert bin, dann bilden die Tiere nicht die exakten Stellungen im Tierkreis ab. Stier und Löwe dürften sich nicht gegenüberstehen.«

»Was den Wassermann anbelangt, bin ich mit dem Vogelwesen durchaus zufrieden, schließlich erinnern Schnabel und Körper an ein alchemistisches Destilliergefäß, einen Alambic. Damit wäre das nötige Wasserzeichen vorhanden. Ich sagte schon, wie ein

Wassermann aussieht, weiß niemand. Bei der Ordnung der Tierkreissymbole muß ich allerdings passen. Warum sie nicht exakt stimmen, kann ich nicht erklären.«

Keie schwirrte der Kopf. Langsam bekam dieses Bild ihn zu fassen wie eine geheimnisvolle Geliebte, die ihm langsam aber zärtlich ihre Geheimnisse preisgab. Fasziniert saß er davor und gleichzeitig wurde er davon abgestoßen. Seine Sinne arbeiteten auf Hochtouren und trotzdem glaubte er, daß ihn diese Details in ein unendliches Loch saugten.

»Etwas fehlt. Und ich glaube, Antonio, was fehlt, wissen, wenn überhaupt nur Pater Baerle und Grit Vanderwerf. Ich kann es nicht begründen, aber ich fühle es.«

»Etwas noch, Michael. Bevor sie ging, sagte sie, wir hätten bei unserer Betrachtung die Eule außer Acht gelassen, die auf dem Horn des Einhorns thront und die Szenerie betrachtet. Sie sei der eigentliche Hinweis, der Schlüssel. Es sei das Symbol einer Gruppe, die sie die Saatmenschen nennen möchte. Menschen, die bereits jetzt darauf vorbereitet sind oder werden, das Wassermannzeitalter zu beherrschen, wenn das Zeitalter der Fische seinem Ende zugeht.«

Keie stand vor dem Replikat des ›Gartens der Lüste‹ und musterte die Eule, dann das Einhorn und die Bewegung der gesamten Gruppe.

»Wenn all das zutrifft, was bislang über das Bild gesagt wurde, dann ist die Eule möglicherweise wirklich der Schlüssel. Schließlich haben Sie das Tier auf der Vergrößerung entdeckt. Und sie würde auf die Adamiten zutreffen: die Eule als Symbol der Athene, einer weiblichen Göttin, und als Symbol der Nacht, der Dunkelheit. Es paßt alles zusammen.«

Antonio de Nebrija ließ sich in seinen Schreibtischstuhl fallen.

»Vielleicht, Michael, vielleicht. Letzte Gewißheit haben wir noch nicht. Aber vielleicht steckt sie hier!«

Er wedelte mit dem braunen Umschlag mit der Vergrößerung. Er öffnete ihn und zog sie hervor.

»Ich werde mich mit diesem Bild beschäftigen.«

Keie erwachte wie aus Trance. Er sah sich um, sah de Nebrija über die Vergrößerung gebeugt und begab sich zur Tür. Er mußte noch die Wachen kontrollieren. An der Türschwelle drehte er sich noch einmal um.

»Ach ja, Antonio, eh ich's vergesse. Ich konnte auf der Vergrößerung nichts entdecken!«

Antonio de Nebrija, der mit der Lupe das Bild untersuchte, schien ihn nicht zu hören.

Keie zuckte mit den Schultern und verließ den Raum.

Drittes Buch

Und aßen vom Baum der Erkenntnis …

I

»Jetzt hocken wir seit vier Tagen herum, und nichts passiert!«

Antonio de Nebrija setzte sich an Keies Schreibtisch und sah auf den Gebäudeplan, den Keie vor sich ausgebreitet hatte und auf dem er mit dem Rotstift auf einzelne Kreuze zeigte.

»Die Museumsleitung hat uns drei zusätzliche Wachen genehmigt. Hier, vor der Werkstatt, am Eingang hinten und an der Kellertür. Vorne am Eingang und im Gang steht das übliche Personal der Restauration. Die Werkstatt selbst darf nur von mir und von Ihnen betreten werden. Ausnahmen bilden die beiden Restaurateure, die eben den Goya reinigen. Das halten wir durch bis Anfang nächster Woche. Dann beginnt die Velázquez-Ausstellung im Prado drüben, und wir müssen die drei Mann wieder abgeben.«

Keie lehnte sich zurück und musterte de Nebrija. Seit der »Garten der Lüste« im Mittelpunkt seiner Arbeit stand, wirkte sein Kollege wie verjüngt. Er rasierte sich sogar täglich.

»Ach ja, und das hier!« Keie deutete auf einen Knopf in seinem Ohr und auf ein kleines Umhängemikrophon, das noch auf dem Tisch lag. »Eine Sprechanlage, mit der ich jederzeit Verbindung zu allen Wachen aufnehmen kann. Hochmodern. Von der Guardia civil entliehen.«

Anerkennend hob de Nebrija den Daumen.

»Alle Achtung. Und das in einer Zeit, in der Gelder für alle möglichen Projekte gestrichen werden.« De Nebrija stockte etwas. »Haben Sie Grit Vanderwerf heute schon gesehen, Michael?«

Keie versuchte de Nebrijas Blick auszuweichen. Er sah Grit jeden Tag, und vorgestern waren sie sogar zusammen im Terra a Nosa beim Fischessen gewesen. Sie hatte ein goldfarbenes Kleid getragen, am Abend waren sie dann über die Plaza Mayor geschlendert und hinüber zur Gran Via spaziert. Es war spät geworden.

Keie sah auf die Uhr. Sie hatte ihm versprochen, gegen zehn Uhr anzurufen.

»Nein. Warum?«

Antonio de Nebrija runzelte die Stirn und leckte sich mit der Zunge über die Lippen. Dann nahm er Keies Hefter in die Hand und begann, mit dem Mechanismus zu spielen.

»Hören Sie, Michael. Ich verstehe, daß die Frau attraktiv ist und einem Mann wie Ihnen imponiert. Aber jeden Tag, wenn sie Ihr Büro verläßt, sieht sie bei mir vorbei und fragt nach, ob ich auf der dritten Vergrößerung etwas gefunden habe. Finden Sie das nicht merkwürdig?«

Keie atmete tief ein. Die alte Leier. »Es geht Sie einen …«

» … feuchten Kehricht an, ich weiß. Trotzdem. Ich wette, die Frau ist nicht an Ihnen interessiert, sondern nur an dem Bild.«

Grit hatte ihn vor dem Hotel Emperadeur geküßt. Flüchtig zwar nur, wohl als Geste der Zuneigung gemeint, aber immerhin.

»Und was läßt Sie so sicher sein, Antonio, daß es Grit nicht ernst meint?«

De Nebrija griff in seine Hemdtasche und zog einen Zettel hervor. Er entfaltete ihn und heftete ihn an die Tür. Dann trat er einen Schritt beiseite, so daß Keie einen freien Blick auf das Zeichen hatte, das schwarz und groß auf dem Papier prangte.

Keie hob die Augenbrauen.

»Und? Kreis und Kreuz. Soll das eine Antwort sein?«

»Es ist die Antwort, Michael. Das ist ein Venuszeichen: ein Kreis und darunter das Kreuz. Ich habe es auf der dritten Vergrößerung entdeckt.«

Keie pfiff durch die Zähne und stand auf.

»Sind Sie sich sicher, Antonio?«

»Ja. Es ist knapp über dem Steuer des Bootes zu erkennen, in dem der Baummensch steht!«

Keie lief mehrmals auf und ab, bevor er sich wieder an de Nebrija wandte.

»Zwei Dinge, Antonio. Eimal verstehe ich nicht ganz, was die

Entdeckung eines Venuszeichens auf dem Höllenflügel des ›Gartens der Lüste‹ mit Grit zu tun haben soll. Zweitens macht mich die Tatsache stutzig, daß die Beschädigungen auf dem Bild zwar nur gering sind, Sie aber überall, wo Beschädigungen auftreten, etwas finden. Mit einem Wort, Antonio: Ich habe mir die letzte Vergrößerung ebenfalls angesehen und nichts darauf entdecken können.«

Mit dem letzten Satz hatte sich Keie vor de Nebrija aufgebaut, den er um gut einen Kopf überragte. De Nebrija wich keinen Schritt zurück.

»Ich verstehe die Zweifel, Michael. Ich hatte sie auch. Aber es ist ja nicht auszuschließen, daß Pater Baerle die Stellen kannte, wo die Zeichen verborgen waren. Und so konnte er natürlich mit seinem Zerstörungswerk sehr gezielt vorgehen.«

Keie zog sich zu seinem Schreibtisch zurück. Er setzte sich auf die Platte.

»Einverstanden. Vielleicht wurde im Manuskript darauf hingewiesen. Das würde einleuchten. Aber warum soll das Venuszeichen auf die Gefährlichkeit Grit Vanderwerfs hinweisen?«

»Sie wissen, was das Zeichen bedeuten könnte, Michael?«

»Ich ahne es zumindest. Wir unterhielten uns doch über die Bedeutung des Teichs im Mittelteil. Ihm entsteigen Frauen.«

De Nebrija schmunzelte.

»Was wäre, wenn das Gemälde genau diesen Aspekt verarbeitete: die Bedeutung der Frau für die Zukunft? Das Venuszeichen ist das Zeichen der Frauen. Heute noch: Frauenpower im Zeichen der Venus!«

Auf diesen Gedanken war Keie noch nicht gekommen. Andererseits wurde ihm das alles ohnehin zuviel. Er bemühte sich, seinen gesunden Menschenverstand nicht zu verlieren.

»Schon gut, schon gut, meinetwegen. Darüber sollte man nachdenken! Aber was ist an dieser Botschaft so außergewöhnlich? Irgend jemand malt im sechzehnten Jahrhundert ein Venuszeichen auf ein Bild, übermalt es schließlich und muß darauf hoffen, daß irgendwann in ferner Zukunft ein Betrachter des Bildes über Methoden verfügt, das Zeichen sichtbar zu machen. Wozu dieser ganze Aufwand? Verrennen wir uns da nicht? Sind all diese Linien, Buchstaben, Zeichen und was weiß ich auf der Leinwand vielleicht weiter nichts als gewöhnliche Pentimenti, wie sie auf jedem zweiten Bild unter dem Farbauftrag zu entdecken wären?«

»Schon möglich. Aber ich kann mir nicht helfen, Grit Vanderwerf kennt sich zu gut aus, als daß es Zufall sein könnte.«

»Dabei haben Sie ihr doch entsprechende Brocken unserer Informationen hingeworfen. Ich erinnere nur an die letzte Begegnung vor dem Bild. Sie waren es, der ihr mögliche Interpretationen geradezu aufgedrängt hat.«

De Nebrija nickte und fuhr sich mit der Hand über das Gesicht.

»Das waren Köder. Ich wollte wissen, wie gut sie Bescheid weiß. Ist Ihnen nicht aufgefallen, daß sie bis zuletzt über ein Wissen verfügt hat, das erstaunlich war. Ich habe vierzig Jahre gebraucht, um soweit zu kommen.«

»Sie denken an die Adamiten?«

»An die auch, Michael. Und an Jacob van Almaengien! Was war das für ein Geheimnis, das Petronius Oris entdeckt hat? Man müßte Pater Baerle noch einmal fragen können.«

Antonio de Nebrija atmete tief ein. An seinen Grimassen konnte Keie sehen, wie er mit sich kämpfte. Den Pater ins Haus zu holen und zu befragen, hieß zu riskieren, daß er das Bild endgültig zerstörte.

In diesem Moment summte das Funkgerät. Keie zuckte beim ersten Piepen zusammen und langte sich ans Ohr. Aber gleich griff er zum Mikrophon und nahm den Stöpsel aus dem Ohr, damit de Nebrija mithören konnte. Er winkte ihn heran. Leise und verzerrt klang die Stimme am anderen Ende der Leitung durch den Ohrstöpsel.

»Señor Keie, die Pforte hat einen Anruf des zuständigen Kommissariats erhalten. Sie schicken einen Comisario Rivera herüber.«

»Und was soll er hier?«

»Nach dem Rechten sehen! Schließlich haben wir ihre Funkanlage.«

»Also gut, lassen Sie ihn herein. Achten Sie auf seinen Ausweis. Und dann bringen Sie ihn persönlich zu mir hoch.«

»Sí, Señor.«

»Bien.«

Keie stöhnte.

»Das hätte nicht sein müssen. Sicher eine Schikane der Versicherungen. Jetzt muß ich mich mit den Brüdern auch noch auseinandersetzen. Das wäre eigentlich die Aufgabe der Museumsleitung. Schließlich bin ich nur als Restaurator für das Bosch-Projekt hier. Und sonst für nichts.«

Die letzten Sätze brummelte er in sich hinein. Aber plötzlich hob er den Kopf. Er winkte de Nebrija, der sich schon durch die Tür schleichen wollte.

»Bleiben Sie, Antonio. Eine Frage noch. Was mich in diesem Zusammenhang die ganze Zeit umtreibt, ist der merkwürdige Umstand, daß ich von einem Petronius Oris in der gesamten Kunstgeschichte noch nie etwas gehört habe. Ich habe in verschiedenen Werken nachgeschlagen – Fehlanzeige. Und wenn die Aussagen Baerles stimmen, dann müßte er doch durch eigene Bilder aufgefallen sein. Kennen Sie einen Maler dieses Namens?«

»Nein, ich habe von ihm nie gehört. Aber das ist nicht ungewöhnlich. Malerschulen wie Bosch sie betrieb und die Brüder van Eyck oder später Rubens stellten zwar Spezialisten ein, die besondere Schwierigkeiten meisterten wie Faltenwürfe bei Kleidungen oder Pflanzen, manchmal malten sie nur Hintergründe oder Architektur. Das sparte Zeit, und die Meister konnten sich auf die malerisch interessanten Bereiche konzentrieren. Aber die Schüler oder Zuarbeiter blieben meist anonym. Möglich, daß Petronius Oris für solche Arbeiten bei Bosch eingesetzt wurde – oder, wenn er dessen Werkstatt verlassen hat, in anderen Diensten dieselbe Arbeit verrichtete. Nie würde man wieder etwas von ihm hören.«

Keie hatte aufmerksam zugehört. Daß Petronius Oris sang- und klanglos in den Falten der Zeit verschwunden sein sollte, leuchtete ihm nicht ein. Irgendwo in der Geschichte der Kunst mußte er seine Spuren hinterlassen haben, es sei denn, er war dem Inquisitor Johannes von Baerle zum Opfer gefallen. Dann aber hätte es kein Manuskript, vor allem aber keinen »Garten der Lüste« geben dürfen. Aber wie konnte er überhaupt sicher sein, daß nicht alles nur ein Hirngespinst des verwirrten Paters war?

»Dabei war Petronius Oris mehr als begabt, Antonio. Schließlich durfte er porträtieren.«

»Oder man benutzte ihn für andere Aufgaben. Ich habe mir häufig schon gedacht, daß diese überschäumende Phantasie im ›Garten der Lüste‹ eine Zusammenarbeit erforderte. Vielleicht lieferte er ja Bildideen. Vielleicht stammen einige der Geschöpfe gar nicht von Bosch selbst, sondern von Petronius Oris. Ein Lieferant für – Alpträume!«

Unwirsch unterbrach ihn Keie.

»Zu viele Vielleichts! Jetzt spekulieren Sie wieder, Antonio. Da könnte ich ebensogut einen Roman lesen.«

»Vielleicht tun wir das ja!« meinte de Nebrija, bevor er seinen Zettel abriß und durch die Tür verschwand.

Keie beschloß, dem Comisario entgegenzugehen. Außerdem wollte er das Bild noch einmal betrachten. Ein Venuszeichen. Ob das möglich war? Und mitten in der Hölle!

II

Als Keie die Werkstatt betrat, erschrak er. Vor dem »Garten der Lüste« stand im sonst leeren Raum eine Person. Erst auf den zweiten Blick erkannte er Grit.

»Grit! Wie kommst du hier herein? Was tust du hier?«

Sie drehte sich langsam zu ihm um und zeigte lächelnd auf einen Ausweis an ihrer Brust, auf dem deutlich ihr Foto zu sehen war.

»Ich habe von der Museumsleitung eine Sondergenehmigung.«

Keie stand sprachlos da.

»Ich habe ihnen erzählt, daß ich von Nutzen bin, wenn Pater Baerle tatsächlich bis zum Bild vordringt. Möglicherweise kann ich ihn ja von einer Zerstörung abhalten.«

Ihr Lächeln geriet eine Spur zu offen und ein wenig zu breit. Keie war verstimmt, schließlich konnte jeder bis hierher vordringen, wenn er nur Kontakt mit der Museumsleitung aufnahm. Keie informierte sich über sein Mikrophon, ob die Wachen Grit Vanderwerf kontrolliert hatten. Dann lachte er: »Du? Ausgerechnet du? Bei seinem Haß auf Frauen.«

Sie schien seine Frage zu überhören und wandte sich dem Bild zu.

»Ist es nicht herrlich? Dieser Paradiesgarten, die Menschen darin, wie sie sich tummeln und Freude ausstrahlen. Über dem ganzen Bild liegt ein Glanz des Behagens.«

Grit hakte sich bei Keie ein, doch der sprach weiterhin kein Wort.

»Jetzt sei doch nicht albern, Michael. Wenn ich dich gefragt hätte, hättest du nein gesagt. Stimmt's?«

Er mußte nicken. Sie wirkte entwaffnend. Dennoch fühlte er Wut in sich aufsteigen. Grit führte ihn vor.

»Ich will mal was klarstellen: Solange Baerle hier frei herumläuft, hat niemand etwas bei diesen Tafeln zu suchen, außer er beschäftigt sich wissenschaftlich mit ihnen. Und das sind zur Zeit nur Antonio de Nebrija und ich selbst.«

»Oh. Du hast dich von einem Restaurateur zu einem Bodyguard für die Bilder entwickelt. Ist das ein Aufstieg?«

In Keie kochte es. Ihr Spott ließ das Faß überlaufen. Seine Stimme wurde lauter:

»Glaubst du vielleicht, ich bin ein verliebter Trottel, den man einfach um den Finger wickelt? Hier geht es um mehr als deinen Hintern, verflucht. Und du hast nichts Besseres zu tun, als dich über alles hinwegzusetzen, was ich an Sicherheitsmaßnahmen ausgedacht habe.«

Grit ließ ihn los und sah ihn erschrocken an.

»Was ist los mit dir?«

»Was mit mir los ist?« Keies Stimme kippte um. Er versuchte, seiner Aufregung Herr zu werden, indem er auf und ab lief. »Hier versucht jemand dieses Bild zu zerstören, das ich für das genialste seiner Zeit halte, und du machst dich über mich lustig! Kannst du nur einmal nicht an deinen psychologischen Schwachsinn denken, sondern an das Bild?«

Grit Vanderwerf zuckte zurück. Ihre Lippen preßten sich aufeinander, bis sie nur noch einen schmalen Strich bildeten.

»Nimm das zurück!« zischte sie, dann drehte sie sich um und lief auf den Ausgang zu.

Keie war selbst über sich und seine Reaktion erschrocken. Ihm tat sein Ausbruch bereits leid. Noch während Grit Vanderwerf auf die Tür zulief, überlegte er, ob er sich nicht entschuldigen sollte. Er wurde allerdings von Grits Verhalten überrascht.

»Eigentlich war ich nur hier, um dir zu erzählen, was mich an diesem Bild stutzig macht. Aber wenn du es nicht hören willst ...«

Grit klang trotzig, verstimmt, aber kompromißbereit. Keie horchte auf. Wollte sie ihn ködern? Er wartete, bis sie die Türklinke in die Hand nahm, dann erst gab er nach.

»Entschuldige. Meine Nerven. Was wolltest du mir sagen?«

Sie ließ den Türgriff los und blieb mit dem Rücken zu ihm stehen.

»Es interessiert dich doch nicht!«

»Natürlich interessiert es mich. Sei nicht böse. Als du plötzlich hier im Raum gestanden bist, da sind mir einfach die Nerven durchgegangen.«

Keie ging auf sie zu. In seinem Kopf arbeitete es. Was wollte Grit erreichen? Was wollte sie vor allem von ihm?

Auch sie ging ihm entgegen. Sie trat auf ihn zu, bis sie direkt vor ihm stand und ihn von unten ansah. Keie mußte schlucken. Grit schloß die Augen und forderte so einen Kuß von ihm. Schließlich gab Keie nach, doch ihre Lippen waren seltsam trocken und kühl. Als sie sich wieder trennten, fragte sie wie beiläufig:

»Habt ihr eigentlich etwas gefunden? Auf der dritten Tafel, meine ich. De Nebrija hält sich immer sehr bedeckt. Ich glaube, er mag mich nicht.«

»Nein«, log Keie, dem die Warnungen de Nebrijas plötzlich wieder schlüssig erschienen. Warum war Grit hier erschienen? Warum fand er sie vor dem Bild und nicht oben in seinem Büro? »Es scheint so, als ob es bei den beiden Entdeckungen bleiben wird.«

»Schade«, Grit zog einen Schmollmund. »Dabei wäre ich gern bei der Entschlüsselung des Geheimnisses dabei gewesen.«

»Von welchem Geheimnis sprichst du? Und was wolltest du mir vorhin sagen?«

Mit einer fahrigen Handbewegung unterbrach ihn Grit. Sie faßte ihn unter und zog ihn zum »Garten der Lüste«.

»Weißt du, Michael, für einen Maler männlichen Geschlechts sind in diesem Gemälde zu viele weibliche Themen enthalten, deren Bedeutungen unklar bleiben.«

Keies Neugier war geweckt.

»Das mußt du mir erklären. Du siehst eine weibliche und eine männliche Seite im ›Garten der Lüste‹?«

In seinem Kopf schossen die Gedanken quer. Was wollte sie erreichen?

»Sammel doch die einzelnen Punkte: Gott Vater ist bereits auf der Werktagsseite aus der Schöpfung verbannt worden. Er thront nur am äußersten Rand des Bildes, dafür bringt die Welt weiblich runde Formen hervor. Im Paradiesflügel berührt Jesus Eva, während sich Adam abwendet. Sie kokettiert mit ihrer Rolle, aber sie fügt sich nicht. Im Mittelteil sind es die Frauen, die das Geheimnis der Liebe zugeflüstert bekommen, um welches es sich auch immer handeln mag.«

Plötzlich erinnerte sich Keie daran, was Pater Baerle aus dem Manuskript erzählt hatte. Die Szene des Gottesdienstes, in dem die Mitteltafel erläutert worden war. Auch dabei stand die Liebe im Mittelpunkt.

»Außerdem stehen Frauen im Blickzentrum des Bildes. Niemand sonst badet im Teich. Und wenn wir den Höllenflügel betrachten, kommen Frauen kaum vor ...«

Keie fühlte sich, als würde er in Trance versetzt. Er starrte auf das Bild, und eine Welle der Ahnungen überflutete ihn. Hatte de Nebrija wirklich ein Venuszeichen entdeckt? Und kannte Grit die Zusammenhänge, oder wollte sie ihn bloß reizen?

» ... sind nur als ihrem Glauben untreue Nonnen oder als Prostituierte dargestellt. Sie haben sich unter den Einfluß von Männern begeben und so ihre Weiblichkeit verraten. Der Rest sind

Männer! Dabei sollte man annehmen, daß Frauen diese Hölle nach dem spätmittelalterlichen Gedankengut geradezu füllen müßten. Schließlich besaßen wir erst seit 1475 eine Seele, die uns die katholische Kirche bis dahin absprach – und damit waren wir verdammt.«

Keie betrachtete Grit von der Seite und versuchte, in ihrem Gesicht zu lesen, was sie tatsächlich von ihm wollte.

»Trotzdem, Michael. Baerle verübte bislang Anschläge auf Bilder, die etwas mit Frauen zu tun hatten, die die Liebe oder Erotik feierten. Welche Botschaft dieses Bild für uns hat, wissen wir nicht …«

»Wenn es überhaupt eine hat!«

» …okay, okay, wir kennen also die vermeintliche Botschaft nicht, aber da es irgendwie um Weiblichkeit geht, wird Baerle von seinem Zerstörungswahn nicht ablassen. Er wird wieder hierher kommen. Da bin ich mir sicher.«

»Weshalb?«

»Er ist krank, Michael, versteh doch, psychisch krank. Ich arbeite seit Jahren an solchen Fällen, und ich gebe zu, daß ich auch als Frau spüre, was für ein Haß mir da entgegenbrandet. Dieser Mann glaubt wirklich daran, der Inquisitor Johannes von Baerle zu sein. Weiß der Himmel, warum er sich diesen Namen ausgesucht hat. Schließlich ist er Spanier und könnte hier in Spanien auch Torquemada heißen. Das klänge wenigstens nach Tradition.«

Keie mußte Gewißheit haben. Fieberhaft überlegte er, wie er herausfinden konnte, was eigentlich Grits Absicht war. »Was ich dich letztens bereits fragen wollte. Du hast von dieser Gruppe der Weisen erzählt. Glaubst du daran? Ich meine nur, eine solche Gruppe von Menschen würde über die Jahrhunderte hin auffallen, oder nicht?«

Grit ließ seinen Arm los und musterte ihn. Dann ging sie langsam um ihn herum.

»Weißt du eigentlich, Michael, daß es beinahe unmöglich ist, Informationen an die Zukunft weiterzugeben? Das, was heutzutage jede Versicherung versucht, nämlich die Daten ihrer Mitglieder für die Zukunft aufzubewahren, ist ein vergeblicher Versuch!

Es ist nur eine Frage der Zeit, bis diese Daten nicht mehr gelesen werden können. Sei es, weil die Computertechnik sich weiterentwickelt hat, sei es, weil die Datenträger zerfallen oder zerstört werden. Sei es, daß die Informationen derartig an Fülle zunehmen, daß sie Legion werden und damit beliebig. Nicht einmal für fünfzig Jahre lassen sich Prognosen abgeben, Michael.«

»Ein Problem vor allem für die Historiker.«

Grit sah auf das Bild und kehrte Keie den Rücken zu. Sie trug dieses weit ausgeschnittene Kleid, das die Schulterblätter frei ließ. Ihm fiel jetzt auf, daß die Haut über den Wirbeln etwas dunkler war, als in deren Umgebung.

»Ein Problem für uns alle. Wir kennen noch einigermaßen das Leben unserer Eltern, haben aber in das der Großeltern kaum mehr einen Einblick, und das der Urgroßeltern ist meist schon dahin. Die Geschichte einzelner Staaten stirbt langsamer, der Archive wegen, aber sie stirbt – und was erhalten bleibt, sind Anekdoten, unklare, interpretierbare Aussagen, aus denen wir uns dann ein mehr oder weniger stimmiges Bild basteln.«

»Ist es nicht unser Recht, Dinge zu vergessen und die Vergangenheit ad acta zu legen?«

Grit drehte sich plötzlich um und fixierte ihn mit einem Blick, daß er schlucken mußte. Ihre Augen hatten einen eigenartigen Glanz angenommen.

»Wie weit zurück können wir uns erinnern? Tausend Jahre, zweitausend?«

Keie räusperte sich.

»Zehntausend Jahre. Seit Schrift existiert.«

Grit Vanderwerf nickte und blickte zu Boden, als müsse sie ihre Energie zähmen. So leise, daß Keie einen Schritt auf sie zugehen mußte, um sie zu hören, flüsterte sie:

»Und was war davor? Wissen wir etwas davon? Wir Menschen haben eine Million Jahre hinter uns gebracht, vielleicht auch mehr in einem Stadium des Bewußtseins und der Sprache. Vielleicht gab es damals bereits ein Bedürfnis aus der ewigen Gegenwärtigkeit auszubrechen und die Vergangenheit kennenzulernen. In einer Million Jahre hat man Zeit, die Zyklen dieser Welt zu studieren und Wissen darüber zu sammeln. Was, Michael, wenn eine Gruppe von Menschen seit altersher ausgewählt wurde, davon zu berichten, wie sich Menschsein entwickelt?«

Sie sprach leise, sehr leise, aber immer schneller und eindringlicher, so daß Keie ein Schauer über den Rücken lief. Noch immer blickte sie zu Boden, als läge dort das Manuskript, von dem sie ablas.

»Heißt es nicht in der Bibel: ›Es wird berichtet, daß ...‹ und ›Es steht geschrieben ...‹? Hast du dir je überlegt, wer berichtet und wo es geschrieben steht? Lange Zeit wurde mündlich weitergegeben. Man erzählte von Eingeweihten zu Eingeweihten. Bis die Schrift erfunden und alles niedergeschrieben wurde. Eine Tradition wechselte die andere ab. Schriftliche Aufzeichnungen beherrschten plötzlich die Gedanken. Es gibt diese Aufzeichnungen noch. Und dieses Bild ist eine davon.«

Keie fühlte, daß er zu schwitzen begann.

»Und warum wurde es nicht längst gelesen oder interpretiert?«

Jetzt hob Grit Vanderwerf den Kopf und schüttelte ihn.

»Weil der Kirche gelungen ist, was nie zuvor in diesem Ausmaß passierte: Sie hat die Wissenden ausgerottet. In zweihundert Jahren Inquisition ist es ihr gelungen, das Wissen von Jahrtausenden auszuradieren.«

»Willst du damit sagen, daß es so etwas wie einen Geheimbund gibt, der seit Tausenden von Jahren sein Wissen weitergibt, und daß etwas davon auf dem Triptychon verborgen ist?«

»Bislang vermutete man nicht, daß dieses Bild ein Zeugnis der Weisen sei. Es war zwar ein ungewöhnliches Gemälde, aber harmlos. Erst als Pater Baerle das Manuskript entdeckte ...«

Keie nickte. » ... glaubte er einschreiten zu müssen. Klingt plausibel. Trotzdem, Grit, das sind doch alles Hirngespinste. Wenn Baerle nichts getan hätte, wäre die angebliche Botschaft bis ans Ende der Zeiten unter der Farbe verborgen geblieben!«

»Oder bis irgendwo eine Abschrift oder ein Hinweis auf das Manuskript von Petronius Oris aufgetaucht wäre! Du weißt, daß die Vatikanischen Archive geöffnet werden sollen. Wenn sich dort etwas findet, das auf eine Botschaft der Weisen oder der Adamiten oder von wem auch immer hindeutet, entsteht, jedenfalls in den Augen der Fanatiker, Handlungsbedarf.«

»Aber diese Schlacht ist doch längst geschlagen! Für wen ist es denn noch bedrohlich, wenn das Bild meinetwegen das Ende des Patriarchats oder der Kirche prophezeien sollte?«

In Grits Augen flackerte kurz etwas auf, was Keie nicht zu benennen wagte. Doch sofort hatte sie sich wieder unter Kontrolle. »Glaub, was du willst. Wenn es eine Botschaft gibt, wird Baerle sie jedenfalls aus der Welt schaffen, *er* glaubt nämlich dran!«

»Und du, woher weißt du das alles, meine kleine Adamitin?«

Grit Vanderwerf sah ihm offen in die Augen.

»Okay, das ist alles weniger geheimnisvoll, als du vielleicht denkst. Es gibt auch genügend Frauen, die an die abstrusesten Sachen glauben, die sich für Hexen halten und mit schwarzer Magie experimentieren. Ich habe, irgendwann am Anfang meines Studiums, solche Leute kennengelernt. Ziemlich faszinierend, das kannst du dir ja denken. Vor allem wenn man, wie ich mit zwanzig, das Gefühl hat, in einer total von Männern dominierten Welt zu leben, und nach Wegen sucht, sich gegen die Männermacht irgendwie zur Wehr zu setzen. Jedenfalls gab es in dieser Gruppe eine Frau, die immerzu davon erzählte, daß der Schlüssel zur Lösung all unserer Probleme in diesem Bild verborgen sein könnte. Ich hatte das längst vergessen, aber als mir die Betreuung von Baerle übertragen wurde und ich begriff, wieso er das Bild so haßte, mußte ich nur zwei und zwei zusammenzählen.«

In diesem Moment schlug Keies Piepser an. Er drehte sich weg, drückte auf Empfang und hielt sich das andere Ohr zu. Grit sagte etwas, aber er verstand nichts, da sich die Wache am Eingang meldete.

»Señor Keie, der Comisario hat sich bei uns gemeldet, aber …«

Eine kurze Pause entstand, in der Keie glaubte, das Gerät wäre ausgefallen oder hätte eine Störung.

»Wache! Melden Sie sich! Hallo, Wache!«

Plötzlich rauschte es, und die Stimme war wieder in der Ohrmuschel.

»Alles in Ordnung. Wir haben ihn überprüft. Wir hatten nur eine kleine Senderstörung.«

Für den Moment war Keie beruhigt. Er steckte das Gerät in die Tasche und wollte Grit folgen, die offenbar den Raum verlassen hatte. Sein letzter Blick galt dem Bild. Unbeschädigt stand es mit seinen leuchtenden Farben mitten im Raum.

Vielleicht war Grit in sein Büro gegangen. Er mußte nachsehen und den Comisario empfangen.

Über Funk rief er die Wache am Eingang und erklärte ihr kurz, daß er zu seinem Büro unterwegs sei, um mit Comisario Rivera zu reden. Dann verließ er den Raum, Grits Parfum in der Nase.

III

Keie stürzte die Treppen hinunter zum Restaurationsraum. Weder Grit noch den Comisario Rivera hatte er in seinem Büro angetroffen. Als er in den Gang zum Atelier einbog, blieb ihm beinahe das Herz stehen. Wie erwartet stand keinerlei Wache vor der Tür. Er beschleunigte seinen Schritt. Sein Gesicht glühte. Als er die Tür aufriß, blendete ihn zunächst die Helligkeit im Raum. Langsam betrat er das Atelier und erschrak. Auf dem Tischchen vor dem ›Garten der Lüste‹ lag ein kleines Kruzifix, dessen vier Enden mit brennenden Kerzen besetzt waren. Die Christusfigur in der Mitte des Kreuzes war entzweigebrochen. Keie stürzte in den Raum, blies die Kerzen aus und warf das Kreuz samt Kerzen und Heiland in die Ecke. Als sich seine Augen ganz an den Lichteinfall gewöhnt hatten, konnte Keie das Bild untersuchen. Langsam kam er wieder zu Atem: Der ›Garten der Lüste‹ war unbeschädigt. Er fuhr sich mit der Hand übers Gesicht. Offenbar hatte er den Comisario doch nur verpaßt. In seinem Büro war jedenfalls niemand gewesen. Selbst Grit war er nicht begegnet. Aber wo hielten sich die beiden auf?

Plötzlich fiel die Tür hinter ihm zu. Keie zuckte zusammen und drehte sich hastig um. Hinter ihm stand eine der Wachen in einer blauen Uniform, die Mütze tief ins Gesicht gezogen. Keie schloß die Augen, mußte sich sammeln. Er reagierte in den letzten Tagen zu nervös, ließ sich durch Unvorhergesehenes zu leicht aus dem Konzept bringen.

»Wo waren Sie?« fuhr er den Wachmann an.

»Die Natur verwandelt sich. Die Wahrheit tötet!« murmelte die Wache, und Keie verstand im ersten Moment den Sinn nicht recht. Doch dann stieg ein Verdacht in ihm auf. Er musterte den Mann genauer.

»Also doch!«

»Sie haben richtig beobachtet, Señor Keie. Mich haben Sie hier wohl nicht erwartet.«

»Doch. Ich hätte bloß nicht gedacht, daß Sie es schaffen.«

»Es war leichter, als ich vermutete. Ein Anruf genügte. Er wurde offenbar nicht einmal nachgeprüft. Sehr nachlässig.«

»Sie sind der angebliche Comisario Rivera, Pater!«

»Gelungen, nicht?«

In Keies Kopf arbeitete es fieberhaft. Sicher hatte Baerle irgendwo eine Flasche mit Säure, die er bei entsprechender Gelegenheit über die Tafeln schütten würde. Er mußte ihn ablenken. Und was sollte diese Aktion mit dem zerbrochenen Kreuz?

»Was haben Sie mit den Wachleuten gemacht, Pater?«

Pater Baerle lachte merkwürdig heiser, als wäre seine Stimme rauh und brüchig.

»Weggeschickt, Señor Keie. Sie haben Mittagspause. Sie sind so gutgläubig.«

Pater Baerle schob sich die Mütze aus dem Gesicht. Seine Augen bekamen einen stechenden Glanz, und Keie ahnte, daß er seine Suggestivkraft eingesetzt hatte. Ein unruhiges Zucken spielte um die Mundwinkel des Paters. Keie versuchte, ihm den Weg zu versperren. Krampfhaft suchte er nach einer Frage, die Pater Baerle aufhalten, auf andere Gedanken bringen konnte.

»Warum haben Sie sich hier eingeschlichen, Pater? Was wollen Sie von mir?«

Baerle, der sich langsam auf ihn zu bewegt hatte, blieb stehen. Seine Augen, die unruhig hin und her pendelten, richteten sich auf Keie, doch sein Blick blieb leer wie der eines Blinden.

»Von Ihnen will ich nichts, abgesehen davon, daß Sie sich mir nicht in den Weg stellen.«

Baerle lächelte abwesend, sein Blick jagte durch den Raum.

»Wenn Sie wollen, Pater, hole ich Grit Vanderwerf. Sie kann mit Ihnen reden!«

Als hätte er ihn mit einer Nadel gestochen, fuhr Baerle zurück. Seine Augenlider flatterten, seine Stimme wurde schrill.

»Ich habe sie gesehen. Die Schlange. Der Satan hat sie geschickt.«

Baerles Arme flogen durch die Luft.

»Warum Schlange?« fragte Keie.

Baerle drehte sich abrupt um. Verschwörerisch senkte er seine Stimme. »Sie ist eine Frau. Sie will nicht wahrhaben, daß mit ihrem Geschlecht die Sünde in diese Welt kam. Im Zustand der Unschuld ...«

»Jetzt halten Sie an sich, Pater«, unterbrach Keie, der langsam genug hatte, »Schluß mit der Märchenstunde!«

Baerles Blick richtete sich auf den Boden. Sein ganzer Körper begann langsam zu pendeln.

»Haben Sie ein drittes Zeichen auf dem Höllenflügel entdeckt, Señor Keie?«

»Nein.«

Plötzlich lachte Pater Baerle lauthals heraus. »Dann ist es zu spät.«

»Was ist zu spät?«

»Sie werden keine Gelegenheit mehr haben, das Bild zu untersuchen.«

Über Baerles Gesicht glitt ein boshafter Zug. In Keies Schädel schrillten die Alarmglocken. Wenn doch bloß einer der Wachleute aus der Mittagspause zurückkäme! Und wo war Grit? Warum tauchte sie nicht auf?

»Was haben Sie gegen das Bild, Pater?«

Baerles Gesicht wurde ausdruckslos. Und plötzlich wußte

Keie, wo er diese Visage gesehen hatte: auf der Höllenseite des Triptychons. Der Baummensch blickte mit derselben Leere aus dem Gemälde heraus und durch den Betrachter hindurch in die Weite dahinter. Leergebrannt der Körper, leblos und abgestorben.

Baerle umrundete Keie und sammelte die in der Ecke liegenden Teile des Kreuzes zusammen. Er fügte die Christusfigur wieder zusammen.

»Was sollte das Spiel mit dem Kreuz?« fragte Keie.

Der Pater kehrte ihm den Rücken zu. Sorgfältig legte er die Teile auf den Tisch. Er deutete mit dem Finger auf das Kruzifix, durch dessen Mitte ein Riß ging.

»Das ist mein Todesurteil. Sie zerbrechen den Christus, weil er für sie keinerlei Bedeutung besitzt. Ein männlicher Götze, Señor Keie. Sie zerbrechen den männlichen Aberglauben und zerstören so den Menschen selbst.«

Baerle sprach schleppend, als müßte er die Worte erst im Kopf zusammensuchen und sie einzeln auf die Lippen legen.

»Wer hat das Kreuz hier hingelegt, Pater? Wissen Sie's?«

Baerle nickte. Seine Hand verschwand in der rechten Jackentasche. Keie hielt den Atem an. Doch Baerle zog die Hand wieder aus der Tasche und hielt sie Keie offen entgegen.

»Wer hat das hier hingelegt, wer hat das hier hingelegt? Sind Sie wirklich so naiv, Keie? Sie, sie waren es, sie wollen unseren Heiland noch einmal töten, und diese Schlange Vanderwerf gehört zu ihnen!«

»Grit? Sie sind ja verrückt!«

Pater Baerle hustete.

»Wer sonst? Ich zerbreche keinen Christus.«

Sollte der Pater recht haben? Hatte nicht Petronius Oris ebenfalls eine solche Warnung erhalten? Und war nicht auch ein Anschlag auf sein Leben verübt worden?

»Gut, nehmen wir einmal an, sie war es: Warum sollte sie so etwas tun, Pater?«

»Sie warnt mich davor, das Bild zu berühren.« Baerle sah Keie tief in die Augen. »Haben Sie sich schon mit ihrem Stammbaum beschäftigt, Señor Keie? Haben Sie nachgeforscht, woher Grit Vanderwerf stammt?«

Erstaunt schüttelte Keie den Kopf.

»Sie ist die letzte Nachfahrin der Vanderwerfs, die sich früher ›van der Werf‹ schrieben und einen gut dreihundert Jahre alten Familienstammbaum nachweisen können. Nichts Ungewöhnliches bis dahin, Señor Keie. Jetzt aber wird es interessant. Mitte des 16. Jahrhunderts heiratet in diese Familie eine Familie ein, die sich van Sint Jan nennt. Läuten die Glocken? Philipp van Sint Jan, das ist der katholische Name Jacob van Almaengiens. Jacob hatte also Nachfahren. Wenn dieser Jacob van Almaengien aber zu den Adamiten gehörte, dann ist zu vermuten, daß zwischen der Familie van Sint Jan und den van der Werfs auch religiöse Beziehungen herrschten. Vor allem deshalb, weil letztere häufig in den Niederlanden die Wohnorte wechselten und sich schließlich in der freien Republik der Niederlande niedergelassen haben. Dort besaßen sie zumindest das Privileg der Glaubensfreiheit.«

Keie staunte. War Grit tatsächlich eine Nachfahrin des mysteriösen Gelehrten, oder war das alles wieder nur ein Hirngespinst des verwirrten Paters?

»Dann war es Jacob van Almaengien, der Petronius Oris mit dem Symbol des zerbrochenen Kreuzes gewarnt hatte?«

»Vermutlich.«

»Aber warum, Pater? Was störte Jacob van Almaengien an Petronius Oris?«

Baerle trat näher. Die Entfernung zwischen ihm und den Tafeln verringerte sich, obwohl Keie darauf achtete, daß er immer zwischen dem Pater und dem Bild stand.

»Wissen Sie, als ich das Manuskript las, fiel mir auf, daß die Geschichte bis zu einem bestimmten Punkt von derselben Handschrift geschrieben wurde. Dann bricht sie plötzlich ab, und eine andere führt den Bericht weiter. Stilistisch flüssig zuerst, so daß man glauben mag, Petronius Oris konnte nicht mehr schreiben und hat alles diktiert, aber dann …«

Jetzt hatte Keie den Pater dort, wo er ihn haben wollte.

»Glauben Sie, Petronius Oris ist ein Unglück geschehen? Haben Sie deshalb Ihre Erzählung abgebrochen, um uns das zu verschweigen?«

Pater Baerle betrachtete sich die Höllenseite des Triptychons. Keie schien es, als wolle er sich selbst hypnotisieren oder zumindest von dort seine Anregungen, seine Stichwörter holen. Aber dann fühlte er, wie Baerles Stimme ihn berührte und mitnahm:

»Die Ereignisse überstürzten sich in 's-Hertogenbosch, und über den Maler Petronius Oris brach das Unglück ebenso herein wie die Erkenntnis ...«

IV

... Daß selbst der Tod höflich am Leben anklopfte. Das satte Geräusch der Hammerschläge, wenn zwei Balken aneinandergenagelt werden, öffnete Petronius die Augen. Lange lag er so, den Blick auf eine niedrige Steindecke gerichtet, die von weißlichen Sinteradern überzogen war, und lauschte den wuchtigen Schlägen. Metallene Nägel wurden in frisches Holz getrieben. Mit der Zunge fuhr er sich über die Lippen. Rauh fühlten sie sich an, ausgetrocknet. Das Schlucken fiel ihm schwer, und als er sich zur Seite wälzen wollte, um aufzustehen, fuhr ein rasender Schmerz von der Schulter seine linke Seite hinab. Petronius konnte sich nicht daran erinnern, wie er in dieses Loch gelangt war. Es stank erbärmlich nach Kot und Urin, fauligem Brot und Stroh.

»He, Kerl! Wälz dich nicht so herum, als lägst du in einem Himmelbett. Hier heißt es menschliche Tugenden pflegen und auf seine Kameraden achten.«

Der Schmerz in seiner Achsel pulste ihm die Stimme aus dem Mund. Petronius schloß die Augen wieder und versuchte, ruhig zu liegen und gleichmäßig zu atmen, um antworten zu können. An seiner rechten Hüfte fühlte er die Wärme eines weiteren Körpers, der sich an ihn drückte.

»Wo bin ich?« krächzte er. »Was soll das alles?«

Petronius prüfte, ob er seine Finger bewegen konnte und bemerkte, daß der linke Unterarm bereits taub wurde und in den Fingerkuppen kaum mehr ein Gefühl saß.

»Hör dir den an, Griet!« blaffte der Körper links neben ihm, der offenbar zum Ausgang dieses Kellers hin lag, da von der Seite ein wenig Licht in den Raum fiel. Petronius gelang es nur nicht, sich soweit umzudrehen, daß er hinausblicken konnte.

»Da gehört der Mensch zum schlimmsten Gesindel, das in der Stadt herumstrolcht, und dann weiß er nicht, wohin er gehört!«

Wenige Schritte weiter lachte kurz eine Stimme auf, die Petronius als die einer Frau erkannte, und tatsächlich säuselte diese gleich:

»Man müßte ihm nur die Lebensgeister wieder wecken. Laß mich nach hinten, Ruff. Ich will's ihm schon besorgen. Damit er weiß, was es geschlagen hat.«

»Verdammte Hure!« gab der Mann neben Petronius zurück. »Halt an dich!«

Dann wandte sich sein Nachbar direkt an ihn, berührte seine Schulter und fragte mit einem Schalk in der Stimme:

»Du weißt es doch, oder haben sie dir nicht gesagt, daß sie ein ganzes Fähnlein für dich aufmarschieren lassen? Allerdings nur ein einziges Mal!«

Der Kerl neben ihm stank erbärmlich aus dem Mund. Er brach in ein wieherndes Gelächter aus und schlug ihm auf die Schulter, daß es Petronius schwarz vor Augen wurde.

Er mußte geschlafen haben. Als er die Augen wieder öffnete, tropfte der Stein über ihm vor Feuchtigkeit, und das Hämmern hatte aufgehört. Der Kerl neben ihm schnarchte gotterbärmlich. In kurzen Abständen ließ er geräuschvoll seinen Darmwinden freien Lauf.

Im Schlaf hatte Petronius sich offenbar gedreht. Jetzt lag er mit Kopf und Schulter so, daß er auf ein vergittertes graues Rechteck aus Licht blickte. Die Helligkeit, die davon ausging, schmerzte in den Augen. Vorsichtig versuchte er sich aufzustützen, aber der höllische Schmerz unter der linken Schulter nahm ihm beinahe die Sinne.

»Endlich aufgewacht, mein Süßer?« gurrte neben ihm eine weibliche Stimme.

Im Zwielicht gewahrte er einen wirren Haarschopf und eine schwarze Nase. Die Frau schob sich näher, bis sie ihr Gesicht auf seine Höhe gebracht hatte. Flinke Finger machten sich an seinem Hemd und dem Bund der Hose zu schaffen. Sie war in ihrem verlotterten Zustand eine Schönheit, die sich durch einen Waschzuber und einiges an weißer Wäsche zu einer ansehnlichen Gestalt herausgeputzt hätte. In ihrem jetzigen Zustand aber empfand Petronius solchen Ekel, daß er zurückwich, soweit ihm das möglich war.

»Laßt ab, Jungfer!« zischte er. »Seid so gut und helft mir anderweitig. Wo bin ich?«

Der Schmerz riß an ihm, so daß er seine Sätze nur stockend und mit fliegendem Atem herausstoßen konnte. Mit der rechten Hand scheuchte er die Hände der Dirne aus seinem Schritt.

»Wie Ihr wollt«, brummte sie mürrisch. »Sonst fallen sie über einen her, als wäre man eine Häsin, und der hier verbittet sich jede Freundlichkeit!«

Die letzten Worte sprach sie mit gespitzten Lippen.

»Wo bin ich, Frau? Bitte!«

Die Dirne musterte ihn eindringlich, dann siegte offenbar etwas wie Mitleid in ihr. Ihre harten Mundwinkel entspannten sich und ein verständnisvoller Blick traf ihn.

»Ich bin die Griet. Es muß Euch verdammt dreckig gehen, wenn Ihr nicht einmal wißt, wo Ihr seid!«

Sie musterte ihn und ließ eine Pause zwischen ihren Sätzen stehen, die Petronius nur noch gespannter machte, obwohl er es vor Schmerzen kaum aushielt.

»Dabei seid Ihr sicher etwas Besseres. Euren Händen nach. Aber egal. Auch schöne Hände können ein Messer führen. Ihr sitzt hier im Kerkerloch unter der Rathaustreppe, Junge.«

Vor dem Gitter rauschte ein Regen nieder, der das Licht abdunkelte. Und jetzt konnte Petronius auch die Pflasterung des Platzes und die grauen Steine, manchen Karren und vorübereilende Passanten erkennen. Der Kerl neben ihm, den Petronius als Ruff kennengelernt hatte, begann sich zu rühren. Schnell krabbelte Griet über den schlafenden Körper weg und legte sich behutsam auf die andere Seite. Als sie sich an den Kerl drückte und Petronius auf seinen Arm gestützt sah, zwinkerte sie ihm mit beiden Augen zu, bevor sie diese schloß.

Petronius ließ sich auf den Rücken fallen und starrte auf die Steindecke, durch deren Ritzen langsam die Nässe des Tages sickerte, um in Tropfen abzuperlen.

»Und was soll ich hier?« murmelte Petronius mehr zu sich, als zu den anderen.

Aber Ruff lag jetzt wach und beäugte Petronius mißtrauisch. Mit einer scharfen Stimme bellte er:

»Sie hängen dich auf, Freund! Der Rat hat dich zum Tod verurteilt. Unehrenhaft, also mit der Schlinge. So einfach ist das. Also ich wollte lieber ...«

Petronius erstarrte. Was sagte der Kerl da, dessen Hohlgesicht ihn feindselig anstarrte. Hinrichtung mit dem Strick? Petronius wollte es nicht glauben. War er zufällig einem Anschlag auf sein Leben entkommen, um am Galgen zu landen?

»Was interessieren mich deine Vorlieben, Ruff!«

Der blasse Magerkopf neben ihm grinste nur frech.

»Hol dich der Teufel. Selbst Bettler sticht man nicht ungestraft ab. Du sollst so weit wiederhergestellt werden, Kerl, daß es Vergnügen bereitet, deine Beine zappeln zu sehen. Manche weiden sich an dem Anblick, wenn die Muskeln versagen und man sich besudelt.«

Ruff bellte diese Sätze mit einem Haß in der Stimme, daß Petronius der Verdacht kam, er werde die Tage bis zu seiner Hinrichtung nicht mehr erleben. Sein Nachbar rutschte näher, aber Petronius gelang es nicht, sich zu bewegen, um nur einen Zentimeter auszuweichen. Der Weibel neben ihm spuckte ihm ins Gesicht und fletschte die Zähne. Petronius zog der üble Mundgeruch des Kerls in die Nase.

»Und jetzt ein guter Rat, Kerl. Laß mein Mädchen in Ruhe, sonst nehm ich den Stadtoberen ein Vergnügen.«

Die Handbewegung, die er dabei von unten nach oben vollführte, ließ bei Petronius keinen Zweifel aufkommen. Erschöpft ließ er sich auf den Rücken fallen, wobei ihn der Schmerz beinahe in eine Ohnmacht trieb. Die aber wollte er seinem Mitgefangenen nicht gönnen.

»Ruff!« bellte plötzlich eine Stimme vom Eingang her, nicht allzu laut, aber deutlich und scharf genug, daß der Weibel zurückzuckte und nach draußen blickte.

Mit dem Rücken an die Stäbe gelehnt, vor sich eine Tonscherbe und den Stock mit seinem Wurzelknoten zwischen die Beine geklemmt, saß ein Bettler, der nur leicht den Kopf wandte.

»Ruff! Du wirst deine Spielchen schön bleiben lassen. Sollte dem Maler auch nur ein Haar gekrümmt werden, häng ich deine Eingeweide an die Stadtmauer zum Trocknen, und den Rest füttre ich den Hechten in der Binnendieze. Hast du verstanden?«

Gott sei Dank, der Lange Zuider lebte! Mühsam suchte Petronius in seinem Gedächtnis nach einigen Wörtern, die er nach draußen rufen konnte. Zustande brachte er nur ein Krächzen, das andeutet, daß er lebte.

»Hör zu, Freund Petronius«, rief der Lange Zuider ins Verlies, nur den Kopf beiseite gedreht, »ich werfe dir jetzt einen Beutel hinein. Das Zeug schmierst du dir auf die Wunde, auch wenn's weh tut. Und dir, Ruff, stech ich die Augen aus, wenn du ihm nicht dabei hilfst. Als Vorgeschmack für das, was danach kommt. Ich kann nicht länger bleiben, die Wachen werden mich gleich vertreiben. Ich komme wieder.«

Petronius vernahm durch einen grauen Schleier aus Schmerz und Ohnmacht das Fallen des Säckchens. Dann fühlte er, wie zwei Hände sich an ihm zu schaffen machten, sein Hemd aufknöpften, den verletzten Arm sanft hoben und etwas Zähes, Klebriges zwischen Achsel und Brustkorb strichen. Die kreisenden Bewegungen raubten ihm beinahe den Verstand.

Die Griet riß aus den Ärmeln Streifen und wickelte sie um seine Wunden. Ruff zog sich in eine Ecke des Kerkers zurück. Wie eine Eule hockte er unheilvoll dort, die Arme um die Beine geschlungen, das Kinn auf die Knie gepreßt und starrte mit großen, starren Augen auf Petronius.

Petronius erwachte in eine Tintenschwärze hinein, so daß er glaubte, mit Blindheit geschlagen zu sein. Nur langsam glitt er aus seiner Ohnmacht heraus und kehrte in die Gegenwart von Schmerz und Gefangenschaft zurück.

»Bist du wach?« flüsterte eine Stimme nahe seinem Ohr.

Petronius wußte im ersten Moment nicht, ob er das träumte oder ob es Wirklichkeit war, bis seine rechte Hand einen weiblichen Körper ertastete: Griet.

»Habt Ihr noch Schmerzen?«

Petronius schüttelte den Kopf und wollte seine Hand zurückziehen, aber die Griet hielt sie fest.

»Nein!« flüsterte er. »Was ist passiert?«

»Ihr braucht nicht zu flüstern!« meinte seine Nachbarin. »Ruff schläft. Man könnte ihn wegtragen, ohne daß er es merken würde. Ich hab Euch verbunden und mit der Salbe eingestrichen. Ihr hattet Fieber, aber jetzt ist es gesunken. Könnt Ihr mich verstehen, Petronius Oris?«

Der letzte Satz folgte so unvermittelt, daß Petronius nicht antworten konnte. Verwunderung darüber versperrte seine Kehle.

»Ich fragte Euch, ob Ihr mich verstehen könnt, mit klarem Kopf, meine ich?«

»Natürlich!« stammelte Petronius.

»Ich weiß nicht, wie lange Ruff noch stillhält. Er ist nämlich die Eifersucht in Person. Ich soll Euch sagen, Zita ist in Sicherheit. Habt Ihr das kapiert? In Sicherheit!«

»Was ist mit Zita? Woher wißt Ihr von ihr?« stieß Petronius hervor und wollte sich aufrichten, aber in diesem Moment fuhr es ihm in die linke Seite, daß er beinahe aufgeschrien hätte.

»Mehr weiß ich nicht. Zita hat mich gebeten, Euch davon zu erzählen!«

Petronius starrte in die Dunkelheit über ihm, riß die Augen weit auf, so weit, daß es ihm weh tat und im Schwarz der Decke purpurne Flecken tanzten.

Von einem Augenblick auf den andern platzten die Flecken vor seinen Augen auseinander.

»Hab ich Dich erwischt, du untreues Luder, du Hure!«

Über Petronius weg schob sich mit Windeseile ein Körper und schlug mit den Fäusten zu. Offenbar hatte sich Ruff nur schlafend gestellt. Jetzt drosch er auf Griet ein.

»Ich werde dir zeigen, was dich in der Hölle erwartet!«

Griet stöhnte unter den Hieben. Petronius konnte nicht helfen. Sein gesunder Arm lag eingeklemmt unter dem Körper des Weibel, sein linker hing wie betäubt an der Seite. Seine einzige Möglichkeit, der Frau beizustehen bestand darin, dem Kerl in die Schulter zu beißen. Mit einem Zucken schüttelte er Petronius ab und versetzte ihm mit der flachen Hand einen Hieb gegen die Brust, daß vor Petronius' Augen ein Sternenregen niederging. Halb betäubt vernahm er trotzdem durch die tintenschwarze Dunkelheit hindurch das leise Klirren von Schlüsseln und das Schlagen von Waffen.

»Die Wache!« keuchte er.

Seine Worte hatten eine ungeahnte Wirkung. Sofort ließ Ruff von Griet ab und rückte beiseite.

»Wenn Ihr auch nur ein Wort sagt, laß ich Euch zur Hölle fahren!« knurrte er und duckte sich hinter Petronius in das Stroh.

Fackellicht erschien vor den Gitterstäben und warf flackernde Schatten über das unebene Pflaster, zwei Wachen beugten sich zum Kerker hinunter, leuchteten die Höhle ab.

»Petronius Oris van Augsburg. Seid Ihr noch hier?« tönte es.

Der Geselle zögerte, aber Ruff nahm ihm die Entscheidung ab.

»Hier ist der Kerl, und je früher er aus der Zelle verschwindet, desto besser für uns.«

Der Schlüssel wurde ins Schloß des Kerkers gestoßen und zweimal gedreht. Dann öffnete einer der Schergen das Tor und hieß Petronius heraustreten. Dieser mühte sich mit Leibeskräften, aber die Wunde spannte und hinderte ihn am Kriechen. Ruff schob von hinten. Nur Fackelschein erleuchtete das Gesicht des Schergen, der teilnahmslos zu den Streithähnen hineinsah. Wie ein Tier behandelte er den Maler, als dieser endlich aus dem Loch gekrochen kam und sich taumelnd erhob.

»Es ist soweit, mein Freund«, höhnte der Weibel hinter Petronius her. »Laßt Euch die Zeit nicht lang werden!«

Die Wachen schlossen das Gitter wieder und nahmen Petronius in ihre Mitte. Hinter sich hörte er noch das Wimmern Griets, dann führten ihn die Stadtwachen quer über den Platz zur Richtstätte. Petronius schloß die Augen, biß den Schmerz in seine Lippen und stolperte vorwärts. Nur das heisere Lachen des Weibels begleitete ihn.

V

Petronius fühlte, daß sich die Frage wie ein Seil um seinen Hals zusammenzog.

»Wo ist das Bild, Petronius Oris? Ich warne Euch. Für diesmal seid Ihr dem Strick entsprungen. Aber es braucht nur das Zucken eines Fingers, und Ihr lauft blau an wie ein Rittersporn.«

Petronius saß an einem Schreibtisch aus poliertem Eichenholz. Auf dem Stuhl mit Lederbesatz saß es sich leidlich bequem. Durch die beiden Fenster stach die Sonne und blendete seine Augen. Eisengitter waren davorgesetzt. Hinter Petronius ging der Inquisitor auf und ab, unruhig und offenbar wie getrieben.

»Ihr werdet mir antworten. Ich verspreche es Euch. Ihr werdet mich anwinseln, um Gnade flehen, bis Euch der Schaum der Angst um den Mund steht. Und dann werdet Ihr reden, reden, reden.«

Der Inquisitor hielt inne, als würde ihm zu Bewußtsein kommen, daß der Ausblick aus dem Fenster, der Stand der Sonne, das Grün an den Bäumen und die erdsatte Luft nicht zu der von ihm beschworenen Szene passen wollte.

Petronius blieb stumm, sah nur mit zusammengekniffenen Augen die Scheiben, in denen Perlen aus eingeschlossener Luft schwammen.

»Ich gebe Euch eine Gelegenheit, die letzte, schließlich seid Ihr ein gebildeter Mann, und ich bin kein Umensch.«

Bei diesen Worten trat er an einen Sekretär in der Ecke, öffnete die dunkle Klappe und holte Papier, ein Tintenfaß und ein halbes Dutzend Gänsefedern hervor.

»Ihr wart bei den Adamiten. Beschreibt Eure Erlebnisse dort. Laßt nichts aus, fügt nichts hinzu. Mir genügen Eure Erlebnisse so, wie sie sich abgespielt haben. Wir beide wissen, daß die Hirngespinste des Volksmunds nichts sind als loses Geplapper, nichts als Wind aus den Mäulern der Zuträger für die Ohren der Tauben. Von Euch will ich die Wahrheit wissen.«

Vorsichtig legte er Papier und Schreibutensilien neben Petronius. Der musterte alles und sah dann zu Johannes von Baerle auf. Ihre Blicke trafen sich. Petronius konnte in den Augen des Paters erkennen, daß dort die Flamme des Irrsinns brannte.

Seine eigene Angst hing am Galgenbaum. Die Schergen hatten ihn tatsächlich auf den Richtplatz geführt, auf dem ihn der Henker mit zwei Gesellen erwartete. Ein letztes Gebet hatte er in das Ohr des Schwarzvermummten flüstern dürfen, bevor dieser ihm das Seil um den Hals gelegt hatte. Er hatte ihn genötigt, auf einen Schemel zu steigen und dann am Strick gezogen, bis er auf Zehenspitzen gestanden und nicht mehr gewußt hatte, was ihm lieber gewesen wäre, mit seinen Scherzen weiterzuleben oder endgültig einen Schlußstrich unter seine Lebensfahrt zu ziehen. In eben diesem Moment war der Inquisitor aus der Schwärze der Nacht aufgetaucht wie der Leibhaftige, ein Schreiben in der Hand. Mit heiserer Stimme hatte er mit dem Papier gewinkt und das Treiben des Henkers und seiner Schergen unterbrochen. Das Stadtsiegel hatte bezeugt, daß der Delinquent ausgeliefert und seiner Verantwortung überlassen werden sollte.

Aber die Sekunden am Strick, dieses Gefühl, keine Luft mehr zu bekommen und langsam abzusterben, hatte ihm die Angst genommen. Das Leben endete, wenn die Zeit dazu gekommen war – und den Zeitpunkt dafür bestimmte nicht der schwache Menschenwurm, sondern eine andere, höhere Macht. Für seine Begriffe zu schnell hatten der Henker und seine Gesellen nachgegeben. Zu schnell sich dem Siegel und dem Blatt gebeugt, als daß er an einen Zufall hatte glauben können. Petronius ahnte, daß diese Kerkerhaft, die Hinrichtung und das Eingreifen des Inquisitors inszeniert worden waren, um ihn mürbe, seinen widerspenstigen Geist gefügig zu machen.

Pater Johannes trat ganz nahe an Petronius heran, bis sich beinahe ihre Wangen berührten. Leise – ob aus Vorsicht oder weil der Wahnsinn sich auf die heisere Stimme legte, vermochte Petronius nicht zu sagen – zischte der Inquisitor:

»Es geht etwas vor in dieser Stadt, Petronius Oris, das Ihr nicht begreifen werdet, das ich selbst nur unvollständig begreifen kann. Es faßt uns an, es streckt seine Klauen nach uns aus, und wir können uns nicht wehren, weil wir nicht wissen, was es ist. Ihr müßt mir alles aufzeichnen, Petronius Oris, Ihr müßt jede Einzelheit niederschreiben. Für mich, für Euch, für diese Stadt, die langsam an den Ereignissen zugrunde geht. Ihr bemerkt noch nichts, dafür weilt Ihr erst zu kurze Zeit in Den Bosch. Es verfällt, wie ein Körper verfällt, dessen schwarze Galle das Innere überflutet. Von außen sieht man es ihm nicht an, aber innerlich löst er sich auf, bis zuletzt nur noch eine leere Hülle zurückbleibt, ein Schatten dessen, was er einmal gewesen ist, bis auch er hinabsinkt und zu Staub zerfällt.«

Petronius wurde von Ekel geschüttelt. Er starrte vor sich hin und rutschte auf seinem Stuhl hin und her. Dann stand er mit einem Ruck auf. Seine Schulter schlug gegen die Kinnlade des Paters. »Laßt mich mit diesem Unsinn zufrieden, Pater. Ihr faselt Zeug zusammen, an das Ihr selbst unmöglich glauben könnt.«

Pater Baerle spielte mit seiner Zunge. Im Mundwinkel schwamm etwas Blut im Speichel, das er vorsichtig wieder in den Mund zurückleckte.

Das Zimmer wurde überflutet von Sonne, die ganze Bänder aus Licht durch die Wolken auf die Erde schickte. Petronius konnte sich nicht entsinnen, daß es in der Zwischenzeit geregnet hatte, aber die Strahlen stahlen ein Funkeln von den Blättern, das nur durch Regentropfen so verstärkt werden konnte. Die Üppigkeit von Licht und Natur stand in starkem Gegensatz zum Raum, der außer Stuhl, Tisch und Sekretär nichts enthielt, als ein übergroßes schwarzes Kruzifix an der Längsseite. Der Sekretär war verziert mit Einlegearbeiten und Applikationen aus Perlmutt und Bernstein.

»Ich habe Euch nicht vom Galgen geholt, Petronius Oris, damit Ihr jetzt widerspenstig seid. Ich erwarte Euren Bericht. Und wenn Ihr ihn mir nicht freiwillig liefert ...«

Petronius seufzte. Die Gitter vor den Fenstern zeigten ihm, daß keine Möglichkeit zur Flucht bestand, obwohl er komfortabel untergebracht war.

» ... werde ich Euch mit der Folter ... Laßt das. Ich kenne die Leier«, beendete Petronius den Satz. »Aber warum benötigt Ihr meine Erlebnisse? Ich dachte Zita, oder vielmehr Schwester Hiltrut, würde ebenfalls ausreichend Material liefern.«

Pater Baerle schmunzelte.

»Ihr seid der bessere Gewährsmann. Unabhängig, ungebunden, weil Ihr auf Wanderschaft seid. Nicht mehr ganz jung, also den Torheiten der Jugend entwachsen, und nicht zu alt, um der Sturheit des Alters zu verfallen. Außerdem: Nur Ihr wißt, was auf dem Bild zu sehen ist und wo der gotteslästerliche Ketzer es versteckt hat. Also schreibt, Petronius Oris. Es ist der einzige Grund, warum ich Euch nicht längst dem Feuer überantwortet habe.«

Petronius stieß die Luft durch die Nase und verzog den Mund.

»Was macht Euch so sicher, daß ich die Wahrheit schreibe?«

Pater Johannes trat ans Fenster und blickte auf die Felder hinaus, die sich bis an die Wehrmauer hinzogen. Stadtbauern standen auf ihren Pflügen, die sie von Ochsen ziehen ließen, und brachen die Krume um.

»Immer dient Ihr den falschen Herren. Immer schleppt Ihr Euch unter ein undichtes Dach, das den Regen hindurchläßt und Euch näßt. Immer wendet Ihr Euch der falschen Seite zu und geht links, wo Ihr nach rechts gehen solltet. Es gibt Menschen, die den falschen Lebensweg wählen, weil es ihr Pfad der Leiden und Unbilden durch dieses Jammertal des Diesseits ist. Dazu gehört Ihr nicht. Ihr seid jung, Petronius, und blickt hinter die Fassaden dieses Daseins. Ihr habt die Mittel und Wege erkannt, mit Hilfe derer das Weltgeschehen, das Schicksal bewegt wird. Gepaart mit einer außerordentlichen Begabung habt Ihr sie verwendet und Euch selbst die Meister erkoren, die Euch eine Zukunft verheißen haben. Deshalb werdet Ihr auch jetzt Eure Zukunft im Blick behalten und mit der Vergangenheit abschließen, als wäre sie eine lehrreiche Episode gewesen.«

Mit einem Ruck drehte sich Pater Johannes um, musterte Petronius mit einem spöttischen Lächeln und ging an ihm vorbei zur Tür.

»Es wird mühsam werden«, entgegnete Petronius. »Die Schulter schmerzt.«

Pater Johannes verzog keine Miene. Nur kurz verhielt er vor der Tür seinen Schritt und drehte sich zu Petronius um. Seine Stimme schnitt jetzt mit einer Kälte in den Raum, daß es den ohnehin leicht Fiebernden fröstelte.

»Ihr habt alle Zeit der Welt. Fast alle. Zeigt mir Eure Fortschritte, füllt die Blätter, dann dürft Ihr versuchen, mit dem Manuskript, das Ihr erstellt, die Zeit der schlimmsten Verfolgungen zu überbrücken. Die ersten Ketzer sterben ohne viel Federlesens auf dem Scheiterhaufen. Ein Schnippen meines Fingers, und sie werden brennen. Für die wichtigen, die mächtigen Hintermänner der Adamiten aber benötigen wir Unterlagen, Beweise, Anklagepunkte. Ihre Prozesse bedürfen der Vorbereitung und Absicherung. Schreibt also um Euer Leben, Petronius Oris, wenn Ihr Augsburg je wiedersehen wollt. Was die Schulter anbelangt, schicke ich Euch unsere Schwestern im Geiste. Sie werden Euch pflegen und verbinden. Beginnt!«

Damit rauschte Pater Johannes zur Tür hinaus, die hinter ihm sofort von einem Mönch verschlossen wurde. Petronius stellte sich ans Fenster und sah nach draußen.

Vor den Fenstern schob sich eine Wolkenwand vor den Himmel, und Regen trieb gegen die Scheiben. Bauer und Ochse duckten sich unter dem Schauer, und die Krume fiel ins sich zusammen und wurde in die Furchen gewaschen. Petronius rührte sich nicht. Sein linker Arm hing leblos am Körper, obwohl er kaum mehr Schmerzen verspürte. Voller Abscheu betrachtete Petronius Papier und Federn. Sollte er wirklich mit einer Niederschrift beginnen? Er mußte vorsichtig sein. Wenn er etwas begriffen hatte während seiner Zeit in Den Bosch, dann war es der Satz, mit dem der Pater das Bildnis der Abigail im Chorumgang beschrieben hatte: Veritas extinguit. Die Wahrheit tötet.

VI

Petronius fühlte sich riesenhaft. Mit je einem Bein stand er in einem Kahn und überragte eine Wasserfläche, als wäre er die Verkörperung des Heiligen Christopherus, der das göttliche Kind aufschulterte und über den Fluß trug. Die Segel der Nachen waren eingeholt, und die Schiffe trieben nur auf der düsteren Wasserfläche, die zugefroren schien, so schwarz und glatt und unbeweglich stand sie unter den Booten. Wie ein Baum ragte er über diesen Fluß hin, nein, er war dieser Baum, mit Wurzeln und Ästen und Zweigen, kahl und abgestorben, der Rinde entkleidet als hätte der Borkenkäfer sein Werk getan und das Kernholz freigelegt, das jetzt nackt und weiß an der Luft bleichte. Er wandte den Kopf und blickte sich selbst an. Er, der Betrachter, betrachtete sich, den Baummenschen, sein flächiges Gesicht mit den stumpfen Augen und dem tristen Zug um den Mund. Wie entleert fühlte er sich und erkannte in der Schwärze der Nacht, in die er gestellt worden war, daß sein Körper ausgehöhlt stand, ein Gefäß für Laster und Vergnügen, eine Schänke der Narren, die ihm den Dudelsack aufgepflanzt hatten als Banner der Hanswursten und Possenreißer, über die man lacht, die man sich ansieht, froh, selbst verschont zu sein von den Mühen des Spaßmachens, und die doch nichts weiter hinterließen als schmerzende Lachmuskeln. Er verharrte auf der Stelle, ein abgestorbener Baum der Erkenntnis, und wußte, daß diese Erkenntnis nichts anderes war, als hohler Schein und trügerisches Nichts. Es zerfraß ihn und hinterließ ein Gerippe, armselig dürr, das untergehen mußte, sobald der Lebensfluß, auf dem er schwamm, unter ihm taute und wieder in Bewegung geriet.

»Petronius!«

Eine Stimme hallte in den Höhlungen seines Körpers wider, und plötzlich zog es ihn aus dieser Körperhülle zurück und er begann, nach diesem Klang zu suchen. Er ahnte, daß er dafür das alles verlassen mußte, den Baumstamm, der er war, den Fluß, der sein Leben bildete, die Erkenntnis, die ihm schal und hohl in der Seele nistete.

»Petronius!«

Er schlug die Augen auf und alles um ihn her lag schief in dieser Welt. Das Kreuz ihm gegenüber hing schräg an der Wand, der Sekretär daneben schien umzuschlagen. Petronius fiel es schwer, diese verkehrte Welt als die eigene wiederzuerkennen. Er ahnte aber, daß er eben noch eine andere Wirklichkeit erlebt hatte.

Hinter ihm kicherte es leise. Eine Hand berührte seine Schulter und strich ihm sanft über den Nacken.

»Petronius!« hörte er wieder, jetzt deutlich hinter sich.

Langsam begriff Petronius, daß er mit dem Kopf auf seinem Schreibtisch liegend eingeschlafen war. Alles war nur ein Traum gewesen. Er hob den Kopf und stellte so die Welt wieder gerade. Seine Stirn fühlte sich feucht an. Eine Flüssigkeit lief ihm über die rechte Augenbraue. Petronius berührte die Stelle mit einem Finger und beschmutzte sich mit Tinte. Er war offenbar beim Schreiben eingenickt und hatte sich auf die volle Gänsefeder gelegt. Auf dem Papier hatte sich ein schwarzer Tintenfleck breitgemacht wie ein Teufelsmal.

»Du sprichst im Schlaf, Petronius!«

Er fuhr herum. Jetzt erkannte er die Stimme, die ihn aus seiner Traumhölle zurückgerufen hatte.

»Zita!«

Petronius sprang auf und machte einen Schritt auf Zita zu, die im Habit der Dominikanerinnen vor ihm stand, die Hände in den Ärmeln verborgen. Zita schüttelte den Kopf und deutete auf die Tür. Dann nahm sie eine Hand aus dem Ärmel und legte den Zeigefinger über ihre Lippen.

»Die Wände hören!«

Petronius wußte nicht, welchem Gefühl er zuerst nachgeben

sollte. Sein Herz schlug ihm bis in den Hals, seine Arme wollten die Frau umfangen und an sich drücken und seine Kehle hätte am liebsten laut geschrien vor Freude. Zita lächelte ihn an, und in ihren Augen glänzte das Wiedersehen. Sie zog ein Tuch aus den weiten Ärmeln, befeuchtete es mit Speichel und wischte ihm die Tinte von der Braue. Dann schob sie Petronius auf den Stuhl zurück, griff die Tasche, die sie neben sich abgestellt hatte und begann, seinen Oberkörper zu entkleiden.

»Der Inquisitor glaubt mich bereits in Brügge oder Gent, aber ich habe eine andere Schwester dorthin geschickt und bin dafür hiergeblieben. Ich mußte dich einfach sehen. Niemand weiß von mir. Auch Pater Baerle nicht.«

Bei den letzten Worten entwich ihr ein Lächeln. Petronius fand keine Sprache. Ergeben ließ er alles mit sich geschehen. Zita begutachtete die Wunde unter der linken Achsel, säuberte sie mit einem Tuch und warmem Wasser und bestrich sie mit Salbe.

»Die Wunde verheilt bereits. Das ist gut. Sie ist ungefährlich. Der Stich ging zwischen Arm und Rippen hindurch. Nur ein Schnitt.«

Jetzt fand auch Petronius seine Stimme wieder.

»Der Lange Zuider gab mir eine Salbe. Ich habe sie mir auftragen lassen.«

Zita lachte beinahe lautlos.

»Ich weiß. Die Griet hat mir ihr Erlebnis mit dir bereits berichtet. Du hast einer Versuchung widerstanden!«

Petronius hob die Brauen und betrachtete die Nonne erstaunt.

»Wie gut du Bescheid weißt. Als wäre alles geplant gewesen.«

Nachdem die Wunde gereinigt und verbunden war, kniete sich Zita vor Petronius nieder und setzte sich auf ihre Fersen, während er wieder in seine Kutte schlüpfte.

»Du hast uns Probleme bereitet, Petronius. Warum mußtest du dem Inquisitor davonlaufen? Die Mutter Oberin hätte dich beinahe erstechen müssen!«

Petronius verschlug es die Sprache. Sie hätte ihn beinahe erstechen müssen? Hatte sie es nicht getan? Er wußte nicht, was er antworten sollte, welchen Gefühlen gegenüber Zita er in diesem Moment nachgeben durfte. War der Mordanschlag auf ihn Teil eines Plans gewesen? Und wenn es so war, welche Rolle hätte er darin spielen sollen?

»Ich begreife nichts mehr, Zita«, sagte er mit ausgetrockneter Kehle.

Zitas Gesicht wurde ernst. Ihre Stirn legte sich in Falten, und die Augen dunkelten ein. Dann blickte sie zu Boden, als lese sie im sandigen Staub der Dielenbretter. Schließlich erhob sie sich und trat ans Fenster, gegen das der Wind Regenschauer wehte und an deren Butzenscheiben er unregelmäßig rüttelte.

»Du solltest getötet werden, Petronius«, flüsterte sie gerade so laut, daß er es hören konnte. »Ich weiß nicht, warum, aber du wußtest zuviel über uns, über unsere Art, die Messe zu zelebrieren. Dein Mißgeschick in der Gerfkammer besiegelte gleichzeitig dein Todesurteil. Gott sei Dank ging der Versuch schief.«

Zita sprach stockend, den Blick auf die tropfenden Scheiben gerichtet, an denen das Wasser in flächigen Schlieren ablief. Petronius beugte sich leicht vor, um Zita besser folgen zu können, und richtete seinen Blick auf die Nonne. Plötzlich traf ein ungefährer Lufthauch seine Wange, ein undeutlicher Zug nur, der sich ebenso schnell verflüchtigte, wie er gekommen war.

»Es war die Ironie des Schicksals, daß dich ausgerechnet Pater Baerle rettete.«

Sie drehte sich um und stützte sich mit beiden Händen am Sims ab.

»Wer wollte mich töten, Zita? Wem war ich im Weg?« bohrte Petronius. »Der zerbrochene Christus! War das eine Warnung? Und wer wollte mich warnen? Wovor?«

Zitas Augen schwammen. Sie biß sich auf die Lippen. Mit beiden Händen krampfte sie sich an den Sims, so daß die Knöchel an den Fingern weiß anliefen. Wieder traf den Gesellen der Lufthauch, den er mit den feinen Härchen auf seiner Wange einfing. Diesmal beschlich ihn Mißtrauen. Mit einer Geste gebot er Zita zu schweigen. Sein Blick durchsuchte das Zimmer nach möglichen Ursachen. Türen und Fenster waren verschlossen. Der Zug kam auch nicht von dort, sondern wehte von der Längsseite aus durchs Zimmer. Mit seinem Malerblick, dem Einzelheiten kaum entgingen, suchte er die Wand ab und fand schließlich eine kleine Unstimmigkeit zwischen Kreuz und Mauer. Lautlos erhob er sich und trat näher. Mit spitzen Fingern schob er das Kruzifix einen Hauch beiseite. Darunter kam eine Öffnung zum Vorschein, ein Loch, im Durchmesser mindestens so groß wie sein Daumen. Von dort kam der Luftzug.

Petronius deutete mit dem Finger zur Wand und Zita begriff sofort. Am anderen Ende der Röhre, die vermutlich ins Nebenzimmer reichte, saß womöglich der Pater oder einer seiner Vertrauten und belauschte ihr Gespräch. Zita trat an seinen Schreibtisch heran, zuckte mit den Schultern und schrieb auf eines der Bütten:

»Frag nicht, Petronius. Du bist in diesem Zimmer solange in Sicherheit, wie du deine Aufzeichnungen schreibst. Du mußt sie schreiben. Unbedingt. Es ist deine einzige Möglichkeit, die Stadt lebend zu verlassen.«

Ihre Lippen bildeten unhörbar Buchstaben und Wörter. Petronius flüsterte, als er auf den Zettel antwortete.

»Ich muß es wissen, Zita. Oder kommst du jetzt, um die Tat zu vollenden, die nicht ausgeführt werden konnte!«

Petronius unterbrach die Erklärung, zu der sie eben hatte ansetzen wollen. Zita stockte, dann schüttelte sie heftig den Kopf. Sie trat auf Petronius zu, suchte sein Ohr und hauchte:

»Ich wußte nichts, weder von einem Kruzifix in deiner Kammer noch von Pieters Tod. Erst als heimlich darüber geredet wurde, daß du erstochen werden solltest, habe ich zufällig gelauscht. In einem günstigen Augenblick sprach ich die Oberin darauf an – ich habe ihr mit dem Scheiterhaufen gedroht und sie hat danebengestochen.«

Petronius saß fassungslos in seinem Stuhl. Die verbundene Achsel schmerzte. In welche Mördergrube hatte ihn sein Weg geführt?

»Weißt du, was du da sagst?« entfuhr es ihm lauter als er es vorgehabt hatte.

Hastig griff Petronius nach einem Gänsekiel und kratzte auf das Bütten vor ihm: »Du hast Glück. Ich kenne den Auftraggeber bereits.«

Zita legte sofort einen Finger auf ihren Mund und trat nahe an Petronius heran.

»Du verdächtigst den falschen Mann.«

Dem Lauscher mußte auffallen, daß nicht mehr unbefangen geredet wurde, daß die Gänsefeder übers Papier strich und geflüstert wurde.

»Wenn ich mich auf etwas verlassen kann, Zita, dann sind es meine Ohren und meine Augen. Ich hörte seine Stimme. Und im Fallen erkannte ich den Umhang des Drahtziehers.«

Petronius tunkte die Gänsefeder in ein Fäßchen mit schwarzer Tinte und schrieb auf das Papier mit dem Teufelsmal des Tintenflecks nur die drei Worte: »Jacob van Almaengien!«

Zita schlug die Hände vors Gesicht, ein Krampf durchzuckte ihren Körper. Mit einem raschen Schritt war Petronius bei ihr und nahm sie in den Arm. Ihr Haar duftete nach Thymian und Nelken.

»Ich verstehe nicht, warum er es tut? Es besteht keinerlei Notwendigkeit dafür. Außer ...« Zita richtete den Blick in Petronius' Augen und forschte darin nach einer Wahrheit, » ... außer du weißt um sein Geheimnis.«

Sie hatte sich nicht an ihre Vereinbarung gehalten, hatte laut gesprochen. Petronius konnte regelrecht fühlen, wie das Ohr des Lauschers in die Röhre hineinwuchs, nur um nichts von dem Gesagten zu versäumen. Jetzt war es an Petronius, Schlüsse zu ziehen. Hastig kratzte er seine Frage aufs Bütten:

»Woher weißt du, daß es etwas um Jacob van Almaengien gibt, das verschwiegen werden muß?«

Lauernd beobachtete er Zitas Reaktion, als er ihr die Zeile auf dem Papier mit ausgestrecktem Arm vor die Augen hielt.

Im Zimmer herrschte plötzlich eine drückende Schwüle wie vor einem Gewitter. Die Luft war aufgeladen mit jener Spannung, die Blitzen vorausgeht. Petronius hätte gern das Fenster geöffnet, aber er wollte nicht auf Zita zugehen, um die Distanz, die sich eben aufgebaut hatte, nicht zunichte zu machen. Er mußte wissen, was sie wußte – und warum sie es wußte.

Zita wich seinem forschenden Blick nicht aus, ihre Augen suchten im Gegenteil sein Gesicht ab, als tasteten sie sich in sein Innerstes vor. Mit leiser, kaum hörbarer Stimme setzte sie ihren Satz in den Raum:

»Schließlich bin ich eine Frau!«

Zita hatte recht. Nur einer Frau konnte sich das Geheimnis des Gelehrten offenbaren. Frauen erkannten ihre Geschlechtsgenossinnen vermutlich an den typisch weiblichen Feinheiten der Bewegung, der Haltung, des Geruchs. Die blieben Männern verschlossen. Er trat zu Zita ans Fenster, sah mit ihr hinunter auf die Äcker der Stadtbauern, die braunschollig aufbrachen und im Regen glänzten. Beinahe ganz an ihrem Ohr wisperte er ihr von seinen Schwierigkeiten.

»Mich warnte er, weil er erkannte, daß ich nicht in der Lage war, ihn zu porträtieren. Er und Meister Hieronymus hatten sich geirrt. Mein Blick für Köpfe sah die Ungereimtheiten in seinem Gesicht, deshalb wollte er mich beseitigen. Und nicht nur mich. Jan de Groot mußte sterben, weil ihm das eigentliche Geheimnis bekannt war! Ich weiß es nicht, aber ich vermute es, Zita. Veritas extinguit sagte mir der Pater, die Wahrheit tötet. Es handelte sich um die Wahrheit über diesen Mann. Und Pieter mußte vermutlich desselben Vergehens wegen sein Leben lassen. Er kannte, woher auch immer, die Identität Jacob van Almaengiens. War es nicht so? Und für mich galt dasselbe: meine Probleme beim Malen, das fertige Bild, die Gespräche und mein Besuch im Labor!«

Zita wandte den Kopf und starrte ihn an. In ihren Augen glomm etwas wie Eifersucht.

»Du warst im Labor?«

Petronius verdrehte die Augen. Selbst aus diesen wenigen Sätzen konnte sich ein intelligenter Zuhörer seinen Reim machen. Er schüttelte den Kopf und zog sie zu sich her:

»Zufällig«, flüsterte er mit tonloser Stimme. »Der Gelehrte benutzte Enrik für seinen Plan. Ich mußte von der Bildfläche verschwinden, wie Jan de Groot. Der Verdacht sollte auf Enrik fallen, weil der Geselle eng mit Pater Johannes verbunden war. Er war die undichte Stelle im Atelier, die dem Inquisitor alles verriet. Jacob van Almaengien wußte es und benutzte ihn, um mich zu beseitigen. Allerdings ahnte er nicht, daß ich den Weg über das Faß entdecken würde. Vielleicht hätte er mich gerettet, weil er andere Pläne mit mir hatte. Jedenfalls trafen wir zusammen – zu einem für ihn peinlichen Zeit-punkt.«

Zita lief über und über rot an. Jetzt sah sie verlegen zu Boden. Petronius ahnte, daß er sie mit seiner unbedachten Enthüllung getroffen hatte.

»Dann hast du tatsächlich …?«

Auf dem Gang vor Petronius' Zimmer klirrten Schlüssel. Zwei Stimmen unterhielten sich lautstark. Erschreckt unterbrach sich Zita und sah zur Tür. Hastig, beinahe lautlos, redete sie auf Petronius ein.

»Er darf mich hier nicht sehen, Petronius. Ich muß unerkannt bleiben. Verwickle ihn in ein Gespräch. Du mußt die Geschichte niederschreiben. Versprich es mir. Das Triptychon, das wollte ich noch sagen, ist in Oirschot. In zwei Wochen soll es geweiht werden.«

Rasch sammelte sie ihr Verbandszeug zusammen, stopfte es in die mitgebrachte Tasche und zog ihre Kopfhaube tiefer. Dann stellte sie sich mit dem Rücken zur Tür. Ein Schlüssel wurde ins Schloß gesteckt und gedreht. Hastig schob Petronius die beschriebenen Blätter unter das mit dem Tintenfleck verschmutzte Deckblatt.

»Dein Meister ist entlassen worden. Sie konnten ihm nichts anlasten, Petronius. Du hast also noch mächtige Fürsprecher.«

Mit einer fahrigen Geste wischte sie Petronius durchs Haar. Beinahe gleichzeitig wurde die Tür heftig aufgestoßen und Pater Johannes trat ein. Mit wehender Soutane schlüpfte er hindurch. Zita nahm ihre Tasche und verschwand aus dem Zimmer.

»Nun, Petronius Oris, habt Ihr Euch dafür entschieden weiterzuleben?«

Petronius atmete mit offenem Mund durch. Krampfhaft überlegte er, was er antworten sollte, um den Inquisitor von Zita abzulenken, als dieser schon auf die beschriebenen Zettel mit dem Tintenfleck zeigte. Pater Baerle nahm den Bogen in die Hand und betrachtete das tiefschwarze Mal, dessen Gegenstück sich noch schwach auf der Stirn des Gesellen abzeichnete. Petronius entriß ihm das Papier, zerknüllte es und ließ es zu Boden fallen. Er wandte seinen Blick nicht ab, als Pater Johannes ihn ansah und in seinen Gesichtszügen zu lesen versuchte.

»Zumindest«, begann Petronius und verschluckte sich an seinem zähen Speichel, »zumindest ein Anfang!«

Pater Johannes hob das Bütten auf, entfaltete es und las spöttisch: »Jacob van Almaengien! Ich sehe, Petronius Oris, Ihr habt tatsächlich begonnen!«

VII

»Ich, Petronius Oris aus Augsburg, sitze hier in der kühlen Luft des Kerkers an einem Scheidepunkt meines Lebens und versuche mit von der herbstlichen Witterung klammen Fingern, Ordnung in das Chaos meiner abgeirrten und verwirrten Gedanken zu bringen. Blicke ich zurück, erkenne ich mein bisheriges Streben in dieser Welt als haltloses Treiben in den Läuften unserer Zeit, das hin und her schwankte zwischen dem einzigen und ewigen Glauben, in dem die Mutter Kirche uns Trost und Hoffnung spendet, und einem durch Unrast und Wankelmut, durch Lasterhaftigkeit und Verblendung abgeirrten Aberglauben, dem Ketzertum der Brüder und Schwestern des Freien Geistes. Abtrünnig geworden dem einzigen Gott, verdammt, auf ewig im Purgatorium zu brennen, kehre ich durch diese Schrift reumütig beichtend zurück in den Schoß der Kirche, in der Hoffnung, gnädig wieder aufgenommen zu werden in die Gemeinschaft aller Gläubigen, um für dieses Leben meine Seele zu retten. Ich bekunde meinen Willen zur Umkehr mit Hilfe dieser Zeilen, in denen das festgehalten wird, was an Abweichung und Ketzerei in Taten,

Worten und Werken meinen Verstand gefangen hielt, untertänigst bittend, daß das Herz der Verzeihung und der Geist der Gnade in denen schlagen und walten möge, die meine stumpfen und wenig anschaulichen Worte zu lesen geneigt sind …«

Petronius schrie auf und warf seinen Gänsekiel durch den Raum, daß die Tinte spritzte und auf der mattgrauen Wand bräunliche Flecken zurückblieben. Diese Heuchelei, dieser falsche Ton, der die Zeilen durchtränkte, trieb ihn in den Wahnsinn. Er fühlte sich ausgebrannt, wie ausgehöhlt, und selbst in den Tagträumen seines wirren Geistes spukte der Baummensch mit seinem dumpfen Blick.

Wie ein Bär im Käfig trottete er vor dem Fenster auf und ab, ging immer denselben Weg, trat immer in dieselben Fußstapfen, drehte an derselben Stelle. Weder vom Inquisitor noch von Zita hatte er wieder etwas gehört. Und bislang waren zehn Tage ins Land gezogen. Auch Meister Bosch besuchte ihn nicht und Jacob van Almaengien, das konnte er sich ausrechnen, lag entweder in Ketten in einem Turm der Stadt und verfaulte langsam oder war geflohen. Seine linke Achsel heilte ab, das Schreiben schmerzte nicht mehr unablässig. Seine Rechtfertigung lag als Stapel beidseitig beschriebener Bogen auf dem Schreibtisch. Aber niemand schien sich dafür zu interessieren. Sie lagen so, wie er sie aufgestapelt hatte, unberührt und von noch feuchter Tinte ineinander verklebt. Nur das Essen und die Kübel für seine Notdurft kamen regelmäßig. Die letzten Zeilen, eine Art Einleitung, in der er seine Situation der Haft beschrieb und sich der Pflicht entledigte, sich selbst gegenüber die Bogen zu rechtfertigen, fehlten noch. Aber gerade damit wurde ihm die Scheinheiligkeit, das Lügengeflecht bewußt, mit dem er sich umgeben hatte. Dann kochte eine innere Wut in ihm hoch, in der er am liebsten alles in diesem Zimmer zerschlagen hätte.

Doch der Wind trug ihm an manchen Tagen den Geruch verbrannten Fleisches und die Schreie Sterbender von den Scheiterhaufen vor der Stadt herüber. In diesen Augenblicken sah er von seiner Arbeit auf und war froh darüber, daß er nicht fühlen mußte, wie sich die Flammen in seiner Haut verbissen.

Mit in den Händen vergrabenem Kopf erwartete er sein Essen. Sein Magen knurrte. Er lauschte auf die Bewegungen vor der Tür, auf das Klirren des Schlüsselbunds, das Klappern der metallenen Schüssel, das Flüstern und Laufen, das Husten und Schlurfen der Männer und Frauen, die für ihn sorgten.

Ein Getöse ließ ihn aufschrecken. Rufe. Harsch gebellte Befehle. Waffenschlagen. Vier, nein, fünf Paar Stiefel unterschied er, die in unregelmäßigem Takt die Treppen heraufkamen. Ächzende Bohlen. Treppenknarren. Seine Tür wurde aufgeschlossen. Das Blatt flog regelrecht gegen die Wand. Ein Geruch nach Waffenöl und Lederfett mischte sich mit der stickigen Luft des Zimmers. Petronius blieb sitzen. Was konnten sie schon von ihm wollen? Noch war er nicht fertig.

»Petronius Oris?« rief eine Stimme hinter ihm.

Er drehte sich um. Vor ihm stand der Henker mit seinen Gesellen, schwarz gekleidet, die Gesichter vermummt unter ebenfalls schwarzen, durch Ledermasken versteifte Kapuzen, die nur die Augen freiließen. Stiefel mit kniehohen Lederschäften verstärkten das martialische Aussehen. Jeder der Gesellen trug ein Schwert in der Armbeuge.

»Ja!« sagte Petronius. War es jetzt auch für ihn soweit?

»Kommt mit!«

Petronius fühlte ein Kratzen im Hals, räusperte sich und fragte wie beiläufig:

»Wohin geht's?«

Wortlos winkte der Henker mit seiner behandschuhten Hand. Zwei seiner Gesellen, die ihre Kurzschwerter zu Boden senkten, faßten ihn am Arm und stießen ihn vorwärts, so daß er auf der Türschwelle stolperte und sich am Rahmen festhalten mußte. Petronius wußte nicht, ob er sich darüber freuen sollte, daß seine Mühsal, sein Streben endlich ein Ende fand, nachdem er ohnehin aus dieser Welt hinausgefallen zu sein schien, oder ob er es bedauern sollte, seine Lebensbeichte, wenn sie auch noch so verlogen war, nicht beenden zu können.

Sie schritten den Gang entlang bis zur Treppe, dann stiegen sie abwärts. Petronius erwartete, daß sie ihren Weg nach draußen nahmen, hinaus vor die Stadt, wo die Feuerstellen für Scheiterhaufen seit der letzten Woche nicht mehr auskühlten. Statt dessen klopfte der Henker an eine Tür, die sich etwas zurückgesetzt am Fuß der Treppe fand. Ein dunkles Loch tat sich auf, in das sie hineinstiegen. An den unverputzten, rußigen Wänden hingen Kienspäne, deren Licht notdürftig eine Treppe beleuchtete, die weit hinunterführte, tief unter das Straßenniveau. Petronius' trockener Hals begann zu schmerzen, er mußte husten. Im Gang roch es nach Schimmel und Nässe. Ein süßlicher Duft wehte heran, den Petronius mit einem Schauer wiedererkannte: Blut. Vor ihm schritten der Henker und zwei seiner Gesellen. Hinter ihm deckten ebenfalls zwei Gesellen einen möglichen Fluchtweg ab. Er zählte fünfunddreißig Stufen, bis aus einem Raum, in den die Treppe münden mußte, eine vor Erregung heisere Stimme heraufrief:

»Wo bleibt der Hund?«

Petronius knickten die Knie ein, als er die zur Stimme gehörende Gestalt erblickte: Johannes von Baerle.

»Da staunt Ihr, Meister Besserwisser und Linksherumdenker. Glaubt Ihr vielleicht, Ihr könnt mich hinters Licht führen? Mich? Eines müßt Ihr Euch merken, werter Petronius Oris, meine Augen sind überall, und meine Ohren erlauschen selbst Gespräche, die sich hinter den stärksten Mauern zu verbergen suchen. Deshalb ist es zwecklos, mir Komödien vorzuspielen oder mich hintergehen zu wollen.«

Petronius' Augen gewöhnten sich nur langsam an das rötliche Dunkel im Verlies. Pater Johannes stand nur wenige Schritte von ihm entfernt, an eine Säule gelehnt, die inmitten des Raumes aufragte und das Deckengewölbe zu tragen schien. Was sich für Petronius allerdings aus dem matten Licht langsam herausschälte, ließ sein Blut gefrieren: Streckbank, Seilzug, Masken, Eisen, eine Esse mit glühenden Kohlen, ein spanischer Stuhl, Ketten und Peitschen aller Art.

»Seht Euch um, Maler. Für jede Art von Wahrheit findet sich hier das Instrument. Eure Aufgabe ist es, auf meine Fragen zu antworten. Nach bestem Wissen und Gewissen. Solltet Ihr stocken oder störrisch werden, wird der Henker sich mit Euch beschäftigen. Habt Ihr verstanden?«

Petronius nickte. Im rötlichen Schein der glühenden Esse schienen ihm die Instrumente der Folter wie Dämonen, die sich um ihn versammelt hatten, als wollten sie ihn in der Hölle begrüßen. Über das kantige Gesicht des Inquisitors huschten Schatten, so daß die Augen tiefer zu liegen schienen als sonst und die Nase sich scharf abzeichnete wie die eines Raubvogels. Ein rechtes Höllenszenario breitete sich vor seinen Augen aus, und in seinem Inneren begann langsam eine Dunkelheit aufzusteigen, die er so nur als Kind einmal erlebt hatte, als das Haus seiner Großeltern gebrannt hatte und er unfähig war durch eine Flammenwand über die Schwelle zu treten. Damals hatte ihn sein Vater gepackt und hindurchgeworfen, bevor er selbst gesprungen war. Aber das Gefühl, sich selbst zu verlieren, hatte sich ihm eingeprägt und überfiel ihn eben in diesem Augenblick.

Sein Atem beschleunigte sich, seine Pupillen richteten sich starr auf den Inquisitor, und er wäre der Länge nach auf den Ziegelboden geschlagen, wenn nicht ein Henkersgeselle ihn am Arm gepackt und gehalten hätte.

»Jetzt schon Furcht, Maler? Ihr seid damit zu früh. Erst die Fragen. Ihr habt mit Zita geredet, Petronius Oris?«

Hatte der Pater also doch mitgehört, hatte ihn der Luftzug und die Öffnung hinterm Kruzifix nicht getrogen.

»Nein!« stieß er hervor, obwohl seinen trockenen Stimmbänder kaum ein Ton zu entlocken war.

»Ihr bestreitet also, Schwester Hiltrut getroffen zu haben!«

Petronius nickte. Schweiß lief ihm von der Stirn über die Augen und vernebelte seinen Blick. Er konnte nicht genau sehen, wie Pater Johannes seine Lügen aufnahm.

»Wo ist das Bild, das Euer Meister heimlich geschaffen hat?«

»Ich weiß nur, daß es fortgebracht wurde«, kam die Antwort, ohne zu stocken. Der Geistliche sollte glauben, von ihm die Wahrheit zu erfahren.

»Wo hält sich Jacob van Almaengien auf?«

Wie Stacheln stießen ihn diese Fragen ins Fleisch. Also hatten sie den Gelehrten nicht gefangen, war ihnen der Fuchs entwischt. Es bedeutete allerdings, daß er selbst damit rechnen mußte, daß Jacob van Almaengien sich an ihm schadlos hielt und ihn seines Wissens wegen beseitigte. In seinem Manuskript hatte er jedenfalls noch nichts davon preisgegeben.

»Antwortet, Oris, oder Ihr fühlt die Zangen.«

»Ich weiß es nicht. Ich habe ihn selbst Tage vor meiner Einkerkerung nicht mehr gesehen.«

»Was ist auf dem Bild dargestellt, das Meister Hieronymus gemalt hat?«

»Ich habe keine Ahnung. Er hat es mir nie gezeigt!«

Für die letzte Frage war Pater Johannes nahe an ihn heran getreten und hatte seine Miene studiert. Jetzt drehte er sich um und verschränkte seine Arme hinter dem Körper, was ihn aussehen ließ wie einen Kormoran, der seine Flügel trocknete. Mit einer gefährlichen Ruhe in der Stimme kommentierte er Petronius' Verhalten.

»Ihr lügt, Petronius Oris. Ihr lügt, Ihr lügt! Habt Ihr vergessen, daß Ihr mir in die Hand zugesagt habt, mir über alles Bericht zu geben, was im Hause Eures Meisters vorgeht. Sträflich vernachlässigt habt Ihr Euer Amt. Und jetzt, da ich Euch mit Geduld und Freundlichkeit daran erinnere, wollt Ihr mir ausweichen.«

Petronius erkannte das gefährliche Glimmen in den Augen Baerles. Der Inquisitor deutete auf eines der Werkzeuge, das an der Wand hing, und meinte:

»Henker, waltet Eures Amtes. Um die Wahrheit zu finden, muß man in einer ungewöhnlichen Zeit zu ungewöhnlichen Mitteln greifen. Schnallt ihn fest!«

Mit eisernem Griff umklammerten die Gesellen des Scharfrichters seine Arme und zerrten ihn auf eine Bank, auf deren oberem und unterem Ende Lederschlaufen durch das Holz geführt worden waren. Sie steckten seine Gliedmaßen hinein und zurrten ihn fest. Unterdessen hatte der Henker zwei Brandeisen von der Wand genommen und hielt sie mit der rechten Hand in die Esse, während die linke den Blasebalg bediente, der die Glut auflodern ließ.

»Wo ist das Bild, frage ich Euch nochmals!« beschwor ihn der Inquisitor.

»Ich habe meinen Bericht noch nicht fertig. Von einem Bild weiß ich nichts.«

»Ihr seid verstockt, Oris. Aber die Eisen werden Euren Mund öffnen.«

Der Henker trat jetzt an ihn heran und zeigte Petronius die glühenden Brandeisen, die wie ein »L« ausgebildet waren.

»Ihr werdet jetzt das ›L‹ des Lügners auf die Innenseiten Eurer Arme eingeprägt bekommen, Maler. Danach unterhalten wir uns wieder.«

Ohne sein Zutun öffnete sich sein Mund und ein langgezogener Schrei entwich ihm, während der Henker ihm mit einer sachlichen Routine das glühende Metall auf die Innenseite des linken Unterarms brannte. Ein Schleier zog über seine Augen. Der Schmerz nahm ihm die Luft zum Atmen, der Gestank nach verbranntem Fleisch würgte in seinem Hals. Dann trat der Henker mit dem zweiten Eisen an ihn heran. In seinen Lederhandschuhen hielt er das rotglühende Werkzeug. Auf einen Wink des Paters senkte es sich und fuhr ihm auf der rechten Seite in den Unterarm. Petronius schrie auf, dann warf sich höllenschwarze Nacht über sein Bewußtsein.

»Ich weiß nichts«, flüsterte er beim Abtauchen in die eisige Schwärze der Hölle.

VIII

»Was haben sie mit dir gemacht?«

Mit ausgebreiteten Armen lag Petronius auf den Bohlenbrettern. Die Unterarme hatte man nach oben gedreht, damit die Verletzungen an der Luft trocknen konnten. Die Wunden auf der Innenseite brannten, als wären sie mit Pfeffer abgerieben worden. Über ihm kniete eine Nonne, deren Kopfhaube nicht gleich ein vertrautes Gesicht freigab. Soviel Petronius erkannte, lag er wieder in seinem Zimmer auf dem Boden, nur in eine Decke gehüllt, um die schlimmste Kälte vom Boden abzuhalten. Der Schmerz nahm ihm beinahe den Verstand. Mit sanften Bewegungen ihrer Finger verrieb die Nonne eine Salbe auf seinen Wunden. Jede Berührung stach ihm ins Gehirn und höhlte sein Bewußtsein aus.

»Petronius, hörst du mich?«

Petronius schreckte hoch aus seinem Halbdämmer und lauschte. Wessen Stimme hörte er?

»Petronius, bist du wach?«

Jetzt erkannte er Zitas Stimme und riß die Augen ganz auf. Ihre Blicke trafen sich. Zita lächelte.

»Bist du wahnsinnig, hierher zu kommen?« stöhnte Petronius.

Zitas Gesichtszüge wurden ernst.

»Er kann nicht überall sein. Und wir müssen dich pflegen! Im Augenblick sitzt er bei Verhören.« Sie ließ eine kleine Pause, während der ihre Stimme einen sanften Ton annahm. »Du bist rechtzeitig ohnmächtig geworden, sonst hätten sie dich zerfleischt. Wer nicht bei Bewußtsein ist, kann nicht antworten.«

Petronius nickte, obwohl er nur einen Bruchteil dessen verstand, was Zita sagte. Er wollte schlafen, nichts als schlafen, aber das Ziehen der Wunden hielt ihn wach.

»Kannst du laufen?«

Zitas Frage klang eindringlich, so daß Petronius versuchte, sich darauf zu konzentrieren, und die Augen wieder aufschlug, die ihm zugefallen waren.

»Weiß nicht«, murmelte er. »Aufstehen. Hilf mir, bitte!«

Seine Sprache fiel ihm aus dem Mund wie schlecht gekaute Brocken Brot. Zita griff ihm unter die Arme und half ihm hoch.

»Petronius«, flüsterte Zita nahe seinem Ohr. »Du mußt dich zusammennehmen. Sie dürfen dich kein zweitesmal in den Keller bringen. Es wäre dein Tod. Wir müssen von hier fort. Unbedingt. Ich habe in den letzten Tagen einen Weg ausgespäht, der uns beide aus der Stadt bringt. Ich muß nur wissen, ob du laufen kannst.«

Petronius atmete schwer. Mit einer Zunge, die ihm doppelt so dick zu sein schien als sonst, fuhr er sich über die Lippen. Klebriger Speichel blieb an der rissigen Haut hängen. Die Unterarme brüllten ihren Schmerz in seinen Schädel, so daß ihm beinahe schlecht wurde. Zweimal schluckte er schwer. Ein bitterer Geschmack füllte den Mund. Er mußte aus diesem Zimmer, aus diesem Haus. Eine weitere Befragung würde er nicht überleben.

»Geht schon!« hauchte er wieder und schleppte sich zur Tür. »Laß uns ...«

»Warte«, rief sie ihm hinterher. »Wir brauchen noch eine Vorbereitung.«

Sie führte Petronius zu seinem Stuhl, setzte ihn vorsichtig und achtete darauf, daß er nicht wegkippte, indem sie ihm die Arme über den Tisch legte. So stützte er sich selbst. Dann eilte sie zur Tür und klopfte. Einen Spaltbreit wurde sie geöffnet. Zita flüsterte ein paar Worte und wandte sich dann wieder Petronius zu.

»Petronius, gleich kommt Schwester Concordia.«

Kaum hatte Zita den Satz ausgesprochen, knarrten die Türangeln, und eine Schwester schlüpfte herein. Petronius starrte auf die Tischplatte. Es war ihm egal, wie viele Nonnen sein Zimmer bevölkerten, wenn sie ihn nur nicht allein zurückließen.

»Habt Ihr das Habit?« fragte Zita nach.

Schwester Concordia nickte und zog unter ihrem bauschenden Gewand ein zweites hervor, das sie dem Maler aushändigte und das ihm Zita vorsichtig überwarf. Petronius ließ es mit sich geschehen.

»Das Manuskript!« flüsterte er schwach, als sein Blick auf den Stapel vor ihm fiel. »Das Manuskript mit ...«

Weder Zita noch die Nonne schienen sich um seinen Wunsch zu kümmern. Unbeholfen langte Petronius auf den Schreibtisch, bis Zita seinen Kopf zu sich herdrehte.

»Schnell, Petronius. Schwester Concordia bleibt für dich hier. Das ist sie mir schuldig. Ihr wird nichts geschehen. Und jetzt sei ruhig und überlaß alles andere mir.«

Sie klopfte wieder gegen die Tür, während sich die Nonne auf dem Boden ausgestreckt hatte und sich schlafend stellte. Der Dominikaner, der draußen wachte, öffnete, sah die beiden und ließ sie durch den Spalt hindurchschlüpfen. Der kurzsichtige Alte segnete die beiden mit erhobener Rechter. Soweit Petronius es durch den Schleier von Schmerz und Furcht erkennen konnte, führte ihr Weg die Treppe hinunter, allerdings wandten sie sich nicht nach links, sondern nach rechts und schlüpften hinter das steinerne Geländer des Abgangs. Von dort führte ein schmaler Gang auf eine Tür zu. Sie stand offen und sie gelangten hinaus auf die Oude Dieze, die kleinere der beiden Wasserstraßen, die Den Bosch durchzogen. Der Geruch brackigen Wassers und fauliger Pflanzenreste schlug ihnen entgegen. Hastig zog Zita ihn hinaus auf den Steg und holte einen dort festgemachten Nachen ein. Die Holzkonstruktion, die auf hohlen Fässern schwamm, dümpelte unruhig auf dem Wasser, so daß Petronius regelrecht ins Boot stolperte. Er fiel der Länge lang in den flachbödigen Kahn. Mit einem geschickten Wurf breitete Zita eine Decke über ihn aus. Mit einer Stange stieß sie ab. Dann trieb sie den Stab in den schlammigen Grund und lief ohne viel Anstrengung den Bootsrand entlang. Sie schob den Kahn unter sich weg, und mit dem letzten Schritt zog sie die Stange heraus und hastete wieder an den Bug des Nachens. Petronius sah sie undeutlich über sich weglaufen, dann fiel er erschöpft vom Schmerz und der übereilten Flucht unter dem Schaukeln des Wassers in einen unruhigen Zustand zwischen Schlafen und Wachen. Gedanken füllten ihn aus. Zweifel an ihrer Flucht beschlichen ihn. Die Leichtigkeit, mit der sie aus diesem Haus gelangt waren, schien ihm merkwürdig. Keine Wache, keine zufällige Begegnung hatte sie gestört. Und warum hatte man ihn in sein Zimmer zurückgebracht? Wartete der Henker sonst nicht darauf, daß der Delinquent wieder erwachte, um seine Marter dann fortzusetzen? Ungereimtheiten, die seinem Bewußtsein zu entschlüpfen suchten, die er jedoch immer wieder zu fassen bekam.

Zwischen Wachen und unruhigem Schlummer fühlte er, nach einer endlos dauernden Schaukelfahrt, daß der Lange Zuider und eine dritte Person Zita halfen, ihn aus dem Kahn zu schaffen und zwischen Warenballen und Seilen niederzulegen, nachdem sie ihn umgezogen hatten. Ein Wachstuch warfen sie ihm über, nachdem es zu regnen angefangen hatte und das Wasser in starken Böen vom Himmel prasselte. Die kühle Nässe beruhigte seine Haut an den Armen, und langsam verschwand bei Petronius das Gefühl der Erschöpfung. Aber mit der Kälte packte ihn das Wundfieber, das ihn schüttelte und die Zähne aufeinanderschlagen ließ.

Petronius fühlte nicht, daß sich Zita neben ihn legte, ihn mit ihrem wollenen Gewand einhüllte. Er spürte nur irgendwann ihre Wärme und ihren Atem an seinem Nacken, wandte den Kopf und sah in ihr Gesicht. Ernst betrachteten sie einander.

»Ich weiß, daß es unrecht ist«, flüsterte sie ihm ins Ohr, »aber ich liebe dich! Laß uns weggehen aus dieser Stadt, von diesem Bild. Irgendwohin. Du bist ein begabter Künstler und findest überall einen Meister, der für deinen Lebensunterhalt sorgt, Petronius. Ich werde dich begleiten.« Dabei drückte sie sich enger an ihn und umschlang seinen abwechselnd heißen und kalten Körper. »Wenn du mich mitnimmst«, setzte sie hinzu.

Petronius durchflutete ein Gefühl der Sicherheit. In diesem Augenblick hallte ein Ruf über ihre Köpfe weg. Schritte nackter Füße klatschten auf Holzplanken. Seile wirbelten durch die Luft und schlugen dumpf auf dem Boden auf. Petronius nahm die Geräusche eines größeren Schiffes wahr, das vom Kai ablegte. Einer der Matrosen setzte mit einer Liedzeile ein, und sofort fiel die Mannschaft in einen Refrain, der kehlig und falsch, aber unendlich vertraut in der kühlen Luft hallte. So sangen die Matrosen im Wechsel von Einzelstimme und Chor ein altes brabantisches Lied; sie sangen vom höllenschwarzen Wasser der Stichkanäle, vom endlosen Moorgrund, der die Matrosen fraß, und vom Wind, der die Schiffe an die Kanalwände drückte und sie den alten, überall noch lebendigen Göttern der Sümpfe opferte.

In Petronius' Kopf tauchte wieder der Baummensch auf, dessen Nachen über dem schwarzen Wasser der Kanäle schwamm. Neben ihm glitten Figuren auf Schlittschuhen dahin, in rasender Eile, die sich der Eisfläche anvertraut hatten und einbrachen, nackt, ohne die Kälte zu fühlen, ohne den eisigen Wind zu spüren.

Undeutlich vernahm er unter seiner Plane, umfangen von Zita, wie die städtischen Zöllner das Boot kurz in Augenschein nahmen, wie sich das Wassertor der Dieze öffnete und den Weg vom

Binnenhafen hinaus auf die Aa freigab. Erst als das Boot sich unter dem Winddruck in den Segeln zur Seite neigte, rollte Petronius Zita aus dem Arm. Er richtete sich kurz auf und schlug das Wachstuch beiseite. Vor ihm breitete sich die Ebene Brabants nach Utrecht hin aus. In ihrem Rücken, gegen den Horizont, standen die unvollendeten Türme Sint Jans, die von einer Mauer in Zaum gehalten wurden. Sie hatten 's-Hertogenbosch hinter sich gelassen.

»Nimmst du mich mit?« klang hinter ihm die Frage Zitas noch einmal.

Petronius drehte sich um und sah erst jetzt, daß Zita sich ihres Habits entledigt hatte und in dörfliche Kleidung geschlüpft war. Ein Duft von Thymian entwich ihrem Haar. Petronius schloß die Augen.

»Solange du als Nonne nicht rückfällig wirst, ja!«

IX

Petronius vergewisserte sich, daß die Straße frei von Menschen war. Dann wandte er sich nach rechts.

»Dort hinein!« bestimmte er und zog Zita an der Hand hinter sich her, ohne auf ihre Zustimmung zu warten.

Der Regen strömte durch sie hindurch. Haare und Kleidung klebten Petronius am Körper, und wenn er Zita betrachtete, glaubte er einen nassen Baumstamm vor sich zu sehen. Selbst ihr Gesicht wirkte wie vom Wasser ausgewaschen und aufgedunsen. Die Wiese vor ihnen stand knöcheltief unter Wasser. Nur vereinzelte Grasinseln ragten daraus hervor. Sie sprangen von Tritt zu Tritt, so daß das Wasser spritzte, bis zu einem erhöhten Platz, der halbwegs trocken aus dem Regensee herausragte. Auf allen vieren krochen sie unter das Laubdach einer kleinen Birkenschonung, bis Petronius glaubte, von der Straße aus nicht mehr gesehen zu werden.

»Was willst du hier, Petronius? Wir sollten so schnell wie möglich nach Oirschot.«

»Ein Gefühl!«

Vor ihnen breitete sich die Ebene Brabants aus wie ein flacher Teller. Die Luft selbst bestand beinahe aus einer gläsernen Wasserwand, durch die hindurch hellgrünes, sattes Gras schimmerte. Die Büschelpolster in diesem grünen See gaben dem Land den Charakter eines Meeres, das in einer grünen Bewegung erstarrt war. An wenigen Stellen hob sich der Boden etwas, und kleine Baumgruppen bevölkerten, scharf gegen die Ebene abgegrenzt, die Hügel. In den Ablaufgräben stand das Schilf mannshoch und gelb mit schwarzen Kolben. Aus ihnen stieg grauer Nebel auf, als würden Erde und Wasser dort kochen.

Petronius streckte seine Unterarme in den Regen, der in gleichmäßigen Tropfen auf sie beide niederfiel. Die Kälte tat ihm gut. Mit der rechten hielt er noch immer Zitas Hand fest, als halte er sie gefangen, während seine Augen unablässig über die Straße und die beinahe unter Wasser stehenden offenen Wiesenflächen schweiften. Mit der linken Hand fuhr er sich übers Gesicht. Jetzt in der Hocke ergriff ihn eine unsagbare Müdigkeit.

»Findest du nicht, daß alles zu offensichtlich gutgegangen ist?«

Petronius' Frage stand im Raum wie das unablässige Tropfen von den Blättern der Birken.

»Wie meinst du das?«

»Stell dir vor, du willst den Aufenthaltsort einen Bildes erfahren, ich will ihn dir aber nicht sagen. Du vermutest aber, daß ich den Ort sofort aufsuchen werde, wenn ich frei bin. Was würdest du tun?«

Zita strich sich eine nasse Strähne ihres Haares aus dem Gesicht, über die unablässig Wasser in ihren Schoß tropfte.

»Ich würde dich fliehen lassen und dir folgen!«

Petronius zog die Unterlippe ein und biß hinein, um die Müdigkeit zu vertreiben.

»Eben.«

Sie schwiegen. Zita begann vor Kälte zu zittern und rückte an Petronius heran. Der faßte sie um die Hüfte, soweit seine Unterarme dies zuließen. Die Kälte milderte seinen Schmerz und senkte das Fieber.

»Er muß hier vorbeikommen, wenn wir verfolgt werden!«

Sie brauchten nicht lange zu warten. Unter dem dunklen Dach der Straßenallee erschien ein Reiter. Sein Oberkörper hing vornüber, so daß er den Blick nahe am Boden halten konnte. Gemächlich schritt das Pferd aus. Sein Reiter trug einen schweren Filzmantel, unter dem der gesamte Körper wie unter einem Spitzzelt verschwand. Die Mähne des Pferdes klebte an den Flanken.

»Also doch. Er folgt uns!«

Petronius flüsterte nur noch.

»Haben wir solche Spuren hinterlassen?«

»Offenbar sind sie für einen geschickten Fährtenspürer selbst im Regen zu erkennen. Außerdem folgt er uns in sehr kurzem Abstand.«

Ihr Verfolger stieg dort, wo sie den Weg verlassen hatten vom Pferd, kniete sich nieder und berührte mit seinen behandschuhten Fingern den Boden, dann richtete er sich auf und blickte um sich. Aufmerksam spähte er in ihre Richtung. Petronius war es, als durchdringe der Blick die Schonung und bohre sich in seine Augen. Plötzlich schob der Fremde seinen rechten Arm durch den Filzumhang und winkte.

»Petronius! Zita!« rief er gleichzeitig, und Petronius erstarrte. Sie waren entdeckt.

Zita sprang als erste auf und schob sich durch das Dickicht, ein Lachen auf den Lippen, das Petronius erstaunte.

»Es ist der Lange Zuider!« rief sie immer wieder und zog jetzt ihrerseits den Maler hinter sich her, während sie dem Bettler zuwinkte.

Petronius konnte es nicht recht glauben. Nur widerwillig kroch er aus seinem Versteck. Der Bettler? Auf einem Pferd und mit Handschuhen an den Händen? Allein das Pferd kostete mehr, als der Lange Zuider in den letzten Jahren in Den Bosch erbettelt haben konnte.

Der Lange Zuider erwartete sie am Wegrand. Sein Grinsen konnte Petronius auf ein Dutzend Fuß hinweg sehen.

»Hab ich's mir doch gedacht, daß ich euch finden würde. Ihr hinterlaßt Spuren, die könnten selbst Blinde noch mit ihrem Stock ertasten.«

Petronius sah an ihm vorbei, musterte das Pferd, dann kehrte sein Blick zurück zur Ausstattung des Bettlers: Unter dem Filzumhang, der nur den Kopf frei ließ, lugten lederne Schaftstiefel hervor, weichlederne Handschuhe saßen an den Händen, ein kaum sichtbarer Wams war wie das Zaumzeug des Pferdes mit Metall beschlagen.

»Woher hast du die Sachen, Zuider?«

Petronius Frage klang scharf. Der Lange Zuider blickte überrascht auf.

»Traust du mir nicht?«

»Ich habe erwartet, daß Pater Baerle uns einen Spitzel hinterherschickt.«

Der Lange Zuider stutzte, dann stimmte er mit bedächtigem Kopfnicken zu.

»Eine richtige Überlegung. Wie kommt ein Bettler wie ich an all das Zeug? Nun, die Erklärung ist einfach. Ich half euch aufs Schiff. Als ich von Bord ging, fiel mir ein Kerl auf. Er starrte unverwandt zum Boot hinüber und schien dort etwas auszuspähen. Ich schöpfte Verdacht und blieb die Nacht über in der Nähe. Dann lief das Schiff aus, und der Kerl folgte ihm. Irgendwann ist er gegen meinen Stock gelaufen!«

Mit dem letzten Satz schwang er seinen Stock mit dem Knauf voran durch die Luft, daß das Wurzelknäuel im Regen zischte.

»Außerdem wird mir das Leben in Den Bosch zu unsicher. In den letzten Tagen ließ Pater Johannes wieder verhaften, angeblich wegen des Verdachts der Ketzerei und Hexerei. Adamiten und gänzlich Unschuldige!«

Petronius' Blick verdüsterte sich. Ohne darauf zu achten, ob ihm die beiden folgten, schritt er weiter in Richtung Oirschot aus. Die harten Tropfen der Alleebäume klatschen ihm ins Gesicht. In welchen Wahnsinn war er hier hineingeraten? Im Namen des Glaubens opferte ein Irrsinniger bedenkenlos Menschen, bloß weil sie anders dachten, andere Glaubensvorstellungen entwickelt hatten, ihre Heiligen Messen nach anderem Ritus feierten. Und doch glaubten sie an denselben Gott, an dieselbe Erlösung, dasselbe Paradies, der Pater wie die Adamiten!

Der Lange Zuider holte auf. Petronius vernahm den klatschenden Hufschlag des Pferdes dicht hinter sich.

»Ich gehe weg. Brügge oder Gent sind weltoffener und weniger papistisch. Dort verbrennen sie unsereinen nicht einer offenen Hand wegen. Kommt mit!«

Petronius hielt an und sah sich um. Strähnig und verwaschen blickte Zita ihn an, während sich der Bettler wieder in seinen Filz gehüllt hatte.

»Ich glaube, wir haben noch etwas zu tun! Wir müssen das ...«

Der Schreck verschloß ihm die Kehle. Zita stand vor ihm, die Kleidung durchtränkt vom Regen. Nur das Leinen hing an ihrem Körper. An das Manuskript hatte er nicht mehr gedacht, seit sie ihre Flucht begonnen hatten. Weder Zita noch er trugen einen Beutel bei sich, in dem es hätte stecken können. In den wenigen Augenblicken bis jetzt, die er bewußt verlebt hatte, war er sich sicher gewesen, daß Zita sein Manuskript eingesteckt hatte.

»Zita!« Der Ruf klang gequält. »Das Manuskript? Wo habe ich es gelassen? Ich kann mich nicht erinnern ...«

Zita lächelte ihn an. Das Wasser wusch ihr zwei dunkle Haarsträhnen über die Stirn. An den Wimpern hingen Tropfen.

»Daran habe ich gedacht, Petronius. Es wäre zu gefährlich gewesen, es die ganze Zeit über bei uns zu tragen. Ich brauchte einen unverdächtigen, neutralen Boten dafür. Wenn mich nicht alles täuscht, dann trägt unser Freund das Manuskript bei sich. Wir sollten erst in Oirschot aufeinandertreffen.«

Der Lange Zuider grinste wieder über das ganze Gesicht und schlug gegen seinen Filzumhang.

Das Knacken eines Astes ließ Petronius auffahren. Sie standen in der Nähe einer Weggabelung, die hinaufführte nach Nijmwegen, während sie sich nach Süden wenden mußten. Schräg hinter ihnen lag die niedrige Schonung, in der sie untergeschlüpft waren.

»Der Wald hat Ohren und das Feld Augen! Zuviel Gesindel

auf dem Weg, wenn es nicht schon die Spitzel des Inquisitors sind.«

Mit einer bittenden Geste forderte Petronius den Langen Zuider auf, ihm das Manuskript auszuhändigen. Zögernd, als gebe er etwas für ihn Wertvolles heraus, öffnete der Bettler seinen Umhang, streifte eine lederne Tasche von der Schulter und reichte sie Petronius.

»Sie ist nicht ganz dicht!«

Petronius zuckte mit den Schultern, hängte sich den Beutel um und drehte sich weg. Dann besann er sich, wandte sich dem Bettler noch einmal zu und streckte ihm die Hand entgegen.

»Danke! Und viel Glück!«

Der Lange Zuider schlug ein. Für kurze Zeit faßten die Hände ineinander, dann ließ der Bettler los. Zita schenkte er ein Lächeln, das sie mit einem Augenzwinkern beantwortete. Mit einer Bewegung schwang er sich aufs Pferd und ritt auf die Wegkreuzung zu. Ohne sich noch einmal umzudrehen, schlug er den Weg nach Nijmwegen ein.

Wieder knackte es im Gehölz. Petronius packte Zita am Handgelenk und zog sie mit sich fort. Die Tasche schlug ihm gegen den Oberschenkel. Bereits an der Gabelung der Wege vertrat ihnen eine Gestalt den Weg, die an Wunderlichkeit nichts zu wünschen übrig ließ: Graue Haare wucherten über Gesicht und Kopf und verklebten durch die Nässe zu einer Filzmaske, die nur die Augen frei ließ; die Kleidung, jetzt vom Wasser dunkel durchtränkt und schwer, schien an dem Kerl zu hängen wie eine lose Fahne, als wäre sie zu groß oder ihr Bewohner zu schnell abgemagert; die Finger der linken Hand zeigten Spuren von Folterungen; sie waren schief zusammengewachsen und über die Fingernägel wucherte wildes Fleisch.

Petronius wich unwillkürlich einen Schritt zurück, zog Zita näher zu sich her und drückte die Tasche an sich. Jetzt wäre ihm der knotige Stock des Langen Zuider lieb gewesen. Vorsichtig sah er sich nach einem abgebrochenen Ast als Knüppel um, mit dem er hätte zuschlagen können. Aber er konnte nichts entdecken.

»Stehenbleiben!«

»Wären wir nur schneller gewesen«, murmelte Petronius und ließ Zitas Hand los. »Du läufst nach links über die Felder!«

X

»Dort steht das Bild!«

»Allein hätten wir es nie gefunden, Meinhard!«

Petronius wandte sich an den zotteligen Kerl neben sich.

»Dann war ich Euch wenigstens als Wegweiser nützlich«, antwortete dieser und stieß mit einem Ächzen das eichene Portal zur St. Pieters Kathedrale auf.

Nebel wehte wie dichter Atem über den Marktplatz von Oirschot, und die Nacht senkte sich über die Ebene vor der Stadt. Das Wiedersehen zehn Stunden zuvor war stürmisch gewesen. Statt eines Wegelagerers, den Petronius vermutet hatte, war der Fuhrmann vor ihm gestanden, den er längst totgeglaubt hatte. Es hatte einige Zeit gebraucht, um in dem Bartgesicht die flinken Augen und in der Vogelscheuche die ehemals wohlbeleibte Gestalt Meinhards von Aachen zu entdecken.

Petronius hatte sich wie von Sinnen gebärdet. Mit Sprüngen hatte er den alten Mann umtanzt, bis ihm die Luft ausgegangen war und das Fieber seinen Tribut gefordert hatte.

»Ich dachte, Ihr wärt tot!«

»Das dachte der Teufel von einem Inquisitor auch, aber um einen Meinhard von Aachen zur Hölle zu schicken, braucht es mehr als ein paar bigotte Mönche. Obwohl ich unter dem Kleiderberg beinahe erstickt wäre. Meister Hieronymus erzählte mir, daß Ihr mich darunter hervorgezogen habt. Er jedenfalls erweckte mich wieder zum Leben. Euer Meister besitzt goldene Hände und ist in allerlei Heilkunst bewandert. Und jetzt schickte er mich aus, um Euch den Weg zu weisen!«

»Er hat also davon gewußt?«

Petronius hatte sich Zita zugewandt und sie durch den Regenschleier hindurch betrachtet. Sie nickte ihm zu und sah verlegen zu Boden.

»Ich habe Meister Hieronymus davon unterrichtet!«

»Und die beiden Alten? Wie geht es denen, Meinhard?«

»Die Frau fühlt sich wohl, aber der Freskenmaler liegt im Sterben. Sein einziger Trost ist, daß er das Bild aus der Stadt gebracht hat. Sie haben ihm die Geschichte seiner ansteckenden Krankheit geglaubt. Er sah elend aus, als er hier ankam.«

Den langen Fußmarsch bis Oirschot hatten die Drei genutzt, um ihre Erfahrungen und Erlebnisse auszutauschen. Meinhard war von Hieronymus Bosch auf seinem Gut in Oirschot versteckt worden und hatte sich dort erholt, bis auf seine linke Hand, die nicht heilen wollte und mit Wucherungen bedeckt war. Er war es auch gewesen, der außerhalb der Stadt die Bildtafeln des Triptychons entgegengenommen und nach Oirschot geschafft hatte. Hieronymus Bosch hatte sogar seinem Wunsch entsprochen, Petronius und Zita auf dem Weg hierher zu begleiten und notfalls zu schützen.

Sie betraten die Kathedrale, die im Zentrum des Orts mächtig aufstieg und vom Reichtum der Stadt zeugte. Petronius besah sich die Szenerie. Der gewaltige Marktplatz vor der Kirche schob die schmächtigen Bürgerhäuser an den Rand. Im Gegensatz zu Den Bosch duckten sich hier die reetgedeckten Gebäude im Schatten dieser Kirche, als verbreite die Kathedrale nicht nur den Ruf des Reichtums, sondern Furcht und Schrecken. Je dunkler es wurde, desto dräuender stand die massige Kirche gegen den Himmel und im fallenden Regen sah es aus, als stürze sich der Turm wie ein Falke auf die Stadt. Ohne aufgehalten zu werden, hatten sie die Tore passieren können, nachdem Meinhard sie als Besucher Meister Hieronymus' ausgewiesen hatte. Offenbar besaß der Maler in Oirschot noch einen guten Leumund.

Der Innenraum St. Pieters ragte in die Schwärze der hereinflutenden Nacht hinauf, so daß die Decke kaum mehr ausgemacht werden konnte. Vor dem Allerheiligsten brannte ein Ewiges Licht, das seinen rötlichen Schein bis zu Petronius, Zita und Meinhard schickte.

Petronius und Zita zitterten vor Kälte, aber Petronius hatte darauf bestanden, zuerst zum Triptychon geführt zu werden.

»Wo, Meinhard?«

»Beim Altar vorne. Geht zu, ich warte hier!«

Petronius zog Zita durch die menschenleere Kirche. Jeder Schritt hallte wider, sogar das Tropfen ihrer Kleidung brach sich an den Säulen und Wänden. Langsam gewöhnten sich die Augen an die Dunkelheit. Schwarze Schemen schälten sich vor den farbig bemalten Hintergründen der Wände heraus. Vor ihnen tauchte das offenbar auf einer Staffelei stehende Triptychon auf.

»Wir brauchen Licht!« flüsterte Petronius.

Beinahe blind tappten die beiden vorwärts zur Chorschranke bis vor das Bild, dessen dunkle Fläche glänzte. Zita lief einige Schritte weiter und tastete die Nischen der Schranke ab, während Petronius wartete und ungeduldig auf die Tafeln starrte.

»Hier sind Unschlittkerzen!« frohlockte Zita und reichte ihm eine Kerze von der Chorschranke. »Du kannst sie am Ewigen Licht entzünden!«

Petronius stolperte vorwärts bis zur einzigen Lichtquelle im Raum, die den Gläubigen geboten wurde als Ersatz für Haus- und Herdflamme, für das glühende Verständnis des Herrn, die Unvergänglichkeit seiner Liebe zu den Menschen. Mit vor Kälte zitternder Hand hielt er den Docht in die Flamme.

»Brennt das Ewige Licht nachts in der Kirche besonders hell, so wird es in der Gemeinde bald einen Todesfall geben!« orakelte Zita, als sie das Aufflammen der Kerze bemerkte.

»Du glaubst diesen Unsinn doch nicht etwa?«

Zita beantwortete seine Frage nicht, sondern entzündete eine weitere Kerze an der eben gewonnenen Flamme. Dann traten sie beide auf das Bild zu. Der Flammenschein zuckte unruhig über die Bildfläche, die spiegelte und Reflexe zurückwarf. Aus der Schwärze schälte sich die erste Figur, ein blasser Baummensch, dessen Körper hohl war und dessen Beine in Kähnen steckten, die über einen zugefrorenen Weiher trieben.

Petronius stieß einen Schrei aus, sank in sich zusammen und

ließ dabei seine Kerze fallen, die auf dem Boden kurz aufzischte und verlosch.

»Was hast du?«

Petronius kauerte am Boden, als wolle er seine Kerze suchen, aber Zita bemerkte, daß er beide Hände gegen den Kopf preßte, als hätte er sich dort verletzt.

»Ich habe Visionen, Zita. Sieh nach, sieh nach, ob es auf diesem Bild diesen Baummenschen wirklich gibt, der bereits meine Träume bevölkert, obwohl ich ihn nie zuvor gesehen habe!«

Zita leuchtete über die rechte Tafel des Gemäldes und auch sie erkannte den Baummenschen, dessen Gesicht dem Jacob van Almaengiens ähnelte, bis auf den leeren Blick, der trist und dunkel wirkte.

»Vor dem Bild hast du Angst?«

»Nicht vor dem Bild, vor meinen Träumen, Zita.«

Langsam richtete Petronius sich wieder auf, hielt seine Kerze in die Flamme Zitas und fuhr langsam die dritte Tafel ab, von oben bis unten und wieder zurück.

»Seit Tagen träume ich von nichts anderem als von dieser Gestalt dort. Ich wache nachts auf, schweißgebadet, weil ich in den Körper dieses Baumwesens verwandelt wurde, und wälze mich schlaflos hin und her aus Furcht, das Wesen zu sehen, sobald ich die Augen schließe. Dabei kenne ich diesen Teil noch nicht. Ich habe ihn nie zuvor gesehen, Zita. Warum träume ich etwas, was ich hier aufgemalt finde?«

Zita wandte den Blick vom Gemälde ab und Petronius zu. Selbst im Flackerlicht der Kerzen erkannte sie, daß er fieberte. Mit weit aufgerissenen Augen starrte er auf den Flügel, leuchtete mit der Kerze daran auf und ab und bewegte lautlos die Lippen.

»Mein Gott, Zita, es ist mehr als nur eine Höllendarstellung, es ist eine Apokalypse, ein Weltenbrand, den uns Meister Hieronymus hier zeigt. Sieh nur diesen Himmel.«

Mit der Kerze leuchtete er den oberen Rand des Bildes ab. Im flackernden Licht der Unschlittkerze schien sich das Szenarium zu beleben. Die brennende Silhouette einer Stadt im Hintergrund wurde lebendig. Die Flammen züngelten über den Horizont, der in ein rötlich-bläuliches Licht getaucht war. Menschen bewegten sich inmitten der Flammenhölle, trugen Stangen, bestiegen Leitern, versuchten sich zu retten oder nahmen ergeben die letzten Minuten hin, bis Hitze und Feuer sich ihrer erbarmten. Durch die Fensterhöhlen der Ruinen fiel greller Schein auf den See vor der Stadt, der das rötliche Licht spiegelte. Und während die Stadt brannte, durchstürmte ein Heer das Land vor ihr und warf nieder, was sich ihm in den Weg stellte.

»Sodom und Gomorrha!« wagte Zita zu flüstern, ohne dabei Petronius aus den Augen zu lassen, der leicht schwankte.

Das Bildwerk verschlug auch ihr den Atem und die Haare auf ihren bloßen Armen stellten sich auf. Sie schüttelte sich, um ihr Unwohlsein zu bekämpfen.

»Hier fährt eine ganze Welt hinunter in den Abgrund«, krächzte Petronius rauh. »Brennt nicht das Erdenfeuer aus sich selbst heraus? Und das Wasser, hat es sich nicht ebenfalls entzündet und glüht? Und die Windmühle dort. Siehst du sie, Zita? Ihre Flügel gibt es nicht mehr. Ihr Element ist der Feuerschein geworden. Die Luft verwandelt sich in einen brennenden Atem. Sogar die Materie verzehrt sich in der Glut. Die Stadt versinkt im lodernden Odem der Hitze, zerfällt zu Staub und Asche. Zita, hier haben die vier Elemente Feuer gefangen und verzehren einander. Was kommt danach?«

Petronius knickte ein, aber Zita hatte diese Schwäche erwartet und stützte ihn, bis er sich erholt hatte. Er atmete schwer und keuchte, als müsse er die Worte aus den letzten Luftkammern seiner Lunge hervorpressen.

»Er hat meine Alpträume gemalt, Zita. Verstehst du? Meine Alpträume, nicht die seinen! Wie gelangte Meister Hieronymus an meine Alpträume? Wie?«

Ein helles Lachen hallte durch die Kirche, so daß Petronius und Zita herumfuhren.

»Wer ist das?« flüsterte Petronius, dessen Sinne überreizt waren. Die Kälte, der Regen, sein Fieber und der Inhalt des Triptychons schufen eine Mischung aus nebelhafter Trübung und Hellsicht in seinem Kopf.

Wieder hallte das Lachen durch den Kirchenraum und wurde vielfältig von allen Wänden zurückgeworfen. Petronius glaubte zuerst an eine Vision, die ihm sein verworrener Geist vorgaukelte. Vielleicht lachte er selbst und verwechselte seine Stimme mit der eines anderen.

»Der Teufel!« zitterte Zita und drückte sich an Petronius.

»Der Teufel holt uns womöglich, aber er lacht uns nicht aus!« flüsterte Petronius Zita ins Ohr, während er sie umfaßte und versuchte, den Ursprung des Gelächters zu erkunden. Aber die Akustik der Hallenkirche verwehrte es ihm. »Wer du auch bist, zeig dich!« schrie er.

»Entwickelt Ihr eine neue Theologie, Petronius Oris? Oder seid Ihr wieder einem Geheimnis auf der Spur? Kennt Ihr mich nicht mehr? Euer Gewissen, Petronius, Euer schlechtes Gewissen.«

Petronius schloß die Augen, um sich der Stimme hinzugeben, die durch das Echo verzerrt und verunstaltet wurde. Zita hob ihren Kopf und lauschte ebenfalls. Plötzlich wußte Petronius, wem die Stimme gehörte. Die hohe Stimmlage verriet den Sprecher:

»Jacob van Almaengien!«

»Ja«, flüsterte Zita. »Der Magister!«

»Habt Ihr Euch das Bild betrachtet, Petronius Oris? Habt Ihr die Apokalypse geschaut? Das Weltenende? Und es werden Vögel in der Luft sein, so groß wie Städte, und es wird Feuer regnen, bis die Erde verbrennt und die Wasser austrocknen, bis die Luft glüht und die Flammen den letzten Rest Menschsein verzehren.«

Petronius ließ Zita los und drehte sich mit geschlossenen Augen um sich selbst. Er wollte den Standpunkt des Sprechers erfahren, wollte die Stimme mit einem Körper verbinden. Aber keine Richtung ließ sich herausschälen. Es war, als würde sich der Gelehrte durch den Raum bewegen, als würde er fliegen und sich für jedes Wort, das er sprach, einen anderen Ort in der Kathedrale aussuchen. So sehr sich Petronius konzentrierte, kein Schritt war zu hören, keine Richtung auszumachen. Mit heiserer Stimme rief Petronius in die Dunkelheit hinein:

»Was wollt Ihr von uns? Verschwindet aus unserem Leben, Jacob van Almaengien. Wir haben uns nichts mehr zu sagen!«

Wieder raste dieses Lachen durch den Kirchenraum, noch höher, noch schriller als das erste Mal.

»Macht es Euch nicht zu einfach, Petronius! Wir sollten uns weiter unterhalten. Wir sollten miteinander reden. Ich wüßte zu gerne, ob Euch der Alp weiter drückt, ob Ihr träumt von mir, vom Baummenschen, der Euch Gefäß war und dessen Hülle Ihr nur zu gern abstreifen würdet.«

Petronius keuchte. Das Fieber griff nach ihm und zerrte ihn zu Boden. Zita gelang es nicht mehr, den Körper zu stützen. Arme und Beine glühten. Petronius' Gesicht schien aufzuschwellen mit den Hitzeschauern, die ihn überzogen und zittern ließen wie Espenlaub. Er kniete und rang nach Atem und versuchte, seine Gedanken zu sammeln, die ihm immer wieder entglitten. Die Kerze, die er noch in der Hand hielt, tropfte unablässig auf einen Reliefstein im Boden und füllte die vom Meißel geschlagenen Schluchten und Grate aus. Vor Petronius' innerem Auge entstand das Bild des Baummenschen.

»Euer Gesicht«, murmelte Petronius unablässig. »Euer Gesicht«, schrie er in das Echo seiner eigenen Stimme hinein, »natürlich, Euer Gesicht!«

Daß er noch etwas sah, verschwieg er. Vor seinem inneren Auge tauchte plötzlich der Lebensbaum der Paradiesseite auf und verschmolz mit dem Gerippe des Baummenschen. Er starb ab und wurde hohl. Seine Zeit schien gekommen zu sein, wie die der Eichen, die auseinanderbrachen, wenn sie von Pilzen zerfressen wurden.

»Wollt Ihr wissen, Petronius, warum Euch die Träume der Hölle vor Augen stehen? Ihr werdet es nicht glauben!«

Petronius hustete lange. Zäher Schleim fing sich im Brustkorb und hängte sich dort fest.

»Ihr habt mit meiner Angst gespielt, Magister Jacob!«

»Nicht mit Eurer Angst, nicht mit der. Mit Euren Alpträumen. Und sie halfen uns, besser als die Jan de Groots. Ich habe ihn nicht umgebracht, wie Ihr vielleicht vermuten werdet. Er tat es selbst. Ein miserabler Träumer, ein unbrauchbares Medium, ganz das Gegenteil von Euch.«

»Ihr seid ein Teufel!« schrie Petronius mit letzter Kraft in die Halle hinein, daß es von den Wänden widerhallte.

Helles Lachen schnitt den Schrei ab. Petronius erinnerte sich an die Halterungen vor seinem Fenster, die der Lange Zuider entdeckt hatte. War Jacob van Almaengien dort eingestiegen und hatte ihn mit einer Salbe präpariert, so daß er träumte wie Meister Hieronymus? Und warum war er nicht aufgewacht? Hatte man ihm etwas ins Bier oder ins Abendgetränk gemixt? Hatte nicht Almaengien von Giften gesprochen? Das Fieber ließ seinen Gedankenfluß zäh und stockend werden. Aber viele Einzelheiten gaben ein ganz neues Bild.

»Jetzt seid Ihr aber ungerecht, Petronius Oris. Schließlich habt Ihr zu diesem Teil des Werkes beigetragen. Ihr seid der geistige Schöpfer des Höllenflügels. Darauf könnt Ihr stolz sein.«

»Und daran krepieren!« hustete Petronius seine Antwort auf die Steinfliesen der Kathedrale.

Zita verlor offenbar die Geduld. Energisch faßte sie Petronius unter der Achsel und zerrte ihn zum Kirchenausgang.

»Meinhard, Meinhard!« rief sie den Fuhrmann, der alsbald aus dem Schwarz des Kathedralenhintergrunds heraustrat. Mit einem Blick begriff er die Situation, schulterte Petronius' glühenden Körper und schritt mit ihm aus der Kirche hinaus.

Es regnete stark, und im Nu troffen sie vor Nässe. Zita strich Petronius das Haar aus der Stirn. Wenig später standen sie im Hof des Boschschen Anwesens. Meinhard betrat ihn durch ein hölzernes Tor, das sie zum Innenhof führte, dessen drei Seiten Gebäude umgrenzten, während die vierte von einem hohen Holzzaun mit Toreingang verschlossen wurde. Im ersten Stockwerk der Frontseite flackerten Kerzenlichter in den Fenstern, ansonsten wirkte das Gebäude wie ausgestorben. Nicht einmal Hunde bellten, die sonst überall anschlugen und deren Kläffen sie durch die Stadt bis hierher begleitet hatte. Zita zitterte am ganzen Leib. Der Fuhrmann steuerte auf eine Pforte in einem der Seitenflügel zu und klopfte gegen das Holz. Unter dem schützenden Vordach rauchte sein Atem weißlich. Noch bevor die Tür geöffnet wurde, schrie Petronius plötzlich auf. Sein Oberkörper bäumte sich im Fieberkrampf. Meinhard mußte zupacken, damit ihm der Maler nicht von der Schulter rutschte:

»Das Ende! Das Ende!« brüllte Petronius in den Innenhof, bis seine Kraft nachließ, die Pforte aufgerissen wurde und Meinhard zusammen mit Petronius und Zita im Inneren des Hauses verschwand.

XI

Petronius schlug die Augen auf und fühlte sich sofort erleichtert. Eine Hand strich ihm über die Stirn. Er blickte in blaue Augen, die in einem milchigen Gesicht lagen. Es wurde umrahmt von einer Haube. Als die Frau bemerkte, daß Petronius erwacht war, zog sie lächelnd die Hand zurück.

»Seid Ihr endlich wach? Wir glaubten schon, es sei um Euch geschehen!«

Langsam kehrte die Erinnerung wieder: Oirschot, Meinhard, St. Pieter, die Stimme Almaengiens, Zita, der Innenhof. Die Umgebung, in der er sich jetzt befand, verunsicherte ihn.

»Ich bin im Anwesen von Meister Hieronymus!« schloß er endlich und versuchte mit den Augen jeden Winkel des Zimmers kennenzulernen.

Weiße Laken deckten ihn zu, und über ihm leuchtete gelb ein Stoffhimmel. Kühle Luft strich durch ein geöffnetes Fenster. Das Gemach enthielt vor allem dieses Bett und ihn, von der Schönheit vor ihm nicht zu sprechen. Rechterhand ragte eine eisenbeschlagene Truhe mit gewaltigem Schloß über den Bettrand hinaus.

»Ihr sprecht im Schlaf!« warf ihm die Frau hin, aber Petronius reagierte nicht darauf.

Ihre blauen Augen beruhigten. Ihr Mund lächelte herausfordernd. Petronius freute sich an den hellen Flaumhärchen, die um die Oberlippe und auf der Wange sprossen und der Gesichtshaut Zartheit verliehen. Sie ließ seine freche Musterung über sich ergehen, zog nur die äußersten Spitzen ihrer Augenbrauen in die Höhe, so daß ihr Gesicht einen spöttischen Ausdruck bekam.

»Hoffentlich habe ich von Euch gesprochen!« erwiderte Petronius schließlich die Feststellung der Frau. »Wer seid Ihr, Herrin?«

»Ihr scheint wieder neugierig. Dann kann es so schlecht nicht mehr um Euch stehen.«

»Ich möchte zu gerne erfahren, wem die Hand gehört, die mich beruhigt hat!«

Wieder lächelte die Frau, die eine selbstsichere Ruhe verströmte. Petronius schloß die Augen, um nur ihrer Stimme zu lauschen.

»Ihr habt mich überzeugt, Petronius Oris. Man nennt mich Aleyt Goyaert van de Mervenne.«

Petronius riß die Augen auf. Mit einemmal gewann die Frau eine ungeahnte, eine hoheitliche Distanz. Sie war die Tochter eines angesehenen Patriziergeschlechts der Stadt Den Bosch. Obwohl ihr Petronius in den Monaten seines Wirkens bei seinem Meister nie begegnet war, war ständig von ihr gesprochen worden.

»Die Herrin. Ihr seid die Ehefrau meines Meisters!«

»Beruhigt Euch. Als die Dominikaner in ’s-Hertogenbosch ihr Regiment zu festigen begannen, bin ich hierher nach Oirschot gegangen. Ich habe an Eurem Lager gewacht, weil Zita schlafen mußte. Sie hat drei Tage neben Euch ausgeharrt. Heute früh habe ich sie ins Bett geschickt. Euer Fieber war gesunken, und auch die Wunden an den Armen verheilen langsam.«

Als wäre dies das Stichwort gewesen, bemerkte Petronius, daß seine Unterarme wie Feuer brannten. Sie lagen neben ihm, als gehörten sie nicht zu seinem Körper.

»Bleibt ruhig liegen. Wir haben die Arme festgebunden, sonst hättet Ihr sie aufgekratzt.«

Petronius entspannte sich und fühlte doch das Zerren der Riemen, mit denen seine Arme in einer gestreckten Haltung fixiert wurden.

»Hoffentlich habe ich nichts erzählt, was Euren Ohren mißfiel.«

Ein verhaltenes Lachen entrang sich Aleyts Kehle. Sie fühlte mit dem Handrücken Petronius' Stirn.

»Ihr wart sehr redselig.«

Ein weiterer Lacher stieg in ihr auf, als würden Wasserblasen an der Oberfläche zerplatzen.

»Zita wurde manches Mal richtig verlegen.«

Petronius spürte, daß sein Gesicht glutrot anlief. Aleyt aber war durchaus nicht verlegen.

»Für eine Ehefrau hörte es sich amüsant an.«

Aleyt stand auf und wandte sich zur Tür.

»Ich habe Hieronymus versprochen, ihn zu holen, wenn Ihr erwacht. Außerdem braucht Ihr eine kräftige Suppe, damit Ihr Euch erholt.«

Mit quietschenden Angeln fiel die Tür ins Schloß. Petronius lag allein, die Arme ans Bett gefesselt und dachte nach. Was hatte er ausgeplaudert? Wo war Jacob van Almaengien? Welche Rolle spielte er bei der Erschaffung des Triptychons? Und vor allem: Welche Rolle spielte er selbst bei der Ausführung der dritten Tafel, die er so noch nie gesehen hatte?

Er schloß die Augen und versuchte sich die Ereignisse der letzten Wochen zurückzurufen. Nächtens war er einige Male aufgewacht und hatte Schritte in der Brandlücke vernommen. Hatte nicht der Lange Zuider ihm gesagt, daß man leicht in sein Zimmer einsteigen konnte? Wurden die Gifte, derer sich Jacob van Almaengien bediente, dazu benutzt, ihn zu betäuben, ohne daß er es wußte? War das eine Erklärung für das Verschwinden Jan de Groots?

Als Petronius die Augen öffnete, erschrak er. Vor ihm stand die durch einen Mantel mit Pelzbesatz übergroß erscheinende Gestalt Meister Hieronymus', dessen hageres Gesicht ernst und verschlossen zu ihm herabblickte.

»Es geht Euch gut, Petronius?«

»Gibt es einen Anlaß zur Klage, wenn man an ein Himmelbett gefesselt ist?«

Meister Hieronymus überhörte den Spott in der Stimme. Seine Hand fuhr ans Kinn und kratzte die Haut, aus der sich die ersten grauen Stoppeln schoben.

»Im Schlaf habt Ihr über das Bild gesprochen!«

»Eure Frau deutete es mir an.«

Petronius schloß die Augen und versuchte, an den Riemen zu zerren, aber die waren fest geschnürt, ohne seine Blutgefäße in den Handgelenken abzuschnüren. Langsam stieg ein Unbehagen in ihm auf. War die Fesselung wirklich nur eine Vorsichtsmaßnahme, damit er die juckenden Brandwunden an den Unterarmen nicht aufkratzte?

»Ihr habt den dritten Flügel gesehen?«

Petronius nickte. Sollte er jetzt von der Begegnung mit Jacob van Almaengien sprechen, die er selbst nur schemenhaft wahrgenommen hatte?

»Erzählt mir davon«, forderte Meister Hieronymus seinen Gesellen auf und trat langsam an das Bett heran. Er setzte sich auf den Rand, ordnete kurz die Kleidung und drängte noch einmal: »Bitte!«

Petronius stutzte. Hätte nicht sein Meister ihn über das Bild und seine Inhalte belehren können? Er ließ die Augen geschlossen und rief die Erinnerung an das Bild zurück. Wie eine kopierte Leinwand stieg die Tafel in seinem Inneren empor.

»Alles, was Ihr in den ersten beiden Hälften prophezeit habt, alles, was die Adamiten an Botschaft für die Nachwelt hinterlassen wollen, verneint Ihr auf dieser letzten Tafel, Meister Hieronymus. Zerstört nicht die Erkenntnis wie Alkohol den Leib des Baumriesen? Auf seinem Kopf der Dudelsack der Narren. Als Symbol der Vanitas, der Eitelkeit, die sich auf dem Weltenkreis breitgemacht hat. Statt fruchtbar zu wirken, wurde das Weltenei, die Schöpfung auf der Alltagsseite dahinter, vollständig vernichtet, als wäre es leergegessen worden. Der Hoffart, Wollust, Völlerei und Habsucht ist es gelungen, was niemandem sonst gelang: die Schöpfung zu zerstören.«

Meister Hieronymus hielt es nicht mehr auf dem Bettrand. Erregt erhob er sich und schritt das Zimmer auf und ab, die Hände ineinander verschränkt.

»Ich habe Magister Jacob vor Euch gewarnt. Er wollte nicht hören.«

Er baute sich an der Fußseite des Bettes auf und starrte Petronius an.

»Ihr seid ein hervorragender Maler, der um die Tiefen dieser Bilder weiß.«

Petronius gefiel dieses Lob nicht. Auch mit der Bemerkung über die Warnung konnte er nichts anfangen. Warum erzählte ihm Meister Hieronymus diese Dinge?

»Man könnte weitergehen«, sagte Petronius, dem langsam die Kräfte schwanden. »Rechts vom Baummenschen faszinierte mich die Laterne und die Scheibe des Weltkreises. Dort fallen sieben Chimären über einen Ritter her, der einen Kelch in der Hand trägt, aus dem eine Hostie fällt und dessen Banner eine Kröte trägt. Liegt nicht der Weltkreis auf des Messers Schneide? Zeigen nicht die Attribute deutlich den Wunsch nach Verdammung? Der alte Glauben, verkündet von der Hostie, die alte Kirche, im Becher angedeutet, und den Träger dieser alten Ordnung, das Rittertum. Letzteres, das sowohl das eine als auch das andere weitergetragen hat, ist dem Teufel geweiht, der sich als Kröte auf das Banner gesetzt hat. Überhaupt erleidet die Ritterschaft ringsum ein Martyrium, das mich an das erste Buch Mose erinnert: Wer Menschenblut vergießt, des Blut soll auch durch Menschen vergossen werden, denn Gott hat den Menschen nach seinem Bilde gestaltet.«

Petronius hielt inne und öffnete mühsam die Augen, deren Lider ihm schwer wurden. Am Fußende des Bettes stand sein Meister und beobachtete ihn.

»Er schöpfte es aus Euch, weil er mich zerstörte. Ihr seid mir unheimlich, Petronius Oris. Es ist das Ende der Adamiten, das hier prophezeit wird. Das Ende unseres Glaubens, unserer Grundsätze. Eine Prophezeiung, die er in Euch fand.«

»Ich verstehe Euch nicht!«

Hieronymus Bosch lächelte gequält. Mit gesenktem Haupt schritt er um das Bett herum auf die Seite der Truhe und lehnte sich dagegen.

»Ihr wart die Quelle der dritten Tafel, Petronius Oris. Warum, meint Ihr, ließ ich Euch eine neuartige Paradiesvorstellung malen?

Warum, glaubt Ihr, durftet Ihr Jacob van Almaengien porträtieren? Warum verbreiteten Erlebnisse am Rande des Todes Furcht, Angst und Schrecken in Euch? Damit Eure Phantasie angeregt wird, Petronius Oris.«

Petronius schwindelte bei dieser Enthüllung. Deshalb hatte er ganze Tage mit rasenden Kopfschmerzen erlebt, deshalb verfolgten ihn in den Nächten diese wilden Träume. Wieder versuchte er, die Fesseln zu sprengen, aber die breiten Lederriemen banden ihn fest an das Bett.

»Euch hätte doch auffallen müssen, daß der Höllenflügel eine neue Qualität besitzt, daß er anderes ist, als meine Visionen des Paradieses und unserer Glaubenslehre. Die Hölle ist Euer Werk, Petronius Oris.«

»Aber warum ich? Was wollte Almaengien gerade von mir?«

Hieronymus Bosch stieß sich wieder von der Truhe ab und schritt zum Fenster, um es zu schließen. Offenbar dachte er darüber nach, wieviel er verraten durfte. Energisch drehte er sich plötzlich um, Entschlossenheit im Gesicht, die Lippen eine dünne Linie.

»Er hatte das Wissen. Aber ihm fehlten die Visionen. Wer sich Zeit seines Lebens mit der Wahrheit und ihren Erscheinungen abgibt, dessen Gespür für Phantastik geht verloren. Jacob van Almaengien fehlte die schöpferische Phantasie. Er brauchte Bilder, mit Hilfe derer er seine Gedanken verschlüsseln konnte. Zuerst holte er sie von mir. Aber seht mich an, Petronius. Mager bin ich geworden, ein Skelett, dem das Halten eines Pinsels zur Mühsal wurde.«

Das Zimmer füllte sich mit verbrauchter Luft und einer erstickenden Wärme. Schweißtropfen bildete sich unter den Ledergurten, auf Brust und Stirn.

»Ihr hättet Euch entziehen können.«

Hieronymus Boschs Mund entrang sich ein bitteres Lachen.

»Niemand entzieht sich Jacob van Almaengien. Sein Wesen ist ein grundloser Schacht, in den man stürzt, ohne daß es irgendwo ein Halten gäbe. Er saugte mich aus. Langsam. Bis nur noch Haut über den Knochen spannte. Er hätte mich umgebracht, hätte er nicht einen Maler benötigt, Bilder und Visionen auf Holztafeln zu bannen. Deshalb griff er auf Euch zu.«

»Und auf Jan de Groot!«

Erschrocken weiteten sich die Augen Hieronymus Boschs.

»Ihr wißt davon?«

Petronius, zu schwach, um noch laut zu sprechen, flüsterte nur:

»Ihr habt es mir jetzt verraten. Ich ahnte es nur.«

»Jacob van Almaengien ist verschwunden. Niemand weiß, ob er in die Fänge des Dominikaners in Den Bosch geraten ist. Der Inquisitor würde ihn keine Sekunde am Leben lassen.«

Petronius Oris lächelte mit geschlossenen Augen. Er kämpfte bereits wieder mit dem Schlaf. Meister Hieronymus' Stimme drang wie von weither an sein Ohr.

»Ich bin ihm begegnet, Meister Hieronymus. Aber er nutzte Euch aus, wie er mich ausgenutzt hat. Er hat uns alle hinters Licht geführt.«

Petronius schien es, als würde in seinem Kopf ein Strick entknotet, der ihm alles löste, was bislang angebunden und verstaut gewesen war. Ein kurzer Moment der Frische und euphorischen Hochstimmung überflutete ihn. Er schlug die Augen auf und blickte Hieronymus Bosch ins Gesicht, der sich zu ihm herabgebeugt hatte, um seiner Stimme zu lauschen, die leiser wurde und langsam erstarb.

»Jacob van Almaengien hat uns allen einen Bären aufgebunden, Meister. Er ist eine Frau. Ich habe sie erkannt. Im Keller Eures Hauses habe ich sie erkannt, als sie sich umzog.«

Hieronymus Bosch schnellte hoch und seine Miene verzerrte sich.

»Ihr hättet es besser für Euch behalten, Petronius Oris.«

Mit raschem Schritt erreichte er die Tür, riß sie auf und ließ sie hinter sich zufallen. Petronius blieb allein im Zimmer. Die Erschöpfung gaukelte ihm das Gefühl vor, in Seide gebettet zu sein. Ein Vorhang wie aus Gaze zog sich über seine Augen und trübte den Blick.

XII

Petronius schreckte auf. Eine Hand hatte sich über seinen Mund geschoben und hielt ihn zu. Zu dieser Hand gehörte ein Körper, der sich mit ganzer Kraft gegen ihn warf, so daß er taumelte und aufs Bett zurückfiel, als er sich aufrichten wollte.

»Petronius, nicht, ich bin's, Zita!«

Jetzt erst fühlte Petronius, daß er durch die Nase noch ausreichend Luft bekam. Ruhig blieb er liegen. Die Zeit verrann in den letzten Tagen in einem unbestimmbaren Taumel von Schlafen und Wachen. Petronius glaubte, den Schlaf eines ganzen Jahrhunderts nachholen zu müssen. Nur Zita, Aleyt, seine Herrin, und Meinhard bekam er zu Gesicht. Sein Meister ließ sich nicht mehr blikken, und Petronius wußte nicht, ob er im Haus weilte oder nach Den Bosch zurückgekehrt war.

Langsam lockerte Zita ihren Griff um den Mund, legte aber den Zeigefinger der freien Hand über ihre Lippen. Petronius verstand, nickte gehorsam. Langsam zog sie ihre Hand ganz vom Mund weg.

»Du hast fürchterlich geschnarcht.«

Ihre Stimme klang nicht spöttisch wie sonst, wenn sie ihn seiner Schlafgeräusche wegen schalt, sondern ängstlich. Petronius wunderte sich. Dann richtete er sich auf. Vom Hof unten drangen Stimmen zu ihnen herauf. Draußen schien die Sonne schwach und mutlos in die letzten Sommertage hinein.

»Jacob van Almaengien!« flüsterte Zita und zog Petronius mit zum Fenster.

Vorsichtig sah Petronius durch die Öffnung hinaus. Scheiben oder Pergamenteinsätze fehlten noch. Sie wurden erst zur Herbstzeit eingesetzt. Aber der Fachwerkbau kragte zur Hofseite hin aus, so daß ein kleiner Vorsprung entstand, unter dem sich offenbar zwei Männer lebhaft unterhielten.

»Ich sehe niemanden!« flüsterte Petronius Zita ins Ohr. »Aber seine Stimme erkenne ich zweifelsfrei.«

Die Unterhaltung unter ihnen wurde lebhaft, aber mit gedämpfter Stimme geführt.

»Er muß verschwinden! Und je schneller je besser.«

»Das könnt Ihr nicht von mir verlangen, Magister Jacob. Das Gastrecht steht über allen sonstigen Zweifeln. Solange er unter meinen Dach hier haust, krümmt Ihr ihm keinen Finger. Und das meine ich auch so.«

»Seit wann seid Ihr sentimental, Meister Hieronymus.«

Almaengien lachte trocken. Petronius konnte von seiner Warte aus nur Hände und Ärmel erkennen, die stetig in Bewegung waren und ab und zu in sein Blickfeld gerieten.

»Petronius Oris ist für uns eine Bedrohung. Sollte er wirklich bei Pater Baerle Aufzeichnungen geführt haben, dann ist die Bruderschaft gefährdet. Sicher stehen dort Namen. Es werden Hunderte brennen, wenn sie dem mordlüsternen Pfaffen in die Hände fallen. Außerdem …«

Hieronymus Bosch fiel ihm ins Wort.

» … habt Ihr die Unvorsichtigkeit begangen, ihm Euer Geheimnis zu offenbaren!«

Jacob van Almaengien fuhr zurück, und Petronius konnte ihn für einen kurzen Augenblick ganz erkennen. Er sah wüst aus, als hätte er Wochen in Scheunen oder Ställen zugebracht.

»Wer sagt das? Woher wollt Ihr das wissen?«

»Er selbst. Er hat in seinen Fieberträumen gesprochen.«

»Wer saß bei ihm? Wer konnte es hören? Ihr! Wer noch?«

Almaengiens Stimme klang atemlos, als sei ihm der Schrecken in die Glieder gefahren. Petronius malte sich aus, wie Almaengien auf Meister Hieronymus zustürzte, ihn an beiden Schultern packte und schüttelte.

»Zita saß bei ihm, und mir hat er es gesagt. Sonst weiß es niemand.«

»Zita!« schloß Almaengien. »Trotzdem. Wir haben ihn unterschätzt. Ein gefährlicher Bursche. Ob er schon dahintergekommen …«

» … er träumt davon. Baummensch und blaue Falkenfrau geistern durch seine Träume. Ich vermute, daß er irgendwann selbst dahinter kommt.«

Hörte er richtig? Petronius mußte grinsen. Jetzt log sein Meister aber gewaltig. Hatte er ihm nicht selbst davon erzählt, wessen Visionen im Höllenflügel verarbeitet worden waren?

»Wo befindet er sich?«

Schweigen. Hatte Meister Hieronymus angedeutet, daß er über ihren Köpfen lag und eigentlich vor sich hin schnarchte? Vermutlich, denn das Gespräch unterm Fenster erstarb.

Petronius trat vom Fenster zurück und flüsterte Zita ins Ohr, daß sie sich in den Korbsessel hinter der Tür setzen und mit ihm gemeinsam auf Jacob van Almaengien warten solle. Vermutlich werde er auftauchen. Nur im rechten Moment solle sie ihre Anwesenheit kundtun.

Tatsächlich vernahmen sie auf der Treppe die ersten Geräusche vorsichtiger Schritte, dann ein Wispern. Petronius schlüpfte zurück in sein Bett, dessen Himmel noch wackelte, als die Tür leise aufgestoßen wurde und Jacob van Almaengien unter dem Spalt auftauchte. Vorsichtig blickte er um sich und gewahrte den Maler in seinem Bett.

»Petronius? Seid Ihr wach?«

Hinter dem Gelehrten betrat Bosch den Raum. Petronius Oris blieb liegen, versuchte, gleichmäßig zu atmen und spielte endlich den Erwachenden. Als er die Augen aufschlug, hatte sich Almaengien bereits über ihn gebeugt und suchte nach einem Wiedererkennen in seinem Gesicht.

»Ihr? Jacob van Almaengien?«

Almaengien lächelte ihn an, und Petronius sah den Flaum der Haare auf den Wangen. Wie bei Meister Hieronymus' Frau.

»Was wollt Ihr?«

»Mit Euch reden, Petronius. Euer Auftritt in der Kathedrale war ein Höllenspektakel.«

Petronius fuhr auf, so daß Almaengien zurückweichen mußte.

»Und vielleicht wäre ich an diesem Abend krepiert, Jacob van

Almaengien, wenn mir nicht geholfen worden wäre. Ihr habt mich gereizt, und ich weiß nicht, warum Ihr es tatet.«

Der Magister nickte und wandte sich ab. Mit einer Hand fuhr er sich über die Lippen. Als müsse er über etwas nachdenken, lief er durchs Zimmer und blieb dann vor Zita stehen, die er entdeckt hatte. Ohne sie auch nur länger als einen Augenblick wahrzunehmen, drehte er sich wieder zu Petronius um. Meister Hieronymus stand stumm im Raum. Seine Stirn lag in Falten.

»Ihr seid übel zugerichtet worden von Pater Johannes. Die Brandmale an Euren Armen werden Euch begleiten. Aber das Haus Meister Hieronymus' gewährt Euch seine Gastfreundschaft.«

»Ich bin meinem Meister zu Dank verpflichtet und hoffe, es ihm irgendwann entgelten zu können.«

»Als Ihr bei Pater Johannes«, Almaengien suchte nach Worten, oder tat jedenfalls so, »eingekerkert wart, habt Ihr nicht die Aufforderung erhalten, ein Manuskript niederzulegen? Eure Erlebnisse aufzunotieren? War es nicht so?«

Diese Frage hatte Petronius erwartet. Das Manuskript. Seine erste Sorge im Boschschen Haus war gewesen, Meinhard die Tasche zu geben. Er sollte sie für ihn verstecken. Unter dem Stroh in der Scheune waren die Papiere sicher verstaut. Niemand würde sie finden.

»Von welchem Manuskript sprecht Ihr?«

Petronius lachte innerlich, da er Almaengien einen Schritt voraus war. Er würde die Aufzeichnungen nie erhalten. Die Stimme Jacob van Almaengiens wirkte mühsam beherrscht.

»Ihr wißt genau, wovon ich spreche. Und Ihr werdet das Manuskript beibringen, Petronius Oris. Denkt daran, daß die Visionen des Höllenflügels keine leeren Drohungen sind. Ich werde Euch die Hölle bereiten. Das Manuskript muß zu mir gelangen. Oder glaubt Ihr, eine Aufzeichnung über die Adamiten oder über mich dürft Ihr einfach so mit Euch herumtragen? Ihr seid ein Schwachkopf, Petronius Oris.«

Hieronymus Bosch unterbrach den Gelehrten.

»Solange mein Geselle in diesem Haus weilt, Magister Jacob,

werdet Ihr ihm gegenüber höflich sein, wie es meinen Gästen zukommt.«

Jacob van Almaengien zuckte kurz zusammen. Dann blickt er von unten in die klaren Augen Meister Hieronymus', der an ihm vorbeisah und die Balken der Zimmerwand anstarrte.

»Gut!« lenkte er ein und nickte unaufhörlich. »Gut, gut, gut! Höflichkeit. Ich werde höflich sein.«

Mit diesen Sätzen verließ Almaengien das Zimmer und polterte die Treppe hinunter.

Meister Hieronymus schickte sich ebenfalls zum Gehen. Unter dem Türsturz drehte er sich noch einmal um und blickte zuerst zu Zita, dann zu Petronius Oris hinüber.

»Hier im Haus kann ich Euch Gastfreundschaft gewähren, wenn Ihr den Hof verlaßt, seid Ihr für ihn vogelfrei.«

Dann drehte er sich um. Petronius Oris hielt ihn noch einmal auf.

»Warum erscheint Jacob van Almaengiens Gesicht auf dem Höllenflügel?«

Meister Hieronymus hielt kurz inne. Aus dem Dunkel hinter der Tür schallte dessen Stimme.

»Weil sie kein Mann ist und diese Hülle gerne abstreifen würde.«

Mit lautem Poltern stieg Bosch die Stufen hinunter. Kaum war er unten angekommen, sprang Petronius aus dem Bett.

»Zita. Das Manuskript. Es kann unser Leben retten. Ich muß noch aufschreiben, was hier geschehen ist, dann muß es so versteckt werden, daß wir jederzeit Zugriff darauf haben und es doch nicht bei uns tragen müssen. Sollen wir es aufteilen? Ein Drittel an Aleyt, ein weiteres Drittel an Meinhard und den Rest für uns.«

Zita wiegte mit dem Kopf und fand den Aufwand überzogen.

»Und wo liegt es?«

»Komm mit! In der kleinen Scheune, wo die Pferde untergebracht sind.«

Beide standen sie auf und schlichen sich aus dem Zimmer. Petronius mit seinen Bandagen um den Unterarmen, deren Ziehen ihn daran erinnerte, daß noch nichts richtig verheilt war.

XIII

»Feuer!«
Der Ruf stand über dem Höllenbild in seinem Kopf und ließ Petronius aufhorchen. Er zappelte in den Krallenfängen der Vogelfrau, die ihn aus der Menge der Verdammten herausgegriffen hatte und gerade dabei war, ihn hinunterzuschlingen. Das Schmutztuch der Teufelin lag über ihrem Schoß, um den Geifer aufzufangen, der aus ihrem Mund troff. Als Verschlingerin der Welt gebärdete sie sich – und Petronius ahnte sein Ende im Magen des vogelköpfigen Ungeheuers. Blau färbte sich der Leib der Teufelin, blau wie die Farbe des Betrugs, wie der blaue Dunst, das Blaue, das vom Himmel gelogen, das Blaue, das einem vorgemacht wurde. Diesem Höllensperber entkam er nicht mehr. Die Seelenfresserin hatte sich seiner bemächtigt und schlang und schlang an ihm. Auf dem Dreistuhl göttlicher Trinität ließ sie sich das kannibalische Mahl schmecken. Männer waren es. Männer endeten als Todesbeute im Magen der Leichenfresserin, während über dem Wasserlabyrinth der Weltenbrand tobte.

»Feuer!« Der Schrei drängte sich wieder in sein Gehirn und vertrieb die Raubvogelteufelin.

»Feuer! Feuer!« schrie es hohl und gell in ihm, bis er hochfuhr und gewahrte, daß Traum und Wirklichkeit in eins fielen. Vor seinen Augen hockte noch die Teufelin mit ihrem Sperberkopf, während er wie durch eine Glaswand hindurch eine Scheune erkannte, deren eine Rückwand in Rauch zerquoll. Petronius konnte nicht unterscheiden, ob das Bild der Vogelfrau sich in seinem Kopf festgesetzt hatte und jetzt in seiner Wirklichkeit tanzte oder ob er in Wirklichkeit der Qual des Verschlingens ausgesetzt war und dabei die Vision des Weltuntergangs erlitt. Für einen Augenblick konnte er nicht entscheiden, ob er sich vor dem Gemälde in der Kathedrale oder in dieser Scheune befand, bis ihn ein weiterer geller Ruf »Feuer!« zurückriß ins Hier und Heute und der Traum zerstob.

Er lag im Streu, die Arme mit Lumpen umwickelt. Beißender Rauch zwängte sich grau durch die Strohschütte und reizte ihm die Nase.

Hatte er nicht von einem Gespräch geträumt, das er mit seinem Meister Hieronymus und Jacob van Almaengien geführt hatte? War er dabei nicht in einem Himmelbett gelegen? Und jetzt stachen ihn die Spelzen des Getreides, die Strohschütte aus ausgeschlagenen Ähren?

Der Qualm zwang ihn, sich auf den Boden zu legen und nach einem Ausgang zu spähen. Aber er wußte nicht einmal genau, wo er sich befand.

Dann erinnerte er sich, daß er mit Zita hierhergekommen war und die Tasche mit dem Manuskript unter dem Heu hervorgekramt hatte. Sie wollten die Blätter aufteilen. Ihm mußte übel geworden sein von der Hitze und der Luft in der Scheune und von der Anstrengung. Zita hatte ihn an Hals und Nacken massiert und ihm dabei mit einer Salbe Kühlung verschafft. Danach erinnerte er sich nur noch an diese schrecklichen Alpträume. Vielleicht war auch dies nur ein Nachtmahr und er würde wieder erwachen. Allerdings schien ihm der beißende Rauch, der langsam den Raum füllte, doch zu wirklich und zu eindrucksvoll, um an einen Spuk zu glauben.

»Petronius!« gellte eine Stimme durch den Raum. »Petronius, so antworte doch!«

Zita! Sie suchte nach ihm. Petronius hustete seine Antwort. Lange würde er nicht mehr atmen können – und langsam begriff er, daß die Teufelin, die er vor seinem inneren Auge gesehen hatte, nicht in dieser Welt existierte, sondern eine Ausgeburt seines Gehirns gewesen war, das vom Gemälde in der Kathedrale beeinflußt wurde.

»Sag doch was! Ich weiß nicht, wo du steckst!«

Wieder schüttelte ihn ein Hustenanfall. Sein Atem raste bereits, als ihn eine Hand ergriff und mit sich zog. Seine Beine trugen ihn nicht. Er kroch halb durch die Strohschütte, bis er an einen Durchbruch kam, den er hinabsteigen sollte. Zita, die ein Kleid trug, in dem die Farbe Blau dominierte, stieg vorneweg, setzte ihm Fuß um Fuß auf die Sprossen der Leiter. Zehn Stufen tiefer sank er zu Boden. Hier unten schien der Rauch des Feuers schwächer und weniger ätzend zu sein. Sein Atmen keuchte nicht mehr.

»Wo bin ich, Zita? Was ist geschehen?«

»Es ist nicht der richtige Augenblick, Petronius. Nur soviel. Wir sind noch auf dem Anwesen deines Meisters. Allerdings im Lagerschuppen. Du bist ohnmächtig geworden. Hier unten stehen die Pferde. Aber im Moment ist alles leer. Ich habe Meinhard geholt und ihm das Manuskript mitgegeben. Er ist vorausgeritten.«

In ihrer Nähe raschelte es. Zita fuhr herum und sprang auf. Vor ihnen stand Jacob van Amaengien und streckte ihnen seine offene Hand entgegen, als erwarte er ein Almosen.

»Das Manuskript, Petronius Oris. Reicht es mir, und dann verschwindet aus dieser Stadt, aus diesem Land.«

Verständnislos starrte Petronius ihn an. Das Manuskript? Woher sollte er das nehmen?

Deutlich schälten sich jetzt vor der Scheune die Geräusche hastender Schritte und das Klatschen der ersten Schüttungen aus Wasserkübeln heraus. Noch immer schrien die Helfer unverständliche Wörter und Sätze, aus denen Petronius nur den Begriff »Feuer!« zweifelsfrei heraushörte.

Irgendwo hinter Jacob van Almaengien fraßen sich die Flammen durch das trockene Gebälk der Scheunenwand und heizten den Raum auf. Die Schwaden, die durch den Pferdestall zogen, verdichteten sich, so daß van Almaengien immer wieder darin verschwand.

»Ich habe das Manuskript nicht mehr.«

Eine Stille entstand, in die sich rasend schnell das Prasseln der Flammen drängte.

»Hört, Petronius. Ihr händigt mir die Bögen aus, die Ihr in Pater Johannes' Auftrag beschrieben habt, oder Ihr sterbt hier zusammen mit Eurer Nonne. Ihr habt die Wahl!«

»Ich habe das Manuskript, Schwester!«

Zita hatte das Wort Schwester mit der Schärfe eines Messers ausgesprochen, und Petronius wunderte sich, daß sie das Geheimnis Jacob van Almaengiens kannte.

»Ich weiß, daß ich mit dieser Eröffnung mein Todesurteil unterschreibe, aber, Magister Jacob, Ihr werdet nichts gegen uns unternehmen.«

Zita begann zu husten, während sich Jacob van Almaengien langsam auf die beiden zubewegte. Sein rechter Arm steckte unter dem Mantel, und Petronius ahnte, daß er darin ein Messer oder eine ähnliche Waffe verbarg.

»Meinhard aus Aachen ist mit dem Manuskript unterwegs in Richtung Den Bosch. Wenn uns etwas zustößt, wird er es dem Inquisitor übergeben. Ich habe dafür gesorgt, Magister Jacob, daß Euer Name darin auftaucht und Eure Verkleidung als Mann erwähnt wird. Ihr werdet Meinhard nicht finden. Wenn uns aber nichts geschieht, werden wir in vier Wochen einen Boten zu Meinhard absenden, damit er Euch das Manuskript überbringt. Aber erst dann. Und jetzt laßt uns gehen.«

Jacob van Almaengien war bis auf wenige Schritte an sie herangekommen. Sein Gesicht zuckte im ersten Feuerschein der Flammen, die aus dem Hintergrund der Scheune emporzüngelten. Petronius sah die bebenden Lippen, die zeigten, daß die Frau in Männerkleidern mit sich rang.

»Ihr habt gewonnen, Schwester. Meine Person wird gebraucht. Die Zeit für mein Abtreten ist noch nicht gekommen. Solltet Ihr dieses Geheimnis verraten, nehme ich Euch mit in die Hölle. Ich verspreche es!«

Jacob van Almaengien wandte sich ab und schlüpfte durch eine Lücke in der Seitenwand. Petronius Oris rief ihn zurück.

»Magister Jacob! Das Bild. Was wolltet Ihr mit dem Bild?«

Petronius sah, daß sich Jacob van Almaengiens umdrehte und ihm etwas zurief. Die Lippen bewegten sich. In diesem Augenblick brach ein Balken im Hintergrund aus der Rückseite und ein Feuerregen fiel unter Krachen und Fauchen in die Scheune. Jacob van Almaengien zog die Kapuze über den Kopf und verschwand.

Zita und Petronius krochen auf dem Boden durch das vordere Scheunentor hinaus.

Rasend griff das Feuer auf die Scheune zu und verschlang die strohtrockenen Balken und Bretter. Der Sog des Feuers war bald so stark, daß es einem Bauern, der in ihrer Nähe half, die Mütze vom Kopf riß.

Zita schleppte Petronius zum Hoftor, das weit offen stand, und den Weg hinunter, hinaus aus Oirschot. Die Wachen hatten das Tor geöffnet, damit die Eimerkette bis auf den Teich außerhalb der Stadt verlängert werden konnte. Unbehelligt, nur begleitet vom rötlichen Schein der brennenden Scheune, erreichten sie die Landstraße. Unter einem der Alleebäume ließen sie sich nieder. Petronius hustete sich die Lunge aus dem Leib. Zita war voller Aufmerksamkeit für die Umgebung. Zwischen dem regensatten Grün der Büsche und Sträucher schimmerte ihr blaues Kleid, als wäre sie eine Nymphe.

»Jetzt gilt es, deine Träume zu verwirklichen, Petronius«, meinte sie und beobachtete die Straße.

Petronius lehnte am Stamm des nächsten Baumes.

»Was weißt du von meinen Träumen?«

»Einiges. Du redest im Schlaf. Mir hast du ganze Geschichten erzählt. Und eine davon war dein Wunsch, nach Wien zu gehen, an den Hof der Habsburger, oder nach Frankreich, zu Ludwig dem Zwölften.«

Bevor Petronius antworten konnte, vernahm er Hufschlag aus der Richtung, in die sie unterwegs waren. Sofort versuchte er sich zu erheben, aber seine Beine versagten. Mit einem Seufzer stützte er sich auf Hände und Knie und wartete. Zita ging dem Geräusch entgegen, als hätte sie es erwartet. Wenige Augenblicke später schälte sich aus der Morgendämmerung die Gestalt Meinhards, der vier Pferde hinter sich herzog.

»Ich dachte …«, flüsterte Petronius, konnte aber den Satz nicht beenden, da ihm die Kräfte dazu fehlten. Warum befand sich Meinhard nicht mit seinem Manuskript auf dem Weg nach Den Bosch?

Zita lachte kurz auf, dann beendete sie seinen Satz.

» … daß wir uns jetzt nach Frankreich begeben werden, um den Klauen dieser Bestie zu entkommen, die sich Magister Jacob nennen läßt. Zu viele hat sie auf dem Gewissen. Zu viele, die ihr streng verwahrtes Geheimnis geahnt oder enthüllt hatten. Du bist der erste, Petronius, den sie nicht getötet hat. Rechtfertigt das keine Lüge?«

Petronius begriff die Zusammenhänge nicht ganz. Wenn das Manuskript nicht sicher verwahrt war, dann konnte es ihn das Leben kosten. Der Fuhrwerker trat von hinten auf ihn zu und griff ihm unter die Achseln. Mit einem Ruck hob er Petronius in den Sattel eines der Pferde, die er am Halfter hergeführt hatte. Mit Händen und Beinen wurde er darauf festgebunden. Apathisch nahm Petronius die Vorkehrungen hin. Ihm war, als schwämme sein Kopf in einer riesigen Wasserblase, die sich langsam entleerte. Und auf einmal trieb vor ihm die Erinnerung an Pieter vorüber. Plötzlich ahnte er, daß in diesem Enthüllungsspiel nicht alle Karten auf den Tisch gelegt worden waren. Er hatte Jacob van Almaengien als Frau entlarvt, damals, im alchimistischen Labor unter dem Boschschen Haus. Sie hatten sich einander genähert und waren wie Tiere übereinander hergefallen. Vielleicht lebte er deshalb noch. Aber auch Zita trug seiner Ansicht nach ihre dunkle Stunde mit sich herum. Nur eine Person konnte dem Gesellen Pieter damals das Gift in den Krug geschüttet haben. Und diese Person brachte ihn jetzt aus Oirschot hinaus.

Wenn er eben richtig zugehört hatte, dann hatte sie das Manuskript weitergeführt. Hatte sie niedergeschrieben, was er phantasiert hatte? Hatte sie das ergänzt, was er verschweigen wollte? Vermutlich. Schließlich hatte Zita Jacob van Almaengien damit gedroht.

Zita ritt neben ihn hin und suchte mit ihrer Hand seine Wange. Sie strich ihm über das Gesicht, ertastete seine Fieberhitze. Der blaue Stoff ihres Kleides bauschte sich an den Ärmeln auf, daß diese wie blaue Flügel wirkten, die sich um ihn legen wollten. Sie gurrte an seiner Seite wie eine Taube. Oder war es nicht vielmehr das unterdrückte Kreischen des Sperbers, der seine Beute gefangen hatte und sie jetzt langsam zu zerreißen begann? Das Bild verfolgte ihn, während die Pferde in leichten Trab fielen. Vom unruhigen Wiegen hin und her geworfen, versuchte er Zita von der Seite zu betrachten. Sie ritt neben ihm und lächelte ihn an, als sie seine Aufmerksamkeit bemerkte. Am Knauf ihres Sattels hing das Lederetui mit dem Manuskript.

XIV

»Hola, Michael! Daß ich Sie hier finde. Das müssen Sie sich ansehen!«

Keie schreckte hoch. Die Tür zum Atelier war aufgerissen worden, und de Nebrija kam hereingestürmt. Er stürzte auf Keie zu, nahm ihn am Arm und zog ihn vor das Gemälde. Durch Keie ging ein Ruck, der ihn in die Gegenwart zurückholte. De Nebrija beachtete Pater Baerle in seiner Uniform nicht. Er stellte sich vor den Höllenflügel und begann ohne weitere Einleitung.

»Ich habe die letzten Tage darüber gebrütet. Und dann ging mir ein Licht auf.«

Sein Finger glitt über die Szene auf der Höllenseite, in der überdimensionierte Ohren von einem Messer entzweigeschnitten wurden.

»Hören!« sagte er.

Dann fuhr der Finger auf den Baummenschen hinunter.

»Sehen!«

Schließlich kreiste sein Zeigefinger über die Ansammlung der Einzelszenen im unteren Teil des Gemäldes.

»Fühlen!« betonte er. »›Ich bin der Wald, der hört, und das Feld, das sieht‹, heißt eine der Zeichnungen Hieronymus Boschs. Ich sage Ihnen, Michael, Bosch war ein Prophet. Er wußte, daß ihm jemand auf die Schliche kommen würde. Hören und Sehen sind in dieser Hölle vernichtet, zerstört. Wir gehen taub und blind durch diese Welt, will er uns sagen. Und tatsächlich. Sind wir nicht verstrickt in unsere Vergnügungen? Spaßkultur und Oberflächlichkeit stehen für uns heute an der Spitze des Lebensglücks. Er beschreibt hier Gipfel und Ende, Keie. Die Menschen sind an die Musik gekettet, sie fallen in der Spielerhölle übereinander her, und der blaue Teufel frißt das letzte, was sie besitzen, ihre Seelen. Hören, Sehen und Fühlen sind zu Lastern verkommen.«

Keie verstand die geheimnisvollen Andeutungen de Nebrijas nicht ganz. Er war noch wie benommen von der Erzählung Baerles, der de Nebrija den Rücken zukehrte. Zum wiederholten Mal drückte Keie auf den Rufknopf in seiner Hosentasche, der die Wächter über Funk von einer Gefahr benachrichtigen sollte. Er horchte in seinen Ohrstecker, aber es kam keine Bestätigung. Wie von fern hörte er de Nebrijas aufgeregte Stimme.

»Deshalb das Venussymbol, Michael! Alles deutet in eine Richtung. Fällt Ihnen nichts auf? Nicht das Gesicht des Baummenschen steht im Mittelpunkt. Dieser abgestorbene Mann wurde aus dem Mittelpunkt des Bildes herausgerückt. Wenn man die Diagonalen bildet, dann ist es das Ruder des rechten Nachens, das im Zentrum steht. Das Ruder! Verstehen Sie? Im ersten Bild ist es die Öffnung im Brunnen mit der Eule, im zweiten Bild, der Reiter mit dem Fisch, der ein neues astronomisches Zeitalter ankündigt, und im letzten, im Höllenbild, ist es ein Ruder. Das paßt zusammen, Keie. Ruder bedeutet Kurs, Richtung. Und der Kurs, den der Baummensch bislang eingeschlagen hatte, war falsch! Er führte hierher, in diese Hölle, während der Kurs, der eingeschlagen werden müßte, ein anderer ist – und dafür wurde das unsichtbare Venussymbol ins Bild hineingenommen, das wir auf unseren Aufnahmen entdeckt haben!«

Keie dämmerte mit einemmal die Zielrichtung der Gedanken, die de Nebrija verfolgte.

»Nannte nicht Grit Vanderwerf die Generationen unserer Nachfolger im Zeitalter des Wassermanns ›Saatmenschen‹, Antonio?«

Auf einmal drehte sich Pater Baerle um und lachte lauthals auf.

»Sie sind längst unter uns, waren es immer, Señor Keie. Jacob van Almaengien versuchte bereits zu Beginn des 16. Jahrhunderts, das Wissen der ›Saatmenschen‹ aufzuzeichnen.«

De Nebrija erschrak und fuhr herum. Er starrte auf den Pater.

»Sie hier? Und in der Uniform einer Wache?«

Baerle ignorierte de Nebrija, senkte aber die Stimme, als könne jemand mithören.

»Dieses Mann-Weib hat alle überlebt. Alle. Bosch starb 1516. Das Bild hatte ihn ausgelaugt, und die Anfeindungen des Paters hatten ihn zermürbt. Trotzdem war es für Almaengien ein kleiner Triumph. Nie faßten die Dominikaner vollständig Fuß in Den Bosch. Und Pater Johannes von Baerle wurde von Jacob van Almaengien zuvor beseitigt. Noch 1515 schied der Pater aus dieser Welt!«

Keie fuhr sich mit den Fingern durchs Haar. Woher wußte Pater Baerle diese Einzelheiten? Woher kannte er all diese Geschichten?

Als hätte er die stumme Frage gehört, antwortete Baerle, noch leiser, noch stimmloser als zuvor. Keie mußte sich vorbeugen, um alles zu verstehen. Er vernahm den drohenden Unterton in der Stimme des Paters.

»Petronius Oris und Zita van Kleve. Sie tauchten unter, Señor Keie. Das Manuskript rettete sie. Allerdings nur solange, bis der letzte Teil in die falschen Hände geriet. Petronius ging mit Zita vermutlich nach Spanien. Schließlich fand sich das Manuskript in Salamanca. Noch vor seinem Tod muß allerdings etwas geschehen sein. Der Schlußteil des Manuskripts fehlt nämlich. Zita hatte es fortgeführt, davon berichtete sie noch. Aber es bricht zu Beginn ihrer Flucht ab und alle Hinweise auf Jacob van Almaengien und die letztliche Bedeutung des Bildes sind entfernt worden. Almaengien mag in den Besitz des letzten Manuskriptteils gekommen sein. Jedenfalls verliert sich die Spur des Petronius Oris. Vielleicht hat er den Namen gewechselt. Ich denke eher, er bestieg wie viele vor ihm den Scheiterhaufen. Bei seiner Phantasie! Es gibt jedenfalls in der Bibliothek von Salamanca mehrere Hinweise, die sich so deuten ließen. Nur von Zita fehlt jede Spur.«

Ein Moment des Schweigens füllte den Raum. Keie überlegte, warum Baerle ihnen diese Hinweise gab? Konnte er den Ausführungen glauben, oder erzählte er ihnen eine Geschichte, die sie nur zu gerne hören wollten? Nervös wartete er darauf, daß die Tür endlich aufgestoßen wurde und einige uniformierte Wärter hereinstürmten.

De Nebrija unterbrach die Stille.

»Damit wurde das Bild zum Schweigen gebracht! Bis heute. Aber jetzt beginnt es zu reden, Pater Baerle. Und wenn wir vielleicht nicht die ganze Wahrheit erfahren werden, haben wir doch einen Schlüssel in der Hand. Der ›Garten der Lüste‹ verkündet das Ende der katholischen Kirche, das Ende der Männerherrschaft.«

Pater Baerles Gesicht verzerrte sich.

»Die Kirche rottete die weisen Frauen aus, schickte sie auf den Scheiterhaufen. Und zur selben Zeit strickten die Saatmenschen mit Hilfe Jacob van Almaengiens bereits am Alphabet der Veränderung. Frauen haben zu allen Zeiten ihr Wissen weitergegeben, Pater. Sie haben sich nur verborgen gehalten, während sogenannte Hexen verbrannt wurden, das weibliche Wissen eliminiert wurde.«

Keie versuchte zu ergründen, ob de Nebrija recht haben konnte. Und wenn, was konnte mit dieser Botschaft bezweckt werden? Das Bild blieb ein Bild, und die Wirklichkeit die Wirklichkeit, wozu auch immer die geheimen Botschaften – wenn es sie denn gab – aufriefen. Vergeblich suchte Keie nach einer eindeutigen Antwort, während de Nebrija, ganz im Rausch der scheinbar gefundenen Wahrheit, weiterdozierte.

»Wir Männer haben uns gründlich in die Tasche gelogen. Wir waren uns zu sicher. Aber Jacob van Almaengien wußte es besser. Die Männer sind es, die sich auf Boschs Bild im Kreis bewegen, um den See tanzen und chymische Hochzeiten feiern, während die Zeit hinausweist auf ihr Ende.«

Keie ahnte, worauf de Nebrija hinaus wollte.

»Und was wird ihm folgen?« keuchte Baerle.

»Das Bild erzählt von den Frauen, Pater. Es sind die Frauen!«

Als wäre in seinen Augen eine Kerze ausgeblasen worden, erlosch Baerles Blick. Er sackte in sich zusammen und zog die Arme stärker um sich. Ein Zittern durchlief den Körper und Schweiß bildete sich auf seiner Stirn. Keie rüttelte den Pater am Arm. Baerle hob den Kopf, sah aber durch ihn hindurch auf das Gemälde, dessen Leuchten durch den Sonneneinfall eigenartig verstärkt wurde.

»Ich will nicht zu den Frauen zurückkehren, Señor Keie!«

»Dann sind wir ja an einem wesentlichen Punkt angelangt!« ertönte von der Tür her die Stimme Grit Vanderwerfs. Von allen unbemerkt hatte sie das Atelier betreten.

Baerle warf den Kopf zurück und faßte mit der Hand unter sein Jackett. Er holte einen Füllfederhalter heraus, den er krampfhaft in seiner Faust hielt.

»Ja, lieber Pater. Vielleicht enthält dieses Bild tatsächlich die Botschaft der Frauen. Unser Leben ist ein ewiger Zyklus von Werden und Vergehen, von Leben und Tod. Die Frauen wußten um diesen Zyklus. Sie besaßen das Wissen, die Macht und die Herrschaft von jeher. Hier«, Grit deutete auf das mittlere Bild, während sie langsam auf die Männer zuging, »im Zeichen des Löwen, das war vor vielleicht zehntausend Jahren, niemand weiß das so genau, änderte sich diese Herrschaft. Der Zyklus der Männer begann. Die Frauen wurden zurückgedrängt, verloren an Ansehen, Macht und Einfluß. Sie überließen den Männern das Feld.«

Keie wollte nicht glauben, was er hörte. Er bemerkte, daß der Pater Grit den Rücken zukehrte und seine Finger nervös mit dem Füllfederhalter spielten. Er preßte das Metall des Schreibgeräts derart, daß die Fingerkuppen weiß hervortraten. Die Äußerungen Grits trieben ihn offenbar in einen Zustand, der nicht mehr berechenbar war. Sie konnte nicht wirklich glauben, was sie da sagte, dessen war Keie sich gewiß. Aber warum tat sie das?

»Das Wissen um Geburt und Tod lag weiter in ihren Händen, und es hätte so bleiben können. Als im späten Mittelalter die Kirche die weisen Frauen auszurotten begann, weil sie ahnte, daß ihre Herrschaft nie die gewünschte Totalität erreichen konnte, solange die Frauen sich ihr entzogen, drohte dieses Wissen verlorenzugehen. Also suchte man nach Möglichkeiten es festzuhalten. Aber die Schriftkultur lag in den Händen der Männer. Es erschien zu gefährlich, all das in Worte zu fassen, was Frauen seit Jahrtausenden zusammengetragen hatten und praktizierten und was nur von der

Mutter auf die Tochter weitergegeben wurde. Das Wissen wurde also hier in dieses Bild gelegt. Nicht alles. Dazu fehlten die Zeit und die Frauen, die sich mit diesen Dingen hätten beschäftigen können. Aber wichtige Informationen, sehr wichtige blieben so erhalten.«

Grit lächelte den Pater an. Doch ihr Blick verriet, daß sie den Ernst der Lage sehr wohl erkannte und für den Pater Theater spielte.

»Non posse mori. Die Unfähigkeit zu sterben ist die Grundlage des Muttergedankens. Solange Frauen und Töchter existieren, wird die Kenntnis davon, wer das Leben in diese Welt trägt und weitergibt, nicht untergehen. So einfach.«

»Deshalb das Venussymbol im letzten Bild?«

Keie hatte zu sich selbst gesprochen, eher geflüstert, aber Pater Baerle griff seine Worte mit einer Leidenschaft auf, die ihm unheimlich war.

»Sie sind ein Idiot, Keie! Mehr wollte sie nicht von uns. Ihre ganze Theorie bliebe ein Luftschloß, wäre nicht diese Information irgendwo verborgen gewesen.«

»Daß es irgendwo ein Venussymbol gibt, war mir längst bekannt, lieber Pater. Haben Sie denn nicht bemerkt, daß auf der Außenseite des Gemäldes die Figur des Herrn an den äußersten Rand verbannt wurde? Daß seine Schöpfung«, und an dieser Stelle wurde Grit überschwenglich, »nicht der Rede Wert ist. Die Welt wird geboren aus der Fruchtblase des kosmischen Uterus. Gott, der männliche Gott der Bibel, ist als Zuschauer geladen. Er darf reden, das Handeln liegt bei den Frauen. Er ist nur der wortreiche Besamer, sie sind die Gebärerinnen des Paradieses! Deshalb das Venuszeichen.«

Grit sprach mit übertrieben triumphaler Gestik, und jetzt erkannte Keie, warum sie provozierte. Pater Baerle zuckte bei jedem Satz zusammen wie unter einem Peitschenhieb. Die zugespitzte Interpretation sollte den Pater in die Enge treiben. Dabei bewegte sich Grit zielsicher auf das Bild zu und schlüpfte schließlich zwischen den Pater und Boschs Triptychon. Als wolle sie zum letzten Schlag ausholen, deutete sie auf den Paradiesflügel.

»Und jetzt sehen Sie her. Der Paradiesflügel zeigt das Paradies der Frau. Adam sitzt zur Seite gerückt unter dem Baum des Lebens. Merkwürdigerweise bildet nicht er den Mittelpunkt. Er scheint darüber erstaunt zu sein, wundert sich, warum der Herr sich mit Eva abgibt. Alles an diesem Bild ist verschoben. Zentral und unverrückt steht nur der Brunnen – und er besitzt eine Farbe und eine Form, die nachdenklich machen sollten. Der Brunnen, dem das Lebenswasser entspringt, ist der weiblichen Scham nachgebildet. Stilisiert zu einer Zeit, in der niemand wirklich wußte, wie das weibliche Geschlechtsorgan aussah.«

Ein Schrei unterbrach Grits Ausführungen. Baerle preßte beide Fäuste gegen die Schläfen, ohne seinen Füllfederhalter loszulassen. Keie ahnte die Gefahr und drückte abermals den Piepser. Er verfluchte die Nachlässigkeit der Wächter. Oder sollte vielleicht auch hier Baerle seine hypnotischen Fähigkeiten ins Spiel gebracht haben?

»Hören Sie auf!« schrie Baerle. »Lassen Sie mich in Ruhe.«

»Was ist, Pater?« fragte Grit mit einem spöttischen Unterton, den Keie heraushörte. »Was habe ich gesagt?«

Baerle atmete schwer. Langsam sah er auf und musterte Grit und Keie. Seine Augen flackerten, sie ruhten nirgends aus und huschten über die Dinge hinweg.

»Hören Sie auf!« keuchte er, und seine Pupillen zitterten, als könne der innere Erregungszustand die Augäpfel nicht ruhig halten. »Ich will nichts mehr hören. Das ist Ketzertum. Warum sollte unsere Welt eine andere sein, als es die eure wäre? Ist das Matriarchat nicht auch untergegangen?«

Grit sah Baerle ruhig an. Jeglicher Spott verschwand aus ihrer Stimme. Mit einem kalten Blick musterte sie den Pater, der seine Finger nervös zu kneten begann.

»Untergegangen ist es nie. Das Matriarchat wurde verdrängt, weil die Männer glaubten, mit dem Akt der Zeugung auch hinter das Geheimnis des Lebens gekommen zu sein. Ein Irrtum, den die Menschheit sicher verschmerzt hätte, wenn sich nicht die Religion zum Handlanger der Unwissenheit gemacht hätte.«

»Dann enthält es eine Prophezeiung! Was sonst hätte die Frauen zufriedenstellen können?« fuhr Keie dazwischen.

Im gleichen Moment bedauerte er seine Feststellung, denn der Pater zuckte zusammen. Seine Hand griff den Füllfederhalter, während Grit mit fester Stimme weitersprach.

»Der Reiter mit dem Fisch kündigt das Ende eines Zeitalters an. Das der Fische. Ihr Männer seid im Kreis gelaufen und in der Sackgasse der Geschichte gelandet. Eure Zeit des Vergnügens und der Lüge ist abgelaufen. Das Wassermannzeitalter bricht an. Die Frauen, die aus dem Teich in der Mitte des Bildes steigen, sind die Saatmenschen der neuen Epoche. Sie machen sich auf den Weg zur Macht.«

Plötzlich schrie der Pater auf. Er riß die Kappe des Füllfederhalters herunter. »Diese Lügengeschichten. Ich werde das Bild vernichten, restlos zerstören. Niemand soll mehr Unwahrheiten wie diese verbreiten können.«

Baerle machte einige Schritte auf das Bild zu, den Füllhalter krampfhaft in der Faust.

»Pater!«

Baerle zitterte.

»Machen Sie keinen Unsinn, Pater!« beschwor Keie ihn.

Grit trat auf Baerle zu. Aber der reagierte sofort.

»Keinen Schritt weiter. Ich habe Säure im Füller.«

»Was wollen Sie, Pater?« fragte Grit.

Keies Herz raste. Wo blieben die Wachen? Sein Piepser rief verzweifelt nach Verstärkung. Grit begann unterdessen, beruhigend auf Baerle einzureden. Beinahe unmerklich ging sie auf Baerle zu und stürzte sich mit einem Schrei plötzlich nach vorne. Der Pater zuckte zusammen. Grits Faust stieß von unten gegen Baerles Hand. Mit einem feinen Glucksen spritzte der Inhalt des Füllhalters heraus und verteilte sich über Haut und Kleidung.

In diesem Moment kamen endlich Uniformierte in den Raum gestürmt. Sie hielten Baerle fest, der in besinnungsloser Raserei um sich schlug und weiter schrie. Auf seinem Gesicht vermischte sich weißer Speichel mit schwarzen Flecken.

Grit zog sich den Rock zurecht und reichte Keie den Füllhalter. »Tinte«, sagte sie, »ganz normale Tinte.« Sie ließ sich auf einen Hocker fallen und vergrub ihr Gesicht in den Händen.

Das Wimmern Baerles hallte noch immer durch die Restaurationswerkstätten, als der Pater auf eine Trage geschnallt und abtransportiert wurde.

»Ich fürchte, wir werden nie erfahren, was von dieser Geschichte wahr ist«, seufzte de Nebrija und ging mit schleppenden Schritten hinaus. Grit griff nach Keies Hand und drückte sie fest.

XV

»Morgen also, zum Verhör in die Calle de San Nicolas. Sí, Señor Comisario.«

Keie legte den Hörer mit einem ergebenen Seufzer auf und nahm sich die Vergrößerungen der Spezialaufnahmen wieder vor. Selbst bei bestem Willen und unter Zuhilfenahme einer Lupe konnte er nichts darauf erkennen. Natürlich, dort wo er Buchstaben sehen wollte, wo er das Gesicht einer Eule vermutete, wo er in Gedanken Bogen und Kreuz zum Venussymbol vereinigte, konnte er verwaschene Strukturen so ergänzen, daß er das alles auch sah. Aber sobald er die Marker-Striche entfernte, verschwammen die Formen in Unbestimmtheit. Als wäre nichts davon je vorhanden gewesen. Und wenn er lange genug auf die Abzüge starrte, konnte er in den beschädigten Stellen sogar Dinge erkennen, die alles zunichte machten, was de Nebrija und er selbst als gesichert und unverrückbar angesehen hatten. War alles nur Wunsch gewesen? Hatten de Nebrija und er etwas lesen wollen, wo gar nichts stand? Hatten sie sich von Baerles Deutungswahn anstecken lassen? Schließlich sah man immer nur das, was man wußte.

Es klopfte. Bevor Keie hereinbitten konnte, öffnete sich die Tür und de Nebrija stand im Zimmer.

»Sind Sie auch geladen worden, Michael?«

Keie nickte stumm.

»Für morgen!«

»Ich auch. Und von Grit Vanderwerf haben Sie nichts gehört?«

Keie schüttelte den Kopf.

»Nein. Nichts. Sie sehen müde aus, Antonio!«

De Nebrija zog sich einen Stuhl heran und setzte sich rittlings darauf.

»Ich habe mir das alles durch den Kopf gehen lassen, Michael. Und ich finde keine Antwort. Was wollte diese Frau? Weshalb hat sie die Behandlung des armen Wirrkopfs übernommen, und warum hat sie uns da mit hineingezogen?«

Keie lehnte sich in seinem Stuhl zurück und betrachtete de Nebrija.

»Was heißt ›hineingezogen‹? Wieder so eine Vermutung. Das scheint Ihre Spezialität zu sein. Vielleicht war sie genauso fasziniert von Baerle wie wir. Und anstatt vernünftig zu bleiben, haben wir beide uns von ihm anstecken lassen. Ich hätte mir Ihre Hinweise bezüglich der Bilder genauer ansehen sollen, bevor ich Ihnen geglaubt habe. Hirngespinste, nichts als zufällige Formen, die Sie zu Schriften und Figuren ergänzt haben.«

Antonio de Nebrija saß nach vorne gesunken auf seinem Stuhl, die Arme über der Lehne gekreuzt und den Kopf auf die Unterarme gelehnt.

»Die Zeichen sind da. Davon bin ich überzeugt. Wir erkennen bloß die wahre Bedeutung nicht.«

»Ach was, die ganze Wahrheit liegt offen vor uns, Antonio. Hier, dieses Eulengesicht auf der Mitteltafel. Ich kann es nur erkennen, wenn ich es zeichne. Die Form ist zufällig und willkürlich.«

De Nebrija sprang auf und lief vor Keies Schreibtisch auf und ab.

»Auch Grit Vanderwerf hat die Deutung des Bildes bestätigt. Also muß etwas dran sein. Wenn sich auch nur ein Bruchteil davon beweisen läßt, wird die Fachwelt aufhorchen.«

Keie war zu müde, um sich mit de Nebrija zu streiten. Die Untersuchungen, die Fragen und Telefonanrufe seit gestern, die Verhöre durch die Polizei, die Rechtfertigungen vor der Museumsleitung – all das zermürbte ihn. Und zuletzt noch de Nebrija, dessen Untersuchungen auf zweifelhaften Erkenntnissen aufbauten, und Keie mußte sich zugestehen, daß er zu leichtfertig gehandelt hatte, als er de Nebrija einfach glaubte. Keie fuhr sich mit beiden Händen übers Gesicht, bevor er in der Lage war zu antworten.

»Sie werden sich lächerlich machen, Antonio. Zumindest handfeste Beweise sollten vorliegen. Irgendwelche zufälligen Strukturen zu einer Theorie zusammenzubauen schadet Ihrem Ruf und dem des Museums.«

»Vor 48 Stunden glaubten Sie noch an die Zeichen und deren Bedeutung, Michael«, versuchte de Nebrija zu widersprechen. Er erwachte langsam aus seiner Lethargie. Er langte zu den Vergrößerungen auf Keies Schreibtisch hinüber und drehte sie um.

»Wenn man will, kann man die Zeichen erkennen. Sie sind nur ...«

»Verdammt, Antonio. Begreifen Sie doch.« Keie ereiferte sich. »Hier haben Sie die Abkürzung gelesen PSSNNMR. Und dort sehe ich noch ein V, ein A, zwei B und so fort. Wenn ich will, kann ich das gesamte Alphabet aus dieser Beschädigung herauslesen. Aber niemand wird ernsthaft auf den Gedanken kommen, jemand vor mir hätte es dort hineingeheimnist.«

»Es gibt Unterschiede zwischen den Zeichen. Die von mir ausgewählten sind nicht willkürlich zusammengestellt, sondern folgen einer Ordnung, die man erkennen kann. Und das wissen Sie, Michael.«

Keie sprang auf.

»Qualitative Unterschiede zwischen den Zeichen. Daß ich nicht lache. Ich wollte glauben, daß es sie gibt, Antonio, aber es gibt sie nicht. Das ist der Unterschied.«

Er stürmte auf die andere Seite, nahm eine der Vergrößerungen und starrte darauf. Sofort überfielen ihn Zweifel. Natürlich hatte de Nebrija recht. Es gab Unterschiede. Aber wie sollte er wissen, welche Unterschiede relevant waren und die Deutung einer Schrift erlaubten und welche nicht?

»Verdammt, Antonio. Ich weiß nicht mehr, was ich glauben soll. Ich weiß nur, daß Sie den Job hier aufgeben können, wenn Sie nur irgend etwas davon veröffentlichen. Die Fachwelt wird sie mit Begeisterung an das nächste akademische Fensterkreuz knüpfen.«

»Und warum sind der Pater und Grit Vanderwerf auf das Bild angesprungen? Warum wollte er es zerstören, weshalb ist Ihre Grit verschwunden?«

»Lassen Sie mich mit Ihren Verschwörungstheorien in Ruhe! Das ist doch langsam lächerlich. Wahrscheinlich ist sie bei irgendeiner Freundin untergeschlüpft, um mal etwas Abstand zu gewinnen.«

Keie ging auf und ab, als müsse er sich seine Zweifel von der Seele laufen.

»Ein letztes Mal, Michael. Daß dieses Bild Zweifel sät, gehört zu seinem Programm. Schließlich gibt es auf dem Bild das Zeichen der Eule. Sicherlich, kaum ein Vogel hat so viele Deutungen erfahren wie sie. Für die einen ist sie die Verkörperung der Weisheit, für die anderen die Inkarnation des Bösen schlechthin. Auf dem Paradiesteil des Triptychons aber hockt sie in der Öffnung des Paradiesflusses. An der Quelle des Lebens sozusagen, wenn wir Grit Vanderwerfs Deutung ernst nehmen wollen. Hier allerdings zeigt sie sich in einer Eigenschaft, die niemand vermuten würde: sie symbolisiert das Schweigen über die Dinge, Michael. Die Eule hockt stumm in ihrer Höhle und wacht mit Nachtaugen darüber, daß Stillschweigen bewahrt wird über die Bedeutungen und Ziele des Bildes.«

Keie wollte antworten, aber das Telefon läutete. Mürrisch hob er den Hörer ab.

»Dígame. Grit?« Er sah zu de Nebrija hinüber. Der verstand und verließ das Zimmer.

»Wo bist du, Grit?« flüsterte er.

XVI

Keie lag zu Hause auf seinem Bett und starrte zur Decke. Das Einzimmerappartement lag ruhig in der Calle de San Vincente Ferrer. Ruhe, die er jetzt nötig hatte. Bett, Stuhl, Tisch, Kleiderschrank bildeten die einzige Möblierung. Die Vorhänge hatte er zugezogen, so daß nur ein trübes Tageslicht ins Innere drang.

»Das Ende des Patriarchats!« murmelte er. Der Gedanke fesselte ihn, obwohl die Grundlage dafür falsch sein mußte. Wo keine Zeichen vorhanden waren, konnte auch nicht über deren Sinn gestritten werden. Und doch paßten alle Entdeckungen, die sie gemacht hatten, so nahtlos ineinander.

Eine Szene auf der Höllenseite schob sich in sein Gedächtnis: der Bankhalter der Spielerhölle. Er lag wie ein Gekreuzigter vor einem umgeworfenen Kartentisch. Seine rechte Schwurhand war von einem Stilett durchbohrt worden. Ein Dämon hatte ihn am Hals gepackt und drückte ihm die Kehle zu. Hatte er im Namen der Kirche falsches Zeugnis abgelegt, gegen die Ordnung dieser Welt womöglich, beeinflußt durch die Religion, und war er deshalb gestürzt worden? War der Pakt des Neuen Testaments gebrochen worden? Die dreiunddreißig Frauen, die sich im Teich tummelten, wiesen hin auf die göttliche Trinität der Großen Urmuttergöttin. Eine doppelte Drei vielleicht auf die verstärkte, die allmächtige Wiederkehr der Urmutter. Die typische Trias aus Jungfrau, Mutter und Greisin stand hinter diesem Zahlenspiel, die drei Moiren der Griechen, die drei Gorgonen, die drei Grazien oder die drei Nornen der Wikinger. Überall tauchte sie auf, die Dreizahl der weiblichen Göttin. Sie verband das Symbol des Fischezeitalters, das Leben Jesu, das dreiunddreißig Jahre gewährt hatte, mit der Zahl der Vollendung des Umbruchs zum Wassermannzeitalter.«

Keie starrte zur weißfleckigen Decke. Dort erschien ihm das Triptychon mit seinen Einzelszenen.

Er fand sich nicht mehr zurecht zwischen all den verwickelten Fragen und nebulösen Antworten. Stunden hätte er so in seinem abgedunkelten Zimmer verbringen können, wenn nicht an seine Tür geklopft worden wäre. Zuerst schlich sich das Geräusch nur zaghaft in seine Visionen, bis diese von einer Sekunde auf die andere zerstoben und seine ganze Konzentration der Tür galt.

Keies Herz klopfte. Rasch stand er auf und trat an die Tür. Er lauschte kurz, konnte aber nichts hören. Dann öffnete er mit einem Ruck.

»Grit!«

In engen schwarzen Jeans und dunkler Bluse stand sie vor ihm.

»Endlich!«

Grit blieb stumm. Sie drückte sich an ihm vorbei in seine Wohnung. Nach einer Weile des Schweigens nickte sie und musterte das Zimmer.

»Nette Wohnung.«

Keies Herz schlug rasend.

»Die meisten Wohnungen im Haus sind Büros. Da geht es tagsüber zwar hektisch zu, aber gegen Abend wird es ruhig, Grit. Kaum mehr jemand ist im Haus. Und gerade in dieser Zeit brauche ich meine Ruhe.«

Grit lächelte ihn an.

»Gut gewählt, Michael.«

Keie zuckte mit der Achsel.

»Wie geht es dir, Grit? Wo hast du gesteckt?«

In Grits Augen lag ein Glimmen, das nicht nur vom abgedunkelten Zimmer herrühren konnte. In der Luft lag ein leichtes Vibrieren, Keies Sinne waren aufs äußerste gespannt. Sie registrierten das ruhige Atmen Grits ebenso wie seinen eigenen hastenden Pulsschlag.

»Warum kommst du hierher?«

Grit lächelte und deutete mit dem Finger auf ihn.

»Um dich zu sehen. Ich hatte Sehnsucht.«

Ihr Blick glitt über das zerwühlte Bett, in dem er gelegen hatte und ihre Stimme begann zu gurren. In Keie schrillten alle Alarmglocken.

»Was willst du wirklich?« bohrte Keie nach.

Er trat an sein Bett. Mit wenigen Handgriffen hatte er das Laken zurechtgezogen, die Decke aufgeschüttelt und ausgebreitet, das Kissen zurechtgerückt und die Tagesdecke darübergeworfen. Grit sah ihm zu, und als er fertig war, hob sie ihre Hand an die Bluse und öffnete den obersten Knopf. »Dich!« flüsterte sie.

Langsam wanderte die Hand tiefer und knöpfte weiter auf. Ebenso langsam stieß sie sich von der Tür ab, die leise zufiel, und trat an Keie heran. Der glaubte seinen Augen nicht zu trauen. Wollte Grit mit ihm spielen?

»Seit wir uns kennen, habe ich mir das immer gewünscht.«

Sie legte ihre Arme um Keies Hals und drückte ihre Brust an ihn, so sanft, so leicht, daß er nur die Berührung ihrer Brustspitzen erfühlen konnte.

»Nicht«, Keie versuchte sich aus der Umklammerung zu befreien. Aber Grit ließ nicht los. Sie hob die Augenbrauen und legte den Kopf schief.

»Grit«, versuchte Keie zu erklären, »bitte. Ich habe noch so viele Fragen, die mir im Kopf herumgehen.«

Grit ließ los. Keie trat einen Schritt zurück und stand am Bettrand. Mit einer Handbewegung öffnete Grit ihre Bluse ganz und schlüpfte heraus. Sie trug dunkle Unterwäsche. Keie wandte sich ab. Er wollte nicht hinsehen, wollte sich nicht verführen lassen, wollte einen freien Kopf behalten für die Fragen zum Bild, die nur sie ihm beantworten konnte.

»Bitte, Grit, zieh dich an. Ich möchte mit dir reden. Über das Bild reden. Sonst nichts.«

Grits Stimme klang dunkel, und trug einen warmen Unterton weiter, der Keie auf der Haut kribbelte. Er hörte, daß ein Reißverschluß geöffnet wurde, sein Mund trocknete aus. Er wollte sich nicht umdrehen, aber ein unbestimmter Zwang zog ihn herum, bis er Grit vor sich sah. Im Dämmerlicht des dunklen Zimmers leuchtete ihre Haut weiß mit einem silbrigen Glanz. Es verschlug Keie die Stimme. Der Duft des nackten Körpers füllte seine Sinne aus. Ihm war, als würde dieser Hauch Weiblichkeit seinen Geist in Besitz nehmen und nur den einen Gedanken an Grits Körper zulassen. Grit rührte sich keinen Zentimeter, ließ sich betrachten wie eine griechische Götterstatue. Und obwohl Keie nicht hinsehen wollte, glitt sein Blick doch immer wieder über diesen Leib, über die helle Haut, bis ihm beinahe schwindlig wurde.

»Ich kann dir von der letzten Botschaft des Bildes nichts erzählen, Michael. Es gibt sie wahrscheinlich nur hier drin.«

Sie trat auf ihn zu und tippte ihm gegen die Stirn. Dann knöpfte sie langsam sein Hemd auf und zog es ihm von der Schulter.

»Ich habe in den letzten Wochen viel gelernt über die Angst der Männer vor der Sexualität der Frau. Aber auch von unseren Wünschen, unseren Sehnsüchten. Ich habe dir ja erzählt, daß ich einige Frauen kenne, die auf ihre Weise genauso wahnsinnig sind wie Baerle. Und du mußt zugeben, der Gedanke, daß in einem Bild die ganze Antwort auf die Probleme zwischen Männern und Frauen verborgen sein könnte, ist schon faszinierend. Für einen Moment habe ich selbst daran geglaubt.«

Sie öffnete seine Hose, zog sie ihm aus. Er ließ sich streicheln, bis nicht mehr zu übersehen war, daß sie seine Lust geweckt hatte.

»Ihr habt Angst vor der Macht, die wir in solchen Momenten über euch haben!« Grit sprach langsam, mit einem dunklen Ton in der Stimme. Gleichzeitig berührte sie seine Haut mit den Fingerspitzen und glitt über Arme, Beine, sein Geschlecht. »Deshalb verdammt die Kirche den Körper und seine Sinnlichkeit. Ihr seid nicht die Herren eurer Sinne. Ihr erliegt der Faszination des Weiblichen. Und die Kirche ist eine Männergemeinschaft voller Ängste.«

Sie beugte sich zu ihm herab und küßte ihn leicht auf die Lippen. Keie schloß die Augen. Ihre Stimme war nur noch ein Flüstern von weither. Mit einer weichen Bewegung glitt Grit neben Keie, drückte sich an ihn und begann ihn mit ihren Händen zu streicheln. Keie fühlte, wie sich ein Rasen aus Gänsehaut über die Stellen ausbreitete, über die sie streifte. Keie fand seine Sprache wieder.

»Ist es das, was der Mittelteil des Bildes sagt, Grit? Daß Frauen über ihren Körper Macht besitzen und damit Macht über den Mann? Und woher wußtest du das mit dem Venussymbol?«

Grit begann Keies Haut zu küssen. Ihre Lippen fuhren über seinen Körper, daß ihm kalt wurde und er zu zittern anfing. Dann setzte sie sich auf und seufzte. »Okay, du gibst ja sonst keine Ruhe. Ich habe dir von meinem Studium ja schon mal erzählt. Im Zirkel der Frauengruppe, in die ich da geraten war, kursierte ein Gerücht. Es ginge um geheime Botschaften in Boschs ›Garten der Lüste‹, um ein Venuszeichen, um Buchstaben und was weiß ich noch alles. Angeblich besaß Ariana, das war so etwas wie die Urmutter unseres Kreises, ein paar Seiten aus einem alten Manuskript, die aber ohne den Rest keinen Sinn ergaben. Ich selbst habe sie nie gesehen und jahrelang nicht mehr daran gedacht. Du kannst dir denken, wie es bei mir geklingelt hat, als ich Baerle kennenlernte und er dann auch noch von seinem Petronius Oris zu fabulieren begann. Aber er weigerte sich, mir mehr zu erzählen. Und da ich in den Zeitungen von deiner Arbeit gelesen hatte, kam ich auf die Idee, dich mit Baerle zusammenzubringen. Ich konnte ja nicht ahnen, daß du und dein wandelndes Bosch-Lexikon de Nebrija so fanatisch darauf reagieren würdet!«

»Du hast uns also nur benutzt, weil du selbst herausfinden wolltest, was an der Sache dran ist!«

Sie biß zart in sein Ohrläppchen und fuhr mit der Hand seine Schenkel hinauf. »Verzeih mir. Ich habe mich ziemlich unprofessionell benommen und meinen eigentlichen Auftrag vergessen. Und außerdem habe ich mich dummerweise auch noch verliebt ... Aber jetzt vergiß endlich das verdammte Bild. Vielleicht gibt es eine Botschaft, vielleicht auch nicht. Wir werden es nicht herausfinden, und wahrscheinlich ist es besser so.«

Grit glitt auf ihn und nahm seine Männlichkeit in sich auf, und Keie war es, als ob seine Sinne sich aus dieser Welt entfernten. Ihre Stimme erklang nur noch von weither.

Jetzt erst fühlte Keie die Wärme von Grits Körper. Jetzt fielen ihm die feinen Berührungen ihrer Härchen auf, die ihren Körper bedeckten, hell und beinahe durchsichtig. Ihm öffnete sich ein neuer Horizont.

»Grit. Die Männer reiten um den Teich, aber Hieronymus Bosch hat den Sternzeichen Löwe, Skorpion, Stier und Wassermann die falsche Reihenfolge gegeben. Sie stehen sich nicht gegenüber und bilden deshalb kein Kreuz. Warum läßt sich das Kreuz des Himmels dem Reigen nicht einschreiben?«

Mit dem ganzen Gewicht ihres Körpers schmiegte sich Grit an Keie, legte ihren Kopf auf seine Brust und bewegte sich langsam im Rhythmus ihres Herzschlags.

»Ihr Männer, was seid ihr doch für Kindsköpfe«, meinte sie leise, die Augen geschlossen und die Arme am Körper. »Ihr könnt nur an euch und eure Symbole denken. Niemand wollte ein Kreuz einschreiben.«

Sie richtete sich auf, die Hände auf Keies Brust. Die Fingernägel gruben sich in seine Haut.

»Aber gut, jetzt sag ich dir mal, was ich da sehe: Die Sternzeichen bilden ein Omega. Es ist das Muttersymbol, der geöffnete Kreis, nichts weiter.«

Keie sah in Grit Vanderwerfs gerötetes Gesicht.

»Woher weißt du das alles bloß? Hat de Nebrija doch recht, und du bist eine Adamitin oder zumindest Hexe in einem radikalfeministischen Zirkel, hm?«

Keie streichelte behutsam ihre Brüste.

»Und wenn es so wäre?«

»Müßte ich vorsichtig sein!«

Grit lachte gedämpft. »Warum das?«

»Die Natur verändert sich, die Wahrheit tötet.«

Grit stockte für einen Moment. Keie fühlte, wie die Muskeln ihrer Schenkel zuckten.

»Ein Wahlspruch, der vor fünfhundert Jahren gegolten haben mag. Er bedeutet längst nichts mehr.«

Grit wühlte in seinen Brusthaaren und ließ ihre Finger um seinen Hals spielen.

»Hör doch endlich auf, mein Wahrheitssucher. Außer Baerle weiß niemand etwas von einem Manuskript. Vielleicht gibt es noch eine vollständige Abschrift in den Archiven des Vatikans. Aber das kann uns doch egal sein. Bis jetzt gibt es jedenfalls keinen Beweis, daß es tatsächlich existiert.«

»Aber das ist unmöglich. Niemand kann eine solche Geschichte erfinden ....«

Grit legte ihm ihren rechten Zeigefinger auf den Mund und deckte mit der linken Hand seine Augen zu, während ihr Becken erneut seinen Rhythmus suchte. »Natura mutatur. Veritas extinguit«, hörte Keie ihre Stimme an seinem Ohr und gab sich endlich dem Spiel ihres Körpers hin.